LAOAI LINCHUANG KAN FENGJING DE MAO

老爱临窗看风景的猫

刘　华◎著

长江出版传媒 | 长江文艺出版社

新出图证（鄂）字 03 号
图书在版编目（CIP）数据
老爱临窗看风景的猫 / 刘华 著
武汉：长江文艺出版社，2013.10
（江西文学精品丛书：第二辑）
ISBN 978-7-5354-6825-3

Ⅰ.老… Ⅱ.刘… Ⅲ.短篇小说—小说集—中国—当代 Ⅳ. I247. 7

中国版本图书馆 CIP 数据核字（2013）第 188275 号

责任编辑：毛 娟 龚 晴 责任校对：陈 琪
封面设计：力志文化 责任印制：左 怡 邱 莉

出版：长江出版传媒 长江文艺出版社
地址：武汉市雄楚大街 268 号 邮编：430070
发行：长江文艺出版社
电话：027—87679360
http://www.cjlap.com
印刷：湖北汉兴印务有限公司

开本：700 毫米×1000 毫米 1/16 印张：25.625
版次：2013 年 10 月第 1 版 2013 年 10 月第 1 次印刷
字数：352 千字

定价：32.00 元

目 录

美 味

三顺伸出一对肉拳让老婆拈阄，拈着哪行他就干哪行，一只写着开馆子，另一只写着买的士。

主张买的士的老婆连天怄气，终究是拗不过他，只得看手气了。她一把抓住的是能叫佛跳墙的馆子店。

三顺长舒了一口气，乐得像一盘糖醋松子鱼。

三顺做知青的时候当过会计，学过木工，开过拖拉机，烧过砖瓦窑，找了个剃头匠做丈人，娶的却是个走乡串村的小裁缝。大小舅子共三个，铁匠篾匠和兽医。还有个无后的土郎中把他视为干儿子。回城后，他在厂里当铸工；人过四十，身体吃不消，想换工种不成，一赌气跑出来与人合伙开鞋厂，刚赚几个钱心就乱了，砸锅卖铁地分了家。

扛回来的皮鞋够三顺穿八辈子。但穿着那种皮鞋走哪条路都不顺。借剃头匠的积蓄办养鸡场下蛋，拿蛋和鸡换了一辆破破烂烂的中巴拉客，接着卖了中巴交了学厨艺的学费。

于是，裁缝老是语重心长：这个馆子千万要守住，再不能半途而废了。

裁缝进城后就把缝纫机卖了，如今哪还有做衣服穿的。但打十四岁起学裁缝培养出来视顾客为上帝的笑容仍留着，开馆子正用得着。酒家不临街，位置偏了点，好在旁边建了一片住宅小区，正陆续交付使用，新辟的一条大道恰好走门前过，等到堆在路上的建筑垃圾清运干净，它没理由不成为旺铺。那么操持酒家的关键就在于厨师了。可他请不起好厨师，只能自学成才。

三顺特别忌讳“半途而废”，说：要不是市里取缔载客中巴，我会卖

车吗?

可是别人卖掉中巴买的士挣得更多!

三顺悻悻然:还不是我手气太背。

其实,三顺是有主见的。虽然满城尽是馆子店,毕竟此营生稳当,投入少,利润大。于是,他整天钻研菜谱。堆在酒箱子里的菜谱书全是油渍麻花的,可见三顺并非纸上谈兵光学不练,他是讲求理论联系实际的。而且,也不是本本主义者,照着菜谱操练的时候,他总会有所创新,改变配料或者烹饪方法,直到自己在品尝时禁不住咂咂有声。三顺的馆子取名叫“美味酒家”,俗,却实在。美味是他孜孜以求的境界。裁缝也就是他老婆见他在厨房里刻苦钻研的样子,忍俊不住说,你搞尖端呀!

搞尖端就要投入。为练就娴熟的刀功,他剁碎了一亩地的萝卜。为开发看家菜,难免浪费一些东西。不过,他一家四口,赛过四口潲水缸,肥水终究流入自家田里。这便是开馆子的好处。

裁缝日益肥胖了。一胖,把皱纹抻平了,脸上光鲜红润,浑身也圆了,像个老板娘了。她身上的肉正是美味酒家效益的晴雨表,与利润成反比。从开张以来,只见长肉不见掉肉。三顺只管掌勺,由老婆掌柜,隔些时日要过问经营情况,夜里逮着她腰间掐一把就知道。

三顺就那么掐了一把,肥嘟嘟的赘肉一把都攥不住了。三顺忿忿道:你死撑!想出栏呀!

裁缝反戈一击,敲响了他的排骨:你有长肉的本事么?卖不出的菜留在冰箱里还长霉呢。

三顺很自信地说:别看现在瘦,再过十年,保证是个将军肚。我家有遗传。

你爷爷是个资本家,他挣钱的本事怎么不遗传呢?

三顺打岔道:这阵子我高中同学不是带了几桌客来吗?

一提起那个女科长,裁缝就来气,数落她签单时索要了几包烟,冷不防还专门跑来拎只鸡走,还得正宗土鸡,还得替她褪毛开膛。

死肉。到结账时你不会往她发票里开呀!

三顺把老婆拧疼了。裁缝挣开他，扭过身去：以后她要褪毛你褪。靠她带客，作孽！一次账也没结，叫我们怎么周转呀？她有十多天不来了，看样子指望关系户也靠不住。

三顺说：菜没有特色，当然不会有回头客。怎么怪人家呢，她又不是我的小情人。

老婆给了他一巴掌，三顺趁势搂住老婆的腰肢，胸有成竹地说：放心，你减肥容易，你经不得圈养，一闲就长膘。生意火起来，只怕你马上干巴了，皱纹又出来了。

在轮番推出几批看家菜被那些刁嘴奸舌一一否决之后，三顺暗访过全城那些比较跑火的馆子，偷来几道菜。这就有点侵权了。菜上齐了，他必定要去给客人敬酒，然后摘下挂在墙上的红本本，很谦卑地征求意见。那红本本其实是火车上的旅客意见簿，是铁路客运段的朋友祝贺他开张大吉送的，送了一纸箱，比一床底的皮鞋还经用。客人对偷来的菜提的意见尤其尖锐，他们能非常确切地指出清蒸鱼头哪家最地道全补老鸭何为正宗石子爆石鸡产自哪里，弄得三顺很窝火。明知道这是找岔，还得恭恭敬敬地记下来。裁缝一直对意见簿耿耿于怀，裁缝说：这种砸牌子的放屁你也记呀！你的缺德朋友送什么不好！裁缝便撕。三顺逼迫老婆粘回去。在与老婆的争执中，三顺总是赢家，他制胜的杀手锏就是威胁说要关门。老婆只好息事宁人，家已经不起他的朝三暮四。

三顺气顺了，就耐心向老婆传授经营之道。他说：意见簿就是活广告。众口难调嘛，正反两方面的说法都有才真实可信。

裁缝到底是好帮手，操起笔，左右开弓，龙飞凤舞，把她的小学文化全用上了，一口气写了十多页的好话，表扬鱼头赞美老鸭讴歌石鸡，语气不同，笔迹不同，落款不同，每页纸上都有一群垂涎三尺的食客。意见簿每个包厢都有，上面的表扬更多出自一对读中学的儿女手笔，这几乎成了他们的家庭作业。当然，三顺拎着他们的耳朵相逼是有道理的，他们堪称老顾客最有发言权。为此，他们都掌握了好几种字体，而且对美味的评价显得词汇量特别丰富。

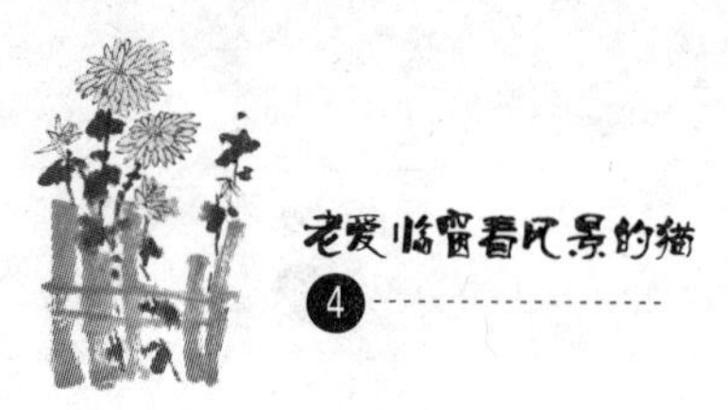

尽管如此，偷来的几道菜老让三顺觉得不安。因为斜对面有家小吃店学着别人做牛肠米粉，叫人把店铺砸了。何况拿来主义并没有带来什么生意，反而落得个假冒伪劣的恶名，把少有的几个常客也撵去寻找正宗了。那些意见簿倒是替人家做了广告。

有一阵子，连着几天都没有一桌。养在池子里的鱼翻了白，蓄在笼子里的鸡发了瘟，冰箱里的石鸡变了味。于是，三顺只好让全家人又过了一个年。十六岁的女儿已经懂得节食的重要性了，开心的唯有儿子，儿子亮着胳臂说：老爸你看它像不像很有分量的火腿？

裁缝吃得最多，但她是为不糟蹋东西而委屈自己，所以吃得比较悲壮。

三顺说：看你的脸都成红烧蹄髈了！能招来客人吗？

而他自己脸色发绿，像在冰箱里藏久了的卤牛肉。裁缝就是这么回击他的。

见冰箱里、厨房的地上被三顺打扫得干干净净，那箱菜谱书也被他悄悄当废纸卖了，裁缝知道他又想打退堂鼓了，便连忙向自家兄弟借了些钱来交租金水电费，死活要把馆子坚持到门前的道路开通。并从此开始梳妆打扮，描眼影，涂口红，抹些什么乳什么霜，迎在门外招客人。有意无意的，她还大敞着领口，叫三顺也看着新鲜。

三顺说：你本来就是萝卜腌菜的味道，没想到这么一整，倒成了烧鸡烤鸭炸乳猪了。咬一口，满嘴的油。

裁缝便让他咬了一口。

三顺正是抹着油嘴，带着新鲜的心情发誓要开发新菜，做到人无我有人有我特。

裁缝当年吃过百家饭，尝过百家鲜。一高兴，各种山珍野味纷纷涌向心头涌至嘴边。会走的有豺狗黄狼山老鼠，会飞的有秧鸡白鹭野鸭子，能吃的花有栀子花木槿花牛卵花，能吃的草有灰灰草马铃草甜蔗草。那些天，裁缝在梦里也吧嗒着嘴。受到感染的三顺也在反刍人生百味，他想起了插队时吃过的稀罕物，比如肉蛆。年年双抢时节，裁缝家都盛情邀知青到她家搭伙，知青们说你家只有一个女儿敢引一窝恶狼上门么，裁缝家便送他们一刀咸肉作罢。咸肉挂在屋梁上，老也不记得吃，喂肥了蛆。密密麻麻的，白白胖胖的，掉在床上一屁股坐下啪啪响，掉在汤碗里面上起油花。有个上海知青死活不让扔，轮到他做饭那天上了一盘炒肉芽。那个香！害得上海知青抱着饭碗蹿了四五家，把人家的剩饭全搜刮来了。其实，得知吃的是蛆后，大家呕作一团。但三顺没有告诉裁缝，很陶醉地对肉芽赞不绝口。

三顺说：要不是你家的咸肉，我怎么会娶一个村姑哟，差一点儿扎根一辈子。

话一出口，三顺就后悔。那会儿，有个下放干部看中了她，死乞白赖，软硬兼施，时常在她外出做活的半道上纠缠不休，害得她有一阵子出门要么穿蓑衣戴斗笠遮个严严实实，要么化装成老太婆坐在独轮车上让兄弟推着去。三顺也推过。三顺当年用吃肉比喻过推车的快乐，他说：要是吃肉有推你那么幸福，全村的猪崽子都会被我生吃掉。现在那个下放干部也开酒店，个体的，却是四星级，楼高十八层。午后那幢高楼的阴影吞没了半边城，包括三顺的小馆子。

见三顺那羞愧的样子，裁缝笑了笑，说：好意思说！知青都走了，就剩你一个资产阶级的孝子贤孙天天啃锅巴，还不是我可怜你。那会儿，我以为你家地底下尽是金砖呢。

三顺便把老祖宗骂了一遍。骂着老祖宗时，他记起了裁缝她娘的好处，她娘很会弄吃的，红花草丝瓜花桔子皮都舍不得扔，都是好口味，光是西瓜皮就能做成十多道菜，凉拌的脆生生，红烧的像笋干。全村女人都学着做，就是弄不出那味道。三顺说：要不我们专门开发乡村风味，请你老娘来做顾问？

裁缝说：那好，也不用进菜了，我天天去拾西瓜皮。过去我家还老吃豆腐渣呢。我们没打算办养猪场吧？

三顺刚尝过清炒红花，喷出一股绿肥沤熟了的气味：现在的嘴就得这么伺候。早晨要不是我手快，那担绿肥还抢不到呢。我恨不得动动脑

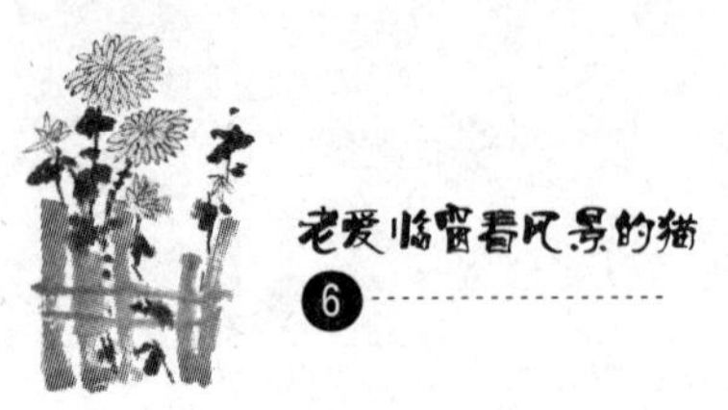

筋把牛粪变废为宝。

裁缝问：你刚下放的时候，吃过我做的美味佳肴，记得吗？

没有吧？

同野芹菜炒的。

噢，是鳝鱼丝。

蚂蝗，也叫牛郎裆。那种专叮牛的大蚂蝗。我用棍子戳住翻开它的肚皮，洗净切丝。你后来不就不怕蚂蝗了吗？那时我才十四五岁，刚做学徒。晚上队里记工分，我常去凑热闹，你们还老抱着我。

三顺说：又骗我。不过，那种牛郎裆可能真的好吃，味比鳝鱼鲜，肉比鳝鱼韧。对，个头和颜色都很像海参。如果能开发，给它取个好听的名字，叫水参怎么样？要不，田参？

两口子掂量着觉得还是叫土参好。由此，三顺联想到冷浆田里富有的泥蛇。虽然从没听说谁吃过泥蛇，但既然毒蛇也是佳肴，想必泥蛇当别有风味。它状若黄鳝，却比黄鳝更粗壮更有劲，皮色发黑发糙，在田里农作常能感到它在腿间乱钻的那股雄性的力量，乡间不让女人下冷浆田，就是拿它来吓唬女人。三顺喜不自禁地脱口道出一句广告词：狗鞭牛鞭，不如泥鞭！

三顺要做第一个吃泥蛇的人。裁缝也鼓励他到乡下去，去挖掘民间的饮食文化资源，还特意买了一张本市的旅游图，四县两区所有村庄她都熟悉，凭着记忆，她在图上画下了密密麻麻的标识，哪儿盛产什么山珍哪儿富有什么野菜谁家桌上最叫人垂涎，一看便知。三顺揣着这张图，沿着裁缝当年走过的村巷阡陌，做了非常深入的田野考察。拜见了包括裁缝娘在内的众多巧妇，求教了包括干爹在内的所有土郎中，还同包括小舅子在内的十多位兽医达成了订购正宗骚鸡公卵子的协议。尝了土参泥鞭山老鼠，吃过地衣鲜蕨灰灰草。去时蹬着自行车像当年插队那么心红志坚，回来却是叫农用四轮给拖进家的，夹了一裆的屎臭，进门先扒裤子。

裁缝心疼得不行，捏着鼻子抱怨：你没有走火入魔吧，什么毒虫毒草都弄来吃！

三顺把自己洗净后，洒上老婆的香水。尽管如此，儿女们还是觉得他强打精神做出的一桌让家人试吃的美味中不乏屎臭味。调皮的儿子在意见簿里发泄了自己的不满，裁缝分别给了儿女一巴掌，捍卫了三顺的色香味。

其实，三顺这回真的是找到看家菜了。在一座千年古村，他发现了极有特色别有风味的黄泥菜，即将鸡鸭鱼和瓜芋藕入油氽，出锅后配以作料亦可加入滋补的草药，用鲜荷叶包好，再外裹黄泥巴煨熟。肉香菜香荷叶香，馨香扑鼻，沁人心脾；油而不腻，嫩而且鲜。一团黄泥，能容各色滋味，要荤得荤，想素有素；一样做法，却解众口之馋，求精则精，盼补能补。三顺当年曾参加高考，考了政治和语文这两门后逃回乡下去了，放弃的原因就是作文太差。而此时他不知不觉就文采飞扬了，他索性把这两句话当对联，请人挥毫泼墨，张贴于店门两边。横批贴在店名之下，道：顺气顺口顺心。

三顺执意要以“顺气”来凑“三顺”，并没有气死肯德基不让麻辣烫的志向，而是非常具体地指向斜对面那家从牛肠米粉中爬出来的味更美酒家。由这店名就知道对手咄咄逼人的气势。叫三顺尤其气恼的是它的经营手段，为了造成生意兴隆的景象以吸引客人，它不惜连日大宴宾客，来的尽是店主的三大姑八大姨，除了白吃可能还发工资，因为那些男女老幼居然可以从早到晚地坐在店门口闲聊。

三顺把气理顺了，不甘示弱也如法炮制，索性在店门口摆了两张桌子。打擂台似的，组织了更为强大的拉拉队，大小舅子举家从乡下赶来助威，他从小学到高中的同学则分期分批光临惠顾。大家对黄泥菜系列给予了充分的肯定，对泥鞭和正宗骚鸡公卵子大加赞赏，一致认为山不在高店不在大门前大道开通之时必是美味酒家跑火之日。那一箱意见簿全用上了，写满了美誉和祝愿，三顺干脆把红本本全部集中在大厅里整齐地绕墙一周，把环境装点得喜气洋洋鸿运高照。尽管如此，三顺依然很谦虚，希望大家多提改进意见，大家比较集中的意见是说香烟瓜子和

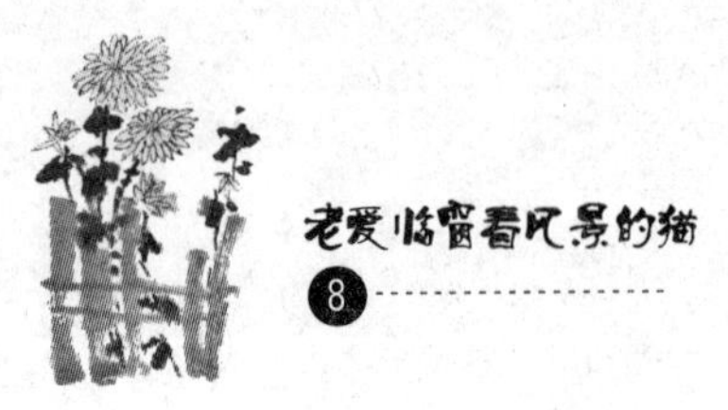

啤酒时间长了有点变味，白酒有假酒之嫌，女科长则对三顺不让她埋单有点不快，女科长说：老同学，你开人民公社呀，你的排骨还能榨出油吗？在老婆的再三暗示下，三顺才醒悟，妥协了。

如此对抗，味更美酒家扛不住了。三顺夫妇看到了希望，通过几天的造势，果然有些零星的顾客赶热闹来了。但三顺却说：我们也该打住了，再请下去要被吃穷了。你又借了多少？

四千。

三顺吓了一跳：借债总共过了两万吧？怎么赚回来！不行，路上垃圾根本没人管，等它清运干净得去卖屁股了。

儿子问：开馆子店这么难，你们为什么不开网吧呢？

女儿则认为鲜花店的生意好，他们学校有一伙高三女生偷偷合开了一家，每人每月能挣几百块。瞧瞧，别人挣钱玩似的。

三顺这时想到了理发店。如今到处是发廊，可男人剃头挺受气的。三顺琢磨着可以继承老丈人的手艺，开一家专门面向男人的理发店。

裁缝狠狠摔碎了一只汤碗，骂道：你一辈子学过多少手艺，哪一锅煮开了？想一口气扳本，抢银行去！

三顺哑口无言，眼里却有泪。裁缝认识男人的那种泪。所以在晚上她夺过他的手，让他在腰间攥了一把。

没再胖吧？

差不多。

我自己觉得瘦了一点呢。告诉你，这几天零零碎碎的加起来也赚了七八百。

可贴得更多！

上门的顾客在慢慢多起来呀。搬进住宅区的人越来越多，他们也会呼吁开通道路。我们还是要请客，请你开中巴时认识的司机朋友，让他们把的士停到店门口。这样更能吸引人。

的士司机们当然很高兴，一高兴就不把交警放在眼里了，不喝到发酒疯不散席。在兴头上，他们还非要老板娘敬酒不可，裁缝就这样学会了喝酒。三顺发现老婆在喝酒方面算得上可造之才甚是遗憾，说，你早这样也不至于门庭冷落呀。

门前停放的小车使美味酒家呈现出旺铺景象，而且那些司机偶尔也会替他们拉来顾客。只是建筑垃圾的事仍旧没有动静，因为邻近住户的生活垃圾也往那儿倒，新辟的大道成了巨大的垃圾场。三顺为夏天将至忧心忡忡。

但每每逮住老婆腰臀间掐一把，却是好的消息。裁缝瘦了，一天比一天苗条，比任何减肥措施都见效。所以，白天为绿头蝇渐渐多起来而发愁的三顺，到上床的时候还是满心欢喜。他把那个动作叫做盘点。他体察入微地感觉到老婆掉肉的过程。

裁缝说：你盘点得真勤，像生产队里记工分。

三顺就动手了。像拨打算盘珠子，又像敲击电脑键盘，更像点着崭新的百元大钞，光滑而细腻，能感觉到它的图案面额和水印。裁缝半推半就，说：以后我每天向你报账行不行，捏起来没轻没重，我的肝可能被你捏碎了。

其实，裁缝打心眼里喜欢这样。他的手总是沾着漆黑的泥灰，怎么也洗不净。而且，他是一个容易受伤的厨师，每个手指上都是刀疤累累。那些疤痕锉着她的肌肤，痒痒的，酥酥的。她尤其喜欢他通体散发的腥味油烟味，那些混杂在一起的味道正是信心的气味。

三顺说：明摆着入不敷出，摸一摸，大概知道有进项就行。你瘦了，说明累了，剩菜少了嘛。我那同学连着带了几拨来，看来黄泥菜系列基本站住了脚，有回头客了。妈的，要不是那些垃圾，我们就翻身了！

可是，裁缝瘦得很快，好像注水肉似的，一加热，就剩锅底那么一点。三顺是在她脱了毛衣换衬衣时发现的。三顺逼着老婆找个摆地摊的去试体重，裁缝硬是不肯。三顺就从厨房门后面拖了杆秤出来，他来掌秤，由儿女抬着，让老婆抓住秤钩吊起，一称，不到九十斤。

女儿大惊失色，叫道：妈，你肯定有病！我有个同学的爸爸突然瘦下去，一检查是癌。我发现你也老揉肚子。

裁缝脸上也缩了水，一把皱纹。她骂道：臭嘴！便抓起一块脏抹布杀杀女儿嘴上的晦气。

三顺心里一紧，却也不敢往病处想。全家人谁都生不起病，欠的债是老丈人留给自己的终老花销，是舅子们打算为儿子做的屋。三顺说：这些天你老睡不踏实，是心病太重了。以后，临睡前烫烫脚，要不，数数。

打那天起，入夜后他就早早端来热水替她边烫脚边按摩，逼她上床数数，从一数到了千位数，累了，透口气，再从头开始。他为老婆的突然消瘦还推断出别的原因。要么太累。他就尽可能让她少干一点，自己脏活累活抢在前；要么营养不良。待炉灶一闲下来他就替她熬汤，他是以钻研菜谱的精神来配制养心汤补气汤的，无非是在红枣莲子肉桂茯苓淮山及十余种果实树皮草根中精心配伍，给土郎中当干儿子学的知识一点不剩全用上了。

裁缝被那些汤灌得很无奈。她说：你神经过敏。电视对这条路曝了光，我还能不减肥吗？

尽管逼着自己避重就轻往好处想，在盘点时，三顺心里总是惶惶的，手上也轻柔了许多。三顺说：你总不会因为怕这个店半途而废要苦肉计吧？

裁缝喃喃地数数，首次突破了五位数大关。闯过大关后，她才开口：傻瓜，我爹不是很瘦吗，我也遗传。就像再过十年，不，还剩九年，你要长出将军肚一样。

三顺眼里发潮，一把抱紧了她。三顺说：你的衬衣全显肥了，明天我带你去买两件高档点的，要名牌。你说女式衬衣有什么名牌？

裁缝笑道：我做的呀。

黑暗中，三顺觉得老婆的笑容很灿烂。不管有病没病，乐观很重要。好些人一查出病来就完了，正是精神垮了。三顺想，从今往后得让老婆乐观。他揉揉眼，想起了他们在新婚之夜手忙脚乱闹出的笑话，可从他嘴里出来却是苦涩的。他不甘心，接着又说别人的笑话。

裁缝捂住他的嘴，说：再可笑的故事到你嘴里都比我现在还干巴！半辈子你靠嘴逗乐过谁？

三顺脸上发烫，沮丧得很。裁缝感觉到了，所以她捅了他一胳臂，问：你猜当初我为什么不肯嫁那个下放干部？

他其实也没什么了不起的本事。

不。他说他小时候坐进刚熬好的粥锅了。那还能不是猴子屁股？

两人想象着别人的屁股，终于吃吃地笑起来。

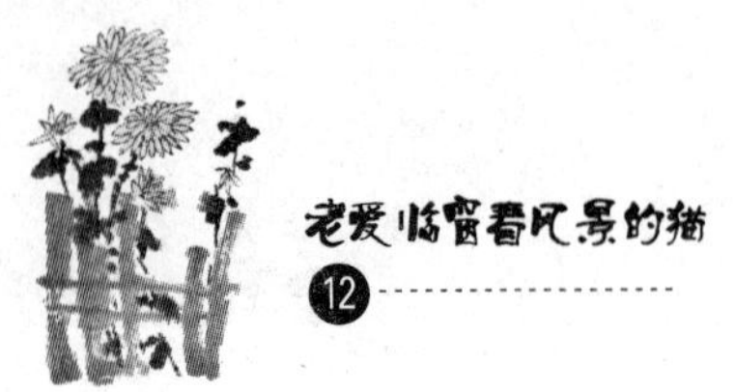

干　塘

杨得意一刀下去，一只超肥的老母鸡顿时身首异处，他的半截手指头也被削去了。

他吮着血指对小舅子苦笑：你看看我老是使劲过当。

这句话也算道歉赔不是了。上个双休日，小舅子从城里赶来，不仅没有带来一笔生意，反而翻脸不认账了，说当初他掏出四万块钱并不是什么合资办农场，是借。杨得意打了借据呢。当姐夫的顿时傻了眼。三年前，他辞职跑到乡下来承包这三口山塘和百亩山林，与小舅子是有君子协定的，各出资一半，利润分享，共同致富，他管生产，小舅子管销售，分别戏称彼此为董事长、总经理，都拿自家老婆当小蜜。为了筹措资金，他买断工龄，卖了房产，在山塘边造屋，举家迁居前不着村后不着店的荒山野岭；而小舅子试图把农场办成城里各个单位的福利基地，结交了许多办公室主任，平时老带他们来钓鱼，没少吃少拿，但逢年过节时那些主任都要滑头了，害得杨得意年年把福利鸡呀，福利鸭呀蓄到年关将近眼看没指望了才赶紧推到城里贱卖掉。如此下来，共同致富大约是不可能了。所以，小舅子亮出了借据。那其实是杨得意打的领条，表示收到了小舅子的投资，可是当初他连续给亲戚朋友开了好些张借条写顺手了，竟把“今领到”写成了“今借到”。小舅子说，白纸黑字的，你要赖账，那只好法庭上相见。杨得意一怒之下，把肉蛆似的小舅子扔给了在水面游弋的鱼儿们。

显然，天天午间看《今日说法》的小舅子不吃他的歉意。小舅子这趟来就是下最后通牒，告诉他借债不还的事已经提起诉讼了。

杨得意将一口血水射入鱼塘中，说：我承认我使劲过当还不行？你当真要要赖？农场赔本都是你销路上的责任，我还没罚你呢。你至少要付我和你姐姐三年的工钱，还有夜班费！你去问问，邻村几家养鱼户，哪家不是绝收，鱼全被人毒死了。我是夜夜不敢合眼，才守住了这三口塘。

小舅子躲离塘边，横得很：人家法律教授说了，谁起诉，谁举证。你有合伙的证据吗？电视上播过一个相同的案例，你输定了。只要你答应分期还，今天先给一万，我就撤诉。

杨得意知道，这小子釜底抽薪更主要的是为了甩包袱，怕分担更大的债务和风险。三年来，虽然他养鸡从没闹过鸡瘟，养鸭五六十天就能出圈，但销不出去，多留一天就得拿钞票喂它一天，注定要亏；养过十几头羊，是让那些来钓鱼的主任们顺手牵羊的羊；养过兔子，是尾巴长不了的那种兔；后来他索性养了一群德国种的狼狗，说是狗，吃屎的秉性荡然无存，餐餐要好肉好菜服侍，本可指望卖个好价钱，岂知狼狗再凶恶也斗不过好猎手，在一个晚上全叫人剿杀了，那几天城里到处狗肉飘香；而红壤岗上的百亩山林因为实在没有资本投入，至今只能生长柴草。剩下的希望全在这三口鱼塘里，确切地说，在鱼塘的深水里，头两年他每次想干塘捉鱼，总也抽不干水，心疼着一桶桶烧掉的柴油，也是顾忌着销路，最后撒几网作罢。

授人以柄的一个笔误，竟成了一口陷阱。杨得意实在憋忍不住，便迁怒于被斩首仍在地上扑腾的母鸡，挥刀将它大卸八块扔进了鱼塘。鱼塘里顿时一阵沸腾，哗啦啦，扑通通，抢食的鱼群装疯似的借机撒欢儿。三岁的鱼儿已经老于世故，很会作秀了，它们晓得主人喜欢看这样的表演，主人厨房旁边砌了一个养蚯蚓养蛆的池子，主人烦恼的时候老是铲一锹活物抛下来，就是想看它们的节目鼓舞自己的信心，于是它们纷纷闪烁着鳞光欢快出场，把水面弄出连年有余歌舞升平的样子。

杨得意望着鱼塘里的景象，语重心长地告诫道：有难同当才能有福同享。

小舅子哼了一声，说：头两年年终结账我才晓得，所有开支都是过

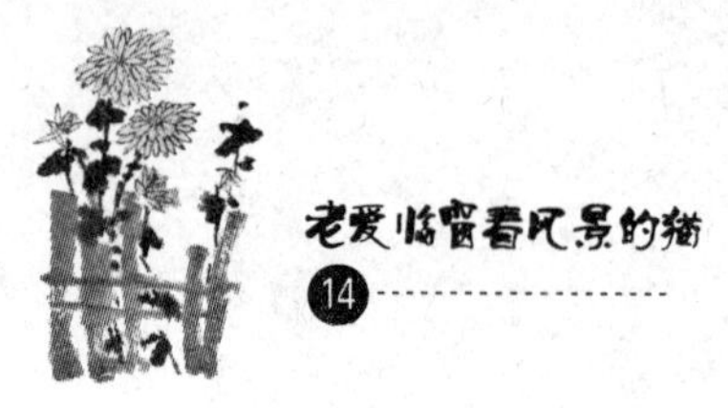

你的手，我不血本无归才怪呢。光饲料就花了那么多钱！你给这些畜牲喂的什么？是命吗？

天地良心，你说这种话！是你害得我把它们当富婆来养，水面一大群，水底一大群，山上还有一大群。你要是及时卖掉，至于吗？

半山坡的鸡群果然像雍容华贵的妇人，慵懒地坐在冬日的阳光下修指甲，同样肥胖的鸭子们则乐于在水边做健美操，深水里的贵族就不知道在干什么了。杨得意剩下的希望泡在水里，越泡越涨。三年来他往里面投放的是什么呀，是两口子断了后路孤注一掷的决心，是一对读高中的儿女的学业，是一脑子的梦想和一屁股的债务。从感觉到小舅子想打退堂鼓起，他就不厌其烦地描绘过水下的情景，那里的红鲤鱼个个是会唱歌的美人鱼，每到下半夜他夫妻俩都被歌声吵醒了；那里的草鱼比他儿女的个头还高，塘底的石头缝里一窝窝鲶鱼都是四世同堂，连野生的鲫鱼也肥得像百万富孀，剖开肚皮全是高蛋白，扔进油锅里还会财大气粗地说话。他非常确切地说，塘里还有几条鳜鱼，是他儿子悄悄投放的苗。众所周知，鳜鱼是食肉动物，是鱼中之兽。他在试图比喻鳜鱼之壮硕时，总是禁不住朝撅起屁股在一边干活的老婆瞄一眼。如果要论得失，三年来唯一所得就是病恹恹的老婆有了劳动妇女的那身好肉。

小舅子说：能帮忙我自然会帮，谁让我们是兄弟呢。可现在城里什么不是滥便宜没人要，一个黄花女开价五十可还到十五都干，我也无能为力。我总不能给你垫背吧，把我拉扯大的姐姐总不忍心看着自己亲弟弟垫背吧。

杨得意急了，便说出了最近屡屡发生的怪事。有时明明看见离群的鸭子在水上游，一眨眼就失踪了。他断定刚抛下去的鸡马上也会成为谁的美味佳肴。他至少三次亲眼看见一种非常奇怪的东西，在清晨薄雾的掩护下，嬉戏于水面，似鱼非鱼，似兽非兽，模样十分可爱，说不定是珍稀水兽。

小舅子乐了：那可能是只金龟，比圆桌还大。

今年我发誓要干塘，你姐姐找水泵去了。你要打官司，最好等我干了塘再说，免得到时候后悔！

满塘都是金银财宝，全归你好了。我只要你把那四万块还回来，连利息都不要。

其实，杨得意也清楚，就算三口塘都丰收了卖出了好价钱，也是远远不抵投入的。但是，他将引来一股活水。他已有了经验，有了技术，有了立足于乡间必不可少的各种关系，只要手上有资金投入再生产，三年前的蓝图就不会是梦想。

来讨债的小舅子没忘记送年礼。给姐姐买了一件毛衣，送姐夫的是一条烟两瓶酒。出示了年礼后，小舅子说：想我撤诉，先还一点吧？一万不行，那就三五千。我还有一家老小要过年对不对？

那你睏在山上等着！

杨得意抄起铁锹铲了一锹蓄养饵料的肥土，朝另一口山塘抛去。那边又是一片鱼跃龙门的盛况。

小舅子是气昂昂地跨上“驴打屁”走的。临走时，他自己去逮了几只营养过剩的鸡鸭，捆了捆就挂在龙头上，像搂着几个富婆在郊野兜风似的。

杨得意承包的山林和水塘属于当年插队的那个村子。他曾对老婆说，要是记工分，你的底分能拿八分。他记得从前全村女劳力最高也只拿到七分。他把老婆夸成了女劳模。

老婆果然不让须眉，自个儿拖着板车，翻山越岭的，居然把水泵和柴油拉回来了。

老婆告诉他，年底到处在干塘捉鱼，水泵俏着呢，哪里还像往年一样靠人情脸面借来用，要租机，要雇工，燃料不算，租金和工钱三块钱一小时。这还是优惠价，因为水泵的主人富根曾是知青杨得意的房东。

富根挨到吃午饭时才赶来。富根喝了两口酒，断定这是假酒；又接了烟，一吸，觉得有干霉味。所以，富根的情绪不太好。

富根说：前两次把水泵借你用，连续工作时间太长，烧坏了机子。

这次要小心招架。

杨得意点头称是，说：这次有你亲自看机子，该歇的时候你就让它歇歇嘛。

富根又说：买柴油不能贪便宜，掺水掺废油的都有，我的机子经不得。

杨得意笑了：它倒是娇贵！放心，我老婆是到你家禄根那里拖的油。

杨得意承包的这三口鱼塘曾是一条穿山而过的水渠，开凿于1958年，后来废弃了，分段一堵，就成了养鱼塘。窄窄的，深深的，据村里老人说几十年来天再旱也没见它干过底，可能就是干塘成本太高而且水瘦的缘故，本村没人敢出头承包。杨得意相中它，是因为没丢掉工作的时候来此钓过几回鱼，每回都把他乐得放声高歌"洪湖水，浪打浪"。

杨得意两口子帮着把水泵安装好后，富根并不急着开机，他解开裤带，提着黑白分明的屁股，就近找了一蓬草丛。他一憋气一使劲，一股臭味飘了过来：喂，一停机就要结账，你把现钱准备好。

杨得意与老婆面面相觑。

草丛里又在使劲：喂，你怎么不做声？

少得了你吗？我跑得了和尚跑不了庙，屋竖在这里，到时候你尽管拆屋。

那不行，完工就要付现钱！不怕你做屋花了几万，要卖只能当废料卖。你晓得我有多少账收不回来？抽水的，卖猪的，有的都拖欠两三年了，妈的，弄得我倒成了他们的崽！

杨得意苦着脸，示意老婆来求他。老婆从口袋里掏出一把零钞，看了一眼，又塞回去，只好背对着草丛相求了：富根大哥，当年你在公社当团委书记，对杨得意多关照呀。他招工回城，就是你帮忙弄的指标。送你两斤白糖，还被你骂了一顿。他在你家吃住，你家贴了多少啊。念着往日的好处，要我们预付工钱也该。可我们不是正指望干塘卖鱼么？

谁知，这番话反而戳到了富根的痛处。当团委书记时，他眼看就要转为国家干部吃商品粮，然而肚脐以下不争气到处打野食，结果被撵回生产队种粮。草丛里愤愤然了：到什么山上唱什么歌，现在我要是市委书记，屙也要屙出个十万八万给你！

杨得意有些恼了：卖了鱼结账，不干你就把机子扛回去！

富根想了想，口气软了：要不你先交一百！

老婆赶紧把那零钞交给杨得意，要他送过去。杨得意捂着鼻子走到草丛边，说：这下你可以擦屁股起来了吧？

水泵开始工作。水泵将逐个把这梯级的山塘抽干，让杨得意去捕尽三年来放养的希望以及几十年来一次次漏网的精怪。他执着地认为，水下一定有鲤鱼精乌鱼精甲鱼精甚至蚌壳精，它们历尽劫难饱经风霜，这回总算成了他的瓮中之鳖。他亲眼看见那些来钓鱼的主任，将脸盆大的甲鱼，美人鱼似的鲤鱼拎出水面，然而它们随便一挣就脱了钩，落到水里优雅地来一套自选动作让岸上的人开开眼，再扬长而去。那时，杨得意的心像钓钩上的饵料，在水里泡着，被钓竿提着，任鱼儿啄着，备受折磨。

陪着富根坐在塘边抽烟，杨得意情不自禁地又在描述那些精怪。

富根馋馋地望着屋前正在试衣的女人，说：你老婆才是精怪呢。你饲了些什么呀，她越发像我家那头浑圆结实皮毛油光的水牸了。

见他眼神发邪，杨得意心里一紧：我老婆越来越像乡下人，比不得你做裁缝的老婆，蓄得雪白兮兮细皮嫩肉。

富根贴近他耳朵：晓得啵，乌紧黄松白邋遢。

做知青的时候，杨得意就聆听过他的经验之谈。杨得意不由得警惕起来，说：这两天晚上看样子要扛杆铳在塘边巡逻。听得机声，偷鱼的说不定已经躲在山上踩点来了。

富根问：你当真敢放铳？

杨得意咬牙切齿道：拿铳打太便宜他了。我放狗咬！

富根哈哈大笑：你的德国狼狗连骨头都找不到了。剩下那两条看家狗还是在我家捉的崽子吧，你听，它们准是看见了老鼠，吓得叫呢。它们像你，太儒善。

果然，隆隆机声里，有惊惶而凄厉的犬吠。杨得意不禁脸颊发烫。小舅子这两趟来，也讽刺过他的“儒善”。小舅子说，想赚钱，就得把钱攥紧来，该买的赊账，该交的拖欠，赖掉的才是你能赚到的。开厂办公司做老板的多得很，谁像你事事付现的！老婆赊账硬是把柴油拖回来了，就证明他过去的确太儒善。此刻，他觉得富根的评价无疑是说他无能、蠢笨。这是他不愿接受的评价。他努力回忆着自己的狡猾。

他让富根猜猜那些主任为什么在这儿钓不到鱼。

富根立即回答：在他们下竿以前，你把鱼喂饱了。成筐成筐的饲料往塘中央抛，那不是钱呀？还不如让他们尽兴钓些鱼走呢。

杨得意笑了，是那种高深的笑。他又问：那为什么我老是邀一伙一伙的城里人来钓鱼呢？

他曾向富根描绘过他的梦想。他要利用近城而且有山有水的优势，把农场建设成为农林牧副渔全面发展，集生产经营、休闲娱乐、文化消费于一体的花园式庄园。荒山将辟为花果园，养鱼塘将办成钓鱼馆，现在山坡上的鸡舍将是孩子们的宠物养殖场，确切地说，是那种寄宿制的宠物保育院，穿着小围兜的小狗小猫小兔将在周末被孩子们领回家。他还企望建一座民俗博物馆，收藏一些古老的农业器具，开发其娱乐功能。为此，他已收购了几架风车和一架几乎绝迹的水车，用几包烟换下了人家准备劈了当柴烧的油榨，现在这些东西堆在屋后那用油毡搭的棚子里，快要沤烂了。他的这些灵感，是当年为举家搬迁在一家叫“乡村俱乐部”的饭馆里请客时获得的。那个店名启发他营造一个名副其实的乡村俱乐部。

富根自然想到了他的钓鱼馆，答道：拉关系呗。

不。他们中什么人都有，穿什么制服的都有，他们经常光顾对我很重要。你是不懂的。

这么巧妙地一提醒，富根忽然就敬他三分了，难能可贵地主动掏出烟来。

杨得意又笑了，这次笑得有些辛酸：你说我太儒善，我一个城里人跑到乡下来，不儒善还不被四乡八村活活啃吃掉?

但他内心里颇为自豪。为自己借各种制服来威镇一方的狡猾而自豪，为自己并非“儒善”之辈而自豪。

老婆比他更善。老婆已成了一种光照充足的水果，果皮染着灿烂的光晕，果肉丰厚而蜜汁四溢。老婆任他啃了一口后说：一家人对簿公堂多难听呀，就算他是小人，跟他了断!

杨得意怒目一瞪：你说什么?

老婆就不敢做声了，泪水哗哗地流下来。

在她的泪眼里，第一口塘的水抽了一天一夜，并没有回落多少。随着那台娇贵的水泵不时要休息，塘水落下一尺又上涨五寸，似乎塘底和两侧的山塝上有无数涌泉。

显然，仅靠这台水泵单枪匹马地干是不行的。一大早，杨得意求着富根又去借了两台来，和鱼塘摆开了决战的架势。富根说：只怕它是埋人的窟呢，烧掉再多柴油也干不了，你还同它博命呀。你不怕蚊虫咬屁股，想一卵见功，难怪人家不愿做你小舅子!

杨得意当然不信这个邪。从昨晚起，他一直很亢奋。夜半时分，他听得一阵哗哗的水响，赶紧把守着机子打盹的富根叫醒了。两人竖起耳朵，一时间毛骨悚然。隆隆机声里，依稀有鱼的呢喃鸟的啁啾又似风的歌吟人的窃笑。富根哆嗦着问是什么东西，杨得意便贴着他的耳朵第一次把这塘里可能有珍稀怪物的事告诉了外人。富根断定他穷疯了，便关了水泵，却是听了个真真切切。富根最后不无妒意地说：要是当真逮住个怪物，你小子就扳本了。我看电视看到过，无奇不有啊。

水泵们齐心协力干了一天，不料后来借的那两台竟先后病倒了。富根鼓捣了一阵，便骂骂咧咧地发起脾气来，说：你以为这样发狠就抽得干呀。老辈人说，这座山是一条龙脉，龙头在那边，龙尾就是城边的龙江，从前挖渠过水的时候，从这里撒一把砻糠，就在龙江河里冒出来。

对这一传说，杨得意并不陌生。它显然是荒唐的。决定办农场时，

正是因为他清醒地意识到它的荒唐，才忽视了荒谬所遮蔽的真相。

杨得意赶紧赔笑脸，许愿说只要机子转动，他一样付钱。

富根用开玩笑的口吻说：机子累伤了，要住院了，医药费住院费营养费谁出？

杨得意暗暗叫苦，悔不该提起什么珍稀动物。但是，他宁愿将工钱和租机费再增加一倍，也不肯让富根剜去精怪的一块肉。这是他必须固守的底线。

那两台水泵在富根的侍弄下，转转停停。见杨得意急得跺脚，富根便奚落道：你不是还有架水车吗？

水车叶子都霉烂了，要不我真把它扛来！

就这么抽了三天又三夜，第一口塘还是没干，连最浅处也是一竿子打不到底，塘底呈凹槽状，凹槽中央天知道有多深。尽管连日来机声轰鸣，水面却很平静，深水中的鱼群一点也不惊惶。而且，它们察觉到主人竭泽而渔的企图，可能生主人的气了，哪怕一锹锹的饵料倾盆而泻，也别想叫它们欢呼雀跃了，为逃过主人最后不得已下网捕捞的劫难，它们深潜于幽暗阴冷的水下迷宫。

小舅子又来了。这回他是带着一辆 130 来的，领来一位穿着制服的主任。如今的制服叫人眼花缭乱，不晓得是哪家的。

小舅子亲亲地喊了声姐姐，然后对姐夫说：我帮你联系了销路，带了人来拉鱼，你又干不了塘！赶快拿网打吧。

杨得意迟疑着。小舅子看穿了他的心思，告诉他，主任带来一半的现金，另一半由小舅子负责结账，就算他的还款，大家先好好过年，免得真的撕破脸面。如果他不同意，那只好年后开庭。

杨得意一把揪住老婆，把小舅子送的毛衣硬从她身上扒了下来。

毛衣狠狠摔在小舅子脸上。这时候，那两条连老鼠也怕的看家狗忽然变得英勇无比，狂吠着蹿了上去。

他喝住狗，说：兔子急了也会咬人！

回到水泵边，他对满脸倦色的富根又重复了一遍。

富根说：你咬我卵！不得干塘又不是我之过。机子不好也怪不得我。替你抽水倒多了霉，机子损耗是看不到的。老弟，我劝你算了结账吧，还是拿网打，再抽下去，油钱都贴不起。

杨得意眼里有泪，但他忍住了。他说：你要是心疼机子，我另找人。

富根问：你当真看见那稀奇古怪的东西?

他把目光投向在塘边梳洗的鸭子，默默地数着，好像又少了一只。他总觉得他的鸭子每隔两天便会有一只神秘地失踪。

见他痴痴傻傻的样子，富根决意要退出了。富根算了算账，说：那你另叫人吧，把我的账结清，说好要兑现的。

先欠着!

口气之强硬，把富根吓了一跳。富根犹豫了一会儿，怯怯地问：刚才那个穿制服的是什么人?

那是老虎皮!

富根关掉机子开始拆卸。富根心想看样子他真是拿不出现金了，逼人太甚只怕狗急跳墙。任他欠着，心里又不踏实。便说：那就拿鸭子抵吧，我家还有一群呢，卖又卖不出，吃又吃不了，沾到你算是惹了一身虱母。卵生虱啊!

于是，富根丢下水泵不管，先下塘去撵鸭子。鸭子们见他凶神恶煞的样子，纷纷往水里扑。富根一边咒着一边掷稀泥，把自己也弄得浑身泥花。还是杨得意老婆看不过去，踢掉鞋，挽起裤脚，打了个麻麻辣辣的呼哨，挥竿将鸭群赶上岸来。

杨得意老婆分出三四十只给富根，谁知，有七八只非常讨厌富根的骂骂咧咧，死活不肯跟他走，硬从鞭下逃了回来。有一只还扑扇着翅膀挣出一个蛋。

杨得意老婆弯腰拾起来，蛋在她手里破裂了。居然有三个黄。她惊奇地高声吆喝。

杨得意冲过去一看，激动地将双手托住老婆盛着三黄蛋的手，喃喃道：当真是三黄！我说了这里肯定有精怪。要不，哪有干不了塘的怪事!

老婆说：那我再去寻机子。

富根撵着鸭子已经翻过了山脊。但他的骂声依然清晰，他骂鸭子忘恩负义不讲信用，鸭子跑得快他怒斥人家是想发横财不顾一切，走得慢呢又被指责为刁滑耍赖。鸭子肯定恼羞成怒。

杨得意喝住了老婆，说：要是真干不了，那就倾家荡产了。哈哈，倾家荡产锻炼身体来了。

接着，他很认真地端详着她。他想起了富根的经验之谈，他感觉老婆的确是乌了，但脸色黑里透红，有金属般的光泽。只是整日手脚不闲，顾不得好好梳洗，鼻翼那儿有点糙，嘴唇上还粘着红薯屑。看那奶子和屁股都好像大了许多，圆了许多，结实了许多，紧绷绷的。

他把从老婆指缝里泗下来的蛋清涂在她的脸上，轻轻地抹开去抹匀来。老婆吃吃地笑，说：这辈子我还没做过面膜呢，光听见弟媳说。

于是，杨得意忘情地投入了工作。他要用蛋白质去滋养老婆的整个脸，前额，眼睑，鼻子，耳朵，下巴，等等。等自己手上的营养液抹干了，他便翘起手指去蘸老婆手里残留的蛋清，一戳，蛋黄破了。

看你，这辈子做什么事都是使劲过当!

老婆弄了个媚眼。杨得意一怔，然后凄然一笑，索性把蛋黄全都搅碎了，以老婆的巴掌为酒杯，举起来，一饮而尽。

去吧。他柔声说。

他在老婆大腿处拧了一把。很肉，很紧，很盈实。不，是殷实。他空落落的心胀得发痛。

幸福的样子

幸福是什么样子？有个老头儿天天一大早提着牛奶面包在舞厅门口翘盼他的舞伴苏琳琳，那副傻相看上去好像很幸福的样子。

我每天早晨去买菜差不多都能看见那个糟老头。说他糟，与品行无关，我只是担心舞厅里音乐一起，能从他身上震落许多朽木屑。经过舞厅，约摸再走五分钟，便可与骑自行车的苏琳琳交会。但是她却说从没看见过我，也难怪，那时人家眼里只有早点。

那个叫樊一枪的老头儿是苏琳琳的第几个固定的舞伴了？不知道。苏琳琳坦言，她也记不清了。她喜欢结交老头儿，一般是每个季度换一位，原因倒不是喜新厌旧，而是他们在舞厅里长大了，像蹒跚学步的孩子经过她的调教翅膀硬了，她拍拍他们或嶙峋或肥硕的屁股鼓励他们别学恋巢的麻雀。而樊一枪始终长不大，跟着苏琳琳学了一年还是磕磕碰碰的，曾像雏雀瑟缩着离开卵翼试飞了几回，可别的舞伴都挺嫌他，弄得他孤苦伶仃怪可怜的。苏琳琳只好继续带他，这有点像她年轻时为女儿断奶，先是恶毒地往乳头上抹紫药水辣椒末风油精，后来又数次下狠心把女儿丢给外婆，终究还是拗不过馋奶的女儿，顺其自然地奶大女儿，是女儿自己觉得害羞才放弃的。

我对她说，我也是小老头了，可我还舞盲着，你这个文娱委员也该教教我了吧，高中那会我当班长还管着你呢。

苏琳琳天生的好身段，应该成为舞蹈家。不，高中时她各科成绩都出类拔萃，要是长相平平，恢复高考那年准能和我一道去读大学。可是她太漂亮了，我俩下放所在的农场各位领导都舍不得，为了做好思想工作，他们一起闹病天天往她的医务室跑，吵得她根本没法子把丢了七八

年的功课捡起来。上考场那天，好像她要上刑场似的，一正两副三个场长十里相送，一直送到城边渡口才含泪话别。他们分别未婚、丧偶或准备离异。后来她从中拈了一位泪水最充沛的把自己嫁了。

苏琳琳这辈子的生命意义好像就是叫领导害病，然后再给他们治病。她后来调到市第三医院，独自撑起了理疗科。她常常美滋滋地告诉我，哪些人物是她的老病号，问我想不想要个副高指标，我老婆想不想转个正科。她的快乐是掩不住的，包括每天早晚那些舞伴是什么样的老头，她都会主动地告诉我，眉眼之间飞扬着炫耀的神采。

而且，她家里时时有喜事临门，尽管她那当过场长的丈夫因车祸瘫痪在床好几年了。

她家的喜事全都和在北京读大学的女儿有关。女儿在平时的考试中名列前茅，在学校组织的征文及文体比赛中获奖，作为入党积极分子进了学校课余党校，给什么有头有脸的人做家教，求爱信的数量突破了哪道大关，对于苏琳琳都是可喜可贺的好事儿。有好事，她决不自私，必定要拿出来让我们大家分享。我们大家包括我和我老婆，她的舞伴，以及三医院伶牙俐齿的同事们。分享她的幸福总是在三医院对面那家快乐大酒楼的金榜厅进行的。那家酒楼包间的命名很有意思，有花烛厅飞黄厅得胜厅红运厅等等，康健厅延年厅等于是医院的第二食堂，那儿得提前三天订座。金榜厅在每年第三季度很紧俏，平时则空着。平时光顾的大约就是我们了。

苏琳琳请客总是由我来定时间，这就叫我无法推脱无处逃遁。我老婆总是说：奇怪，她怎么老摽着你呢？我说我不是当过她的领导吗。我老婆没好气地直哼哼，说我也有病，到时候还是不放心跟去了。而且，还吊着我的膀子，小鸟依人的样子，那小鸟肥胖如天鹅，我觉得挺别扭，一路走一路试着挣脱她，可她就是不撒手。

我想，苏琳琳看重我，可能因为我家是高中同学的联络处，谁的好事儿，通过我老婆的快嘴，立马就传遍全年级女生和男生的家属。或者苏琳琳只是要向我老婆炫耀她的得意。三年前我儿子很顺利地被上海高校录取了，她一再复读的女儿林林仍然有些麻烦。林林直到当年高招工作扫尾时才被北京搜罗去，虽说也是名牌大学，可她的分数只够中专抛档线，想必交了不少钱。交钱能走便是本事，偷鸡蚀米的家长有的是。当时如愿以偿的苏琳琳把整个快乐大酒楼都包下了，大厅和所有包间一共是三十八桌。我和我老婆一见到场的有好几位常在电视里露脸的人物，便自觉地随便入座，但苏琳琳很坚决地拿我们当嘉宾拽进了金榜厅。金榜厅是整个宴会的旗舰。大庭广众下的拉拉扯扯，叫我老婆挺窝火。我就是通过她的强拉硬拽猛然感觉到那般铺张中有巾帼不让须眉的意思。那天，扬眉吐气的鞭炮足足炸了半个小时，震得全院的医生和病人心惊肉跳，弥漫在那一带的硝烟经久不散。

打那以后，我经常在金榜厅听到林林的好消息。那个女孩子显然懂事了，很珍惜母亲为她创造的入学深造的机会，各方面表现出色。我为她的优异成绩和德智体全面发展一共醉过八次，每次都是被苏琳琳和我老婆抬回去的。我老婆一路骂到家，苏琳琳很惭愧，便死活不肯走，硬要留下来替我打扫卫生，所以我每次都是干干净净地醒来。

我醉着的时候，我老婆就和苏琳琳钻进一个被窝亲如姐妹，通宵达旦地讲着女人的故事和心事。在我老婆把我们夫妇间的许多秘密都出卖了之后，苏琳琳终于告诉她，自己之所以能够那样放肆地请客是因为有好些个舞伴自告奋勇地买单。

为此费尽心机的我老婆恍然大悟，一连几天激动不已。有时半夜里还弄醒我，发一通感慨：难怪！我说她那个穷家怎么经得起这样折腾！

在一个秘密破解之后，我老婆又生新的疑问：林林再刻苦，也不能三年不回家呀，春节也去做家教吗？

我不知道她怎么弄到了林林的电话号码。疑问一经提出，她马上就要得到答案。在我的呵斥声中，她逮着电话使劲敲。住所没人接，手机说您拨打的用户已关机或不在服务区。我老婆锲而不舍，一觉醒来是半夜了，睡眼惺忪地又抱起电话机。大约有一周时间，吵得我没睡过一个囫囵觉。我老婆一点也不心疼我掉的那几斤肉，只是牵挂着北京某校园

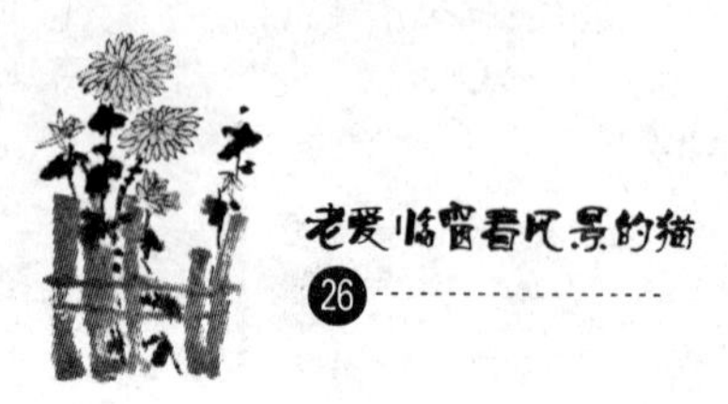

的女孩子。我说：好在联系不上。万一让林林接着了，你对她说什么？

我老婆说：问候她不行吗？问问她住在哪里，碰上有出差机会去看看她总可以吧？

没过几天，她果然要去北京开会了。我怀疑那个会是她找领导争取来的。出门时，苏琳琳赶来送站，托我老婆给林林带了一大包吃的。我老婆很为难，说不如捎钱去吧，北京那样的大地方买啥没有，再说会议挺紧的，要是联系不上怎么办？苏琳琳说，我昨晚跟她说了，要她明天请假去接站。她会在出站口等，万一没看见，你出站后去车站前面找国旗，你们再在旗杆边接头。要是这两头都塌了，你住下来再给她打电话，让她去找你，号码不是给了你吗？

结果，我老婆跑到北京却不停地往家里打电话，说她当了半天的护旗手，然后拨了一百次电话跟林林还是联系不上，而苏琳琳家的电话可能没放好，问我那包东西怎么办。我没好气地说你自食其果吧，天鹅都是这么喂肥的。

放下电话，我还是去了苏琳琳家。她正在盯着五斗柜上的闹钟不耐烦地伺候丈夫吃饭，那个下肢瘫痪的男人看上去胃口很好，床头的地上扔着好几只白色泡沫饭盒。快乐大酒楼的残羹剩菜却也是美味佳肴，她丈夫不管她的催促也不理会我，怡然自得地剥着基围虾。也许，因为老婆催的，他故意把一堆虾壳重又收拾一遍，把虾的眼睛一只只摘下来送进嘴里。苏琳琳听说我的来意，连忙去检查电话，原来是丈夫把听筒碰掉了。她说：该死！林林今天告诉我，她搬迁了，和同学合租了一间房，手机也换了。她用做家教的工资新买的，还买了一台电脑呢。知道她给谁做家教吗？给一个副部长的孙子。她怪我不该捎东西去，我还以为她去接了站呢。

她急忙给林林打电话，拨了几回不通，只好拨我老婆的手机，把林林新的号码告诉了我老婆。完了，转身见丈夫越吃越斯文，她劈手把饭盒夺下，打开了锈迹斑斑的冰箱：你看看，好吃的还多着呢，慢慢解馋行吗？我晚上有事，七点半得赶到。

冰箱里层层叠叠的尽是白色泡沫塑料。算算最近一次吃请的时间，我估摸乳鸽该长毛了海鲜该生霉了。苏琳琳白了我一眼，说冰箱打到最低温度。搁在床边、她丈夫伸手就能够着的便盆证明，我的担心是多余的。

苏琳琳要我稍候片刻一块走，自个儿忙活起来。她把一日三餐累积在床底下的空饭盒用脚钩出来，一脚一只地踩瘪了，盛进垃圾袋，随手从窗口扔下楼去。垃圾袋非常精确地落入垃圾箱，那条抛物线和她旋转的舞姿一样优雅。然后，她打来一盆热水，开始擦洗丈夫。

给他洗完脸，她猝不及防地掀开被子，风卷残云般把丈夫扒了精光，动作之迅猛容不得任何反抗和抵御。她丈夫捂住下身，哀哀地看着我，像一头躺在盆边的牲畜。苏琳琳为他擦身做得很专业，边擦边按摩，擦洗是强调重点兼及一般，按摩是抓住穴位以点带面。显然，她的双手堪称回春妙手，当她由小腹深入到他的腿裆时，他的眼神变得迷离了，那是陶醉般的迷离，好像麻木不仁的下半身恢复了知觉似的。她给他翻身时，他放了个不带响的臭屁，整天弥漫在屋里的臭味又增加了浓度。她拍了拍他瘦削的屁股，这可能是一种善意的批评方式。这使我惊讶地发现，他萎缩的下体与正在肥胖的上半身极不协调，就和这破烂肮脏的环境与风韵犹存的女人极不协调一样。苏琳琳仍记着那个约定的时间，但她手下却是从容不迫。她细致入微地扒开股沟扒开脚趾丫，擦了又擦。她说明天中午暖和的话，给你洗个澡。我这才注意到，床底下放着一只船形的木盆，正是乡间用来烫猪刨毛的盆。那种盆比较适合让病人躺在水里，真是活学妙用了。想象着床上这个男人入浴的情景，我忍俊不禁。

苏琳琳瞪了我一眼：你笑什么？

她正给丈夫套上干净的短裤。我说这条裤衩太花了，简直花枝招展。她丈夫一乐，终于开口说话了，说：是她的裙子改的。

我和苏琳琳刚出门，她家的电话响起来，她转身冲进屋里去接。我依稀听出了个大概，是林林告知父母自己决定考研了，刚从网上查到最近的英语考试成绩，顺利过了六级。苏琳琳大声训斥林林未去接站，命

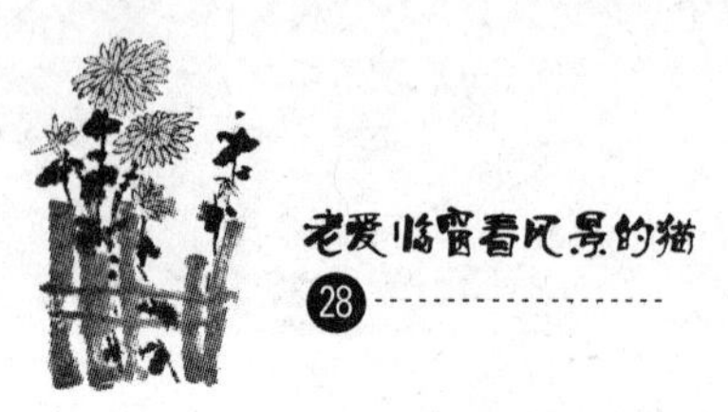

令女儿今晚必须去我老婆开会的宾馆，林林好像很不耐烦，急得苏琳琳直叫：东西难道还能麻烦人家带回来？死丫头！

尽管如此，苏琳琳出来时还是满面春风。我说你又该请客了。

我们是在舞厅门口分手的。其实，当她邀请我进去听听音乐时，我心里痒痒的，我老婆难得出差，自由真的很可贵。但是，等得心焦的樊一枪对我充满敌意，他的右手捂在腰间，好像那儿别着一件武器。听说许多年前他下乡去视察工作，曾掏出五四手枪朝山岩上酷似女阴的绝景开了一枪，崩掉了一蓬茂盛的青草，他认为那是侮辱女性。那个地方现在成了旅游胜地，但导游把他的劣迹添油加醋编成了故事，弄得樊一枪威名远扬。见我对苏琳琳的邀请态度暧昧，他的眼睛立即向我开火了。那么深刻的醋意和嫉恨，让我相信他已经成为苏琳琳的俘虏。

后来的请客还是我定的时间。我定在我老婆从北京回来的那天晚餐。那天是好日子。那天三医院成功地为一个少妇摘除了长有恶性肿瘤的子宫，主刀医师许大夫对她丈夫说看你们年纪轻轻的先给你留着宫颈，她丈夫一感激在快乐大酒楼订了五间包厢，把金榜厅也给占了。

我们别无选择地进了红运厅。也许就因为这个包厢的名字比较桃色吧，樊一枪和另一个老头儿竟在买单的座位上展开了争夺战，抢绣球似的。最后还是苏琳琳说了算。苏琳琳把荣誉给了樊一枪，把他感动得拿歌谱当菜谱了，点的都是舞曲。

我老婆贴着我的耳朵说：瞧见了吧，再过十五年你也这副德性！

我踹了她一脚。这是警告。警告她别胡说八道。打下车进家直到跨进酒楼，她一个劲地唠叨，怀疑林林的所有号码都是假的，甚至怀疑林林根本就没在读书，天晓得在哪儿混。离开北京前，我老婆无奈之中干脆逃会提着那包东西去了林林的学校，每个系都问了，都摇头。我老婆提着东西已经走出校门了，想想不甘又扭头回去，在那袋东西上拴了张纸条扔进传达室赶紧逃离。到家后我老婆气呼呼地要把真相告诉苏琳琳，被我骂住了。我教她撒谎说在去学校的路上碰巧遇到林林，三年多不见这孩子长高了，更漂亮了，真是女大十八变，越变越像你苏琳琳了。

酒菜上桌后，苏琳琳宣布了请客的理由。她每次都要叫来那几个同事，就因为她们嘴快，她的幸福很快就能传遍全医院。果然她们迫不及待地离座去隔壁敬酒，随着她们一回来，为宫颈干杯的人们也络绎不绝地过来给六级道喜了。在成功摘除子宫的许大夫的强烈要求下，苏琳琳断了奶，倒了一杯干红。樊一枪很是体贴她，见义勇为地站起来对许大夫说，我用三杯白酒代她行不行？说着就豪饮起来。许大夫要赖了：我还没同意，喝了也白喝，你以什么名分？

樊一枪拉下脸来：小伙子，你向我要名分？告诉你，名分是人造出来的。你喝就喝，不喝拉倒！

苏琳琳赶紧站起来和许大夫碰碰杯，把林林英语过六级的欢欣一饮而尽。她是不会喝酒的，尽管她总在请客，这可以通过她酒后的脸色看出来。一杯酒下去，她满脸血红，眼神迷离，让我想起她年轻时的样子，想起在农场的那些个夏日黄昏她出浴后在门前梳妆的样子。可能她感觉到我的目光了吧，自个儿斟满杯，硬要敬我们夫妇。我老婆不肯举杯，我老婆说应该把程序理顺了，先让我们祝贺林林过六级。我老婆逮住这个机会，又把我儿子数落了一顿，说他考六级烤焦了，连考三次都过不了关，一次不如一次。这是事实，但话从我老婆嘴里出来不仅酸还带刺。苏琳琳大度地笑笑，说那就为我们的孩子都有出息干杯吧。

我和苏琳琳喝得很痛快，我老婆却只抿了抿，还在我耳边嘀咕道：好像她女儿多有出息似的！

这回我没喝多少，那两个老头儿太兴奋了，所以我成了观光客。他们使劲用好话把苏琳琳灌醉了。苏琳琳的醉态表现为拿我当醉汉，顽固地坚持要送我回家，我们在快乐大酒楼门前推推搡搡弄得大家都很不快乐了，倒是吸引了无数快乐的围观者。我只好打个车把她一道拖走再说。

上了的士，苏琳琳说：其实我也没醉成那样，我只是兴奋，想跟你们再说说话。

我老婆喜欢倾听。就像她喜欢我忍受她的唠叨一样。马上她就变得热情洋溢了，依然亲如姐妹地拥着苏琳琳进家，又是泡茶又是削苹果，

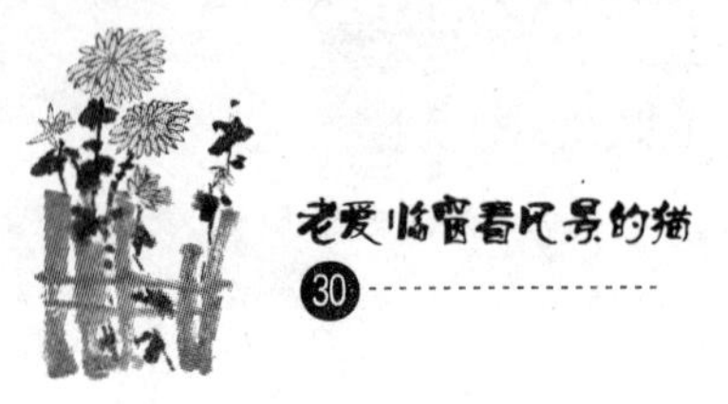

还不停地使眼色来撵我。

苏琳琳问我老婆：北京那么大，你真是在去学校的路上碰到林林的？

我老婆傻了眼，边打哼哼边瞅我，我也不知所措。好在我老婆还算机智，她反问道：干吗，林林来电话啦？

这死丫头，手机倒是换得勤，轻易不给个信，来电话尽拣好事情说，还不让细问，多问几句她就烦。一个女孩子在外，哪有那么好。没个磕磕碰碰吗，没个头疼脑热吗？

女儿多好，怕你惦记，心疼你呢。

苏琳琳竟揉眼睛了：我没想到你会送东西去学校……这死丫头怎么不去找你呢？其实林林没进那座重点名牌，我花了好几万，进的是野鸡大学，说是什么重点大学的分校，离北京西站挺远的。读了一年才知道上当了，好在它的学历还管用。林林说反正是过渡，她要考研考博一直读上去，每次她都是这么说的。你是下午遇到林林的，看样子她大老远跑去上辅导班了，她要考那座名牌大学的研究生。

我老婆的眼睛瞪得又大又圆，而且傻乎乎地哭了起来。我不能让她的泪水淋湿了人家幸福的想象，那想象该是苏琳琳仅有的安慰了。我嘲笑了我老婆的眼泪。

我老婆马上意会了，说：我见不得人家流泪，苏琳琳你也是，孩子争气多叫人高兴呀，我家那臭小子要是有林林一半懂事，我做梦都会笑醒。

从此，我老婆说话比较动听了，可能她发现嫉妒已经毫无道理了吧？

苏琳琳后来请客间隔的时间比较长，可以说很漫长，半年多了。起初，有一两个月我没有见到她。只见樊一枪，依然是痴痴地守候在舞厅门口，依然是日日怀抱双臂温暖着早点。有时急了，他还会吼一嗓子：我家住在黄土高坡喔。可能苏琳琳让他失望了，那老头儿后来也不见了。

我没想到她家会出什么事，因为我老婆三天两头给她打电话，她在电话里依然有说有笑。我老婆问她：你那同学这些天买菜回来老念叨你，早上不跳舞了吗？躲那个樊一枪吧？

倒是在酒桌上认识的一个姓李的护士，跟我老婆道破了苏琳琳的秘密。她说林林得了病，叫苏琳琳给领回来了，在家里养着呢，往坏处想可能要做手术。在商场的电梯上，李护士是咬住我老婆耳朵通报的病情。

我老婆死活不相信。但还是买了几百块钱的营养品让我拎着，一道去看林林。一路上她不住嘴地嘀咕：一个女孩子才多大呀，怎么会得这种病？肯定是庸医害人，不在北京检查治疗，回来干什么！三医院名气不小，谁还不知道它的斤两？都是花钱做广告炒热的。连苏琳琳她自己都能主管理疗科，她也不想想！

那天我们见到的苏琳琳面容憔悴，眼圈发黑，枯涩的头发里夹杂着不少白发，忽然就见老了。不过她很镇静，时时笑一笑。她不让我们去看林林，说这孩子可能就是考研的精神压力太大了，又不会照顾自己，肚子里才长了肌瘤。三医院已经把全市医院最好的几个大夫找来会诊，从片子上看，应该是良性，但本院的许大夫认为它介于良性和恶性之间，就看它今后朝哪边发展了。苏琳琳说，年纪轻轻的，怎么可能恶性呢？我在这里工作快二十年了还没见过。我当然只能同意保守疗法，孩子还有一辈子呢，她的一辈子也是我没过好的一辈子呀！

我老婆顿时泪流满面。她说得挺感人，说得我眼里也发潮了。她说：那个许大夫不是跟你挺好吗，你不喝酒的人还同他干了一杯，多给他面子呀！他怎么能这样，什么同事！你怎么不让孩子在北京治呢？你走不开，我请公休假去照顾。缺钱，我来发动大家捐助，你们高中同学全年级二百多号。有小气的，我先替他垫着，看他好不好意思！

可能医生见多识广吧，苏琳琳倒是沉着，反而安慰我们别太紧张，并再三叮嘱我们要严加保密，还托我老婆上班没事勤在网上留意考研的信息，有复习资料下载给她。她笑着抱怨道：我们医院尽是快嘴婆，我怎么也堵不住她们的嘴。你看，这么多领导都晓得了。

她掏出一叠纸条，是理疗科的病人写的，他们的口气都不小，有的是直接写给省、市有名的大夫，有的是写给他们的领导，说介绍个朋友找你看病务请好好安排云云。她从中抽出一张递给我老婆，轻声说：这

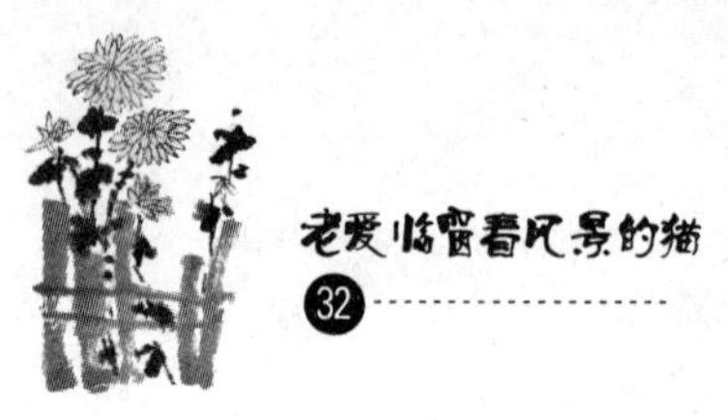

是全省最好的妇科医师，你不是……这张你拿去，抽空去找她给看看。

我老婆哽咽着：你还想着我呀！快带林林去求医呀。

她说她相信自己的医院相信许大夫，林林的病到哪儿都是这样治。后来，我老婆每次给她送去下载的资料，她都掏出那种介绍信问我老婆还要不要。我老婆告诉我，苏琳琳把纸条分赠给了好几个女同学，她们有的果然凭此得到热情接待和良好医疗。

我说：她还忘不了请客呀！

我老婆呸我：老喝人家的，还说风凉话！那个家亏了有个要强的女人！

命运却偏偏同苏琳琳较着劲。许大夫的预言不幸应验了，林林肚子里的肌瘤果然来者不善，长得太快。许大夫认为要快刀斩乱麻，不能再保守观望、贻误战机了。把每次拍的片子拿出来一比照，几乎可以感觉到它的气势汹汹。

苏琳琳是在半夜里打电话告诉我们的。我老婆把听筒摁在我耳朵上，让我帮助她判断电话里的苏琳琳是不是哭了，我觉得像哭声。于是，我老婆夺过电话陪着她哭。我老婆哭到伤心处，提出要过去陪她。苏琳琳不肯，说自己此刻在樊一枪家里，樊一枪正坐在她身边，一张张地递纸巾。看来，舞伴真是她生活中不可或缺的角色。

林林的手术也很成功。那天上午，我老婆一直陪着苏琳琳，过了十二点，林林才出手术室。这个虚弱的女孩子好像不知道手术对于她意味什么，竟问母亲再过半个月能否回北京上学。她准备拿到本科毕业证后继续留校补习，下次再考研。

苏琳琳没说什么，把林林交给了我老婆。她自己要忙着招呼三医院的同事，请他们去快乐大酒楼吃饭，同事们辛苦了。

许大夫坚辞不去，责怪道：苏大夫，你怎么这样！院里的纪律贴在墙上，拒收红包拒吃请。同事之间还搞这些名堂呀！

苏琳琳说：食堂早就开过饭了，我怎能看着大家去摊子上炒米粉。

许大夫恳切地说，这么年轻，还没结婚生育就切除了……何况切片结果也没出来，谁有心情吃饭。

苏琳琳仍然执意要请客。许大夫最后苦笑了：看到结果再说吧，要是良性你就犒劳一下大家，是恶性那就免了，谁也不忍心吃你的。对不对？

下午，我终于接到我老婆的指令，要我在六点钟以前赶到金榜厅。这就是说手术后的切片化验结果是可喜的，那个属于骑墙派的肌瘤还没有来得及倒向恶性那边。苏琳琳举杯要敬医术精湛的许大夫和关心林林的同事们朋友们，但大家都不忍端杯，顾自默默地嗑着瓜子喝着茶。

苏琳琳见劝不动大家有点无奈，便先要了个泡沫饭盒，每样菜都给丈夫夹了一点，还给他要了一杯那种二两装的小瓶白酒。

樊一枪却不耐烦了，慷慨地说：嗨，你喂猫呀，临走我给他要一个大份的基围虾！

大家笑了。一笑，有些沉郁的心情也就豁然开朗了。酒桌上气氛渐渐松弛，大家为良性肌瘤，为林林的漂亮、懂事，为她即将大学毕业，你来我往地干杯。尽管有樊一枪护驾，激动的苏琳琳还是喝了好多干红。苏琳琳一直喃喃道：我今天要醉，一定会醉……

散席时，她站在镜子面前不肯走。她问我老婆：我这副样子是不是很难看？

我老婆示意我来回答，异性在这个问题上更有发言权。我得到了从容打量她的机会。我仔细审视着她的头发、她的颈脖、她的两颊，几星浅浅的雀斑和少许细细的皱纹。我无法回避她的眼神，我看见了她内心深处的疑惑。被我窥见，她立刻显得很慌张。我说：你醉着的时候桃红水色，像年轻时一样漂亮。

可那是假的……

她久久地端详着自己，一副沉醉的样子，幸福的样子。我差不多被那帧镜像感动了。

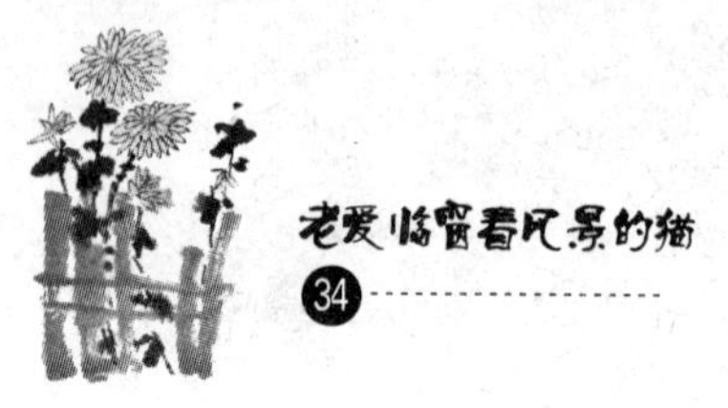

叙说的编织方式

奶水就这么吱吱吱地射进不锈钢的干部杯里。这声音让我格外怀念大学时代睡在上铺的同学，也就是这位挤奶女的丈夫。当年他常拿茶缸当夜壶懒得下床，终于犯了众怒，被撵到化学系那边去搭铺了。不料，这倒成全了他，他因地制宜兼修化学，如今得以端着中文的碗吃着化学的饭。前几年，外地好些日化企业竞相以高薪聘请，蜜月中他毅然决定去闯闯，说混不下去就回来，好的话把妻子也调去。中间，他妻子去探过一次亲，那次大概没设防，于是便酿成了乳汁泛滥。

晓霖如释重负地回到客厅，将那炮弹似的杯子放进她的提包里。她管我妻子叫大姐。她大姐说：孩子早该闹了，你倒潇洒，忍着胀奶的痛苦来扯闲天。这样焐着留着喂孩子不好吧？

晓霖揉着胸憨憨地羞羞地一笑。她的奶水很旺，孩子顿顿有余粮，早晨剩的盛在奶瓶里上午让婆婆热热，工间她就不回家了。但她几乎天天以喂奶的神圣名义从单位上溜出来找她大姐说话儿。最近，行政机关风声也紧了，说是要搞优化组合，她大姐再不敢在办公室陪她聊了，而她这人又特别黏，一旦感觉别人不耐烦就说你忙你的吧，我看看报纸。眼神挺好，就是缺心眼。她大姐趁着这几天准备会议材料，把办公室的活儿搬回家，目的就是想疏远她。谁知，还是躲不脱。

挤奶后的晓霖洋溢着自豪感。晓霖说：这个，不喂。我回家还喂这个吗？留着给孩子搽搽脸蛋屁股蛋，不是滋肤养颜吗？糟蹋了挺可惜的。

这时我冒失地说了一句话，后来她大姐怪我不该把人家隐喻为奶牛。我不过是说，他们两口子要能解决两地分居就好了。黄一峰何许人也？潲水桶。当年谁有剩饭剩菜都往他碗里倒。晓霖当时倒是乐了，掩着嘴，眯缝着眼，瞥了我一下又一下，噗嗤了一声又一声。老这么着，挺折磨人的。于是，我就像个大领导似的走开，把来访者交给秘书侍候。

晓霖一屁股就坐在了她大姐又急又烦的心情上。晓霖唠叨的总是关于两地分居的现实及前瞻，她大姐常复述给我听。因为我也关心他们，我们夫妻俩是他们两夫妻的红媒。那年她大姐去参加妇干培训，学的是法律，半月后回来竟着魔似的热衷于编织，全是因为结识了晓霖的缘故。晓霖手很巧。有一阵子两人常结伴去采买毛线，在晓霖的亲切指导下，她大姐让家人和部分重要的家电家具都穿上了她亲手编织的毛衣。我对晓霖印象挺不错，于是我让她替懒得下床起夜、懒得恋爱的黄一峰织一件，温暖温暖那颗瑟瑟缩缩的心。黄一峰从此像地下党似的同她断断续续地保持着联络，每次接头的时间、地点都没个准，显得鬼鬼祟祟的。拖了两年，他才决定投奔组织。晓霖真是柔顺，要是这小子一直懒洋洋地悬着，怕她也能勤勤恳恳把爱情这件毛衣无休止地织下去。

我支棱着耳朵倾听客厅。晓霖的声音轻柔而缓慢，以编织的方式叙说着远方：

大姐，你还别说，他真不肯糟践东西。我泡方便面的残汤，都不让倒。我嫌辣，他也怕辣，可人家精神可嘉，夺过去就喝，也不腻歪。我常想，他该不会沦落街头扫盘子吧？当然，不至于。混不下去早回来啦。他好久没消息，我与他也联系不上，说明他很忙，忙就好。他早就说看中了郊区的商品房，叫桃苑小区，环境很好，家家有车库。对啦，他大概正在学驾驶。他还得忙我的事。接收单位倒是有，可人家要面试，面试就面试，抱上孩子我就可以走的。可他不肯。他怕旅途上大人小孩都受罪，让我寄去一张照得最好的底片，他在那边冲洗了好多，他拿照片去让人面试。我说你这是为我另找婆家吧？说起照片，大姐，有件事挺叫我难堪的，不知对你说过没有。我们单位有个男人……

一直敷衍着打哼哼的她大姐忽然警觉起来：他又怎么啦？显然，她大姐是听说过这个人的。晓霖继续说：不只是现在，是一直。你知道，我在单位上不起眼的，差不多被人忘了，休满产假后去上班，没人问我

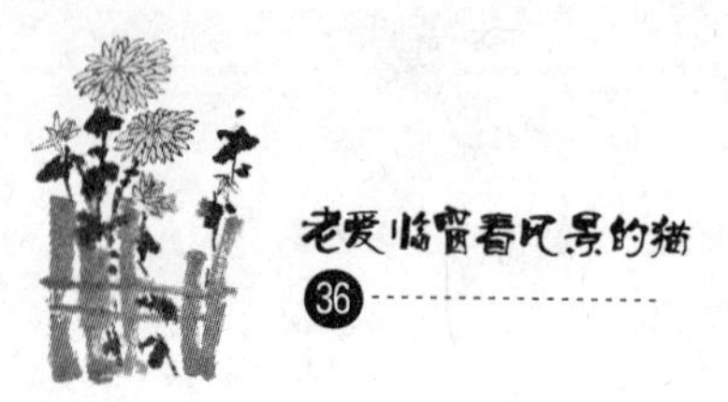

生男生女的，人家知道我迟早要走，更加不在意我。只有他……姓孙，老孙，常会主动过来问问，也不过是一问一答吧。可这一年来，好像别有用心，问一峰的单位属实吗，问那边的电话地址真实吗，问我上次去探亲逛过哪座商场吃过哪家餐馆。问得邪！上个月单位上遭小偷，一晚上撬开六间办公室，把他的桌子也撬开了，抽屉里的东西撒了一地。你猜有什么？相册。里面全是我的照片。他爱好摄影，利用管着公家相机的职务之便，偷偷地藏着我的照片。第二天上班，满屋子的观众，你说我多狼狈，我当众给了他一耳光。当时我要是克制住自己就好啦。为这一巴掌，我老觉得欠他似的。

她大姐像个哲人似的告诫她：你不能有这个念头，一点也不能有。别人无法生擒你，你的念头却能自缚。就说我们俩，高中时他在课本上写满了我的名字，用拼音写的，还把声母、韵母拆开来。不敢太放肆呀。可被我发现，我把他的课本撕掉了。那时课本是什么？是学校印的讲义。没有了，无处可买。看他急得猴样，我也后悔。一后悔倒好，成了他的俘虏。女人天生心软。

我暗暗冷笑。我想，那老孙也许蓄谋已久，那窃贼也许就是老孙雇佣的。关于老孙，我早有耳闻。他是从外省引进的人才，人称孙博士，在晓霖单位上任总工。他老婆却是农村妇女，长得倒是标致，老孙之所以离开从前的地方屈就自己，图的是可以安排老婆就业。他老婆就业不到一年就不务正业了，居然混成个总经理，带着一帮小白脸跑到黄一峰那座城市去发展。那边一个老板想娶她共创辉煌，她却不想同孙博士离婚，尽管孙博士几年来一直独守空房。孙博士自嘲他的三室一厅住房为小件寄存处，我倒觉得那里该挂社会保险局的牌子。

我猛然想到一峰，心里一惊。他向晓霖展示的美好蓝图，是遮羞布呢还是金丝绒的帷幕？

我必须稍作交代的是，晓霖长得挺好，一个美貌女子拖成大龄青年而后顺其自然嫁给我那位散漫的同学，这与她的性格有关。她大姐说她从前有许多追求者，我说我也相见恨晚。她大姐愠怒地冲我射白眼：有你，你也会自讨没趣远离她的。晓霖很内向，那些热烈的心在她眼里不过是一个个线团，她以非常娴熟的手工和精巧的构思将它们一根根抽出编织成寒衣或壁挂。黄一峰在入洞房之前不无担忧：我娶的是一台编织机。我说这就对了，她充满对生活的热情，表达方式却有着难能可贵的宁静，难道你喜欢我家那台开起来如摩托的洗衣机么，它倒是热烈。黄一峰若有所思地盯着我说：对，故障是声源之一。

我无意得罪天下的妻子。我不知道一峰心中所想。我只是表达对女人某种品性的欣赏。婚后这对新人常来我家坐坐，晓霖安安静静地忙着手上的活儿，明澈的眼睛却照着说话的人，不时笑笑。一峰说在家里也一样，她的一笑就是千言万语。对厌烦唠叨的男人，这是多么令人神往的境界。但是，一峰很快就破坏了它。我指的不仅仅是他的远走高飞。姑且把她喻作编织机吧，更重要的是他不再给它上油，甚至很可能拆卸了某些零部件。

于是晓霖变了，用她大姐的话来说：怎么吱吱呀呀像散了架似的，连开关也失灵了。那天，晓霖一直坐到我做好午饭，我孩子放学回来。缠来绕去的，说的全是黄一峰孙博士和她那对价比一群奶牛的乳房。那对乳房令她大姐忆起旧怨，喋喋不休地责怪我当年措施不得力，我未能心狠“口”辣地完成那项疏浚工程，导致孩子从未享用一顿母乳，害得她犯乳腺炎差点儿挨刀，为买牛奶大大增加开支不说，最可恼的是孩子染上了牛脾气。

十多年来我为此抬不起头，但这会儿我理直气壮了：人家晓霖让谁吸呀，人家怎么浩浩荡荡呢？

她大姐冷笑起来，那笑声令我直打寒战：谁说没人吸呀？吸得才叫狠呢，吸出了血，吸出了脓一样的初乳……疼得她哭着喊着告饶，还骂帮忙的人是流氓。

她婆婆？

她大姐瞥瞥我，憋忍着。但终究保不住密，道出一个不可思议的名

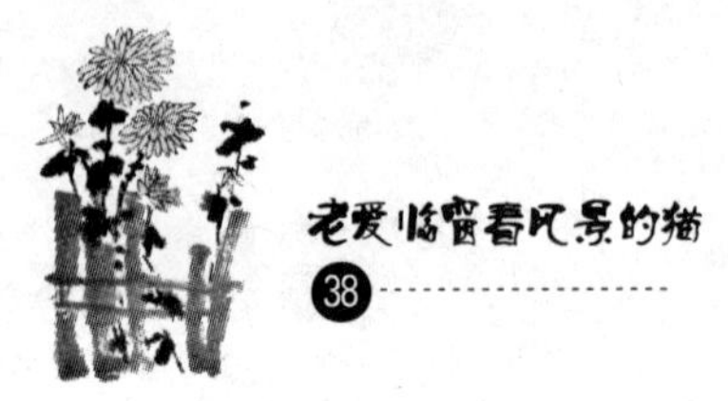

字。很有学问的名字。原来，产后出院了孙博士给晓霖送信去，正赶上她婆婆为吸奶器而沮丧。孙博士便长了一个心眼，第二天牵去他那听话的儿子。谁知儿子长到十来岁早已忘记幼时的活儿，非但没使上劲还咬了人家一口。孙博士在门口听到尖叫冲进屋里，一掌将儿子掀翻了，也没商量，朝她未及遮掩的怀里便是一个俯冲。怯怯地说起这段隐私，晓霖又是感激又是羞恼。后来她给孙博士的那一巴掌大约也积攒着前嫌。

这个孙博士让我警觉，我是为黄一峰担心。但是，晓霖的再次登门证明我的担心是荒唐的。

晓霖红着脸向我们展示了一峰的来信。确切地说，是一封信中可以示人的部分。她大姐急切地接过去，读得既贪婪又刁钻，那模样极像一尾小心翼翼觅食的鱼，叼一口饵料又放掉生怕咬钩似的。她叼的是句子和段落。

她大姐说：他跳了槽，为什么？不是说公司对他很好给的报酬很高吗？还有，说你的事已落实，哪里要你怎么不提？这能说只欠东风？何谓东风？再就是这段，说置了房子，在桃苑小区。那里连家具都不必操心，搬个人进去就行，他倒大谈装修事宜！干吗呢？报上有广告的，一整版呢。我早就替你留心着那边的所有事。

兴冲冲的晓霖脸色不那么漂亮了。她嗫嗫嚅嚅的，俨然成了黄一峰的代言人：跳槽嘛，这很正常的。他其实已换了好几家公司。有时因为报酬，有时因为与老板的关系。我去探亲那次，就因为老板忙着打官司没按惯例请我，他竟拂袖而去，这次是他向报界透露了公司不正当经营的情况，老板很火，他赶在老板动手之前先炒了人家的鱿鱼。他在信的前两页中说了。接收我的单位，也在前面说了，是中学和区医院，我干过会计、人秘、党务，写写算算的活儿都行，那边挺满意的，只等市里开禁。房子的事，前两页也提到了，他指的是桃苑那个方向，并不是小区里的花园别墅，为了车子他不想太奢华……

黄一峰的来信长达四页。后两页中令人生疑的空白原来都可以在前两页找到实在的内容，她大姐便哑口无言了。但是，这封信逻辑混乱、颠三倒四却是不争的事实。我想黄一峰极可能是在酒后奋笔疾书写下的醉话，正如他在信中所言，某次酒后驾车让交警逮着，交警恰巧是老乡，恰巧又是那边人事局长的小舅子，人家非但没罚款还心甘情愿地做了他的小舅子，因为交警与晓霖恰巧又同姓。其实，我真的从信纸上闻到了醉酒的呕臭。

一峰用的是很精美的信纸，彩色的，右下角印着花饰，一支箭射中了一颗心，或一朵花招来几只蜂，天头上还印着粉色的爱情短诗，每张图案、诗句都不同。显然，这种信纸适用于热恋之中的消费者。这使晓霖尤为感动，她说：大姐你看，他变得细心了，讲究了。以前他总是邋里邋遢的，连封信也脏，烟灰、茶渍、面包屑什么都有，最可恨的是墨水渍，一团一团的像乌云老把关键的地方遮盖着。有次告我电话号码，后两位数是一滴墨，你打去吧！那时候我快到预产期，心里惶惶的，一急，就发了狠劲儿，从01一直拨到98，好几次拨到饭店总机，人家问我房号。还有一次真拨出一个黄一峰，满嘴的鸟语，那人大概不是好东西，他拿我当……当那种女人了。气得我摔掉电话，写信去骂了一峰一顿。他倒开心呢，他说你往前拨就是我呀，挺住就是成功呀，你应该从99开始拨呀，这不是一个最吉祥的数字吗？吉祥的数字都拍卖呢，你怎么不把我往好处想呢？逗不逗？今天接到这封信我还犹豫了一下，信封、邮票也像精心选的，吓得我不敢轻易拆开来。是孙……孙……从收发室取来的。他也有一封。他老婆的信倒越来越马虎，他懒得拆就揉揉扔掉了。

她大姐打断她，说：他现在的住址、电话给我一个。忙完这个会，我可能会到那边出差，陪厅长去。要是走得开的话，我去看看他。

晓霖甚是惊喜，提笔写下的却是一串住址和一串电话号码。与一峰有关的地名和数字，她已烂熟于心。狡兔三窟。一峰究竟是兔是狼是狐狸，谁也不清楚。他应该是个城市狩猎者，但晓霖始终未能分享英雄的荣耀，倒好像他被猎物撵得东奔西突。

她大姐傻了眼：这么麻烦呀，我岂不是要请求警方增援？到底哪个管用吗？这封信告诉你的是哪个？

我知道，晓霖以后屡次想去探亲未能成行，都是一峰那里变故。本来两人约好了日期、车次，一峰冷不丁来个电报电话，说自己要出门谈生意，便把夫妻团圆的喜事给堵在了千里之外。迢迢千里，也不算远，买张黑市票也不过三百元。她大姐曾怂恿她别再约了，闯过去给他个意外惊喜，也给自己释了悬念。晓霖倒是想得深，她说惊喜到了伤害也到了，那不是突然袭击吗？混得果然好，他会嫌我多疑，不好呢，他会很难堪的。再说，还有孩子。孩子带不带呢？

晓霖这趟来没久呆，因为她没带杯子，得赶回家喂奶。她希望她大姐临走之前打电话告知，她想捎点东西给一峰。她大姐摇摇头，说的是丧气话：省着我的力气替你搬家吧。那边气候暖，用不着你的毛衣。你寄的几个包裹不都地址不详或查无此人退回来了吗？

她大姐言重了。我看见她眼里晶莹有泪光。

后来，我向她大姐指出：你不该戳人家的痛处。她大姐挺后悔的，中午、晚上连连给晓霖打电话，总也打不进去。是盲音。真是奇了怪。她的唠叨居然还有别的听众。

她大姐入睡前仍然不安，拧醒我说：我是为晓霖急呀！你那个黄一峰不是在折磨人吗？老说调动的事曙光在前，她好，为了曙光走进了漫漫长夜。自考再过两门就可以拿文凭，想着走，不考了，前功尽弃。评职称、分房，都该有她的份，既然要走嘛，被人占了连声谢谢都不给。你不能光当听众吧？起来，给黄一峰打个电话！

我一直在打探黄一峰的真实情况，只不过不愿向她声张而已，悬念未释，声张只能带来更多不安的话题。

晓霖依然天天登门，她并不在乎她大姐言辞日益犀利。为了排遣孤独和烦闷，她需要听众。她大姐筹备着的会议如期举行，会期三天。那三天她大姐无论如何是顾不上接待晓霖的，晓霖便像掉了魂似的，满大街游走，走着走着，还是到了我家，说来借本杂志，小坐片刻又觉不安，推说喂奶便撤。

上班真是难受。晓霖说，新来的头说事业单位改革势在必行，便大刀阔斧真的搞起竞争上岗双向选择。只有老孙要我，在总工室打打杂，他不过是同病相怜而已。其实，我比谁差劲呀，都因为我迟早要走，可不是还没走吗？在单位上我就像已吊销户口的死魂灵，让人很无奈地供着。

我拨过一峰最新的电话，值班的电脑说线路有故障。晓霖对我报以苦笑，看来现在她才开始怀疑以往所有电话号码的真实性，推而广之，他的住址、单位都叫人难以明察了。他是一个谜。

我们另有一位同学也制造了一个不解之谜。他在县图书馆当馆长，某一天忽然离家出走。失踪好几个月后，才来信告诉家人他已出家，凭着邮戳上的线索，其家人遍访那儿及邻近的寺庙，终是捕风捉影。又过了些时日，外省警方找来，说某座名山发现一具腐烂难辨的无名男尸，警方带来遗物要他家人辨认。一看了得，属他无疑。他老兄看破了红尘又厌倦了净界么？不想此后不久，有人言之凿凿称亲眼看见他隐没于灯红酒绿的闹市夜幕里，是活的，而且活得挺新鲜。

我是很不应该给晓霖讲这个故事的。可是，单独面对她，我嘴太笨。为了鞭策笨嘴，一不留神，抽疼了她的心。

她大姐散会回来，进门第一件事就是给晓霖打电话。耐心等了很久，总是盲音。她大姐便要我陪着去看看她。她大姐急着告诉她，那趟差得延期，因为厅长家出了点麻烦。

乘着晚风散步到晓霖家需时一刻钟。晓霖那个电话还没完，她放我们进屋又抓起话筒。显然，她没有秘密。但那头肯定是一个关心着她的人：

喔。喔。没联系上，他挺忙。再说，那边作兴夜生活，太晚了打过去我又支持不住，孩子挺乖，不闹。就是下半夜得喂奶把尿。这个大肚汉，将来不亚于一峰。现在呀，睡了。正在梦里笑呢，你听听。听得清吗？笑得格格的。我把他的牙牙学语、格格笑声都录下来了，我也录自己给孩子讲故事说的话。去的时候，我要带上磁带，让他听听，让他好好听听。对，我想去。我再想想。看到桌上的条吗，对，明天上午，是书记通知你开会。我要走最快也得明天下午，还不知能不能买到票。

晓霖总算放下了电话，她倒大方，说：是老孙。常和他聊聊。大姐，你说我是怎么啦？从前整天整天闷着才自在呢。可自从有了孩子，我就想找人说话。有时半夜还给老孙打电话。别误会呀，我能找谁呢？他挺宽厚的，比较适合做语言垃圾站。倒过去，他就给焚化了，用不着提防他拣破烂捞好处的。他是好人。他老婆那样了，他还替她留着门，真是……真是不可思议。

她大姐亲亲孩子的脸蛋，又掖掖盖盖地摆弄一阵，接着替晓霖收拾刚晒干的衣物。她大姐转身落座时看见冰箱上放着几包奶粉：干吗，想给孩子断奶？

晓霖端上茶来，点点头：大姐，正要你帮我拿主意呢。我想去探亲，乘机断奶。现在断奶行吗？

她大姐的态度不言而喻，只是担心晓霖真去了，找不到他人。人海茫茫的，凭着那些扑朔迷离的线索，万一扑空怎么办。她大姐想了想，建议晓霖稍等等，和她一道去，路上有伴，到那边她也好帮着找。她大姐有个同学是那边同乡联谊会的小头目，可以求助于他。晓霖却等不得，要去了她大姐同学的讯址。

晓霖其实已经订了车票，行装也准备好了。她从鼓鼓囊囊的大挎包里掏出几盘磁带。

大姐，这阵子你烦我吗？你不会。可你的同事早冲我翻白眼了。后来我一去，他们就大散香烟，团结一致拼命抽，想用香烟熏走我。再就是老喊你去隔壁接电话。你们处长倒像热情好客，还为我倒茶，却老把椅子泼湿。我影响你们的工作，我知道，可我管不住这两条腿。身子一挪，不由自主就去了你那儿。真不知道现在怎么啦，有时把对孩子说的那些话放出来听听，自己都感到可笑。你听听……

随着收录机沙沙地走带，我听到晓霖在某个雨夜里教孩子喊爸爸。孩子的发音含混不清，极可能喊的是妈妈，但晓霖欣喜异常地判其正确，并大加赞赏。

对。爸——爸。乖。真是乖宝宝。宝宝会喊爸爸啦，爸爸多高兴呀。妈妈写信告诉他好不好？宝宝在电话里敢喊吗？敢，对吗？宝宝是男子汉，大丈夫。下次爸爸打电话来，自己跟爸爸说话，好不好？你问问他，那边有大灰狼吗有金丝猴吗有熊猫吗，宝宝最喜欢大熊猫啦。宝宝别怕，是打雷。外面在下大雨。爸——不，爸爸不在外面，雨淋不着爸爸。爸爸那边是晴天，晴天晚上有什么呀，星星，满天星星眨眼睛，还有月亮，很圆很圆的红月亮。爸爸在漂亮的新房子里，比宝宝用积木搭的宫殿还好呢。别找啦，积木妈妈收起来啦，马上该睡觉啦。哦，坏啦，车弄坏了，谁弄的，是臭宝宝吧？瞧你，撇嘴了，难为情是吧。妈妈没骂你呀。乖，不哭。打电话叫爸爸买，买新的，买大的，好大好大的。把宝宝，把妈妈，把爸爸一起装进去。宝宝来开，嘟——开到老远老远的地方。开到哪儿去呢……

她大姐差不多唏嘘有声了。幸好，收录机及时卡了带。

晓霖是第二天下午的火车。她大姐和我都郑重其事地送她到车站。我把那边的关系统统梳理出来，交代给晓霖，正如三年前把它们端给一峰一样。

其实，这样做并无意义。因为三年来，我一直同他们保持联络，并没有叫黄一峰的人有求于他们中的任何一位。但我仍执意要交给晓霖，反正多带一串姓名不累。

孙博士也去送站了。孙博士还一副光明磊落的样子同我们夫妻俩聊了好一阵子。

孙博士托晓霖给他老婆捎去一个皮上写有地址姓名的纸包，里面是什么不知道，但包裹之轻巧，却是耐人寻味的。它该不会仅仅是个封皮吧？

我们目送列车远去。谁知，晓霖未等列车出省境竟下车折返了。她是半夜里回到家的，用忧心忡忡的电话铃声喊醒了我们：

大姐，我不能去。奶很胀，真的很胀，胀得疼，疼得我都哭了。挤？

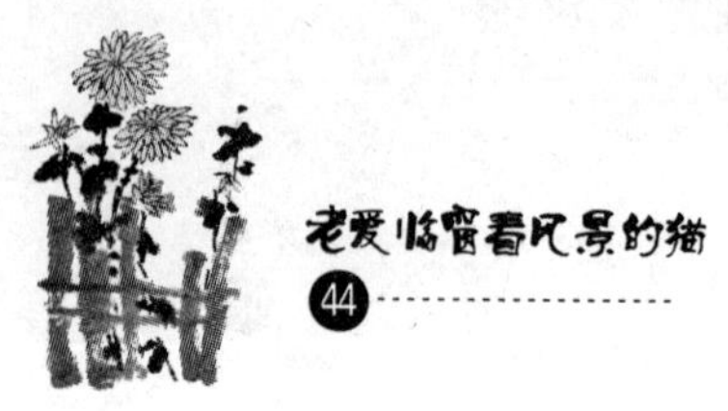

挤过。开始我挤在杯子里，杯子满了，就倒掉。后来我到盥洗间去挤。还是不行。胀得出奇，我对面有个妇科医师也大惑不解，摸了摸，说我是心理作用。我心理没啥呀。真是胀。

她大姐回到床上未加评议。

她大姐未加评议的事，我一般也不轻易说三道四。

街心花园与一条小巷的暧昧关系

吴晨月在一个闪念之间决定走向他。那潜藏在黑黑白白的裸腿间的眼睛。

那双眼睛已困扰她多日，大约从春天开始的吧。春暖花开的时候，生产塑料花的厂子在蔫黄多年后终于枯萎，丈夫说，反正饿不死你，实在闷得慌，你去跳舞嘛！她果然夜夜往舞厅跑。每个晴朗的周六夜晚，往来舞厅绕过街心花园时，她都能看到紧紧咬住她的那双眼睛。

夜晚的街心花园其实是一座婚恋大看台，尽是成双成对的男女，似乎只有他形影相吊。他坚执地守候在那里，像守候关于候鸟的消息。置身于浓浓花香亲亲呢喃翩翩蝶影的温柔之乡，他显得那么孤傲而冷漠。但是，他的目光总是饱蓄着一股力量向她喷射而来，即便她身在远处也能感觉到它的冲击，一如在这条大街的两端都能看到花园中央那一圈冲天而起的水柱一样。

是不是过于敏感了？坐在喷水池旁台阶上的他还是个大男孩呢。吴晨月一次次用频频回首这种简便可行的方法作验证。验证的结果令她耳热心跳，令她在回家的路上像遇着小流氓似的丧魂落魄，令她到家后又像丢了个鼓鼓囊囊的大钱包似的恨不能满世界去寻找。

她为那双眼睛不安，因为它是真诚的、眷顾的，也因为它是忧郁的。她甚至因此而耿耿难眠。今晚你过度兴奋。丈夫说。过度兴奋会影响睡眠。丈夫补充道。碰到这种情况丈夫还会带着虚假的醋意打哈哈：哪个舞伴拧坏了你的生物钟吧？随后，丈夫便鼾声大作，就像她过去的厂长早在八十年代末期就已不必担心库房失盗一样。

于是，她决定横穿街心花园，坦然地迎着他的目光走过去，用自己

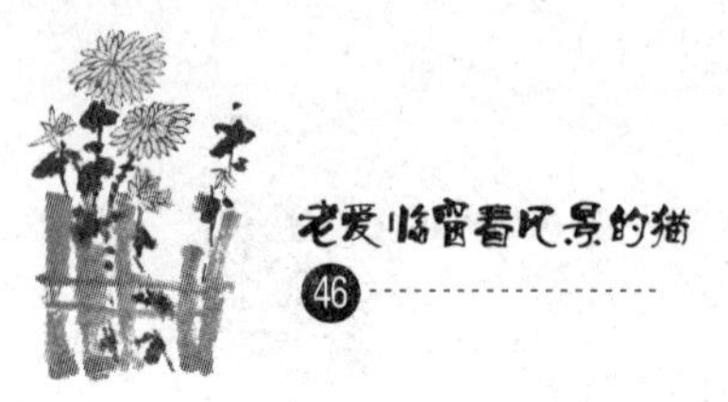

的脚步切割那个绿草茵茵鲜花盛开的圆。至于接近他后怎么办，她不知道。但她清醒地意识到自己在冒险。她为自己并无激情地毅然涉险而感到吃惊。也许因为那目光亲切可人，细致地持久地熨着她，从小腿那儿开始，一直往上，往上，已把她的心熨得平平整整没有一道皱褶。

是的，没有一道褶皱，此刻丈夫极可能也在赴着一个约会。每个周六的傍晚在她出门之后，丈夫紧跟着蹑手蹑脚下楼。丈夫对城市的夜晚有一种莫名其妙的恐惧，轻易不出门，而且除了看书写作抽烟他没有别的嗜好，那么他能去哪儿串门呢？倒是常有作者来电话相约的，他是市报编辑，但不论约他去干什么，他一概拒绝。他说他娶了一盏台灯，就要夜夜与它耳鬓厮磨。于是丈夫背着她出门就显得很可疑了。她一问，非但没问出令人信服的因由，反倒刺激了他，他在外面滞留的时间更长，比她回去得更晚。他们夫妻间的对话越来越少，因为话题越来越现实。能不现实吗？就连跳舞，她也不是真的去解闷。她利用跳舞之际，向舞伴们介绍人寿保险的各个险种。男人的眼睛属于游牧部落，它们总在追寻水草丰茂的季节，而喷水池旁的眼睛怎么就这样轻率地定居了呢？

大男孩刷地站起来，当吴晨月离他只有几步远的时候。他的起立，其实是一种坦白，证明她的感觉是正确的。

吴晨月微微含笑走过他面前，却没有驻足。她得保持成熟女性的庄重。

大姐。他急了，轻轻喊道。吴晨月毫不犹豫地应声回眸。

此刻，她非常真切地看见那双眼睛了，和她在远处在家里在梦里想象的一模一样。它大胆，热烈，且有一种淘气似的坚定，像一棵攀援的藤需要一棵树支撑自己那么缠绵，更像夹在深谷里的溪流那么雄健地奔泻而去却不会漫漶开来，因为它是明澈的，能看见一群一群的叫尊敬叫信任或者叫热爱的鱼儿无拘无束地游弋，把那凝滞的投映着忧愁的水面搅得波光粼粼。

大姐。我该叫你大姐还是阿姨呢？我喜欢叫大姐。

她点点头。风把喷起来的水柱吹成雾，水雾扬扬洒洒一阵阵飘来，吴晨月这才注意到他的头发上沾满雾珠，衬衣后背显然也湿了。她有些感动地审视着这张脸。审视的结果却令她心头顿时掠过莫名的惆怅。他果然太年轻。你认识我？她问。

不。一点也不认识。但我还是想和你说说话。

和我？你老坐在这里望着过往行人，就为了找人说话？

大男孩纠正道：不是随便哪个人，是值得信任的、成熟的……女人。我失恋了。

你怎么就认定我呢？

他愣了一下，目光有些羞涩了：我常常在这儿挨时间，从来没有谁能用善意的目光关怀我。只有你。而且，你那么……有气质，你像是师专的老师。肯定是。要么就是医专的。

吴晨月觉得滑稽，禁不住暗暗苦笑。可笑处并不在于他对她身份的判断，而在于所谓的目光关怀之说。在他看来，倒好像是她最早打量他。这让她多少有点失望，然而，她猛然想到丈夫的鼾声，顿时犯迷糊了：我关怀你？难道不是你自己在寻找关怀吗？难道不是你自己一直在寻找能鼓舞自信的什么东西吗？

他想了好一会儿，才说：也是。

什么叫也是！算啦，我问你，那么你是谁呢？

我叫杨李，是我父母的姓氏相加。我爸爸失踪了。我妈全身瘫痪，病因也不清楚……

你怎么不陪着她呢？

她约了人，一个男的，又不熟。我呆在一旁挺那个。我把我妈抱到板车上，拉到西瓜巷的巷口。我就过来了。

你妈？说说你妈的故事吧，要不，带我去认认西瓜巷。

大姐，下周的今天行吗？

她并未从这匆忙、简短的叙述中品味出他和他母亲的全部辛酸，但她还是欣然地点头应允了。她几乎是冲着这双眼睛点头的。当她望着他孱弱的背影被一对胶合的情侣撞得直打趔趄时，她才猛然感觉到他肩头

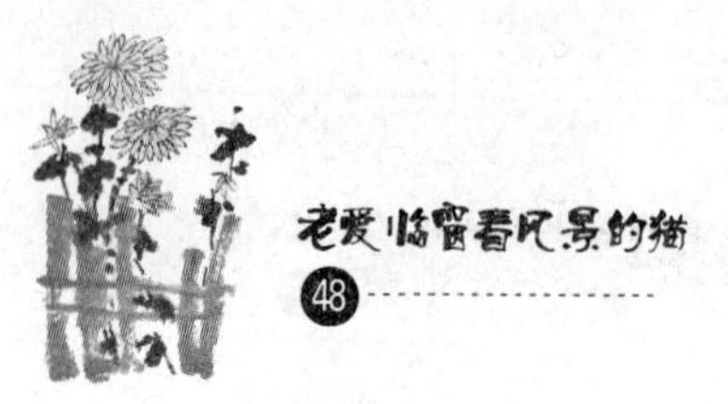

的重量。她喊住他，连忙过去给他单薄的肩头送去一个疼爱地抚摸。后来他频频回首，被抚摸过的肩头好像不自在了，连胳臂的摆动都挺机械的。

吴晨月确信自己真的喜欢上了他。她相信在以后的日子里，自己已经有了一个记挂着、赶赴着的夜晚。

丈夫会唱的歌就是那几首关于红太阳的，还乱跑调。今晚没等他敛声，吴晨月迎出门去：你不是眼睛不好吗，红太阳照边疆，你摸着去那阳光灿烂的地方？

丈夫进屋关上门，摘下眼镜擦起来，好一会才吭声：我出去散散步嘛。

散步是好事，可你得天天如此，不要把锻炼都攒到礼拜六。这一晚上你环城多少圈呀。

丈夫显然生气了：你给一个空间好不好？你自己也是需要空间的呀。所以我鼓励你去跳舞。闲着，你闷；闷着，你烦；你烦，就殃及我；我恼，你就哭；你哭，我就火……你喜欢钻这个怪圈呀，你不喜欢舞场上的旋转吗？跳就潇潇洒洒地跳呗，偏要去拉业务！怎么样，有谁买保险吗？都现实着呢！

整夜无声，连鼾声也没有了。

她忽然羡慕起杨李的母亲、那个不幸的女人来。那个女人没有了丈夫，却有一个忠实的听众。听众有时比丈夫更重要。

后来的周六她没进舞厅，径直来到水雾迷蒙、灯光迷蒙的花园中央。她和杨李都比往常来得早，其实他俩是从不同方向同时到达那个位置的，所以他俩同样惊奇和兴奋。杨李怕淋湿她便建议换个地方，比如花园的石椅上。吴晨月摇摇头说这儿凉快，不是来乘凉的吗？

我是怕你弄坏头发。我知道挨了淋，发型就会变样。大姐你的头发真好，发型也好。我妈最羡慕别的女人的头发，她成天躺着，头发乱糟糟的，每次出门最费时费工的事就是替她梳头，头发压得梳都梳不顺……我妈躺在板车里盖张床单，要美化的只有头发。我跟女朋友吹灯，也与头发有关。她帮我妈洗头时不知弄了些什么假冒伪劣的液体来，害得我妈掉了半盆的头发。夸张了点噢。半盆水里尽是头发。你说我妈能不伤感吗？我妈也没敢说她，只是盯着盆发愣，脸色大概不怎么好看吧，没夸她和她带来的液体吧，她就生气了，拜拜了。大姐，你说这种女孩子我有没有必要去挽回？

吴晨月傻了眼。她并不是青年导师，虽说是过来人，她的情感经历却单纯得可怜。初中毕业去插队，她的丈夫就是她的战友。后来他考上大学，她则是招工进的大集体的塑料厂，以后就是平平静静地生活。她从来都是一个丢进人群再也拣不出的女子，现在她甚至为这孩子似的目光掘开了自己心灵尚有蕴含那么丰富的一角而惊奇呢，她实在没能力为别人指点迷津。她只能敷衍：那就看你爱不爱她了。

杨李显然不满意这样的回答：那么爱是什么？我们把爱的反义词叫恨，对吗？我爸跑啦，两年杳无音信生死未卜，为给我妈治病，他债台高筑，他收入本来就不高，还得牵挂家里时时跑回来照料一下，误了工还得扣工钱，人家说他是逃债，他忍心把那沉重的债务让他在给私人老板当保安的儿子背吗？在坚忍了十多年后他当了逃兵，我妈应该恨他。可是她的恨全是甜蜜的回忆。平时常跟我说的，等我出门跟那个人说的，大概也是这些。开始几次我没走远，背转他们装作看街景的样子，耳朵却竖起来。那个人不太爱说话，爱抽烟，很有站功，一站两三个小时，最多倚着车靠一靠。

那个男人是你妈的什么人？我是说，同学还是朋友、同事？他倒是精神可嘉，虽说是陪着聊聊天，一站那么久也不容易。吴晨月说。

应该是一般朋友吧？具体情况我妈不愿告诉我。看起来，他们过去并不认识。我也很难相信世上会有如此耐心和善解人意的好人，行善并不困难，一个慷慨解囊就可以完成，能体察到一个弱者的精神需求并满足她，真的很伟大。所以我把家里的老照片翻了个遍，并没有找到他和

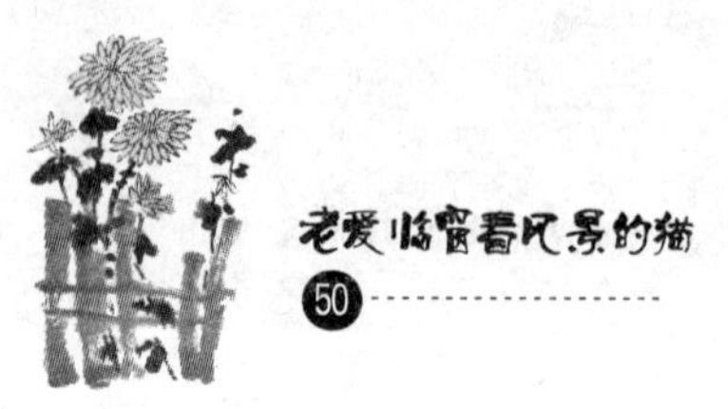

我父母的任何瓜葛。我妈常常回味那些发黄发霉的老照片，全是黑白的，从小学到高中三张毕业照再加那一堆三三两两的合影，一共怕有上千个人头吧，你说怪不怪，嘿，每个她都喊得出名字，还能说出一点故事来。人家说聋哑人盲人特别聪明可能是真的，某些方面残疾另一方面就特别发达，这是人适应生存的本能吧。我妈就有惊人的记忆力，她经常被自己对一些细节的追忆感动着、快乐着，那个男的听到她的笑声也跟着乐。

吴晨月对西瓜巷甚是向往。她凭着杨李走来的方向，猜测它是不是自己曾经串过的某条不知名的小巷。她努力想象着那条小巷的特征。那里曾有棵古樟，她的嫁妆中有口樟木箱，材料就来自那棵古樟。

想去？杨李问。我家不在那里，在码头附近。从码头到西瓜巷一路很黑，路上尽是洒落的煤灰化肥水泥，太脏啦，我妈怕他往前再走，就约在巷口。

你说什么？你妈怕他往前走？他眼睛不好？

嗯，近视眼。近视眼多着呢。其实我也有点，坐在这里看街上的行人朦朦胧胧的，但每次当你路过，我的眼力就特别准……大姐，你想什么？想认西瓜巷？要去我哪天带你去。

吴晨月像是自语地说：我真想听你妈讲的故事和她的笑声。

杨李抹抹头发，继续介绍他的母亲：我妈并不喜欢陌生人去看她的。去年有个多事的记者从居委会听到一些情况后，就在报上写了一篇短文批评我爸不道德，我妈很生气打电话向报社抗议，及时制止了报社想搞的大讨论。但那篇短文招来不少探视的人，有的看到我妈及家境就哭哭啼啼，我妈反倒漠然地望着那些心软的人，好像是他们太不幸。有个陌生的老太婆悄悄丢下一千元，再穷再苦我妈也不肯收受他人钱物，便托那人费了好大劲才找到老太婆退掉钱。我妈相信我爸会回来，我也相信。那个人老听我妈讲述过去，他后来也相信了这一点。拥有值得回味的过去真是美妙，常常回味曾经拥有的过去真好。大姐，我就是不能把握，我和那个女孩的过去在许多年后还能不能被忆起，现在我就差不多淡忘了，她对我妈的态度也像那些鬼液体，一下子就让记忆中的许多东西纷纷脱落了。

吴晨月吃惊地盯着他。此刻，她觉得自己拿他当个大男孩实在是误会，他是大小伙子是男子汉了，他的肩头已经承担起艰难困苦的生活，他的额上已经出现三道皱纹，一道因母亲的故事而生，一道为父亲的下落而长，一道为自己而刻。他的胡子，细细的，但有着浓黑的颜色；他的脸，清秀的，但有着刚劲的轮廓；他的眼睛，稚气未脱，说还有点近视，但闪烁着一种抓人的魅力。

大姐，那边过来的女孩很像她。杨李突然说，认真地望了望，紧接着告诉她：是她。和那个男的挽着胳臂的。难怪，那阵子我就有点预感。

他的身子似乎又稍稍靠紧了她。他显得腼腆地喊了她一声，却欲言又止。

杨李，你干吗紧张?

我想和她斗斗气。大姐，我能，你能，握住我的……她有句气话让我刻骨铭心，她说哪个女孩见我都会却步……

吴晨月仿佛听见他的怦怦心跳，那声音有点杂乱，但不是退缩的仓皇，它是强劲的，它被一种挑战的渴望激动着。她被这跳荡的激情感染了，一把攥住他的手，两条胳臂相依相偎，两只巴掌相敬相亲。紧紧地相握。她认识了他的手。他是汗手，与光滑的手心手背极不相称地隆起厚实的虎口和几枚粗粝的老茧，老茧上仿佛仍未挑去板车把手上的木刺，这样的手应该有一帆风顺的生命线事业线和妙不可言的爱情线。

估摸着那女孩就要接近这儿，吴晨月向着杨李侧转了身子，她用这个姿势来掩护自己的年龄。

她瞟见一只雄赳赳摆开架势的小公鸡。他凛凛然梗着脖子，他的目光扑腾着冲上前去，与那个女孩的目光对峙着，然后厮杀开来，啄得毛羽翻飞。无疑，他是胜利者。

暴烈的阳光刺激着人们翻晒季节的欲望。不约而同似的，整幢楼所有的阳台上都摊满了衣物。吴晨月想到塞进壁橱里的樟木箱，她觉得该

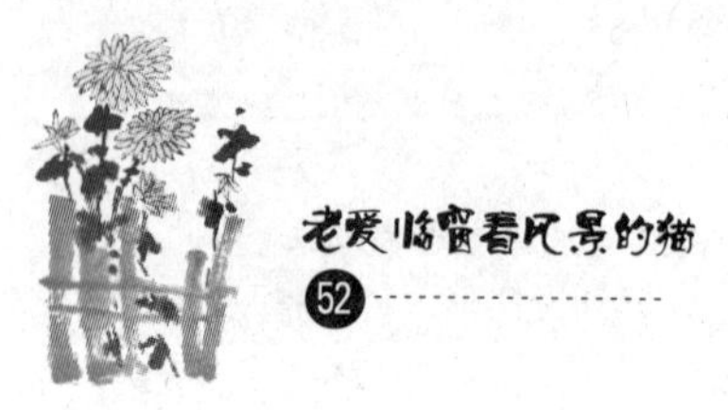

把箱底晒晒。丈夫出奇地热烈响应，他甚至不要妻子插手，自个儿把它抱了出去。

那时的东西多好，做工考究，材质上乘。丈夫感慨道。是我家里订做的，你还记得吗？我们路过一条小巷，看见一截截樟树段子躺在地上，你骗我说樟脑丸子是它结的果子。我却想到该有一只樟木箱。这么多年啦，那条小巷不知还有没有。

她把箱子里的毛衣大衣床单被套一件件抖搂出来，并细心地串在竹篙上，丈夫点着香烟斜倚着阳台的水泥护拦。咦，这件中山装还没捐给灾区人民呀？他叫起来。

是我给你买的第一件衣服，我把一年的工分全贴了进去。

丈夫挖苦道：还不够，你还向我借钱。借了再没有还。

我赔给你一个大活人，还嫌少呀，放高利贷的恶霸地主也没你黑呀。你后来读大学时多寒酸呀，还不是靠我的塑料养你？你却没少讽刺塑料盆塑料鞋塑料花。现在你又打击保险事业，告诉你，这个月我做成了五笔，还有几家动了心。你既看不起我的工作，又不肯求人，叫我怎么办嘛？我才四十呢。

丈夫又不做声了，一直站在阳台上，任由阳光从脚上慢慢升起照彻全身。这时她发现丈夫的站功也不错：喂，你知道西瓜巷吗？

他没好气地说：在西瓜地里。

她小心翼翼地把过去从封存的记忆里牵出来，然而还是被现实挤散了。过去是个生分的孩子，也许它本来就极不情愿被已经陌生的人领走。

她独自围着喷水池转了很久，但杨李还没有来。花圃里的棕榈树下有两双眼睛盯上她，密谋着什么，令她不由得浑身上下打量自己，反省自己的衣着和梳妆。她想起杨李的评价，她感激那样的评价，做姑娘时她也未得到如此专注的欣赏。他是个多么诚挚的观众啊。人的内心是需要被欣赏、被倾听的，也许仅仅需要一对或几对眼睛和耳朵。多了也不行，多了，人就要表演了。

所以，她耐心地等着。她相信属于他俩的夜晚。果然，杨李赶到了，手里攥着衬衣，赤裸的上身满是豆大的汗珠。迟到的原因是板车坏了，轮轴两头钢碗里的钢珠磨得变了形卡住了，他拆下来换好钢珠，发现钢碗裂了，修车铺早已关门，买零件自己换也得等明天。

我知道我妈心里很急，一心想弄好它，可是无可奈何。大姐，你看，我连手都没洗干净就跑来啦。想去西瓜巷吗？今晚她不能出来。要是她在那里，我不好领你去。说不定那个人还在那里等着，我正好也可以告诉他，我妈刚才无意间露了点口风，说什么不打不相识，我猜他说不定就是那惹是生非的记者。

那么就是她丈夫的同事。报社宿舍很分散，更因了丈夫的脾气，所以吴晨月并不熟悉报社的人和事，但她向往那个巷口。

在去西瓜巷的途中，杨李掏出一封信。那个女孩说她是和泪写的。说他的目光是真正的丘比特之箭穿透了她的心房，那一刻她才发现自己是那么爱他。杨李犹疑着，终究又将信塞回了裤袋。他仿佛窥见了她大姐面有难色，情知她不是当参谋的料子，他充满自信地说：大姐，我知道怎么处理它啦，时间是最好的试金石！

西瓜巷果然就是吴晨月想象中的那条温馨的小巷。今晚有一个人注定不能来了，那么另一个该藏在哪一团灯影里翘首以盼呢？他会失望吗？她想会的，他倾听的是心灵中的音乐。一如她自己。可是，杨李围着草坪寻了一圈，却不见他的踪影。

大姐，我总是把车停在这里。喏，就在这株小樟树下。他就站在这里，这个果壳箱旁，好扔烟头呀。你看，他等了很久，不小心掉出来的烟头就有……一二三，三个。是，是他抽的，白色的过滤嘴，是一种外烟。

吴晨月拣起一个烟头，似曾相识似的捏着它把玩了一会儿。但她始终没有细致辨认它，她在那个男人的站位上不知不觉把它揉碎了。

丈夫破例先到了家，并已洗好澡，正埋头于一本厚书里。那模样看着都累。

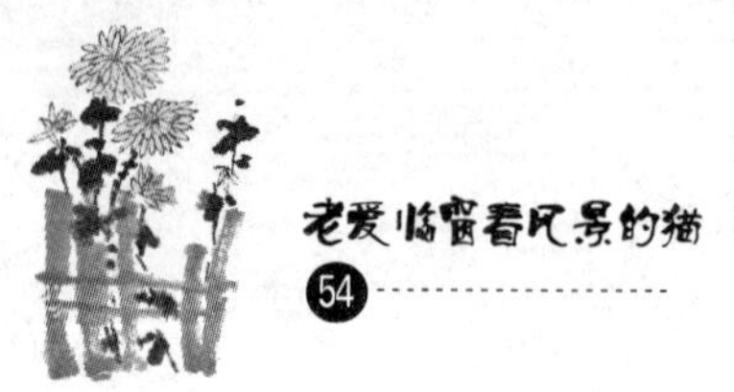

怎么不戴眼镜？她问。

丈夫摸索着抓到眼镜，并未抬头，只举着给她看。仅仅是一副镜架。不用问，镜片摔碎了。

你摔跤啦，怎么摔的？

摔就摔了嘛，什么叫怎么摔的，我还故意不成？天热，出汗，一颠，一滑，亨得利的生意就来啦。眼镜店应该赞助城市建设，把所有的道路都改成速滑冰道那才叫财源滚滚呢。

吴晨月准备洗澡，在换鞋时，顺手收拾收拾鞋架。丈夫把脏袜子也丢在那儿，白袜子变黑了，皮凉鞋上沾满了灰。一摸一看，全是煤灰，她大吃一惊。

她拎着脏鞋捏着臭袜，悻悻地过去举至丈夫面前：说，你是不是去了码头？

丈夫冷冷一笑：明早你去买菜时记得带上零钱赔给一楼。买的蜂窝煤也不搬进去，叫我一脚踢碎好几个。都现代化了居然还有烧煤的！真会算计！

说着，他几乎是把她推出了书房，并关拢门。他说他得战高温夺高产熬几个通宵赶几篇稿子。

在这个晚上，吴晨月把丈夫的皮凉鞋擦得锃亮锃亮。白色的丝光袜也反复洗了好几遍，但却不能洁白如初了。然后，她就非常投入地冲洗自己，烟雨蒙蒙中的她想到了街心花园中注定要被雨雾淋湿的下一个日子。她想以后该和杨李互换角色了，该她来叙说了。这么想，她不禁又为杨李毕竟不是那个成熟的男人而生出些许遗憾，她的遗憾稀释于水便化成了淡淡的惆怅……

老爱临窗看风景的猫

我无意窥视他们——他们一共有三个窗户对着我家，分别是卫生间、客厅、厨房，而卫生间正对着我的卧室兼书房，尤其令我难堪的是，他们在洗澡时也不拉窗帘。热天窗子全打开，冷天半敞着。相对的窗户之间有棵树，两边各伸出一根竹篙搭在主干的枝杈上，便可各晾各的衣服。以往的夏天，枝繁叶茂的挡了视线，便是天然窗帘，也就不会在意对面窗子里的景象。不知怎的，树忽然死了，这就决定了咫尺之遥的我在写小说的时候，不宜贸然抬头。我几乎是趴在人家的窗台上写作。

是一只猫牵引着我的视线，无意间闯进那三个窗户里去的。那是一只雪白雪白的老猫，体型长大而壮硕，大概属于某一优良品种，它仪态端庄，气质高贵。不过，它却有个不良习惯，白天爱趴在客厅窗台上看风景。拥挤的楼群间能有什么风景呢？于是，我在喝茶抽烟之际禁不住与它默默相视。

久了，我就注意到它的主人，一对年逾花甲的男女。

从来客在楼下的喊叫声中，我得知老太婆叫吴大姐，老头儿叫老窦或老豆。若叫老豆，大约是外号，是豆秸秆儿的昵称。我愿意取后者，有白白胖胖的吴大姐作反衬，那枯干黑瘦的老豆真成了一棵秋后的作物。

对着二楼窗子吆喝的，要么是来打麻将的，要么是相约钓鱼去的。这很容易分辨，去钓鱼便有小车伺候着，这连那只白猫也懂得。见了小车，它情绪陡然高涨，喵喵喵地直乐。不过小车不是专接老豆的，而是顺带捎上他。他管别人都叫厅长，而没人喊他厅长。当然，他们都是老同志。吴大姐也是。因为吴大姐也跟着去钓鱼。吴大姐把自己往车里塞的时候，总是让车门很为难。司机每次都打趣道：“吴大姐，这车底盘

低，遇上沟沟坎坎你下来哦。”

吴大姐撴撴司机的鼻子说：“孙子辈！大姐是你喊的？”

坐稳了，吴大姐便从车窗里伸出胳臂，指点着呵斥那喜滋滋的白猫：“下去！当心摔死你！听话！”

老猫果然乖，一转身，哧溜跑进屋里。但不一会儿，它又敏捷地蹿上窗台。原来，车已走了，谁也管不着它了。看来这猫是个阳奉阴违的主儿，领导在与不在就是不一样。也难怪，屋里太闷了，在没有老鼠的房子里，没有了敌人也就没有了玩伴。主人出门的日子里，它就在窗台上驱遣寂寞。它不像那些慵懒地蜷在阳光里打盹的猫，把白天当夜晚辜负了大好光阴。它精力充沛，兴致勃勃，整天就像个沉着的观察家似的。只是，它对去钓鱼的小车很敏感，哪只猫儿不沾腥呢？傍晚车一回来，它那个激动，腾地一跃而起，居然在那挪不开身的窗台上趔趔趄趄地舞姿弄影，那叫唤也变了腔调，甜得发腻，嗲得发酸。

吴大姐一下车就冲着它笑脸相骂：“好哇！看你心多野！”

我怀疑，白猫是让这老两口子惯的。他家一年四季的不关窗，不就是为了给猫一个解闷儿的去处吗？

渐渐，我发现，疼它宠它的只是吴大姐。老豆并不喜欢它，甚至可以说，对它心怀叵测。有时老豆会将窗台上的猫逮回去，在他伸手的一刹那间，猫凄厉地尖叫一声。那是一种能唤醒正义感的尖叫，可见那枯柴般的手是怎样地怀有敌意。

我从不曾听到老豆的声音，连咳嗽声也没有。老豆就像我前年冒冒失失买来的那套音响，元件一个不少可就是不响，厂家倒了商家撤了，投诉没门儿，没有说明书线路图，修理没谱儿。倒是很可以壮壮门面。对面那户人家的生气全来自白猫和吴大姐。吴大姐的嗓门很亮，半夜里也是如此，毫无顾忌的。半夜里她一般是和儿女说话，猫不知是屈从了主人的作息制度还是藏到旮旯里自个儿玩去了，反正天一断黑我便没了猫的消息。

他俩大概有一对儿女。儿子好像在深圳，女儿肯定在香港，嫁的是富商。儿女常在半夜里打电话来，接电话的总是吴大姐。吴大姐哇喇哇喇的，仿佛是当年的红军慷慨激昂地在向白军喊话，号召人家反水。然而，她的儿女似乎不曾回来过。骚扰四邻的喊话，扯着我的耳朵硬往里面灌进一些糊里糊涂的事。

比如，女儿好像更关心那只猫。吴大姐嚷道：“什么？谁呀？你别喊那个洋名字好不好？嗯，挺惹人爱的。猫食？这边有，有卖的。它不喜欢，买过买过，都糟蹋了。它嘴刁着呢，要新鲜的，要绿色食品。嗯。公园湖里的鱼它都能辨别。有煤油味呀，对，污染了。怎么办？到乡下河里去钓呀！是难钓，每次只够喂它的。远，很远。当然得坐车。我没事，最近挺好的，对，及时服药。出门带着啦，不敢忘。我不跟着行吗？没事，乡下那个什么负离子不是更多吗？”

儿子在做土特产生意，他母亲在这边为他兼着市场信息员，也许还组织货源。有一阵子，吴大姐向深圳方面通报的都是凶猛的名字，蛇呀蝎呀狗呀螃蟹王八呀，后来他们涉猎的范围更为广阔，水面的草山顶的花泥里的虫天上的鸟，尽是世间的精怪。这老太婆知道的稀罕物真不少。问罢土特珍稀花鸟虫鱼五禽六畜，儿子便问候父亲。吴大姐说：“让他自己跟你说说？”便喊一声老伴。没有回应，她接着又对着深圳嚷嚷：“他又睡着了。他能吃能睡的，就是不长肉，天下穷人都解放啦，他呀还是苦大仇深的老贫农。好像我搜刮民脂民膏似的。其实，我肯定会走在他头里。保姆？我们还能动！我们还郊游呢，到野外，走个十里八里没问题，走走歇歇呗。别美了，我这把年纪给你走村串户收购土特产？电话多方便呀！也不是钓鱼，鱼钓他才省劲呢。胡说，猫和他的心情有屁的关系！猫倒是碍着老鼠的心情！好啦，你放心，别牵挂我们。那笔款子追回来没有？噢噢，要紧追不舍。”

吴大姐的这两段我都听腻了，耳熟能详。当然每次回话不可能相同，但核心内容就是上面的意思。听得出来，这只英俊健壮的猫在这个家庭中占着一个微妙的地位。

是吴大姐另一位老伴。最日常的老伴。不出门的日子居多，在这样

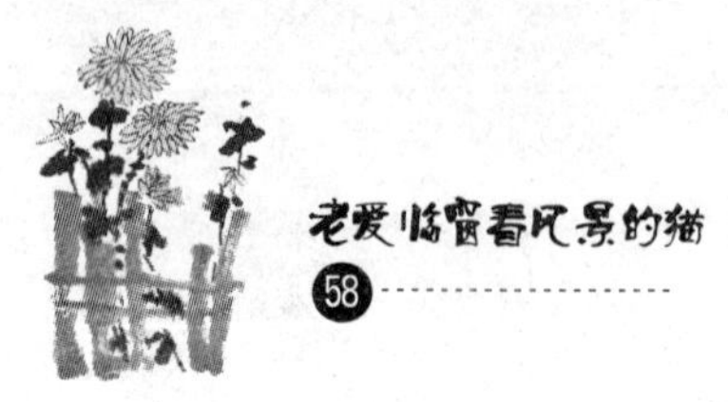

的日子里，老豆便摆开了牌桌。他们一般是从上午打到傍晚六点。我掌握这个时间，是为了避开那稀里哗啦的噪音和吴大姐对着猫或电话的无休止的絮叨。她不大上桌，需要顶替补员时她才去凑数。她一扎进麻将牌，猫就无聊得生烦了，便在他们腿裆里钻来蹿去的。有一回，大约是输红了眼的老豆恶狠狠地暗中踹了猫一脚，那猫也滑头，极夸张地惨叫一声，刷地跃上了窗台，那情景恍如寻死觅活一般。吴大姐心疼得不行，抓起一把麻将砸向老豆，然后蹑手蹑脚地移近窗前，朝那猫柔声轻唤，好像人家真会寻短见跳楼似的。老豆则在她身后撒气，一呼噜，把桌面上扫干净了。牌友们哈哈大笑，牌友们说："老豆你多大年纪了，还吃醋。"我这边也禁不住噗嗤一笑。不巧妻子进来听见，问我笑什么，我不敢让妻子知道我在窥视着对面客厅，便谎称想出了一个可笑的细节。

白猫没有自杀。白猫被动情的叙说感染了，回头注视着女主人。吴大姐说："好啦好啦，下来吧。他又不是故意的，他能故意吗？你看，他为你钓鱼，多新鲜的鱼呀，新鲜得会说话。他为你垒窝，你不喜欢阳台上的那个窝，可里面又干净又舒服不是？那天晚上他逮你进去，你挠破他的手，流了好多血呢，他都没怎么的你不是？谁让你晚上乱窜呢？你蹦到床上吓醒他好多回。我也经不住吓呀，你不知道我的病吗？乖乖地下来，要不我也会生你的气的，嗯？把我气坏了，这屋里只剩下你们俩，连个说话的人都没有呀，他三棍子打不出一个屁，他放屁都不带响。年轻时他不这样，从前那个活跃，你说人怎会像收录机说坏了就连哼哼也不会了呢？"啪！一声脆响，大约是老豆砸了什么东西，三个牌友，一个过去挡老豆的手，一个上前堵吴大姐的嘴，另一个则趁猫发愣之际猛然抱住了它。其实，这猫知趣。见闹到这分上，它正想找梯子下台呢。它情意绵绵、可怜兮兮地轻轻叫了一声。便扒拉着往吴大姐怀里蹭。

老豆砸碎的肯定是一个故事。凭着吴大姐不经意间撒落的碎片，我把那故事想象成一把陶壶或一个瓷瓶。当然想象是极不可靠的，极可能与事实大相径庭。也许，那故事朴实得就是一只普普通通的粗瓷大碗或茶杯。

在此之前，我的所见所闻是无可指摘的，因为我是无意识的。倒是那些见闻放肆地骚扰着我。为此，我把薄薄的窗帘换成厚的，以避免晚风撩开它。我不能关窗，因为我吸烟。但是，我得承认，打那以后，我的行为就不光彩了。对面的人和物一览无遗，正在衰老的心却藏着窥不破的秘密。我对此甚是好奇。晚上我以通风的理由，说服自己别把窗帘拉得太严实。于是，我窥见了晚上那边的景象。

我对晚上的吵嚷早已习以为常。除了对南方都市的喊话声外，还有吵得人心烦的经久不息的哗哗水声。这种噪音分为两个时段，上半夜的七点至八点半，下半夜的五点半至六点，再加上半夜里的电话，瞧瞧多折磨人。去年中秋夜，他家破例“砌长城”，招致一帮联防队员光顾，吼着要抓人要罚款，吴大姐当场给谁打了个电话，就把这事摆平了，联防队员临撤前说是有群众举报。这群众要抗议的当是最惯常的骚扰。

因为猫的冤屈，老两口子别扭了两天。唯一的证据是，通常哗哗的水声总不时夹杂着吴大姐的呼唤或慰问。那两天没有。吴大姐在洗澡的时候也很不安静的，以前我耻于抬头，故而难以想象那边的场面。第三天他们关系恢复正常后，我就着窗帘缝偷窥了一眼，这一眼让我体验到贼的感觉。

判断他们关系正常，当然是吴大姐的呼唤。吴大姐叫道：“老豆，邢质斌还没有走呵!”我乐了。一探头，只见老豆的身影从客厅角落里出来，在蓝莹莹的窗口幽灵般地一闪。紧接着，他出现在亮堂堂的卫生间里。这叫喊声不知包含着相濡以沫的默契还是别的什么。我说过，他们的卫生间是透明的。老豆打着赤膊，套着一条格外肥大的裤衩，愣愣地瞧着我这边，他大概透过我的窗帘缝看见我的镜片在闪光，便伸手把卫生间的窗帘拉拢了。吴大姐嚷开了：“你想闷死我呀！怕啥呢？谁爱看不会看电视去！拉开!”

她整个儿敞开了。我端坐在书桌前平视望去，只能看见她臂部以上大半个身体。我相信，我的三楼一定能从俯瞰的角度将她整个儿尽收眼底。她大概忽略了两栋楼之间的这棵树已经枯死。

这是一个肥胖如河马、白皙如雪球的老妇人。她沐浴在灯光里，因为开着窗，她等于褪去了轻纱般的热汽。这般坦荡，令人吃惊且费解。她笨拙地往自己身上搽香皂，有如常人大腿一般粗的胳臂很艰难地绕到后背，还是不能巡视属于她自己的全部领地。老豆就在她浑圆的肩胛上拍了一下，夺过了香皂。老豆很熟练地在她腰背上劳动着。显然，老豆是热爱劳动的，并且习惯了在那块土地上精耕细作。搽完香皂，他就开始搓揉。这是一项更加细致的活，他先是从上至下横着犁，接着从左至右竖着耙。吴大姐自个儿忙活胸前，她快乐地反反复复地搓揉着耷拉的但仍然肥嘟嘟的乳房。身为近视眼，我无法看清她的表情，正如她的裸体在我眼前只是一堆模糊的肉色一样，所以我的想象力老往动物园河马馆那边跑，拽都拽不回来。我感知到她的快乐，是因为她冷不丁回头问老豆："喂，你还嫉恨猫不?"

老豆还是没吱声。也许让这块地荒了两天，不，两季，老豆这回受累了，他歇了一会，放松放松胳臂，并在这时灵机一动，随手抓过来一把鞋刷。工具的好处是减轻劳动强度，提高工作效率促进科技文明。他在老伴的背上刷起来。从前的北京人大概也是为此使用石器的。吴大姐又惊又喜，吴大姐说："哇，这比用手抠好，你的指甲老把我背上挠得血淋淋的，这样又得力又不伤人。老豆呀老豆，你要是一直像从前那么逗多好呵！都老了，说不定什么时候就蹬腿了，还憋着自己呀!"

老豆扔了鞋刷，并把女人推向莲蓬头下。裹在泡沫中的女人顷刻间又被剥得光溜溜的。

老豆怔怔地盯着妻子身体的某个部位，他非常熟悉的部位。他也被雨雾淋得精湿。湿漉漉、黑黢黢、瘦棱棱的他站在她身边，就像一根藤倚着一棵树，一只山蚂蚁咬着一条大白蛆。

"再给搓搓，怎么一天洗两次还像没洗净似的？老痒痒。是不是香皂有问题呀？动弹呀，发什么呆!"吴大姐把毛巾塞给了老豆，见他水淋淋的，索性替他搽起香皂来。这时的老两口子幸福得像是一对互相捉虱搔痒痒的猴子。

吴大姐出浴了。吴大姐准备离开现场的时刻，老豆在她肥白的屁股上狠狠拧了一把，招来一声骂："该死的老东西!"后来，我一听到这样的骂声，就知道那边的情节了。

老豆并不需要妻子帮忙搓背。他还算灵便的手没有够不着的地方。但是，吴大姐仍然频频光顾卫生间。出浴后的她喜欢随便披件衬衣敞着怀晾上一阵子，然后再把自己武装起来。老豆洗澡的那段时间正是她晾着自己的时候。她摇着一对大铃铛似的奶子很响亮地进了卫生间，要么是来试试水温，要么是来找毛巾梳子什么的。见了泥鳅似的丈夫，她免不了在哪儿顺手捋一把。彼此对对方身体的热情和新鲜感一如新婚夫妇，这是耐人寻味的。

早上那个时段的水声则是吴大姐一人所为。她像是有洁癖，每天起床后定要冲个澡。当然早晨要随便些，正如我们早餐都比较简单一样。但她就着晨光临窗梳头的时间却很长，隔三差五的，还要做头发。听说常梳头脑子聪明好使，也利于保养头发。吴大姐有着一头令她这个年纪的女人羡慕的黑发，证明这种说法是正确的。所以吴大姐格外精心地侍弄着她的骄傲。她做头发时，头上缠满了红红绿绿的头发卷儿，把整个脑袋布置成一个大水雷。那只白猫对此应该司空见惯，但每次乍一见面，仍会吃上一惊。

猫在她洗澡的时候就在客厅窗台上晨练了。做的像是马华教的健美操。她家还有一个噪音源就是电视机，从早到晚那些播音员主持人络绎不绝地去他家做客。都是熟客了，不必陪着，主人该干什么干什么，任由嘉宾们自个儿照顾自己。白猫从他们那儿学到了很多本领。譬如表演，它在抹脸时可爱极了，颇可以聘它做广告模特。再譬如，它趴在窗台上瞅世界，不就像个热衷偷拍的记者吗?

吴大姐临窗梳头时候，猫也做完了全套动作。猫挪挪身子，走进了吴大姐手里的圆镜里。它和她共着一面镜子。它常常会拽拽吴大姐的胳臂，示意她把镜子侧向它，以便更全面地审视自己。吴大姐一般会满足它的要求。吴大姐说："你帅！你俊！成了精的，还晓得臭美！要口红

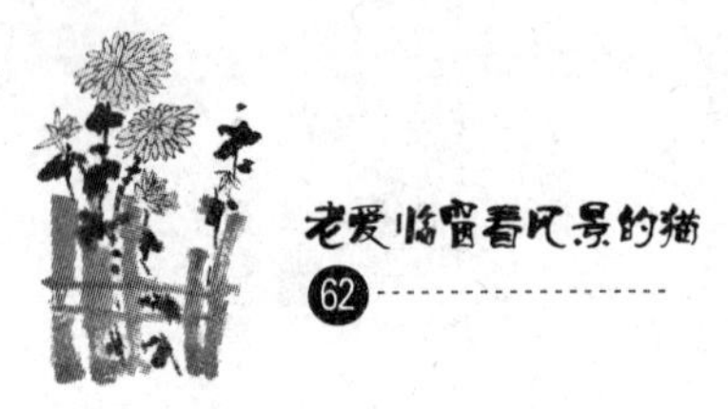

不，要眉笔不，要香水不？买个洋人的假发套给你戴戴，怎么样，金黄的？如今小伙子也有扮成洋姑娘的，你不想潇洒走一回？瞧瞧你这小样！叫我怎么说你！不争气的！你夜里不能安安静静地歇着吗？又刨又翻的，想越狱怎么着？那算牢狱吗，世上有那么幸福的牢狱吗？再不老实，看人家不拿手铐脚镣来锁了你！你有生物钟，人家也有呀，你不会和人家对对时间一块走针儿？真没眼力，你看我难不难，小心你，还得留意他。”吴大姐的唠叨是没完没了，如果我一味地复述下去，我便成废话篓子了。

白猫倒是服服帖帖地洗耳恭听着。它是贵族，是有闲阶级。它恨不能没日没夜地倾听或者接受爱抚呢。唠叨该是爱抚之一种。

去年冬天，气候很怪。先是给人一个暖冬的感觉，眼看新春已近，温度骤降，雨雪连绵且持久。后来下了一场大雪，很突然，也很平静。邻近几栋楼恐怕没有谁注意别人家的动静，倒是注意到这出奇的平静。我妻子便问：“怎么好像少了好些人似的？哦，那家老太婆呢？去儿女那儿过年，怎么留下孤老头子？住院，这老头子还成天泡在家里？她老在电话里联系业务，该不是猎杀珍稀动物犯了事吧？”

那两天，常去钓鱼的那辆小车来得挺勤，披着厚厚一层积雪，弄得像灵车似的。白猫仍能辨认，但是一阵快活之后，很快它就犯惑了。它为寻不着女主人而惶惶不安。它的叫声在雪光的映照下显得尤其悲凉。

常去钓鱼、常来打麻将的那些人频繁出入。老豆有时也随他们一道来来去去的。但老豆总是与他们保持着一段距离，事实上，老豆好像有意落在他们后面，眼神古怪地盯着他们的背影及印在雪地上的杂乱的脚印。这群人中有他的儿女。

几天后，积雪全部融化，但久违的晴朗将难以维持，天气预报说未来四十八小时又要出现降水过程。在那个难得的晴晨里，猫倚窗哀鸣，一副形影相吊睹物思人的模样，却被老豆逮住扔下了地。老豆逮它时，出手飞快，毫不暧昧，让它猝不及防。紧接着，老豆迅捷地关死了所有的窗户。充满惆怅的猫这时好像才幡然顿悟，疯了似的往窗玻璃上扑，撞得玻璃咣咣作响。后来，它只好叫唤，用哀婉凄切的叫唤感召冷面的老豆。老豆没有理会，朦胧间，我看见老豆似乎推了想转身去安慰猫的女儿一把。他们一起下了楼。猫看见小车来接他们，更是着急，满屋子乱窜，肯定碰倒撞碎了不少器皿，我隐约听见音质不同的声响。它在客厅、卫生间的窗口上亮过相，又去了厨房。厨房窗户倒是有个缺口，那儿装着排风扇。它蹦到吊橱上，再往窗户上攀，企图从扇叶之间钻出去。它又拱又刨，把个扇叶搅得呼呼直转。显然它失败了。而且，它从此失去了高贵而纯洁的仪表。它满身油污。

打那以后，对面的窗户再也没有打开过，尽管一周后老豆孤身一人回来了，尽管夏天这个城市是座火炉。也许就为了四季关窗，老豆用上了空调。

于是，我只能看见一个毛茸茸的影子了，它整天整天贴在玻璃上，又抓又挠的。不，在晴天，它才是模模糊糊的一团灰色。阴雨天里，它只是钉在黑色大氅上的两枚晶亮的纽扣罢了。

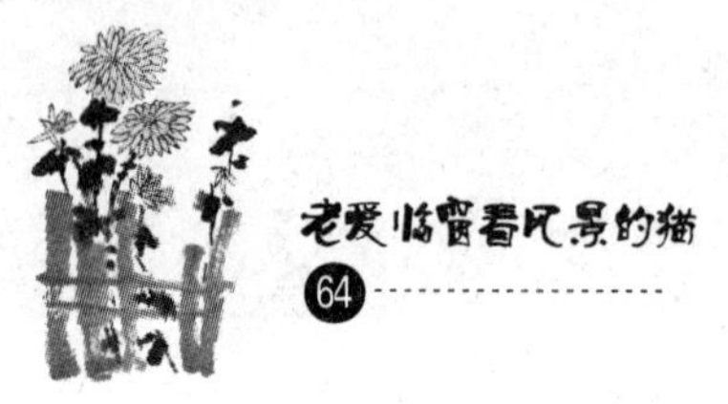

寻找马丁爻

马丁爻，男，现年四十七岁，当然属马，不过是南方山区的马，个儿小，还比较瘦。十年前离家出走，至今下落不明。出走的第三年，西南某省警方派员送来一只米色的牛筋包让马妻辨认，马妻睹物思人对那只狠心肠的牛筋包拳脚相加。凭着女教师的恶劣态度，警方认定它就是马丁爻的遗物，并告诉丧属死者是在深山老林里被发现的，肉身已经腐烂无可辨认，骨殖被野物叼去当鼓槌弄得七零八散，警方有照片为证。现场的情况完全排除谋杀的可能，也没有发现任何自杀身亡的痕迹。关于死者的唯一线索是马丁爻的身份证和一只瘪瘪的牛筋包。而包里仅有他的几件衣服……

他的亲友和我的同学几乎都接受了这一事实。长期悬挂的心勒得太难受吊得太累，也该放下来歇歇了，尽管结果很惨。然而，我觉得这很可能是马丁爻斩断千缕情思了却万般俗念告慰天下故交的一种方式。如此道来，他的生死就不重要了。即便活着，对于亲友他也死了，至少那个叫马丁爻的丈夫和父亲死了。

是的，我对此心存疑惑。我想起一个成语叫金蝉脱壳。我想那包里该有几本佛学典籍才能算他的遗物。我认为警方的最大疏忽在于没有验证他左手的断指。因而对马的失踪我暗暗地固执己见。我不愿信口雌黄地骚扰马“死”后形成的新的语言秩序，又实在憋忍不住发言欲望，便于 1998 年选择本地读者目力难及的地方发表了一篇怀人的散文。

我写道：你竟别妻抛雏悄然而去！去向何方，并无确切的消息，但是有一点可以肯定，你已皈依空门。从此，尘世少了一个失意落拓的凡夫，净界多了一个清心寡欲的佛子；从此，我的通讯录上删除了一个地址，生出了一个不可思议的法号。

剃去三千烦恼丝的你想必更加白净，膜拜于金身大佛脚下的你想必更显瘦弱。你怎么舍弃大学学历去做一个已不年少的小和尚？你怎么不修英文却去苦诵经文？你怎么不顾念妻儿去侍奉泥胎菩萨？瞻望来日同学聚会，一群春风得意的男女中竟有一位披袈裟捻佛珠的方丈，又是怎样的滑稽！

我的文章绝口不提西南警方上门的事，一口咬定他出家做了和尚，言辞果敢，毫不暧昧。如果追究起来，我拿不出任何证据，甚至关于他的比较充分的心理依据。他曾是我的下铺，但这种比较亲近的距离并没有帮助我积累更多的他的心灵信息。他是一条地下河，我窥望到的只是幽深的黑暗的水声。然而，摊开稿纸，我的笔墨不自觉地循着水声钻进莽莽苍苍的群山，攀上夜色深沉的石阶小径，叩响古庙已经闭锁的大门。我确信高大厚重的庙门为他的热烈和执着豁然透出一线光亮，很窄，但足够他坦然跻身其中了。

那是一份图文并茂的杂志，我的文章被精心的美编安排了两张照片作题图和插图，用得真叫绝。题图是孤独的男子躺在藤椅上痛苦地仰天冥思，上身是敞开的深色夹克白衬衣，下穿浅色长裤；插图则是庄严的皈依佛门的场面，老住持端坐在如来佛祖的膝下，双手合十的众和尚分列两旁，两个企望脱俗的男人一个撅起肥胖的屁股跪倒在他们脚下，一个站立的背影非常瘦弱地像是在陈述着什么（出家的理由？接下去的手续是不是受戒?）。这个背影和题图的侧影都叫人怀疑那就是马丁爻本人。我接到样刊就被它吓一跳。受惊的还有李子林。

李子林在某天深夜里通过电话提审我。他激动得语无伦次，好像裹在身上的毛毯掉了，冻得瑟瑟发抖。他的大意是说我对这么重大的问题不该隐瞒实情，听任新编的同窗通讯录给马的姓名打黑框。他显然认同了我对马丁爻下落的编排，但他不相信这是我的主观臆断，直到现在他

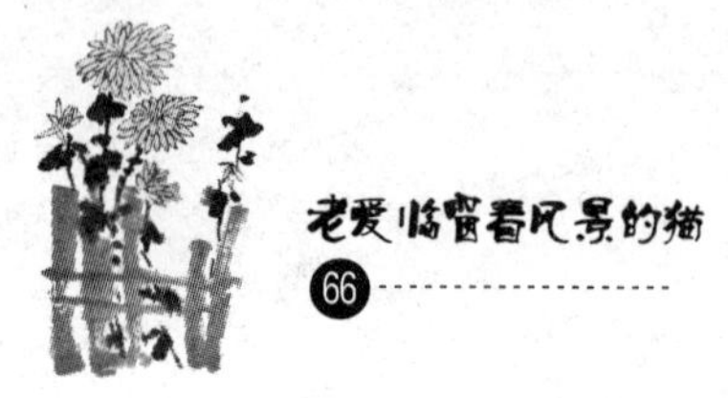

仍固执地怀疑那两张照片也是我提供的，好像我对马丁爻的出家做了全程跟踪似的。插图上的“他”穿着短袖白衬衣深色短裤白袜子，这正是马丁爻离家的短打扮；题图上的“他”的装束，恰恰就是马行囊中的主要物品。还有题图中那把似曾相识的藤椅。更要命的是插图背影的体态姿势、题图侧影的面部轮廓和发型像极了马丁爻，不，绝对是他，李子林咬牙切齿地断言。

为了证明自己的确不知马丁爻在哪方名山的哪座古刹削发为僧，我企图联系上那家杂志的美编，不幸得很，那位美编大概就在那期杂志出刊没几天遭遇车祸一命呜呼。他的主编对照片的来历闪烁其辞，很是警觉。对此，我同病相怜，我也当着主编，我也时常为使用图片提心吊胆。李子林却死活不信照片是那家杂志从别处偷来的，他说，照你的意思，马的行踪恰巧被某位摄影者拍下在哪儿发表，又被那美编剪下来为你的大作配图，这种可能性存在的唯一理由就是你和马串通好了！退一万步说，就算照片纯属偶然，那么，你怎么解释文中所描述的一切，你的文章可是现场感很强呵！

期刊如林。我非常奇怪这生长于偏僻旮旯里的一株衰草会落到他手上。

他念道：你走得好落寞好凄清！大约是初秋。蓬勃了一夏的白杨已呈倦意，立秋后的第一场雨在清洗季节的焦躁。你的眼睛在长街那头，你的心在长街这头，你的双脚在长街中央。你该回去取一把雨伞的，无奈手中已没了开门的钥匙。决心既定，就没打算折返，你何必带钥匙呢？再说你对钥匙从来就没有感情，你用它能够开启的门实在太少了（请注意伞和钥匙，他盯了我一眼说）。

清晨的车站不似长街那般空寂，对你却是一样的冷漠。没有人，没有可爱的小生命或者令人留恋怀想的事物挽留你。售票窗、检票口早早地向你开放，下行的列车拥挤得打不开车门，到站的旅客纷纷跳窗而出，随即车窗紧闭，但列车对你无比盛情，天使般的女列车员从餐车上向你伸出纤纤玉手。而读大学时你买票常被怀疑使用假学生证、进站常被铁路警察“请”到一旁仔细检查，最可笑的一次是拿你当沿途设卡捉拿的通缉犯关了两夜，硬等到学校去领人才放心作罢。人生常常就是这样，大道原来多崎岖，关隘不料为通途。我常乘车路过那个火车站，站台很长，没有雨棚，翘望在站台上的你，避雨在哪片屋檐下呢？或许你压根儿不去避雨，你湿透了，让淅淅沥沥的晨雨洗去俗尘吧，面对佛祖如来，会少一分羞愧少一些懊悔。七情六欲从你身上流淌下来，人间的喜怒哀乐从你脸上流淌下来，和新鲜的花生壳、柚子皮一起漂游在站台上。

车门为你敞开，山门为你敞开。由尘世到净土，你一路顺风！（哼，好个压根儿不去避雨，好个天使和餐车，还有花生壳和柚子皮！）

李子林是热心人。正如他一直关心着马家妻子儿女的生活一样，他也无微不至地关心着我的文章的细节。他扔下被他承包经营的千疮百孔的公司不管，悄悄潜伏在马家所在的县城里呆了好几天，暗访过图书馆、长街中央老早开门的小吃店、车站客运员、发信号的值班员，也核查过钥匙及其它。于是他尽情地嘲讽我：你的想象力真毒啊。

任何解释都是苍白的。因为我的想象的确营造（他硬说叫再现）了马丁爻临行前的真实。凭着对马生活环境的熟悉和心理揣测，许多东西通过想当然逼近真实没啥了不起。毕业后我三次专程到那县城去看望马，他每次都是在那踹一脚就可能倒塌的县图书馆里接待我，似乎永远喝着最初倒给我的那杯清茶。我非常艰难地选择着话题，我注意到他的左手果然有一截断指，是食指。同窗又同室四年我竟没有发现他的这一小小缺陷，还是毕业后偶然听说的。也许我三次造访的目的就是考证他的断指。他向来寡言少语，对我这不速之客也没有什么特别的情绪反应，利用会客的时间他做了不少额外的活儿，比如修补图书和钉上代替窗玻璃的纸板、整理报夹和积满灰尘的书架。他修补窗户和修补图书一样认真，对此我感触颇深。

县图书馆是一栋年久失修的二层楼，楼上是宿舍，一楼左边的阅览

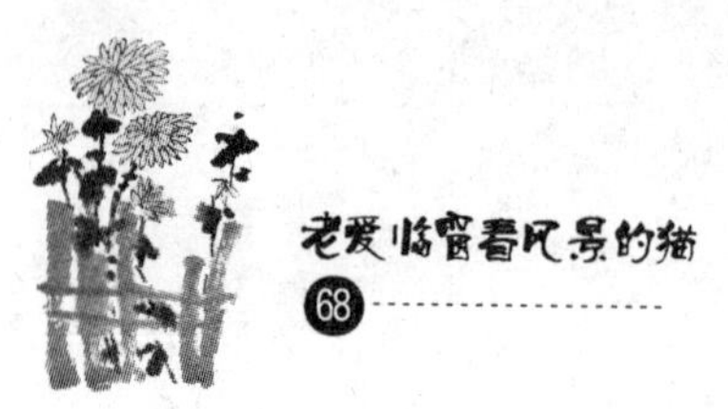

室出租做了录像厅，门口摆了个小摊子，最畅销的东西是餐巾纸。一楼右边呢，就是书库和办公室，这半边的窗玻璃没有一块是好的，因为窗外有一团浓荫，树上的麻雀招来了弹弓，弹弓射穿了玻璃，麻雀就可以自由出入了。年幼无知的雏雀常把录像厅里大肆消费餐巾纸的年轻女人勾引到书库这边来，我三次光顾都碰到她们冲进来逮麻雀。马丁爻对此熟视无睹，他总是有忙不完的活，他用纸条把那些破得不算太厉害的玻璃粘起来，像"深挖洞"那会儿怕美帝苏修空袭我们把教室的窗户都贴上米字格一样。实在无可救药的，便撬干净嵌在窗上的玻璃渣，钉上硬纸板。我说录像厅的租金不够买玻璃吗。马一笑，说那边生意不行因为老是扫黄。我说怎么不行，你看录像厅门口餐巾纸销得多快。很意外地，马难得地主动告诉我一件事。有回扫黄，那边的男女差不多一网打尽，只有一个狡猾的女人溜进书库赶紧趴在桌上瞪目，扫黄队闯进来见那个女人很庄重很像图书管理员，看马丁爻惊恐不安便把他当嫖客铐走了，尽管他连餐巾纸的广泛用途都不懂。于是我便仔细端详马，见他眼皮浮肿头发干枯脸色发灰如熬尽了油榨干了汁，果然是荒淫无度的样子，我想换了我，我也得不徇私情把他铐走。

三次造访，我还注意到进图书馆大门两侧墙上日积月累的垃圾文字。左边是录像厅污秽不堪的广告，与此相映成趣的是斑斑驳驳层层叠叠粘在右边墙上的满墙纸片，发黄了发霉了，但许多纸片上依稀可见马丁爻的名字。内容贴了撕撕了贴，名字却永久地钉在了墙上，可能名字背面抹的糨糊胶水比较厚。在我的追问下，他惭愧地笑了。原来都是对他的通报批评和他的检讨书，均和书有关。他利用了图书馆于"文革"前沿袭下来的借阅规定，即本馆工作人员每次可借三十本，若有遗失按定价的百分之二百赔偿损失，还得通报批评并写出检讨，大量书籍到他这儿"遗失"了，从前书价低廉得没的说，如今加倍赔也值得，所以他不惜让自己的名字污染了一面墙。他是大错不犯小错屡教不改。

提到书时，看他的眼神，清心淡泊；听他的浅笑，安详超逸。驻留在他眼角眉梢的宁静散淡，是悟透生活的睿智呢，还是背弃生活的迷误？

后来答案明确了，所以我用想象来为片段的了解填空补缺，写下纪念的文字。叫李子林也令我自己不可思议的是，由马的断指我竟鬼使神差地联想到菜刀，言之凿凿地断定他为妻子做的最后一件事就是把菜刀磨得锋利锃亮。李子林为此一声冷笑，笑得我背脊发凉，噤若寒蝉。

他的笑声里分明还有三双迷惘的眼睛。我一直朦朦胧胧地感觉李子林就是马妻及其子女的代言人。可是，我对马丁爻的了解并不比他们更多。然而，那把菜刀是真实的，马丁爻出走前夜，他妻子果真用它以前所未有的麻利宰杀了一只鸭子。女教师亲自饲养的鸭子。音乐教师在家的时候常常唱歌给她的那群鸭子听，她还把后院开辟成菜园，惹来成群的野蜂和苍蝇。菜园里的土壤肥沃，因为它在化肥厂单身宿舍的窗下，五层楼的所有窗口时时有肥料扔下来，如贴过嫩脸的芦荟叶瓜果皮什么的，他家那栋低矮的平房屋顶上则铺满了避孕套。肥水就那样点点滴滴地喂给了蔬菜。

李子林是把我约到那个县城，坐在马的图书馆书库里告诉我暗访结果的。确切地说，是坐在那幅题图的藤椅上，这叫我大吃一惊，恍然若梦。只是这把藤椅很破了，用红的绿的白的塑料绳打了好几处补丁。多少年来未有新书上架的库房里倒是弥漫着非常新鲜的鸟粪气味。可能常有餐巾纸消费者跑进来避难，地上随处可见他们在惊慌中遗失的消费品。我努力寻找最后一次在此与马攀谈的证物。十多年前的茶叶渣绿霉长得漫出了杯口，十多年前我翻阅的报夹锈迹斑斑，十多年前那伙蜘蛛的重孙辈也已发福，十多年前的蚊尸却依然在蛛网上随风飘扬，十多年前马丁爻留在椅子上的臀印居然未被新鲜的灰尘埋葬。当年我见过的年轻漂亮的女管理员据说一胎生了三个小宝宝，三张嘴非但没有吸干她反而把她吹得胀鼓鼓的，如今她成了主管钥匙兼管催租的懒婆娘。关于菜刀的情况正是她提供的。

她臃肿的身体就像一只快要吹爆的气球，本身便构成巨大的威胁。面对证人，我惶惶不安。

李子林问，你还敢说菜刀是被你不幸言中的吗？

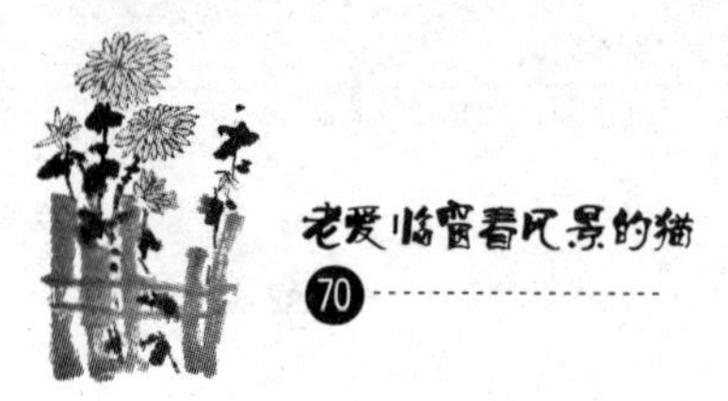

我避开那个女人悄声告诉李子林，我最后那次见马丁爻谈到要告辞时，老馆长来催他腾办公室。因为录像厅老板要求到书库这边再割一块空间给自己当办公室。老馆长看上去并不老，肤色挺青春的，马说他深谙养生之道，从前练过风行一时的各种功，可能也包括法轮功，后来他觉得最管用的还是自成一家的坐功或曰养心功，即每天抱着热水瓶养神不让麻雀往心里去。见马不动弹，善解人意的老馆长请我们坐到一旁去，他亲自帮马收拾办公桌。马安然苦笑说你看连放书桌的地方都没有了。就在那容光焕发的老人猛地拉开抽屉时，马突然暴跳起来一把抓去，抓住的是他的眼镜。马狠狠朝地上一摔。老馆长应声仆倒，趴在地上呼啦破碎的镜片，并久久拼凑着。当时我立即联想到马的断指，所以后来关于磨刀的判断一点不奇怪。我强调说，设身处地，我也会对自己作一个了断的，何况还有一群迟早要一一过刀的鸭子！

李子林冷笑道，你写得真投入，进入角色了。

我反唇相讥，你一心要做个成功的儒商，却热衷于探究别人摆脱尘缘的秘密，一样的不可救药啊。

那天，我们重温了马丁爻断指的故事。

我曾听到你指骨折断的脆响。考取大学后，谁知与你相爱了八年的女友反而提出分手的建议，在街道铸铁厂翻沙工的眼里，用青春浇注的铸件不过是有沙眼的废品。那是有感于殊途难归的自知之明？或是有嫌于你书生意气的弃暗投明激流勇退？总之，爱情请你收回跨进门槛的那只脚。这时，爱情一点也不温柔宽容，一点也不怜悯。就像生活本身一样。而你却不懂，你的表情很古典，你挚爱盈眶，真诚横流，忠贞沾襟。你冲动地随手抓起一把菜刀，那把刀不久前杀过鸡宰过鸭剖过大头鱼，你却瞄准了自己的左手，英勇地剁了下去，剁下一截食指。你的壮举可谓轰轰烈烈、惊心动魄了。然而，并没有酒杯来接那新鲜的热血，点点滴滴的殷红白白地污染了桌面和地面。桌上的血迹必定要用抹布擦拭，地上的血迹无疑要用拖把了。

那阵子，你常常把自己丢失，丢失在相思湖畔，粼粼波光尽是熠熠耀耀的痛苦，迷乱了你的视觉，你找不到回学校的路。于是大家分头去找你，找你好几回，岂知你最终还是失踪了。此番再也没有谁会寻思访你之下落召你之游魂惊你之禅心！

我错了。明明有个李子林兴致勃勃地揪着我不放。不仅如此，他还违背了诺言，把我对马下落的推断告知了音乐教师。起初她不断来电话套问具体情况，后来则频频给我寄东西。是她新近发现的能反映马思想轨迹的文章和书信，其中甚至还有我的信。这些东西散乱地夹在马留下的上万册书籍里，由于空间的窄小，马用几只画有骷髅或写有“小心轻放”字样的木箱盛了书，上面架上床板，就成了他们夫妻俩的眠床。因此，木箱里的书一般都有一股浓郁的陈年童尿味和长期发酵的奶香味。大部分书则被他巧妙地当砖使了，砌成了一堵墙，在一间废弃的教室里隔出了卧室和厅堂。当砖使的书籍沾满了苍蝇屎蚊子血蟑螂卵，贴进地面部分已经霉腐生虫。我曾光顾他家，当时我把他一家四口想象成四条巨大的书虫，马丁爻对此嗤之以鼻，马认为他们是吃虫子的鸡。马的藏书很有来历，有些是父辈的遗产（做中学教师的岳父为了给顶职进校的女儿重新换个有学历的丈夫，不惜以全部藏书作诱饵，马丁爻对此垂涎三尺。马妻待业期间有短暂婚史，育有一子。可以说马是为了娶书才娶妻顺便给那男孩当爹的），有些是作者译者的馈赠（他给许多著名作家学者写过信，如雷贯耳三生有幸五体投地之类的谦词肯定是信中的口头禅，要不然很难设想那些激动不已的名人会纷纷回信并赠书），另一部分却是被他侵吞的公物，出走之前他直言不讳把实施了多年的小花招告诉老馆长，老馆长如梦初醒连忙亡羊补牢修改规定，并勒令马写出全面深刻的总结性的检讨。那份总结性的检讨就成了马的“遗书”。在闻知丈夫的“死讯”后，马妻以它为物证指控老馆长逼死人命，大闹图书馆要求为与前夫生的儿子或与马所生的女儿留个编制作为赔偿，缠得老馆长有一阵子拿窗台上的米兰当消息树，见花盆上晾了条白毛巾就不敢进家门。借

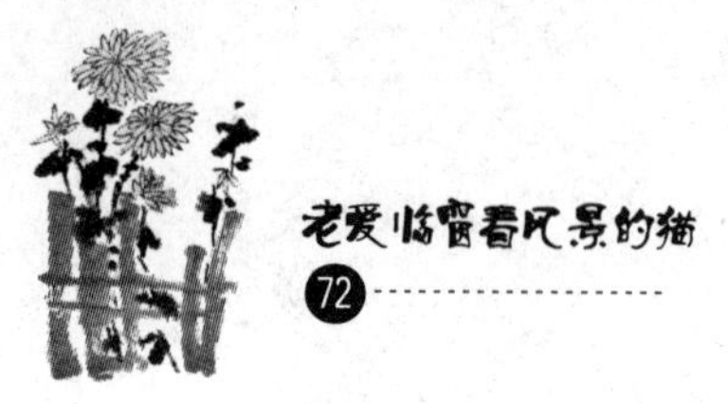

书不还是马先天性的毛病，我当年靠省口粮买的《白痴》《侏儒》《堂吉诃德》等等均被他霸占了，与李子林相比，我还算幸运，李子林是带工资读大学的自然也财大气粗些，他为了抚慰那颗被菜刀杀伤的心主动拿自己全部藏书给马作创可贴消炎药，后来李辞官不做去经商说过一句很感人的话，他说，再一个十年之后在全班读书人中马可能是硕果仅存的，我们不该把他当花朵来爱惜吗？李屡次表达了要施肥浇水的美好愿望，包括赞助我主编的刊物，他说大话一般是在躲过年关后的春暖花开季节，惊蛰过后他和蛇类蛙类一起复苏。多年来马妻未把挤占空间的藏书当废纸卖掉真是难得，李子林对此赞不绝口。而马妻从藏书中搜寻那些东西简直是一项浩大的工程，更是精神可嘉。

马妻寄来的材料内容比较庞杂，有读书笔记、卡片资料、文章底稿、藏书清单、请调报告、写作提纲，还有文化名人的书信和报刊社出版社的退稿信。和退稿信的阴阳怪气截然相反，名人回信无不热情洋溢，古汉语教授为他指出自己的谬误愿拜一字之师，法国文学的翻译家羞答答地表达了邀他合作的意愿，某当红学者看了他的写作提纲惊呼将要问世的定是一部惊世骇俗的煌煌之作，还有一位著名作家鼓励他写出当代青年知识分子的心灵史。由此大致可知马学识渊博，兴趣广泛，走哪条路都是可造之才。

马妻每次给我寄上述材料时，一般都附有短笺。她的字很像一群受惊的鸭子在扑啦啦地飞，翅膀却是退化了。她说马去当和尚太没道理，自己性格很好不是难相处的人，天天唱歌给他听，夜夜讲故事逗他乐，餐餐上桌的都是绿色食品。她希望我通过分析那些材料，替她要揭开马为什么离家出走的谜。不揭开这个谜，她尊严扫地，也将糊涂一生。

说是暗访，李子林免不了要和马妻接头。他打电话要我赶到那个县城时，我提出的条件就是别告诉马妻，我怕她纠缠不休向我要人。但是，李子林食言了，也许他和马妻合谋要对我搞逼供信。音乐教师火急火燎地赶到图书馆，她拖一个拎一个把我俩往胳肢窝里一夹，就往她家带

(李是半推半就，暗地里还帮她对付我)。她刚给我们宰杀鸡鸭，一脸血花浑身血腥。她说你们也将吃到自产自销的绿色食品。在路上，她摘着手臂上的鸡鸭毛坚定地表示她要等下去等着马回家。本来“噩耗”传来又将信将疑地苦盼了好几年，她差不多就要接受现实考虑再嫁了，可我的文章帮她点燃了希望。李也一路为她帮腔，一副见义勇为的样子。我有苦难言。我说我是虚构的，你何必当真呢。其实这些年来，出差每到一地，我都少不了打听当地的寺庙并尽量前往参观，期望有一次奇迹般的邂逅。

不管怎么说，马妻的痴情还是难能可贵的。不过，进了她家后她边剁砧板边唱歌还能边唠叨的抱怨，顿时便让我心烦了，我撺掇李子林到外面走走，围着她的住宅溜达了一圈，包括进了她的菜园子。那是一排做了教工宿舍的教室，很长，有八间吧。是七十年代干打垒的那种房子，墙面抹的白灰被一茬茬的顽童抠得斑斑驳驳，像无数幅地图，有象征高原沙漠海洋盆地的各种颜色。我吃惊地发现，涂抹在残存的白色墙皮上的漫画和文字全和马丁爻有关，那些歪歪扭扭的笔画和简洁形象的线条竟是那样恶毒和疯狂。那些文字全是两个孩子的对骂，一个撕破嗓子在喊：爻爻爸爸是个××大王（××是两个生造的字，不然我会照抄的)！一个瑟瑟缩缩地回击：丁丁爸爸是个大坏蛋！也许是骂着不解心头之恨了，愤怒出诗人了，骂爻爻爸爸的那个孩子便拿起了艺术的武器，在整排平房的墙面上创作了同一题材的上百幅漫画，这类作品在公厕里比较常见。所不同的是，聪明的小漫画家把男人画得比较完整，女人被抽象了，是一个符号，是一个圆圈。上百个完整的男人正是马丁爻，作者特意在男人旁边写上了他的姓名，让他想成阿Q都不行。马丁爻仰躺在墙上，两条瘦腿间夹着个比身体还粗大的东西，看来最善于使用夸张手法的是孩子，孩子的想象力比成人丰富得多。为了表现爻爻爸爸是××大王的主题，作者在马腿间的东西上画了很长一条弧线，可能有两三米长吧，绕了半个圈贯通了他身体左右的圆，在圆心里重重地打个箭头。墙上的文字和线条是五颜六色的，可见作者因地制宜并不讲究绘画材料，红的可能是鸡鸭血绿的可能是蔬菜汁黑的大概就是煤球木炭了。

我恍然记起，从前随马来此，临近他家时他总是忽然话多起来，并侧转身体面对我，显然是掩护着这不堪入目的墙。墙上被剥去白灰的部分，是不是马所为呢？我问李子林，他沉默不语。我想象着在夜深人静的时候，马鬼鬼祟祟地贴着墙试图消灭那些污秽的情景。李大概也这么想象，他眼里有泪。但是，马是消灭不了许多的污秽的，它们甚至蔓延到了马家的门上，不，连家里的墙上都有。我俩就像卫生检查团一样循着脏污又回到马家。

十多年后，马的儿女长大成人了，但他们的稚拙之作历尽沧桑还留在墙上，邻居熟视无睹，马妻也熟视无睹。也许他们是无奈，总不能拆了墙卸了门吧？

看得出来，遍布墙上的污秽更令李子林震惊，在等开饭的那段时间里，他难得地饶过了我，把我晾在一边，顾自默默地翻寻马的藏书。在许多书的扉页上盖着李的私章，更多的是图书馆的藏书章。但他翻书似乎不是用眼睛，而是用鼻子，他频繁地做着深呼吸，使劲嗅着，好像要判断出扑鼻而来的气味究竟是霉味呢，还是别的味道。我想只能是霉味。

酒菜一上桌，不待女主人忙完活，我和李只几个回合就把彼此灌醉了。所以马妻很沮丧，她有许多事要问我呢，尤其帮腔的同谋李子林也醉了更叫她恼火，她连醒酒的浓茶都不给他。不过她果然是那种大大咧咧无忧无虑的女人，到收拾杯盏的时候她便忘记了一切，竟捏着嗓子唱起了“青藏高原”，还是个女高音。

离开马家时，在门边我恍恍惚惚听到马妻告诉我，马离家那天清晨真的下雨了。李子林打断了她，李搬弄着大舌头说现在自己有的是时间，他会去寻找马丁爻的，直到把马铐回来为止。我想这小子大概又得落荒而逃去躲债躲是非了吧。

我们两条醉汉相互搀扶着踏上了返程的列车。落座后，李掏出了一张发黄的黑白照片，那是马痛苦地躺在藤椅上仰天冥思。李从马的藏书中发现了它。他尖锐地冷笑着表示，要带回去同那本杂志的题图对对看。

对此我麻木了，我醉着。

李又说，你猜我在马家闻到了什么气味？霉味？不是。奶腥味？不是。尿骚味？不是。像寺庙里的香火气息，像深山里的草木气息，也像男人的体味，不，大汗淋漓的灵魂沤臭的气味。难怪你写那篇文章写得那么投入写得进入角色了！

至于后来李子林是否拿照片与题图作比较，比较结果如何，我就不知道了。他果然去寻找马丁爻了。

算算时间，我吓了一跳，天哪，李子林此行一去未免太久了！

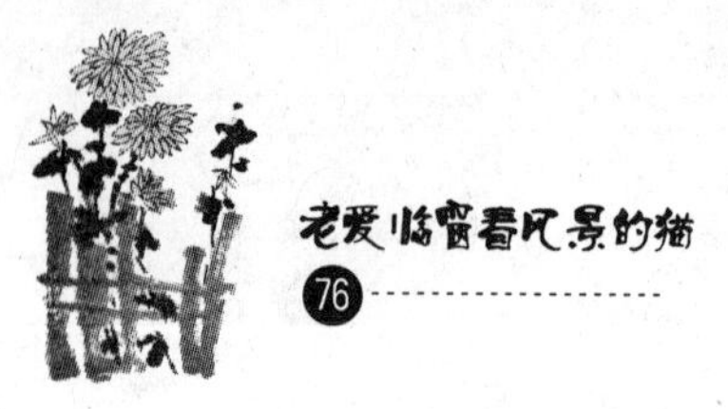

无冕女王

这种褒扬之辞是美丽迷人的。作为记者，她确实也有光彩夺目的时候，比如，上个月晚报社购置了一辆摩托，记者们拈阄儿，她手气好，中了，火红的雄狮归她驾驶，乐醒很威风了一些时日。身着飘飘欲仙的蝙蝠衫，披着一头黑色的瀑布，白色太阳帽长长的舌儿像一只巨大的鸭喙，标致的脸上挂着矜持、春风得志的微笑，突突突地过大街入深巷，那气派，那风采，牵引了多少歆羡的目光！

今天她却狼狈透了。一早就不吉利。打横里冲出个小男孩，她慌忙打龙头避让，摩托撞到了行道树上。她摔得鼻青脸肿，紧绷绷的西式短裤绷开了线脚。最要紧的是脸，为了今天这个可喜可贺的日子，她不顾疼痛不敢耽搁，连忙赶回报社，向食堂讨了些清油，一个劲往肿处抹，据说此法消肿。莫弗如去省里领奖，今天回来。

这张脸亮堂堂的，泛着青光。赶在接车前，还有件重要的事得办呢。真该早办，莫弗如接到获奖通知就意味着该她履行诺言了。干吗犹豫干吗紧张呢？要不然，说不定，不会出车祸！万幸，没让那孩子给毁了……

她迟疑着走进冷冷清清的常青药店。柜台里只有一个姑娘和一个中年男人。这可是个好机会。叫那姑娘吧，不，她会怎么瞧，人家还是个小姑娘呢。叫另一位？哎呀，男人！男人怎么开口……乐醒面红耳赤地沿着柜台转了一圈。

再换一家。乐醒好不容易才找到免费发放的避孕药品，放在兽用药专柜里！她忍不住心头的愠怒，悻悻地嘟哝了一句。店员听见了，立即横眉竖眼跟她争辩。她火了，甩出蓝皮的记者证。经理见状点头哈腰打圆场，这反而使她更不便索要了。

不，这是兽用药，她不能要！受此大辱，她又犹豫起来。

她后悔当时太不冷静。可那是一双哀怨失望的眼睛在祈求着她的安慰啊……

她揉着惺忪的睡眼打开门。莫弗如执意不肯进屋，倚在门边吞吞吐吐地提出："我们结婚吧？"

她嗔怪地白了他一眼，也不怕吵醒隔壁，咧开嘴疯笑了一阵："结婚？和一个庸才结婚？农林办公室一台专门绘制报表的机器，这不太滑稽了吗？"

对她夸张的惊讶和奚落，莫弗如习以为常并不动怒，反而自嘲地冷笑道："现在我可下决心做你的奴才啦，保姆、炊事员、采购员！而且死心塌地。可别错过机会。"

"你威胁我？"

"那不敢。可是，你知道我下这个决心不容易。要不，也许毕业后我们很快就可以抱孩子，抢个第一名。现在我无条件地向你投降……"

她不敢耍闹了，她的心轻轻地战栗。无条件地！你的希望彻底泯灭了吗？你曾经踌躇满志，在学校墙报上你那几行诗词多漂亮，在整个七七级毕业生中传诵一时，还有不少人抄在日记本上呢——"几路春风鸣得意，一行处处是家乡，愿十年后共辉煌！"可是，你并不得志。你在学校填了入党志愿书，没批。去年支部大会再次通过，又没批。市委借你去当了两个月秘书，忽然给刷了下来。你不知哪儿出了差错。后来，倒是风言风语使你大彻大悟。

她激动地抓住莫弗如的胳臂，扬起脸，柔声安慰他："你别对它耿耿于怀，何必呢，超脱些……或者，干脆让他们挑明……"

"我真是三种人倒可以安分啦！要不，干脆指出我不算三种人但属于第四种第五种！可是，根本不予解释，就把你晾在一边，焖在锅里，真能把人活活憋死！"莫弗如气咻咻地吼起来。

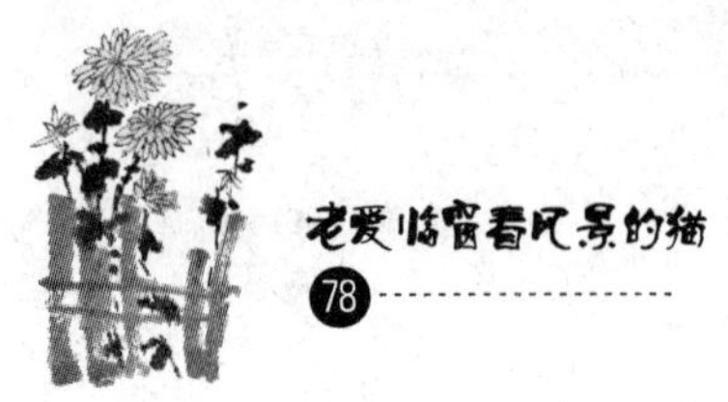

“既然你不该是从政的料，那你就研究文艺理论嘛，你喜欢。或者，写小说。”

他苦笑着，摇摇头：“我为今天作了长期的准备。大学四年读的全是杂书，社会学的，经济学的，甚至妇女问题的……你们都取笑我，杂家，官迷！这本来是无可厚非的，人生总得有个目标。我们同学中那些鄙薄当官的清高分子，现在怎么样？不都为自己赶上了好机会得以发展而庆幸荣耀吗？可悲的是我……”

“听着，我的杂家，别跟自己过不去，别失眠，别导致血压增高，别引起脑血管爆炸。你每天填写各种报表，更多的时间就是你的。现在报刊电台电视台举办的智力竞赛名目繁多，花样百出，你干吗不拍卖塞满一脑袋的积压物资呢？跑跑图书馆，翻翻资料……”

莫弗如反唇相讥：“这真是件名利双收的好事，何乐而不为？”

“它至少能填补心灵的空虚，得到一些慰藉，或者说，生活得更充实。”

“就是说，我必须多获奖几次，证实自己不是庸才，你才同意结婚？”

乐醒歪歪脑袋，一笑：“也可以这么认为吧。你得到奖，没说的，我予以鼓励。”

“头等呢？”

“你野心不小。重赏！”

她脸不变色心不跳，那么随便那么露骨。莫弗如心领神会，不觉鄙夷地撇了撇嘴角：“一个吻？”

“不，还可以更多！”她斩钉截铁地说。

她鼓足勇气，穿过熙熙攘攘的十字路口折回到常青药店。她得像已婚妇女且是计划生育模范那样坦然地径直走向计划生育专柜，这样才能战胜内心的惶惑。她冲那姑娘点点头，漫不经心地指指橱窗。

“您要药，还是……”

乐醒慌忙避开征询的目光，愣怔片刻后，说：“嗯，都要吧……”

她匆匆塞进手提包，逃也似地离去。不觉得可悲吗？你！一个女人，三十岁了，你该结婚啦！你这是为了什么呀？如果你害怕他的威胁，企图靠那样的刺激维系你们的关系，那就更可悲。不，你不是。你有自己的追求，也有女人的感情和牺牲精神，然而，两者是矛盾的，你要寻找一种方式证实自己……

这次，莫弗如接到获奖通知并没有欣喜若狂。奖品可不含糊，一台明月牌十四吋彩电，《青年报》真够大方。截止当日二十点整，据统计，他已获各种竞赛奖达九项之多，计有雉牌载重自行车一辆，缩印本《辞海》四部，缝纫机一台，雕龙拐杖一根，女式西装两套。缝纫机让他打八折贱卖了，女西装太肥大留待乐醒将来发福穿。拐杖欲扔，但他一转念：人难免有一闪失，有备无患。

他对着电扇敞开怀，脸色阴沉得可怕。“一个劲地吹，会感冒的。”乐醒上前拽他，他就势抱住了她火烫的身体：“我厌倦了！厌倦了！”

乐醒顺从地闭上眼睛，听任他的胳臂越来越紧地箍住自己，腰间被勒得生疼，她怕自己的动弹、挣扎惊扰他，也不敢让自己的爱宣泄出来。她竭力克制住心灵深处的阵阵躁动。这样就很好，很好。对他，你一步也不能退却啊，不能！

“弗如，我今天挨了批评，外加一包气。前天，五一大道建成通车，我赶去参加典礼，迟到一步，没听到有个自命不凡的头儿建议改称人民大道，发消息还用的是一贯的名称，上面怪罪下来，总编气得骂我一顿。虽说我出过几次纰漏，可成绩也是有目共睹的……”

莫弗如松开手：“你太骄傲，太张扬！连看手相的结果也叫你得意忘形，你在同事面前咋咋唬唬，什么命里注定有大发展。人家会对你肃然起敬还是怎么的？不，会拿你当野心家！防备你，限制你，嫉妒你！”

“什么野心，雄心！你曾经也有！”

“有，但它应是一种潜在的力量，而不能是招摇的旗帜，人家会把旗帜当成靶子！”

“是啊，现在我正学着谨慎……”

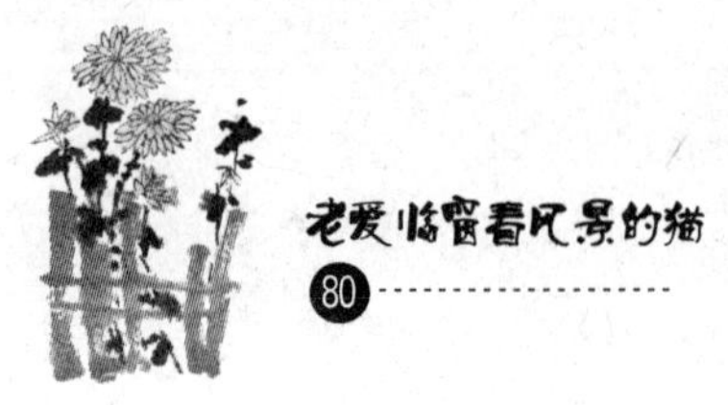

“你以前给人的感受太强烈太刺激。”

乐醒点点头：“有时，生活真不公平。我月月超额完成任务，很有几条报道反响强烈，被各地大小报一转再转，有的还评上最佳新闻。这些，领导淡然得很，可稍有差池就大加挞伐。比如，我那篇散文《春风绿枫岭》给我们副刊发了，总编亲自终审的，眼下有人议论了，问我有何隐意，还宣布今后一律不准在自家报上发文学作品。枫岭五姑娘造林是林瑛当妇联主席时抓的典型，文章也是以前写，没排上，她荣升市委副书记后才见报，却说我歌功颂德吹捧献媚，想利用同学关系向上爬，难听着哪，春风指林瑛，枫岭指自己，惹得林瑛冲我发火。我也冒火，戳着她的鼻尖喊，瑛姐，你要是春风，我宁可作枯枝，决不让你沾染！”

“总编不喜欢你，是因为他还年轻，他才四十岁，懂吗？我的小傻瓜！”

是了。你的才能、你的直露对人构成威胁，你的热烈、你的单纯又给人以口实。难怪组织部让报社提出第三梯队名单报批也闹得这么复杂，翻来覆去，议而不决，青年中党员只有两个人，而你自以为无论哪方面决不逊色于人。一经莫弗如点破，乐醒不禁愤愤然了。

“难道我妄图超越他取代他不成？”

“你说呢？你的成绩你的炫耀客观上不是造成了一种凌厉的攻势吗？何况还有个同学当上了市委副书记，这可不能掉以轻心。拿你当假想敌便是很自然的了。”

她沉默了。你只想做个称职的记者吗，做个正直诚实的人吗？不，你有追求目标，你渴望攀援人生最辉煌的顶点，但你不屑于依附谁或拖下谁来，你走的是自己的路啊！

“所以，弗如，请你体谅我，支持我，也许……也许那个顶点就在眼前，就在这几年。”她眼里闪烁着希望的光斑，“也许我比以前更成熟，更能适应环境，不会随便给人小辫子抓……”

莫弗如抬腕看看手表，把门上的暗锁扣死了：“为了让你继承我的遗志，在你面前我够俯首帖耳的了。你不同意结婚，我等着，可等到哪一天呢，等你当上总编?”

“你知道结婚对一个有事业心的女人意味着什么?”

“有事业心的女人多极啦，她们未必都是寡妇和老……”

“你!”乐醒脸涨得通红，欲言又止。不能再伤害他的感情和自尊心。结婚会使她耽搁几年，但这并不重要，她另有顾虑，这顾虑不是无由的、多余的，是因为你啊。

她望着他焦躁不安地在这间狭小闷热的屋里来回踱步，他的目光仇恨地扫描着自己的奖品。乐醒有意把它们放在最显眼的地方，那《辞海》，那自行车，那拐杖靠着写字台。

“回去睡吧，明天你要起早。等你领奖回来再讨论，好吗?”

“你还需要什么? 我再给你赚去，电冰箱，组合家具，两室一厅?”

她没吭声。她的泪水扑簌簌地流下来……

在人头攒动的出口处，乐醒一眼就看见了莫弗如。他肩头扛的彩电十分醒目。

农林办几位同事欢呼着扑上去，接过他的东西，一张张脸笑容可掬。大概是他们的情绪感染了莫弗如，他眉飞色舞地介绍着什么。

乐醒不忍破坏他难得的兴致，夹在人流中悄悄跟在后面，边走边揉脸蛋。还很疼。

他们走到自行车存放处停下来。莫弗如打开鼓鼓囊囊的旅行袋，出示给他们捎来的奖品。每次参加竞赛，同事们跟着沾光。他得头奖，他们少不了得个二奖三奖，皆大欢喜。待他们走开，乐醒才迎上去。

“咦，怎么啦，你?”莫弗如问。

“撞在树上，好险。只记得当时喊了声莫弗如万岁，就……”

“脸肿得像葱油饼。你怎么来的?”

乐醒一笑：“你怕我乘公共汽车? 可以后要常乘了，自行车也危险呀。走，别怕。万一碰上有人寻衅滋事，或劫持或行刺，那你就赶忙逃跑，别管我，我不连累你。”

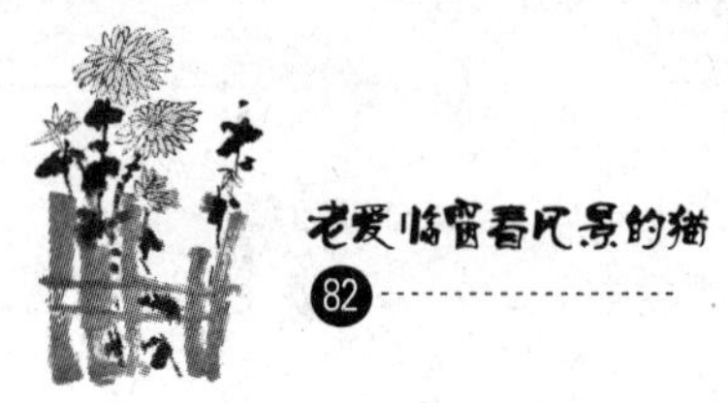

明知这是黑色幽默，莫弗如望着二路车站牌，心里不免仍有些紧张："乐醒，这个车队大多数司乘人员都认识你，我们还是走回去吧。"

她娇嗔地瞥了他一眼，用力眨眨眼皮："瞧，今天还带着个男子汉呢！没那么严重，别忘啦，我是无冕之王。不过，我们还是提防些好，你特别要管好臼齿的那个大窟窿，别吐泥渣。"说着，她把一块巧克力填入他口中，把糖纸包在手绢里藏起来。

一辆通道车开过来。候车已久的人们蜂拥而上。有个矮壮的中年男人倒剪着手带着阴鸷的笑容迎上来："哎呀，乐记者大驾光临，请从前面上，请。"

乐醒摇摇头："谢谢队长关照，别客气，今天我只是乘客。"

"刚才，我在常青药店看见你啦……"

"哦，买药。你瞧这尊容。"

他诡秘地眨眨眼："买药？我看见你好像没付钱吧？"

"你眼花！"乐醒感到了他的威胁，不由得倒抽一口冷气，她得镇住他。"队长，据我所知，你得知我写了篇批评稿，惶惶不可终日，找经理找市长告我的状，还在我们总编面前诬我出来采访总要捞好处，不然就鸡蛋里挑骨头，你得对自己的话负责任！说起来，二车队成为全市公交系统改革的旗帜，还有我吹捧的功劳呢。可我发现我曾经热情报道的你们那些改革措施是作表面文章，你们只追求经济效益而不顾社会效益，一些奖惩办法实际上是鼓励司乘人员偷奸耍滑多捞钱，服务质量怎么样？多少乘客怨声载道。我这小本子上都记着呢，群众的反映，我的调查，有时间有地点有车号！"

"我们车队是李市长亲自抓的典型。改革嘛，难免有这样那样的问题，就看你用什么态度来对待它。"

"实事求是！我希望你这个典型别让读者糟蹋我们的报纸。"

"乐记者，既然稿子没发出来也就……我今天可是有真凭实据的！"

乐醒真想打开包让他看个明白，大声地辩白。但是，不能。她问心无愧，这就够了："随你的便。但是，只要你们不改，我继续听到群众的批评，我还要写。报社不发，我就以情况反映的形式，送给市委市政府各位领导!”

“那我现在就给你们总编打电话。”

早已放下电视机冷眼旁观的莫弗如忍无可忍，上前来一把抓住这位队长的肩头。

“你是谁？你想动手?”

“想拜见你这位无赖!”

不待乐醒掰开莫弗如的手，通道车上的司机售票员已经冲下来，大吼大叫着围住他俩，众口一辞，确认莫弗如逞凶打人。她惊愕愤怒，有口难辩，像一头困乏的囚狮把求援的目光投向围观的乘客。而一位年轻的女售票员竟拍着撑爆了衬衣的前胸以党性担保，自己看得清清楚楚绝不冤枉人。

那张卑鄙的脸凑向乐醒：“他是你什么人?”

“同学！你们是冲我来的，也许我只要把采访本掏出来撕掉，我们就可以握手言欢，对吗？这关系到你们每个人的切身利益，荣誉、奖金!”

这时，莫弗如挣脱一只手，当真给了揪住他的司机一拳。顿时，骂声吆喝声掀起了高潮，现场一片混乱。甚至有不知真相的乘客也见义勇为搅了进来。莫弗如被簇拥着推向路口边的一幢楼房。他扭过头来，高喊一声：“乐醒，别管我走吧!”场面真悲壮。

她懂了，那一拳是警告她不要放弃自己的原则。

她的气愤被莫弗如的壮举抚平了，她心里只有感激，平时他对她的事业心总是奚落。此时，他的心迹才是真实的!

他的奖品，十四吋的彩电不翼而飞。

乐醒颓然瘫坐在站牌下，他的荣誉啊……

他终于被释放了。黄昏的街道仍然暑气逼人，下班的车流仓皇地涌动。她感到一阵眩晕，把头倚靠在他肩上。

“别难过，丢就丢了吧！叫我写检查我不干，最后缴了我的工作证，

我连获奖证书一块甩给他们啦。”

“不，我头疼。”

“你等我，晒了一下午，别是中暑了。”莫弗如抱怨一声，伸手摸摸她的额头。

“我能那么傻那么痴心吗？呆在太阳地里烤肉？就是在树荫下，在咖啡馆里让我闲等半天也憋不住。告诉你，我去找林瑛啦。”

他惊讶地站住：“为我求情？”

“为这点小事打扰人家副书记值得吗？我压根儿没提今天这回事，我只是为自己，介绍和宣传自己。既然人家这般看重我跟她的关系，我为什么不呢？当然我不损人利己，我只是实事求是反映我的工作情况，什么用意她该清楚。奇怪的是，主管文教宣传的副书记居然没听说她属下有这么一位还不赖的女记者，这说明我过去的骄傲用的不是地方，也说明我的顶头上司太会做工作太具有战略眼光！”

乐醒看出他眼神中隐含不满，她挽住他的胳臂，说：“弗如，别认为我没有人情味，我有。你知道……我不会亏待你……是啊，在这时不设法营救，却只顾为自己奔波简直残忍。可是我能为你做些什么呢？把这件事张扬开来，只会使我失去发言权。到时候，人家有话说了，原来她同二车队结了怨，她为的是泄私愤……”

“我理解你，你一切考虑都是为了当总编！”

真诚的理解，还是讽刺？乐醒坦然地望着他的眼睛：“是的，假如我是总编，至少，那篇批评稿就不至于压在抽屉里，我至少可以赢得乘客对我们这份报纸的爱惜！”

他只顾默默地踩着碎步，像在沉思着。

“头还疼吗？”

“有点，大概是轻微脑震荡。”

莫弗如脱去衬衫，突然莫名其妙地发起火来，他把书架上的《辞海》用雨衣马马虎虎地一裹塞到她床下，那根拐杖他想折断却拗不动，便从窗口扔下楼去。乐醒慌忙把自行车推出门。

“你趁早把它打发掉!”他气咻咻地命令。

“你疯啦，莫弗如！你这趟在省里准是碰上了同学，他们攻击你，对不对?”

“在他们眼里我简直是可怜虫。四年寒窗就为了这拐杖这破车！我追求的希望的，是一个渺茫的梦，而我不屑一顾的，却这么滥贱，一个劲往你怀里塞。”

她的心像被什么螯了一下，火辣辣地痛。她随手关上门，凉了一杯开水。

她打开台灯关掉六十瓦的日光灯。光线暗了，这张脸要好看些，微肿的腮帮不再那么显眼。

“弗如，那药，我真的没付钱……你以为他无中生有?”

他犀利的目光带着咄咄逼人的寒气：“我知道，药店里有免费发放的药品!”

“……”乐醒瞠目结舌。

他略略提高了声音：“而且，我还知道这类药品有时放在兽用药专柜里，有时站柜台的是小姑娘或小伙子，叫人难以启齿。我想，即使已婚者去取，恐怕也要有足够勇气。何况未婚，那就更心虚。”

“你!”她又羞又恼，直感到周身发热发燥。

“乐醒，告诉你，我去过。你不肯结婚无非是怕有孩子耽搁了你，我是这样想的。但你别误以为我去药店是为了结婚为了成全你，不是！假如结了婚，该有的我就要。我去那儿索取什么只是为了填补自己的空虚……感谢药店，它使人幡然醒悟自己应该是人，应该有人的尊严人的意志，即使你觉得自己是个多余的人……”

他的意思再明确不过了，乐醒还是翻开了手提包。她楚楚动人地站在他面前，目光凄迷却温柔。

“弗知，今天，是我，我情愿。我答应过你。我欠你太多啦，我为了实现自己的目标，无限期地耽误你……不，我们的个人幸福。想到这，

特别是看到你现在这副落魄模样，我心里很难受，我常常暗暗谴责自己的冷酷，可是，你要原谅我，我只能做到这一步……”

莫弗如感到她向自己手中塞进什么，他会意了，他愤怒，恶狠狠地把它摔在地上，受了污辱一般，直盯着乐醒。

她却从容地掠掠头发：“那我吃药吧。”

他抢先去掏手提包，把一小包药片扔向墙旮旯。乐醒却连忙过去拾起来，摸了两片填进口中。

他为她的举动震惊，她的偏执让人害怕，难道是脑震荡引起的？莫弗如伸开双臂把她揽进怀里，紧紧地……

只一刻钟，乐醒便从总编那儿回来了。她紧抿嘴唇，神态庄重，极力回避莫弗如的视线。然而，她眼里残存着争执后的激动是掩饰不住的。她怔怔地坐在藤椅上，承受着他的爱抚，突然捂住脸嘤嘤抽泣。

他不做声，他猜出是恶人先告状。

“我们，我们结婚吧……我太天真了，我的防备和小心，太滑稽啦，生活的羁绊是你意想不到的，它可能是粗大的藤蔓、石头，它也可能是远处射来的冷箭，猝不及防……弗如，告诉你我为什么不肯结婚，我怕你影响我。你别生气。是的，这太荒谬啦。文革中，一群红卫兵去抄校长的家，你随着去，也踢了校长一脚，可你那时才十三岁！在他们中你最小更不是带头羊。为了这，你已经……说什么也不应牵累我，可是报社正在酝酿第三梯队人选，我怕。虽然还没人揪这根小辫子，但是一旦我们结婚，谁能担保人家不呢？”

“大概是那位队长揭发你索贿，收受贵重药品，在总编那儿你就坦白……那样，同样可以立条罪名，未婚同居，生活不严肃不检点！”

乐醒揉着泪眼点点头：“嗯。所以我在总编面前宣布，我们明天结婚，瞧，这是我写的介绍信，他给盖的章。弗如，我们都不要试图改变自己，使自己颓靡或者使自己更完美以适应环境，不是吗？你不觉得刚才我那股狂劲很丑吗？”

莫弗如让电扇换挡加大了风力，今夜为什么这样闷热哟。

她把剩下的药片扔出窗，喃喃道："我也很想做母亲，真的……但我仍然要为自己的目标奋斗，仍然要骑摩托，仍然要炫耀手相所显示的，也许还会为自己的成绩得意忘形。假如你今后再被人扣下，我决不像今天这样无能，顾虑重重，干吗要扭曲自己的个性！抑制它改变它是痛苦的。弗如，我现在就写情况通报，把我们的遭遇也写上去。得罪领导也好，泄私愤也好，让人指戳去！"

说着，她找出采访本和稿纸开始工作。

灯影里，莫弗如抓起衬衣，也不道别，便悄悄离去。她的路是明确的，在脚下。他的呢？他要去寻找。

在楼下，他拾到那根拐杖，他把它架在阳沟上，猛地一跺脚，跺断了……

响沙滩

方圆百里，九桂十八詹。十八詹中，港上詹家窠巢最小，小则小矣，却是个好去处，临信河而不惧旱灾，有长堤以防水患，禾收双季，地长五谷，且距城仅十里，钱路更宽了。港上詹家人十分满足，所以村中无有出外另谋高就的，只图安居乐业，以至于水龙买了一辆旧卡车亦成为可歌可泣的壮举。然而，水龙失算了！乡里乡外，一时间运输专业户蜂起，盲目竞争使他陷入窘境，货主难觅呐。据说，白露乡已有靠运输发迹的万元户破产了。

汛期已过。信河在收缩，露出一线银色的生机。响沙滩！城里需要大量的河沙！沙滩上响起了沉重的引擎声。对岸，滩头罗家村的汽车居然绕了五十里过桥开到港上詹家村的鼻子底下来了。

偏偏，罗家那辆车是桂细姩的。两天，三天，在狭长的沙滩上，各据一端，挖沙装车，你来我往，会车让道，相见不言，倒还平静，却不知水龙心底有一团野火正毕毕剥剥地燃烧。

他见了她丈夫罗洪拐子，眼里要出血。罗洪的腿是被詹家人打拐的，前些年，他竟敢过河来开垦詹家堤下的沙洲。这人打也不屈，年年总要从詹家人不屑一顾的沙洲上收得几担黍米、荞麦、饭豆什么的。罗洪撇开腿立在船头，正悠悠地摇着桨。他背后，绿荫里露出的一堵山墙被晨曦染红了。

在大堤的缺口处，水龙停下车，望着罗洪跳下船，把一块块禾草编的草扇往沙滩上拖。他要在这边搭棚宿夜呢。顿时，水龙性起，咬紧了牙关，汽车像一匹疯了的野兽气势汹汹地沿着狭窄的坡道冲向沙滩，两旁是罗洪的瓜田和黍米地，车一上松软的沙滩，走得艰难，然而威风不减。他换了挡，呜呜地狂吼着，一直驶到罗洪面前。

“拐子，你想在这里做屋？”水龙嘴角泛起挑衅的冷笑。

“搭寮棚带看瓜田。”

水龙当真笑起来：“瓜田里怕是连瓜崽子也被我詹家人摘吃掉啦！”

罗洪竟也附和着他笑，那笑里也有些辛酸。罗洪的太阳穴上有一块分币大小的疤，油光发亮：“栽些梨瓜，就没有人去作践我的黍米地了……”

这是他的策略。在水龙眼里，他是一个委琐的可怜的人。水龙拿轻蔑的目光瞟他一眼，踢踢草扇：“喂，不要搭，招人惹眼，詹家人不容……”

他略略一怔，紧盯住水龙：“河底下的响沙是无主的，我是第一个来挖沙的！”

“可这沙滩靠着我们的岸！”

水龙还想提醒他，他是沾了老婆的光，要不，水龙也不肯让人来瓜分这片沙滩。可是，他没说出口。他何必顾恋着细姩呢？她早就是罗家媳妇了，一朵鲜花插在牛屎上，而且，她死心塌地。她同样花了五百块钱，参加了乡里办的驾驶技术培训班，成了他的竞争对手，毫不留情的对手！那天，在城里一条龙菜馆，他花了七八块钱炒了几个菜，那叫大头鲢的货主才坐定，细姩进来买包子，只一个勾魂的眼色，便把长期为采石场拉石料的生意夺去了……

水龙的卡车跑马圈地似的在沙滩上兜着圈子，那声音，像愤怒的号叫，又像沉闷的呜咽……大堤上，他两个妹妹来装车了。

吃力地从沙滩爬上来，他突然刹住车，圆睁双眼望着前面。细姩的车停靠在缺口处，给他让出了路。

水龙的老爷车扼在坡道上，任凭她揿喇叭催促，也不动弹。

细姩跳下车来，边揩汗边上前。一张标致的瓜子脸，因为闷热，红彤彤的，愈加俊俏。她大大咧咧扯开领口，把毛巾塞向腋窝，袒露出白

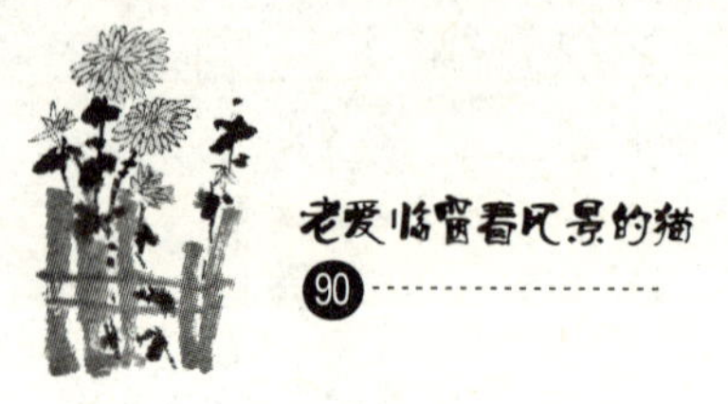

皙的一大块，他看见胸前那形如北斗阵似的七颗显眼的黑痣了。

她身上痣很多，仅仅在他所能目击的部位就有四十八颗之多。有一段时间，水龙忧心忡忡，诚恳殷切地劝她去城里点痣。痣会变癌呢。她不依。那时，她好像就已经知道，她的命运无须这个在筑水库时相识的后生来牵挂。她是为了痴痴傻傻的哥哥换婚嫁给罗洪拐子的。

“水龙！”细娇厉声一喝，见神情恍惚的水龙回过神来，她脸上又挂满了笑意。“水龙，不是车抛锚吧？”

水龙抱着方向盘，不理不睬，脸上的肌肉却在痛苦地抽搐。

“我看你是发痧，要不，是被阴箭射到。我有人丹丸子，要啵？”

细娇眼里阴郁了：“水龙，你恨我吧！那个大头鲢不安好心，我，我吃了亏……没有法子。幸好还有这块沙滩，能拉四个月的响沙，要不然，这部车子蓄不住，得重打锣鼓另开张啦……”

“吃亏？一日赚得几十块！敲掉我的碗，我忍让了你。嘿，你倒挑肥拣瘦。”他的蛮劲上来了，“细娇，我俩人各拉各的沙，不过，不要在窄路上碰面，我不会让你过的。”

细娇摇摇头，几乎是在哀求他：“水龙，不要这样，为了我们大家都好……”

“除非你家拐子来求我！”

她脸色陡变，眼里透露出他从未见过的强悍和愤懑，车门砰地一声被她推拢了。他心里酸酸的，呆立着。

她好像忘记了阴面山水库边上的那片油茶林。

他忘不了。筑水库时，他歇在桂家，细娇帮四乡来的民工烧饭。一日三餐，烧的是刚砍来的湿柴。阴雨天，厨房柴烟弥漫，熏大麻风一样，呛得人死。他竟打起喜鹊的主意来，那丘陵山地喜鹊多，喜鹊们爱在高大的马尾松上搭窠。一个鹊窠就是一箩焦干的柴棍呢。两个月后，能在阴面山听到喜鹊喳喳叫，还真是一件喜事呢。

细娇结婚前几日，她打信叫水龙来推柴，平畈缺柴。他推着羊角车来了，她给他准备的却是叫人柔肠寸断的消息。

在一片油茶林里，她安静地伸手去采刺丛里的金樱子花，雪白雪白的花瓣纷纷坠落。水龙对喜鹊的叫声非常敏感，他听见了，仰起脸来寻觅。那个鹊窠建在山坳里高高的枫树顶端。

他曾经那么得意地宣布，阴面山再也找不到一个鹊窠。一看到它，失望的泪水再也抑制不住，扑簌簌地流下来。

他迁怒于那对喜鹊，忿忿地朝那株枫树走去。回来时，的确良衬衣被划破几处，腿上有一道道的血痕，满脸的灰迹和汗污。流离失所的喜鹊凄惨地啼号着，在他头顶上盘旋，不时地怒不可遏地俯冲下来，像复仇的箭……

她终于冲动地抱住他抽泣起来。水龙则用力地摇晃着她的身体："细妹，回掉罗家的亲！我卖屋来娶你，礼金双重我也出，让你哥哥娶媳妇。"

沉默。沉默了许久。死寂的山林里，只有那对喜鹊惶惶地飞去飞来。她突然捉住他的手，让他数身上的黑痣，那黑褐色的北斗七星……

而今，她变得多么冷酷！她在一心一意地为罗洪拐子赚钱，她眼里只有钱了。水龙感到悲哀。

瓜地里，有几个詹家的放牛孩子。那瓜地已无数次糟践，剩下的只有青油油的瓜崽子。孩子们摘去，咬一口嫌苦，便扔。最后，竟拔起瓜秧以泄愤。

连水龙也忍不住吆喝起来。可是，细妹夫妻俩倒无动于衷，只埋头装车。车装了，便钻进棚子去歇息。

罗洪边吃饭，边眼睁睁地望着瓜地。见孩子离开，便过去把孩子拔掉的瓜秧撸作一堆，接着，翻起地来。他准备播荞麦或点萝卜。直射的阳光下，裸露着的背脊黝黑光亮，那条腿艰难吃力地动作。

水龙渐渐收敛嘴角鄙夷的冷笑，他有些感动了。罗洪的这股劲头，正是詹家人所缺少的，詹家满足于现状，他们有句有名的谚语：作田人

不望好，一年望一年饱。他望好，他经不住四乡那些冒尖农家红火火的日子的诱惑。他的车已为村坊所瞩目，他指望靠着它生存下去，发达起来，而不是让村人耻笑。所以，他发着狠劲跑。那几个想买车的后生也巴望他发呢，嚷嚷着要来帮他装卸车。

不料，细姩过来告诉他一个惊人的消息："水龙，这里沙质好，沙石公司过几天要在这里建场呢。"

他惊愕地审视她的脸，继而，愤愤地扔掉铁锹："哼！这是我们詹家的沙洲！"

"不管詹家争、罗家夺，说到底还是国家的！"

她裤腿卷得很高，露出白皙壮实的腿肚子，正用赤脚片子铲起沙来，朝他鞋上堆。"水龙，我劝你趁早把汽车卖掉，现在生意难寻，有车的人家一时还舍不得处理，还可以扳回本来，迟了，怕是削价也没人要呢。"

真是不幸，他懵了。但是，他固执地摇摇头。"你呢？"

她直言不讳："沙石公司要把这个沙场圈起来，不过，他们还让我做，像现在这样收我的……不过，我不会做得好久，半个月，半个月就尽够啦。"

水龙似乎明白了。这沙滩上只有他和她，将要发生的变故，不就是为了撵他走吗？但他怎么也弄不懂，她为什么要这样惩罚他？他把牙咬得格格响，心却在凄惶地颤抖。

"水龙，这是我给砂石公司出的主意，他们一盘算，高兴极啦。"她也很兴奋。他仇恨地盯着她，她完全成了一个陌生的人。

他捉住了她的腕子。

她痛得脸扭曲了，却不挣扎。面对那瓜地上佝偻的背影，喃喃地重复着水龙的责问："为什么，为什么……"

村里，一阵激烈的犬吠渐渐平息。村后的树林子里，月色斑驳。水龙爬上一株合抱粗的樟树，蜷着身子躺在离地面两人高的树杈间。凉爽的风徐徐吹来。他睡不着，总想着她。只要稍稍再爬高，就可以看见对岸的罗家，更高一些，则能看到沙滩上的寮棚、汽车，甚至她的身影。但自细姩嫁给罗洪后，他从来也不允许自己来痴望河那边。只是默默地回味阴面山的鹊啼。

他听见了细姩的喊声。她来到树下，仰起激动的脸。

“水龙，我猜准了，你当真在这里。以往，你老是说喜欢在树上歇凉。你们詹家人见我往树林里来，以为我要寻吊颈鬼呢。”

水龙跳下树来，正颜厉色地喝道：“你放心。我不会被你逼上绝路的!”

“我不是存心逼你呀！你想，我会吗?”

今夜她又是那么温柔。从叶隙漏下的月光洒在她脸上，他看见那对闪闪烁烁的眸子里潜藏着她不便于吐露的痛苦。

“我来告诉你，下午碰到一个至亲的叔叔，他们建筑队要买车，你拿主意吧。有我介绍，不会让你吃亏的。”

“不卖。车到山前必有路!”他果决地回绝。

细姩苦笑着：“路倒有。像大头鲢那里，石头常年有得拉，就是那个人邪恶，要揩司机的油。心黑呢，填不满的无底洞。那次，他打我的主意，我火来啦，扇了他一个耳光，懒得替他做了。回到屋里一说，绝子的乌龟头还怪我得罪了别人。等夜间睏了，缚住我手脚，剥掉衣裳，一顿好打。打过又哭，往我身上乱涂，你看，还有药水迹呢。”说着，她转身撩起衣服，露出腰背。

看不清。他也没有去看。这是她第一次向她透露夫妻间事，水龙缄口不语。她嫁了，阴面山的故事也就完结了。他刚刚才强迫自己接受这个事实。

她不相信水龙会这样冷落自己。她就这么……等着。她只需要劝慰、同情，至多，还有一丝对过去时光的顾恋。她本来要告诉他许多事情，但是，这时她失望了。

“车当真不卖?”

“那是卖我的面皮!”

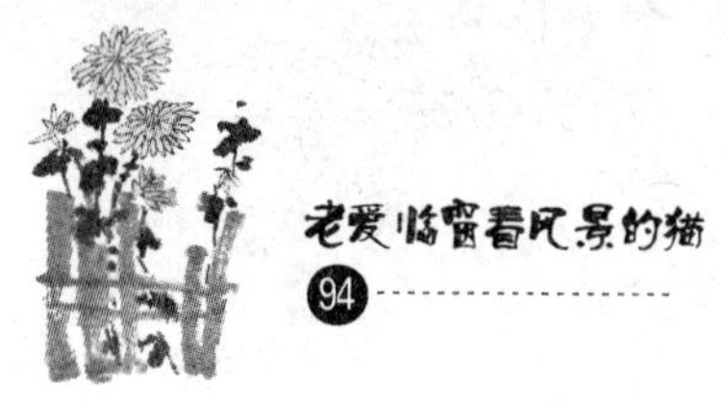

“水龙，我抢了你的生意，我会想法子让大头鲢还给你!”她说。

水龙一怔。接着，便感到血往脑门涌，难以容忍的羞辱在怂恿着他，给她一个响亮的回答，但是面对这张陌生的脸，他松开了揪住她衣服的手，只忿忿地说了句：“用不着，我要的响沙滩!”

“我恨它，我巴不得信河涨大水，浸了它!”

他暗自拿定了主意：卖车。不甘心，却无可奈何，冷静下来权衡再三，也就顾不得许多了。

今天，不知怎么回事，罗家来了四五个妇女帮细妹装沙，她那头，女人们嬉笑打闹，好不快活。那罗洪反倒阴沉着脸，掀起几锹沙便走开找别的事干，不像从前那么卖力。

詹家的水牯来了。他也和水龙一样，疑惑地望着她们。水牯是个强蛮得不讲道理的后生，凡詹家村与杂姓小窠巢有纠纷，十之八九是他惹是生非。罗洪的瘸腿便是他的战绩之一，那时候的公社要抓这个典型法办，后来一拖再拖，软了劲，只训斥一顿勒令其赔偿医药费和营养费。直到罗洪托人把他赔偿的款子退了回来，詹家人才晓得是罗洪忍气吞声做一个好，不敢使两姓矛盾激化，而且他还不舍詹家鼻子下的那一片沙地呢。

“水龙，看罗洪拐子的架势，要吃你呢。”

“不要瞎说。”

水牯脖子一梗，斗鸡似的：“哼，你坐在汽车里，呜呜叫，好不威风。哪晓得是矮秆禾种，比田里的稗草短一截。麻雀钻进了燕子窠，你还让他在里面孵崽子。早就应该赶他走！你看，她们恶不，简直想一车把响沙滩拉光!”

水龙不理会他。

“欺侮自己人好佬!”水牯丢下这句话，悻悻地朝细妹的寮棚走去。水龙没能喝住他。

水牯野蛮地推倒了那棚子。女人们围上去。细妹却扶着铁锹，呆立在原地，朝水龙这边望。

水龙慌了。他埋头装车，以证实自己的清白无辜。他经不住这样严厉的审视，真希望罗洪揍水牯一顿。可是，罗洪却满脸堆笑正向水牯解释着。

水牯洋洋得意地回来。“水龙，栽了晚禾有几日空闲，明天我叫几个人来帮你，我詹家人斗不赢他，耻哟！我们一帮年轻人就盼着你发，让上辈人眼红，要不然他们死死把我们箍在田里园里，脱不得身！”

水龙心动了。卖车，退出沙滩，都是耻辱，对他，对詹家村。至少他该拿出理由来，令村坊不至于取笑，令那几个后生不至于伤心。沙石公司占了沙滩，而细娐仍在拉沙，詹家人是决不肯罢休的。

有一个壮烈的打算倏然在脑海出现，便怎么也排斥不了。整整一天，他很激动。那样做，他心里才痛快。他等待着。装最后一车时，他没有动手，他找出一团沙布，把驾驶室里里外外擦拭了一遍。驾驶室外壳的油漆斑斑驳驳，一碰便一块块脱落。

那边，细娐的车走了，罗洪高声嚷起来：“多谢了，明天你们不要来啦，你们帮她就是坑我呀！她要离婚，要赶紧凑齐钱赔我就离，晓得啵？冤枉了我的车，这片响沙滩哟！”他的声音嘶哑而愤懑。

水龙恍然大悟。他失神地望着罗洪撑船把那帮女人送回去。那寮棚又搭了起来。

水龙不等装车的两个妹妹上车，就开车了。任凭她们叫喊也不停下，车呜呜地朝坡道冲去。

路上，他没遇见细娐。他独自卸完沙，便像喝醉了似的驾着车，朝一堵红石砌的围墙慢慢撞去……墙倒了，车头被砸得七凹八翘。

他感到一阵轻松。

他将宣布，车坏了，必须处理。

今晚，她仍在沙滩上宿夜，但回来得很晚。

水龙在堤的缺口处等着。她停下车，打开门，两人沉默地相视了片

刻，是水龙先开口：“细姩，你和罗洪要……”

“我给他赚了四千块，做栋屋还有多，他应该放我啦。哪晓得，见拉响沙又是条钱路，他要变卦反悔呢，我不依，他就叫他妹子转来，你说我心里有几难过。这下好啦，沙滩靠不住了。他也该死心啦。”

水龙钻进驾驶室，抚摸着她的手：“你该早告诉我，我就、就不会……”

她缩回手去笑了：“水龙，你好傻，这一点也不关你的事，我只不过要换回我自己，晓得啵？为什么要小心你？”

他恨自己，这两年，她距他这么近，隔江相望，他至少该让对岸的她在洗衣时看见，她面前不只是自己的影子，还有一个真实的人。

“水龙，当真是我把你逼上了绝路，为了自己脱身。其实，我在抢你生意时想到你，想到你以后会喜欢的。可哪里有可能呢？我已经是……水龙，大头鲢答应我了，明天你去替他拉石头吧，起码可以做半年……”

他震怒了。他知道这意味着什么。他抱住她的双肩，疯狂地摇晃着。她神情严肃，用力去掰他的手。他索性箍住她的双肩，她的胳膊肘支在方向盘上，按响了喇叭。喇叭声断断续续时高时低地响着，随着一阵阵强劲的江风飘向远处。

“细姩，你发昏啦！我会领你的情吗？不会！”他厉声叫嚷着，声音是颤抖的。

她惊惧疑惑地望着这凶神恶煞般的脸。透过冷酷的表情，她看到了他的心。他的泪水濡湿了她的肩头，手抖抖地在她腰间摩挲着。这一霎那间，她无力地瘫软了。她错了。她不惜付出昂贵的代价为他讨回那笔生意，这样，她反而使自己背负了一笔沉重的债。

“细姩，我把车撞坏啦，我要卖，削价。”

“啊……”

细姩坚决地把他推下车去。汽车滑下波，月光下是一片宁静的沙滩……

官 票

何生亮有八年党龄，自然知道入党并不发票。所谓官票，大约是指自己手里的这张《行政职务任职呈批表》了。

官票比想象的简单，一页纸，正反两面，该他填写的只有几栏，而且他完全可以脸不变色心不跳在有限的空白处完成他的自画像。年龄，三十八；文化程度，大学本科；工作简历，插队考大学……

虽觉意外，却又在情理之中，何生亮欣欣然正欲提笔，忽生疑窦。他休假半个月，这份表格不知是谁在哪天放进他未锁的抽屉里，既是提拔，如何事先未闻风声？组织上也该征求本人意见呀！做领导的未免太草率了！然细细想来，又情有可原，你休假在家，难道让领导顶着烈日乘二路车在殡仪馆下直插肿瘤医院绕过拘留所高墙找到精神病院对门的何寓么？那样，自视清高的你怕还不买账呢，怀疑人家送乌纱帽上门网罗亲信呢！

他再次细细察看那表格，确信自己神情智明，目光在“拟任职务”一栏上滞留了许久，然后把它放回抽屉，静等人来催交。这时，有人蹑手蹑脚走进来，猛地拍拍他肩头。

“哈哈，恭喜你啦！”

何生亮一惊，满脸通红，慌忙搪塞：“我？我何喜之有？”

小吴诡谲地挤挤一对小眼睛：“得了，别装糊涂。咱俩是谁和谁！大学四年上下铺，每天夜里你得放几个响屁我都知道。这下好了，我少了个对手！”

“什么意思？”

“你还不知道吧？局里买了几套住房，你嘛，这回该把要房报告撤

掉啦!”

是了！是了！鱼和熊掌不可兼而得之。局长对新干部要求甚严，十分注重他们的思想建设，十二分地警惕他们的思想蜕变。就在何生亮休假前，局里还专门召开会议传达上面的精神并大加发挥了一番，说是官票不等于车票不等于房票不等于一切名存实亡或无中生有的票券。对此，何生亮举双手赞成，眼下考验自己的时刻到了，他当然毫不含糊。

“小吴，乔迁时你可得出点血!”

“你呢？我从今天起就留着肚子!”

小吴喜不自禁，可何生亮却不敢高兴得太早。现在他得到的只是呈批表，或者填而不报，或者报而不批，或者批而声明作废，也未可知。尤其对他的顶头上司那位副科长更需严格保密。此人久任此职而不得升迁，心境不好尚可体谅，但对属下无端的敌意是可忍孰不可忍，正是在他手下工作憋闷得很，何生亮才动了走的念头，借休假机会秘密去了大量引进人才的A市一趟。既然情况有变，此念头可以休矣!

过道上响起熟悉的干咳声。何生亮慌忙抓起报纸正襟危坐不再理会小吴。谁知，副科长径直走向他，黑而瘦的脸上浮起一丝微笑，这笑容因为难得而叫人诚惶诚恐。

“何生亮，你抽屉里藏着什么好东西?”副科长劈头便问。

何生亮又吃一惊，瞠目结舌，继而呼地站起来，颇有被人以不道德的手段窥破隐私的恼怒，脸色很不漂亮。

“别客气，坐下，坐下。是这样，那天检查卫生，真是巧，人家刚进门，只见有一只极大的硕鼠从你抽屉里蹦出来，跳到桌上向人家作了个揖，然后顺着墙根钻到隔壁人事科去了！就为这，罚款三十元，而且不许公费报销!”

是该超脱些、冷静些。第二天，除了该喝该拉小吴也乐不可支地上来作证，两双眼睛齐刷刷地盯住他的抽屉，何生亮不由得紧张起来。平日别人是不敢擅自动他抽屉的，他曾发过火，显然他俩都铭心刻骨地记取了过去的教训，却灵敏地发现了某种迹象。瞄见这露出的没有兑现日期的官票，副科长岂肯袖手旁观，不知怎么节外生枝呢！这阵势，显然是非打开抽屉不可了！

何生亮推开他俩，身子挡着，猛地拉开抽屉，哗啦一声倾倒地上，一堆什物正好把表格盖了个严严实实，动作迅如闪电。这时，何生亮恍然大悟，原来勾来那极大的硕鼠的是被他遗忘的两块蛋糕，那鼠别具匠心地在抽屉底下镂了个美丽的洞。

经此一场虚惊，何生亮哪里安静得下来，坐着腿间如夹着个火盆，站着头顶上吊扇呼呼地旋转，像要削他脑袋。他眼巴巴地望着门外，只见局长副局长们走马灯似的闪过，至多朝里丢个眼风，并不进来，如此大事竟视如儿戏置之脑后，真叫人感慨。

莫非是谁的恶作剧不成?

苦苦熬到下班，人走楼空，正是找领导的好机会。何生亮决定硬着头皮去看看局长以释悬念。之所以硬着头皮，是因为他实在不愿让人产生什么错觉，比如权力饥饿者啦等等等等。

局长正收拾桌面准备回家，见他腼腼腆腆站在门口，很随便地说："噢，你也来了，你是最后一个来找我的，这段时间，可热闹啦！要房子的要官的要调动的，你要什么?"

何生亮被这一问鲠得说不出话来，愣愣地僵立着。

局长意识到失言，忙用慈父般的口吻安慰道："别在意。我记得你是最后一个，这就难能可贵嘛。不过，你完全可以不来找我，如果是有什么要求的话。要相信领导嘛。"

像注射了一针强心剂，何生亮这才慢慢醒过神来，很感动地点点头。局长只是不提那事，何生亮忍不住要试探了。

"局长，不知谁在我抽屉里放了件东西……"

"放的？不会吧！是它自己跑进去的！有人反映是你养的呢！荒唐！莫名其妙！机关里不是疯人院，谁吃饱了撑得养老鼠？这种风气很不好很不正常！每当领导考虑用人的时候，什么乌七八糟的反映都来了，岂有此理！小何，你可不能传染这种坏毛病哟！"

面对局长的严厉批评和谆谆教导，何生亮连连点头称是，一颗心却像那神奇的老鼠在连连作揖，欢蹦乱跳，局长的话里已经透露出那个信息，无须多虑了，可以毫无愧色地回去向妻子报告对得起她对得起母校对得起所有关心自己的人的喜讯了。

“局长，既然是我不讲卫生招来老鼠破坏了我们局的名誉，那罚款该由我认……”

“你带个头也好，以后要建立制度。”

何生亮受宠若惊，作高姿态道：“还有，我想，住房紧张，领导也有难处，我虽说住得远房子也不宽敞，毕竟还能凑合。所以，我找你主要是为了取回要房报告……”

“好，很好！如果大家都能为组织上分忧，那就更好啦！小何，像这样具体的事情可以找有关科室。”

是呀，局长哪能管发票呢。告别局长，何生亮以最快的速度蹬着自行车赶到家里，气喘吁吁地告诉妻子。妻子是省林业厅人事处的干事，是内行，只见那柳叶眉一挑嘴角一撇，兜头泼他一盆冷水。

“你瞒天瞒地可骗不了我！结婚三年你哪天不哄人？今天说局长意味深长地对你笑了笑，明天说已经列入第三梯队名单。这会儿吹得更像！事先该请教我嘛，你才好把话编圆。告诉你，提拔干部组织上要先谈话，呈批表一般由组织上填，而且一式两份！”

何生亮心里有局长的话填底，对妻子的话虽有不快，仍然自信：“骗人是你儿子！明天我可以把表带回来给你看！难道我们单位的任命要你们摆布？我休假去了难道让领导来找我吗？领导中暑谁负责？组织上没空翻档案就不兴交本人先填草表而后再制两份吗？”

“那局长见你怎不明说？”

“摆官架子呗，说具体事别找他。”

“你估计着该提什么官？你们那儿缺科长……科长？”

“人家副科长也该动动啦，也许，他上我顶……”

“天哪！你的同学都排着队朝处级奔了。如果是副科长你别干！工资不长一分……哎呀，肯定是副科长，人家才马马虎虎塞张表给你，就像给闹奶的孩子一个空奶嘴。你闹调动，激激他们！我可不许你往外地调，否则，吹灯！省直单位多着呢。”

妻子的态度不足取，何生亮庄严地回答：“不，哪怕是副科长，我也不能辜负领导的信任。我们局人才济济，这就很不容易啦，我还怕半路上杀出个程咬金呢。”

妻子不屑地耸耸那俊俏的鼻子：“你别太认真，那表就让它在抽屉里搁着，装作没看见，不问不填不催不交，为个芝麻官招人笑话不合算。”何生亮整天都钉在自己的座位上，不敢挪动，终无人问。

第三天，依然如昨。

妻子愤愤然了：“你这自作多情的痴心汉，是人家捉弄你！”

“不可能，科里就三个人，我们从不开玩笑。其他科的更是难得串门。”

“开玩笑？你想得倒美？奚落你！出你的洋相，或许还有更险恶的目的！”

何生亮笑容可掬，慢条斯理地说：“如果这表是假的，那么，我首先怀疑是你的阴谋诡计……”

“胡说！”

“我有充分的理由作出这一判断。第一，唯有你透彻地了解我的心理状态，知道我为什么去A市活动；第二，恰恰是你强烈反对我调往外地，这两条就构成了行为的动机和目的；第三，你在人事处工作可以拿到空白表格，就是说，你具备条件，真可谓是得天独厚；第四嘛，你态度反常，以往我编些好听的你津津有味眉开眼笑，这次如实报告，你却断言有假，这不，你脸红了冒汗了心虚了……”

何生亮本来是和妻子开玩笑的，说着说着，竟列举出连自己也难以辩驳的依据，不禁愕然了。难道真是她？

妻子格格地疯笑一阵，叫道：“天哪！这表真有可能是我放的，也许我得了夜游症或是健忘症，哪天你陪我去做个全面检查。不过，你别光

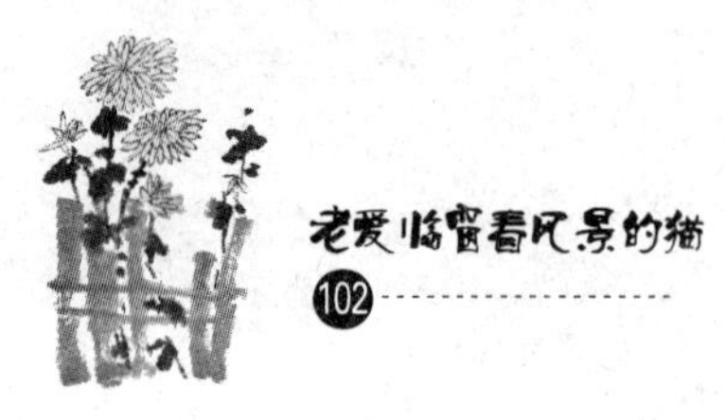

怀疑我，不妨把网撒开些……对啦，人事科长不是很看中你想把你要去吗？上次你醉酒泄露了要调动的秘密，他醉醺醺地说，一定不让你去要千方百计留住你甚至不择手段。也许，他以那表格为诱饵，权作缓兵之计，让你想入非非，而局领导根本就没有用你的打算！”

这官票无疑又增添了神秘色彩，最伤脑筋的是万一人事科长“不择手段”来这么一下，你有苦难言，人家是出于诚心善意呀。何生亮无法排除这一可能性，除了那硕鼠决不可能偷运滥发官票以外（他对鼠洞和表格已作了认真的勘察考证，硕鼠若是走私犯必须把那张纸揉成球，可表格平整洁白无有一丝皱褶一星压痕），此时如若妻子提出更多的假想，何生亮恐怕都不敢妄下断语。

当然最大的可能还是领导和人事科的疏忽，因为忙或者不急于要，暂时把这事晾在一边了，何生亮虽然信心有些动摇，但仍充满希望。不过，随着旷日持久却是愈加不好问询了。

不知不觉，半月过去。何生亮被这表格折腾得很做了几场梦很闹了几回失眠，每日眼皮干涩脸色寡黄精神萎靡，脾气暴躁了，终于一怒之下，将表押解出来，无言的审讯之后，恶狠狠地揉作人造地球卫星，欲掷向办公室一隅的废纸篓。且慢！副科长正侧着脸监视着他的一举一动呢。

“小何，这几天你情绪不好，和老婆闹别扭吧？照理你们已经顺利渡过婚后的矛盾期……当然，磕磕碰碰在所难免……”

何生亮默默无语。

“你前程远大呀，有文凭有党票年龄合适，正该春风得意。局里马上就要任命一批，刚才我见人去交表，你好沉得住气！”

“我？和我不相干！”

“什么时候啦，你还瞒我？其实我早就……检查卫生那会儿。对不起，我只是拉拉抽屉，怕里面还有老鼠。”

所以才有养老鼠的反映！何生亮厌恶地蹙起眉头：“请问，谁放的？”

“嘻嘻，无可奉告。”副科长突然脸一沉发起牢骚来，“我们局里鬼多，什么事都神神秘秘的！给你的你甭客气！比如分房吧，早定了有我一套却不告诉，昨天突然宣布五小时内必须搬完过时作废，我怕老婆出差回来摸错了门，一犹豫，晚点了不赶趟了，钥匙落进小吴荷包里!”

何生亮很是惊讶，房子如此，官票岂能例外！种种顾忌顷刻烟消云散。其实本不该多虑，给你你就照填不误，何苦自寻烦恼，反而险些坏了好事！真该谢副科长啊！于是，他连忙用巴掌将呈批表抹平，心安理得地填好当即送往人事科。

人事科长奇怪地嘟哝些什么，哈哈大笑：“何生亮，这回拴住你腿，看你能往哪里蹦跶!”

他没忘记追问把自己折磨苦了的悬念：“是你把表放在我抽屉里的吧?”

“如果没出差错，跑龙套的自然是我！这样吧，你直接交给局长，他交代了。这类大事他不信任我呐！嗨，捅了回娄子就给他留下了千古不灭的印象……”说着，眼圈儿鲜艳了。

半个月以前人事科长出差错了吗？令人头痛的是这表究竟在假期中哪天发的都无从考察。罢！罢！罢！不然，准闹个神经错乱。

很巧很妙真是交了好运道，局长办公室只有局长。何生亮毕恭毕敬地呈上。

不料，局长只瞄了一眼便勃然动怒。

“何生亮，你这是浑水摸鱼，以假乱真!”

真如晴天霹雳，把何生亮炸蒙了。

“岂有此理，竟有此事！告诉你！我警惕着呢。你怎么不想想，这怎么蒙混得过去，聪明反被聪明误呀！我屡次强调，对伸手要官的坚决不给！对搞阴谋诡计的更不能容忍!”

这些天来的烦恼和此刻的冤屈一齐愤怒地喷涌出来：“局长，你太武断了！你神经质！我何生亮什么都可以不要，人格不能丢!”

“人格，这表作何解释?”

“发给我我当然填!”

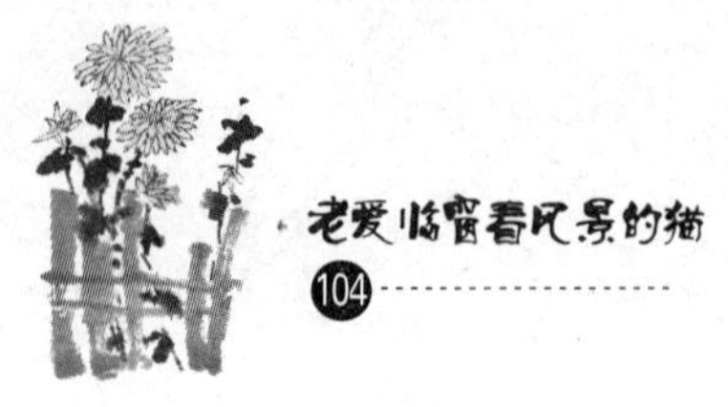

“真是发的吗？局里早就没有空白表啦！听说你爱人是搞人事的？”

何生亮顿悟，不再申辩，气呼呼地掉头便跑，见了副科长不由分说当胸揪住他：“我懂了，原来是你陷害我！”

“何生亮同志，或许有很多迹象表明我居心叵测，本人表示万分遗憾。人心里一旦树立了假想敌，那么你对他的举动总是格外敏感。陷害人无非是为了达到自己的目的吧，我现在还能有什么企望呢？你忘了，去年我住了三个月的院，局里并不知道真实病情。主治大夫是我大舅子我只允许他对我说实话。癌！不治之症！最多一年半……不，现在算只有一百八十一天又五小时……我们就……就得古得拜啦，要说有什么希望的话，我希望……希望在开我的会的时候，同事们你们再忙也忙里偷闲准时参加……”

啊！何生亮恐惧地缩回残忍的手，充满歉意、哀伤地耷落着脑袋，许久许久，不忍动弹。

小吴高叫一声：“下一个！”昂首挺胸地走过来。

“何生亮，该追问我了，因为我早就恭喜你，而且你知道我的德性，爱开过头玩笑。”

难道不是吗？副科长的话里提供了某种启示，小吴正可对上号，他至少可以搞掉一个分房对手是个既得利益者。这使何生亮非常痛心，毕竟同学一场，什么事不好商量，何必如此下作。

“你，你卑鄙！”

小吴嬉皮笑脸：“且慢！我得意于少了个分房对手，本来是因为获悉你去A市活动。怕你改变主意调动不成，弄张空白表来利用一下你的——怎么说呢——上进心吧，完全可能！不，逼急了我，我就对不起你呐！至于结案，为时太早，我啥员不是没别的盼头只爱逗乐儿，我申请列入怀疑对象名单并请允许参加侦破工作，哪怕到头来落个主犯就在你身边咱哥儿们也不含糊！”

“少废话，到底是不是你？”何生亮咆哮起来。

“嘿嘿，我编的不是电视小品，是连续剧，哪能这么快就交底，情节线还得撒开来，呈放射状!”

何生亮脑袋在膨胀，无限膨胀。不是他俩，究竟是谁？他俩也没有断然否定呀，还有妻子还有人事科长一个个都闪烁其辞，模棱两可，饶有兴味地继续编着这个故事。

三天之后，人事科长忽然找到何生亮，提供了另两种可能。有给人希望的，也有令人颓丧的。

其一：局长同局党委书记素来不和，为这次出国考察，更使矛盾激化，或许书记执意提拔何生亮。局长如此大动肝火颇能说明问题。

其二：本局未置复印机，人事科常托何生亮去求助于林业厅，会不会那个随同书记出国的干事临行前发现《任职呈批表》将尽，且急需，便请何生亮帮忙复印，仓促之间留下后患？

当然，这也都只是可能。

开　　会

死人的事经常发生的。比如五天前也就是十一月八日晚二十点三十分，有个姓高的高级工程师就溘然仙逝。高工死于心肌梗塞，确切地说，他是在看驴年马月的一场意大利足球甲级联赛时活活给气死的。那天晚上市电视台不知为什么突然变更节目安排，让足球迷高工大饱了一回眼福，高工耳朵的灵敏度不高，他压根儿没有听清双方的队名，他是一直为红队欢呼的。岂料，在最后三十八秒钟，红队守门员的眼光飘向了飞吻着的那不勒斯女郎，绣球似的足球从他裆下缠缠绵绵地滚进球门，竟超越时空，把漫漫多年之后、迢迢万里之外的高工给结果了。

高工有个女儿嫁给了老外，这不假。但是，据查，他女儿嫁的是英国人，而不是意大利人。女婿是汉学家，而非职业球员，甚至连球迷也不是，恰恰相反，他的洋女婿正在组织一个反对野蛮运动的黄色和平组织。所以，高工为毫无干系的老外活活气死很不合算。

正因为如此，他所能享受的待遇就成了棘手的问题。单说开会吧，作为高级工程师，他本可以在殡仪馆开个中厅，可他所在的科研所只有百十号人，有个小厅足矣。领导在研究他的后事时，为开会规格争论了一个小时，据传，有人希望高工有个丧事从简不开追悼会的遗嘱，可惜没有；有人认为尽管丧属强烈要求让死者享受应有的待遇，鉴于他的死因，还是在本单位内寄托哀思为宜，这也是爱护死者；持第三种意见的人听出弦外之音，于是第三种意见变得锋芒毕露了：不要企图在高工的死因上做文章，如今不是那年头了，如果要在政治上无限上纲的话，那么我们完全可以自豪地说，高工的死表现了一种崇高的国际主义精神。各方固执己见，寸土不让，最后无可奈何把矛盾上交，由厅里裁决。

厅里的决定大大出人意料，厅里指示：可以给高工开个容纳五百人的大厅，而非中厅，更不是小厅。尽管科研所领导几天前争吵得面红耳赤，这时他们的不解却是一致的。既然厅里这么决定，既然出席追悼会的代表由厅办公室统一安排，既然办公室已经像招工招干评职称一样把指标分解到厅机关和直属各单位，我们又何乐而不为呢？无疑这是重视知识重视人才的生动一例。于是全所上下皆大欢喜。关于科研所那边的情况不难想象，只要不是仇敌，同事们都是肯牺牲一二个小时为高工捧捧场的。所以按下不表。

话说设计院。设计院与科研所共一个大院，是一个系统的两个平级单位，如果以兄弟姐妹喻之，那么他们就是各立门户的兄弟或姐妹，如果以夫妻喻之，那么应该说他们是分居或分床的夫妻。设计院人更多一些，按照五比一的比例，厅里给设计院下达的名额是四十人。

黎院长在开院务会议时接到了电话，这时，技术室的沈主任伸长了脖子。眼见沈主任求战心切，黎院长愉快地接受了厅里下达的指标。黎院长放下话筒，点燃一根烟，慢条斯理地说：“我们的讨论放一放。厅里通知后天上午开会，开……一个重要的会。因为这次限死了名额，四十人不能少，也不要突破，足显其重要。什么会呢？科研所高工的会，不是他的那个TNG成果鉴定会，哎，真是想不到，本来下个月就是他的鉴定会，如果通过，可能获科技成果进步奖。我看他这一辈子就图那个会，可是……却成了追悼会。是不是这样，老沈张罗一下，把名额分派到各个科室，留几个机动的……”

黎院长之所以让技术室主任而不是办公室主任张罗此事，是因为沈主任素有“沈会长”之雅称。

沈主任之所以喜欢参加各种会议，最初是由于无可奈何，接着是图会议上发纪念品，以后搞廉政建他举双手拥护他鄙薄纪念品，但开会已成为他生活不可或缺的重要内容。参加会议的这天他至少可以省下自己的香烟而抽别人的，省下自己的茶叶而喝会上的，避开烦人的工作当一天神仙。尤其是代表领导参加的会议是很幸福的，他不想当官，正因为

他不想当官却当了小官，虽是小官却能和大官平起平坐，这时候他清高思想和跻身于领导之间的优越感相互作用，其中滋味妙不可言。

关于兄弟单位高工之死，沈主任早有所闻。并且由此对人生很发了一通感慨。现在从黎院长对追悼会规模的介绍，沈主任忽然来了气，尽管他对各种会议不分尊卑一视同仁，可这一回他却要推脱了。

他提出三个问题。一，两个月前，本院王工偕副厅长下乡出了车祸，都死了，副厅长的追悼会开得隆重热烈，而王工因为临死前提出的五个要求中没有要求开会，就不给人家开会了，高王二人，同是高工，如何厚此薄彼呢。是的，王工的要求太具体，但那全是废话，他说要沐浴要穿衣要火化，要个匣子装灰，装灰时不要和别人的灰混合在一起，濒死的昏话怎能成为一种口实呢？况且，王工的死因比高工地道一百倍；二，高工之所以评上高级工程师，实在是科研所指标宽松得可以，尽管他可能很快就能做出突出贡献，但 TNG 能否通过鉴定尚未可知，在这种情形下就让他破格享受大厅的待遇，至少在设计院很难服众，人们甚至会认为这是厅领导对科研所特别关照，本院技术干部会觉得自己是后娘养的；三，共一个系统又同住一个大院，抬头不见低头见，大家相互都认识，这高工脾气不好，每年冬天在澡堂子里至少要和我们的人吵三次架，吵架时他的咒骂很恶毒，王工出车祸以前就同他为争一个莲蓬头闹得不可开交，高工得胜却不罢休，还曾恶语相讥：“你省省吧，会有人替你洗的！”所以王工不幸应了他的谶语，所以王工才有那个沐浴的要求。

老沈提出的问题相当尖锐，它的要害是，鉴于以上三个原因，四十人的代表团无论如何是组织不起来的。

“老黎，小沈所言极是，一旦挑起王工的话题就麻烦了，当然硬性分派，也不会组织不了四十人，可是大家心怀不满，临场溜号，我们就不好交待了。你说得对，这次追悼会相当重要。根据我的经验，我们宁可尽管同厅办交涉减少指标，而不能在开会时溜号。”说话的是副院长，副院长比沈主任不过大三岁，却视老沈为小辈，足见其领导资历之深。副院长言及经验时面有羞愧。副院长的经验其实是一次深刻教训，两年前在另一场车祸中，前任厅长不幸罹难，在参加追悼会时，当时主持设计院工作的副院长犯下一个不可饶恕的错。那次厅里没有下达名额，副院长只是领着几个科室负责人前往殡仪馆，租的花圈倒是气派，可在白绫上签到的姓名却寥寥无几，与各直属单位的大队人马比较，就显得很不郑重很不恭敬了。副院长自恃花圈比人家大得多，当时也没在意。岂料，时隔不久，老黎由办公室主任越过他而出乎意料地擢升为院长，有人透出口风说："厅长生前那么器重你……都说你会变脸呢。死人不知，活人眼睛却是雪亮的!"副院长有苦难言，好在技术干部出身的他挺洒脱，始终怀有协助院长的诚意。

副院长其实已折服于老黎的领导才能。起初，黎院长工作比较拘谨，经过两年锻炼，他已游刃自如。当院长是个苦差，大事非抓不可，小事疏忽也可能酿成大事。比如食堂的包子馅里有苍蝇，比如两家合资建的澡堂发生争执，都可能成为某个事件的导火线。不要以为院里多是温文尔雅的书生，书生也常闹小孩子脾气，比如死去的高工，一气之下把不嫁老外誓不休的女儿打折了腿，所以走一步要看三步，既要有决断的勇气，又要看到可能出现的矛盾。眼下组织代表，看似小事，但是，当你知道副院长有那么一种人生经验之后，当你发现沈主任提出问题确实是问题之后，当你也意识厅里下达的指标以其微妙显示出重要性之后，你就不可以掉以轻心了。

黎院长捻灭烟头时已经成竹在胸，不过，他在拿出严肃决策前总爱活跃活跃气氛，他转向沈主任："大家叫你会长，这一回你却要罢会，看来问题严重了。"

"我对高工倒没什么。即使心存芥蒂，人死了，应该不计前嫌。只是我觉得上面不公平，我想到王工，所以这个追悼会别叫我去。"

"好。"黎院长从沙发里直起身子，"我完全同意陈院长的意见，不搞硬性摊派。刚才我没把厅里的通知转达清楚，这个名额是按实有人数比例下达的，就是说，要减少，恐怕办不到。既然是指标嘛，那么我们就拿它当指标对待，我的意见是，要想办法把硬性指派变成群众自觉活

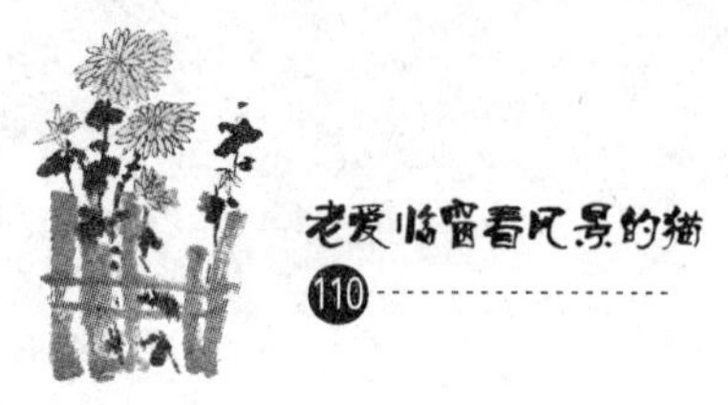

动。”他停下来，同副院长耳语一阵后宣布，“院务会议就开到这里，支部委员留下，我们开个支委会。”

沈主任写了入党申请书但还没有交，所以他端起茶杯第一个离开会议室。黎院长兼支部书记，支委会仍由他主持。

黎院长在十五分钟的支部会上言简意赅地道出他的意见，另外四个支委拍案叫绝，这意见便成了决定。因为任务艰巨时间紧迫，决定打印分发到各部门时，各部门已在具体贯彻了。

黎院长的意见的确可以称绝。黎院长认为只要充分发扬民主，特别强调代表性，牢牢把握择优选派的原则，那就不愁组织不起四十个人来。黎院长很自信，同时很清醒。他告诫大家不要盲目乐观，不要过火，要十分谨慎，否则很容易闹得像评职称一样不可收拾，一个个都成了难剃的头。

沈主任对此很不以为然，参加追悼会无论如何不可能与评职称同日而语，所以在技术室讨论推荐人选时，他持消极态度。技术室七个人，按照比例精确分配应该是一点四名，根据四舍五入的算术法则舍去小数点后面的数字，这让沈主任很庆幸。沈主任逐个扫视自己的下属之后，学着黎院长的腔调说话了：“这个会很重要……五个人中只能去一个，而落实到我们室就是七分之一，所以我们要郑重其事。院里强调代表性，代表嘛，无非是这几个方面：政治表现、业务成就、年龄结构、职称职务、工人干部等等。说到业务成就，我年长你们不少，当然做了一些应该做的工作。我们室除了我都是年轻同志，我的意见是，是不是选一个年轻的？大家考虑考虑，你们看谁合适？当然，你们都不错，都合适，我的意见是谁更为合适？”

年轻人觉得滑稽，都吃吃窃笑，互相挤眉弄眼，然后纷纷嚷嚷着提名，每个人都被提到了。沈主任严肃起来，他轻扣玻璃板：“不要嬉皮笑脸！一个同志死了，我们这样很不礼貌的！我心情很沉痛。你们都知道，我一直对高评上高工不服气，我从事专业工作时间比他还早两年，吃了指标的亏至今还是工程师。不过，话又说回来，假如不跑到技术管理部门来，多弄几个课题情形就大不一样。当然，技术管理部门也可以出成果。你们都干得不错。选派代表强调贡献，我赞成。大家不要乱提名，要简单谈谈提名理由，就是说概括地介绍介绍被提名者的事迹，甲乙丙丁一二三四列出几条，大家赞同就算通过。”

室内气氛沉闷起来。十分钟后沈主任憋得难受，频频催促。被他催得性起，有人吼道：“沈工你干脆抓阄点名好啦！参加追悼会，难道还要给代表拟悼词？送去殉葬还是怎么的？”

沈主任怒目圆睁：“你怎能这样认识问题呢？你不耐烦不愿去，是不是？告诉你，不是什么人都可以代表的！选出来还不算数，还要经院里批准，所以草率不得，万一打下来，当事人不光彩，我们也不那个，是不是？人都有个自尊心嘛。选！谁打头炮？”

沈主任习惯性地瞟了小邢一眼。小邢发言积极，而且尊重老同志。每每评选先进评选什么代表，小邢接着老沈的目光总能会意总能以精彩发言正中沈主任下怀。此刻，沈主任仅仅希望小邢打破这难堪的沉默。眼看小邢欠欠身子，以微笑做发言的前奏，沈主任急中生智连忙抢先提名：“你们不做声，那么我先提。小邢。他表现突出，在年轻人中是有代表性的，第一，他积极要求上进，办公室里打水扫地开门关门的事被他包揽了，几年如一日真是难能可贵；第二，业务成绩可喜，今年他有三篇论文在《科研管理》等报刊上发表。”

小邢满脸通红，谦虚而又无情地打断沈工：“哪里哪里，比起大家尤其比起沈主任等老前辈来实在惭愧至极，我认为沈主任最有代表性的，他当之无愧。”接着，他一口气数出沈主任的七条好处来。

沈主任虽不愿当代表但有人提名，还是让他觉得自然且舒心。接下去，人们随声附和。他准备在褒扬声中谦虚一番再找个理由推脱，让大家另选他人。可是，情况陡变，这变化和沈主任刚才拿架子训人有关，和小邢发言中的溢美之词有关，和小邢同沈主任眉来眼去有关。两个年轻人异口同声喊出一个甜蜜蜜的名字：“田柔柔！”

柔柔左右开弓，各给他俩一个温柔的巴掌，然后嘟起红彤彤的嘴唇，

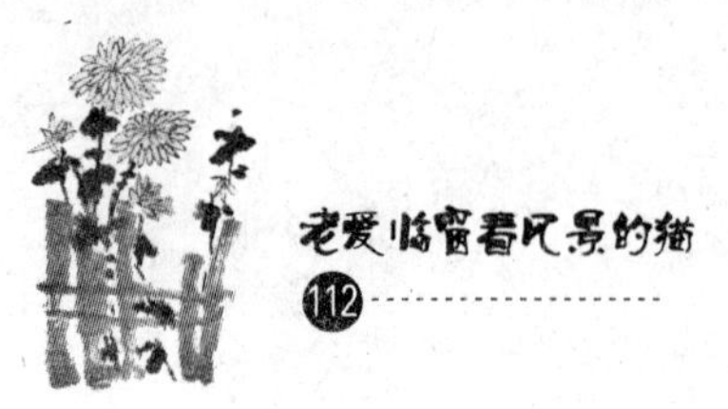

娇嗔道："你们坏！我最怕死人，存心谋杀我吧？按资格，怎么也轮不到我，你们都是工程师助理，我连个技术员还不够格呢，我等着参加你们的追悼会吧。"

沈主任心里有些不自在，沉下脸来："理由呢？说说理由。"

柔柔其实很尖刻，她的目光狠狠剜着那两个提名者的脸："理由？评先进什么的，你们不都是最先提我吗？这是一种策略，竞争的策略，叫什么来着？美人计？哦，不不不，丢卒保车，哦不不不……反正你们心里有数。"

"田柔柔，你胡扯!"

"田柔柔，你真损，岂有此理，你让大家评评嘛，你确实最有代表性，而且你的代表性最全面，集妇女、青年、技术干部于一身。"

没有发言的同志鼓起掌来，你一言我一语，居然也为田柔柔凑足了七条。她的七条足以和沈主任的七条抗衡，这令沈主任大为不快。不过好在这是推选开会代表，完全可以洒脱一回，上次评职称也折腾得他元气大伤，况且他要尊重已发扬出来的民主。他只好惘然若失地宣布："田柔柔得了四票，那就田柔柔吧……不过，这是室里的意见，最后还要经过院里，万一有变化，希望小田嘛……"

"经受考验，是不是？放心吧，我很坚强。告诉你们，让我开会我正好可以借机逛书店。打下来嘛，我改日再去，不过如此而已。"

"你!"沈主任正欲批评她一顿，忽然想起黎院长充分自信的安排。经过层层评选，是很容易把人的自尊心激发出来的，评上职称能涨几个小钱？说到底一场拼搏只是自尊心大战，所以他相信田柔柔最终会自觉地代表本室去开会。他懒得再费口舌，如释重负地伸伸懒腰便去汇报了。

这时候，各科室的代表名单已经汇集于院长案头。黎院长根据汇报根据平时印象将四十名代表分成三类。一类是高工生前好友或者并非好友但在讨论时对高工表示友好的，以及平时领导指哪打哪的老实人；第二类是稍加做做工作就一定会遵守纪律，绝不会溜号耍滑的；第三类便是田柔柔之类，平时不安分、此时态度又不端正的，这种人居多，所以要选举，而且，要让他们意识到代表资格来之不易。

黎院长准备这样对待田柔柔他们。黎院长说：“老沈呀，有好几个科室的情况和你们相同，推选代表时没有强调贡献。当然这并不是什么了不起的会议，小田他们参加未尝不可，问题是有必要促使他们增强责任心。我的意思是，你们室里再复议一下，复议一下有好处，复议对候选人是个大力鞭策，你说是不是？”

“我同意复议。我知道院里会对这些人复议的。但我想复议最好把几个科室划一个大组，分大组进行，或者根据个人情况，分别由团支部、工会，是党员的由党支部讨论。照样交由原科室讨论，可能会引起误会造成矛盾，可能到头来还是原地踏步。”

“原地踏步？不至于吧。人的认识会有所发展的。进一步复议的形式看情况再说，有必要就搞，没必要就不搞繁琐哲学啦。不过你的意见可以和大家说一说，说了能促使大家慎重对待。其实复议是一种教育，并不是要换马，马可以是原先的马，但不能是野马，放出去就没影儿了那不成。”

沈主任面露难色：“小田这人的脾气你是知道的……”

黎院长扔给他一根烟，黎院长送烟与人传达的是信任。这时，沈主任其实已经打好开会复议的腹稿，腹稿简单极了，无须拐弯抹角，他只要直说院里让室里复议就成。这句话本身含量丰富。对田柔柔来说，这句话意味着有领导不信任你，有群众嫉妒你，认为你连参加追悼会都不够格，那时小田一定会跳起来：“让那些有眼无珠的得红眼病的气死吧，老娘我今天非去不可！”叼起黎院长的烟，他觉得诉苦实在是无能的表现，他凑上前去同院长接了火，转身便要离开。

他心里猛然冒出一个念头。这个念头很及时。如果错过，将是一个难以弥补的缺憾。念头支使着他回转身体，好奇地凑到院长办公桌前欲阅看代表名单。黎院长大大方方索性将名单朝他推过去。

沈主任大为震惊！和他同一个年龄档次的技术干部竟无一人漏网，不管他们职称是高级还是中级，不管他们属于三类人中的哪一类，他们

的姓名都出现在这张名单上，而他没有！他们是群众评出来的，比贡献比出来的，而他没有！难怪在宣布评选结果时自己感到茫然若失，原来真的丢失了什么！

他有苦难言，因为他有言在先。他悔不该仓促表态，现在被动得很。偏偏黎院长将第一类人员名单交给他，说："你们小邢字写得好，下班前让他把代表名字抄在小黑板上，通知他们明天上午九点半准时赶到殡仪馆，你先把这部分名单带给他，其他嘛定下来再给他，一并抄出来。要保证通知到，所以小黑板不要挂在老地方，最好挂到大院门口传达室墙上，那里是必经之地，醒目，科研所也能看到。让他们看看最好，我们两家亲如兄弟嘛。"

原来还要张榜还要示众，沈主任便觉得不可等闲视之了。他接过名单回到室里，叫齐人，吸尽黎院长给的那根烟，当众把名单给了小邢。等到大家从小邢手里抢过去传阅了一遍，他才宣布复议。看过名单之后的人们对复议的原因心里有数了。田柔柔倒是撇脱，她觉得自己跻身于那么强大的阵容倒是荒唐倒是滥竽充数，她带着胜利的微笑斜视着她的支持者，她的支持者被她的眼神激怒了，纷纷抗议："选人大代表呢还是全国劳模，柔柔不够格，我们技术室就没有够格的，我们选佐罗选高仓健选费翔选陈佩斯那小子！"

连小邢也愤愤不平了，他的不平表现为侠肝义胆："田柔柔，刚才我不同意你，但我尊重多数人意见，院里也应该尊重我们评选的结果，对不对？现在叫我们复议，分明想打掉你，搞论资排辈！所以我提议照样选田柔柔！而且，我有个想法，既然院里来真格儿的动硬的，我们也别含糊，把那舍掉的零点四名指标夺回来！"

于是，有人不严肃了："妙！让小田提着你的脑袋去开会吧！"

在严肃的会议上打哈哈是沈主任最痛恨的行为之一，所以沈主任在心情不畅的时候总喜欢拿它开刀："人是猪肉吗？这是会场不是屠宰场菜市场，你的笑话很无聊。关于复议，院里并没有别的意思，小田的态度是端正的，别的同志不要煽风点火，唯恐天下不乱。复议就是复议，仅仅如此而已。我们仍然可以选她。意见谈透理由摆足，复议就成功了嘛。而且复议可以让我们增进了解，看到成绩找到差距，学习榜样赶超目标，何乐不为呢？换人不是复议目的，复议的目的是选出最合适的代表。小邢后面那个意见我是赞成的。怪我当时对这件事认识上有偏差，四舍五入了，如果大家觉得这有损我们科室的利益，作为部门负责人我有责任尽力争取。我想，除了正式代表外，再选出一个预备的，我到上面去交涉。大家认为如何？”

大家拍巴掌响应，掌声回荡在小小的办公室里，不可谓不热烈。可是该发言提名时，却都不吭声。

沈主任等得不耐烦了：“说话呀说话呀！刚才小邢提名小田，仍然选她吗？说说。好，你们不说，我先说。我抛砖引玉。我完全对小田没意见，不过，我们也该考虑考虑她的客观困难，她怕看死人。把她吓哭不好，当然追悼会也需要眼泪，不过，从关心爱护同志出发，能照顾的还是照顾照顾……”

岂料田柔柔格格笑道：“是的，我怕死人。可明天的追悼会我不怕。因为我发现高工活过来了，被气死的高工又被我们的满腔热情感动得起死回生了。他在笑呢，笑得很开心。如果大家信任，我一定去，一定不溜号不逛书店，总之我一定珍惜荣誉！”

实在是憋闷得难受，大家都敷衍道，那就小田吧，那就柔柔吧。话里却有些让利于渔翁的不甘。

全票通过的田柔柔应该表达感激，一向伶牙俐齿的田柔柔却激动得语无伦次：“谢谢你们，与强者为伍真是一种幸福，许多事情能让弱者占先，这几年评先进让我得台灯得电扇现在让我得指标，我一定不辜负指标。那零点四名指标也不能浪费！我提议，干脆尊重领导尊重老同志选沈主任怎么样？”

这是省力气的活，于是就又鼓掌。

沈主任脸色很不漂亮，但他尊重群众意见，他站起来道了声谢，便去见黎院长，他道谢时无意识地走了调恍若学香港歌星腔，于是大家面

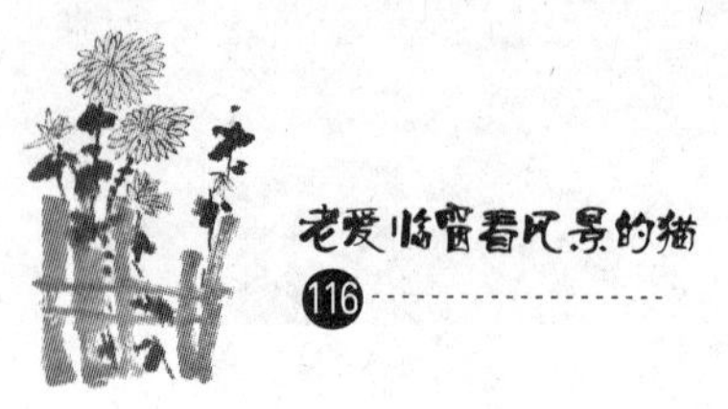

面相觑，继而挤眉弄眼傻笑了一回。

这时，沈主任觉得让技术室舍去五分之二也就是零点四名指标，是很残忍很不人道很不公平的事。再见院长时，他进门往沙发一坐，老半天不吭气。院长知道他在气头上谁也招惹不起，就视而不见继续忙案头上的活。四十分钟后到了该吃中饭的时候，院长仍无视他的存在拿起饭盒要出门，沈主任忍无可忍跳起来拽住他："你定个时间，什么时候开我的会，给什么规格，再吃饭行不行？我也会像高工一样气死的！有人说他的死是国际主义，我没他那么伟大高尚，我是个人主义。谁能不为自己想想，干了三十年，难道不该给我一个公平的鉴定吗？难道非要盖棺论定吗？是的，开始我不愿参加，可谁知道会的性质变了！"

摸不着头脑的院长听着听着摸摸头脑，微笑道："仍然是追悼会嘛！评选代表是没有办法的办法。"

"办法好呀！如果我是院长，我也会这样干的。问题是，那些年轻人太伤人啦。我知道他们对我有意见。他们主要的不悦是我开多了会。会长就是让他们喊得家喻户晓。这回很有打土豪的意思。认为我占了开会的指标。那是些什么会？那些会是工作需要、领导委托，那些会怎么能同明天的会比呢。所以我希望领导上以后别再让我参加那些无关紧要的会了！"

黎院长拍拍他的肩头，劝慰道："生气犯不着，群众可能过多考虑了你原先的态度嘛。群众不推选你是对的，是符合我们意图的，因为……"沈主任怔住了，黎院长停顿片刻，"因为我们给你留着指标，会长嘛，不去怎么行？就等着你转变态度嘛。"

原来如此。嘻嘻嘻。嘿嘿嘿。哈哈哈。今天天气真不错，明天一定也不差。

第二天，设计院的代表一个不少一个也不多，保质保量的准时来到殡仪馆，依次逐个在门口签到处写下自己的姓名。由于大家心情舒畅态度端正目的明确，所以会前没有调笑嬉闹的，会中没有交头接耳的，会后没有夺路挤车的，该悲痛的时候悲痛，该振作的时候振作。总而言之，这支四十人的队伍为稳定五百人的会场秩序发挥了良好作用，为这个会的成功做出了有目共睹的贡献。大家都认为这个会开得很成功，都感到满意。

开完会不久，高工就被捧到面包车上送到西山脚下去了，西山是本城二百万人的共同归宿。

后来在考察干部时透露出一些关于让高工破格享受大厅待遇的背景材料。原来，仅仅因为厅长临时决定参加高工的追悼会，厅办主任就擅自提高了大会规格。不过，主任不是要取媚上级，而是因为他素来对厅长心怀不满。这次他要借机将厅长一军。厅长是从科研所上去的领导，厅办公室意在造成厅长特别关注科研所的事实，这样，人们就会更加猛烈地批判宗派主义山头主义。事实上，追悼会那天尽管机关各部门和各直属单位的代表都来了，而且毫不在意毫无怨言，但会后有人一挑唆，便煽起了不满情绪，对厅长偏爱科研所微词颇多。于是，破格对待高工便成了考察干部时的众矢之的，追究起来，才知道有这么一位厅办主任。

关于厅长临时决定参加追悼会，人们如此传说，厅长曾对一位老同志诉说苦衷："上次设计院王工死了，没有为他开会，群众特别是技术干部意见特别大，设计院反应更加强烈，我们再也不能忽视这个问题，要充分体现尊重知识尊重人才的精神，所以我决定推迟去外省考察而参加追悼会，这是一；第二个原因嘛，我不是数落仙逝者的不是，我在科研所当所长时，同高工住楼上楼下，我住楼上。高工脾气比较躁，而且怕吵，那时他耳朵还是很灵的，我家自来水没关紧，半夜里的滴水声让他心烦，烦了便吼，吼一阵便用拖把捣天花板，像打雷一样。他家天花板全被捣塌了，这事科研所的人都知道。现在他不幸，要是我不去告别，人们会怎么想？我不去行吗？捣天花板当然不是什么大不了的事，可熬了十年呀，他家天花板上没有一块白灰呀，连板条都断了不少。"

这些都是闲话，这些闲话和设计院关系不大，闲话传入设计院无非两个途径，一是从兄弟单位科研所引进，二是沈主任去参加各种会议时道听途说。沈主任仍然代表设计院经常开会。

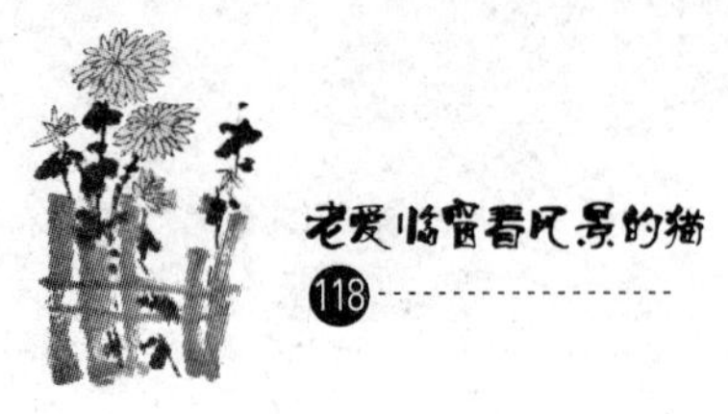

追悼会后设计院的工作一切如常。沈主任原先担心的情况并没有发生，没有人为王工打抱不平要求补开追悼会的，人们忘记了王工，甚至在那天为高工开会时都没有人联想到他。这是很自然的，因为追悼会的意义大大超乎了寄托哀思。

追悼会后的两个月，设计院有一件喜事。那就是黎院长升任副厅长。这也是自然的，他具备各种条件，而且民意测验时一片叫好。沈工沈主任在上面来人面前，十分推崇黎院长，他认为黎院长管理科学，有专业知识，出身技术人员又与群众同呼吸共命运，所以很懂群众心理，并善于抓住它认真做好工作。他举了不少例子，例子之一就是开会的事。

立　传

每个人都是一部长篇小说。当然并不是每个人都有能力把它写下来，也不是人人都愿意拿自己公诸于世的。不然所有殡仪馆都要改为图书馆。

但凡能够入传，或流芳百世或遗臭万年者，须有相当的知名度、传奇性、史料性、教育性或别的什么性。作者掂量着即使脑溢血心肌梗塞也够本儿，出版社划算着对得起广大读者朋友和灵魂工程师的光荣称号，一个人的一辈子或前半生、后半生或人生的一段旅程就让排版女工给撮合在一块，再让美名其曰点红的朱笔那么一勾，经过许多道工序打上定价送书店或站前广场的书报摊了。

其实，凡人未必经历平常，而且即使经历平常，艺术的眼光也可以发现其独特的审美价值来。叶之凡近年专事报告文学创作，写的就是普通人。发表了几篇作品，影响虽不大，在市里却堪称大家。叶之凡自嘲道：山中无老虎，猴子称大王。

既是大王，必招人现眼。市志办千方百计要挖群艺馆的墙脚，无奈叶之凡本人铁骨铮铮，宁可在群艺馆烧水也不去市志办喝茶，市志办只好聘其作顾问。顾问顾问，无问不顾。党史办棋高一着，干脆封他为业余编审。文联有什么活动，报社搞什么文学作品征文，自然也少不得扛起这面大旗。这一切为他光荣当上政协委员奠定了基础。

这么一张扬，好像叶之凡是刚刚冒出来的人物。殊不知，叶之凡在六十年代是红极一时的工人作家。省文联主席在文联恢复大会上的报告中列举过他的作品。多亏了这个报告，才把叶之凡从钨矿里挖掘出来。弄上来以后，他指望吃老本不立新功，恐怕住不进这栋高知楼。也不可能叫桂市长一步一喘地爬上一百零八级台阶。

叶之凡望见门外这位面带红潮的干瘦老头甚是惊诧，政协会议以前每天傍晚女儿南南和外甥陪他散步的时候，他都能遇到他。见面多了，便常常不自觉地白送一个笑脸，此刻他却不自觉地明知故问：“你是？”

“我是桂东。上次政协开会我正在病床上，从代表名单上知道你我同组，真想爬起来去会会你呀……”

“噢，桂市长，不敢。不敢。您是怎么上来的？”

“步步登高嘛，您这儿可是高不可攀呀。”桂市长是爽快人，不忍让叶之凡劳神揣测自己的来意，连忙接着说，“是这么回事，退下来闲得手痒，七零八散地写了一堆回忆录，也算是一生的总结吧。请你这大作家给看看，你有空吗？”

只有庸人才会觉得时间富余，叶之凡这几年简直在玩命，从不肯午睡，夜里又精神抖擞地挑灯迎候高血压复发，一旦真的发病便惶惶几日，养精蓄锐，以利再战，血压降下来又得意忘形，发誓要把损失抢回来。如此循环往复，气得女儿大肆攻击他是“江郎才尽”，哪怕“疲劳战术”，也休想恢复六十年代的水平。

“至于整理嘛，怕我是心有余而力不足……”叶之凡谦虚过后，面有难色。他和桂市长虽是初交，但是市长的脾性却有所闻，群艺馆馆长曾是市政府秘书，少不了说起秘书生涯的喜怒哀乐。这位市长就是秘书们最难伺候的一位，固执得不容人在他圈定的报告上删去一个重复多余的修辞语，为他整理回忆录岂不是吃力不讨好？

市长犀利的目光直视他的眼睛，好像窥破了他的内心，淡然一笑：“老叶，我找过别人，小宋，你们馆长，这小子跟我耍滑头，呸，其实我还看不上他呢……你别顾虑，尽可以大刀阔斧，要是真的没价值，就、就毙掉吧！我不喊痛，就是痛得受不住，也咬紧牙关。”

叶之凡心头一热：“好吧，我试试看，您的稿子……”

“稿子这趟没带来，哪天你散步到我那儿坐坐，我们再细聊。”

客人告辞以后，南南从里间钻出来：“爸爸，你不该答应他，他不磨你个七死八活的那才叫怪呢。真有意思，什么人都想树碑立传，他在解放战争当的兵，不过一个小班长，有什么了不起的事迹！你翻翻他的回忆录，奉承几句精神可嘉什么的，就毙掉算啦。”

叶之凡摇摇头，忽然问女儿：“你说他当过你们校长？”

“那时他刚被解放，弄到一中当革委会主任，每次开大会少不了他的精彩节目，手舞足蹈地讲他的战斗故事，他的口技可真绝，枪声爆炸声学的忒像，还喜欢撩起衣服亮出肚皮让台下看枪眼，天晓得是枪眼还是肚脐眼。”

“大概子弹正好钻了那个空子吧。”

无独有偶。叶之凡刚接受桂市长重托，市文联把他请去参加作者企业家联谊会，在会上市领导又亲自交给他一项光荣任务。

原来，某一天早晨，罗斯车行总经理忽发奇想，亲自驾着他的桑塔纳跑到省里，要求出版社为他出一本书，保证出版社坐赢不输，出版社小心翼翼，派员多方了解，确保此人坐得端行得正，遵纪守法，造福桑梓，不愧为全省农业企业家的楷模，便电告罗斯拟将《罗斯传》列入一九八七年出书计划，只是书名不妥，宜再作商议。罗斯便紧锣密鼓张罗起来，出资五千元整赞助这次联谊会就为的是物色作者，条件是极优厚的，除稿酬外，罗斯本人奖励百分之二百，撰稿期间食宿费用由车行报销，并发给营养补助。重赏之下，勇夫如云，唯叶之凡大家风范，孤芳一枝，不为所动，这是有心等待叶之凡挺身而出的罗斯始料未及的，于是，罗斯便搬来市领导。

既然市领导高度评价这个人，叶之凡岂能不拿出最大的政治热情？其实叶之凡与罗斯有过一段交往。罗斯何许人也？乃十五年前赛诗会上从贫下中农队伍里杀出来的一条好汉也。从那时起，他认认真真做了几年工农兵文艺站的业余作者，很有几次慕名跑到矿山向叶之凡讨教。叶之凡刚刚送走由省文艺界十多位知名人士组成的集训队，心有余悸，哪来此种闲情雅致，好饭好菜把他打发了。罗斯先天不足，终无长进，一怒之下，做了首诗，洗手不干了。诗云：

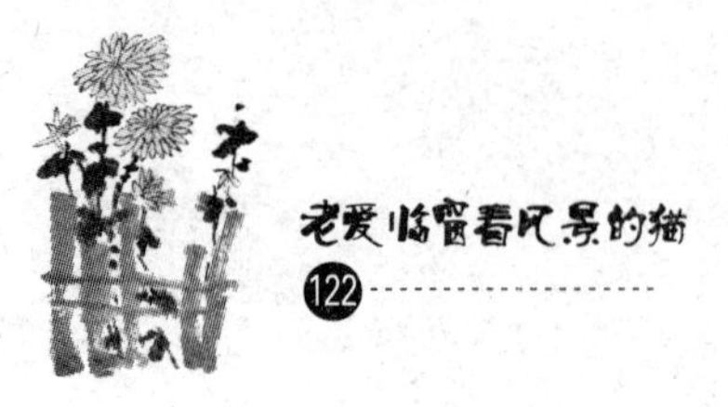

前世做多了孽，今日搞创作；白天没得歇，夜晚睡不着。

尽管如此，却和文学有了缘分。如今，他的车行经过三起三落终于在竞争中站住脚，发达起来，拥有三四十辆汽车和一家进口汽车修配厂，踌躇满志的罗斯便兴致勃勃地回顾起自己的奋斗史来。罗斯能说会道，眉飞色舞地同叶之凡谈了三天三夜又一个早晨，离开花园宾馆时摸出一张名片交给叶之凡。

“叶老师，你有什么问题可以随时给我打电话。你在这儿可以一直住到脱稿，如果有什么不满意的地方，只管找刚才你见过的那位经理，一切我都作了交待。”

如此豪华的宾馆，叶之凡有生以来第一次光顾。住了三夜已觉浑身不自在，哪里还敢长期受用。几番谢绝，罗斯不允，叶之凡想，这里比家里倒是清静，没有女儿管束也没有外甥的吵闹，只好作罢。心安理得又住了三日，三日来苦思冥想，在脑子里搭了个框架。

这罗斯其实好写，他身上有戏。他绝望至极，曾驾着包产到户时作价买下的几乎报废的手扶拖拉机冲下江堤投水自尽。那日正巧省电视台来拍外景，摄影师及时拍下了那个特技镜头，围观群众以为是替身演员一片喧腾。如果阎罗王收下他，罗斯的死可算是轰轰烈烈了，但他从水底浮了上来。报社记者问明真情写了一条消息，并配以照片见诸于报端，引起社会各界关注。市委领导前往慰问，并指示有关部门提供贷款帮助他摆脱窘境。两年之后便有了罗斯车行。车行挂牌开业那天，五辆油漆一新的半旧卡车披红挂彩锣鼓鞭炮齐鸣游行一般在市区兜了五圈。

光是这一段戏剧性经历，就值得用生花妙笔浓抹彩绘，而这类颇为生动的事例在他三天三夜的介绍中俯拾皆是。叶之凡咀嚼着，心里涌起一阵阵快慰和迫不及待的冲动。但是，且慢！罗斯当时为什么又从水底钻上来呢？他的自杀为什么会有这样千载难逢的巧合呢？

作为作者，他必须弄清罗斯当时心理状态。如果罗斯当时不仅仅是绝望，绝望中抱有某种侥幸某种企图，那么，它将逼迫叶之凡改变现在的构思，更重要的是，可能兴败搁笔。

叶之凡要通了罗斯家中的电话。不到半小时，罗斯便风风火火地赶到了。他把几盒万宝路放在茶几上，听罢叶之凡的提问，沉思片刻，回答道："叶老师，你设想一下，一个负债两千多的穷光棍在做了种种尝试后好不容易谋到一条路子，可是四乡运输专业户蜂起，而其中一个年轻女子毫不客气地夺走了他费尽心思巴结上的主顾，他还有什么脸面赖在世上?"

"你会游泳吗?"

"会。所以我用铁丝把自己缚在机子上，可是天不收我。"他的嘴角泛起自嘲而庆幸的微笑。

"这么说，铁丝崩断了或者散了，我可以这样写吗?"

"你认为这个细节很重要?"

叶之凡拾起愣然中的罗斯无意扔在地毯上的火柴梗，点点头："必须向读者交代清楚。坦率地说，这里很容易给人一种假自杀的嫌疑，因为配以照片的那条消息可以说是你命运的转机。"

精明的总经理强抑着内心的激动，在宽敞并装有空调的会客室踱了几圈，然后，果断做出决定："既然会让人产生误解，那么这一段就不要写啦。"

"不，我的考虑是在真实的前提下如何写好这一段……"

"叶老师，你的指点很对，太巧了就不真实。何况自杀本来就是懦弱无能的表现，炫耀它并不光彩。我看你可以写写我的罗曼史。当时我摔得昏头奄脑，躺了两天才缓过神来，第一个念头就是要同对手较劲，我发誓要战胜那个女人，而且娶她做老婆。嘿嘿，我果真做到了。社会上直到现在还认为我是同她以婚姻方式在联营呢。其实，她输啦，她拜倒在我脚下!"

叶之凡双眼炯炯发亮。这时他猛然发现，自己对罗斯的了解太肤浅了，仓促成章实在委屈了这个人物。随着与罗斯交谈的深入，他渐渐喜

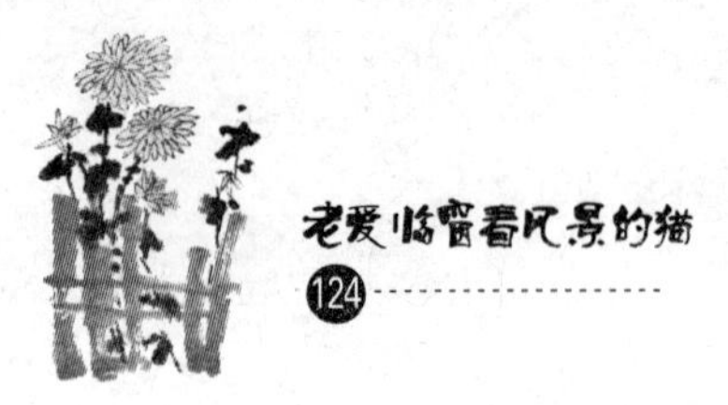

爱自己的主人公了，这是变革时代造就的生气勃勃的进取者，文学理该为其塑像。

叶之凡一星期没有回家，每天傍晚女儿都打电话来，无非是汇报外甥几天的活动，叮嘱他注意劳逸结合。外甥小雨十岁了，大概受家庭环境的熏陶，极爱读文学书籍，他的作文常被老师夸奖在班上宣读，上学期竟在儿童文学报上一举发表了几篇作品，受到莫大鼓励，现在放假在家，整日把自己关在房间里，废寝忘食，父母千呼万唤才敲得开门。也不知他在写些什么，如此痴迷，几乎病态，令家长担忧。

叶之凡准备回家去看看，经过宾馆前厅，一眼瞥见倚靠在服务台上的熟悉背影。他停住脚步，心里顿时生出许多内疚。这些天他沉浸在罗斯那些生动素材引起的激动中，还没有认真地读完桂市长的回忆录呢，只是在夜半困顿时偶尔翻上几页。不过也难怪，那厚厚一沓稿纸中，能让人留神的东西太少，它由三十多个两三千字左右的故事构成，卷面倒是可以得最高的清洁分，可惜那些战斗故事大多彼此相似。

叶之凡喊了一声，老人磨转身子，眼里闪烁着惊喜的光彩。

"叶老师，可找到你了，去你家两次，你女儿告诉说，你带着回忆录搬到宾馆去了，难得你这么认真，真不好意思啊。"

"哪里，哪里。"叶之凡甚是尴尬，不由得在心里暗暗骂女儿荒唐，一时间不知如何回答这位性急的老市长，便把客人请进他的套间，环顾着豪华的会客室，市长大人不禁感叹。叶之凡只得如实相告。

"老叶，一进门可把我吓一跳，听说你为改我这些东西住进宾馆，我来打个招呼，费用理应由我来付。可你这么铺张，吓得我不敢启齿啊！这幢楼是在我手上顶住种种压力建的，可我没在里面住过一夜。"

叶之凡连忙从卧室里取出稿子，一边漫不经心地翻着，一边却紧张地思忖着。他感到一对热辣辣的目光投在自己脸上，试图通过任何细微的暗示来预卜它的命运。他不想轻易地否定它，但是又如何能安慰这老态龙钟的作者呢？

“叶老师，我这人不爱弄花鸟虫鱼，就这点业余爱好。要是这种爱好也能留下些什么，当然更有意义，不行嘛，那就孤芳自赏。所以，你有什么看法尽管说。”

叶之凡点着烟，慢条斯理地从回忆录的教育意义迂回过来，淡淡地指出一二不足，接着委婉地说：“桂老，据我所知，如今老干部写回忆录的不少，要见诸于铅笔字怕太困难。如果能做出较大的删改，给有关编辑部看看也无妨……”

叶之凡说到“作较大删改”时特别加重了语气，不料桂市长喜出望外，连连称是。看来他设想的结果甚是惨烈。

“说心里话，哪家刊物能选用一节，我心足矣。这种心情，老叶，你是很难体会的。我那小儿子，连一页也读不下去，他说什么？他说狗肉上不了席。呸！砂钵狗肉是一道江南名菜呢！狗肉大补。”

他的愿望竟是如此微不足道！想当年，市里的文学刊物曾把桂市长在文代会上耗时三小时的讲话全文发表，足足用去了三分之一的篇幅，叶之凡作为挂名的文协副主席就此提出相当不客气的批评。如今这回忆录毕竟比报告要好读，何况其中描写剿匪战斗的几则尚有新鲜感，花些功夫补充整理，组织贯穿成一篇七八千字的文章，想来不会叫编辑部太为难。

叶之凡主动说：“这样吧，稿子我会全面地动一动，主要是删去雷同的部分，文字上顺一顺，重点改出剿匪的一篇来，您亲自送给市文联，如何？”

“给外面的刊物吧，还是您帮忙送送……”

这样，叶之凡就不敢打保票了。

见叶之凡期期艾艾，似有难处，桂市长哈哈一笑：“我是无颜见江东父老啊！文代会上慷慨陈词，可人家找上门来要编制要经费，我就瞪眼啦！有什么办法，穷家难当嘛！”

既然市长大人脸色挺薄，叶之凡只好负责到底。于是，他请桂市长再回忆回忆剿匪那段战斗生活，老市长滔滔不绝说了两个小时方觉疲乏，

便起身告退。此时宾馆服务员正聚于前厅看电视，一听到电视连续剧的熟悉音乐，老市长叫声“不好”，他忘记招呼小车司机，果然，小车回去观光了。

“桂老，记得电话号码吗？我来叫。”

摇头。

叶之凡还是拨了。他叫来的是罗斯和他的桑塔纳。

《罗斯传》很快就写成，洋洋洒洒，十八万字。稿子交给罗斯时，叶之凡特意另拟了几个书名以备用，可罗斯成竹在胸，抽出夹在稿中的纸片，他执意要用这个气派堂皇的书名！对于书稿，罗斯本人甚为满意，声称连读数遍，爱不释手。叶之凡却惶惶了几日。

女儿提出了他并未忽视的问题：如此写来，罗斯夫人该作何感想呢？其实，叶之凡相当注意把握分寸，表现竞争时避免用刺激性的字眼，而且花了一定的篇幅描写她成为罗妻对丈夫事业所起的作用，应该说，处理得很圆满了。

果然不出南南所料，罗妻提出了强烈抗议。抗议内容有三：诬陷了女主人公；破坏了他人家庭和睦，造成夫妻之间感情的对立；在几处描写中也丑化了罗斯。

妻子的胡搅蛮缠，令罗斯非常难堪，频频向叶之凡道歉。仍过意不去，便在家中设下酒宴，不由分说地把叶之凡请了去。

这日，别墅般的罗宅热闹非凡，几辆汽车停在门外的坪地上，其中两辆崭新的大客车披红挂彩，喜气洋溢，如新嫁娘一般。叶之凡以为是新购的车子投入运营，连忙道喜。

罗斯哈哈大笑：“叶老师，今天请你来，除了表示谢意和歉意之外，还有劳你给书稿添一段尾声。我和她今天正式分手……”

“什么？”叶之凡大吃一惊。难道是书导致他们夫妻反目？

“是这样，我和她素来感情不洽，这次她借题发挥，闹着要离婚，我就同意了。我们好聚好散，当初结婚，人们说是联营，那么我现在就再唱对台戏吧。这几辆车是我送给她的，她打算开省城的旅游车，火车运输很紧张，这是个好主意，我支持。但是有一条，对这本尊重事实的书，不许她再插嘴。”

“她呢，你把她叫来，我有话说。”从客厅望着院内来往搬东西的人们，叶之凡蹙紧眉头。

“她到那头去张罗啦，得把她自家的牌子挂出来呀！有什么话对我说即可。”

“请你把她接来。我要告诉她，我同意按照她的意见修改。”

“她的意见？什么意见？她不服弱，她一直想吃住我！我告诉你她帮助我的那些事情全是胡诌，不过是安慰安慰她罢了！我根本没让她插手车行的事务。现在我倒要你彻底删去那些不真实的东西。”

叶之凡带着被戏弄的愤怒，指责道：“怎么可以胡诌呢？我一再申明，提供的材料必须真实。你拍了胸脯，还说你懂文学。到底还是掺了假！”

罗斯见他的神情很不漂亮，立马赔上笑脸：“所以叶老师，我向您表示歉意。那也是出于无奈，在今天之前，她毕竟还是我的老婆。除了她那些虚构的事之外，我绝对担保……”

此时已是正午十二点，有人在门外指指手表提醒罗斯。总经理大手一挥，随即请叶之凡出门观光。几辆汽车均已发动，箩口大的一盘鞭炮被拆开来，缠在又粗又长的竹篙上，两个壮实的后生吃力地挺着肚子举起竹篙朝罗斯走过来。罗斯掏出气体打火机正欲燃点，猛然记起礼节，便把打火机塞到叶之凡手里。叶之凡谦让了一阵，连自己都不耐烦了，干脆点了。

晦气得很，爆竹只炸响几颗，哑了火。

罗斯接着再点，一经他手，这见鬼的鞭炮竟炸得十分畅快，蒙蒙烟雾中只见电光闪闪，有如一条金蛇在飞舞。与此同时，汽车喇叭齐鸣，仿佛在向罗斯致敬，罗斯笑眯了眼，频频点头，还不时用得意的目光瞟瞟叶之凡。足足热闹了半个时辰，随着罗斯一声令下，每辆车都拖着春

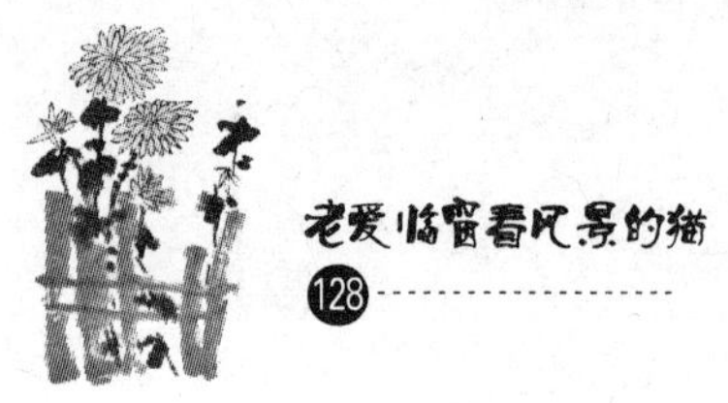

风得意的长鸣经过他身边驶向大路。客车在前，小车在后，留下一团团很快就弥散的飞尘和品味不尽的人生课题……

“叶老师，我设计的这段尾声怎么样?”

那还有什么可说的，能随意为自传设计某一部分，无论开头，结尾或是中间，都是莫大的幸福。

叶之凡精心修改好桂市长回忆录中的八千字，先后寄给两家刊物，均被婉言退回。看来只有给市文联的《创作天地》，毕竟人家是老领导，挤出几个页码照顾一下也是人之常情。不料，编辑部拐弯抹角地提出一个条件，希望叶之凡出面同罗斯车行商量，争取他们再做一期广告。这岂不是搭槽头肉?叶之凡心头冒火，却又不敢发作。因为他决心玉成老市长的这点希望，只好委曲求全。

硬着头皮找到罗斯，罗斯虽有不快，但碍于叶之凡的面子，还是豪爽地答应了。

叶之凡拖着外孙去散步时，有心再会会老市长，便爬上江堤，以往他们常在堤上相遇。可是一连几天，不见老市长踪影，叶之凡戚戚然，话也少了。

散步便索然无味。甚至连外孙也拒不出门了。

“你到底在写什么?能告诉外公吗?”

“不，这是秘密。”

这秘密叫全家费尽心思揣测不明，南南终于忍不住趁他熟睡从他衣袋里掏出抽屉的钥匙。她看到一本卸去塑料壳的日记本，白色封皮上赫然描着三个大字《夏雨传》。

“爸爸你看，他多狂啊，翅膀还没硬，就为自己树碑立传了。这都是受你的影响。”

叶之凡接过本子，轻轻地抚摸外孙精心设计的封面，忍俊不禁莞尔一笑：“岂止是受影响，简直是我少年时代的再现，那时我也写过这一本自传呢。一直留到文化大革命，付之一炬。也许再过几年，这种童心会回来，会天真热情地记录生活的历程，大概到了那个时候，成功者会少一点骄蛮，失败者会少一点悲怨。”

“不见得吧？”

“我认为应该是这样，因为老年人对荣誉对痛苦都淡然了。”

“爸爸，你认为你哪一段生活可以算人生的华彩乐段？”

还用问吗，她不是指出父亲无论如何也恢复不了“六十年代水平”吗。叶之凡淡然地问：“你看呢？”

“从事业上的成就看，当然是六十年代，那时候你的知名度更高。但是如果有一天你也心血来潮要写传，最有价值的就是你在矿山上当管教干部那一段了。”

叶之凡悻悻地瞪着女儿。文革开始，他因为以前发表的小说受到批判，后来因矿山开展革命大批判需要一支笔杆子，又作为小鬼解放出来。革委会把他弄进材料组，不久省里文化系统把一支集训队伍放到矿上来劳动，矿上派了几名干部参与管教，叶之凡便是其中之一，尽管他同情并帮助那些被管教人员，甚至还冒险通过秘密的竖井放走一个将遭不测的名演员，他仍对这段历史讳莫如深。

因为这段历史在他入党的时候成为最大的问题，单位党支部对他参加管教的前因后果调查得一清二楚，两种意见仍相持不下，争论了三年。

现在女儿竟把这段作为他的什么华彩乐段，这实在叫叶之凡惭愧得很。

“爸爸，我根据你的那段经历写了一部中篇小说……”

“你，你会写小说？”

“小看人。一个现成的故事，那么独特的环境，曲折的情节，一群不幸的男女在井下遇到各种险情，尤其那个演员的逃跑，简直绝了！所以我悄悄写了五万字。待我的处女作发表，你可要好好祝贺我。”

“稿子拿来看看。”

“寄出去了。”

“底稿呢？”

“干吗？我又没丑化你，如果你认为小说主人公就是你的话，你会发现，我为你涂脂抹粉呢。”

如果一定要在世界上为自己建造一座纪念碑，大概这也是一种办法。“有消息吗？”叶之凡问。

“已经三个多月了，可能留下要用吧？”

叶之凡摇摇头：“另作处理吧。”

夜里凌晨三点，有一青年急匆匆砸开叶之凡的大门。告诉说，病危的桂市长请他去。

鞋 楦

七十三，八十四
阎王不请自己去

我奶奶安详地躺在九十岁的银发里。如今，她头枕东站脚抵西站用丰腴的大腿偎着铁路的宿舍区，已经听不到蒸汽机的汽笛声了，内燃机车的风笛嗲声嗲气像这个时代的男人阳刚气不足，列车通过时的震颤也被壅塞在楼层间的违章建筑阻隔得水泄不通。因此，在她暮色沉沉的最后岁月，没有任何声音能勾起她对老式火车头的惊心动魄的记忆，我以为。

我父亲先她半年病故。在那个送走黑发人的悲痛欲绝的晚上，恍若回光返照，她已经萎黄的记忆吐绿了，我们使劲摇晃也抖不下一片叶子的听觉陡然间满枝繁花，极不利索的舌头奇迹般地变成明亮的风，悠悠地从岁月的枝丫间拂过。她不理睬任何劝慰，撞头捶胸地进入历史。此刻，我相信历史是一座迷宫。颠着三寸金莲步入其间，她立刻就成了挽着包袱儿甩着大辫儿从渤海之滨黄河岸边那白花花的盐碱地走向铁路的北方大姑娘。驴念着她的小脚卸了磨送了一程，随后尾追她的便是入海口咸腥的风和铅云般涌动的蝗虫。她走过被扒了皮的榆树被掐了叶的香椿被撸去花的槐树以及只剩下一截截树桩的金丝小枣的树林子，她在灰灰菜、马兰头、荠菜等等许多野菜旁都歇过脚。1960 年的时候，六岁的我认为黑不溜秋的糠菜团子是牛屎做的，这成了我家人和邻居回忆饥饿年代的辛酸笑料，但奶奶不曾笑话我，她饱经风霜地裁判道：牛屎干净着呢。她抡着一对三角粽似的妙龄小脚，小心翼翼地踩着干旱的大地，

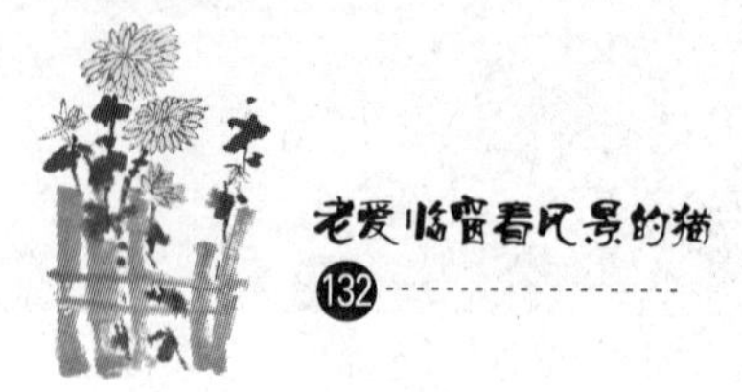

一路上尘土飞扬。沿着缠缠绵绵的地瓜藤蓬蓬勃勃的玉米缨和昂首远眺的高粱穗子，她由植物的叶脉一直走进钢铁的动脉血管。她和荡气回肠的汽笛成了亲，火车头喷吐出来的滚滚浓烟成了她新婚的盖头，打窗前来来去去的车辆便是一群群闹洞房听墙根儿的宾客。然而，她的记忆一刻也未在那个看得见煤台、水鹤和票房顶端膏药旗的小院里逗留，尽管檐下吊着的柳条篮里盛着几棵洗净的大葱正等着丈夫回来蘸酱裹煎饼，窗下晾着的打了浆子的鞋面布、慌乱中弃于地上的捻轴线团顶针和衣物等着她收拾，如漫空飘洒的煤灰一样洒落一地的凶讯也需要她打扫。她却绕过了灾祸和苦难，说说笑笑走进一群拾煤核的大闺女小媳妇中间。用盐碱地上的棉花纺成线，把针脚缝得像铁轨一样平直严密的提心吊胆的日子被忽略了；撩起裤腿搓麻绳，把大腿搓得鲜血淋淋的悲痛时刻也被忽略了。她碎步尾随着那群青年女子穿月台跨股道。她们的脚各有千秋：同样的小脚，未裹足的大脚丫子，裹了又放开的程度不同的“蹄子”。她尽情讥讽那样的“蹄子”，泪盈盈的眼里竟泛起丰富而生动的波光，此刻，一个小脚的年轻寡妇的坚韧、好强、泼辣、封建融汇得澄明透澈，这样的神采奕奕出现在她一片混沌的暮年，实在是令人吃惊的生命现象。因了这嘲笑，她印堂灿灿有光，原本就白净的脸色透出些许红润，下巴和脖颈处松弛的皮肉也被自豪所抻平了。她落在那些“蹄子”的后面，眼睁睁地看着她们扑扇红红绿绿的翅膀，去争食一样冲向火车头刚刚吐出的热气腾腾的残渣余孽，她心里盛满了嘲笑。“蹄子”中有一位是她的妯娌。她和那个女人为图卖个好价钱，曾几次结伴扒车去济南卖煤核。瑟缩在车厢的角落，那个女人的“蹄子”永远不安地躲避着犀利的目光，恨不能塞进炭筐里。生命将抵达终点的时候，她不顾整理自己的行李，不去回忆沿途的一个个月台和匆匆上下的亲人，而是挑剔地打量着对座的旅客。她以令我担心的激动，讲述着那个女人的故事，其间连带提到另一个人，就是邻居余秀丽。她以小脚为肉拳咚咚地叩着历史的边沿，回来时嘴角边仍带着自豪而痛恨的嘲笑。

也许，她只是在长长的裹脚布上走去又走来。

我爷爷是火车司机，他开的是被日本人奴役的火车。于是，那火车始终是一支著名的游击队的袭击目标，他们装扮成商人、农民、矿工、铁路员工，在车站及沿线神出鬼没，打票车劫货车扒铁路炸桥梁，他们能打平地里飞身扒上奔驰着的火车，然后撬开车门将运送的武器布匹粮食抛下去，以武装自己的队伍，但有时候他们觉得这样不过瘾，干脆就设法让火车乖乖停下来，然后从容地收拾。也就是说，我爷爷其实是驾着车行进在枪刺和导火索上。

抗日的地雷让我爷爷撞上了。这枚地雷很可能就是他的亲人埋下的。他的姐夫和两个妹夫都在游击队里。

那天该他歇班。可是，头天夜里张大车的媳妇求上门来，说张大车病了能不能代个班。我爷爷其实也着了凉正发着烧，我奶奶拽着张家媳妇的手往他脑门上搁，接着尖锐地戳穿了她：这阵子尽出事，他怕了吧？张家媳妇红着脸支支吾吾，意思是说我爷爷即使碰上游击队也是走亲戚，他丈夫和游击队却是不沾亲不带故，前几天还叫他们截了车吓唬了一顿，他们说你再替鬼子卖命可别怪枪子不长眼。我爷爷豪爽地笑了：咋叫卖命呢，不开车俺喝西北风？行，俺代。奶奶个熊！俺正想向俺家姐夫讨个地雷当酒葫芦呢。我奶奶怒喝一声，抓起脏抹布去擦他的臭嘴。然而，一言既出，驷马难追。很平易的一个应允，却决定孰生孰死，决定了我们家和张家后来的命运。当我父亲被指控为汉奸的孝子在南方挨斗时，张大车却在津浦线上安安稳稳地当着机务段段长。而且，我父亲希望他提供关于代班细节的证明，竟遭冷酷拒绝。

我爷爷根本就没往远处想，他只冲张家媳妇的背影骂了声：熊。别说是张大车，就是日本司机来求，他也没二话。他的同事里有两个日本人，毫无疑问，在他们头痛脑热的时候，他也帮过他们。他出门时，天还没大亮，车站下沿的街上一片死寂，被我奶奶灌姜汤弄得一夜汗淋淋的他身子发虚，心也虚了，竟对自己的脚步声感到恐惧，转身回去看了看熟睡的孩子。见我奶奶惶惶的，便对她讲了一个讽刺南方人的笑话。

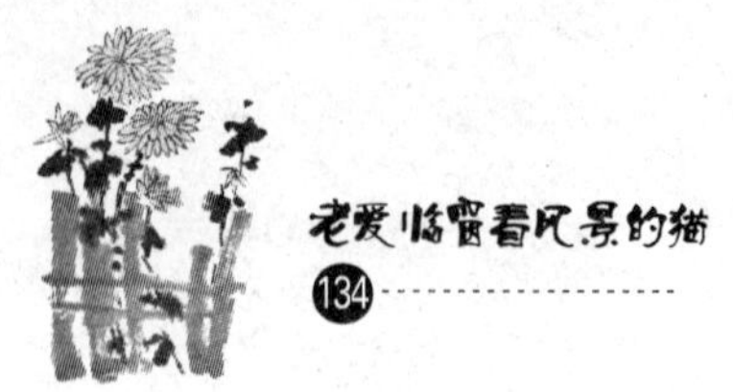

他说一个南方女人在河沿上惊呼“我的孩子落水啦”，北方大老爷们听见扑腾扑腾都往水里扎，下饺子似的，都见义勇为呢，北方人就是实在，可忙了一阵子只捞起一只鞋，他们对女人说你的孩子冲走了，南方女人说你别逗了你手里攥着的就是呀。这个笑话预示着我们将举家南迁。我奶奶笑出了泪，揉着眼猛然一惊：孩子他爹咋啦，怪怪的。她想他心里有事。该不是落下什么吧，就往他上班用的提篮里又塞进一包纸烟和几个窝窝头。恍惚之间，她很可能把刚从新鞋中取出的一对鞋楦也当窝窝头塞了进去。那一整天她就捧着黑洋布面、千层底的新鞋，忐忑不安地琢磨着笑话的内涵和外延。那天她揣着新鞋又熬了两斤面的浆子，怕孩子当面糊喝了，她总忘不了往浆子里撒把芦花或从锅底刮下的烟灰，她用那浆子沾了能做六双鞋的鞋面布，然后坐在院门口纳鞋底。那天的锥子很不好使，一再断针，半截针尖扎在厚实的鞋底里还拔不出来；那天的顶针极不安分，一不留神就挣脱手指蹦到地上；那天的麻绳锋利如刃，刺得她掌上一道道血痕。落日时分，关于笑话的思考有了结果。南边传来连声炸雷，随即便见黑烟如柱腾空耸起又漫卷残霞，把白瘆瘆的落日囫囵吞去。站上的机车对灾祸有一种本能的敏锐，瞬间便没命地拉响了汽笛，恐怖的警报声提溜着大人孩子男人女人的心，也裹挟着他们的身体，把他们统统掳掠到了月台上。他们聚作一团，引颈南眺，都在瑟瑟发抖，抖得汽笛声也如打摆子。有几个女人不问青红皂白一马当先立即嚎丧，接着，众多女人争先恐后纷纷呼天抢地。我奶奶是唯一的明白人，她没有在月台上的哭声中停留，她揣着新鞋穿过月台一直往站外走，走过最远处的扳道房，走过扬旗，暮霭笼罩的一马平川上，沉沉一线，渺渺一人。那时刻，她的小脚出奇地利索，在枕木和道渣间高高低低地起落，如腾云驾雾，如驱电追风。出事的地点在十里地外。十里，正是她婚姻生活的长度。后来我家南徙达上千公里。

地雷在桥头的线路上炸了个豁口，火车冲出轨道从桥上栽了下去，车头砸在坚固的河床上引起锅炉爆炸。列车垂挂着像一条被击中七寸又砸碎了脑袋的黑蟒。我奶奶从临河的护坡哧溜滑下去，挥舞着那双新鞋在干涸的河床上搜索自己的丈夫，满地是钢铁的碎片和火焰，满地是血肉和煤炭。附近的庄户人家连续三天在现场流连忘返，乐乐呵呵地收获着燃料和材料。我奶奶在一片狼藉的河床找到丈夫的饭盒、怀表、信号灯，甚至那包纸烟，却是未能找到被她精密测量过的大脚。最为出奇的是，她拾到了用黄河岸边某种硬木制成的那对鞋楦。她厉声喝天：天哪，这是咋的，你上班掖着这个为吗？这个问题成了她的人生悬案，让她一辈子为此耿耿于怀。

所以，她把悲痛、怀念和自我抚慰都集中在那双脚上了。她没完没了地做鞋，把女红操练得炉火纯青。当时站上的人都说她做的鞋样子好又结实，鞋底纳得细密均匀，鞋帮平整熨帖，鞋口开得大大方方，尤其是鞋底与鞋帮缝合处露一道秀秀气气的白边，再难看的大脚也精神了。他们说：嫂子，俺家媳妇笨呢，卖了吧？我奶奶答以白眼。那你做了这么多，咋办？攒着，给俺孩子穿，孩子赶明儿就长大了！这时候，她靠捡煤核过活，后来则不得不利用针线手艺养家糊口了。

第一次出门捡煤核那天，张家媳妇端了一盆面送过来，卷起的袖口里还掖着一些钱。我奶奶见了这颗扫帚星，将手里的篮子狠狠砸向落在墙根边觅食的家雀。张家媳妇泪花花地将面盆往我奶奶怀里塞，我奶奶接过来眼也不眨就没头没脸地朝她扣去。一身黑的女人顿时成了雪人儿，惊吓之间一个趔趄仰八叉摔倒，只见一对小脚乱蹬乱刨却是爬不起来。面人儿哀戚戚地说：嫂子，俺家那口子逃过了这一劫，还指不定小命在谁手里攥着呢。

这句话让我奶奶百感交集。两个年轻的小脚女人抱头痛哭，泪水和着雪白的面粉把她们炸成了两条面鱼。接着，我奶奶用笤帚疙瘩把剩余在地上的面扫拢了胡拉起来。她说这还能打浆子。

她带着对“蹄子”们的嘲笑走向正在清渣加煤上水的火车头。腿脚利索的女人无疑是她生存的最大威胁。她们是一群饥饿的家雀在股道间呼啦啦乱飞，刚掏出炉膛的煤渣总是先被她们占去，她们跪在煤渣堆旁打一道箍，让别人难以楔入。她和那些小脚女人常落得只有收拾残余的

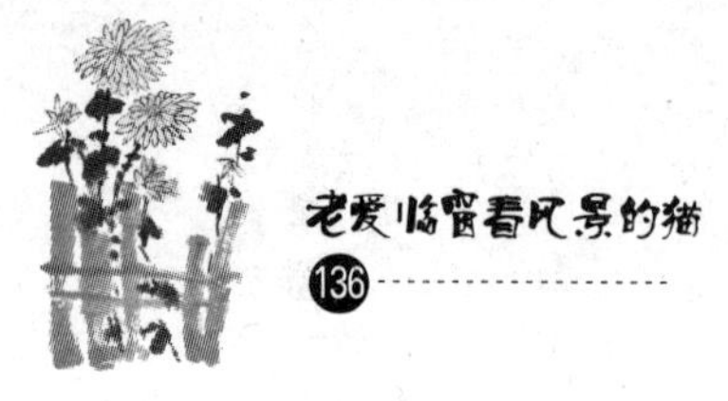

份儿。

也有司机格外关照小脚女人的。比如那两个日本人，他们大概念着我爷爷的好处，驾着机车在三角线调头的时候，常会冷不丁在我奶奶面前停下，扒开车头的肚皮掏出没烧透的二煤，还帮着从股道里铲出来。渐渐，他们落下了见到小脚女人就想开膛剖肚掏出五脏六腑的毛病，他们播下的驴蛋似的煤核在那群女人心里燃得红红火火。每逢此刻，小脚女人便扬眉吐气地瞟着远处那些嫉妒得眼红的“蹄子”，幸福地围着煤渣堆齐刷刷跪下，跪在脏兮兮的蒲团上，一个个圆鼓鼓的臀压着一对对三寸金莲，腰臀之间露出晃眼的肉。日本司机昂昂然从火车头上探出半个身子，馋馋地盯住她们的脚和肉。他们还喜欢看小脚女人跑起来的模样，如劲风中垂柳，如柳枝上的鸣蝉。他们要欣赏这情景很容易，只需冲着埋头捡煤核的女人放汽，一声尖啸，憋足了的蒸气怒射出来弥漫开去，顷刻间把惊乍着弹起身的女人包裹了。开始几次，我奶奶她们很是恼怒，站在汽雾中不言不语只是悻悻地盯着日本人，听任那股尖锐而灼烫的声音淋湿自己，她们复杂的表情布满了细密的雾珠。随后她们懂得了那眼神属于男人而不属于日本，再遇上放汽，她们就夸张地尖叫，疯疯癫癫地撕开汽雾往外跑，边跑边格格笑，这时她们只剩下弱柳扶风般的腰肢和羞答答的小脚，她们搬不动的奶子和屁股都留在那两个日本男人的眼里了。止住放汽，她们又怯生生地推推搡搡折返。她们以和平的游戏方式，把那奔放有力热烈燎人的喷射调教成了轻得能随风飘散的雾团。

因为煤核丰收，铁路边悄然形成了市场，街上人家都烧它。现捡现卖，极大地方便了小脚女人，我奶奶也就不稀罕与妯娌结伴上济南了。煤核火旺又经烧，只是引火时，大家爱就地取材，捡来擦车的棉纱和废枕木的劈柴，都是油浸的，沾火就着，油烟腾腾，黑色的絮状物漫空飘荡。这使得那个依傍铁路的县城终日浓烟翻卷，呛出来的黑鼻涕黑泪铺得街巷的路面漆黑锃亮。那里的女人长年累月烟熏灰染，几乎失去了颜色，黑袄黑裤黑鞋黑脸黑手黑黢黢的表情和声音。我奶奶却例外，她爱干净。她在卖煤核之前必先到水鹤下面洗洗手抹抹脸，她喜欢一清二白光鲜可鉴地讨价还价。她以又大又黑的煤核和白净俊俏的脸蛋叫人格外豪爽地成交。她的白净透出一股富贵气，凭此，在花甲之年家属连曾怀疑她是地主婆。批斗余秀丽的那个晚上，安排她坐在最前排，就有几分陪斗的意思。对有乱搞男女关系传闻的那只破鞋，她显然是深恶痛绝的，当女人们扬言要给余秀丽剪“阴阳头”时，她正在拆旧棉袄，好几个女人都注意到她手里便有剪刀。女人们最终放过了我奶奶，是因为她们都以谋得她的针线活为骄傲。她做的便装棉袄一度成了小城女人的流行时装。尤其是婴儿衣，精致方便舒适，温暖了两代人最后成了值得珍藏的民间工艺品，尽管被两代人的屎尿浸渍过。翘屁股的家属连连长说过一句精辟的话：地主婆能创造艺术吗，能有这双巧手吗？

我爷爷罹难后，张大车成了见不得光亮的鬼魂儿，每每路遇我奶奶他就立刻化作了一缕轻烟往铁路边的煤堆间飘，因为我奶奶目光如炬如钩。即使驾着车打小脚女人身边经过，他也是瑟瑟缩缩，凶猛如虎的机车在他手里便成了蠕动的肉蛆。由于他紧张得屏声敛息，竟不敢鸣笛，机车在三角线调头时把一个买煤核的主儿轧着了，轧掉一只脚。伤者有一个庞大的家族，上百号人哭天抢地去站上索赔，两个站长一个是日本人，一个是和事佬般的中国人。日本站长大光其火，骂他们良民的不是，便调来了机枪。那时，铁路工人也有置房子买地的，节骨眼上亏了张大车夹着一裤裆屎尿站出来，表示愿将自家的几亩地赔给伤者，这才避免了情势的恶化。本来，机车耗煤量的增长已让站上很不乐意了，再加上这把火，烧得站上怒气冲天，派了人端着枪去取缔煤核市场，捡煤核的大闺女小媳妇更是被追撵得如惊弓之鸟，最严厉的那阵子他们干脆拿她们当游击队，见人就搂火。

游击队与她们有着千丝万缕的联系，比如我爷爷一家，游击队当然得两肋插刀，游击队把严正警告贴到了车站调度室的门上。游击队说你们胆敢伤俺工人弟兄媳妇的一根毫毛，当心抽你的筋剔你的骨头把你管的区间钢轨都扒了。饱尝了抽筋剔骨滋味的日本人对那些女人只好睁一只眼闭一只眼。

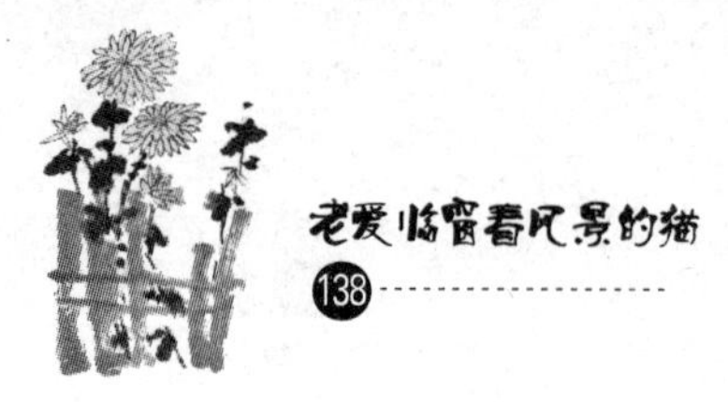

日本兵虽没撤，却也只能在车站周围游游荡荡。日本兵也喜欢看小脚女人走路。他们忽然奇想，某一天把小脚女人招呼到一起，提议道：你们的，统统的那边的干活，明白？女人们一点也不明白。他们就踏上钢轨伸开双臂东倒西歪地走了一程。他们的意思是让小脚女人学习走钢丝的杂技演员，在钢轨上行走二百米，若不掉下来，就可获得继续捡煤核的资格。我小时候常和阿坚在铁路上玩耍，我走钢轨的最好记录是一千米，跑的记录是二百米，为了打破这两项个人记录，我曾摔得鼻青脸肿。

那些女人都不动弹。日本兵就叫趴在前面的机车放渣。并亲自动手把煤渣一锹锹地从机车底下铲出来，在铁路边堆得高高的，很是叫人眼馋手痒。有人跃跃欲试了，她们伸出小脚握牢钢轨，不待站直，身子一歪就掉下来。练了几个回合，自觉掌握了平衡技巧，胆大的便投入了由日本兵监考的技能测试。小脚打横了落在窄窄的钢轨上，很是不得力，才挪了几步，一条条腿都在筛糠了，抖得脸成了歪瓜裂枣，奶子成了乱晃的大铃铛，仿佛两旁是万丈深渊。日本兵兴致陡涨，呜哇呜哇地手舞足蹈。在他们粗野的狂笑声中走钢轨的小脚女人纷纷落马，有踏空了崴着脚脖子的，有摔得四脚朝天的，她们抱着玉足坐在路基上揉揉搓搓，仍是不甘心。在日本兵的催促下，一咬牙爬起来再走。经过锲而不舍的努力，虽无人圆满抵达终点，但也让日本兵基本尽兴。他们瞅着一瘸一拐的小脚女人煞是开心。

你的。他们用刺刀挑起我奶奶挎着的篮子，示意该她了。她是少数几个宁可舍弃那堆煤渣的女人之一。

俺不敢。俺不捡不行吗？俺去做针线活养活俺孩子不行吗？我奶奶吓得面如土色。我奶奶后来告诉我说，当时不肯走的几个大闺女都尿了裤子。日本人狼嚎了一声。这时，我奶奶的妯娌赶了过来，她护着我奶奶，并劝道：走呗，人行你也行。出事那天，你走了十里地，走得那么快，那比这难呢。

我奶奶劈手给了她一个大巴掌。巴掌之脆之响亮之坚决，让日本兵吓了一跳，他们端着枪连连退了好几步。他们大约也觉得脸皮子不好受，复又蹿上前，踩烂了那只篮子，还给了我奶奶一枪托。我奶奶就势一屁股坐下就再不肯起来了。

她盯着那双“蹄子”骂道：你说的是人话？你的蹄子倒是行呢，去给人当猴耍吧，反正你不要脸。

那个女人从远处赶来就是图日本兵放她一马。她果然捂着脸踏上钢轨，袅袅娜娜地走完了二百米，论成绩她该得满分该当冠军，没垫脚没闪失，顺顺溜溜不折不扣。日本兵很是疑惑地审查着她的脚。她说，俺不是大脚，你们看俺鞋大，却是小脚呢。不信，脱了鞋验验。说着她就脱了鞋，连袜子也扒了，亮出了有些畸形的裸足。日本兵眼里放着光，弓着身子仔细研究起来。他们觉得中国女人的小脚大有学问，于是便喝令走过钢轨的小脚女人统统地把鞋脱掉。大家不敢不依，大眼瞪小眼犹豫了一会儿还是照办了。这些蓬头垢面的年轻女人，脚虽都走样变形，却是一样的白生生。日本兵对满地剥了壳的嫩笋深有感触，就凑作一堆叽里呱啦地开起讨论会来。

不要脸的蹄子！我奶奶将切齿之骂声盛在踩扁的篮子里狠狠砸向她的妯娌。这声臭骂持持续续贯穿了半个世纪。你这蹄子咋不叫日本人剁了去呢？我奶奶补充道。

回到家，她把蒲团扔了。张大车媳妇常过来看看，那个女人始终担心我爷爷的冤魂会来逮她丈夫垫背，日日唠叨着自己的担心，弄得张大车那些年掉了魂儿病病歪歪的。他当段长后，这段历史便是光荣了。他媳妇努力同我奶奶搞好关系，年年祭日和清明还用香火贿赂我爷爷。张家媳妇劝道：光靠针线活养家糊口难呢，隔天去捡捡煤核，日本人咋能认出你来？其实日本兵只是一时性起戏弄小脚女人，过后他们根本管不了了，他们得聚精会神地对付游击队。但我奶奶拗着一股劲，从此洗手不干。

她相信凭着手艺更能尊严地生活。那时候的女人都能做针线，但靠薪水过生活的铁路人家和县城的有钱人家却看中了她的出色。男人们以

穿上她做的鞋为荣耀，他们的媳妇闺女喜欢她的大襟褂子和棉袄，婴儿穿上她做的衣裳则安静得多。许多婴儿爱哭，与衣裳有关，他们觉得扎得慌。他们的肉嫩呢，对针眼都有讲究。张大车也对她做的鞋心存渴望，嘱媳妇隔些时日端盆面粉送过去，委委婉婉地道出一双汗脚的心情。我奶奶却是给他媳妇做了一件棉袄。他媳妇扒去鼓鼓囊囊疙疙瘩瘩油渍麻花的旧棉袄，穿上它陡然精神起来，美得她满世界招摇，逢人就夸我奶奶铺的棉花如何均匀，扣眼锁得如何精致，绗针如何仔细。女人眉飞色舞时便女人味十足，于是，日本站长开始频频光顾她家，趁张大车出车的时候。张大车发现后，在外面表现得忍气吞声，回到家却拿媳妇报仇雪耻，他用烟头烧得那个女人遍体鳞伤，大把大把地薅她的头发，一根一根地拔她的眉毛和睫毛，他说你不是俊吗俺让你变成秃毛鸡。他迁怒于我奶奶给她做的棉袄，强行替她扒了要找剪子铰碎它。光溜溜的女人奋不顾身去夺，她的反抗更是一丝不挂：有种的大爷你躲在炕洞里，等他来了你劈了他！剐了俺的皮俺都不怨你，穿戴上谁也见不着，你不能让俺不见人吧？

我奶奶挺感动。但是这感动并不能冲销她打心眼里往外涌的鄙夷。她冷冷瞟瞟张家媳妇展览着的上身，说：你觉得裹严实能见人？袄子脏了拆开洗洗缝上再穿。人要脸树要皮，你是人呢。把袄子还给俺吧，你不配穿，别让人觉着是俺的针线害了人，俺还指望靠做活糊口呢。

咔嚓咔嚓，随着一枚枚布扣子掉落在地上，如豆灯花惊悸地跳荡。接着便是令人窒息的寂静，张家媳妇止住了抽泣，我奶奶也不言不语，只听见剪刀在庄严地运行，刀尖非常准确地刺向针脚，挑起线头再把连缀着里子面子的线绞断。她精工缝制的棉袄，顷刻被拆掉了，她把瓤子披在张家媳妇身上，毫不犹豫地将黑布面子铺在炕上，照着鞋样，铰了两双鞋面。我奶奶在忙活的时候，站上也出了鬼似的安静。该到达的票车没进站，该通过的货车没过去，趴在夜色中的火车头一律止住了叹息。已经没有睫毛和眉毛的张家媳妇，痛苦地揪着自己的头发，后来，我奶奶煮的粥里、蒸的窝窝头里不断发现头发，这让我奶奶一阵阵腻歪。

那时我爷爷的姐夫已经是游击队的连长了。我爷爷出事后，他带人三次深更半夜造访我奶奶，一概被拒之门外。连长便隔着院墙往里扔从火车上截获的战利品，比如洋布粮食和日用品，我奶奶把那些东西视为炸弹惊慌得不行，当即坚决地扔了出去。第四次，她把来人放了进来。她的泪夺眶而出，她用枣木的擀面杖抽得骁勇善战的连长抱头啜泣，她说埋了雷你不能告诉俺一声吗，你不能把雷埋在日本人的裤裆里吗，你杀日本人能拉你兄弟垫背吗？那根坚硬的擀面杖至今还沾着她当时的横劲和连长的窘态，刮都刮不掉。我奶奶揪住他问：你说，是哪个鳖羔子埋的雷？连长不吭声。在她的再三追问下，连长说：外边去，到外边指给你。我奶奶出了院门觉着不对劲：黑灯瞎火的，你俩大男人把俺寡妇往哪带？连长不由分说地驮起了她，那个兵则捂住她的嘴。他们一直把她驮到野地里。

告诉你，是俺，是俺亲自埋的。连长说着，掏出一颗手榴弹，交给她，俺来偿命吧，让你解解恨。丢下这句话，他就往前面的坟地走。炸你个鳖羔子！随着一声厉喝，手榴弹果然就追着他的背影飞去。砸在他厚实的肩胛上弹出老远，惊得他迅速卧倒，好一会儿不敢爬起来。那绝对是真家伙，只是没有拉弦。我奶奶居然真的下手，这是他始料未及的。四十年后我借出差的机会去看望他，他忆起往事仍然背脊发凉头皮发奓。他说那次去找我奶奶，目的有二：一是通过我奶奶接近张大车媳妇，企图激起张大车的复仇欲望使之配合游击队搞军火，他们已通过耳目知道他媳妇的事；二是弄一批布来换我奶奶做的鞋，因为队伍需要，更因为他满怀歉疚想帮衬她一把。但那个手榴弹把他砸懵了，他爬起来悻悻然撒腿而去，把一个女人撂在了漆黑的野地里。所以，多少年来我家几乎没有什么亲戚。我父亲被揪斗时宁可找软蛋熊包张大车要证明材料，也不求那几位响当当的老革命。

坐在惊惊乍乍的汽笛声中，我奶奶剪裁着寡居的漫长岁月，缝补着孩子的少年。她说，如果不是憋着那口气，能够继续捡煤核，她就能供孩子念书。做针线活挣的钱太少了，但她对自己的手艺充满自信。她从

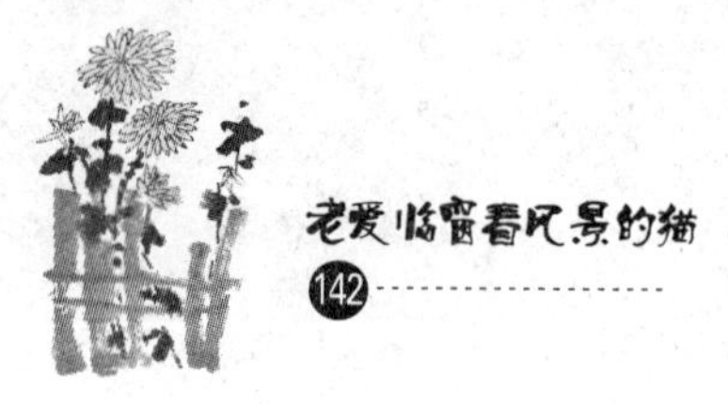

老家带出来的鞋楦，赋予艰辛生活以平整端庄的形态，因此被日子打磨得油光锃亮。

过了六十，我奶奶就趁着眼好使开始为自己准备百年了。她要按照老家的风俗打扮自己，她离开老家时还是个大闺女，对老家风俗所知不多。铁路上口音杂，尤其来到南方这个大站，更是天南海北。此地山东老乡不少，一般都是南下的或被南下的解放军俘虏过来的国民党兵。即便在这些山东老乡中，对红白事也是各有说法。我奶奶博采众长，把百年后的自己设计得艳丽而飘逸。大红披风紫红袄，藕绿裙子墨绿裤，还有黑鞋白袜。她对布料的要求很严，要纯棉布，颜色还得合意。因为年纪大了上街有所不便，她只能支使别人去买，为此浪费了不少布票和钞票。她不要的那些布后来都裹进了重孙辈的襁褓，庇佑着他们健康成长。

缝披风和裙子的时候，她不时暗自发笑，自说自话：成嘛样了？做闺女也没这么披红戴绿的，看骚的！她对镜子比着照着，再强调一句：看你骚的！虽然，自嘲的表情始终在她脸上荡漾，她对做这活却是神圣不可动摇的。她像一个小女孩，很专注地折折叠叠裁裁剪剪，赋予浪漫的想象以生动的造型。有了鲜艳色彩的映衬，生命便如落红付诸春水般平易。她戴着老花镜坐在太阳地里对着亮晃晃的晴空穿针引线，满头银丝瑟瑟如弦，一双巧手颤颤如弓，她喃喃唱道：七十三八十四，阎王不请自己去。她把这民谚当歌唱了三十年。她唱着这首歌向我交代了许多注意事项，比如所有衣着得打活结，进炉子时蒙脸的白布千万得揭掉俺是体面人，手里得攥两条毛巾一条是洗脸的一条是脚布俺一辈子干干净净。唱着民谚，她闯过了一道道坎子。到她辞世之际，她从前所交代的注意事项有不少被我淡忘了，热心的邻居纷纷来争当主教练，除了待解放的台湾，各省市区的风俗规矩都有了，弄得我们无所适从。最后，我们力排众议，只听花圈店老板的，老板卖花圈兼做殡葬服务，自然见多识广。老寿星披红着绿扶鹤西去。在短暂的一生中，她用了漫长的三十年来为自己的这次盛装出行做准备。烟囱顶端，有几缕轻烟，弄云鬓，舒长袖，舞裙裾，悱恻缠绵于仙凡之间。

该让她随身携带的物品有：碗筷调羹，糖瓶子，那根枣木的擀面杖，老花镜，里面别着缝衣针的眼镜盒，布尺、剪子、顶针、捻轴，尤其是那对鞋楦。多年来因腿病瘫痪在床的母亲说：针线家什别叫她带了吧，她劳累了一辈子。是的，她守寡多半辈子靠针线活带大孩子，以后因我父亲工资低、人口多，她又凭此手工补贴家用，直到眼力不济为止。对丧事顽固捍卫本乡风俗的邻居们在这个问题上竟是惊人的一致，他们说：那些东西她使了一辈子，不让她带去，她会回来要的！再说，她能闲着吗，这几年眼花耳聋人也糊涂了，她还时不时地把寿衣翻出来缝缝弄弄呢。

于是，我们跪在土坑前，把她最亲近的物品一一放在她的骨灰盒旁。安葬着我父亲、我奶奶的那片山林所以叫“铁路二村”，是因为铁路新村的亡灵几乎都在那儿长眠。那儿的树长得驳驳杂杂，那儿的风带着南腔北调。他们来自五湖四海，因为他们随遇而安，异乡从此是为故土。许多墓碑上有我熟悉的姓名，而且七成以上是因为我奶奶的针线活才认识他们的，他们或把她请了去按天计酬给全家老小添置新装，或裹了布料登门来量体裁衣。那些墓碑在我眼里尽是密密匝匝的针脚。我仿佛听见冥界的欣欣之声，便悄悄藏下了一黑一白两个线团。最后放下那对鞋楦时，我心里一阵发紧。

我奶奶在为自己缝寿衣时曾没头没脑地问我：你说，那死鬼上班咋揣着鞋楦？

我愕然无语。她抬起脸来，常认错人的昏花老眼在那一刻炯炯放光。那光芒执意要穿透厚达几十年的迷雾。

我说：你不是说又塞了几个窝窝头给他吗？

不能。俺不能那么糊涂。窝窝头是热的，暄的。

你不是说那天有预兆吗，心里慌慌的？

那也不能拿鞋楦当窝窝头呀！

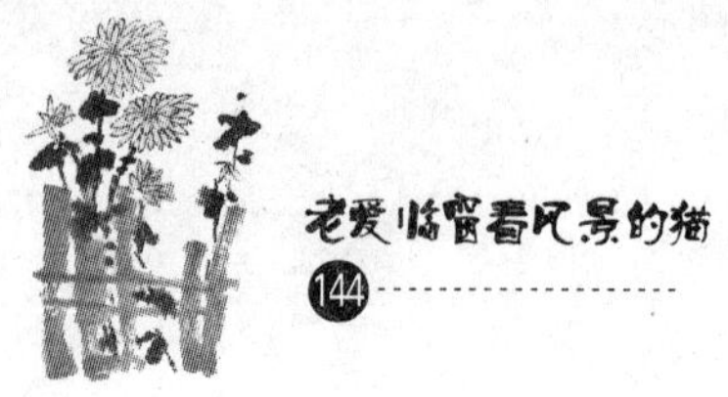

当我作为长孙掬起第一捧黄土时，果然又听到了她苍凉的发问：那死鬼上班咋揣着鞋楦？

眉 笔

人生并不是时间概念，而是非常具体的长度单位，米，或者公里。

阿聪结婚的消息带给人们的震撼恐怕要甚于合欢铁路地区历史上最为惨烈的特大事故。火车拉的尾笛再悲怆再揪人，也是一阵子；而阿聪的婚事却让人持久地为之痛心疾首。

尤其是那些花枝招展的美人儿。她们中有好几个为此毅然报名支援新线，怀揣相思恨远走高飞；剩下的更是一夜之间人比黄花瘦，有个叫杨州的女孩就是在那时发了花癫。阿聪的最后抉择不仅摧毁她们的爱情梦幻，还无情地撕碎了她们对自己美貌的自信。

多才多艺且风度翩翩、身边美女如云的阿聪，偏偏找了个丑女子为妻。那个女人姓高名山青，原先在工务段机修厂当工人，后来辗转着人往高处走，到过好几个单位，最后进分局当上了处长。由她的简历可见这个女人呀不寻常。而阿聪娶的是车长高山青。

那次阿聪领着文宣队去参加路局的调演，乘坐的正是高山青的那趟车，车长高山青亲自把他们领上卧铺车厢，于是那节车厢便满载着嗲得发酸的笑声。曹蔚也在其中，曹蔚能在下乡插队十年之后顶职入路与这次参加调演的经历有关，路局一位领导对她在台上的痛哭非常赞赏并留下极深的印象，十年后曹蔚不得已去找他时他仍在擦拭那天晚上的眼泪。高山青对曹蔚说，你演的是我姑姑你知不知道。作为编剧的阿聪就凑过去证明这出话剧正是取材于高家的血泪史。曹蔚听了忍不住很古怪地吃吃窃笑，高山青也不恼，倒是爽直：对，合欢城路人皆知，我是高家捡

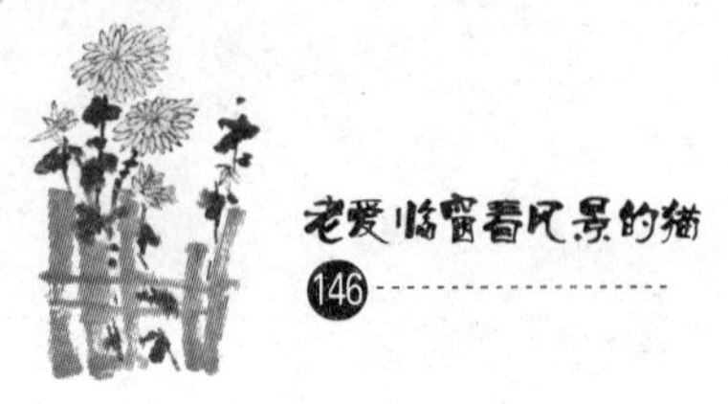

来的女儿。大家还知道我有病，对象是找一个吹一个，都怕做绝户头呢。高山青还在读初中时就向女同学暴露了她的隐疾，大概是有一种影响生育的妇科病，也不知是女生口快还是她自己缺心眼，关于她的子宫或卵巢的消息弄得家喻户晓。人们为阿聪惋惜，这是原因之一；其二是这个女人的丑陋粗俗，她高大壮实，像沙奶奶唱的那黑铁塔似的，浓眉下的大眼像一口水肥草厚的养鱼塘总散发着一股恶腥，于是她自己也讨厌那比男人胸毛还野蛮的眉毛，常常用钳猪毛的镊子为自己“间苗”，但是她又没有女人的耐心和细致，每次都把该长眉毛的那儿薅得乱七八糟。然而，偏偏就是这乱七八糟的春黛吸引了阿聪，害得阿聪掉进了养鱼塘惹得一身腥地爬上岸来。阿聪当时傻愣愣地盯住她的眉眼说，你那里该修修。说着向杨州要来眉笔交给她。高山青乐了，她说我哪会使这个，鬼画符差不多，你帮忙吧，顺便我再讲讲高家的故事，你准能再编一台好戏。高山青不由分说地逮着阿聪来到列车员休息室门口，伸手将里面嗑着瓜子儿的列车员拎了出来，再把他端了进去。随着列车一路高歌越跑越欢，车长高山青干脆狠踹一脚把门很响亮地关上了。嘭！这声音震得杨州她们几个如遇劫匪，脸色苍白心在哆嗦，那一程杨州看着手表失魂落魄地在列车员休息室门口穿梭了无数个来回。后来发了花癫的她赤裸身体吻着一朵塑料花漫步在大街小巷，仍不时一惊一悸的，大约还是为那声巨响。

待阿聪回到美人中间，列车已跑了一百五十公里。阿聪后来回味说，人生并不是时间概念，而是非常具体的长度单位，米，或者公里。那段距离就是他的一生。阿聪说这话时已经离婚，可见在这段路上他获得了毕尽一生方可猎取的阅历。

他的弟弟也就是我的同学阿坚，曾为其兄辩解：开始我哥也觉得恶心，那么近地面对一个那么丑的女人更要命的是得美化她的丑……可是后来……对她，你是知道的。

可怜的阿聪跟传说中的某些男人一样很轻易地被俘虏了。不过，那些男人是在激战中被俘并一个个逃之夭夭，而阿聪是投诚者，很有点以身相许的味道。调演期间，高家的血泪史让观众们义愤填膺口号震天，阿聪却攥着眉笔神思恍惚地在后台游荡，寻找着该修饰的对象。文宣队载誉归来没几天，他就和高山青在铁路食堂举行了婚礼。场面倒是宏大，但几乎没有祝贺，宾客们觉得怎么恭喜这对新人都有些讽刺意味，于是就闷着头喝酒。先是在个人之间赛酒量，接着进入团体赛，铁路各单位比出高低来，派出代表队再去挑战地方的宾客，最后当地的酒仙又赤膊上阵激怒外地酒鬼，结果成百条醉汉尸横食堂大厅，直到第二天中餐才一个个活转来。其实，婚礼一开始就弥漫着不祥气氛，阿聪父母从外地赶来掀翻了几张酒桌，他们认定儿子是鬼迷心窍。他父亲，一个苦大仇深的老工人，如上台忆苦思甜般怒斥不孝之子。高山青的父亲，新线工程指挥部的总指挥高老头，甚至也帮腔道：女婿你要想想清楚，一失足成千古恨呀。杨州她们则在俱乐部楼上泪眼婆娑地拉二胡，那哀怨悱恻如泣如诉的琴声彻夜不眠，锯得铁路新村的男男女女心头滴血。人们说，阿聪在这悲凉的夜晚不阳痿才怪呢，哪怕这是他的洞房花烛夜。

蜜月里的阿聪却是精神焕发步履刚劲。从外表看得出来，他比任何时候都器宇轩昂雄壮威猛。那个女人肯定懂得给男人喂什么饲料。

但他俩的婚姻却是短暂的。仅一年，也许还差几天。导火索还是那支眉笔。那支眉笔该扔了，高山青喝令阿聪从俱乐部再带一支回来，她说了三次，她跑一趟车来回三天，三三见九，到了第十天她收拾起自己的衣物搬到单身宿舍住去了。阿聪赶紧以百米冲刺的速度回俱乐部摸了好几支送货上门，他老婆仍斩钉截铁地做了前妻。

那天，杨州就亭亭玉立于他新房的窗下任一群贪婪的男人围观。她有着坚挺的乳房浑圆的屁股丰茂的三角区，但她不知道。她肯定也忘记了自己爱的对象，她色迷迷地善待每一双喷火的眼睛。

阿聪拉拢了窗帘。单身宿舍与他家隔着几排平房，从那边楼上可以清晰地看到窗帘布上俗艳的花朵。

阿聪是合欢城的名人，他与高山青惊世骇俗的婚姻也让高山青一夜

之间名扬全城。有很多男人，包括被她俘虏又逃跑的，乘坐那趟跑重庆的车，买票前很在行地问今天是几组当班，他们喜欢有那个热情而泼辣的车长相伴。那份泼辣，他们早已领教过了，阿聪的故事撩起了他们对热情的渴望。

一只不会生蛋的小母鸡。嘻嘻。离婚后她接纳的第一个男人拍着那座肥臀自豪地说。第二个男人叼着她的乳头闪烁其词。第三个攥着她的手喃喃细语。第四个轻抚她的眉头暗自讥嘲……五十岁时，她在弥留之际向她的前小叔子，开救护车的阿坚，娓娓动听地道出了自己的风流韵史。究竟有多少男人得到过她的温存，连她自己也记不清了。

离婚后不久，高山青捡了一个四岁的小女孩带养。为了这个孩子，她不便出乘了，就去找段长。段长和高老头是战友，当年都在南下工作过，打下南京后他俩一同在那里进铁路，二十多年几经调动最后聚首合欢城。高山青就是段长在南京下关那儿捡来的，段长抱着约摸两岁的她爱不释手，很想自己留着，但想起东北老家未婚妻的大奶子翘屁股，犹豫再三最后狠狠心拿她向高老头换了一包青岛一枝笔牌香烟。这场交易成了高老头夫妇后来不断向他索赔的理由。老两口儿一旦与孩子怄气，便怒不可遏地去找段长，男的吼女的哭，好像这孩子是段长跟小老婆生的，弄得段长很是难为情，段长老婆起初还为此生疑大发淫威。段长给他俩消气的办法就是塞给一条大前门，两杆烟枪点着了也就平和了。其实，虽非亲身骨肉，高山青倒也算孝顺，惹老两口儿生气的全是她自己的“作风问题”。女儿的病早已大白天下，每每谈对象，他们仍不厌其烦地给未来的女婿泼冷水。至于她的绯闻，更是他们犯脑溢血心脏病的诱因。高老头在女儿离婚三年后缘此死于心肌梗塞，其终生未育的妻子在老伴作古三年后同样一怒之下中风，至今瘫痪在床。

高山青用胸脯蹭着段长的肩头撒娇。从前管他叫叔叔的，此刻却一个劲地称段长。也许此刻她眼里压根儿就是一个男人。段长有点紧张，连忙就答应了：不就是坐机关吗，你去收入室吧。不过，你得保证不给我惹麻烦。高山青笑眯刻意修缮一新的眉眼，说：我能团结同志们一道工作，你看阿聪屁股后面跟着多少如花似玉的女孩子呀，他还死心塌地恋着我呢。我保证把同志们紧紧地团结在你的周围。

一提阿聪，段长就有些走神。她发现同志们几乎无一例外地会在听到这个名字后走神。段长的目光开始往她怀里钻，瞻前顾后地，却又是铿锵有力的。她说我带着孩子住单身宿舍302房。段长说段里为你结婚腾出一套给你的呀。她说我留给阿聪了，阿聪不容易，我希望他再成家，我就这么过吧，一辈子眨眼就过去了。段长挺感动：你倒仗义！那么，冲这，段里奖你这把钥匙。段长当即亲自领她去看房。在新房里，高山青问：怎么一提阿聪你们就现形了呢？

累得大汗淋漓却老当益壮的段长说：阿聪是淫羊藿是虾子。

它们分别是一种壮阳的中药和食物。整个过程段长只说了这么一句话，可见他在高山青交往的男人堆里还排不上号。

高山青进机关后，果然没有辜负段长的期望，她与大家团结协作，工作得有声有色。室主任资格老后台硬，长期不买段长的账，段长把她安排为副主任，其中也有掣肘他的意思。主任是明眼人，当然心中有数，开始只给她冷脸，还常常让老婆来机关炫耀那舞蹈演员的身段，他老婆是路局文工团的导演。高山青说，你别拿一副拒腐蚀永不沾的架势来激我，我长得不如她可我也是女人，一个女人不怕怀孕不愁嫁人意味着什么你是知道的。你手下的两个小伙子还没结婚吧，要不要我替他们上上启蒙课，让你也进一步了解我？主任慌忙正色道，你千万别乱来。高山青笑着摸摸他的胡子：昨晚阿聪深更半夜来叫门，看他馋的，人家黄花闺女绞尽脑汁把他骗了去，做好准备等着，他倒好，没命似的跑了来往我被窝里钻。

说话间，主任有点不能自持了，但仍负隅顽抗。他说你放尊重点，你再不放手，我就喊人啦。显然，她拿住的是他心虚的把柄。她骄傲地扬起那两道虚假的眉毛：喊呀，我怕谁呢。我一不破坏他人家庭，二不勒索钱财，三不谋求升官，四不贪图享乐。你说我算什么。

那你就是为人民服务。主任说着便如决堤的洪水狂泻而去。他们是

在办公室的地板上完成那次推心置腹的交流的，无需语言但彼此热烈坦率，正职敢作敢为，副手密切配合，一个如虎添翼，一个如鱼得水，男的是大刀阔斧，女的是拾遗补缺，心往一处想，劲往一处使。经过这次用身心的洽商，收入室的工作后来果然出现新气象，尤其是主任与段长与各科室及车队的关系大大改善，当年就被评得先进集体、卫生红旗、安全标杆等等。

他俩躺在地板上谈心的时候，主任那跑通勤的老婆正乘着特快列车飞驰而来；杨州又没被父母看住，居然光溜溜地蹿到站台上来了，车站的保安举着棍棒把她撵进了与车站毗邻的列车段大院。保安说，她发的是花癫，结了婚就会好的，她家干吗不把她嫁了呢？主任老婆下车穿过列车段院子出站看到全体保安都在把守着杨州，就以路局干部的身份把他们喝散了，并脱下一件衣裳把杨州包裹起来。她亲切地说：我给你找个比阿聪更帅更棒的小伙子好吗？

主任很晚还没回家，他老婆找到办公室来。他老婆说，刚才见你窗户黑灯瞎火的，就没上来。怎么又亮了呢。主任顾不得解释恶狠狠地把老婆撂倒在地板上，余勇可沽再接再厉地投入了战斗。完事后，导演给了他一个很响亮的耳光，从此再不敢光顾丈夫的办公室。

高山青奉调分局，段长很是舍不得。因为有她就有了一种凝聚力，班子团结，干群团结。她把男人都掌握在手里，而男人主宰着方方面面，段里虽有几个多事的女性，却也翻不起大浪来。有高山青在，那几个女人的惹是生非反而给段里创造了让上级更多关注的机会。高山青就是因此被分局赏识的。地瓜便是极力推举她的一个。

地瓜也许姓张，福建人，大人孩子都管他叫地瓜，喊惯了。因为破鞋余秀丽招出了自己所偷的人就是他，他挨了降职处分并挪动了岗位。但虎死不倒威，他在局机关仍是叫人敬畏的角色。听说政治部屡次收到列车段部分群众的匿名信，状告高山青与段长与全体班子成员如何如何，地瓜主动请缨要求参加调查组，说这是考验他的机会也是利用他的经验的时候。分局领导沉吟再三，铁青着脸说：把你的经验收起来，考验吧。

整个调查过程中，地瓜以深入群众、作风过细、决不偏听偏信著称。他率领调查组找人谈话共一百二十三人次，出于技术上的考虑，调查组故意将来意弄得神神秘秘，尽管如此，仍有百分之九十五以上的被谈话人情不自禁地称赞段里的可喜变化，这表现在人的精神面貌焕然一新，以机关为家的多了工间溜出去干私活的少了，顾全大局协同作战的多了互相拆台甚至捣蛋的少了，讲究卫生懂礼貌的多了随地吐痰扔烟头的少了，还有，希望来的人多了要求调动的少了。地瓜问，人的变化从哪里来呢。很多人笑而不答。也有爽直的，认为这一切与高山青有关，她正直泼辣容不得歪风邪气，她胸襟宽广能接纳五洲风云。匿名信的作者所揭发的恰恰是这无限宽广的“胸襟”，他们也用了“吸纳五洲风云”之类的语言。

经过缜密的梳理，调查组大致搞清了告状的“部分群众”是谁们。地瓜再三做工作，希望她们拿出证据来。其中有一位讥嘲道：那么肮脏的物证别弄脏了我的手，你们自己去捡嘛，随便哪个办公室的废纸篓里都有。人证嘛，不必找，你们自己准能充当。她们心里也许说：你地瓜可是老鼠掉进米缸里了。

但她们的预言破产了，直至调查组撤离，地瓜成功地经受住了考验。他和高山青正面交锋三次，其中一次为单打，因为闻出了味儿，高山青现场表现热情大方又规规矩矩。倒是地瓜自己挺纳闷：明明端详着她的眉眼只觉得滑稽，为什么意识却不听使唤一个劲地往她怀里钻。谈话总是在他局促不安焦灼难耐的状态下结束。后来，地瓜在向高山青忆苦思甜时说，妈的，要不是身负重任我早就把你干了。

地瓜是在高山青调入分局有些时日，眼看风平浪静，才去拜访她的。那天正是杨州的喜日，杨州嫁给了一个四十来岁仍找不到老婆的装卸工，也许因为从此将消除有碍观瞻有伤风化的因素，双方单位对他们都特别照顾，几处住房任其挑选，杨州偏偏要了高山青的楼上。地瓜挨到高山青拾来的女孩睡了，听着头顶上时而是晴天霹雳时而是闷雷滚滚时而是

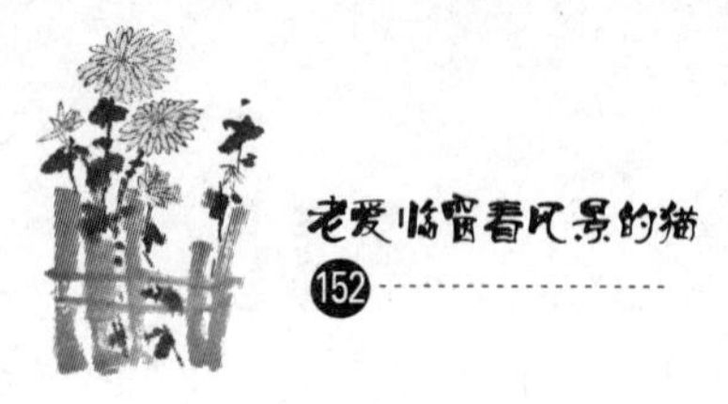

云中鸟啼，他不禁欣慰地笑了。他不无猥亵意味地断定，那么强壮那么饥饿的男人准能治好杨州的花癫。他尽情地想象着楼上正在发展的情节，企图让高山青发动起来。但那天高山青情绪很不好，她非常忌讳杨州来做邻居。她说，你别想让我为调动的事感谢你。地瓜道，哪里哪里。你最好也别以为自己有权我就会巴结你。当然当然。

你知道上我床次数最多的是谁吗你调查出来了吗？她问。紧接着自己作答，是列车段机关的那个锅炉工，很黑很脏也过四十了还单身着，但人很好很温柔很懂得疼人。我去洗澡，水冷了，他能为我一个人再烧一池热水。有一次他在外面通过气窗偷看，扒着墙两次摔下去又爬上来，额头还出了血，我感动极了，故意足足磨蹭了一个半小时才穿衣。我觉得他才是真正欣赏我的人，唯一的人。在浴室门口，我同他打了个照面，我问他你没见过女人吧，他误会了我的意思吓得直哆嗦，连着几天都像掉了魂儿似的。我也挺不安的，就向他证明了我的诚意。那次，不，每次，他都久久地看着，像个真正的艺术家，真奇怪，在那样的目光下我才有自尊心和羞耻感。

地瓜决心很大，地瓜露骨地说，一个半小时算什么，三次和你谈话的时候，其实我一直在欣赏你，在我眼里你从来就是一丝不挂。高山青当即就脱了个精光：行呵，试试，输了可别怪老娘心狠手辣。结果，地瓜只坚持了抽根烟的工夫就燃起熊熊烈火把自己给火化了。完工后，高山青把他的衣服统统从窗口扔下楼去，衣服散落在白杨树上，地瓜是光着屁股走的，深秋的三更天已是寒意袭人，地瓜再爬树够衣服折腾了好久，闹得大病一场，差点没把小命玩完。

树上的裸猴至少被三个人看到了。阿聪正在附近的路口仰望洞房花烛，而杨州在新郎尽欢之后又起床临窗痴想。高老头睡至半夜，忽觉胸闷气急，起来服了几粒药后便出门透透气，行至女儿楼下听得树上哗哗作响，抬头一看，了得。他忙四下寻找家什，好不容易拖了把铁锨来，人已无影无踪。回家报告老伴，越说越气，犯了心肌梗塞，不待天亮就断了气。

高山青在弥留之际产生过这样的幻觉：有个长得像猫一样的壮汉举着铁锹在劈杀她。她瞪着极度恐惧的眼睛手指病房门口，叫道：猫！猫！

约摸有半年光景，杨州除了不时发痴发呆外基本还正常，见了高山青却显得神情紧张。高山青也为有这个邻居觉得别扭，想想又有些愧疚，就努力拿出和颜悦色来。在她睁一只眼闭一只眼的宽容下，读小学的女儿循着琴声上楼去，和杨州成了好朋友。这个女孩后来出落成合欢城的脸蛋，是市电视台新闻节目的播音员，也是后来病情更糟糕的杨州的镇静剂，那个装卸工几乎不能近她的身了，他只能在新闻时间逮住杨州那一刻钟的镇静扑过去，面对年轻漂亮的女播音员撒欢儿。女播音员在做女孩的时候就对这场面熟视无睹，频繁出入的叔叔几乎都给她带礼物，以致她养成了接过礼物就犯困的毛病，哪怕作业没完成。开始，装卸工下夜班回来见女孩在场嫌碍事，常迁怒于茶杯碗盏，后来无意中发现治她的妙方，就随便从装运的货物堆里摸点什么送她，比如小文具小玩具。摆弄着，只需片刻，她就抱着二胡睡着了，尽管大白天的。于是，劳累一夜的装卸工照样撂倒他的病人给她打一针。直到女孩在十四岁时偷尝禁果怀孕了，高山青才恍然大悟，女儿更多的时候是假寐。

在琴声悠扬的日子里，高山青钳着眉毛侧耳静待那个装卸工的脚步声。她手里的镊子早已换成了医用的那种，是林大夫给她的。当时高山青向他道谢，林大夫一副天真无邪的样子，说谢什么你拿什么谢，高山青稀里哗啦就把自己扒了躺到手术台上。林大夫正颜厉色吼道：你这是污辱人格你给我滚出去。吼着还拉开了门，但高山青索性劈叉横陈着，每个汗毛孔里都充满挑战性。林大夫见她并不在乎敞开的门，骂了句你简直性变态，只好无奈地又关上。林大夫成了高山青在弥留之际记忆最为模糊的一个男人，尤其关门后的情节一片朦胧。她印象深刻的是楼上装卸工的脚步声。

他上楼的脚步声本来是噔噔作响的，像用铁撬棍敲打楼梯，雄健而粗暴，以后变得柔和一些了，接着竟鬼鬼祟祟的。高山青对这变化很敏

感，她认为装卸工八成是听到别人对她的议论，怕她拖人呢。她被这样的脚步声激怒了，好些天她都敞着门守候将要经过门前的身影。但装卸工总能神不知鬼不晓地安全通过。高山青便在他下班时间从阳台上观察，发现他为了绕开她的封锁线，竟走另一单元上楼，爬上屋顶，再从自家门口通屋顶的天窗下来。她甚为恼火，第一次上楼光顾了杨州家。杨州正在教高山青女儿拉琴，高山青说能借你丈夫用一下吗，我家天花板上裂了一大块，不把那块沙浆捅下来哪天会砸死人的。杨州刷的满脸血红，喃喃道那死鬼就是不肯轻点我知道会震塌楼下的天花板的。装卸工从阳台上拖了一根很粗的竹竿要交给高山青，高山青不接，扭头就走，他就只好跟着下楼去。高山青问，你为什么怕我。装卸工仰头看天花板不答。高山青又问，这些天你是怎么上下的。他嘴角边掠过一丝神秘的笑意。高山青有点火了，叫道：你别找了，裂缝不在上面。也别假正经了，你开始小心我时就说明你对我有了念头。我不比你老婆年轻漂亮，可天下男人都知道我的好处，连阿聪都为我丢了一群美人。

装卸工低沉地吼道：闭上你的鳖嘴，打开门，放我出去！高山青挺身护住门，高耸的乳房像武士手中的一对铜锤。但她仍敌不过剽悍威猛的装卸工，哪怕他赤手空拳。装卸工揪住她的衣领一挥臂，就把她扔出老远。装卸工说，那根竹竿就留给你用吧，那才叫金枪不倒呢。高山青愤愤发誓：不出三天，你保准跪在老娘的腿裆里！

第三天夜里，装卸工果然来赔罪了。多少男人匆匆打她床边经过，她能念念不忘这个装卸工，是因为他是唯一耐心在门外排队等候的，尽管女孩已被先行者用礼物打发睡着了，他仍带来了一只万花筒。倚墙候在门外，他就靠观赏那奇丽变幻的世界来抑制内心的惶恐。里面的男人是在他第五次不耐烦地敲门时出来的，一见那张长着络腮胡子的脸，装卸工倒吸了一口冷气说对不起。胡子冷笑道，你来了就好，免得我们动手，我们实在手痒只好阉鸡去。记住，谁不给高大姐面子，嘿嘿，放水还是放血你挑吧，总之你得献点儿汁出来。

装卸工战战兢兢进去了。他说能不能让我替你干别的活，比如买煤球或者做煤饼。高山青笑了：你老婆又嫩又鲜，看不上我？不。那为什么？你有很多男人喜欢，我算什么，你太高贵了。我高贵么，呸，我贱得很，白送还没人要呢，还得使流氓手段威胁别人呢。装卸工就在这时像高山青预言的那样给她跪下了，他抚摸着她的大腿心事重重，不一会竟然泪流满面。

看你委屈的！好像我为了贪欢强暴你似的。告诉你，你们男人在发疯的时候，我一点快乐都没有。你们都拿我当骚货，可我每次都疼痛都恶心。我忍痛换取你们的欢心，是因为我除了这块肉再没什么了！

那你何必为难自己逼迫像我这种人呢？

……我已经扒光了身体，还要我扒开心吗？

装卸工老是仰望天花板，期期艾艾的。高山青猛然掀翻他，坐了起来：行了，你留着劲去伺候她吧，要不她又得犯病了。你来我就满足了。

但是已经晚了。杨州失踪了，装卸工抱着还带有她的体温的一大堆衣服奔跑在人们的梦乡里，他的呼喊凄厉而寒冷，好多人都在这个夜晚得了感冒，第二天早晨人们在议论这件事时但闻一片抽鼻涕打喷嚏的声音。高山青的女儿在这天剪碎了母亲的三条裤衩，碎花布如落英缤纷，飘飘洒洒，恰巧都落在高山青母亲头上身上。高母抱着脑袋瘫坐在地上，口吐白沫，眼看着就不行了。路人赶紧将她送到医院总算抢救过来，经过长期调理，虽仍不能下床，其他方面恢复得挺好。这和高山青的尽孝有关，她打个唿哨当会有成群的男人来帮忙。但这是高母所不能容忍的。然而，高母不知道，她身边的三个保姆其实是他们花钱雇的。

在高山青不知不觉间，女儿怀孕了。十四岁的女孩子吓坏了，为了求援才主动说出这件事的。但她誓死不肯招出男方是谁。同学？不是。老师？不是。歹徒？不是。熟人？不是。邻居？不是。到过我们家的叔叔？不是。那么是谁，被人害了你还包庇他吗？是我自己。

为了保全女儿的名声，高山青带她去找了自愿奔赴沿线小站工作的季医师。季医师用草药打掉了那枚苦果，并把女孩留在山区养了好几个

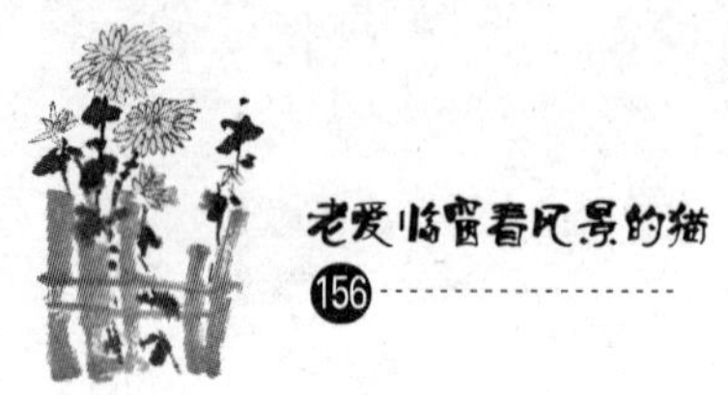

月。回来时，她竟成了水灵灵的大姑娘，人见人爱，连铁路新村那一带的狗见她都咬得格外欢，有两条小狗衔着她的裤脚跟进家来，尽在母女俩脚下乱蹿，忙了老半天都撵不出去。高山青闩上门，眼里忽然布满杀机。多忠心的小伙子啊，给我女儿送肉来了呢。俗话说，吃了小乳狗，能活九十九。俗话还说，一爪抵十参呢。高山青说。

接着高山青疯了似的从女儿怀抱里夺下了其中一只，圈了个绳套套在狗脖颈上，再把它吊在门头上。她面对狗咆哮却是威胁女儿：你到底说不说，那个男人是谁？狗在挣扎人在哀求，但她心狠手辣：是不是楼上的？

装卸工无疑最具嫌疑。他妻子失踪两年后又奇迹般地自个儿回来，走时没遮没掩，回来也一丝不挂，人们分析她是扒上行货车走浙赣线沪杭线到上海南，再经沪宁线乘火车轮渡过江沿津浦铁路一直北上，拐向东北绕了一圈方折返，回程到了津浦与陇海那东西与南北两条大动脉的交汇点即古来兵家必争之地徐州，她扒错了车，呼啸着去了大西北，由西北再辗转西南，先后到过成都昆明贵阳柳州南宁，很可能还到了中越边境上的友谊关，最后经湘桂铁路京广铁路到汉口，她从那里把自己装进了满载肥猪的棚车再次南下到株洲，换乘装着磷矿石的高边车糊里糊涂地转回浙赣线。合欢站的车号员发现了她，当时她身上被沿途的铁路员工用各种颜色涂满了天南海北的站名。她前胸是东北三省的齐齐哈尔牡丹江什么的，肚子上是华东的好些名城，腿上是西北的古都古战场，西南中南全写在背上包括屁股上。沿途的好心人肯定是用这种方式给她挂上货运标签。人们根据这么充分的线索作出的判断，大致是不会错的。杨州回来，欣喜若狂的除了丈夫就是高山青的女儿。有一阵子这女孩天天上楼帮杨州洗澡搓身子，终于将她侍弄得白白净净。每当老婆出水，装卸工连忙哄着推着把女孩撵下楼。高山青排查了所有男人，觉得女儿接触最多的就是装卸工。

我爱杨州阿姨，他会伤害我吗？女儿叫道。并再不理会母亲的追究和小狗垂死的哀号了。那顿晚餐自然是狗肉飘香。

当晚，高山青家门庭若市，一拨拨朋友穿梭来往，如参观展览似的。他们几乎都声称是听说她女儿回来特意来看望的，不约而同都没有给女孩带礼物。他们都是神不守舍地同高山青说着话，目光却毫无顾忌地往女孩脸上去。他们不时忽略高山青的存在，忘乎所以地赞叹女孩的眼睛鼻梁和胸部。高山青压抑着怒火，不露声色地察言观色，企图从中找出那个混蛋。她相信混蛋就在他们中间。

十四岁的女孩竟像一尾鱼，非常从容非常机灵地游弋在男人的目光里。她有时一甩尾巴扬起一串水花，让别人的心随之愉快地跳跃；有时干脆蹦到岸上逗人伸手去捉，再从人手上逃脱，给人一个滑腻腻的感觉；有时则下潜到无法探测的深度。看到女儿的表现，强烈的衰老的感觉在高山青心底油然而生，并迅速弥漫成浓重的嫉恨。

你不是孩子了，是女人。你住到外婆那边去！高山青斩钉截铁，但女儿不从。高山青便退了一步：除非你说出那人是谁。女儿卷起衣物扬长而去。

以后，高山青家里仍时有男人进出，而且还多了些陌生面孔。那些陌生面孔都与她女儿有关，分别是她女儿的班主任、体育老师、最要好的女生之父兄、最常去的俱乐部的管理员及守门人，还有一个屡屡留级现年十八的男同学。那个学生频频出入高家，在铁路新村引起轩然大波，有人同样以匿名信的方式指控她是教唆流氓犯罪的母兽，说她家的那张捷克式的双人床是培养强奸犯的温床。其实，高山青的整个人生经历中飞扬着旁观者的唾沫和切齿之声，匿名信从未断过。让高山青暗自窃笑的是，所有的匿名信到头来几乎都成了介绍信。再次手持介绍信登门拜访的是高山青久违了的地瓜。

地瓜说，如果我要报复你，你会坐牢的。高山青问，什么罪名。地瓜道，通奸，流氓，教唆，罪名都是人定的，没见街头巷尾的布告么，多少男女只一次两次就被捉奸进了班房，你倒是长期逍遥法外。高山青笑了，这说明什么呢？他们太自私，也不管别人饿着。地瓜哈哈大笑，所以你办了个公共食堂。

这天晚上，高山青告诉地瓜，那个学生在她怀里可是很在行，他招出自己十六岁开始就有了性经历，但伙伴是个年轻女人，而不是女孩。高山青在尽心尽力让地瓜快活的时候，始终不懈地拷问着地瓜与她女儿日常接触的每个细枝末节，企图寻找那个流氓的蛛丝马迹。

弥留之际，高山青在总结后面这小半截人生时说，这成了她与男人交往的新主题。

四十九岁的那年冬天，也就是她生命里的最后一个冬天，她又一次遇见阿聪，涌起恍若隔世般的惊喜。其实他俩时常路遇，而且阿聪每月都在她那儿住一宿，为了便于记忆通常是十八号发工资那天。

高山青呼唤阿聪的时候，阿聪正在路边向装卸工办理交接杨州的手续。杨州病情更糟了，以致丈夫得时时锁门，一不留神她就跑出来，满世界乱蹿，总是弄得浑身脏兮兮臭烘烘。装卸工后来懒得烦也不急了，要么等别人送回来，要么等自己需要时找回来洗洗干净就便应急。阿聪用自己的衣服包裹着冻得瑟瑟发抖的杨州，阿聪对装卸工说，她好像发烧了，回去替她洗个澡别再让她挨冻了。装卸工满腹狐疑：她跑到你那儿画眉毛去了吧，你敢说不是？这口气让阿聪吃惊，再细看杨州，发现她的眉额被涂抹得又粗又黑，她手里还攥着眉笔。阿聪道：我能这样替她描眉吗？我是到货场去拍照，看见她在卸完化肥的车厢里。装卸工将杨州从上到下嗅了一遍方作罢。

高山青亲热地往阿聪怀里偎。她问，这些年你到哪儿去了。阿聪很是诧异，但无须申明，他知道自己这些年在她眼里和别的男人没有两样。她又问，你结婚了吗。和你一样。可阿聪你该结婚的呀你该让你父母抱孙子。我弟弟阿坚替我完成了任务。

高山青把阿聪领回家，便坐在梳妆台前画眉毛。画着画着，她惊叫一声：阿聪，你真的常来，你看这抽屉里尽是眉笔！全是你带来的对不对？平时我还铺张浪费，用了就扔。刚才杨州手里的那支肯定是拾我的。连我那瘫痪在床的老娘也俏起来了也一个劲地臭美呢。原来你不声不响带来这么多！你真是死心眼。

阿聪说：我就是凭着这眉笔进门的，你忘了？阿聪像每月一次的光顾一样，没忘记仰望天花板。这幢房子没有卫生间，楼上洗澡是用大木盆，天长日久，天花板上便洇有大片的水渍。这会儿，阿聪看见洗澡水渗出来，晶莹地密布着却不滴落。

高山青继续追问，这时候她眼里出现了非常难得的泪光：我知道我是丑八怪，越修饰越丑，你为什么还死心眼？

阿聪古怪地笑了笑，大把握着她的乳房，还朝她腿上掐了一把。是真实的肉体。他含混地说：我常常觉得你并不存在，你是男人臆想出来的一种东西，所以没有任何负担和压力，甚至于没有风险，可以随心所欲，可以扬长而去。真没想到，你竟是一个大活人。

高山青听不懂，她把眉笔一扔：你讽刺我？

弥留之际，她回味着洞房花烛夜清泪横流：阿坚，你哥哥娶我守着我不再婚都是为了讽刺我！阿坚劝慰道，这怎么可能呢，倾尽一生的幸福为了讽刺一个人，我哥不成了神经病了么？

在高山青的弥留之际，合欢城已有不少男人为她写好了挽联挽幛备好了纸钱香烛和爆竹。

弹　壳

你的皮肉之下，蛰伏着青蛙和蛇，它们一定会复苏的。

为了让老百姓安宁祥和地过年过节，合欢城每年都会赶在重大节日之前杀他几个坏蛋，杀他们之前则要开个大会，然后将他们绑赴刑场，验明正身，执行枪决。宣判大会的会场总是选择市中心的人民广场，开会的时候刑车就在广场主席台旁等着。刑车一旦发动，会场便像炸了营，与会群众四散奔走，他们这样急切是为了赶到刑车必经之路的某个好望角上去，以便最贴近地看清死囚的面目和表情。观看他们的面目和表情，是全城男女许多年以来一直感觉赏心悦目的快事。罪犯们被押下审判台时，有高呼狂喊的，有视死如归的，有痴笑傻乐的，也有面如死灰的，总之，他们的神态是丰富的，这样丰富的神态大大增加了可视性。为了达到鼓舞人民威慑敌人的目的，刑车选择的路线总是繁华路段，刑车载着罪犯缓缓地在市区内游街示众，然后在铁路新村旁的那个十字路口一拐弯穿过道口，驶向郊外。离开市区，刑车就撒欢儿跑了，但刑车再快也被观众撵得急急慌慌，不仅有许多人追着刑车而去，更有成群的男女早在宣判大会刚开始时就已捷足先登赶到刑场。刑场与“铁路二村”隔着几座山，大约不会惊扰那儿的英雄和平民。那片丘陵山坡虽时有鲜血灌溉仍是草木稀疏，即便是晴朗的日子那一带也阴风习习充满肃杀恐怖的气氛。唯有在行刑前的一刻，那里热闹非凡。当然，荷枪实弹的刑警是不允许观众靠前的，就是看戏看球前排座位票价之高也会令人叹为观止。观众被堵在路上，这就是说，拍手称快的老百姓兴致勃勃地打老远跑了来，事实上是看不清刑警如何抠动扳机死囚怎样应声倒下的，他们赶来只能听响。尽管如此，他们从无怨言和悔意，乐此不疲地赶着场。

我也曾是他们中的一员。我早在少年时代就染上了爱看热闹的毛病，成千上万人在刑车的前前后后狂奔，那场面的确是富有感染力的。我观看过的死囚依次为现行反革命分子、大贪污犯、强奸杀人犯、抢劫集团首犯与主犯、投毒犯和其他几个杀人犯。欠债还钱，杀人偿命，此乃天理。所以刑场上的枪声坚决而响亮，极具正义感。等到把活儿干完了，大家便各自打道回府，留下死刑犯的尸体让他的家人来收拾。早些年枪决犯人用的是开花子弹，枪子从脑后勺进去在脸上炸开，那模样肯定是不漂亮的。我第一次所看到的那个现反分子就尝到这种子弹的厉害。他就是颜大嘴发现的那个往铁路上掀巨石企图颠覆列车的家伙。他死了喂狗狗都嫌臭，他的家人不肯去替他收尸，胴体便被一家医院要了去，医院把那颗惨不忍睹的首级割去后，将裸身浸泡在解剖室的药水池里。得到这个消息，家在医院的同学领着我们一帮胆大好奇的男生偷偷光顾了那间解剖室。我觉得那具泡在药水中的尸体就像一只被切掉头扒掉皮的大青蛙。想着他险些让上千名旅客死于非命的罪行，我们义愤填膺地掏出家伙排成一溜儿冲着药水池里一阵狂扫乱射，每人都补了一梭子。听说后来不用开花子弹了，而且不打脑袋了，打的大约是胸部，我的猜测是根据靶场上的经验得来的，我们看到的靶子都是胸像靶。

听罢枪响，待尸首被弄走，人们便涌过去捡子弹壳。曾几何时，合欢城流行弹壳收藏热，孩子用它套在铅笔上作饰物或当口哨，大人则别具匠心地做成工艺品或日用品。我的年轻的体育老师，有一阵子赶时髦，扔了挂在脖子上的铜哨，衣袋里成天揣着子弹壳，他觉得用它吹出来的命令更严厉更刺激，因而把体育课当放风的学生会更听话。阿坚家里至今还摆着炮弹壳的笔筒和子弹壳堆砌而成的古古怪怪的雕塑。炮弹壳是他从部队带回来的，子弹壳却是儿时积攒的。那时弹壳有两个来源，一是民兵实弹演习，其二就是执行死刑。阿坚能用如此来历的口哨很娴熟地吹奏《打靶归来》，初中毕业下乡后，他竟因这个特长进了公社文宣队，不用面朝黄土背朝天了，而每次为贫下中农演出，他唯一的节目就

是口技。报名应征入伍时，他在报名表“特长”栏里填道：善吹。岂知那年僧多粥少，以“善吹”相标榜者居然多达一个班，都是铁路子弟的知青。招兵的参谋很奇怪，便把他们召来，说火车不是推的牛皮不是吹的，本参谋倒想见识你们共同的特长。人武部院内顿时一片尖利的嚣叫，依稀吹的都是军营歌曲，参谋恍然。接着，欣然指挥大家齐声合奏，演出非常成功，他们被悉数招走。

阿坚的弹壳工艺品中应该不会有飞向吴美月的那些子弹，因为吴美月死的时候他已当兵去了。可是那批弹壳经过辗转流通是否到了他手里，怕也难说。

吴美月是个长得像小老鼠的女同学。直到读高中，她依然十分自卑，在人前抬不起头，如果没有曹蔚，她会非常孤独。曹蔚是她最要好的女友，曹蔚也是一个至今令我想起就心疼的名字。那时，曹蔚是一只骄傲的白天鹅，吴美月则是一只相形见绌的秧鸡。曹蔚后来沉痛地向我披露了两个女生之间的秘密。她说，在她们结伴上学的日子里，她感觉到吴美月的目光对她的身体充满了兴趣和向往。终于有一天，吴美月涨红了脸央求道：让我看看你身上好吗？曹蔚又羞又恼：到澡堂里去看呀！只是你得坚强些，别再自杀！曹蔚还骂她神经病。吴美月顿时泪汪汪的，连着几天眼皮都是浮肿的，不睬曹蔚了。曹蔚憋忍不住：看吧看吧让你看个够，不过得挑个好地方。

她们扒上了一列将要出发的货车，是敞着顶的高边车。一直等到火车撒欢儿跑起速度，确信再神勇的调车员也不敢扒上来时，曹蔚才迟疑着脱去粉红色的确良衬衣、贴身的碎花背心。明媚的阳光照耀着她春意盎然的身体，她看见自己坚挺的乳房贪婪地呼吸着原野上紫云英浓郁的芬芳，柔曼的玉臂幸福地迷醉于阳光温暖的抚摸，她为自己美丽的盛开而喜不自禁，为自己第一次这么勇敢地暴露于光天化日之下感动不已。她索性把自己扒得精光，带着一种骄傲的笑意，也许还带着几分惊奇，顾自端详起来。那一刻，吴美月痴痴呆呆的，目不转睛地盯着这尊青春的裸雕，良久良久方才缓过神来。她不由自主地抚摸了最诱人的部位，就像我们疼爱一朵带露的鲜花或亲近一只温存的梅花鹿。她喃喃道：难怪男生都喜欢你。曹蔚打落了她的手，骂道：讨厌！留着摸自己吧，你也会膨胀起来的，所有的花蕾都要开放的！吴美月黯然神伤，很果断地也褪去衣服，把自己的悲哀裸裎在女友面前。荒坡与沃野对峙着，冬天和春天对峙着。两个精赤条条的妙龄少女互相读着对方的身体，她们的阅读以每小时六十公里的速度铿锵前进。曹蔚也在吴美月胸前拨了拨，说：傻瓜，你只是发育晚，这不是花骨朵儿吗？女大十八变呢。冬天到了，春天还会远吗？在你的皮肉之下，蛰伏着青蛙和蛇，它们一定会复苏的，它们会在复苏的季节踏着蛙鼓跑出来，举着蛇蜕跑出来，你别害怕哟。那趟货车只顾埋头赶路，一直把她俩拉到了福建境内的邵武站。

吴美月的春天是在高中毕业那年悄然而至的。为了迎接这个春天，她按照母亲的意思早早地结交了男朋友，她母亲认为她发育晚除了幼年误食老鼠药外，还有一个重要原因就是家里没有男性。她母亲深信男人是老面是卤水是菌种。那个小伙子是南站的装卸工，长得人高马大，一顿能吃二十个肉包子。他当着吴美月母亲的面说吴美月剐下一身肉也没有二十个包子的馅。于是她母亲隔三差五地用好酒好菜把他召到家里来，并怂恿他在酒足饭饱后用臭汗用口水用男人的气息饲养瘦棱棱的吴美月。蛰伏在她皮肉之下的那些活物果然经不住蛊惑纷纷钻了出来，蚕蚁似的吴美月陡然间出落成一条晶莹剔透的大白蚕。高中毕业时，她是少数几个开了疾病证明书未下乡插队的毕业生之一。曹蔚说，她大概想结婚了吧。

岂料，四年后她因杀人犯了死罪。她杀死的正是自己的未婚夫。这个案子轰动了合欢城，也震惊了城郊农村。在我插队的村子里，尤其群情激愤，因为她来乡下慰问过我，贫下中农分享着她带来的肉包子认识了这个留城后在火车站售货组卖食品的姑娘。他们说让这么雪白兮兮的女子抵命当真是作孽，足见爱美之心人皆有之而卑贱者最聪明。他们是这样赤裸裸地表达对美的怜惜之情的，他们说“要是让我搞一下，换我

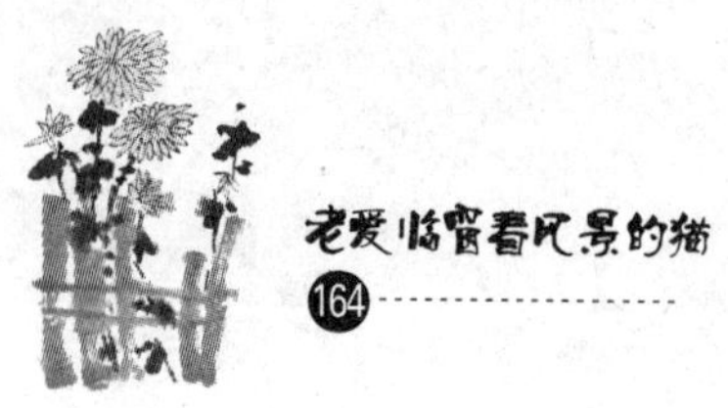

去杀也值得”，他们还喜欢拿吃肉用作比喻快乐的参照物，他们说“要是吃肉有困她好嬉，连猪崽子也会被吃光了”。从案发到审判历时一年多，在此期间，吴美月的生死成了仅次于年景的重大问题。他们在上工时展开小组讨论，在夜晚记工分时进行大会辩论。忠厚善良的贫下中农认为判她个二十年足矣，出来仍然如花似玉。但我知道城里的动静，被害人的父母亲戚活动正紧，强烈要求报仇雪恨，吴美月怕是在劫难逃。

那段日子，曹蔚成了热锅上的蚂蚁。她请了一个“牵猪牯”（赶着公猪走村串户为母猪配种）的老农带路，四乡串联，撺掇我们铁路中学的同学尽一切努力救吴美月一命。大家很是为难：怎么救，总不能劫法场吧？曹蔚提议大家一起去求被害人父母，哪怕给他们下跪磕头。大家击节称是。可在约定的那天到场的仅有七八号人，而我是被曹蔚的眼神勾去的。曹蔚伶牙俐齿地央求了一番，果然跪下了，她抱住那个悍妇的肥腿涕泪纵横，她说：枪毙了吴美月你儿子也不能复生，你跟法院说说留她一条性命吧，她才二十四岁呀。那悍妇横眉竖目一脚把曹蔚踹翻了，她丈夫则扑向墙角按住正在下蛋的鸡，随手抓起菜刀，毫不留情地剁下去。顷刻间丢了脑袋的母鸡扑嗒扑嗒满院子乱蹿，血星四溅如节日的焰火，我们身上脸上尽是血花。母鸡在这时候居然还挣出了一个蛋。那个蛋摔在地上啪地炸响，让所有的人都吓了一跳，鲜艳的蛋黄泅凫在漫漶开来的蛋清里，散发出欢乐的不谙世事的奶腥气。沾血的菜刀令我们几个男生畏缩后退，却是把曹蔚激怒了，她用比菜刀更锋利的语言问道：假如吴美月怀着你的孙子，你们也强烈要求处死她吗？满脸杀气的夫妇俩顿时脸色陡变，愣了片刻后疯了般双双扑向地上的蛋黄，蛋黄在他们手里化成了水。

曹蔚那个尖锐的问题无疑延缓了吴美月的生命，有一阵子被害人方面的呼声沉静下来，待他们证实被羁押的女犯并未怀孕，于是重新投入报仇雪恨的战斗。曹蔚后来屡屡沉痛地追忆，说吴美月发现未婚夫变心后曾想怀上孩子以拴住他，她的想法遭到曹蔚的怒斥。曹蔚为此懊悔不迭。

吴美月被判死刑立即执行。那次宣判大会是在国庆节之前召开的，因为该杀的是个年轻女人肯定格外引人注目，会场破例改在剧院里，剧院只能容纳一千多人显然比放在万人广场上要安全得多。那天刑车的行驶路线也作了重大修改，不走繁华的街市而直插郊外的刑场。这一系列英明的措施让数千名凭经验守候在要道上的群众怒不可遏，也让另外数千名善于应变、聚集在剧院门前的群众非常庆幸无比豪迈。我觉得该去送送她，就在刑场附近的公路上等着，我插队所在那个村子连没牙的婆婆也出动了，因为那个村子与刑场是近邻。那天刑车到达刑场的时间比通常要晚将近一小时。其实那天罪犯很少，开会时间应该很短，而且省略了游街示众的程序，进展应该更快才是。综合我后来听到的各种细节，我觉得那天所有人似乎都在有意无意拖延时间。比如两位体魄不让须眉的女警在押她上台时踩掉了她的鞋子，下台又再次犯此错误，她们两次弯腰替她拔了起来。同样的情况以前也曾发生但法警从来不管不顾，有个大贪污犯就是光着脚丫子被拖上刑车的，他当时瘫软如泥屁滚尿流，观众见他裤子全湿了，好一阵哄然大笑。群众围观气焰嚣张的罪犯时总是恨得咬牙切齿，而在耻笑怕死鬼时则有丧失立场之嫌。那天簇拥在剧院外的群众也不似从前那么听话，警察们忙了好一阵子才在人群中辟出一条狭窄的通道，当吴美月出现时，喧哗的人群突然出奇的静寂，为此她惊讶地抬头向周围瞟了一眼。许多人说正是这时他们真切地看见了水汪汪的眸子。她的明眸闪烁着泪光这是毫无疑义的，但她的泪水仅仅是为自己的罪恶而流吗，谁都不敢妄下断言。她上了刑车后，在刑车前面开路的几辆摩托车好像走了神似的，好久发动不起来，急得指挥人员乱吼乱叫，这给了人们从容观赏她的时间。人们观赏她如同后来在禁毒展览上观赏一幅关于罂粟的摄影作品，惊羡它的美丽而怀疑它的罪恶。那种普遍的怜香惜玉的情感，让我回味了许多年。我想美丽很可能是生命最显赫的形式，譬如一只玲珑剔透的瓷的花瓶，只有它的被摧毁，人们才会真切地感知着水的流逝和花的凋敝。她在等待开车的那一刻，宁静得像所有低头想心事的少女，看见车下有人偷偷抹泪，她凄然一笑。或

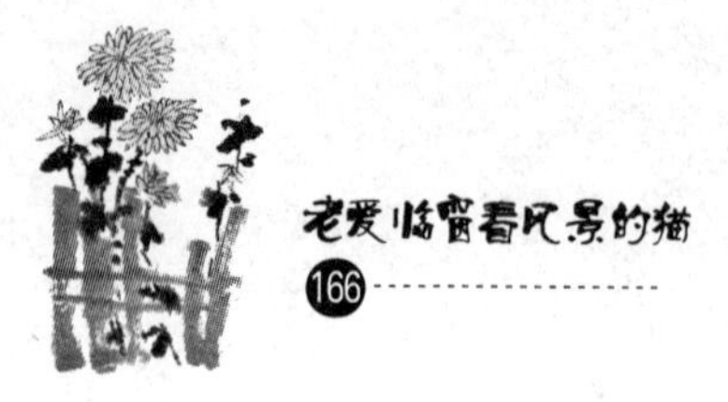

者有人清晰地觉察到她嘴角边的那一丝凄笑，禁不住感伤。上路之后，开道的摩托不似从前那般耀武扬威，期期艾艾像替她磨蹭着等待一个大赦令。我们在电影、戏剧里经常看到这样的情节，当刽子手举刀欲砍之际，一乘飞骑驰来厉喝一声：刀下留人！这类用滥了的情节注定不会在她身上发生。只能说，车轮滚动的速度对于她就是生命的长度。过去人们总是被先睹为快的渴望怂恿得焦躁不安，就像盼着一场露天电影或文艺演出赶快开演，而这时人们一个个显得极有涵养极有耐心，捡一把石子在地上画一张棋盘就在公路边下起了西瓜棋，刑场附近尽是为下棋而撅起的屁股。吴美月出现时，在我眼里没有刑车没有刑警没有成群结队赶来的男男女女，只有她。而且她没有玉臂没有酥胸没有修长的双腿，只有一张桃红水色的脸庞。后来民间一直在传说，她被家人弄去火化的时候，依然是桃红水色。任何传说的真实性都小于传说者的心理现实。我们甚至愿意相信她的嘴角边绽放着一朵微笑，那个季节随处可见星星点点的野菊花。车停稳后，我感觉她与我对视了一眼，很多人也有同样的感觉，那是一种虚拟的对话。我知道这时我在她眼里是一株树一蓬草一群掠过头顶的山雀，她的眼神含情脉脉。这样的目光扫过人群显然要搜索最亲近的脸，可曹蔚没来，曹蔚赶到我的村庄却没有勇气过来与她诀别。吴美月心有灵犀，朝向我的村庄喃喃自语。能够听到的只有押解她的两位女警，她俩顿时热泪盈眶。她究竟说了些什么，在枪响之后便毫无意义了。当时我们关注女警是因为她们有一个细微的惊人之举，她们在把她弄下车后，迅捷地用她们的纤纤玉手替她拭去了脸上的脏污，那团脏污很可能是在车上蹭的。她低头走向刑场，如果没有簇拥着她的那些人，我们很容易联想到一边埋头啃着青草一边悠悠前行的牛犊或小鹿或别的仁慈的草食动物。那些人的存在提醒我们一个同样年轻的生命倒在她初恋的碎片之中。

接下去我们就听见了枪声。枪声即使在那草木稀疏的山坡上也是具体而形象的，它通常是一群山雀或一只野鸡。那些惊惶的翅膀使我相信灵魂游走之际一定投下了巨大的阴影。但属于她的枪声，不似从前那般冷酷，它是迟疑的暧昧的甚至有些颤抖，所以它惊起的是一只白色的大鸟。这是一件很奇怪的事情，合欢城曾经有一片栖满了白鹭的古樟林耸立在临江雄峙的山包上，我童年的记忆里布满了白鹭洁白的翅膀和同样洁白的鸟粪。可是后来白鹭绝迹了，古樟也老朽了。不知是树的故去让鸟们流离失所，还是鸟的迁徙让树们郁郁而终。总之，白色的大鸟在那时绝对是一种罕物，除了鸽子。它的出现也许与我们的心情有关。它笨拙地飞起来又落在不远处的草窠里，它起起落落经历了几个回合才飞出我们的视野。它的起落记录着枪响的次数。事后有人用捡回来的子弹壳雄辩地证明威严的枪子也会有迷路跑调的时刻，但它终究代表正义咬住了目标。那时节，金樱子结满了红色的椭圆形刺果，俗称“糖罐子”。这种野生植物的花期在春天。它的花朵硕大得几近疯狂，它的芬芳浓郁得有些淫荡。近年当地酒厂开发研制出了金樱子酒，这种酒的广告贴在好几趟列车的车窗上，看到这种广告我便联想到人们不顾被扎得血淋淋钻进刺丛捡弹壳的情景。大约正是豪迈而欢快的弹壳口哨曲激发了人们的想象和创造，后来人们干脆用打靶来比喻执行枪决这件活儿。他们不再直言某人被枪毙，而称某人被打了靶。一位研究修辞学的高中语文教师从我口里抠出这句话时如获至宝啧啧有声地咀嚼起来。这个比喻如今可能已流传开来。

几乎与枪响同时，她那带着叉的姓名出现在全城大街小巷的墙头。那时候布告上的死刑犯名下，一般都有一句套话，“罪大恶极，不杀不足以平民愤”云云。她亦如是。她杀未婚夫的凶器是一把三寸长的水果刀，那种水果刀在她的售货车上有售，本意是为了方便买水果的旅客，但刀子并不好使。事后，她的同事纷纷反映用它削果皮都不利索怎能捅死一个健壮如牛的男人呢？她的邻居们议论得更加邪乎，说她家没有敢杀鸡宰鸭的种，因此平时不沾荤腥，为了过年她的未婚夫才软硬兼施地支使她去杀鸡。邻居们亲眼看见鸡在她手里那把铮亮的大菜刀下拍打着翅膀飞奔而逃，把她家门口弄成一个血腥的现场，提着刀干瞪眼的她急得抹泪，只有那时候她才像一个真正的凶犯。然而，连她自己也供认不讳的

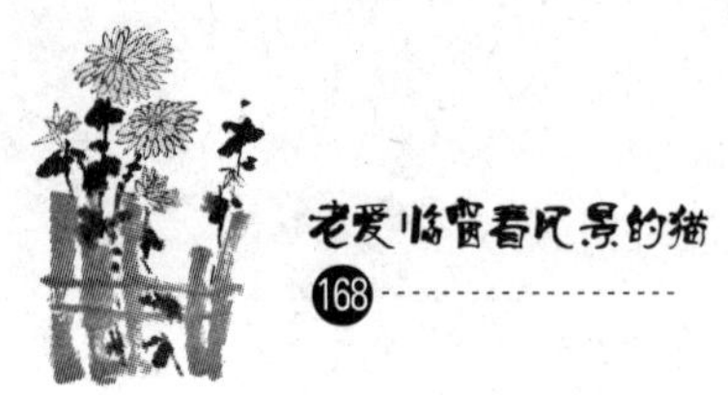

事实是她的确用一把水果刀结果了一个强壮的生命。回想那个不可思议的过程，生命却暴露出了它极其脆弱的某个部分，不及水果的部分，当时她正好削完一只水果，果名大约叫爱情，因为第一刀下去她就割破了手指，削好的水果被染得鲜红。这一切预兆了后来的血光之灾。她的未婚夫准时来到约会地点，就是那片枯死的古樟树林里。他打着饱嗝拒绝了她为这个夜晚准备的果实，那时候他其实已经成了果园里的一种叫金龟子的飞虫，不停地寻觅向阳的枝头，专拣那些布满阳晕的果实啃啮，咬破它又飞走，金龟子外表英俊而优雅，它的背面有的泛红有的发绿。孩提时我们常把金龟子捉来玩，并管红的叫太阳，绿的叫月亮。为了捉住自己的太阳和月亮，她动用了水果刀。那精致小巧的刀片很轻易就把他放倒了。接下来她要做的事就是畏罪自杀，但她那把刀竟怎么也锯不开自己的手腕，后来她决定跳崖投水，却又被崖中腰一块鼓凸的岩石擒拿归了案。当时她摔得昏死过去，醒来她看到了一叠关于现场和死者的照片。

案子从一开始就明白无疑，人证物证俱全，但迟迟不得了结，这可能与那只削了皮的水果和小刀有关。她的领导从售货组负责人到客运室主任到车站站长，我们老师从小学教师到中学教师乃至校长，都曾去为她说情。这事过去十年后，地摊文学曾泛滥一时，有人（用的是笔名，很可能是阿聪兄弟）根据她的悲剧写了一篇纪实文学，对此有详尽的交代。作者大肆铺排群众的遗憾和惋惜，无非是反衬法律的无情，以教育天下众多的法盲们。作者也用“桃红水色”描绘了她的遗容。从那个作品里我隐约觉得，当时似乎有人试图找到那个男的不良行为的证据，以减轻她的罪责从而保全那桃红水色的性命。人们善良的愿望被她自己铸就的铁的事实砸得粉碎。所以在她被押赴刑场的途中，有人为她燃放了一挂大鞭炮。那挂鞭炮缠绕在又粗又长的竹篙上从五层楼的某个窗口伸出来炸得金蛇狂舞浓烟滚滚，其声震耳欲聋仿佛山呼海啸一般。是受害人的家人以送瘟神庆胜利的形式，告慰九泉下的冤魂，他们存放在家里的骨灰盒终于在次日扬眉吐气地入土。无疑地，他们又得消费许多鞭炮，可是，他们同时在一个摊子上买来的鞭炮质量却大不一样，他们后来燃放时断然不似先前那般气势恢弘，后来的响声病病歪歪的，如一个痨病壳子在咳嗽或似消化不良的病人在打屁。他们安葬死者的过程自始至终弥漫着这种晦气的声音，噗噗噗的响声从此不绝于耳地充斥在他们的怀念和梦境中，他们全家人一定是被什么恶毒的东西虬缠住了，一个个被整得蔫头耷脑贼似的鬼鬼祟祟。在我离开合欢城的第二年，听说他们也举家迁徙远离了那伤心之地。这是那挂欢快而酣畅的鞭炮的罪过，那爆炸声也如水果刀戳伤了人们因为那个年轻女子而复苏的对生命的悲悯。好不容易才复苏的悲悯。

刑场复归寂静之后，被堵截在公路上的人群呼啦啦拥过去。其实那时什么也看不到了，一如城郊任何一处丘陵荒坡唯有马尾松寂寞地呻吟在瑟瑟秋风里。马尾松枯干开裂的褐色松果此时因风的摇撼从繁密的针叶中坠落，纤细的针叶形同神经状如昆虫的触须。即便是在贫瘠的红壤山岗上，它孱弱的躯干之下也覆盖着厚厚的败叶即枯落的神经和触须，我插队所在的那个村子家家户户却用它作柴火，并称之为松毛柴。松柏常青。马尾松常青的生命形象在这个季节里让我们感受到来自草木的冷嘲。我们找到她最后站立的地方实在没有任何意义，因为在城郊那绵延起伏的红壤上所谓桃红水色不过是一摊新鲜的湿润而已。有个半大的小伙子发现地上有一块手帕，他大约把它视作她的遗物了，用脚尖拨了拨，然后拾起来，他说肯定是她掉的。他说她怎么能腾出手来掏手帕呢，他还说她当时一定流泪了吧。便有一堆人围过去看，人堆里响起一声厉喝：扔掉！已把手帕抖开的小伙子愕然呆立。那手帕也似的东西是被过来人击落的。几只见多识广的大手一齐扇过去，他们击落的很可能是女人的秘密。当时我对此一片混沌，不明白那些人为何那般声色俱厉。当曹蔚向我挑破这个秘密后，我疑惑：它怎么会那样鲜艳地跑出来呢?

曹蔚似乎比身在现场的我更清楚当时发生的一切。在我那间充斥牛粪臭味、松柴烟味的乡间小屋里，她说：一共打了十五枪对不对？十四发子弹都飞了对不对？有一颗打后背进去从右乳钻出对不对？她临死前

祝我早早上调回城结婚成家对不对？她一直勾着头通过领口打量自己的乳房对不对？她来了那个对不对？有一团纸掉下来了对不对？

她的犀利让我吃惊更让我害怕。我说是有人捡到了她的手帕。曹蔚噔噔地走到我的床头，借夏布蚊帐的遮掩，宽衣解带从自己身上掏出一团同样浸染着红色的纸团：告诉你，是这个！

那天晚上曹蔚不肯走，她的村子距我那儿只有五里路。她频频地当着我的面换纸，我不知道她疯狂宣泄的是女性的性意识还是生命意识。那是我和曹蔚唯一共有的夜晚，她不让我的手离开她的右胸，就是说我一直捂着她的右乳，仿佛那颗子弹把她也洞穿了。

竟也奇怪，自从吴美月死后再没多少人去刑场看热闹了，尽管年年仍有枪声响起。人们也开始讨厌吹奏弹壳了，每有顽童吹着玩，便会遭到一片怒喝。但是，人们仍热衷于收藏弹壳，事实上因为民兵实弹演习逐年减少，弹壳日渐稀罕，那十五枚弹壳当是谁们的藏品，我敢肯定。

铁 锁

在地球引力的作用下，俯冲
的生命只能是一种自由落体。

我说过，曹蔚是个令我心疼的名字。

在这里，心疼不是形容词，而是动词。是真正的心绞痛，往事在心窝里如同蛔虫钻进胆道里那么肆无忌惮地翻涌搅动，痛感辐射到我的后背，汗珠像从豆荚里蹦出来的黄豆，粒粒饱满而结实。这就是我离开合欢城后，很少去看望曹蔚的原因。尽管我有她的钥匙，我本可以凭着这份通行证长驱直入，一直走进她的少年、青年和中年，栖息在她的美貌里。

可是，我始终未能开启她的门锁。

而至今仍能搜出属于她的三把钥匙。

相隔十年后，我于1999年秋天第二次去黄山。黄山成了我唯一再度光顾的风景区，显然这次不为欣赏风景，而是去凭吊她的游魂。她是夏天在因险峻而著名的鲫鱼背上走失的，在那窄如钢轨的山脊上，她放开大步走进云里雾里山色里，再也没有回来。她唯一留在现场的遗物是四十五岁生日。四十五岁，正是女性列车员退休的年龄界限，所以根据她的遗物人们怀疑她是跳崖自杀。

在她过去值乘的经由黄山站驶往上海的列车上，我几乎认同了她同事的说法。她为得到并维持这份工作付出了太大的代价，如今即便不惜一切也无可挽回了，刚烈的性格极有可能怂恿她以生命去祭奠青春和爱。

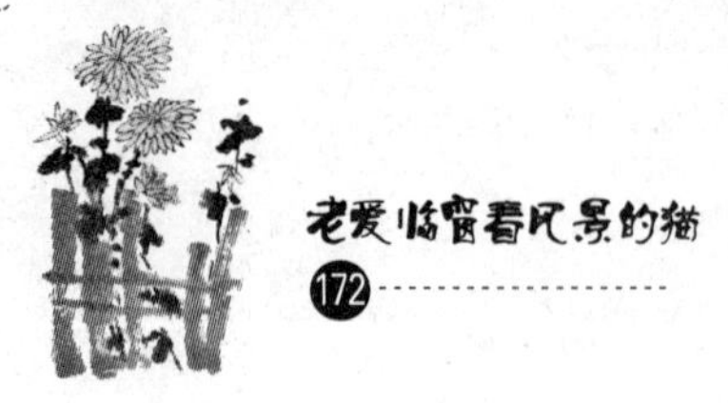

然而，在现场，我侧耳聆听，万丈深壑里寂静无声，那种沉凝的坦荡足以化解人在探测它时的恐惧和敌意。其实于寂静之中，我听到婉转的鸟啼抒情的松涛以及种种美妙的声音，它们来自山石草木涌泉流风，呢呢喃喃，卿卿我我；甚至，我听到了她的笑声，那轻盈的笑声注入大自然的一切声音，使之变得水灵灵的。于是便有一种无可抗拒的力量紧紧攫住我的心，我在虚幻，我已忘我，我成了黄山松的一粒飞子随风飘去，我的精神不管理智的躯壳顾自兴奋地跃下形如深渊的大自然怀抱，我天合一的快感令人幸福得欲醉欲死。这时候，我的身体也不由自主地前倾，如果不是被一拨游人挡住的话，我想我断然无法挣脱那强力的诱惑。

于是，我敢说，好些在风光迷人的险峰上纵身投向谷底的游人未必都是可怜可悲的失意者失恋者，很可能有人因为倾心崇拜大自然的美而超越生死；我宁肯相信曹蔚被眼前的景色所蛊惑，身不由己地融于其间了。是生命的一次飞腾，而非坠毁。她的悲剧仅仅在于，在地球引力的作用下，俯冲的生命只能是一种自由落体，而美深不可测。

我在天都峰上为自己的假想苦苦寻找证据。悬崖边作为护栏的铁链如今愈发粗壮了，层层叠叠地缀满了连心锁，成了黄山上撼人心魄的一大人文景观。我以令自己也惊奇的耐心，翻寻着无数的刻有姓名的各种锁。它们毅然抛弃钥匙，成双成对地紧紧咬合，永久恪守着自己的盟誓。当一只鸟儿欢快地从云端跌落的时候，我终于找到了曹蔚的名字。这个名字刻在合欢锁厂生产的黑色铁锁上，这把锁紧挽着另一把同样品牌的黑锁，可是它却没有谁的姓名，它是一块无字碑。据我所知，合欢锁厂已在两年前倒闭。

凭着她送给我的三把钥匙，我相信无字的锁代表着我，她把我永远锁在了她的心碑旁。可是，我摸出钥匙一看，也不用试，就知道钥匙大了而锁眼小了，我注定无法进入。

那么，她把谁的心羁押在这儿呢？

她摘下挂在脖子上的钥匙，另配了一把交给我掌管。这一举动足以证明她是我青梅竹马的朋友。她父母都在跑车，父亲是运转车长，母亲是列车员。走南闯北的工作，再加上夫妻感情向来不算好，她父母便是两股道上跑的快车了，而家成了谁也不愿停靠的三等小站，除非不得已临时停车。这样，她家作为我们校外自学小组的活动场所再合适不过了。

成立自学小组是邱老师的建议。读中学那几年，开始是停课闹红卫兵，接着“深挖洞”，铁路中学所在的那座山包硬是被我们掏成了马蜂窝，后来读高中又去学工，全部进了车辆段，曹蔚学车工，我干的是管道维修的活。邱老师说，曹蔚你的理想就是守着这台车床吗。曹蔚傻愣愣地瞪着邱老师，那眼神我懂，难道我们还能有胜于车工管道工的命运吗？但是邱老师也不多言，以命令的口吻要我们成立自学小组。

学的还是当时学校印的讲义。有模有样地活动了几次后，铁路俱乐部的阿聪为排一台忆苦思甜的话剧物色扮女儿的演员，看中了曹蔚。阿聪挑女演员的原则就是漂亮，合欢铁路地区一茬茬的美人儿被他尽收眼底，他能把身着工装、满脸油污的曹蔚从人堆里剔出来，足见他对美的敏感。曹蔚能成为阿聪相中的女演员，也足以证明她的确美丽出众。曹蔚愉快地接受了这个光荣的任务，她在台上一共得出场三次，每次都是为了痛哭，分别是为老板逼死爷爷、恶霸强占妈妈、工头打伤爸爸呼天抢地。她哭得非常出色，每次排练回来都是眼皮红肿嗓音嘶哑，以至后来惹得观众们泪雨滂沱义愤填膺怒吼震天，高呼要“牢记阶级仇”什么的。她就是抹着泪把她家的钥匙交给我的，她希望我们不要因为她得排练或演出而影响自学活动。

可是，她缺席的时候，我们从未利用那个活动场所。我们不厌其烦地去看她的表演，为了逃票我们个个练就了爬墙的功夫。那时俱乐部的守门人叫纠察，有专职的也有从各单位轮流抽来的工人，夜夜忠心耿耿地值勤，所以我们常常被捕。俱乐部把我们的名字告诉了学校，邱老师问，这台节目天天演哪场都少不了你们，是看戏呢还是看人。

我得承认，连所谓自学都是为了看人，看曹蔚的眼睛在十五瓦的灯泡下怎样发光。

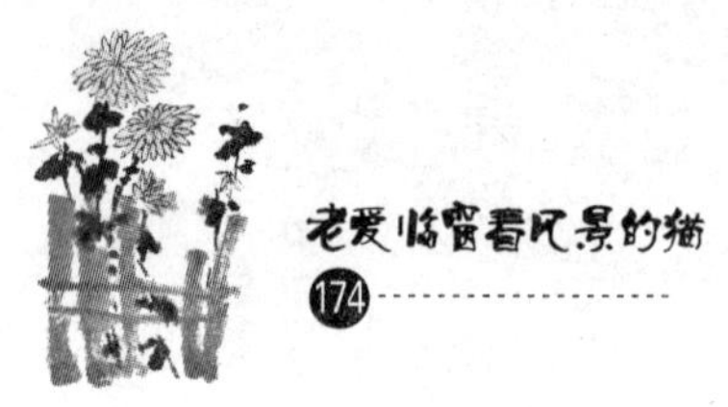

没多久，曹蔚随阿聪他们去路局汇演。回来后她的心情坏透了，她气呼呼地宣布自己再不参加活动了，这等于宣告自学小组短命。而且，放学后她再不邀伴了，行踪诡秘。邱老师交代我，你和她是邻居，平时留意一下，她这是怎么啦。我就开始盯她的梢。学校距铁路新村有三里路，即从东站到西站，一条大路平直又宽阔，但她总是舍近求远，要么朝北走铁路医院绕圈子，要么往南穿过调车场曲里拐弯地漫游，甚至于出门向东，与家的方向背道而驰。如果不是责任感使然而仅仅凭着好奇心，我准会半道放弃跟踪。所有奇怪的路线，最后都指向一个点，或者说，正是为了安全地接近那个点，她宁可让自己陷身于迷宫。

那个点就是俱乐部。临近俱乐部时她显得非常紧张，东张西望瞻前顾后的，当时我觉得她像一只兔子，小心而机警，下乡插队后回忆起那情景，心中有些酸涩，我更愿意把她比作听到水响就游来的蚂蝗，叮住人拽也拽不脱。曹蔚天天都装模作样地在俱乐部门前看宣传橱窗，其实她是等着阿聪下班，等着从早到晚簇拥他的演员们放了他，然而即便下班出门，他身边也常有金枝玉叶。这就决定了曹蔚的锲而不舍。她盼到了好几次机会，每次都兴奋地迎上去，她肯定准备了很多很多的话，阿聪总是耐心地听，不过对她，阿聪的表情让人觉得反常，在那些女演员中间他如沐春风，给曹蔚的却是有首歌里唱的“秋风扫落叶”。我不知道她说了些什么，我是傻乎乎的大男孩。在深秋的冷风斜雨里，尽管她撑着伞也淋得精湿，她痴痴地目送阿聪的背影消失，然后跑到橱窗的背面痛哭失声。我说，你想正式进文宣队？这是不可能的，谁都知道人家全是从各单位抽来的。曹蔚用哭腔吼道：讨厌，你这特务！我想起我父亲，他爱鼓捣无线电曾被人指控为里通外国的美蒋特务斗了一阵，虽已解放，这件事却成了我心头难以化解的屈辱。我是蹚着路边平脚背的积水跑开的，我溅起的泥水弄脏了路上的车辆，同样汽车也溅得我浑身斑斑点点。

曹蔚水淋淋地来到我家。曹蔚说，我身上那把钥匙一时找不到，去，帮我开门。我当时愿意把钥匙永远归还。她却不接，她说这样多保险呀，免得我丢三落四。这句话决定了我在她的人生经历中的角色，决定了我对她的爱没有归宿，只能替她看着门。

打开门，她把我顺手拉进屋。她脱去车工的工作服，淡黄的的确良衬衫沾在身上，里面的形态乃至肉色都清晰可见。她的脸通红通红，说着一些和自学和学工不沾边的事，比如那次汇演遇见谁“深挖洞”时挖到什么，眼神却不时瞟向我，注意我的反应。我的反应肯定来自她的身体，因为当时我的视觉格外活跃而听觉脱轨了。惊讶，好奇，羡慕，甚至贪恋，可能是我的目光所包含的主要内容。她说，行了，说了这么多（其实是让我看了这么久）就是要告诉你一句话，我是大人了，别像孩子似的跟踪我。

但她伤害了我却忘了道歉。几年后她为此又给我一把钥匙，它是那么意味深长，以致令我有几分敬畏。

在她那次挨淋后没几天，阿聪结婚了。曹蔚的父亲也应邀赴宴喝喜酒，灌得酩酊大醉，叫人架到家门口。咚咚咚，砸了许久，门就是不开。她父亲便踢，便撞，便骂。只有女儿在家，咒骂全给了曹蔚，是很难听的污言秽语。曹蔚倒是沉得住气，任凭他怒火万丈，哪管他吵翻了左邻右舍。我母亲说这孩子怎么啦。我说有人结婚了。我母亲要我起来帮着劝开门，其实我可以直接打开门，那是把暗锁。但我不敢轻举妄动。直到她父亲哧啦哧啦一根接一根地划火柴扬言要放火时，我才勇猛地冲出去。

她父亲表扬了我。打那以后她父亲一直用挑选女婿的眼神注意我。曹蔚却很生气，几乎要没收那把钥匙，想想它的意义在于方便自己，也就算了。有一阵子，我不得不经常向她阐明自己的立场，我断言道：你爸爸真的会点火的，当时整个门洞里硝烟弥漫。

我曾对阿坚说，你哥哥阿聪是个幽灵，害得英雄神魂颠倒，惹得美人鬼迷心窍。

做知青的那些年，我们往来密切，尽管不在一个村子，却只相距五里路。曹蔚那儿有八位上两届的女知青，号称八姐妹，她们团结友爱共

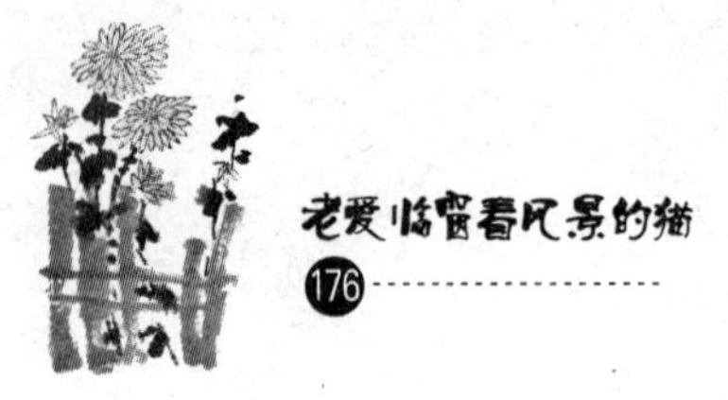

同虚心接受再教育，创造了开“姐妹灶”的典型，一度美名远扬。但在曹蔚和范晶晶加入她们后老典型遇到新问题，不到一年“姐妹灶”便土崩瓦解了，后来那口大铁锅被生产队收回去用来熬猪饲料。

这和她俩的容貌有关。她俩让八姐妹顿时黯然失色，让上面来参观、采访、检查、慰问的干部陡然情绪高涨，更叫人惶惶不安的是有不少没事找事的来了，而且都赖着要尝尝“姐妹灶”里的大锅饭。他们都说这里的饭特别香，半斤的肚子能盛八两。这些消耗是要平摊的，八姐妹到月末一结账，气得眼发红脸发青，便憋着火四下邀伴来吃“姐妹灶”。我便是曹蔚和范晶晶邀请最多的食客。

曹蔚说，欺生嘛，那些人蹭饭能怪我们么？你以我们同学的名义，放开肚量吃穷这个知青姐妹之家。

范晶晶更善于做思想动员工作，她当过铁中的团支部宣传委员，她说：对阵形势我们处于劣势，老知青是八个，二比八，她们一人叫一个同学或亲友就是一大群，所以你要以一当十。

为了让她俩取得心理平衡，第一次我很努力。那次对手不强，八姐妹叫来的全是女生，这让我增强了信心。总共吃了多少碗并不重要，我始终注意的是曹蔚的表情，在我几次企图放碗的时刻，曹蔚的眼色就成了好下饭的咸鱼。当她笑逐颜开，说明我已在总量上超过对手之和。范晶晶也满怀胜利的喜悦夸奖了我的肚子。

但我的表现激化了“姐妹灶”的矛盾，八姐妹赶紧调兵遣将，三天两头地召来一批批大肚汉。曹蔚神色严峻地对我说：老叫你一个抵挡他们，会把你撑爆的。我说，看来真要当一辈子农民了，不如就当烈士吧。曹蔚摸了一把我的脸：去你的，她们是嫉妒我和范晶晶，怕上调回城让我们占了先，找岔子使坏呢。这样吧，你每周替我们邀一帮男生来。我说，我甚至愿意顿顿到你那儿搭伙，免得自个儿烧饭，不就是五里路嘛。可我老去白吃你们算什么，叫花子呀。

男朋友不行吗？她们中也有几个有男朋友的，差不多天天来吃住。曹蔚果然就向她们宣布我是她的男朋友，并且当众把她房门的钥匙给了我一把，这使我能心安理得地常常光顾“姐妹灶”，就像公社干部那样很自豪地打着饱嗝。

双抢过后至中秋，生产队要搞一次预分，分配结果是曹蔚她们每人欠款一百多。姐妹们就闹开了，各砌炉灶另开锅。可这时我已被她们养懒了，为了少受烟熏火燎之罪，还是时常来蹭饭，当然只有吃曹蔚她俩。她俩慷慨地把我喂得壮壮实实，成了能拿九分七的劳动力。其后八姐妹陆续有当兵上学招工顶职的，到了第四年只剩下曹蔚和范晶晶了。八姐妹的走，在知青中有些风言风语，大意是说她们用年轻的肉体赢得了指标，这些传说随着公社书记丑行败露被判刑而一一得以证实。八姐妹中有人说，她们孤注一掷破斧沉舟是因为曹蔚她俩长得好，太媚人，把她们逼急了只好不惜血本。书记的丑闻使这个知青点成了是非之地，弄得继任的书记及公社干部好久不敢来，甚至全公社知青开会也常常忘记通知她俩。曹蔚她俩仿佛失去了组织，组织就是回城的指标就是立业成家的希望。为此，在经过等待的煎熬后，曹蔚和范晶晶分别偷偷地去找党。从那个村子去公社必经我所在的村子，确切地说必经我的窗下。

因为忌讳着我与曹蔚更为亲近的关系，范晶晶要避开我的耳目是可以理解的，她每次去都挑雨天，穿蓑衣戴斗笠，头埋得低低的，裤脚卷得高高的，好像还故意往腿上抹了泥。恰恰是这双腿叫我看出了破绽，我在路边田里躬身干活时最常见的就是行人的腿，因此对年青女子的裸腿特别敏感。我在曹蔚那儿蹭饭的时候就已经非常熟悉范晶晶的秀腿了，它断然躲不过我的视线，哪怕它乔装打扮。

我难以理解的是曹蔚，她也不愿让我知道她去公社的事。我的窗口成了她绞尽脑汁要蒙混过关的哨卡。她想得更绝，有时身穿士林蓝对襟布褂混在颠着小脚挽着竹篮常去车站捡煤渣的老太婆中间，有时搭别人的自行车坐在三角架上背对我的窗口，像被骑车人搂着似的，有时独自推着载有两个大谷箩的独轮车很沉重地碾过去，那纤夫般的身影让人不敢相信是位女性，若不是我好奇于那圆鼓鼓的臀部，可能我至今不知她还有此招。

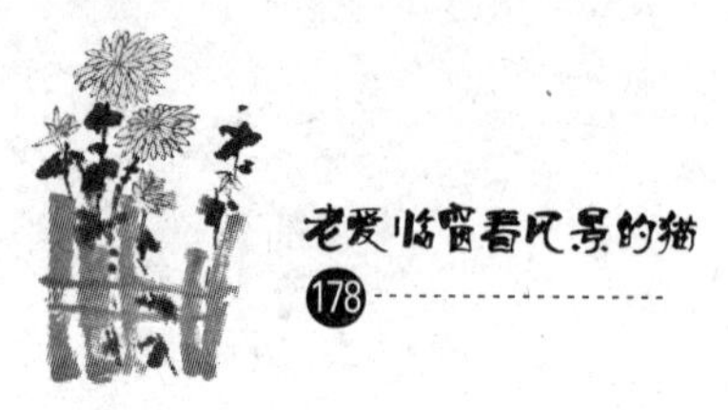

我看在眼里，却没有当面揭穿她们。但是，她们越是这样，我就越加注意窗外的过往行人，暗暗计算着她俩往返所需的时间和悄悄奔赴公社的频率。我不相信曹蔚会学八姐妹，因为她是爱我的，吴美月被枪毙的那天夜晚就是证明，在我屋子里我捂着她仿佛也挨了枪子的乳房度过了一个极其漫长的夜晚。她的房门钥匙也是明证，八姐妹走后不久她和范晶晶的关系便冷淡了，为了避免我和范晶晶多接触，她喜欢把我关在她的房间里。那个村子人人皆知我是她的“男朋友”，社员们干脆就喊我“男朋友”。有的还淫笑着问我睡了她么，说你该赶紧抢先的，她熟透了熟掉了瓜蒂，她热天在井台上洗澡的时候，听到那水声，谁都想搞她呢。我把这些话含蓄委婉地告诉了曹蔚，曹蔚瑟瑟缩缩钻进我怀里。她说一到乡下就有无处藏身的感觉，上面来的人是明火执仗地用语言用目光调戏，而更可怕的危险潜伏在林子里草垛里猪圈里，田头地角随处可见肉食动物蠢蠢欲动的踪影，她把钥匙给我让我去蹭饭故意拿我当男朋友招摇，其实是一种自我保护。她以为我至少能顶生产队仓库门前的石狮用，仓库从前是王姓祠堂。她感伤地说，来世我们换换好吗，你做女人，我做男人。这番话让我热血沸腾，我表示以后每天傍晚收工就过来，守在井边为她放哨站岗。可能吗，她问我，那两尊石狮不都被人砸得头破眼瞎了吗。

也许就在那天晚上她下定决心去找组织。不，极有可能在某次遭遇凶险之后，她横下心来。因为我发现，她饲养的十几头猪很长一阵子不长膘，越喂越瘦了，这对于已经成长为养猪能手的她来说是不可思议的，原因是傍晚那顿她喂得太马虎，半下午就早早地将饲料倒进猪槽再不管了。她解释说猪圈太偏她怕天黑。我想暮色渐沉时分在村后山坡的猪圈里一定有什么邪祟把她吓着了，我蛮横地拽住她非要检查那细皮嫩肉不可，一块块的青紫一道道的殷红叫人触目惊心，那一刻我心如刀绞泪如雨下，毕竟是血气方刚，我左手一把剁猪草的菜刀，右手一把劈柴火的柴刀，吼道：告诉我是谁。曹蔚揉着自己笑了：想英雄救美？可惜没你的戏，我自己心里紧张草木皆兵，结果摔了一跤。看着她跑公社的勤快劲，我觉得她的解释很可疑，或许她怕我闯祸？或许她怕这事传出去误了自己的前程？

正因为懂得她的迫切心情，我没有勇气拦截她。敢于筑一道屏障的好汉，当能主宰自己的命运，并兼济别人。而我不能。我只能藏在窗户里面眼睁睁看着她循着蜿蜒的山路远去，然后冲出屋子努力搜寻她留在路上的鞋印、气息和非常复杂的神情。我曾追出老远，在阴森森的山窝里号啕痛哭。我也曾屡次掀翻了路上的小桥，那座小桥其实是横架在溪涧上的两块长条石，掀掉它行人起码得绕三里远的羊肠小道，她若搭自行车或推车就只能折返了。掀掉它当有非凡的力气，而我很轻易地就把它破坏了。不过，我所在的村子里有个上工就打瞌睡的老农，却是热衷于修桥补路积阴德，我毁他架，我再毁他再架，有时他干脆就蹲在桥边不远处假装拉屎看着我搞破坏，美滋滋地等着去成就善行。后来，我利用兼做生产队会计的权力之便，悄悄扣他的工分或少算他家的口粮款，直至我考大学开路，他竟毫无知觉，还热泪盈眶地送我一篮花生。

我几乎是盯着手表盼曹蔚回来。她俩各自去公社那天，我必托病旷工，旷工的日子逐月增加。起初她们都是半上午去中午回来，随着越跑越亲，时间在逐步往后推移，说明有人愿管午饭了，发展下去晚饭也有着落了。那阵子，我一面为曹蔚流着高尚的泪，一面浇灌着卑鄙的念头。我一次次暗暗鼓舞自己：假如她再踏进我的屋子，我决不心慈手软，不顾一切，包括她是否已被强暴或献身于人，勇猛地在她身上插遍我的旗帜涂满我的口号盖够我的私章。但是，正如鬼鬼祟祟地去，曹蔚回来时同样不愿被我发觉，远远的，我明明听见她穿行在山林间为壮胆而歌唱，感觉歌声渐行渐近时忽然就断了，约摸涉过我的视野，歌声又在另一头响起。我不知道她是怎么过去的，或许我的思想和感觉都休克了。

在一个雾蒙蒙的冬晨，我听到尖利的女声撕碎了我一夜的牵挂。整夜我都像狗一样支棱着耳朵半睁着眼睛守候范晶晶归来的声讯，所以那声呼号令我呼地蹿起。我在石桥那儿看到范晶晶与一条豺狗对峙着。豺狗挡住她的道，果然如乡间传说的那样笑眯眯的，范晶晶汲取农民祖祖

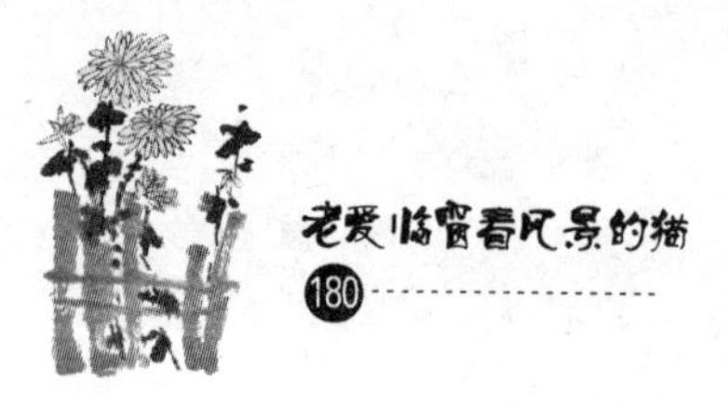

辈辈传下来的经验惊叫之后却没有逃跑，而是回报以艰涩的嘲笑。我对她喊道：你千万别跑，就这样跟它笑，我来想办法撵走它。范晶晶嘟哝着：你大喝一声不就成了吗？我问：这回铁路招工有多少指标？范晶晶说，挺多吧。我说，放屁。范晶晶说，我哪知道呀，听人传的。我又认为她是放屁，这声怒吼让夹在我们之间的豺狗吓了一跳。豺狗很不高兴地回头看看我，又朝她尴尬地一笑，然后优雅地告别。范晶晶赶紧过桥来，替我扣好敞着怀的棉袄，她的手她的声音她的眼神都在发抖。

能到你屋里等到天大亮再走吗？天蒙蒙亮出来就打算赶到你这儿歇歇脚的。她虚弱地问我。我知道她担心一大早回村被人撞见生疑，却故意装憨：怕那条豺狗跟着你？是得小心点，它也许会一直跟踪你，一辈子纠缠你，叫你甩不开撵不走打不死。

这恶狠狠的咒语在二十多年后居然不幸应验了。为此，我整夜整夜独坐在黑暗中追忆她的花容月貌，禁不住涕泪横流。

把她带到屋门口，我提出一个条件：你得把曹蔚的事告诉我。

那你先问，满意了，再放我进门。

问猪圈？问公社？我语塞了。沉默了好一会儿，我这样问：这回她能走吗？不知道。你能走吗？不知道。那你们一趟趟跑公社不成了瞎忙活吗？不知道。那把你知道的说说！

范晶晶浮肿的眼皮下闪烁的是挑战的光芒：那好，你听着，别自作多情，人家曹蔚心上有人，三天两头有信。全是甜言蜜语，美得她做梦都格格笑个不停。我在隔壁听得心痒。别被那把钥匙迷惑了，锁可以随时换，钥匙也可以再配的。

他是谁？不知道。信从哪里寄来的？不知道。我恼了：你整夜在公社忙什么也不知道吗？范晶晶给了我一个耳光，并贴着我火辣辣的脸轻声说：是的，我不知道。然后，消失在越来越浓的晨雾中。

那记耳光是她招工回城时送我的刻骨铭心的留念。几天后，范晶晶悄然失踪了，小队说她无故旷工，大队说她请了病假，公社神秘地挤巴眼睛。其实她神不知鬼不觉地成了火车站的服务员，为了提防曹蔚的竞争，她毫不声张，甚至连衣物家什都扔在乡下没带走。那些日子，我失魂落魄地围着曹蔚的村庄转悠，在我头顶上有一只伺机叼鸡的盘旋的鹰，我和它都是想进村又顾忌重重。在范晶晶失踪一周后，曹蔚终于证实了自己惶惶不安的判断，她也像没头苍蝇似的在环抱村子的群山间乱蹿。

我和她相遇在一座坟山上。正是油茶花盛开时节，满山是雪白和粉红。墓碑和花朵相依相偎。残香和衰草互敬互怜。我和她默默对视。那样的对视是非常深刻的进入，我们彼此都有无法忍受的痛感。于是我们仰头看那只鹰。它滑翔的姿态优美，但它的心情肯定糟透了。

我：范晶晶就这么走啦？她：这个指标本来是给我的！她的确定令我心寒。我：既然如此，你干吗不去找公社？她：再去受骗上当？我：那你争取明年吧。她：明年？明年在哪里呢？我不正漫山遍野地寻找着么？我：你不敢孤身上山的，现在这样你不怕么？她的目光扫荡着坟冢树丛，似乎流溢着一种迎接的渴望和热情，我心头一震。我：你成天这么疯疯癫癫地乱蹿你想干什么，你就这么一直疯癫下去吗？

那么，好吧，我告诉你。曹蔚摸摸我茂密的小胡子，还掐破了我脸上的一颗乳黄色的脓头，下一代的小青年称之为青春美丽豆。她在我脸上拭净沾着脓汁的玉指，说：我想碰到比人更凶猛的野兽。我情愿喂给它们，野猪豹子豺狗都行，常听说它们出现，很多时候我感觉它们就在我周围，总有一天我会被吃掉的，可如今都到哪儿去了呢？被你撵走了？

我清醒地意识到她所说的野兽也包括我。她通体热气蒸腾，飘散着撩人的香味，乡间形容男女之事的快乐程度都以吃肉打比，那么她就像最苦最累的“双抢”时节端上桌的一砵红烧肉令人垂涎欲滴，或者，她是为当地百姓所津津乐道的一锅熬得稀烂的泥鳅炖芋头，要不然，她就是村人眼里的熟掉蒂儿的大蜜瓜，正等着被人切开来。她把自己端上摆设得茶花盛开墓碑林立的巨大餐桌，她期待我的眼神和从前巴望我吃“姐妹灶”的眼神一模一样。我还是给你吧，这样他们就得不到我的处女宝了。她背诵着小说里的人物语言。那本名著我在初一时借她，至今有借无还，整个青春期我无数次玩味过这句话，我甚至还翻查了好几种字

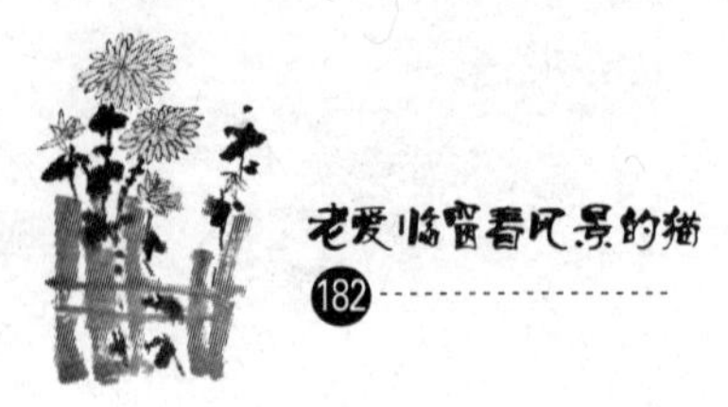

典企图找到对“处女宝”的解释，但所有字典均无此辞条，我便猜测它与相关辞条必有密切联系。在我惊愕得手足无措之际，她又复诵了一遍。可我并不是她期望撞见的某种野兽，我时时在脑子里搜寻那个常给她写信的人。那个让我手持钥匙却流离失所的人。那个神秘的模糊影像竟把眼前这活生生的人给淹没了。我说，看来那本书你是滚瓜烂熟倒背如流了。

此后没几天，曹蔚忽然走了，同样走得毫无动静。开始，我去她的村子，只见她喂的猪们嗷嗷叫着要跳槽，两天后队里另派了饲养员。那位胖大嫂似乎对这些猪怀有深仇大恨，老是用喂食的木瓢去砸猪脑袋，嘴里还不停地骂道婊子个崽一窝婊子屙的。由胖大嫂的表现我就知道曹蔚肯定走了。凭着那把钥匙，我进了她的故居，翻了她的抽屉，里面盛满了写有“内详”的信封。空的信封，邮戳表明寄自本埠，有些邮票留到现在可以卖个好价钱。仔细钻研笔迹，结果更让我犯惑，像邱老师的，也像曹蔚自己的，还像许多同学的，因为邱老师的字写得好，大家都学他。那天夜里，我没有走，就躺在她的床上，与她和范晶晶饲养的老鼠做伴，她俩的房间里各有一只饼干筒，肥硕的老鼠们整夜都在琢磨怎样打开它，弄得咣咣作响。这势必引来馋得发急的猫，有两只猫频频光顾窗台，却因它们每次都未能达成协议不得不兵戎相见而始终顾不得进屋。天亮出门时我发现昨夜围绕这幢女知青的空屋的图谋远远不止这些，比如，我挂在门外的铁锁不见了，喂猪的木瓢竟跑到了曹蔚的屋檐下，窗边的墙上有一泡新鲜的尿迹，它最高的刻度超过了我的身高，我经常想象那怒指蓝天的喷射。

也正是因为这一夜的体验，我依然珍藏着她的钥匙，尽管锁已失踪。那是铁路最后一次招工，听说她进了客运段。我屡次去找她，她都出乘去了。我在站台上曾几次遇见范晶晶，每回她都躲闪不及，只好冷冷地迎上来。然而，每次在我要问话的时候，都会出现一个光屁股的女孩子。就是那个因阿聪而失恋的杨州。范晶晶机智地先发制人：你看那个女疯子多漂亮啊！我一转头，范晶晶就溜进客流里。

恢复高考那年我进了省城的大学。别后再见曹蔚就是在入学途中，在她的车厢里。那一程，我们默默无语，我赶我的路，她干她的活，直到我下车，她才环顾左右悄悄拽我衣角，塞给我一把列车上通用的车门钥匙，她说以后来来回回的就乘这趟车吧，碰到我还可以省点路费。我问，听说你一上来就和火车司机结婚了？点头。听说你找了路局领导才进的客运段？点头。听说你和范晶晶完全互不搭理了？她上了车，关上了车门。

那把车门钥匙在她给我的钥匙中是最实用的一把，没有座位时凭它可以进入曹蔚的休息室或混到卧铺车厢去，想逃票可以从另一侧开门下车顺利出站，还有在车上大小便比较方便。为了这把钥匙，我大学四年放假开学都乘她的车。但在她那小小的包厢里，我们不提往事，任何的事和任何的人。她向我介绍她丈夫，一个一米八的大块头，有着蒸汽机车炉膛般的食量，爱打篮球，常跑鹰厦线，喜欢喝酒和抽烟，尤其喜欢做家务活，甚至会打毛线，这一优点几乎是她当即向媒人表态的动力。她还向我描绘了家庭生活的远景规划，第一步丈夫别跑车调机务段干什么都行，好料理家务，保证她高高兴兴出门去平平安安回家来，第二步生个女儿让她长得漂漂亮亮尤其要让她懂得爱情，第三步女儿大学毕业要留在大城市等父母退休给她带孩子去。

曹蔚说，我跑的这趟车一路有多少风景名胜呀，可我只去过一次，那一次真叫流连忘返，回头时竟漏乘了。那可不得了，段里把我从车队撤下来，在机关干了三个月的杂活，大会小会挨批。我们的青春岁月不也是这样吗？从来不曾驻足领略属于自己的风景，而风景转瞬流逝了。

我大学毕业参加工作后，仍常去合欢城，仍爱坐由合欢发出的那趟车，却再未有陪她一程的机会。因为生孩子，因为离婚，因为女儿不喜欢她终于撇下她跑到父亲身边去了，请产假请事假导致她的工作常常变动。丈夫和女儿都不喜欢她，与她的过去有关。她丈夫在离婚前曾给我写过一封信。

会打毛衣的火车司机说，同事说我有艳福，那么轻易就找了个漂亮的老婆，其实我心里有数。我可以不在乎，我能编织，我们应该忘记过去重新编织自己的生活。但她总在逃避什么，她非要跑车不可，就是为了逃避这个地方或者这个地方的人和事。她的固执已到了令人难以忍受的程度，所以请你告诉我一些她的事，比如她收藏了那么多当年的邮票是怎么回事，比如插队时她用的铁锁锈死了，钥匙也没了，她仍不肯扔，我们的冲突就是因此爆发的，这又是怎么回事，等等。还有比锁更可疑的吗？

这一发问让我为难，所以我没有回信。事实上即使我回信也会落在曹蔚手里，因为他等不得我回信就离婚了，并调往杭州。但他的信给我提供了一个信息，揣着那把钥匙我试图打开她从乡下找回来的锁。

但它的确锈死了。曹蔚干脆把我拒之门外。那天夜里正赶上寒潮入侵，虽有曹蔚窗口泄出来的一方灯光披在我身上，我仍无法支持。岁月风驰电掣。路边的风景风驰电掣。既然不曾停留，那么就永难回头。那些“内详”的信封中也许塞有我的初恋的全部玄机。我却读不到，猜不透。那字迹是邱老师的“邱体”，有许多同学学他，曹蔚也学他，我知道。

我常常猜疑学“邱体”的每个人。包括曹蔚自己。一陷入这个谜团，我就犯困，一迷瞪就睡着了。鼾声如雷。

昨夜有专列通过

简直像浊浪翻滚的湍流，一条狭窄、泥泞的简易公路在这儿与铁路相交，然后，继续垂直地向远郊延伸。铁路两侧，一对漆得黑白相间的栏杆傲然斜插在凛冽寒风中。这本是两根极普通的毛竹，在这里却成了道路的主宰，它们的起落决定着畅通与阻滞。

此刻，栏杆是否履行职责已经毫无意义，从道口看去，公路上既无车辆也无行人。建筑物林立的北面，除旧迎新的鞭炮声此伏彼起，而南面是一片静寂的灰蒙蒙的丘陵。

栏杆依然缓缓地落下来。

一方方灯光从手握信号旗的道口工脸上迅速掠过。和平常不同，他不是随便晃晃信号旗朝列车尾部的运转车长示意，他宽厚地笑着，而且笑容是慢慢稀释、消失的。今天是除夕。

列车拐过水塔镇守的那座红石岭，从岭后传来站台上的广播。他没有回到四尺见方的道口房里去，而是站在屋侧，拾起几乎要散开的竹扫帚，凝望车站那边。

在机车调头的三角线，在高高的煤台下面，无论酷暑严寒，机务折返段的几个家属总要堵住上下班经过她们身边的他，道个长短，开个玩笑，有几次曾骗下他的藤篮，换入一只盛满煤渣的饭盒，害得他不浅。要不是其中有人心疼，他会整天或整夜饿肚子。而他并不生气，他的报复只是在那几张干巴皱褶或肥得流油的脸上轻轻拧一把。

她们喜欢他。作为一个普通的道口工，他能为她们做的事情，不过是带去一些信息一些传闻。比如，某地的青辣椒已上市，列车员大包小包地提回来；某区间线路塌方，某趟车晚点两小时；还有，夜里有专列

通过……在发布这类新闻时，他的目光总是得意地在那个四十五岁的寡妇肚子上晃荡。

他真愿意让人换去饭盒。那样，她就会准时送饭来。今天他陶醉在令人兴奋的预感中。是啊，除夕之夜他要替班，她听说却不叹气不埋怨，一声不吭。那副神情！他回味着，揣摸着，离家前情不自禁地把呢制服上带路徽的铜扣子用汽油擦得铮亮，尽管制服旧得像麻袋，有两个纽扣是瘪的。点名以后，他特意从信号楼前挑了一担青山煤来。道口正用着的那堆煤太不好烧，烟大，味儿也特别呛人。

他把扫帚捆扎结实后，用铁锹把煤坑里的湿煤铲尽，和了一堆刚挑来的好煤，再换了一把小煤铲，准备进屋加煤。就在转动身子的一刹那间，他看见弯道上有个朦胧的身影，他熟悉那一撇一撇的步姿。是于副站长！

站长迎着寒风、踏着暮色来到这偏僻的道口，意味着什么？不用问，也不用想。刚才还是喜吟吟的眼睛混沌了，他脸上的肌肉微微地抽搐，手里的小煤铲重重地甩在地上。

但是，他略略一怔，马上抓起靠在墙上的铁锹，把掀在一边的烟大、呛人的湿煤全铲了起来。

顿时，屋里那疯狂的火苗窒息在厚厚实实的湿煤下面，只有坐在炉子上的水壶从尖嘴里冒出一线热气。

道口房陡然变得寒气袭人。他摘下挂在墙上的油渍麻花的棉大衣披上。

为了让因为调车不慎扭伤腰而临时派来看道口的小于赶九七次列车去丈母娘家过年，他主动放弃大休来替夜班，为了让当日班的老王头早些回家吃年夜饭，他又提前一个半小时来接班。可是此刻，他竟孩子气地干下如此不光明的勾当！

看来，今晚他必须离开岗位，为了无可奉告、不由分说的原因。

当于站长来到他身后大大咧咧地拍着他肩头时，他已经把信号灯、饭盒、钥匙串放进藤篮里。他把棉大衣扣得严严实实。

“老吴师傅，我家老大太不懂事啦，怎么能让你连着当第二个夜班呢？今天你大休，这个班我来代，我跟值班员说好了。”

他料到站长会这样撵人的。十年前，人家不也是撇着八字脚笑吟吟地闯进道口房的吗？

那个黑黢黢的夜晚，他沉着脸，一声不吭地扭头栽向门外，逃也似的踏着枕木狼狈而去。一路上他看见许多隐隐约约的影子，晃动在路基边的刺槐丛中，游移在弯道旁的红石岭上。他每天上下班都须穿过站台，可是那次路被截断了。喝住他的一个铁路公安是熟人，没找他的麻烦，指给他一条夹在荷塘之间的、曲曲弯弯地绕过车站的小路。他结结实实地滑了一跤，带着一身腥臭的淤泥徘徊在家门口。他没有勇气敲开门惊醒女儿，他怕精明要强的的女儿圆睁充满疑惑的眼睛盘根究底：病了么？出事了么？出事，在动荡不安的年代，当夜班的父亲在深更半夜离开岗位是一个多么恐怖的谜。面对女儿的追问，他的老脸将无处搁。他想不到能够糊弄女儿的托辞，只得拖着疲倦不堪的身子郁郁地转身。他花了两块钱买张火车票，得以进入候车室过夜。

但在候车室里也不得安宁。有一张并不陌生的面孔总是戏谑地在他眼前晃动。那双眼睛不断瞟他，火辣辣的，臊得他简直抬不起头。他俩天天见面，不过，那时他和她还不曾说话，仿佛自己的隐私被人揭露似的，他恼怒地扬起脸，狠狠地瞪她一眼。他知道，拾煤渣的也要当夜班，她一定也是被暂时撵开的，她不回家，因为马上有机车来清炉，她得去拾。可自己呢？于是，他掏出车票摆弄着，直到那女人离去。然而，在候车室门口她又回过头来向他淡淡一笑。像笑他笨拙，笑他自欺欺人。他恼怒了，狠狠地啐了一口……

很久以后，他才知道，那天夜晚有大人物乘坐的专列经过。他非常庆幸那趟高级列车安全通过他的道口，他的信号灯、饭盒当时顾不及带走，若出事，他还是脱不了干系的。

朝一个无辜的女人啐了一口，而这女人是她！他每每忆及，心里便隐隐作痛。她是个好女人呀！在候车室，她不喊他，不同他搭腔，要不，

他会更难堪。以后，他俩很热乎很亲密了，他也从不提及此事。除了她，谁肯舍弃这个笑柄？他恨候车室。今天更不能去了，那时他刚从电务段改行去看道口，车站上的人不认识他，现在就连顶职才三天的黄毛丫头也拿他的尊姓大名当歌唱……更不能回家！上班时，他可是游行示威般穿过铁路新村的。人问："刘副官，还没吃呀，落后喽！"他答："我去替班，替于站长的大公子！"路过老王头家门前，他还高喊道："王嫂饭好啦？别急，老王头就来！"现在回去，见人怎么交待？

暮色愈加浓重。他拎起藤篮，冷冷的目光扫视着仅有一套桌椅的小屋，最后停留在搁置电话机的墙洞里。一对战栗的眼皮终于狠狠挤了一下，他摸走了仅有的一盒火柴。寒冷的夜晚等待着他的站长。他瞅见站长从提包里掏出的东西中没有棉鞋，心里涌起报复的惬意。

他默默地离开了属于自己的岗位。他老了，步子再也不像从前那样急促有力。前方，远远近近、形形色色的灯光在戏弄他嘲笑他。只要他家灯一亮，屋前屋后的牌友们准会破门而入，不，不等他到家，火车司机丢下的那个女人就会用粘乎乎的笑把他贴在她家正对大路的门扇上。

不，她会来的。他晚饭吃得那么早，她不怕他饿着？而且，上班路经她家时，那双新棉鞋只要再等半小时就能穿，他不肯等，她不怕他冻着吗？她若不来，大概这世界上只有他俩各自一方，孤零零地守岁……他猛然掉转身子，怒冲冲地跑了几步。

到了站长面前，他却马上又变得蔫巴了："于站长，我不走行吗？反正你站长在……我想……"

"你这家伙怎么啦？找我有事？行，爽快点。"站长感觉到冷，跺着脚。

他倚在桌边，埋下头去，急盯住那双上下运动的元宝套鞋。

站长焦急地等着他开口。此刻，站长才发觉屋里的温度不对头，空气也不对头，充斥着浓烈的刺鼻的煤气，呛得人想打喷嚏又打不出。站长拎起水壶，把手贴近炉口。

"该死！这是谁封的？也不留个眼！"

他一惊，才到嗓门的话又跌进九曲十八弯的肚子里。

站长抓起火钳，用劲朝炉心捅下去，又是一声吼："乱弹琴！这叫埋死人！没救了。老吴，给我火柴，重发！"

他慌忙扭过脸去，打开抽屉胡乱翻腾了一下，其实，这是为了掩饰自己的窘态。突然，他鼓足勇气撒了个谎："没有啦，全用光啦，于站长，你穿得太单，熬上一夜会冻坏的！"

他左手悄悄插入裤袋，硬是把那剩有十几根火柴的盒子捏碎了。

"哼！老吴头，你捣什么鬼，存心冻死我？"

于站长真的发火了，挥着铁钳敲打炉子，要把它砸扁似的，溅起的煤灰星子落在他脸上。

他脸上的红潮慢慢消褪，不安的眼睛也趋于平静，并且闪烁着狡谲的光芒。而藏在裤袋里的手仍在蠕动。

"于站长，我吴正清四九年当兵南下，我的姓是口卡在天上，可我这人从不吹牛，你知道我当时给谁当通讯员吗？"

站长悻悻地挺直腰，没好气地回答："知道，连我那还在他娘肚子里的孙子都知道！"

"嘿嘿，知道就好。别看我过年刚满五十，我要闹病退，你敢不给百分之百的工资？"

"你想退休？"

"我是说我干铁路三十多年，除了心没掏出来，在澡堂子里浑身上下都让你看腻啦，对，我今天就是要卖弄卖弄小肚子上这块光荣疤，叫你别拿人当个球！"他拍拍曾被弹皮擦破皮的右下腹，气咻咻地说。

"唉，我知道你为女儿的事一直对我耿耿于怀。你的情况明摆着，需要照顾，但是，当时要求那批新工人统统支援新线，一个不留，招工时有言在先……你这家伙！老实告诉你，今晚上我要是冻病了，瞧吧，要求退休也好，要求调女儿回来也好，我都给你冻着！"站长企图用这亲近的威胁来了结他的宿怨，他心里想的却是另一码事。

他怎能点破呢？虽然他几乎忍不住要责问：凭什么不信任他！但这

实在难以出口，再说，专列来了，加强保卫也是正理。只是候车室的那一夜，整得人难受啊！

哼，冻着吧，看谁更耐冻！

他当仁不让地夺过椅子，一屁股坐下去，警觉地谛听着外面的动静。他得悄悄地堵住她，撵走她。然后，挨到九点一刻出发的慢车过去，那时从车站侧门出入的铁路员工少了，他可以大模大样地穿过煤台，在她家窗下干咳一声，哪怕不巧汽笛大作，她也会感觉他的到来。

能在她家过夜吗？幸福和恐惧同时猛烈地摇撼着他的心……他紧张地权衡着。

他拿定了主意。只有她身边是今夜的归宿，她毕竟和女儿不同，会体谅做人的难处……

“你这赖抱的老母鸡，赖在窝里不肯走？有话留着以后说。过年嘛，图个快活吉利！”

“我、我肚子痛！”

站长是爽快人，弄不清他葫芦里究竟卖的什么药，心一横，索性顾自看报纸。

下雨了。头顶上的雨声越来越清脆、越来越密集。刷刷的雨声中好像有轻微的脚步声。

他望望桌上的小闹钟，摸出一把大铁锁，佯作出门去锁栏杆。果然是她来了，她从那小窗口发现异常，提着网兜木然站在道心里。

他迎上去，一把抓住她肩头，回头望望道口房，用低沉而严厉的声音呵斥道：“你来干什么？回去！于站长在这里……”

“站长？他来干吗，检查吗？”

“他敢检查我？走！”他没轻没重地推了一把，她差点没一个趔趄仰头栽倒。

“你……怕什么，于站长每天从我门前过，哪次也忘不了叫我一声。”她停顿了一下，喃喃道，“我来陪陪你……今年比哪年都热闹，鞭炮放得叫人闷不住，这会儿，家家开电视机收录机，吵得人心烦。可你，在野地里守岁，连个说话的也没有。我只陪一会儿，不行吗？”

他眼里有些发潮：“知道吗？今晚……”他说不下去，连连摇头。

她明白了，惊讶地叫起来：“今晚又有专列过？噢，他又来顶你！”好一个“又”！如蜂螫，似虫咬，他被刺痛的心有些麻痹了。

只有她能理解他，体贴他。她轻轻地拽他。他感受到了被爱着、被信任的温暖，他领会了她的心意。何必呢？他不由自主地随着她艰难地向前挪动，艰难地！他毕竟不忍就这么离开！他像调车员提钩那样，咬紧牙关，干脆利落地挣脱这股强大的牵引力。

该死！她怎么敢笑，怎么会笑！千真万确，她在笑。他踩空了，脚落在枕木之间的石碴上，“哗啦”一声响。

她很敏感，立即停住，扭过头来辩解道：“我不是笑你，十年前，你买车票……可今天，我笑……今天。”

是啊，今天可不是十年前！忽然，他发现她的笑有思想，有力量。“好，就送你到这里！快回，雨下大啦。”他斩钉截铁地说。

她留下网兜，听话地去了……

站长当然不会觉察不到咫尺之内发生的事情，随着门外的脚步声，掩在报纸后面的脸刷地拱起来。站长要熊人！

“好个老吴头，你越活越年轻啦！真浪漫，真会挑地方。小青年也没想到谈恋爱还有一个这么好的场所，没人来打扰，又遮风挡雨，守着个炉子有吃有喝……”

他涨红了脸：“不，我叫她送鞋来。”

“对，只要脚不冷，就用不着烤火，也用不着吃饭！哼，把火弄灭，还叫肚子痛……你怨我破坏你们的约会是不是？”

如果任站长沿着这条线索追究下去，那么，他主动替小于的班便是动机不纯了。那他还是人吗？

他吼起来：“住口！哼，我可不管你是不是站长，你再冤枉人，我就敢把你轰出去！今晚我当班，这里我最大，我有这个权！”

本来批评他的那些话多少有些玩笑的成分，不料他气势汹汹口出狂

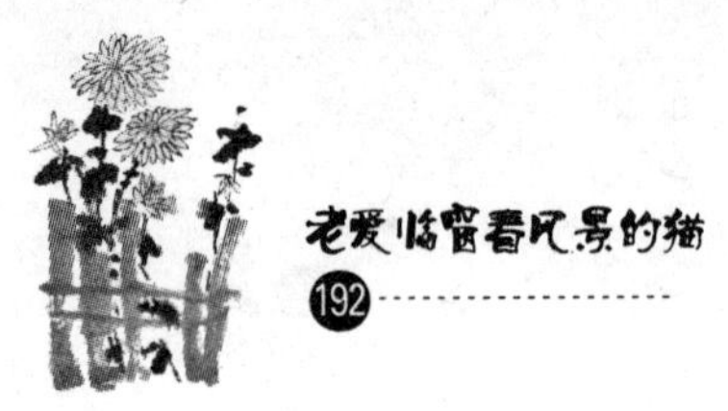

言，站长冷笑了："嗬，如今老虎屁股摸不得，小猫屁股也摸不得？""我是小猫？好，算你说对啦。如今小猫也威风。我不认你这站长，不领你站长的情，你走！我顶头上司是值班员，没有他的话，部长来也别想夺我的权！"

于站长又好气又好笑："我想夺你的权？你老吴头有什么权？"

他梗着脖子振振有词："当工人的权！你夺过一回。"

"莫名其妙！"

"不记得？官不大，忘性倒不小！"

"什么时候？"

"我不说！"

"随你的便。该批评我还是要批评，虽然你是老工人。好在她没过来闲聊，要不然，我非发通报扣奖金不可！"

"你真以为是我约她来，又嫌你搅了我们是不？我对你实说，不管那么多啦！见你来，故意封死炉子，让你冻着，这不假。一锹湿煤全填进去，还叫我给捣了个实实在在。你要重发，没火柴。假话！藏在我身上呢，瞧——"

他对着站长伸开巴掌。天哪，他把火柴盒捏成了碎屑不算，那火柴棍也被掐断了，磨秃了，连他自己也吃一惊！

他的声音立即软和了："为什么？你来就来吧，还非撵我不行。从前，什么样的首长我没见过？你们！哼！好好地当着班，专列来了，突然撤我，叫我怎么见……上次你撵我在候车室呆了一宿！"

"哦……"

"这几年老叫人向前看，我想想是这理，那是什么时候！我受这点委屈又算什么，不值得叫你给我平反。可今天，我憋得慌！"

于站长恍然大悟："老吴头呀老吴头，今天你把我的好心当成驴肝肺啦。让你好好过个年嘛，昨天下午你不睡觉，在那女人家热乎，帮她炒花生，对不，我闻到香啦。今天你替的要不是我儿子，我还想不到这一层呢。"

“留着这话哄你孙子！你真有这份好心，现在至少当分局长啦。”

这话，太刻薄。于站长眼睛骨碌骨碌地转了一阵。人家到底还是有涵养的，没有拍桌子骂娘，只是咬牙切齿地说：“你真损！你以为又有专列？昨天半夜里，有趟专列不是从你眼皮底下过去的吗？”

昨天？这是真的吗？有一阵子，他趴在桌子上睡熟了，列车隆隆驶过，惊醒了他，他以为是春运期间没点的加班车，揉揉惺忪的眼睛，变换姿势又昏昏睡去。

“真的？”

这样的疑问不屑于回答，站长只盯着他。

他激动地上前抓住于站长的臂膀，憨厚的嘴唇哆嗦着，想坦白，想认罚，但他表达不出掺和着欣喜、感激、歉疚的复杂心情，他攥住了于站长冰凉的手。

突然，他推开站长，扒下自己身上的棉大衣，出去把刚才放在水缸盖上的网兜拎回来，掏出棉鞋递过：“这泥地让你跺得尽是坑。”

接着，他忙碌起来，清炉子，架柴火，找来一团油棉纱。可是秃头的火柴无能为力，不能给他一点安慰。他无可奈何地扔掉了一块鸡眼大的磷片。

见站长突然咳嗽起来，他一边搓手，一边暗暗地骂站长娇气。站长不再推辞，披上他的大衣，接过他的伞，然后，意味深长地拍拍他的肩头。

他目送于站长消逝在黑暗中。

他的心欢快地跳着，这会儿，他希望有人分享他的幸福。他想到了煤台，那在三角线拾煤渣的女人们。他的一双脚蹬进了暖乎乎的新棉鞋里，同时，他陷于深深的懊恼中。唉，睡得那么死，过去的不是一个人，是一趟车，他不禁要怪罪女人了。昨天，她没有堵住门撵他走，却留他干了一整天活，打扫卫生，炒花生炒豆，平常他当夜班非睡半天不可。唉，这女人！

怨归怨，当她重新出现在道口房时，他大喜过望地一把拉住她，把

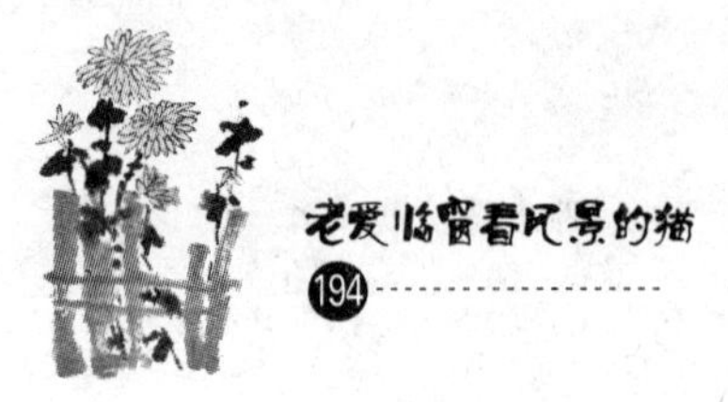

她按在唯一的这把椅子上。

她是送火柴来的。不用问，是于站长支派的。这意义决不仅仅在于不让自己挨冻。

他接过火柴，蹲下身去点着油棉纱。他在斟酌这条新闻能不能张扬。专列通过，毕竟是件保密的事情，那些女人往煤台边一凑，好事丑事、大事小事都当戏唱，一张张嘴就像蒸汽机车，没法子不冒烟。

屋里弥漫着熏人的柴烟，火舌突突地往上蹿。平常，他好在人前、在她眼前表现自己，可这会儿，他倒一本正经了。不过，他一定要告诉她，要不，他的心也会像这火炉，不得安静。

倒是她先开口了："刚才电视新闻播了，大领导到我们省里，和群众一块过年……我猜，准是昨天夜里你当班的时候过去的……"

他神秘而自豪地眯缝眼睛，欣赏着她的笑脸。只有她才会把那专列和道口、把昨天和今天联系起来啊！他顾不得去洗手，用手背碰碰她，示意她站起来。他醉了般地靠在椅子上。

"来，我告诉你……"声音充满柔情。

她羞答答地望望门外，噘嘴捶他一拳，到底还是坐在了他腿上。

他凑近她的脸，似乎要咬耳朵。"你猜对啦……"他的话戛然而止，接着，在她羞红的松软的脸上"啪"地亲了一下。

真带响。

他俩惊愕地分开，随即，相视而笑。

二减一等于零吗

又下雪了。

一只只扑朔迷离的白粉蝶撞着窗户，有的栖在玻璃上，有的掉落在窗台上。北风像个醉汉跌跌撞撞地扑来，一幅和谐的画面被破坏了，纷纷扬扬的雪花乱了阵脚，它们被卷进疯狂的旋涡中。窗下，一条泥泞的浊黄的大路上，斑斑点点，像薄薄地撒了一层梨花瓣，慢慢地，整个路面都被雪覆盖得严严实实。路上一个调车员模样的年轻人弯腰拾走了遗弃在路边的防滑用的草鞋。

北风沉静下来，雪花儿也变得肃穆庄重。一朵朵白花落在弯得几乎成了一个圆圈的小桉树上，做成了一只素洁的花圈。

我打开窗户，一点也不觉得冷，因为气温高于我的体温。我的心是冰凉、冰凉的。

几朵雪花像一瓣瓣纸屑落在我胸前。我凝视着，竟在上面发现了一个个铅字——这分明是撕碎的电影票啊！

“雪晴，今天我大休，正巧晚上铁路礼堂放映美国片子《蝴蝶梦》，一大早我就去排队买了两张电影票，想请你一块去……”陈烨进屋后，我就发现他神情不定，像有什么事情，犹豫了老半天，原来是为了这个！他腼腼腆腆地把一张票递到我面前。有这样请女朋友的吗？真笨！舒乐比他聪明得多。舒乐把两张票在我眼前晃了一下，然后，小心翼翼地放进皮夹子里，说：“雪晴，我七点钟来邀你，好吗？”

一接触到陈烨诚挚的目光，我慌了，连忙低下头：“不！我不爱看……”

“我也难得去看电影，每次想看，总、总来请你，可是你从来没有答

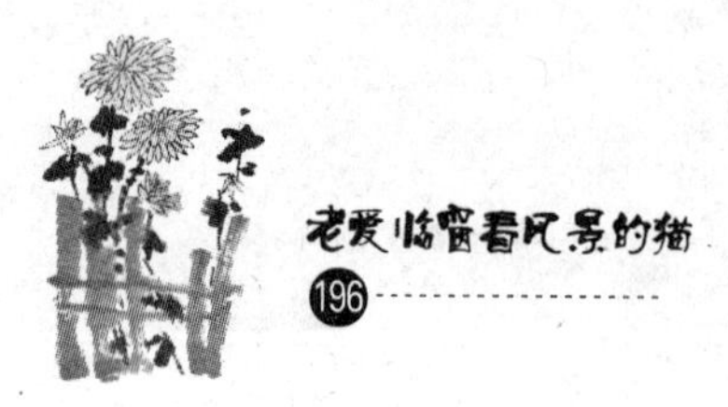

应过……”我当然知道他的邀请意味着什么，可是，我该怎样回答他呢？我只能像对舒乐一样对待他——摇头。

“雪晴，我半年多没有大休过，今天你一定得答应我！”别以为他在强横地逼迫我，他的口气是温和的，温和中又蕴有几分伤感。我感觉出来了。

我盯住他失望地回缩的手，真想点点头。可是我不能违反我的中立政策。

他踏着雪走了，雪地上留下一行浅浅的脚印。很快雪花掩埋了它。他留下的脚印再也不会显现出来了。

窗前的小桉树，就是献给他的花圈。看见它，我只觉得鼻子发酸，视线模糊，眼前的雪花变成彩色的蝴蝶，翩翩起舞，花圈变成了斑斓的花环。

春天，在密密的马尾松林里，当一只花环向我递来时，我是多么惊慌呀。假如舒乐像往常一样调皮地向我投来，我一定会伸着脖子去接的，而且我还要好好地欣赏他的手艺。队里派他巡山，他喜欢采些花花朵朵，编成花环送给社员的孩子们，可是那次他显得很激动，从他那痴痴的眼神里我看出来了。我不敢接。他闷闷不乐地扯碎了它。一朵朵栀子花、菜花，还有一些不知名的野花，懊丧地飘落在我们脚下的草地上。他两天没有理我。但是，我并没有让他完全失望，我又在他心中点燃了希望之火。那是在秋天，我以不偏不倚的态度同样拒绝了一条金贵的“项链”。说它金贵，因为我敢断定那是一个淳厚朴实的小伙子的爱。但它并非琥珀玛瑙，而是用黄澄澄、红彤彤、还有青绿色的山毛楂贯串起来的。

那天，我们在山坡上采油茶籽，陈烨突然出现在我面前：“雪晴，我找你好久，你怎么一个人躲在这里摘？”我感到诧异，在我的记忆中他似乎从来没有主动接近和他年龄相仿的女性，连我这个和他同吃一锅饭的战友也不例外，今天怎么啦？

他头埋在宽阔的胸前，从衣袋里掏出一串山毛楂：“今天轮到我巡山，顺手摘了一些这个，你看。”

“真漂亮!”我高兴地捧在手上，看了一会儿，又学着孩子们的样，把它挂在脖子上。真不敢相信，他那憨厚的嘴唇也有放肆的时候，“雪晴，这回招工，看来我们三个人都有希望，将来人各东西，怕我们……雪晴，我知道你跟舒乐……可是……”

天哪，想不到他这个沉默寡言的人也揣着个小心眼！你的眼睛瞪着我们俩，你的心怎么不测度测度我对你的感情呢？哪头长？哪头短？他的话太不公平！大概这就叫嫉妒吧？其实，对他，对舒乐，我都一样。

我既含羞又含屈，白了他一眼：“瞎说!”看见他那副不自在的样子，我心里挺不舒服。“其实我对你印象也蛮好……”我说。

他像是受到鼓舞，胆大起来：“雪晴，以后不管到哪里，我永远不会忘记你……”他的意思还不清楚吗？他把那一串山毛楂当做一条金光闪闪的项链！我怎么能够接受？我支开他。他满脸羞涩地钻进密密的油茶林里，而我自己呢？则陷入深深的懊悔中……

命运之神啊，我感谢你把我安排在这个有着两位兄长的知识青年之家里，使一个娇嫩的幼稚的女孩子在陌生而偏僻的山村里也找到了慰藉和欢乐，他们充实了我的孤独而空虚的生活，给了我生活的力量和勇气。然而我又要怨恨你，为什么在离开农村后又把我们三个人分配在同一个单位？为什么让他们来左右我的爱情，把一颗少女的心分成两半？

不，我自己是命运的主人，我不应该放弃主人的权利，我有权来选择我的爱……可是我不忍心看着朋友变成仇敌。舒乐不睬我的那两天，我心里难受极了。那天，队长临时叫他去放牛，他呀，竟抱着手风琴对牛拉琴，这不是故意做给我看吗？舒乐毕竟是舒乐，两天后，他脸上就放晴了，晴空朗朗，连一丝云也没有。陈烨则不同，他像个自尊心很强而又偶然做了件错事的孩子，在我面前愈加拘谨。不知怎么的，在这个“家”里，我老是怀着负罪的心理，本来他们为柴米油盐发生口角，是不足为奇的。可是，打那起，我老是把责任归咎于自己。甚至对舒乐的每声笑，我都要用心揣摸，恐怕其中另有意味。我神经过敏了吗？我并不愿意去伤害两颗受过伤的心灵。要知道，他俩尚未成年，便失去了爱。

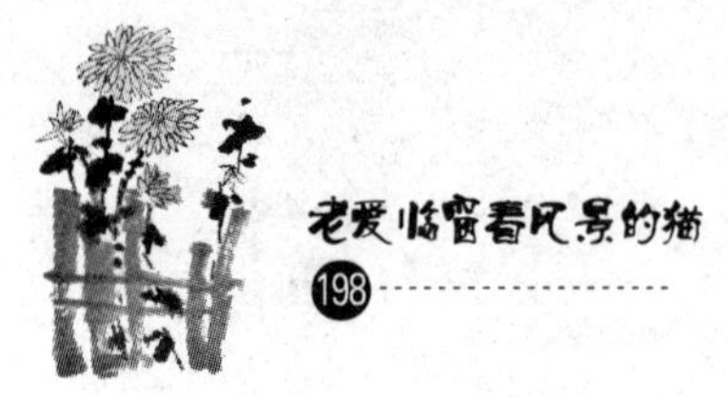

舒乐的父母是铁路中学的教师，清理阶级队伍时，因为海外关系被当做“特嫌分子”给刷到采石场去了。陈烨是个孤儿，听说他父亲，一个退休老工人，是叫武斗的流弹打死的。共同的遭遇，使他俩成了一家，成了兄弟。我来干什么呀？来砸锅？来拆伙？好在我没有一边倒，要不然，谁知道这个家会不会瓦解！我们一家总算革命到底了，可我仍然不敢行使我的权力，我不能给别人制造仇恨和痛苦，我怎么办呢？

现在，在爱的夹缝里生活的日子结束了，窗外那只雪花做成的花圈就是一个不规则的大大的句号。

是的，我不满这个结局，这个结局太悲惨。岂止不满，我恨！恨谁？恨我自己。假如我答应他的邀请，收下他送来的电影票，也许，我就不会永远看不见他的身影了！

我对他太冷酷了么？不，我不承认！

“雪晴，你何苦不承认嘛？一定是他请你的票！”国庆之夜，我第一次答应舒乐，同他去看了一场省歌舞团的演出。散场出来，他被一个朋友叫住了。我却在路过街心花园时碰见陈烨，他大概看见我和舒乐在一起，似乎带着妒意这样问。

其实，我本来并不想瞒他，瞒不住，也没有瞒的必要。可是，我总叫他失望，心里很不是滋味，不由自主地摇摇头。

“我知道，你心里的跷跷板向他那头倾斜了，现在他条件比我好。”

这时，我感到一阵难以忍受的羞辱。是的，现在舒乐家里条件好了，这样的家庭正是许多姑娘追求的目标。难道我也被那令人眼热的“舶来品”迷惑了吗？我不承认！我不是那号人！可此时此地，哪能向他解释！

我该怎样为自己的轻率反悔呀？陈烨的话螫伤了我的心：“雪晴，假如我不值得你爱，你吭一声，我就走开！”这时，我发现他的声音虽然凄凉，但目光是诚实的。一个大雪封山的冬天，我患重感冒，为了叫医生，他失足滑进水塘里，拖着湿淋淋的身子跑了十多里路，回来时，一身的冰凌。他守在我的病床前，闪动的目光，也是这般诚实。

我不怀疑，他把全部的热情都给了我，可是我不能不把我的热情匀出一半来给另外一个人。假如没有他，我的嗓子再也不会唱歌了，没有歌声的生活对姑娘家来说，该有多么枯燥。我们的自留地是陈烨的乐园，每天一收工他就泡在那里。我们的小厨房呢，则是舒乐的乐池、我的舞台。陈烨只知道管叫自留地不荒，不长草，他不知道我的声带也会长草。当然，要不是陈烨分工让我和舒乐做饭，我们也会过意不去的。舒乐的手风琴把我引向一个幻想的境界，琴声和歌声成了两颗心灵的信使，但是我并没有陶醉，我是清醒的，即使唱得心旷神怡，我也忘不了倚在门边望望陈烨脚下那片现实的土地。

对了，我要推翻我的口供，我心上的跷跷板一直是平衡的，我答应舒乐的邀请，最主要的原因是为了看这场演出。假如你陈烨请我，我也会去，你怎么不知道我的喜好呢?

句号。大大的句号。无情的句号。

它一点也不肯照顾我的情绪，它是故意竖在我面前，谴责我！不，世界上没有这么大的句号，这是一个“○”吧？是象征我的爱情等于“○”，还是标明我对他的态度保持在冰点——摄氏零度呢?

倘若它是温度计上的数字，我不能容忍。要知道，陈烨收起电影票走后，整整一天我都是在火烧火燎中度过的，到傍晚，我的感情达到沸点。

吃晚饭时，妈妈对爸爸说：“当班人手又不够了吧？今天你们好多调车员跑到医务所来要病假，这些小青年呀，没办法，缠得我们这些当医生的脱不了身。”

爸爸摇摇头，叹了一口气：“唉，天气恶劣，干我们这一行的危险性大，再加上头两天出了个事故，把这个月的奖金给砸了，所以就该你们医生吃香啦。我这个派班主任碰到这个时候是最苦的，今天夜班缺好几个人，陈烨本来大休班，也叫我给抓住啦……”

妈妈一惊：“什么？你派了陈烨的班？你呀，光欺负老实人！人家感冒，上午还来打过针。”

爸爸撂下筷子：“他不说，我怎么知道?”

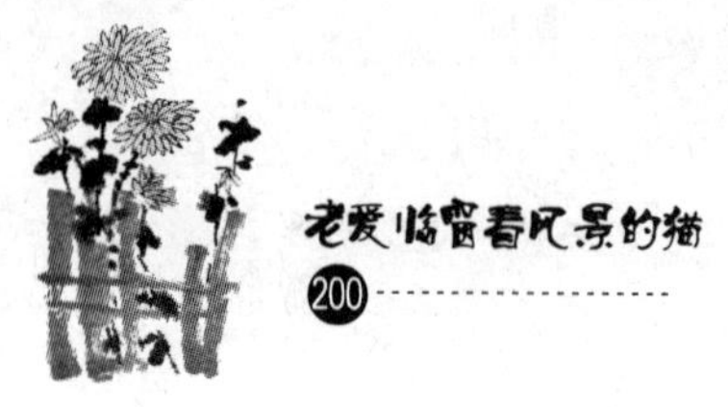

听妈妈这么一说，我心里很急。他们调车员跟着溜放车跳上跳下，冰天雪地的，多危险！他呀，也不掂量掂量就答应。我迟疑着对爸爸说："爸，你另外派个人嘛。"

爸爸双手一摊："还差一小时交接班，到哪里去叫人？当夜班，要早通知人家做准备，要睡觉！"

妈妈知道我的心思，我也知道妈妈是亲陈派，爸爸是亲舒派。爸爸嫌陈烨太老实，现在这号人吃不开，说舒乐聪明能干，虽然也是个调车员，但人家有发展前途。要是妈妈和爸爸意见一致，我也不至于这样优柔寡断。妈妈故作生气地冲着爸爸吆喝起来："老头子，你去，去顶他！"爸爸没吭声，不做声就是默许。妈妈转而对我说："雪晴，你去告诉陈烨。"我就等着这句话，扔下饭碗，一溜烟似的出了门，连伞也没带。

冰凉的雪花，竟飘入我嘴里，甜丝丝的。

妈妈喊住我，递来一把伞。她微笑着，她的笑不是无缘无故的。"雪晴，你跟他怎么讲？他会听你的？"我自有把握，但我不能回答妈妈。

妈妈掏出两张票："喏，你们去吧！"她看我执意不接，恼了，"死丫头！你还小？人家对你一个心眼，你呢，老是三心二意……"真烦！我听够了，她一说到这个题就絮絮叨叨地没个完。

妈妈真被我惹生气了，把票往我口袋里一塞："那你弯一步路，把票退掉！"

路面冻得硬邦邦的，铺一层雪马上又被行人踩实，一路上，我滑了好几跤，晦气！

来到车站单身宿舍，我后悔起来。陈烨和舒乐在同一间寝室里，要是舒乐在里面，怎么办？嗨，我真冒失，刚才怎么没有想到这一层？幸好，正在我犹豫不决的时候，陈烨他们那个房间的门开了。

他歪戴着一顶蓝色工作帽，手臂上搭着一件油渍斑斑的旧棉袄，腰间扎着宽宽的军用皮带，像打了一道箍似的，脚上的中筒套鞋还套着一双草鞋——他要去接班了。

我收起伞，等着他开口，可是他冷冷地瞄我一眼，一扭头，迈开步子。我喊一声，追上前去，问："你去加班？"

他毫无表情地点点头，接着说："你找他？他正在等你。"

"我才不管他呢！陈烨，你感冒啦就别充好汉，我爸爸叫我来告诉你，别去顶班，他去。"

"用不着。反正我没事，闲得无聊……"我觉得话里有话，别人不可捉摸，只有我能领会。

宿舍里，手风琴响起来。我不知道舒乐拉的是什么调子，那琴声是愤懑的、焦躁的。不，这是干扰台发射的干扰波！

"雪晴，我们不能再这样下去了，这些天我很痛苦，这一切都是我造成的。你们志趣相同，性格相近，而我，我、我不配！我不该搅进来……说起来，你们都是我的亲人……"他眼皮眨巴着，把脸撇向一边，"你去吧，我要走啦。"

他的痛苦，不，他们的痛苦，是我造成的！为什么我播下善良的愿望，收获的却是苦果呢？他那噙着泪的诚实的眼睛叫我受惊了。

"不，我不让你走！"当时，我真想哭。

沉默了一会儿，我鼓动自己端出刚刚萌生的念头："我们去看电影吧！"

他脸上骤然起了变化，但是一刹那间又复原了："他正在等你，你不是同他约好了吗？"

"没有，没有。"我急忙分辩，"谁说的？"

"他自己。"

"他骗你的！他怎么讲？"我问。

陈烨相信了我的话，苦笑着说："我们吵架啦，也许是他故意气我的。"

"吵架？"

"我把刚才对你说的那个意思告诉他，他误会啦，以为我有意刺他，所以就……"

从舒乐口中我了解到，现在他俩住在一起，表面上反而比以前在农

村时更和睦，但我懂得，对他俩来说，这并非正常现象。他俩都在克制自己，压抑着感情。如今吵架还不是因为我吗？这时我才感到我自己的可怕！我为什么怂恿自己的感情去破坏他俩之间的友谊？我为什么在折磨自己的时候还要折磨另外两个人？这颗心受到指控怦怦地猛跳起来。为了让它镇定下来，我轻声对他说："我们走吧，时间差不多啦。"

时间大概凝固了，不然，他怎么会让我等那么久才作出反应呢？"雪晴，你是真心实意的？"

我羞赧地低下头。

他不安了，不停地搓手："可是，可是票已经退了……"

我连忙从口袋里掏出票："今天，我请你！"

他那张大脸涨得通红通红，一双无邪的眼睛盯住我不放，闪烁着真诚的光芒。我第一次发现，藏在我心中的以往他的塑像是一件不成功的作品，因为我在塑造它时，没有揭示他的全部的美，内心的和外在的。难道是另一个标致的模特儿分散了我的注意力？

可是他呀，一点也不理解我此时的心情，他吞吞吐吐地喊我好几声："雪晴……雪晴……"这声音撩得我心头甜甜的、痒痒的，谁知道他却固执着要去上班，"雪晴，电影明天再看，好吗？"

我噘起嘴唇，瞪着他："不行，你有病！"

他满脸堆笑，几乎在哀求我："雪晴，我打了针，吃了药，睡了一下午，已经好啦。既然答应去，就不能变卦，一个萝卜顶一个坑……"

"我不是说了吗？爸爸顶你，他自己说的！"

"不行，他忙了一天，年纪又大，吃不消。越是困难的时候，我们年轻人越要争着干，你说是吧？明天晚上我保证……"

我还有什么好说！我觉得自己似乎已经不存在——被他那诚实而炽热的目光熔化了。

我默默撕碎电影票，纸屑伴着零零星星的雪花随风热烈地旋转着，又安静地落在地上。

他震惊了，竟毫不顾忌地一把抓住我的肩头："雪晴，你……你生气啦?”

我歪着头，半边脸紧贴着他那搓得热乎乎的手：“你不看，我也不看，也不让别人看，让那两个座位空着留着……”

风掠起地上的纸屑，紧紧地追赶他越来越模糊的身影。雪下大了。

雪花啊雪花，不要扑落那些奋飞的翅膀吧！雪花啊雪花，告诉他，有颗心朝他飞去……

咔嚓，咔嚓，脚步声远了，远了。

咔——嚓，咔——嚓，脚步声近了，近了。这是舒乐。他狠狠瞪我一眼。狠狠地，我看得真切。但愿他不要开口，但愿！我的心乱极了，我需要安静，这颗不驯的心！

他到底没有开口。终于，他挪动身子，踩着陈烨的脚印走了，越走越快。

顿时，我的心被揪起来，我不知道会发生什么事情。一趟列车迎着凌厉的寒风进站，隆隆地，脚下的大地在微微发颤。

不一会儿，舒乐返回来，他拦住我：“你放心，我不是找他吵架，我是去替他上班……”他又轻轻地说了一声，“他说气候恶劣，危险性大，硬不让我去……”就着从调车场投来的灯光，我看见他脸上露出对朋友钦佩的神色。当我明白过来时，他已经消失在黑影里。

这是泪，还是融化的雪花？这是冰凌，还是凝固的泪？

泪，从我的眼里溢出来，又从脸颊流向嘴角，有的被舌头拭去，有的滴在前胸，滴在窗台上。

0。二减一剩下一，再减一等于0。

二减一，多么简单的算术，可是，陈烨他不知道我耗费了多少心力，更不知道在他去加班的那天晚上，有一双干涩的眼睛通宵未合，有一颗心彻夜不眠，在搜索最美好的语言作为回赠给他的礼品。

整整一夜，我想着他，等着他。早晨，我像疯了似的朝他扑去，我用潮湿的、咸味的声音呼喊，推开每个企图阻拦我的人，我要把我专心锤炼了一宿的应允告诉他：我这颗心是属于他的王国，决不会再分裂出

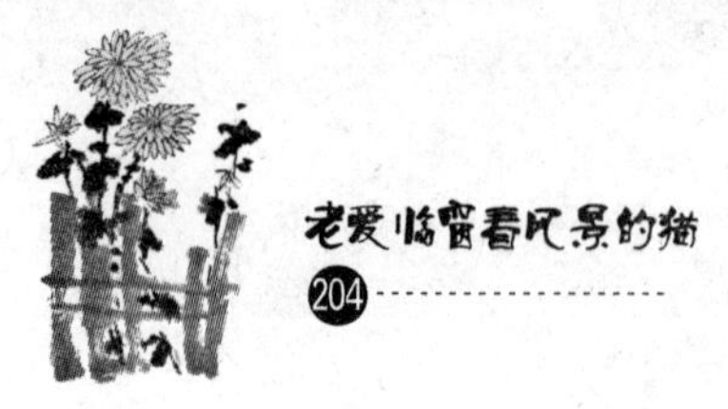

半壁河山同他对峙，对这片国土上的每一朵鲜花、每一只小鸟，甚至每一枚石子，他都有至高无上的权利！

可是，他听不见。他头上厚厚地缠着纱布，肿得吓人的脸上苍白如纸——为了避免一场撞车事故，他的血全洒在路基上……

这场罪孽的大雪。

0。二减一等于0。

也许，为了向这个否定一切的“0”挑战，舒乐来了，他从窗外小桉树弯成的圆圈里伸出脑袋。他在看我，我望见了他红肿的双眼，我闭上眼睛。很久，很久。

等我睁开眼，他没影了，花圈也没了。那位臂佩黑纱，垂着头，抬着花圈的小伙子不就是他吗？这是留在我记忆中的在那天追悼会上摄下的一个镜头。陈烨出事后，他一直没来找我，我相信，他也沉浸在极度的悲恸中。

窗外那只雪花扎成的花圈哪里去了？是一个圆脸男孩小心翼翼抖落积雪，扶起那棵小树的吗？

圆脸男孩在雪地里忙着。他扛来一根毛竹，栽在树边作支撑。他似乎还不放心，抱来一团草绳，密密匝匝地把它们紧紧缚在一起。雪地里，小桉树又挺直了腰身……这不是一个竖写的一字吗？是他，披着风雪在指挥车辆的调度，他永远守在自己的岗位上。我低下头来，仿佛看见山毛楂串成的项链，仍然挂在我的胸前……

窗外依然是银白的世界。绿色的小桉树，在银装素裹的世界里是那样醒目……

绿叶红花

同人妖合过影的夏荷香从新马泰回来了。夏荷香一到家就忙不迭地分发礼物。女儿得到的是一大堆洋食品，女孩子嘴馋，对付嘴却是省心。给丈夫的礼物就不好选了，她总是拿不定主意，最后在同伴中搞了一次民意测验，问他们最喜欢从妻子或女朋友那儿得到什么礼物，他们相视而笑，异口同声回答说是皮带。也是眼花缭乱了，她最后决定选择正宗的牛皮带。

周文彬接过皮带，竟然脸红了，说：你上了人家的当，什么样的皮带对于我都是经久耐用的，再说，东南亚的水牛未必比中国南方的水牛优秀吧？

妻子会意地瞟了他一眼，妩媚的眼神里还流露出几分自豪。丈夫在地区文化局当办公室主任，文化局管着歌舞团，他们仍住着的文化局宿舍就建在歌舞团的地盘上。歌舞团有个叫许沿的女演员早在十年前就大言不惭地宣称要把全局男人玩遍，不承想周主任倒是久攻不下的堡垒，周文彬让她的预言破产了。

周文彬向妻子描述过那次战斗的情景。那时，妻子在郊区当乡党委书记。妻子的名字很土，年轻美貌的许沿正是以这名字为突破口。许沿说她很难想象全区文化系统公认的秀才怎么会娶村姑为妻，全区男人则一致认为许沿的美既得东方女性之神韵又似西方女性那么富有个性，才子爱美人，才子当风流。于是许沿采取简捷实用的战术，就是绿茵场上长传冲吊的打法。周文彬惊恐地退守到客厅的某个角落，情急生智，抱起电话机威胁道：你再往前一步我就喊人啦！许沿乐了，许沿说我们两个角色颠倒了吧，再说我怕谁？两人对峙一阵后，许沿动了恻隐之心。

她决定罢休时，还是充满挑战性地给了他一个写真镜头。

夏荷香没有全信。男人在这种事情上爱吹牛，她领教过想入非非的男人不负责任地吹牛给她带来的麻烦，但她相信这个故事的基本事实。以基本史实为框架，以虚构的细节为血肉编戏著书，是丈夫的专业特长。无论如何，这样的故事令她心情愉快。正宗的进口牛皮带能唤醒丈夫的光荣感又寄寓着警策之意，这真是意外的收获，值。

夏荷香喜滋滋地掏出几个鼓鼓囊囊的大纸袋呼啦啦地往沙发上一倒，全是照片，是她用傻瓜机拍的。她吆喝女儿出来一道欣赏，女儿却不肯，这会儿有动画片。马上就是高中生啦还看那个！她吼了一句，忽然想起什么，把背交给了周文彬。

周文彬帮她卸掉了勒进肉里的武装带，双手顺便对她拥有的两座城堡作了短暂的工作访问。夏荷香从照片堆里顺手拿了几张交给他：你看泰国姑娘漂不漂亮。

什么泰国姑娘！蒙我呀！人妖。这种恶心玩意你怎么拍这么多？

这只相机我用不来，它有连拍功能。我觉得没拍几下，就换了好几个胶卷，洗出来这么多。机子里还有胶卷，差几张没拍完，我给你拍掉好拿去冲。

没等周文彬回过神来，他就混进保存在相机里的那些人妖中了。

夏荷香夺过丈夫手中的照片：明明知道是人妖还这么瞪着看，像饿狼！

他果然像狼一样扑上去。夏荷香挣脱他并再冲女儿房间大吼：该做作业啦，关电视！对啦，月考成绩怎样呀，把试卷和作业给我检查！

电视关了，女儿出来了，但女儿手里拎的不是书包是洋食品，即将参加中考的女儿嫌家里太吵，这个学期一直吃住在外婆那儿，显然今晚也不例外，她要走。她得意地报告了月考的各科成绩，临出门丢下一句带刺的话：妈，你们当官的除了检查还会干吗？这回好，检查到了外国。我们的作业你又不懂，老爱装腔作势地检查！

夏荷香迁怒于丈夫，抡了他一拳，说是他惯坏了女儿。周文彬反击道：是你自讨没趣，既然管不了就别管嘛。周文彬说这话的口吻极像办公室主任，像为领导班子矛盾重重而大伤脑筋的办公室主任。

妻子白了他一眼：那好，全交你管。对啦，还有你，临走前我给你布置的作业完成得怎样？

妻子给周文彬布置的作业其实是一项艰巨的工程，当年他在大学从选题、搜集资料到最后脱稿足足用了三年时间才完成类似项目。而现在妻子给他的期限是两个月。这次作业与以往无数次作业相比，最大好处是充分尊重了他的人格、知识和才华，给他的思想以无羁无绊的广阔空间，他完全可以利用自己的学识水平，最大限度地发挥创造精神和批评精神，比如，选题范围就非常宽泛，作品分析、作家研究，对文艺理论、文艺思潮乃至种种文艺现象的论述均可以，而且不管古今中外，无论传统先锋，唯一的要求就是自圆其说。当然，还得卷面整洁，卷面整洁是所有作业都必须达到的卫生标准。妻子在争取一张大学本科的文凭，其他课程都顺利过关了只差这篇毕业论文。

周文彬自信能够帮助妻子自圆其说。当年他专攻汤显祖，历时三年写成的那篇毕业论文就曾在校报上隆重推出。所以，他骄傲地回答：还有时间嘛，急什么！

还没动手？天哪，这个月你在忙什么？

你走了，家里好不容易清静些，我抓紧时间享受清静。

好哇，你们大概都盼着飞机失事，那样才清静呢。告诉你，在天上真的闹了一场虚惊呢。文彬，你省点事好不好？一开始我就说把你那篇论文翻出来抄一遍交卷了事，找别人的文章也行，反正好多人都是这么干的。

周文彬正色道：你们还要答辩，我得写你熟悉的作家作品，不然你会出洋相的，你懂汤显祖？再说，那是侵权，我会请你在法庭上见。

夏荷香使了个媚眼：你敢！

周文彬毫不示弱，梗着脖子还击：一旦对我造成精神伤害，我就敢！

她一怔。但是，她很快就调出温柔贤惠的表情，果决地用双手端起

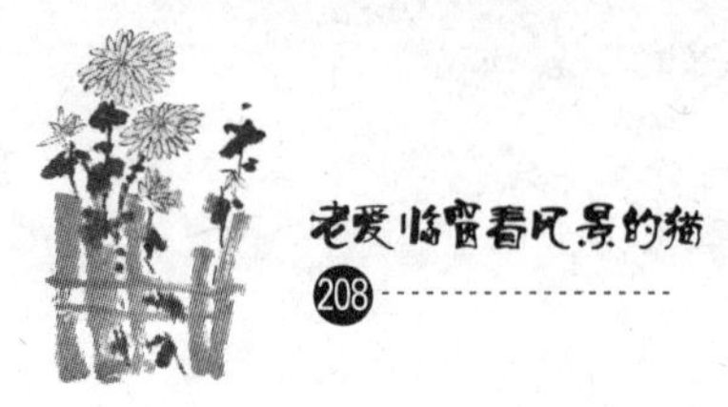

他的脸，仔细验看他下巴上长着的一颗鼓突的黑痣。众所周知，对这种黑痣必须保持应有的警惕，更何况周文彬在沉思时有个抠它捏它的不良习惯。这颗痣大约真是他的命脉，只要它被柔情抚摸着，他就会变得格外温驯，像一头该穿鼻的小牛牯。桀骜不驯的小牛牯在人们为它穿鼻拴缰绳的时候，它会为失去自由顽愚的童年而暴跳如雷，人们对付它的办法是揪住它的尾巴轻抚它的后腿裆，顿时它就变得很乖很听话。

如今当副市长的夏荷香由丈夫下巴的黑痣联想到小牛牯的后腿裆是很自然的事。她是农家女，八十年代初，由于市政府迁址，她这个村姑幸运地作为征地工进了机关。她嘴甜眼尖，手快腿勤，自然赢得机关上下的疼爱，历任领导的频繁更替其实为她提供了拾级而上的机会，她由清洁工至打字员而后转干，由干事至车队队长而后进省委党校深造，取得大专文凭后被派往郊区任副乡长、乡长、乡党委书记。她当上副市长，却是出人意料，因此，无论在里在外，她更应做到令人信服。

这颗黑痣看来情况很好，没有溃疡没有恶变的种种征兆。夏荷香情意绵绵地攥住了丈夫的手，他的手很嫩，是读书人的手，虽然她也不间断地读着书，手却粗糙，尽管这几年为了工作需要她已经很注意爱惜手了。她无数次向丈夫解释，曾用这双手拔秧割稻、砍柴打猪草，尤其是采莲挖藕。

洗个澡上床，早点睡好吗？

周文彬觉得这是一个大胆的建议。他看看壁钟，又看看窗外，终是不敢响应。他想起婚姻的奠基仪式，仪式是在藕田的田埂上进行的。在此之前，周文彬试图把地点定在他自己的宿舍里。那时他在歌舞团当编剧，那时的歌舞团是歌舞升平的人间天堂，仙子般的女演员如乱花迷眼，自惭形秽的夏荷香从不敢闯入争奇斗艳的世界。其实当年的她也算百花中的一枝，素朴的一枝，但她缺乏自信。她觉得在进入歌舞团大院之前，首先得办理取得自信的手续，她把他引向藕田深处。那个微风轻拂的黄昏，四周瑟瑟作响，时时丁冬有声，开始周文彬很警觉，不断张望，后来他知道所有声音都在为这个仪式助兴，便激情难抑。他匍匐在绿草如毡的田埂上，他觉得自己是在亲吻土地亲吻水面亲吻泥与水滋养的生命。那时他是一条犁向厚土的蚯蚓，是一尾啄着荷叶的鱼，是不断入水又不断登陆乐此不疲的青蛙。他想，没有那刻骨铭心的奠基仪式，婚姻会怎样呢？

周文彬在床边犹豫着。女儿之所以不肯在家里住，就是嫌电话多，客人多，还有院子太吵，歌舞团早已没有舞台了，但是那些能歌善舞的男男女女，人还在心不死，他们在家里院子里随处搭戏台摆歌台，一会儿鬼哭狼嚎，一会儿莺歌燕舞。周文彬最讨厌的是批发来的消闲客，他们都是夏荷香的老领导，所以他们理直气壮地拿他家当老干部活动中心。

睡吧，睡吧，我累啦。敲门不理、电话不接就是。妻子催促道。

刚关灯，电话就响了。那锲而不舍的阵阵铃声好像大会开始前主持人不厌其烦的吆喝，喝令大伙儿到前排就座，追问缺席者的下落，并为大家不遵守会议纪律唠唠叨叨。在黑暗中联想到庄严的会场，夏荷香特别地亢奋，她咯咯地笑起来。周文彬想趁还没倒下把电话对付掉，却被她拽住了，她替他摘下眼镜、脱掉背心，她说你就拿它当蛤蟆叫当夜虫鸣当风摆荷叶好不好？那个夜晚的一切音响都是自然的歌声，他和一望无垠的藕田融为一体。他感到自己现在又赤足走在松软的田埂上。在盛夏，繁茂的荷叶将田埂严严实实地覆盖了，但这田埂犹如亲切的臂膀向他舒展拥他入怀。被他惊动的青蛙扑通扑通跃入两边的水中泅渡到伏于水面的荷叶上，警觉地注视着一个迫不及待正在深入其中的人，有一刻，他恍然觉得电话铃声就像青蛙的眼睛。他把这个感觉告诉了妻子，妻子说，你这是做贼心虚还是怎么的。妻子又笑出了声，明媚的笑声抗击着执拗的铃声。这笑声也使他猛然意识到自己是在属于自己的田园里幸福地劳动，在他眼前，张张壮硕的荷叶早已懂得如何把生命欲望和生活理想表达成一个个和谐美满的圆，柄柄怒放的荷花却是沉静娴熟且毫无保留地袒露出内心中那娇艳的花蕊。他忘情地扑向荷花丛中一枝傲立的莲蓬，淘气地躬身从泥水中掘出一截雪白肥嫩的莲藕，如今藕田里开始放养荷包红鲤鱼了，他看见大群游鱼引诱着自己继续深入，他真切地感觉

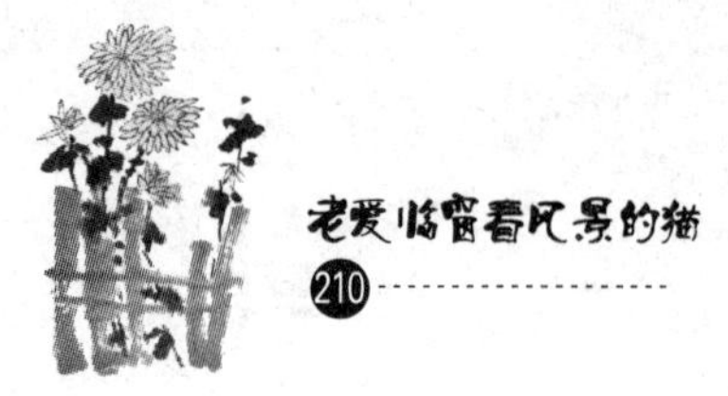

到一身泥水的自己其实正是栽在这片藕田里的一种植物。

他水淋淋地爬上岸来，但铃声不止。这时的铃声已不是叫唤，是怒吼，是咆哮。

他用胳膊肘捅捅妻子：说好了啊，决不接！

不接。反正我不怕吵，这么下去只怕你闹失眠。

我宁肯睁眼到天明！

妻子咬着耳朵把自己的联想告诉他，他非常难得地称赞了她的想象力。他说今夜我们就挑战主持人吧，让他主持的大会开不了幕。说着又很雄壮地一跃而起。

这时，周文彬心里却有数了，准是他。他暗暗断定。

随着人造革皮带的退役，周文彬这个主任也退役了。夏荷香出访期间，地区文化局的齐局长找他谈了话，局里决定调他去当歌舞团的团长。这个位子已经空了三年，提拔的谢绝平调的不干，这回局里决定来真的动硬的杀鸡给猴看以强化组织观念，若是不从便就地正法革除现职。选择周文彬作该宰的鸡极具教育意义。首先是当年他做编剧时就小有名气，这些年不写戏了却也出了好几本小册子，好歹也算地方的文化名人，逢年过节常在被领导邀请的精英名单上端坐着，况且在局里还是不可或缺的材料篓子，重要的领导讲话、报告等等文字非他这位主任亲自起草不可；其次他老婆是副市长，虽然市与局平级，但局在市的地盘上，市若跟局过不去局就能被尿憋死，这就是说周文彬多少还有背景。所以，齐局长觉得拿他开刀对猴们才有威慑力。齐局长说，令不行的状况从此该结束了，给你十天考虑。

周文彬傻了眼。这些年周文彬一直生活在似水流言中，他被流言养着，他是鱼或水中的某些植物。人们有根有据地传说他将当副局长，事实上每次考察也都拉他作陪了，虽然最终没戏，但他得到的掌声却很热烈。观众的喝彩是一种鞭策。甚至，当年他毅然放弃编剧的专业调到局里搞行政，就是被这种流言所左右。那时歌舞团因一台大型歌舞《莲乡情》在上面连连得奖而风光一时，领导们都非常高兴，称赞歌舞团为全区多少多少万人民长了脸为多少多少平方公里的大地添了彩，领导高兴是会掏腰包的，所以才会不断有人逗领导高兴。歌舞团现在的住宅楼就是领导笑出来的泪珠，后来养不起贱卖的面包车也是。在笑声中受益的还有有功人员，周文彬作为执笔的编剧得到了不少荣誉，比如地直机关优秀党员、省青联委员、文化系统先进工作者等等，最具现实意义的是某领导的褒奖，他英明指出对有成就的专业人才要委以重任，关于周文彬的传言盖源于此。夏荷香当时正在省委党校深造，她决定在丈夫功成名就后努力做个贤妻良母，一激动就把必备的探亲一号二号和那种乳胶制品统统扔进了垃圾堆，他们的女儿因此呱呱坠地。根据地委领导的意见，局里要调他，但考虑到火箭式的干部曾给党的事业造成危害，局里让他先在某个台阶上过渡一下，周文彬谢绝了，他说未必当官才叫重用吧？两年后遇上评职称，给了团里几个高级指标，历史欠账太多而他当时名声太响，建团时的几位元老好像商量好了似的，一个个找他意在瓦解他的斗志，他们有的娓娓动情地介绍自己，有的则直言不讳：大道青天各走半边，你迟早要领导咱们你就把独木桥留下吧。周文彬很是无奈，犹豫了几天，忍住心疼把申报表撕碎了。但是在重用未果的情况下放弃职称的行径是无法向妻子交代的，妻子会抱怨他老实，老实是个奇怪的词，他以它为做人之本，以它自勉，却忌讳别人以此来评价自己。回避这些矛盾最好的办法就是从政，从政也是妻子的主张。

现在主任做到头了，他心里倒充满了失落的感伤，这使他相信自己骨子里还是祈望被重用的，面对传言他那轻蔑的冷笑那超脱的言语实在是一种伪装。他想自己这些年正是在流言中快乐地嬉水与等待，离开了水连呼吸都困难。

但在局长面前他算一条好汉，他说本来去歌舞团也算正常调动，对自己来说也挺合适，但这事一提出来就是刀光剑影的，根本没给考虑的余地，好像你们的目的不是为调动，而是为惩戒，既然希望杀一儆百，我还考虑什么，免吧！局长反而瞪眼了。局长齐大柽也是乡党委书记出

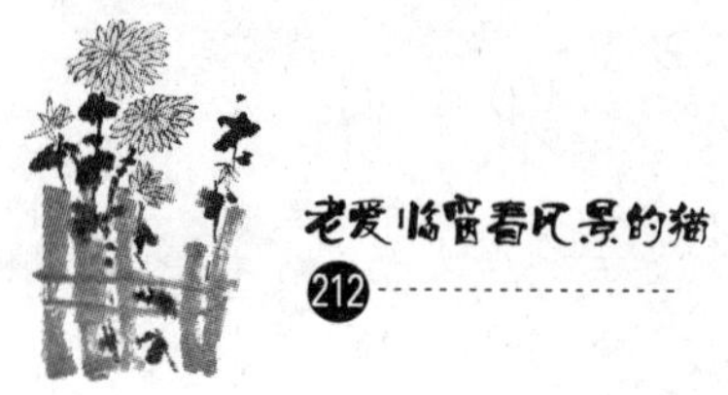

身，在县级换届中落选才被安排到文化部门当领导，他常以门外汉自谦，但他很懂得用人的艺术。比如他毅然把周文彬从艺术科科长的位子上交流到办公室，又派图书馆长去艺术科，如此换马，既使中层干部得到了锻炼，也使自己很快就不那么门外汉了，理也直了气也壮了，领导起来就得心应手了。对付周文彬这样不时翘翘名人尾巴的干部，他的策略就是硬，你硬他就软，你软他就硬，你松一松他就攻一攻。听起来这有点像对付阶级敌人的策略，其实他把周文彬们视为亲密朋友，假如他们不淘气的话。见周文彬出乎意料地来了个引颈受戮，齐大怪就觉得该拿他当知己当心腹了。齐局长沉痛而无奈地道出了这次安排的背景材料，原来是周文彬自己惹了麻烦。他的那管生花妙笔曾让一茬茬领导受益匪浅，却一次次给自己惹是生非。他写小说，有人对号入座告到地委宣传部，部长把他召去谈了话，他愤而表态再不写小说；有家县办水泥厂慕名请他去写报告文学，厂长明明是优秀企业家，谁知文章发表后人家竟成了贪污犯，他的文章自然成了宣传文化战线不可多得的反面教材，他发誓再不写报告文学；但他总得写点什么，因为他的名气是写出来的，冲着名气总有人上门求他，而他也需要从中得到慰藉以养护自尊心，于是他就给地方或系统编写那种调戏历史炫耀现实勾搭未来的小册子。一般说来，编小册子很平安，被人请去还奉为上宾，吃香喝辣的时刻真能找到当名人的感觉。可这回他把地委、行署几位老领导得罪了。这回他是替教育系统编一本乡土教材，书名叫《可爱的家乡》，在他笔下家乡总的来说是可爱的，但在某一时期似乎就不那么可爱了，这不是家乡有问题不是领导有问题，而是作者的思想有问题。作者别有用心地渲染了某个时期而淡化了另一时期。这批老领导迁怒于齐大怪，齐局长说编书挣钱搞福利的是教育系统凭什么让文化系统受过呀，很是委屈。但他抗不住压力不得不管好自家的人，调周文彬去当团长惩戒的意思到了可以对那批老人有个交代，也可以让他身陷歌舞团那无事生非的重围独当一面，消耗他过剩的精力，反正这年头对歌舞团没啥指望的。没想到这回周文彬不吃他的强硬，他就把这些情况兜了出来。一句话，是周文彬咎由自取。

你说你图什么呢？稿酬千字三十，你就得两三千吧？人家赚多少，全区多少中学生？妈的，我家就替他们销了好几本！齐局长骂道。

周文彬打算晚些时候再把这事告诉妻子，而在大院门口遇见许沿的那一瞬间，他觉得根本没有必要告诉妻子，因为这是他自己的选择。这一选择是脆弱的，所以他要坚强起来。

许沿是他每天清晨遇见的第一个人。他去买菜买早点，而许沿是去公园锻炼，她至今身材健美得益于锻炼。他俩总是正点相遇在院门口，并不言语，只是相视一笑顾自各奔东西。许沿的笑很抓人，抓得他心疼。他一直懊悔不该把那件事告诉妻子，他在证明自己的忠实时不经意把别人出卖了。他怀疑自己在几位局领导间很可能也犯过类似的错误，家庭角色和社会角色没有本质的区别，也许正是翻版。

今天许沿却用甜润的声音把他喊住了，周文彬愕然望望她又扭头仰望自家阳台。许沿说你别紧张，我不会吃人，别人把我描绘成吃人不吐骨头的猛兽，你觉得呢？

周文彬没有回答。三年前她那流氓成性的丈夫因奸污艺校女学员锒铛入狱，人们转而同情她，把她过去的言行视为对丈夫的报复。无论如何，他眼前的女人依然美丽，这是不容置疑的，对美丽保持警惕是荒谬的冷酷的。他想放松自己，结果把表情整得暧暧昧昧。

许沿说：第一我算不得猛兽，并没有谁毁在我的魔爪利齿之下；第二男人没有骨头，男人有吗？一起走，聊聊好吗？

那你岂不是背道而驰？

地球是圆的，圆的地球最大好处是绕一周还能回到原地。昨晚给你打电话，老是忙音，看看你家窗户却是黑灯瞎火的，夏市长回来啦？

提起那该死的电话，周文彬暗自恼火。铃声后来是时断时续，好比是急着开会的主持人见会场冷冷清清，便坐在台上顾自抽烟等着，时不时地拍拍惊堂木，连打盹的机会都不给人。这其实比一直闹着更折磨人。他几次想拔掉电话，但又想自己反正失眠了，索性奉陪到底，掩一个够

本，拖两个有赚。约摸过了十二点，夏荷香一觉醒来见他仍躁动不安地瞪着眼，便要向铃声投降。周文彬也无心恋战了，就说接吧接吧，有人早就盼着你回来天天打听，还是别辜负人家的愿望吧。夏荷香光着脚下了地，说，谁嘛让你这么酸。她抓起电话，兜头而来的是一顿呵斥，大意是责问她明明在家为什么不接电话。她先是极其谦卑地撒谎并致歉，接着是极其夸张的惊讶加悲伤，最后是极其亲切的劝慰和允诺。

完了，她欲把内容告诉丈夫，周文彬堵住了她的嘴：别说啦，果然是你的老领导肖书记。他夫人在半月前去世了，顺便说一句，我以你的名义献了花圈。现在他很痛苦很孤独，需要慰问和关怀，对吗？

文彬，这事该早告诉我，弄得我挺被动！还有，老书记很生你的气，你接他的电话要客气点，我每天的行程都告诉了你，你如实转告他不行吗？干吗要弄他？

哼，我老婆出门在外，他盼星星盼月亮的！你可以化被动为主动，连夜送温暖去呀……

周文彬你是什么意思！你要是听信谣言，我们该离婚一百次啦。

可悲就在于我怎么麻木得不信一次呢……

你！你反常！反常的根子在许沿！

妻子常以许沿来降伏他。抬出许沿和爱抚黑痣，一手硬一手软。许沿是他自己提供的口实，所以许沿总让他心虚，他心虚时掩不住脸红，况且他皮肤白净，那心虚的红颜色更加显而易见，难以控制的心虚甚至令他也怀疑是否真有个许沿潜入自己心里在作祟。

周文彬不由自主地靠近了许沿。贴近一个美人的感觉真是妙不可言，她让你觉得光彩，觉得伟岸，觉得早晨真好城市真好，觉得自己因此为人重视被人羡慕遭人嫉妒甚而成了一个阴谋的算计对象，这种感觉既充满凶险又富于刺激。此刻就不时有熟人向他致意，那眼神那浅笑却是意味深长。这时他猛然发现自己与妻子出入一些场合时纯粹是一只公文包，真皮的那种，带翻盖的那种，人们偶尔注意它是因为它的奢华。他想男人真的没有骨头，比如自己，鄙视着一个声名狼藉的漂亮女人却又垂涎于她的美色。每天早晨很准时的相遇，难道不是出于一种自觉吗？他把自己吓了一跳。

找我有事？

其实也没什么大事。

那就对啦，我办不了大事。周文彬说着指指路边的告示牌，幽了一默，上面写着：有困难找交警。

许沿告诉说她果真找了一位交警，还是英模。她的困难需要顾不了家的交警、企业家和甘当贤内助的军嫂以及他共同解决。电视台准备推出一个全新栏目叫生活视角，每周五黄金时间首播，周日午间重播，第一期的话题是我爱我家。这将是许沿离开报社广告部受聘于电视台的首次亮相，从策划到主持都是她，她希望周文彬友情出演。

让我和军嫂坐在一条板凳上？

是舒适的靠背椅。你们是嘉宾，哪能让你们坐冷板凳。嘻嘻。这会是一次引人注目的热烈对话，你们可以介绍各自在家庭中扮演的角色，谈家庭生活和事业成功的关系，等等。总之主题就是我爱我家，有矛盾有误会有痛苦，但终究是花好月圆。花儿为什么这样红月儿如何那般圆，就谈这个。

你认为我是模范丈夫？

不止我，公认的。别这么辛酸嘛。

临街的住宅楼谁家的窗台上趴着一只很专注地欣赏风景的白猫。他相信此刻在猫眼里自己正是一帧风景，是备受爱护又屡遭攀折的行道树。它坚贞地生长在城市里，不是为自己，而是为了装点道路。他觉得自己与妻子最重要的差别不在职务和权力，而在于道路与树木的关系。

怎么在我听来你的邀请充满讽刺意味？

许沿也发现了那只白猫。白猫伸出一只前爪在玻璃上扒拉了几下，像是向他俩致意。许沿说：那是你多心。我是请你帮我，那几位文化水平不高，我担心把节目做砸了。我知道，自尊心会逼迫你拒绝，还有，你会顾忌这事对你妻子是否有影响，我更知道，现在你心情烦闷，你需

要找到宣泄的渠道，可你找不到。

这就怪啦，你是我肚里的虫？

一连好多天了，我看到黑暗中有一颗红红的烟头。你的烟头曾为我照亮为我壮胆，我对它很敏感。它才是一条虫呢，它早就钻进了我的血管里。

到目前为止，只有两个人知道他也抽烟，在黑暗中抽，而许沿相信他是为自己养成这不良习惯的。她从艺校毕业刚进团的那几年，春节前后常下乡演出，演出完就在戏台上打地铺，男女各占半边并没有条件讲究。有一次她下半夜起夜，攥着电筒出了礼堂但见树上挂着一截蛇蜕，吓得惊叫起来。周文彬像从地里冒出来似的，把蛇蜕扯下来给她看，告诉她这个季节没有蛇。蛇呢？打地铺冬眠着呢。周文彬劝她起来约个伴，她却不好意思夜夜吵别人。周文彬说他不仅认铺还认枕头，谁起来都知道，告诉她你提醒自己黑暗中有人醒着就不怕了。她觉得黑暗本身就可怕。周文彬说那以后听到动静我起来照亮。她摇摇头。周文彬却读懂了她的眼神，心想这小姑娘倒是老成。他说那我就坐在礼堂门口抽烟，一星亮就能壮胆，一星亮就是一个人。许沿说可是你不抽烟呀。学嘛，反正夜夜我是睁眼盼天亮。于是，那明明灭灭的星火照耀着她迅速长大。在某个山乡雪夜里她大胆地举着一个吻朝那烟头提示的方向俯冲，他却用燃烧的星火筑成了坚固的防线。她相信从那时起他就蛰居在自己心里了，像条虫，不，是那条把蛇蜕晾在树上去冬眠的蛇。她想，现在他该苏醒了。

宣泄？你让我面对广大观众宣泄？

你妻子正春风得意，而你却成为下岗工人离退休老干部了，命运真是滑稽。我想，你应该倾诉，倾诉是你的心理需要，倾诉也会提醒那些人别忘了你的身份。

由你策划这个节目让我吃惊。

是台里出的题目。的确，明明自己厌食反胃，却要混在一群饿汉中间像饿狼似的饕餮爱情和亲情，真让人受不了。可没办法，我得好好干，我好像终于找到了自己喜欢的活儿。这些年在外面打游击，我干过舞蹈教师、大堂领班、公关经理、时装店老板、记者站站长、报社广告部负责人，飞来飞去都是为觅食，想想很悲哀。

周文彬很佩服她那犀利的比喻。他果然觉得自己正是一条饿狼。结婚以来妻子大部分时间在乡里工作，那个乡虽在近郊她也很少回家，只是隔上十天半月回来喂他一顿。近几年虽然结束了咫尺天涯的生活，但工作和应酬大肆掠夺她的时间，甚至势不可当地侵吞着属于他的本来还算清静的空间。这种侵入弄得他在双休日流离失所，今天他就该背井离乡。

我倒觉得你挺幸福。你没有多少心理障碍，而我……我现在有条件朝模范丈夫努力了，专职的，专职保姆专职厨师专职秘书，到时候我一定自告奋勇争先恐后地去给你当嘉宾。

许沿裸露的玉臂紧挨着他的胳膊，随着前进的步伐不时蹭着他的肌肤。她充满同情更感到不解：局里忽然对你这么强硬，该不是齐局长与夏市长有什么过节吧？人家都这么猜。

我不干啦！是我自己的决定。我记得哪位名人说得好，什么都不怕的人最可怕。

什么哪位名人！是你和我，是我们共同创作的名言。那次你要喊，我说我怕谁呀。你喃喃道，一个什么都不怕的人。我问你，最可怕是吗。一不留神成了名人名言。告诉你，那时我被那个混蛋丈夫气疯了，就……没有任何功利目的也不顾廉耻，倒把男人吓蔫了。所以这也是我的经验总结。你是不是觉得很恶心？

在她咄咄逼人的目光下，周文彬再一次心虚了。幸好这时迎面过来市教委的副主任，副主任热情地扯下耳机同他握手。夏市长回来啦？回来了。昨晚你家老是忙音。是很忙。她好吗？好极啦。下面有人对领导出国有非议，我做了工作他们思想通了。通了就好。副主任过去后饶有兴致地打量了一阵他俩的背影。周文彬是通过刚开门的鲜花店里的镜子看到那回眸一笑的。这面镜子也使他发现自己早已走过了拐向菜市场的

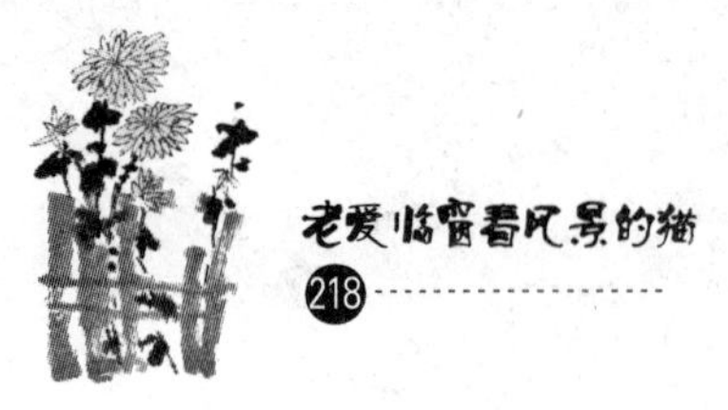

那个巷口，但这时他并不打算与许沿分道扬镳，所以他没有声张，只是心怀鬼胎地瞟了她一眼。

事实上，副主任的回眸一笑令他格外亢奋。因为前面就是市教委的院子，再往前还有市卫生局及其所属的防疫站，市体委及其所属的市体校，市文化局及其所属的文化馆，妻子分管教卫体文，这一地段其实是她的势力范围。他觉得自己内心深处有个由来已久的渴望，那就是在一个美人的陪伴下漫无目的地在空气清新的大街上游走，尤其要经过在七点钟以后就会变得拥挤嘈杂的这一中心路段，此刻如愿以偿。他情不自禁地推推眼镜，近几年他不断得到告诫说他有些驼背了，他总是苦笑着说顺其自然吧。其实纠正驼背并不困难，有美人相伴就能做到身板劲挺器宇轩昂步履雄健。他亲切地向许沿询问了许多郁积于胸的问题，许沿一一作了回答。许沿的回答含怨含怒含羞，但一点也不含混。在清静又清新的大街上，她痛快淋漓地把自己撕开来了。这使周文彬很清晰地看见了藏在她心里的才华横溢的青年编剧，他听她介绍那位编剧像听着一个新奇的故事。他眼睛发潮。

这个早晨他们横穿城市又绕城一周。交通随着他们交谈的热烈深入而拥挤起来，最后他们在抢红灯时被那位极有可能在电视台演播厅遭遇的交警喝住了。

交警给他俩敬了个礼。

夜半归来的夏荷香万万没想到自己竟被拒之门外。掏钥匙开门，里面反锁着；摁摁门铃，门铃是坏的；声声轻叩伴以声声轻唤，虽然带着几分歉疚几分缠绵几分幽怨，也未能感召常常闹失眠的丈夫。她愤怒得几乎要砸门，要用这些年积攒的甜酸苦辣攥成一个结实的肉拳摧毁眼前这黑暗阴冷的门扇。然而，理智及时地提醒了她，这一拳下去，在惊动邻居的同时，也将捣毁她精心呵护的丈夫的自尊。

她是为了那个坚执的电话不顾周文彬的恼怒毅然出门的。她说：肖书记发脾气啦，我再不主动一点，他会领着人马闯过来的。她其实在为那篇论文的问世创造良好环境。她得到肖书记的帮助甚多，而肖书记如今有求于她的却少，仅仅是希望她闲暇时陪他摸摸麻将打打“拖拉机”。有她作搭档，满头华发的老领导才能做到胜不骄败不馁人在阵地在而不至于随时掀桌子。肖书记的全体牌友也都欢迎她，把她誉为“政委”。肖书记老伴的死，和“政委”不在家、牌友闹火并有关，所以说思想政治工作须臾不可放松。今天他们从上午九点一直鏖战到晚间直播的足球世界杯外围赛鸣金收兵为止，大获全胜的肖书记忘记了丧妻的悲痛，因此夏荷香是哼着米索拉米索回营的。

这页门扇曾经是那么体贴宽宏，那么善解人意，在以往许多个深夜，它悄然为她的足音敞开一道温馨的缝儿，从门缝泄露的灯光总是抢先向她披露丈夫的关爱，所以即使她看到的是并不漂亮的脸色也坦然得很。

而此刻，她着慌了，她茫然无措地下楼在院子里徘徊了几圈。她决定往家里打电话，可这时要找电话不容易，大概菜市场附近的夜宵摊、歌舞厅才有。她后悔没带手机。手机是某企业为市领导配备的。她在荣升初始就以三不主义自警自勉，一是不换房，二是在一般情况下不要小车接送上下班，三是不吃冤枉。三不主义的第三条涵盖面太宽、太笼统，因而执行起来比较困难。比如她严词拒绝手机，别人却欣然接受了，那么她的行为就挺讨人嫌，她只好尽量不使用别招摇。

有小车在大院门外停住。正朝外走的夏荷香慌忙往暗处躲闪，还是被一个如柳絮儿飘进来的女人发现了。夏市长，半夜了还出去呀？嗯，有急事。她想这个女人应该是许沿。她想其实好些个女演员在歌舞厅挣钱根本没理由断定这人准是许沿。她想自己此时此地猛然想到许沿很可笑。所以夏荷香喊住她：手机能借用一下吗？那女人说：我没有，到我家打吧，方便的。

也是无奈，夏荷香跟着她钻进了歌舞团宿舍的某个比夜色更黑的门洞。上了楼，摸黑打开门，两个女人一起走进冷清寂寞的世界。凭着客厅墙上那两幅放大的剧照，夏荷香猜出她是谁了。你是许沿？夏市长你真不认识我？面熟但对不上号。夏荷香仔细仰望着剧照，又有意识地举

目窗外。两幢对峙的楼房，两家相望的窗户。她猛然发现在家中常提及的这个名字不是抽象的概念不是虚幻的影像，而是很具体的威胁。她感到威胁，是因为这个女人在《莲乡情》里扮演女主角的剧照是那么光彩照人，而这套住房里空空荡荡，这个女人留恋历史拥有历史，并拒绝现实。历史感还体现在盛开于角柜上的一束塑料花中。

这花有些年头了吧？她问。

夏市长，我一生就演了这么一个主角，就得到这么一束鲜花。不，那是没有鲜花的年代，那时时兴塑料花。我结婚不是为了结婚照，而是为了得到这样的剧照，得到这样的花……你看惨不惨？

我认识这束花……

许沿一怔。那是汇报演出结束后，周文彬交给一个小女孩，嘱她抢在献花队伍之前冲上台献给自己的，许沿站在台上看得真真切切，她用全身心捧着它吻着它嗅着它。它没有芬芳，没有滋味，它亦真亦幻，但她相信它采自诗意盎然的心头。她热泪盈眶。用泪水滋养的花束这么多年了居然没有老化没有枯萎，也许正因为如此，它的花朵永远不会结果。

夏荷香瞥了她一眼继续说：我是说，这种塑料花一看就知道是我们乡塑料厂生产的，我过去工作过的那个乡。这是早期产品，粗劣得很，我后来抓了一下，设备、工艺上去了，后来生产的塑料花几可乱真，至今畅销不衰。

许沿说：它们通常被用来装点会场粉饰家庭。比如人，比如你家周老师。需要抬举名人时，他是花瓶，平时则是文字匠勤杂工。他的生花妙笔吹得一茬茬领导平步青云，而他自己呢？谁真正关心过他？讲起来是文化单位，吃香的却是文盲，你看看现任的局长副局长，差不多都是乡干部出身。叫他们文盲他们会很冤枉，他们都有文凭，可这年头除了原子弹难弄以外还有什么谋不到的，何况一张纸？

夏荷香愕然地瞪着她，那咄咄逼人的气势简直有些指桑骂槐的意味，让她恐慌。她为自己疏忽了丈夫讲述的故事而懊悔，她觉得自己糊里糊涂地闯入这个布满敌意的世界实在是冒险。今天听来乡干部、文盲之类的字眼是那么刺耳，虽然她有足够的学历证书应付提拔任用，但她的春风得意与丈夫的尴尬境遇所形成的反差，不能不令她感到心虚。今天在肖书记那儿她知道了丈夫最近遇到的麻烦，在牌桌上久别重逢肖书记的情绪好极了，他用慈父般的大手在夏荷香的手背上表示了他的态度，所以她对此事没有特别在意。而此刻许沿的打抱不平令她不安。丈夫首先是她的私人秘书，她就是那管生花妙笔的最大受益者。她当乡长时曾被人参了一本，告她顶风违纪大吃大喝，市纪委当即抓住这个典型要杀鸡给猴看。肖书记如吼狮般发了火，说她的检讨写得不错嘛，写它所耗的心血是多少顿酒宴也补不回来的，这教训还不深刻？于是批评一顿了事。过了那道坎子才会有一帆风顺的后来。那份相当动情相当痛心的检讨书便是周文彬自《莲乡情》以来写了难以计数的枯燥乏味的文字之后又一出情力作。为了那份检讨，夏荷香连着三天在家中没日没夜地盛宴款待丈夫，弄得朱门酒肉臭，周文彬也就没道理不深刻了。她当上副市长也与秀才的笔墨有关。原本在候选人考察对象名单上并没有夏荷香的芳名。那份名单上当然得有女干部，但全市乃至全区出色的正科级女性挺多，她没有理由孤芳自赏。所以在节骨眼上，她将一本刚出版的杂志辗转呈送到地委书记手里，上面有她关于加强精神文明建设的文章，这篇六千字的文章附了一则六百字的编者按，不言而喻，这一切暗示着六六大顺的结局。其实生花妙笔并不能发挥关键性的作用，肖书记的力荐才是制胜的法宝。当时要退的肖书记无法解决副省待遇，他大度表示不难为组织，唯一要求就是举贤，他列举了夏荷香的六大优点，其中之一说的是理论水平，指的正是这篇文章。也许是功夫在诗外，但至少诗为她的扶摇直上提供了冠冕堂皇的依据。

警觉的夏荷香很快以自信的微笑掩饰住内心的惊慌和虚弱。她不能把这些暴露给一个很可能觊觎着自己丈夫的女人，也许这个女人的关心是正直的，但那富于挑战性的美丽和热情注定是邪恶的。道理很简单，美丽极可能成为一个落拓文人失意男人的隐居地。这话是周文彬说的，周文彬是在思考那篇毕业论文时很认真地说的，如果不是她忌讳的话，

他会就此挥洒开去，他已经掌握了充分的论据。

夏荷香决定向她介绍一下自己的罗曼史，话头是由谁真正关心他开始的，因此表述得顺理成章。历史是现实的一面镜子，历史能借古喻今，历史是让人聪明的学问。她说周文彬是恢复高考的第一届大学毕业生，那时很稀罕的，追求他的女孩子恰好一个排，想择他为婿的各级领导大约一个班，外带几个热心好事的侦察兵。许沿坦诚相告，自己也在其列算个小号兵。夏荷香说这事在于缘分，许沿哑口无言了。

那时夏荷香在做打字员，当时有打字机的单位极少，市政府有位女秘书拿来了周文彬的剧本请她帮忙，开始她碍于工作时间不得干私活的规定婉拒了。后来想一个人做点好事并不难，老觉得对不起人家，就索回稿子加班加点。女秘书和周文彬一道做知青，一道在乡村小学任教，又一道读大学，因为命运注定会在每个路口指挥他俩并驾齐驱，他俩就让感情在漫漫长路上悠悠溜达。剧本经过三校三改，夏荷香悄悄往里面加进去不少私货，比如，荷花亮丽的笑颜，嫩藕般甜脆的声音，荷叶捧露珠般清纯的眼神……她的主动省略了爱情经历的繁复过程也删除了变幻的可能性，这简洁明快的方式让那位女秘书悔恨不迭，后来女秘书便雷厉风行把自己嫁了并比翼南飞远离这伤心之地。

夏荷香觉得此刻现身说法地讨论缘分，实在是一种机智，是巧妙的警示。它至少可以证明自己曾以特有的魅力战胜众多竞争者，而她丈夫是有责任感的。当然，她得小心翼翼，尤其在要借用电话的今晚。

许沿显然有些倦意了，她说你打吧我去洗澡，你走时不必关门，楼道太黑啦。说着进了卫生间。

夏荷香的思想从那台老式打字机来到电话机的键盘上，数码显然比文字冷漠。她用食指朝着某个数字击打下去，心猛然悬了起来。倘若他连电话也不接怎么办？她再次把目光投向窗外，她相信在对面窗子里有一双醒着的眼睛，她仿佛看见一星明明灭灭的光亮，那夹在他指间的烟头快要烧着手了。她鼓足勇气，把那一串愤怒的信号发射了出去。

等来的仍然是失望。她默念了一句：周文彬你再不接会后悔的！于是，再次拨号。那个烟头仿佛永远燃不尽仍然从容忘我地亮着。

就在这时，她突然记起了另外一串数字，不由自主地按照某种神秘的提示，在电话机上按下了连她自己也无法破译的密码。

立即就有回音了。她被那彬彬有礼的男声吓坏了。

你好！哪位？嗯。怎么不说话？

她屏住呼吸，战战兢兢地瞄瞄卫生间。她为自己准确无误地记起这个屡次战战兢兢拨好又放弃因而从未联系上的手机号码而震惊，可见盘桓在心中的这个号码多么高贵而神秘。

她隐约听到吃吃的笑声：你这么大的老板，野鸡该不敢找上门吧？

她感到奇耻大辱，手里的话筒也成了烧红的烙铁被愤然掼掉了。

问题陡然变得更加尖锐。她没有退路了，如一只迷途的夜鸟找不到自己的林子，她不如夜鸟，即使在茫茫黑夜里也得让尊严醒着。

许沿在轻声歌唱。可以想象她的歌声在狭小的卫生间里只能像涂满全身的香皂泡被水流冲刷荡涤最后归入下水道。夏荷香在离开时，还是把门带拢了。走到院子里，她抬头望望许沿的卫生间，那扇窗户有很漂亮的窗帘，但窗帘并没有遮实，确切地说，那窗帘是半掩着的。她看见许沿很陶醉地仰脸站在雨雾中。她相信在平视或仰视的角度上，对面楼里的失眠者能领略到浴中美人的摄魂风韵。这个发现令她头晕目眩。

她要上楼去砸门。她觉得爱情已被饲养得懒散无争而傲慢，应该砸开铁笼放它出来仰天长啸或扬蹄撒野一回了。

哪怕它将遭遇一匹野性十足的野兽！

门却开了。

她把拳头砸进了空洞洞的黑暗里。仿佛门从来没有关死。她摸黑一直闯进烟味扑鼻的卧室，果然有一团红光亮在临窗的书桌上。她气咻咻地打开灯：周文彬，你别开门呀！

周文彬冷冷地抓起几页纸递向她，她心头很奇怪地涌起一股失望。这时她其实渴望来一场激烈的舌战，在两个人之间爆发战争，战争也许

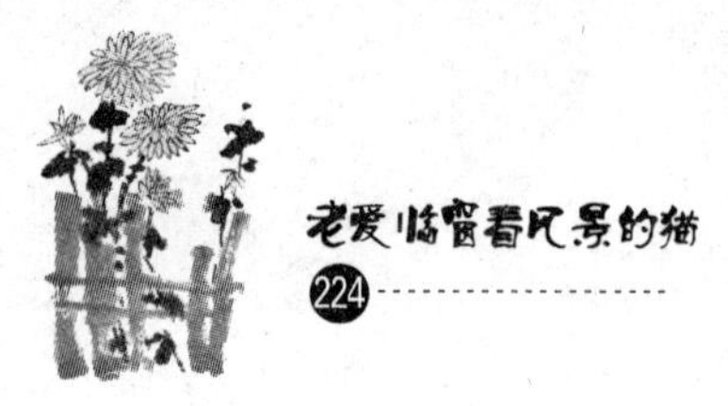

会毁灭一切，也许仅仅是摧毁各自的城防。但战争能痛快淋漓地铺平和平的道路。然而，与他交火几乎是不可能的，他总会在一触即发之际使自己隐形让你的发泄找不到目标。

其实，她在家里始终小心翼翼地温柔着，这是因为她敬畏他的文化、才华和往昔的名气，敬畏由这些东西培育的自尊心。她在家中的表现与工作作风形成强烈的反差。尤其在乡里工作期间，她让自己的泼辣得到了超常发挥。为两姓斗殴事，她曾孤身闯到现场，站在镇街中央双手叉腰怒斥双方首领，那气势如泼妇骂大街，然而这比循循善诱或武装干涉管用。对付那些棘手的计生、纳粮钉子户，有她出马便能捷报频传，她的诀窍就是决不温良恭俭让，就是骂。据说她祖母当年参加赤卫队就常在阵地上与白狗子对骂，敌我双方都骂得粗俗，在粗俗的骂街中吃亏的多是女人，但她祖母的利嘴如刀如箭如子弹，骂得敌人要么开溜要么反水。当然夏荷香不至于遗传她祖母的粗俗，她的骂其实是严厉的暴躁的批评。她高中毕业回乡后，大队妇女主任曾言传身教地带过她，有意要培养她做接班人，看中的正是她的泼辣。泼辣是农村干部的基本素质要求，所以她领导的那个乡由老大难一跃成为先进乡。然而，无论过去还是现在，在丈夫身边她努力避免流露丝毫的乡长习气或妇女主任作风，这与在机关工作的注意事项是一致的。丈夫是文化，她依傍着文化，便多了几分涵养，多了几分自信。

她悻悻地夺下稿纸，丈夫那不甘又无奈的眼神令她遏制不住委屈又失望的泪水。她没忘记拉上窗帘。就在拉窗帘的那一瞬间，泪眼朦胧中她看见了许沿。被光照耀着被水滋润着，许沿是一尊玲珑精巧的瓷器。

她想这个女人疯了。

她想这个疯了的女人一定在向自己示威。

她想一个疯狂的女人永远读不懂男人，疯了的女人才会拿男人当通俗浅薄的歌词。其实男人是观点鲜明逻辑严密的论文，男人最渴望发表自己，被人恭恭敬敬地拜读，而不是被轻佻油滑地传唱。

她说：周文彬！如果是为对面这个女人找岔，你就该发火。那样人家才开心呢。

周文彬没有理睬，继续趴在书桌上。

其实，他的心思未必真正进入汤显祖。夏荷香发现他书桌上有几本医学书籍，而且翻开的书页上都是与痣有关的内容。他甚至还从装药的抽屉里找出了酒精、药棉和消炎的药膏，这些东西旁边放着一块崭新的剃须刀片，锋利的刀刃直指那颗黑痣无疑。

听着，你轻率动刀吧。我们文化馆有个干部就是割痣割出皮肤癌来，人家都说他自己破坏了生态平衡，所以遭到自然的报复。

周文彬在医院里得到的是两种截然不同的医嘱，一是说为防恶变还是割掉它保险，另一种就是保守的说法。所以，他时时有不顾一切自己裁决的冲动，他常常想象剜掉黑痣后的自己在妻子眼中的样子。

而夏荷香心里明白，他下不去手的，他决不会让自己破相。

周文彬，我在和你说话！

丈夫的沉默令她恼怒，她夺过他手中的笔啪地摔在地上。这支派克笔象征着精神文明建设的可喜成绩，当年丈夫替她写了那篇文章并托当编辑的同学隆重推出后，她以此作为奖赏。此刻，他的奖品被重重摔在地上还踏了几脚。

周文彬呼地站起来，一把揪住她的领口。动作之猛烈之狠毒，让她顿时周身血涌，仿佛战争如愿以偿就要爆发，她被压抑多少年的凶悍在快速反应中露出了本相。女人在搏斗中往往首先攻击对方的头发，可见她们对头发的珍视和偏见，夏荷香就是恶狠狠地拎起了丈夫的脑袋。也幸亏如此，被提起脑袋的周文彬才得以朝着出人意料的方向发展下面的情节。

他把她剥开了。像剥开莲蓬，取出一枚光溜溜的莲子；像剥开莲子，剔出一茎苦涩的莲芯。

他把她摊在床上，弄得她在那一瞬间不知所措，不知该抵抗呢还是该屈就该迎合该化干戈为玉帛。然而，接下去他并没有动作，甚至没有她想象中的浏览或拜读。他的冲动与阅览与书写无关，只是野蛮地把她

翻开来。她从他的镜片后面只看到满足后的刻薄。

他摸了一本书去了女儿的房间，任她由灯光暴晒着。

横陈在灯光下，夏荷香立刻就想到了雪耻的办法。她从枕头下摸出一盒避孕套，使劲撕起来，盒子一下就撕碎了，可那乳胶的玩意儿却不好撕，她便用牙咬，咬破也不容易，只好吹爆它。一个个气球在她嘴上啪啪炸响。最后一个气球韧性特别大，她鼓着腮帮拼命吹，把满腔怨恨都灌进去了，却是不爆。仅存的这个气球令她猛然警醒，这样报复丈夫的后果就是感情爆炸就是婚姻破灭啊。现在夫妻间的不谐，只是他渴望发表自己的欲望在作祟，而她热情地伺候着老领导的心情，不也包含着借助他们发表丈夫的心愿吗？一旦如愿，她也就用不着这样辛苦地拜读他，这样小心翼翼地照顾他那可怜的自尊心了。

突然泄气的气球哧溜从她嘴上蹿出去，蹿出老远。

她眼睛发潮，声音哽咽：文彬，你的事别急，我在想办法……

喊出这句话，她大吃一惊，不知是为自己的委曲求全，还是为自己的一丝不挂。

几天后，肖书记的态度变得非常明朗了。他说：荷香呀，你知道这事的症结在哪儿吗？所谓调动只是一个茬，是激将法，是应着他的脾气给他个教训，他肯定不会去。万一去了，让一个烂摊子耗着他也行。总之这头牛牯该穿鼻啦，穿鼻是名正言顺的事，不能认为是人家整人。不如此，为可爱的家乡呕心沥血的同志气不顺哪！荷香同志。对你我是抱很大希望的，文凭一到手，你各方面的优势更突出了。千万不能让他搅乱你的好局。拿他给大伙出出气，对你有好处，也是他自找的。换个角度说，红花扶绿叶吧。谁让他自己不够绿呢。那个齐大柽怎么说，他说本来挪动周文彬也是缓兵之计是环保措施，歌舞团又不是麻疯院，虽然只发百分之六十的工资人心散了队伍散了却也逍遥自在。周文彬宁可躺倒不干，他们压力太大只好挥泪斩马谡了。你听，这小子多文化多艺术多知人善任，不愧为大柽！

夏荷香这才意识到事态的严重，这才发现自己对丈夫的关心的确太少。问题的严重性不在于起因和现状，而在于后果。他是一贯柔顺的，在剧团每逢下乡他这位编剧总是任凭使唤跑龙套，放弃专业他也是二话没说，甚至当剧团在他离开后不久就萧条起来他还庆幸自己憨人有憨福，特别是由艺术科长改任穷单位的办公室主任他连眉头也没皱一下。柔顺是他的天性，柔顺对他来说未必是经营谋略。但每个男人都渴望成功，他既然走了仕途那么骨子里也渴望有所进步。他一生只写了一部稍有影响的剧本，随着时过境迁，那个剧本又有多少价值呢？他甚至不如许沿幸福，许沿毕竟在人生中真真实实地演了一回主角，而他写的剧本竟挂了几位编剧的姓名，他唯一值得自慰的成就轻易让人分割了。后来他寄希望于传言成为现实，现实令他大失所望他才会不顾后果地强硬起来，而他的强硬是多么虚弱呀。

他无法把握未来。现在他用不着上班了。他疯了似的把已经拟好的提纲撕掉，从图书馆借来一大堆资料，整日整夜地钻在故纸堆里，仿佛他接受的不是学生作业，而是一个重大科研项目。他要用所有的时间和精力、所有的知识积累和才华来炮制这么一篇论文。倾尽所有，不为任何意义。

他的癫狂让夏荷香害怕。她赶紧托一位中学校长从哪家学报上替她找来一篇论文，自己躲在办公室里关门谢客，闷头抄好交了卷。

但是，这并没有阻止他疯狂的写作。他说你不要了我为自己写行不行，我写完自己看行不行？

她从他眼里看到了危机。她再次记起那个尊贵的手机号码，执着地与忙音抗衡着……

又是一个周末。夏荷香决定这个周末和以后无数个周末的活动场所一定要放在自己家里，这样一来可以逼迫丈夫从那篇论文中走出来，二来有老领导在场她可以把对丈夫的体贴和尊重发挥得恰到好处，还有一个小心眼就是定期向他们展览展览赋闲在家的丈夫，不看僧面看佛面，他们忽然宽大为怀也未可知。这个决定可以说是横位产，经过一夜辗转

反侧才在撕心裂肺的痛楚中分娩。因为她知道不给丈夫一张安静的书桌，这比从前抬出许沿的那一手硬得多，但是一想到莲芯的耻辱，她宁愿剖腹产也要拿出这个决定。她的盛情邀请正中老领导下怀，敲了周文彬一闷棍的他们面对夏荷香挺难为情的，正有心要抚一巴掌，打算边娱乐边工作边教育，直到花更红叶儿真正绿起来，直到绿叶和花朵融为一体。夏荷香与肖书记协商活动场所的电话耗时四十分钟。

周文彬将无处躲藏。他在出门前做了几件小儿科的把戏，一是把家里的十多副扑克牌扔掉，他也想扔麻将，但再一想做得太绝就惊天动地了；二是在几只热水瓶里兑了些凉水，让它成为泡不开茶的温吞水；第三件事做得比较有勇气，那就是撤掉了妻子当乡长时与全体乡干部众星拱月依偎着前来视察工作的肖书记的全家福，换成了妻子与人妖勾颈搭肩的合影。看得出来当时妻子既好奇又腻歪，人妖却笑迎八方客。这张放大的照片是洗印相机里那个胶卷免费馈赠的。照片挂在客厅正面墙上，也就是在牌桌的上方，确切地说如果不出意外的话，肖书记的后脑勺准会镶嵌在勾颈搭肩之间。周文彬临出门时对照片上的妻子使了个不怀好意的眼色。

老领导们准时到达。他们说，荷香呀，一进门就闻出你家有变化，变化在哪儿呢？大家使劲闻闻，是什么气味？于是，都动用了鼻子。

夏荷香很诧异，说：哪有什么变化？说气味嘛，可能是哈密瓜。周文彬听说你们要来，一大早烧好水就去买来了瓜果。可能菜买得不够，又上街去了。我说中午将就对付一下肚子就成，谁顾得上呀，他还和我怄气。

要批评他。别拿我们当贵宾嘛，我们是战士，革命不是请客吃饭嘛。荷香呀，你家的味道好像不是哈密瓜，是香水，你从外面带回来的香水对不对？

在泰国我倒是买了几瓶，可一回来就全送人了，我总不能把香留下把水送人吧？

难说！你自己闻闻，你到门外站站再进来闻闻。

夏荷香糊涂了，心想他们可能另有所指，可能自己有礼数不周的地方。明察秋毫的肖书记看破了她的心思，当即指出：你别多心，我们是说真的，你家真的有股香水味，这股味道让人感觉你家有变化，但是变化在哪儿呢？不知道。要找。一起找找看。

大家分头搜索几个房间，当然厨房卫生间也未放过。最后还是肖书记循着丝丝缕缕的香气，发现变化就在墙上挂的照片。是那个浓妆艳抹的人妖异香扑鼻。

面对勾颈搭肩，夏荷香傻了眼。众星拱月呢？

但作为副市长，她是勇于承担责任的好领导，这一点在政府班子里和她治下的那一片有口皆碑。她瞥瞥肖书记的脸色，迅速调动全部的聪明才智：这次出去的照片刚刚冲印出来，我正急着让老领导看呢。你看这个女演员多漂亮，我特意放大临时挂在这里，看她的美是不是很抢眼，没想到你们眼力不济鼻子却灵。嘻嘻。

什么女演员！人妖！荷香呀，你调皮。

哎呀，我怎么没想到你们见多识广居然来蒙你们呀！昨晚有几个客人来，见了还目不转睛垂涎三尺呢。

这么一说，撤换照片就仿佛是一场丰富文化生活的智力游戏。夏荷香索性把按主题分别盛在几个纸袋里的照片统统搬出来给大家欣赏。与风光照、活动照相比，当然还是看得见闻得着想得心痒痒的那一大叠美人儿更叫人流连。因为周文彬被拍进了最后那个胶卷，所以他一不留神也混杂在人妖里了。

欣赏完人妖，为打“拖拉机”还是打麻将辩论了一场，肖书记早已按捺不住便一槌定音：搬砖砌长城。一时找不到当子的扑克牌，也是迫不及待了，有人开玩笑说就拿照片当扑克吧。没想到另一双性急的手立刻就响应，一张张分发起来。每人四十张妖冶的人妖，再加一张以一当十的周文彬，正好半百，五十个子。

肖书记注意到夏荷香的表情，对这提议板起了脸：胡闹！尊重人才就体现在以一当十上？撤了他。四十个子就四十个子。有时候将他晾在

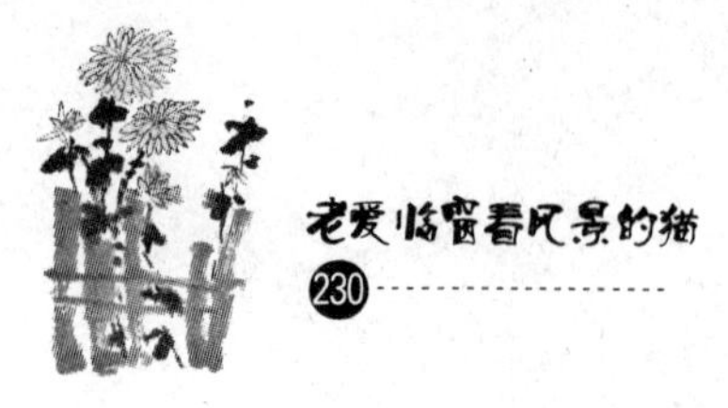

一边才叫尊重人才尊重人格对不对?

聪明的她听出了弦外之音，她差不多是强颜欢笑。在今天，保持这样一种微笑很重要，为了做到这一点，她很快把四十个人妖输光了，还欠对家五个子。利用洗牌的间歇，她几次离座去找扑克，仍是找不到，心里便有数了。她回到座位上，悻悻地抓起四张周文彬，不由分说地拿他当大子增发给每人。她拿自己的大子还清债务，还找回了五个人妖。

肖书记说：荷香你今天不是手气的问题，是你心不在焉。你刚给别人吃二饼又拿一饼让人吃你开饼店哪，你把对家撑死啦！我丢红中丢三条不是给你放炮吗?放炮不吃，我还以为你想自摸呢。就缺这一张牌，你自摸摸得着吗?

她鼻子一酸，很想哭。但她丢出去的眼色却有苦涩的笑意。

她抖擞精神重整旗鼓，发誓要以仅有的五张人妖为本，收复失地，把所有的周文彬赢回来。

经过一天的激战，她最终成为最大的赢家。但是有一张周文彬始终在肖书记的把握中，她屡次等到了用小子去兑换的机会，而肖书记宁肯欠着三五个子也不撒手。

肖书记说，有张大面额镇箱底，心里多踏实呀。

许沿相信自己已经走进一个人的视野，那个人在窥视她，他的目光像一只兔子在她身后蹦蹦跳跳，而他自己则隐匿于自行车流里或充斥着汗臭味的公交车上，她兴奋而惊慌，驻足四望。她发现自己吸引了所有的视线，女人注意她的服饰，男人则打量她的脸蛋和腿。从电视台出来的女伴问：等谁呢?许沿神秘地笑了笑。女伴幡然顿悟：哦，我碍着，他不敢出来。便和许沿分手了。许沿左顾右盼。她相信自己的直觉。女人的直觉是敏感的，却不缜密，它无法描述和概括，因此无法言说真相。它是从声音、颜色、形态、气味中采撷来的转瞬即逝的讯息。她凭直觉预感到在这盛夏的傍晚注定要发生什么事。她感觉到那个像蛇一样蛰伏在自己心里的人，终于睁开了惺忪的眼睛，他的目光像美丽的蛇信子为她伸展开放。她期待着被他咬一口，让他的毒液迅速蔓延于自己的全身，她将在晕厥中陶然入梦或者死去，宁愿为爱赴死的激情令她焦灼而坚定。她要为自己的直觉一直等待。她想，人活着很可能是为着另一个人，为他庄严地生活或悲哀地牺牲，为他作精彩的表演或拙劣的现形。所以，谁都将制于某个人也将受制于某个人。

这是一次漫长的等待。地面上的暑气并未因夜色降临晚风轻拂而消褪。风来自远郊那一望无垠的藕田，带着水腥和荷花的香味，却是灼热的。许沿汗水淋漓。后来的事实证明她的直觉忠实可靠，周文彬果然出现在华灯初上的街道上。他是骑着一辆破旧不堪的自行车从某条小巷子里钻出来的，他快乐地摇着崭新的车铃，那清脆的铃声恰好和她的心情浑然天成。

许沿扑过去，把他连同自行车一起抱住了。因为动作猛烈的缘故，因为出汗的缘故，他的眼镜滑落啪地掉在地上，镜片全碎了。

糟啦，我成了瞎子。我找不到回家的路。

有我呢。我来推车，你扶着我或者扶着车，我们像一对流浪街头的艺人。

但他们没有走向街头，而走向了夜的深处，没有设计，没有约定，心有灵犀地殊途同归。夜的深处是一座激情的演练场，那儿拒绝理智入内。在那儿，理智被视为怯懦，被阻隔在铁蒺藜之外。现在他和她拥着一辆破旧的自行车正在举行简单而庄重的入场式。

卫生间的下水道堵塞了，洗澡水漫过门坎流进客厅。夏荷香在外面嚷了一阵，见里面关掉水龙头仍是积水漫溢就闯了进去。她立即找到了堵水的原因。是一些谷粒和毛发塞住了爪篱状的口盖。那些谷粒恰巧卡在口盖的缝隙里。两眼一抹黑的周文彬正蹲在地上胡乱扒拉。

夏荷香对谷粒有一种本能的敏感，她熟知谷粒从播种到成为盘中餐的全过程。水稻孕育谷粒要经历分蘖抽穗扬花灌浆最后成为沉甸甸的稻穗，即便收获后农民还有许多工序，他们要把湿谷挑到坪地上公路上或

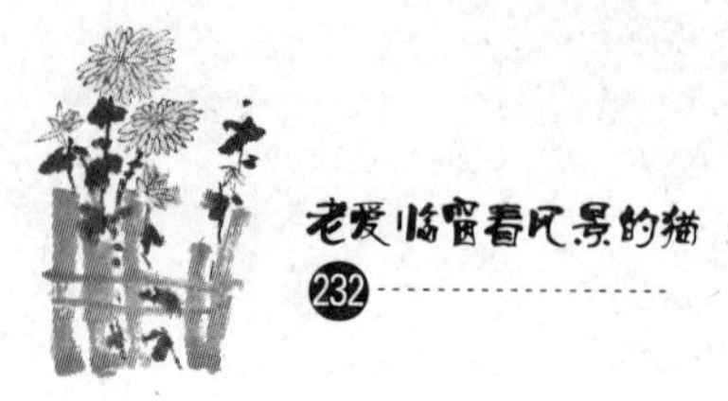

石头岭上去晒，边晒边除尽禾衣，晒干后风去瘪谷，这时他们就手里有粮心里不慌了。众所周知，粮食的生产、经营与文化部门无关，文化部门只管精神食粮，所以她发现物质的粮食堵塞下水道甚是诧异。

她问：你去支援双抢了，还是这次买的米里谷子太多？

周文彬回答：通了，通了，水下去啦。

她从地上捏起几粒稻谷，用水冲冲，剥开稻壳，咬了咬再吐掉，是新谷，没有干的新谷。我替你搓搓背吧。她说着就往周文彬背上搽香皂，他背上坑坑洼洼的，而且密密麻麻，显然是谷粒硌的，他带回来的谷粒只是极少一部分。

香皂叭哒一声掉在地上溜出老远。她疯了似的在他背上搓揉起来。其实是抓，是抠。她完全可以断定他背后那些麻麻点点的小凹坑是耻辱的印记，是她用十指犁不去的。而他默默地承受着，他感觉到自己的后背此刻已是血迹斑斑满目疮痍。

周文彬，你给我个交代！你不会说是骑车下乡摔了一跤，摔碎了眼镜，摔到晒谷场上去了吧？

她不知道愤怒的自己为何会突然间背离直觉，背离一个严酷事实的发现，而想象出这个可笑不可信的因由。她说这番话，其实是一种舞弊行为，是在提示一个面对难题一筹莫展的学生，是在鼓励他迅速拿出自欺欺人的解释。她需要这样美妙的富于喜剧性的解释，保全很有可能在转瞬之间就得崩溃的一个家庭、一个城堡、一个王国——她心灵的王国。现在，在她的心灵王国里长期来支撑着她的均衡有序的关系正在被打破。她无法正视这个现实是因为她正着手重组和改造这种关系，为了这她是准备投入的，但她需要时间，她只有以麻痹自己来争取时间。

周文彬依然沉默着。他知道编织谎言并不困难，妻子已经提供了非常合适的设计，但是，他刚刚领略到的快乐仍然持久不息地激动着他的心。快乐是无法掩饰的，快乐甚至余音绕梁般寻觅着听众。他很奇怪自己面对已经掌握证据的侦探竟丝毫没有犯罪感或者负疚感，而祈望被俘获，祈望在严厉的审讯下供出动机、背景和经过。他觉得这些年来自己一直在仓皇出逃，被追踪着又似被什么引诱着，在隐匿和逃奔的经历中他迷失了自己，也许只有在被俘获后的供词里他才能真正地逮住自己。

他抚摸着自己的背胛和臀部，用五指回味着躺在坚硬的石头岭上与稻谷滚成一团的痛楚和美妙。以那辆自行车为中介，许沿牵着他像牵着一位盲琴师。虽然晚风像做广告似的把荷花的芬芳铺天盖地挥洒开去，虽然影影绰绰的藕田如青纱帐般摇曳着秘密的承诺，但许沿果决地把他往远处的红石岭上领，她仿佛窥破了他的担心和忌讳，她穿越藕田时还淘气地摇了一阵车铃。踏上坚实的石径时，他心中一阵激动，拽住许沿的胳膊。许沿把车扔下，说这里多好呀车不必上锁，我们再上，到山顶上去。这座红石岭其实是隆起于田野中央的小山包，状如北方的窝窝头或南方的乳房，它寸草不生且无泥沙，是天然的晒谷场，在这个季节铺满了金灿灿的稻谷。他们你追我赶冲至山顶。你吸一支烟吧。她说。周文彬果真掏出烟和打火机，这两件道具证明今夜的幽会很可能出自预谋。火光其实把他的脸映照得狰狞可怖，而许沿看到的景色却是永不凋灭的美丽。她和他面对面坐下来，如坐在火烙过的铁板上，许沿说这不行，让我来铺一张床吧。她把农民傍晚担上岭的湿谷摊开来，一家人的口粮恰巧可以制作一张宽阔而舒适的眠床。她是精心对待这张床的，摊开湿谷后，她蹲着绕床一周将床整理得方方正正，如豪华的席梦思床垫，但比一般的双人床垫大得多，因为今夜他俩拥有无穷大的宇宙空间和心灵空间，即便铺设这样的大床仍嫌小气。一地湿谷在她手下似乎就是柔软轻盈的水鸟被就是漂亮大方的床单。她脱掉鞋上了床，把床铺得厚薄均匀，并将几把稻草放在床头的位置上摆弄成绣花的鸳鸯枕。脱鞋上床吧。他激动地接受了这柔声的邀请，他上床时将两双鞋整齐地摆好，然后，紧挨着她坐下。

你打算今后怎么办?

不知道。哦，写论文，为她写论文。她说我疯了，她已经交卷不需要我帮忙了，但我还在继续写。你把我当模范丈夫请到电视台去做节目真是英明，我的事迹肯定很感人。

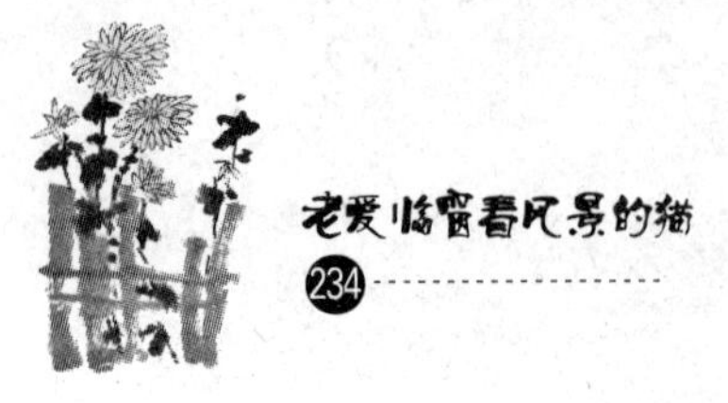

那你是决定去啦?

在这一瞬间，周文彬作出了充满恶意的决定：去!

这一决定得到的褒奖是一阵暴风骤雨般的狂吻。她是一朵负载太重的积雨云，久久地期盼着一次酣畅淋漓的倾泻。闷雷一直在两颗心之间滚动，她相信，那颗烟头的萤火就是闪电，多么文质彬彬的闪电啊。然而，此刻她得到的回答却是霹雳，他以雷击般的勇猛把她劈倒了撕开了，她听到自己所有的骨节都因他凶猛的撞击咯吱作响，仿佛一幢木屋在狂风中摇摇欲坠。她感觉自己一直憧憬这个夜晚的心忽然生出一种莫名的恐慌，恐慌如水，在被他破坏了堤防之后，迅速向全身漫漶开去，她的灵与肉都在他的侵入和压迫下战栗起来，她接到全身每一块肌肤的紧急报警。

她企图把自己从他怀里剥出来，像从谷壳里剥出一粒雪白的大米。但挣扎的结果是两具胶着的肉体经过无数回合的翻滚沾满了稻谷，并把今晚的眠床折腾得不成样子。

怎么啦?

该我问你的！你是为爱，还是为恨？你把我当成谁啦？你这是和谁搏斗吧，要不就是捉猪宰牛捕野兽!

周文彬一怔。在她将要穿鞋下床的那一刻，他捉住了她的腿。他把沾在那小腿肚子上的谷粒一颗颗地摘了下来。他的双手于是就成了一台不讲效率的脱粒机，投入了极其耐心的劳动，一直往上。往上。她的头发里藏着太多的稻谷，让他耗费了许多时间。但长时间的默默劳动和体贴入微的真诚，复又将她的心感召回来了。不，他跪在她的脚下，眼里饱噙着泪水，这让她感动。她知道，他取跪姿不是为爱，是为他自己羞于提起的事业和难以把握的人生，他在给自己的心灵下跪，祈望它从丰富复杂的收藏中尽快找出能够抚慰他的尊严。

许沿紧紧地抱住他。她觉得今晚两颗心能快乐地相拥就足够了。相拥，而不是进驻。因为她发现被她视为爱的那种液体羼入了太多的杂质，她不愿成为用以盛装它的容器。当然，她也不愿意让自己对爱的奢望惊扰快乐的相拥。两颗心都孤独着啊。

后来，许沿推着车领着他回到了他们共同的院子里。确切地说，许沿以自行车为中介搀扶着他从夜色浓重的温柔之乡走向灯火辉煌的欲望大街。两个人的手共同把握着车铃，一路铃声不止，铃声甚至坦然自若地走进了歌舞团的院子里，并在院子里肆无忌惮地摇了一阵，好像有意要把这个夜晚搅得骚动不安似的。一路相伴竟让他产生了依赖心理，分手之际，周文彬依依不舍地捉紧她的手说：干脆送我上楼吧，我看不见。

许沿凄然一笑，很坚决地掰开他的手……

此刻，他心里就充满了用刚刚发生的真实去激怒妻子的渴望。他挑战似的用指头梳理着头发，又从中抠出几颗稻谷，他冷笑着说你看我掉进了谷仓里，把人家的口粮糟蹋啦。

你是不是和对面那个女人在一起？我注意到啦，她家的灯刚亮。

对，再往下问，你们干了些什么？设想一下吧，在新谷登场的丰收之夏，在万籁俱寂的荒野之夜，一个男人和一个女人能干什么呢？

夏荷香吃惊地瞪住了他。他让她觉得陌生，觉得不可理喻。现在渴望发动战争的反而变成了他，他分明已经点燃了导火索。

她害怕了。你又吹牛对不对？她喃喃地连声问。手却从他后背绕过去，找到那颗黑痣，她久久地抚摸豆状的鼓突物，直到她感到丈夫似乎平静下来。接着，她默默地在他背上继续搓揉，在把他赤条条的身体裹上了厚厚一层泡沫。然后，她打开热水，试试水温，将他推到莲蓬头下。你出去！丈夫吆喝道。但她固执地坚守在他身边，其实她已忘情地投入水雾之中，很辛苦地把丈夫洗刷得干干净净。

然而，她泪流满面，浑身水淋淋的。

临上床，周文彬看见那叠照片，一股无名怒火顿时从心头轰然而起：你亲眼见到人妖很幸福是不是，你恨不得让同志们都能分享你的幸福是不是？人妖很稀罕吗？你举目看看遍地都是，你眼前也是！

你！这都是你换掉客厅那张合影惹出来的事。

夏荷香有些心虚，特别是想到麻将桌上的细节，她甚是羞惭，她不

知道自己当时对那辱没丈夫的言行怎么会那么麻木不仁。所以，她对谷粒的怒气只能往肚里吞。

周文彬发现了躺在人妖中间的自己。抓起自己的照片，点燃了。一共四张。如果以一当十的话，便是四十个子；如果用来找零的话，可以兑换四十个人妖，或者几个人妖的四十张面孔。当然，他并不知道今天自己和人妖有这么一个兑换比率。

烧着的照片燃得不很畅快，火舌慢慢地攀爬着。落在地上的纸灰甚至不如骨灰烧得那么透彻，灰烬中夹着几块指甲帽似的碎片，那大约就是照片上的四个周文彬的骨头了。

无语的夏荷香在给他们默哀。

论文答辩顺利通过。和夏荷香预料的一样，那场面宽松平和，没有任何波澜。主考官对这批身为孩子他爹孩子他娘的学生充满同情心，因此他们虽然摆开了庄严的架势拿出了庄重的神色，却心照不宣地在贯彻落实友谊第一的精神。在熟读校长抄来的那篇论文之后，夏荷香就胸有成竹了。谁知，那场答辩不容她贩卖那点可怜的占有就草草作罢，简单得让她觉得不过瘾，觉得意犹未尽。就完啦？完了。夏市长你的论文写得真棒，够发表水平了。她谦虚地哈哈了一回。

不料，当天就有人向上参了一本，告的是答辩的组织者和全体参加者。夏荷香知道，上面无从追究，因为上面素来注重形式，获取毕业文凭的全过程形式完美无懈可击。但这个双休日她还是破天荒地把自己囚禁在了周文彬的书斋里。她痛苦地发现，依傍文化其实就是一种深刻的痛苦。她得尊重它研习它取得与之对话的资格，然后才能得心应手地驾驭它。而研习它的尝试，令她愈加清晰地看见了自己的贫白和虚弱。但是，她由答辩获得了启示，她要锲而不舍地坚持这么一种形式，用完美的形式把自己包装起来，包装不也是一种文化吗？精美的包装不正在赢得越来越多的消费者吗？

她要以读书在夫妻之间架设一座桥梁。是的，他俩之间有一条湍急的河流。它的浪涌是那么张狂，高举着一束束淫荡的水花扑向他的岸，它的奔泻它的喧嚣分明是在她眼皮下挑战和示威。她该尽快铺设这座桥去收复眼看着要失去的岸。

为了好好读书好好保持一种亲近文化的姿态，夏荷香开始闭门谢客，她首先拒绝的是肖书记的电话，她对那威严的铃声第一次说了个“不”字，虽然她的回答甚是无奈和凄楚，仍让周文彬怦然心动。

夏荷香恭恭敬敬向话筒致歉：肖书记，我感到了累，不，身体很好，是心累。这累不是指人际关系，是感到自己力量不足，知识的力量。我该更新知识加油续水充电啦，过去的知识不够用啦……

周文彬嘀咕道：压根儿就是个贫雇农嘛，硬充破落地主好听？

对，肖书记，我得静下心来学习。理论水平？哪里。老领导还不知我的底细吗？

在一旁嘀咕的周文彬冷笑起来，他分明在说：别忘啦，最知根底的人在此。

肖书记您再说就是批评我。我真的不能去陪你们。是，是，是，用词不当，是放松，不叫陪，我道歉。希望您和那些老领导体谅……夏荷香差不多变成了哭腔。

而周文彬的确看到妻子眼里的泪光。他的怦然心动就发生在妻子为躲避他的目光而扭头的一刹那间。

夏荷香终于捧起丈夫为她呕心沥血写成而现在注定用不着的论文。在回望了屈原李白扫描了鲁迅巴金琢磨了当今众多女作家后，他最后还是决定主攻汤显祖。他对汤显祖情有独钟，也是驾轻就熟。但他并不肯翻出从前的那篇文章，他觉得那是稚拙之作，现在他对东方莎士比亚的理解更加深入更加透彻，而且运用比较研究的方法，他眼前柳暗花明心中豁然开朗。现在这篇论文长达两万多字仍未刹尾，看来他是永远也刹不住了，他是在叙说，唠唠叨叨地和谁扯闲天呢。然而，这两万多字对于夏荷香真正是临川四梦，在起床仅两个小时的夏日早晨，她捧着稿纸很甜美地进入了梦乡。因天气太热的缘故，她赶在丈夫买菜回来前及时

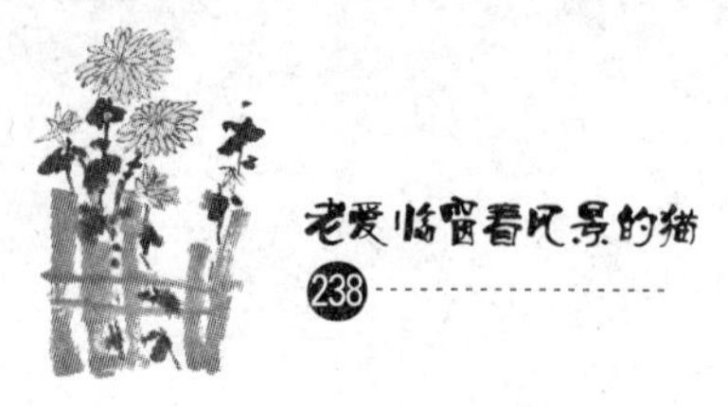

醒了过来。

你的文章真漂亮。可这哪是毕业论文？分明是专家的学术著作！

丈夫没吭声。她也没作对话的指望。她知道如今只有作出一种努力改变自己的姿态才能沟通夫妻情感。她继续阅读。她放下论文，翻起书柜来。其实对于她，看什么书并不重要，重要的是饥不择食的表情和动作。这一天，她饶有兴趣精力充沛地站在书柜前寻找着，她用那经常抚摸黑痣的手把每本书都抹干净了，积尘太多的藏书因此跨入卫生行列。

到夜晚，她读起了关于撒切尔夫人的传记，尽管常有电话一次次吵醒她，撒切尔夫人还是屡次从她手里滑落掉在床下。

阅读是催眠的灵丹妙药。她睡眼惺忪地说。

周文彬默默地把书给缴了。她一激灵，跳下床，叫道：越是犯困越要改掉这习惯，给我！我到客厅去看。

你悬梁刺股吧。

夏荷香去了客厅。尽管她用冷水抹了几次脸，仍然未能抵挡睡意，她早早地歪倒在沙发上睡着了。周文彬几次前往参观她的睡相，每一次他观赏她的目光都有不同的内容，由鄙夷而讥嘲而尴尬而同情，最后是痛惜。痛惜的情感一般是产生于午夜时分，产生于死一般的寂静中，产生于意识准备休眠之前由内心深处蔓延开来的孤独感中。

他的痛惜之情释放出一缕缕暗香。喂，上床！上床睡！他用力摇晃，居然未能弄醒她。于是他很响亮地在那隆成一架大山的肥臀上左右开弓甩了几巴掌。

苏醒了的双臂缠绕着他的脖子，复活了的呢喃坚执地朝着他的耳朵攀登：文彬，听着呵，你的事老板会过问的！

夏荷香敢于对老领导的电话铃声说“不”，勇气来自那个神秘的手机号码。她终于和手机联系上了，老板欣然约见了她。老板是一种尊称，满世界的老板经营项目和范围大不同，此老板经营着可爱的家乡。所以夏荷香是怀揣着《可爱的家乡》去见老板的。家乡为什么可爱呢？最突出的一点就是老板大打莲乡牌，莲子汁莲子露莲子粥藕粉藕晶藕丝糖出手就是同花一条龙，藕田放养荷塘垂钓休闲赏花采莲不是对对和就是十三滥。老板把宝押在莲藕深加工和莲乡特色旅游上豪赌了一把，赢得了经济腾飞。在教育局的授意下，周文彬对此作了重点讴歌。因此，老板在了解了她的来意后，对此书作者的处境表示严重关注是非常自然的事。老板最近心情很好，他被上面评为优秀党员领导干部，上面的电教中心刚拍完一部宣传他的事迹的专题片，有些素材便取自《可爱的家乡》。老板的态度让夏荷香挺激动，一激动她就给正在兴头上的老板献了一计，确切地说是把丈夫贡献出来了。她建议应该为老板写一本书，全面展示优秀党员领导干部的风采，因为那个专题片才几分钟，而且只是用于党员教育并不公开播映。老板说为自己涂脂抹粉不好吧。夏荷香说写什么人是作家的自由，再说领导的形象不就是莲乡的形象吗？老板就笑了，说既然如此我就不能干涉创作自由了对不对。

当肥臀挨了几巴掌的时候，她觉得正是动员丈夫出马的良机。她苦口婆心地劝说着，辅以爱抚。在这个夜晚，她的爱抚不再局囿他下巴上的黑痣，显得更有涵养更有气度，她抚慰了所有敏感和麻木的区域，如同一个驭手久久地爱抚自己的马匹，从鬣毛到腿裆到马掌。

文彬，谷粒的事你是吹牛吧？

周文彬惊奇地仰望英姿勃发的驭手，果然发出一声悲凉的马嘶。

于是，周文彬决定去为老板写一部长篇报告文学，不，为自己。在他以往的文字中，没有一篇像此篇，目的是那么明确那么直接，动机是那么单纯那么自我。这是一场商品交易，是一种市场行为。他以自己的精神劳动去换取等价的精神商品。想到精神商品这个词，他异常激动。是的，即使老板出面给他弄了个副局长，他也不在乎那份权和利的，他在乎的是它的精神价值。他觉得对于如此能耐如此处境的自己，它是人们普遍消费着的某种气体，如急救所需的氧气和不可或缺的液化气，又如灌充车胎和气球的气。他把自己想象为瘪了的车胎，他失去了道路和行走。他终于听从妻子的建议，为的就是换得这股气使自己膨胀起来。对于瘪了的车胎或气球，膨胀才有尊严，膨胀就是尊严。

真正实现自尊其实要占领一个有利的地势。妻子说。多少人迂回着包抄，匍匐着前进，潜伏着等待。而你揣着一面恃才傲物的旗帜孤芳自赏，你太相信这面旗帜了。殊不知旗帜很可能落得布料的下场，旗帜原本就是一块布料呀！

经过几天走马观花的阅读，妻子迅速成长为一位哲人。他很惊讶关于布料的比喻。他能容忍这种比喻，却是因为妻子真的把肖书记得罪了。肖书记后来又在三缺一的紧急关头，屡次打电话呼救，救场如救火啊。然而她坚辞不去，于是火势就沿着电话线猛扑过来。大概肖书记说了一些指责她忘恩负义之类的话，气得她把听筒扔掉了。

应着重重的一声喀嚓，他作出了为自己写这本书的决定。

许沿策划并主持那个节目，纯粹是为了在电视台立足。其实，她对我爱我家的话题缺乏热情，家对于她是个充满仇恨的空间。床上躺着冷酷，墙上贴着谎言，空气间弥漫着罪孽的气息。家里的肮脏让她清扫了好几年，令她不堪回首。而摄像机的镜头分明在威逼她调动自己对家的全部的温馨怀想和美丽憧憬，以启迪那几位紧张得额头冒汗声音发颤的嘉宾。她搜索枯肠，竟是窘迫至极。

她觉得自己在接受审判。觉得那些嘉宾仿佛成了被自己的罪行所牵连的胁从，觉得第一次上镜的自己和他们坐在演播厅里压根儿就是被一网打尽的犯罪团伙。交警低头服罪，企业家神情恍惚，军嫂更是失态，差不多就要涕泪横流了。

这是她预见的场面，所以，她搬来了周文彬，他能使她放松，能使她化我，能使她全身心地投入一个角色。进入角色后，她自己的一切痛苦便会消失，便会喷涌出创造新生活的激情。然而，周文彬虽然正襟危坐，却是神不守舍，他是上课开小差的学生，每被提问便羞得脸红，回答简洁得只剩下“是”或“不是”的判断，还支支吾吾地包裹在嗯嗯呀呀这个那个的废话里。比如，她问：您妻子是市长，工作一定很忙，大概很难照顾家务，那么您在家庭中是不是一片绿叶呢？而您作为名人，有自己的事业，假如成为绿叶，您会不会厌倦这个角色呢？周文彬在一个愣怔之后，对前者予以肯定，对后者表示否认。她的提问其实隐含着挑唆之意，或者说，她在提示他怂恿他倾诉，不，是妙不可言的控诉，她为他郁积于胸的落泊感开掘了泄洪道。她希望那冲决而来的滔滔洪水，激活演播厅里的气氛，激活两颗心再次相拥的热望。他应该知道，作这样一次冲决，其实也是对自己的救援。他让她失望了。

她想，他本来是不会怯场的。他虽然不能口若悬河，但应付这样的场面当能潇洒自如，他思路清晰，反应敏捷，且富有幽默感。此刻的反常表现只能说明他有顾忌，这两天早晨他甚至不去买菜了，难道不是出于顾忌吗？

部主任一个劲地嚷着放松放松，中间还停下两次，召集那些无法放松的表情和肌肉开会，动员大家别像得了恐韩症的中国队那样一上场就脚软，这里不是足球场没有进攻方，你们是邀了一群朋友在家里聊天，你们谈笑风生，你们的丈夫或妻子很温柔地忙碌着为朋友们倒茶递烟削苹果，于是你们就免不了表扬他或她的酷、漂亮以及种种优秀品质兼及香烟茶叶和苹果。部主任对嘉宾是彬彬有礼的，对许沿则不客气了，他说许沿你当演员出身怎么还怯场呀！你还不老练不能临场发挥，你扣住核心好不好！花儿为何红月儿怎么圆，为何和怎么！明白吗？还有，别人说话是对你说的，你该怎么样？抬头干嘛，月亮不在天上，在你心中。还有，不准摆弄头发，你的头发很好很漂亮秀发如瀑，下次拍洗发露的广告一定找你做模特！还有，更重要的一点，你和周老师对话时要文化要艺术还要得当！怎么叫人听着别扭像一个多事的街道妇女！OK 重来！

部主任帮助许沿给嘉宾调试表情，就像给电视机调台一样，一张张脸由新闻联播到今日说法到股市风云到玫瑰之约到真情对对碰，好不容易才勉强来到我爱我家。不觉间已到下班时间，电视台人走楼空，这儿还没完，看来弄完也是浪费带子，忍无可忍的摄像师拂袖而去。摄像师对许沿和部主任说，这个节目播出去准会导致不堪设想的恶果，活活拆散一个个原本花好月圆的家庭，嘉宾的窝囊让家人寒心呀！部主任眼睁

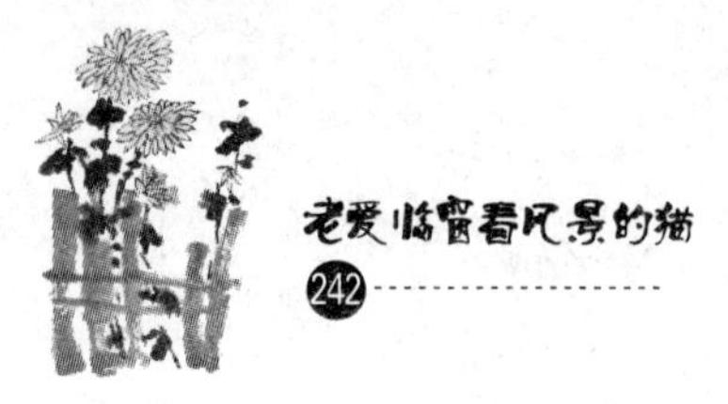

睁地目送摄像师离开演播厅后，很沮丧地瞪了许沿一眼：送客呀！嘉宾们如获大赦扑啦啦地飞向自由，他们同许沿挥手道别时倒是一个个姿态优雅。最让许沿哭笑不得的是那位军嫂。

军嫂从车棚里推出自行车，边走边欣赏着晚霞，很诗意地说：你看，这些霞云很可能是乌云吧，被阳光照射着多美呀。婚姻和家庭与它是相反的，本来挺自然美丽，飘荡在自己的天空上，可你要渲染它炫耀它时，它就阴森了。大家到这里是要夸耀幸福对不对，可夸耀本身就不真实，是表演，真正的幸福是藏着掖着的，因为人是自私的，好东西是不肯轻易示人的。

就这句话，噎得许沿差点背过气去。

她知道周文彬期期艾艾地跟在后面，他们中间有一段不短的距离。她憋忍着不回头，她相信他一定会跟踪自己，然后在合适的场所合适的时辰加速度。他不对今天的表现作出某种解释是不可想象的。

她以庄重的姿态、矜持的表情引领着他去寻找适合两个人操练的体育场。人行道被摊贩们堵得水泄不通，她走在自行车的车流里。她听到周文彬不时以铃声与自己保持着联络，此刻要分辨他的铃声再容易不过了。满世界的声音或焦躁或愤怒，唯有他发出的是歉疚而多情的信号。

可是，在经过了一个十字路口后，他的铃声断了。许沿茫然回眸，也不知他是被车流裹胁了去，还是他悄悄地开溜了。

或者，是自己把他甩了？

周文彬被老板养了起来，养在莲乡宾馆里。这是老板的秘书安排的，秘书说：既然你执意要写那是你的自由，老板只是答应配合。可是老板日理万机，绝对不可能拿出大块时间跟你侃个几天几夜，只能见缝插针接受采访。在这里给你安排一个单间，你住下，先看看有关资料，他一有空就过来，这样比较方便。还有一个考虑就是先别张扬，老板最终是否同意发表还是个未知数，在这方面他很谨慎的，那个拍好的专题片这几天忽然叫他压下来了。要看时机和条件，懂吗？

秘书在交代周文彬时，电视里正在唱：该出手时就出手，风风火火闯九州啊，依呀嗨哎呀嗨……

秘书把话说得很圆。如果用几何图形来描绘官场中人的话，秘书就是圆。照他话里的意思，周文彬好像是自投罗网的金丝雀。

为了恭候老板，周文彬泡在宾馆里不敢挪窝。老板的确很忙，许多次约定要么被临时取消，要么就是上门来点个卯，嘱咐宾馆好生伺候便走，像是查房或曰探监。

夏荷香似乎比丈夫更急，她每天晚上十点整打个电话过来询问进度。她说：文彬你真是个书呆子，别傻等呀，先扫清外围嘛，找秘书要个名单先采访有关人员，采访最熟悉老板的人。从他们嘴里不就能掏出个大概了吗？

于是，在秘书的精心组织下，连着两三天有人被请进了他的房间。来人差不多是众口一辞，基本是《可爱的家乡》里的那一套说词，区别在于有的用自己的语言表述，有的是背诵那本中学乡土教材。只有秘书稍懂文学，发表过几句顺口溜，知道周作家需要刻画性格的生动细节。秘书说：老板最可贵的性格特征是勇于创新不服输，比如在特别疲劳的时候他喜欢打打扑克玩玩麻将放松自己以利再战，一旦玩起来他不赢不罢休，玩的时候他其实运筹帷幄想着经济发展的大事，就说打麻将吧，你猜他拿什么作子，拿本地刚开发的新产品的商标！他在告诫大家牢牢树立品牌意识。有一次去县里最让我感动，也是打麻将，也是用精美的商标作子，他却掏出当地四位专业人才的照片分给大家，每张照片算五十个子，大家很疑惑，不知他葫芦里卖的什么药，后来他把大子全部赢到手语重心长地说人才可贵呀，大家才恍然大悟，都觉得深受教育。

这个细节让周文彬眼睛一亮。他觉得再从老板本人那里掌握一些细节，加上这几年道听途说的东西，就可以动笔了。不，不觉间他在宾馆已呆了半个月，这一周老板甚至无暇过来看望他，采访主人公的事只好边写边等。在决定动手的这天傍晚，他给妻子打电话，办公室没人接，家里也没人。他找出一个陌生的手机号码试了试，不承想妻子倒是把手

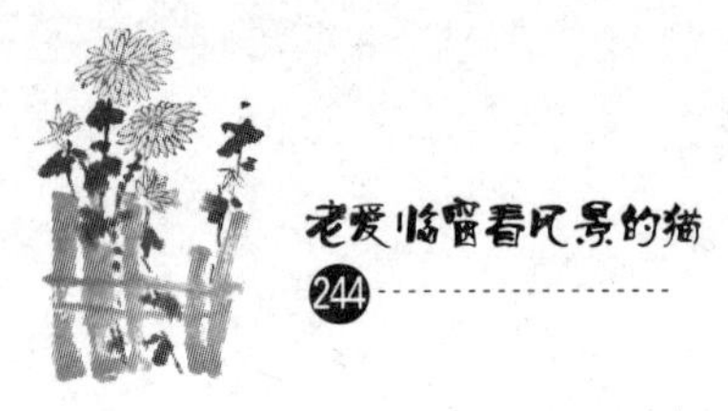

机带在了身上，却是忙音。没完没了的忙音。接着他想到了许沿。这半个月的早晨和深夜，他一直想着许沿，因为没有勇气把自己正在从事的工作告诉许沿，所以他的想念是一种痛苦。在痛苦中他把许沿的名字写了千万遍，挥霍了厚厚的一本稿纸，像一个早恋的中学生似的。可是，在这决定动笔的傍晚，他很想举办一个小小的仪式，好比结婚好比店铺开张好比轮船下水，这个仪式至少要有一个人前来助兴。他鼓足勇气给许沿拨号。许沿不在家，也不在电视台，电视台说她又跳槽了可能去开茶吧了吧。

周文彬想去找找她，尽管漫无目标。但在宾馆门边，被女经理拦住了。风韵犹存的经理告诉他，老板来了电话，待会争取过来要他别走开。好几次闲极无聊，他想回家住一宿，都被这位女经理以同样的理由挡驾，不，说挡驾是用词不当，他是被养在深宫中的人。

经理摇着很圆的屁股把他引进了餐厅。周文彬要了一瓶干红。经理说你是有名的剧作家，尽管我实在不会喝酒还是要敬你一杯，于是她端起高脚玻璃杯抿了一小口又作恶心状吐掉，像他从前随文化稽查大队去扫黄时所见所闻的女人那样。其实那些女人比她懂得尊重男人，她们吞了脏东西还知道强颜欢笑。周文彬拿她与她们作比较，是因为她转身就进了某个包厢，出来时端着那种能斟一两半白酒的杯子又去寻找别的贵客。

大厅里有两个孤独的女人分别从不同的方向盯住了自斟自饮的周文彬，其中有一张面孔已在这里守候了好几天。那个女人沿着他的目光游过来，像一条水蛇，她挨着他坐下。

周文彬有点紧张，埋头喝酒吃菜，努力不看她。

她叫来服务员，只点了一道菜。是基围虾。两百够吗？她问。但不知向谁打听谁的价格。

基围虾上桌时她又问了一遍。她把基围虾和自己的玉臂一起推到周文彬的面前。周文彬猛然明白了，怒目圆瞪地斥道：走开！你当我是什么人！

你……难道不是吗？我老见你神不守舍的样子。别像个正人君子似的凶凶喝喝，告诉你，你的样子就是那种男人。你看那边那个女的不也在盘算着怎么接洽吗？

她嘟哝着，端着基围虾悻悻地游走了。

周文彬两颊发烫。他把剩下的酒一口干掉，回到房间再给妻子打电话。打通的是手机。那头传来好几个人的声音，显然又是在牌桌上。文彬呀有事吗？你到宾馆来一趟，现在马上。可我走不开，明天好不好？不行！可我正在开会，很重要的会。

这个谎话等于是火上加油。他大吼一声：什么开会，打麻将！他还是离不开你这政委是不是？

不是肖……

那……告诉我是哪些人！

文彬，你喝了酒是不是，我闻到酒气啦。你先歇着，我等一下看……

那头有个耳熟的声音提醒了他，他灵机一动问道：你们打麻将用什么作子？

什么？夏荷香是真的不明白他的所问。

你们不是用扑克牌作子。是拿商标对吧？你怎么不把你的那些人妖带去呢？那才赏心悦目呢。

周文彬不知道他的建议已经过时，其内容早已落实了。妻子对他的猜测只是轻轻地嗯了一声，但这声肯定却是对他的嘲弄，是对这个夜晚的猥亵。他想起女经理猩红的嘴唇，想起那嘴唇极不情愿地接近如血的干红的样子。他觉得她轻抿的不是酒是自己，所以她要把他吐掉。把他斟在杯子里是一种象征，轻抿他也是一种象征。

扔掉电话，周文彬把这半个月来搜集的资料和采访的笔记本撸作一堆，很惬意地半躺在沙发上，双腿间夹个垃圾桶，开始撕它们。他要精心地做好这件事，一点点地把它们撕得粉碎，反正在舒适的宾馆里有人管吃管住。在酒后，最美妙的享受就是撕碎一些东西，包括撕碎自己。

他想老板宁愿去打麻将而拖延他的采访，可能和压下电视片的原因一样。然而自己却像个望眼欲穿等待宠幸的白头宫女。幸好有个请他吃基围虾的女人，那个女人的目光真是稳准狠。他感激那条水蛇。他放下手里的活，头重脚轻地走出房间，从大厅到舞厅到娱乐中心找了一圈，他想看水蛇一眼，用注目礼聊表谢意，哪怕被水蛇咬一口，哪怕她变成了蟒蛇把自己囫囵吞掉。但是没有找到。

他有点儿失望。他趴在总台那儿翻寻来客登记时，夏荷香赶到了。夏荷香说你怎么醉成这样，找谁呢，总不至于忘了自己的房间号吧。

他的确没醉。他很清醒地领着妻子进了电梯。在两个人的电梯里，她迫不及待地告诉他，最近上面要考察她，而他的事可能得缓一缓，因为老板也不得不顾忌老领导的强硬态度。她说老板是很想自我宣传的，只待天时地利人和，所以你要继续呆在这里写，以后每三天我来慰问你一回行吗？

开门时，夏荷香的手机响了。她掏手机时，周文彬看到了包里有一大叠人妖。显然她又带出去炫耀了。他恶毒地想，这回老板肯定又解放思想大胆创新了。

一进门，周文彬就把妻子放倒了。像砍倒一棵树。她轰然倒在卫生间门边的地毯上。墨绿色的，如荷叶的颜色。

文彬你疯啦！上床再说好不好？听你电话里的态度我放心不下，托故过来，弄得大家挺扫兴。谁知你比我想象得还急！

后来她才明白他的行为不是一个急字所能形容的。他是一个闯进藕田里的顽童，对着蓬蓬勃勃的绿叶和红花在疯狂地施虐。他把荷叶撕出一个洞，套在脖颈上，像披上了盔甲的勇士，然后把一茎茎莲花一杆杆荷叶视作潮水般涌来的敌人。他横刀跃马搏杀在泥淖里，那是一场肉搏，他杀得血起，杀得眼红，他开始滥杀无辜。在这时爱抚黑痣是可笑的，她的百般努力终是未能平息他搏斗的欲火。

夏荷香说，你疯啦！戴上这个。我准备着呢，临时在街头的自动机器里买的。

他接过来同样把它吹成气球。在一声爆响之后，他把藕田踩躏得一片狼藉，一地的败叶残梗，一地的花瓣莲蓬，甚至他把肥白的嫩藕都从泥里掏了出来，弄得满世界一片风吹不散的泥腥。

而他自己也成了一头泥牛。

作为胜利者，他没忘记利用垃圾桶里的纸屑。他抓起纸屑，撒在躺在地毯上的妻子身上。她身上贴满乱七八糟的文字。

临出门，他带走了一块“请勿打扰”的牌牌。

当夜，这块牌牌被他挂在自家大门的外面。半夜时分，一阵猛烈的砸门声把整个歌舞团大院都惊醒了，看热闹的男女挤满楼道。唯独没有许沿。

许沿在对面的窗前放声歌唱，通常半掩的窗帘此刻全撩开了。雨雾中的身体依然耀眼，雨雾滋润了歌声，或者说歌声滋润了她的疯狂。

湿漉漉赤裸裸的疯狂动听极了。

拣　　筋

金精山大罗宝殿的道士择了一个好日子。

这天，果真是个好日子。久久地捂着晴色的阴云，终于裂出一道罅缝，有如灰色的花岗岩嵌着一条洁白耀眼的矿脉。渐渐地，这条矿脉膨胀了，令人目眩地蠕动，阳光纷纷倾倒下来，在这片红色的山岗上溅起了袅袅娜娜的湿气。一群人随着这奔逐的雾气，袅袅娜娜地飘过丘陵飘过绿茸茸的大塅，这团人影挂在雄峻的南华山的阳坡上。

这群人立即开始工作。他们在一座孤坟前用晒谷的篾席搭起一座简易的棚子，扯开箩口大的一盘鞭炮。他们将唤醒长眠于地下的这个人。这个人叫吴长水。献于墓碑前的公鸡挣扎着扑打着居然站立起来，豪迈自得地引颈唱了几声，唱得男丁们心里发急，不待老人们吩咐便依次在不见天面的棚子里跪下了。

爆竹噼噼啪啪地炸响了，腾腾青烟中，长子跪着挪向墓碑，抓起菜刀。长子是独臂，如何也拎不起那只雄赳赳的公鸡来，便有至亲的老人欲上前帮忙，这长子却是性烈，不容老人抓起公鸡，扬起左臂朝前面剁去，眨眼之间他已弃刀提起断了头的鸡来。殷红的鸡血淋淋漓漓洒在墓碑上，洒在吴长水的名字上。

该动土了，长子费力地挺起锄头在坟上挖了第一下。

男丁们象征性地依次动土，便由村坊挖了。老人死后经过三年脱骨，便要拣筋，让地理先生寻块风水宝地再进行安葬，称之为寄筋。早该为吴长水寄筋了，他的不孝子孙们为此受到最严厉的谴责，遭到最残酷的报应。去年吴长水的长子在挖钨砂的窿子里丢了一条胳膊，村坊们认定这就叫报应。

松软鲜湿的红土堆成了新的土丘，渐渐埋没了厮守在孤坟边的几株岗柏，受了惊的山蚂蚁仓惶地蹿出巢穴，像一股狼烟喷突着弥漫开来，腐朽的棺木被一块块撬了起来，儿孙们围着这个墓坑又跪下来，族中长老紧张地抱来几刀草纸放在他们身边。所有的眼睛都怯怯地盯住不断扩大的黑洞。

他们看见那个性格乖戾的老人了，他们看见那个病死异乡的老人了！人啊，原来就是这一抔可作肥料的黑土，几根不如干柴的骨殖！

然而，人们瞪圆了眼睛，目光齐刷刷地投向吴长水的胸脯，那是什么呀？像两片树叶，像两块石头，他的肺居然没有烂，居然完整地与骨头同在，人们惊呆了，沉默，一片死寂般的沉默。只有云际，传唱着阳雀子的欢歌。

儿子们滑下墓坑。庄严肃穆地拾起父亲的筋骨，轻轻地用草纸擦拭，轻轻地放入用鬃毛编织的棕箱里。由脚到头地拣，由脚到头地放。那小小的棕箱是放不下吴长水的肺的，儿子们面面相觑，村坊们不知所措。那也是死者的一部分啊！多么惊人的部分！

原来他竟是个烧锅痨，是个矽肺病人！他儿时挖过钨砂哟？

于是，这个故事复活了……

那是一个遥远的春天，那是吴长水一生中最灰暗的日子。

他加入了一支奇异的队伍。这支队伍在蜿蜒的山路上蛇行，杜鹃声嘶力竭的啼号从山脊上沉落下来，青桐苦槠马尾松混杂的林子里仿佛因为谁的怂恿发出愤怒的涛声，林间一蓬蓬金樱子盛开着团团簇簇的白花，沸泪一般熠熠耀耀，显得格外刺眼。满世界都在注视着这些罪孽深重的人。

押解的红军战士警惕地注视着他们。

他们之中大多也是红军，但他们和吴长水一样被撕去领章摘掉帽徽，被裁判部判了徒刑。这些犯了罪的红军官兵同几个被判刑的土豪劣绅一同组成了这支劳改队。

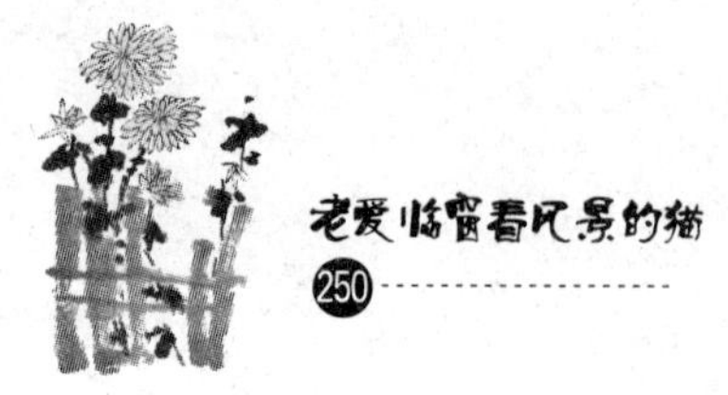

林子渐渐浓密，山路隐入没膝的茅草和棘丛之中，队伍突然停下来。这时吴长水看见前面有个女人呆立着，痴情地望着金樱子花丛，一对硕大的黑色蝴蝶翩翩飞舞，那么妩媚地飞向她，她一动也不动，带着恬静的笑意召唤着黑色的精灵，要不是山风拂弄着她的头发，也许蝴蝶会在她头顶上落下小憩一阵。

持枪的战士推了她一把，厉声呵斥："快走!"

她前面的犯人回过头来，那是一张用麂肉野猪肉豹虎肉雕塑的脸，他严厉地盯住战士，低沉有力地说："叫特派员来，我要解手!"

吴长水早就认出了自己的营长，他不知道营长犯了什么罪，竟和自己缚在同一条粗壮的麻绳下。他内心充满恐惧，生怕营长看见自己。然而，营长的目光透过一排晃动的人影，毫无愧色地投射在吴长水的眼里。

特派员上来了，沉着脸审视他们，又四下环顾，这才命令战士解开倒绑着的双手。

女犯人循着黑蝴蝶的轨迹走去。岩石后露出了她的秀发。

突然，她像一只受惊的山鹿从岩石后面跳起来，敏捷地朝山上奔去，不待持枪的战士作出反应，她的身影已消逝在树木的阴翳里。

一片惊慌的吆喝。

吴长水看见那个特派员掏出了驳壳枪，吴长水闭上眼睛，但是他听到的却是营长赖全福雷鸣般的吼声："特派员，不许开枪!"

他睁开眼只见营长厚实的胸脯顶在那黑洞洞的枪口上，两张充满敌意的脸对峙着。这种大胆的对抗是执法者的尊严所不能允许的，尤其是在犯人的众目睽睽之下，特派员移开枪口，指向深邃的天空，威严的两声枪响，在这些耻辱的心灵里划下了滴血的创痕。

"特派员，我求你别开枪！她不会逃跑。看见吗？那里有棵樟树，她在那里。"

几个战士朝半山腰那棵亭亭如盖的樟树跑去，那一汪新绿中不知遮掩着什么秘密。吴长水感到奇怪，显然这女犯人同营长一定有什么关系。

不一会儿，女犯人被押回来了，她的手依然被绑了起来，她嘴里却衔着一条油亮的足有两尺长的辫子。特派员迎上去，伸手去扯那条大辫子，她咬得很紧，仿佛全身的力量都聚集在牙关上，那对大而亮的眸子里颤动着美丽的忧伤，叫人看着十分不忍。

“李双凤，你是重刑犯，你逃跑我们可以就地正法，懂吗?”

特派员训斥了一阵，便命令队伍原地休息。接着特派员清清嗓门站在犯人面前宣布：“现在我要执行上级的命令，给你们剃头。你们是犯人，犯人就要像个犯人的样子，莫要逃跑！从反革命犯开始!”

吴长水愣愣地，不知怎么回事，双手在发间摩挲着，竟感到十分新鲜。然而看到第一个剃好的脑袋，顿时脸发白了，反革命的脑袋由前至后剃去一道头发，宽阔的一条白色将脑袋划成两个黑色的半球。

啊，他是犯人，他是当过红军的犯人！他的灵魂在正义的枪口下瑟瑟发抖，他的内心深处又一次开始作最痛切的忏悔，但是，忏悔决不能赎回罪恶，罪恶必定要受到惩罚。他贪污了连队的军饷，因为二十块银元被判了三年徒刑。他好没出息啊，他对不起坚守金鸡堡牺牲的四十八位战友!

好不容易击溃了敌人对苏区北大门的进攻，战斗一结束，就是这个赖全福气势汹汹地带着几个战士来到吴长水面前，不由分说地一挥臂，喝道：“给我绑起来!”

吴长水被带到牺牲的战友面前，四十八具遗体整齐地排列在草坪上，草坪边土包上放着一担木桶，桶里盛着大块大块的炆肉，飘出诱人的香味。营长从连长手里接过一只砵头，愤愤地摔在吴长水的脚下，砵头碎了，菜汤打湿了他的草鞋。

营长咆哮着：“你这混账东西！发给你们多少银元？嗯？你胆敢拿萝卜来糊弄他们！现在他们死了！他们是饿死鬼，你把你的良心掏出来祭他们吧！你跪下，你给我掏!”

当连长吩咐吴长水去买一头猪来，他就意识到这场战斗的严酷。一担担炆肉送到前沿阵地，几经殊死搏斗的战士更加明白了自己的处境和责任，他们望着横陈在阵地前的死尸，呼吸着血腥的空气，哪里咽得下

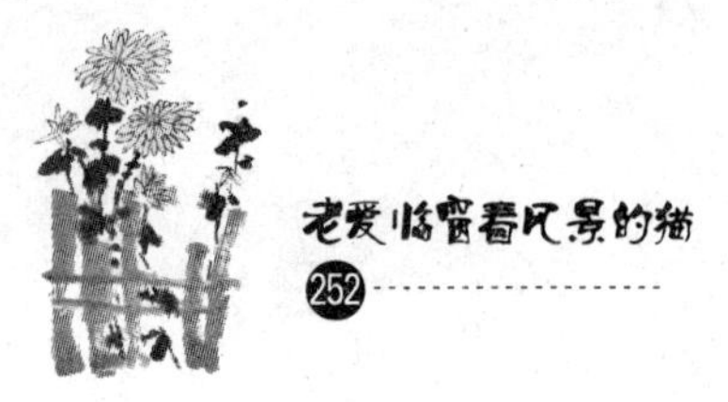

去。连长下了命令，战士们才围住水桶。但是他们很快就愤怒地踢翻了桶，里面的肉极少，掺着大块大块的肥肉一般的萝卜！

吴长水哟，掏出你的良心来吧！

四十八座新坟把一座荒凉的红壤凸岗装点得十分悲壮。营长亲自将一只只热腾腾的肉碗端到烈士坟前，然后捧着一只粗大的竹筒，将酒依次洒在他们的墓碑上。

据说，那四十八只肉碗营长不许端回来。

据说，连里的两个伙夫挑担空桶去收，被营长发现了，关了他俩三天禁闭。

吴长水的脑袋被战士按住了。他望着那些已经完成的阴阳头，痛苦得恨不能撕碎自己，他竟和革命的敌人一样残害着革命，他看见那几个土豪劣绅正把脸转向自己，在那几张肥得流油或瘦得打褶的脸上，分别带着刻薄的嘲讽和同病相怜的抚慰。

这对他是最严厉的鞭笞，他麻木的心灵因为这狠狠的打击而惊醒了。吴长水声嘶力竭地叫起来："不，我是红军！你们不能这样，枪毙我吧！我死了也是红军的鬼！我宁愿做红军的鬼！"

但是，他的挣扎是徒劳的，两个彪悍的战士扑来，结结实实地按住了他。只听得咔嚓咔嚓的一阵声响，又厚又长的头发一团团落在草丛上。红军对待他和对那几个与红军不共戴天的敌人毕竟不同，吴长水的头由左至右剃了一道，吴长水安静下来。十多个红军的犯人都剃成了从左至右的阴阳头。

剩下的两个犯人——李双凤和赖全福显然使朱连长甚是为难。

李双凤依然咬着那条辫子，辫梢和秀发被风吹乱了，有如冬日的芭茅发出萧索的呻吟。她带着苍白的笑意，坦然地准备承受一切应得的惩罚，她站在那些燃烧着妒火和仇恨的眼睛里，眼里都涌出了盈盈泪水。瞬间，泪水干涸了，在她眨眼之间，仿佛整个林子都听见了她的心在激动地呼唤。她的高耸的双乳热情地挥动着被树枝挂破的一角衣衫，袒露出胸前一块无瑕的洁白。

特派员犹豫不决。他面前是个犯人，又是个年轻的女性。他不忍破坏这端庄和谐的俊美。猛然间他扯落了她咬着的辫子，最终放过了她。特派员磨转脸，大喝一声："赖全福，你过来!"

特派员夺过战士手中的理发推子，咬着牙摁住赖全福的头，许久许久才从牙缝里挤出一个声音："赖营长，对不起了。你们要去挖钨砂，到那里还是要剪的!"这声音细微得只有赖全福能听见。

谁知，冰凉冰凉的推子竟落在赖全福的前额上！这个猎户的儿子，这个威震敌胆的红军营长，顿时像一只被激怒的狮子暴跳起来，那对属于铁铳属于钢枪的眼睛放射出鹰隼般的凶光，他破口大骂："混账东西！你小子竟敢拿我当敌人，总有一天老子出去崩了你!"

吴长水惊愕地看着这场面。他心头突然涌起一股矛盾的感情，有惋惜，也有出了一口闷气的惬意，更多的则是卑下又辛酸的自得，没想到把自己送上审判台的英雄，居然还不如自己，居然会像敌人那样被剃成从前至后的阴阳头。

吴长水死在海拔一千米的山巅上。三个儿子接到噩耗赶来，已是第三天。吴长水已被人从林梢上的瞭望台里抬了下来，停放在场长的办公室里。

他的身子萎缩得像个十几岁的伢崽，而他脸上却布满了深深的皱纹和干枯的胡茬，塌陷的眼窝里埋藏着二十年护林员生活的全部秘密。唯有掩藏不住的痛苦，通过紧抿的双唇和仿佛咬紧了牙关的神态，鲜明地展示在儿子们眼前。

儿子们痛哭了一阵，愤怒了，揪住了国营林场的场长。

"你说，我爹是地主、富农还是反革命，你把他一个人丢在山顶上，二十年哪，像当和尚一样，当和尚还有个伴呢！你好狠心！你们欺负他老实!"

揪紧的衣领勒得场长透不过气，脸憋得如同猪肝色，场长一动也不动，他的眼里涌出愧疚而冤屈的老泪。

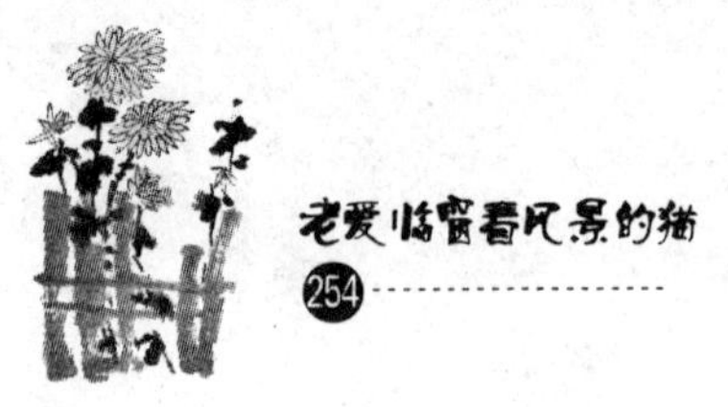

吴长水太固执了！

爹太固执了。

因为这固执，他子孙满堂竟无人送终，竟抱着望远镜在瞭望台的地上躺了整整一天才被人发现，才被冲上山的问罪之师所发现。幸亏，二十年没有发生的火灾在他死后奇迹般地发生了，那火从田头的草皮堆蔓延开来，扑向山林，冲着这莽莽苍苍的群山气焰熊熊地宣告：一双警惕的忠于职守的眼睛永远闭上了。场长没有悟出这场火的真正含义，当时暴跳如雷，带了几个干部去找吴长水算账。

结果，吴长水被他们抬下山请进了场长的办公室。

儿子们要接他回家了。长子忽然记起什么，问场长："我爹留下什么话没有？"

"他每月才下来一次，领工资买些米油盐，难得见一面。好些天以前，他好像有什么话说，从山上打电话下来找我，那是半夜，怕有一点钟了，可我听到的尽是咳嗽声，咳得吓人，咳得好吓人呀……"

他到底要说什么呢？难道就是沉积于胸中的矽尘状的日子？

曾经有许多许多蛀虫围着这架其貌不扬的大山恶狠狠地噬咬，斑斑驳驳的绿色植被上到处是他们吐出的渣子，一片狼藉，无数个黑洞洞的窿口袒露出这架山的富有和恐怖。如今，这架山空出了一面坡，留给这支队伍，留给这些犯人。

这架山充满了戒意。

吴长水很快就明白了为什么给他们剪头。山上除了他们还有更多的红军，组成五个挖砂的中队，还有由四乡麇集在这儿的农民，在西边的山坳里搭起了鳞次栉比的寮棚。人们前赴后继穿凿出来的窿子有时竟虬结在一起，犯人要逃跑并不是很困难的事，这要看运气了。吴长水刚刚习惯这艰难的工作，就受到自由的风的诱惑。

犯人们在这条不知谁遗弃的窿子里等待着硝烟散去。六个犯人坐在潮湿的地上，守着一盏灯。灯是竹筒做的，中间开个孔，泄出一团昏黄的亮光，正摇曳着投在李双凤的脸上。

吴长水发现她太像观音妹了，在这黑暗中的灯光里，一样的脸盘，一样的柳眉，一样的笑窝，所有不同的地方都隐没了，所有相似的地方都熠熠生彩。他的心隐隐作痛，他撑着冰凉的岩壁弓起身子，踉踉跄跄向着深不可测的黑暗摸去。

“吴长水，你干什么去?”

这是赖全福的声音。没有回答，他用不着回答。他鄙夷地冷笑了一声。在这里，赖全福莫想抖威风，吴长水的头比他还要高一级呢，吴长水好歹是自己人。

“站住，你把灯带上，留心头上脚下!”

吴长水迟钝地转过身子，他的营长已提灯跟上来。他不知道这颗幸灾乐祸的心怎么竟会在赖全福的注视下惶惶地惊跳，不知道为什么赖全福虎死不倒威?

“从今以后不许说死，懂吗?不许犯忌讳。拉屎，叫打堆子。”

“是……嗯，打堆子。”

吴长水接过灯，岔入与采场相背的一条盲窿。

他趟过一片没脚背的积水停下来，前面是一面岩壁，他沮丧地蹲下来，他把这泡屎送得太远了。

这时，地上的油灯忽忽地唱起来，他终于找到日日夜夜折磨着他的思想的那股阴风，上次他摸黑爬到盲窿顶端，根本无法找到风源。现在他可以借助这盏灯了，他多么想迎着风钻出去，找到观音妹告诉她自己活着，为了那二十块银元买下的银耳环活着，为了那定情的信物活着。而他不甘这样活着。

这条窿子不知被什么人堵死的，风从乱石的缝隙里钻过来，吴长水找到一道最宽的石缝，伸手进去一扒，石块居然松动了，他兴奋地再狠狠地抠，不一会就扒出了仅能钻一个人过去的窟窿。

他钻过去再往前走了一段，忽然听到隐隐约约的声音如闷雷一般在头上滚动。他举起灯四下察看，原来头顶上是个豁口，黑森森地笔直往

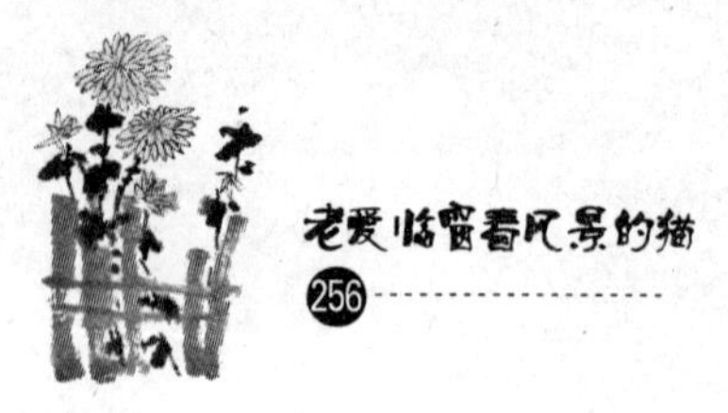

上延伸，这口窄窄的竖井仿佛叉开手脚就能凭借嶙峋的岩石攀援上去。他的心激动得怦怦直跳，他拿定主意要逃跑，逃出这支劳改队。到处都有红军，他可以投奔任何一支队伍，用自己的血去赎罪，干吗要在这座山的心腹里活活憋死？

他把灯系衔在嘴里，伸开双臂撑着两边的石壁试试臂力。这双掌钎握锤的手充满了力量充满了自信。

这座山已被掏得像一只巨大的蜂巢。他赤裸的身子缓缓地在这条巢道里蜗牛般蠕动，花岗岩的棱角狠狠划破了汗水漉漉的背脊，他紧紧地咬着牙，竭尽全力向上。他万万没有想到，希望就在两丈多高的地方，那儿横着一条窿子，钻进这条窿子，一股强劲的风吹来，吹得他不由得起了一身鸡皮疙瘩，他连忙转过身用胸脯护住灯光。

风呜呜地啸叫，风声中传来隐隐约约的打锤声。

“当，当，当……”

吴长水顿时心里凉了半截，无论如何，他是走不出去的，这窿子里有人，只要他头顶着这道耻辱的标志，即使是挖砂的农民也会揪住企图逃跑的劳改犯。这是苏区的土地苏区的人啊！

他回到竖井边，把灯高高举过头顶，竖井仍像一个通向幽冥的窟窿，更宽更圆了，一个人再也别想攀爬。吴长水失望地用双手揪住自己的头发，恨不能把整张头皮掀下来，他的手渐渐移向山界一般的标志，在这道宽阔的光秃的山界上不停地逡巡。

这一切都是为了芭蕉叶下那庄重的许诺。那天夜晚，山月显得格外凄凉，观音妹屋边那丛高大的芭蕉显得格外凝重，硕大的叶片在夜风中笨拙地扭动，刚刚遭到劫难的村庄沉浸在无限悲痛之中。一股进犯的白匪在这片红色土地上肆无忌惮地施虐，狞笑的刺刀打着饱嗝喷着牙臭喷着酒气捅向粉嫩的婴儿血淋淋地拔出来。吴长水他们那个营赶来全歼了敌人。吴长水见到了观音妹。

观音妹仰头望着月亮，月亮在轻轻地哭诉。他的手怯怯地顺着她的胳膊攀援，试探着，终于鼓足勇气，捧住了她的脸。

“观音妹，还痛？我给你采草药去。”

“不要草药，我要那对银耳环！”

吴长水缩回目光缩回手，他的喉咙里发出吞咽拳头大的米果时才有的闷响，不满地抱怨道：“耳环？银的？你叫我到哪里去弄？我只有子弹壳！观音妹，亏你想得出来！”

观音妹切齿地说：“水蛇崽的婆娘不是戴了吗？这次就是水蛇崽带来的白狗子，偏偏让他一个人跑掉了。”

吴长水懂了，观音妹要他替娘报仇呢。三年前恶霸水蛇崽夫妇逼死了观音妹的母亲，后来，她的在红军当侦察员的哥哥去白区执行任务又让水蛇崽的老婆认出来，不幸被捕就义，首级在城门上悬挂了半月。如今，她要那对银耳环是祭死去的亲人啊。

这个血气正旺的后生不假思索，大大咧咧地拍了胸脯：“观音妹，你等着，不取来那对银耳环，我今生今世不来见你！”

一言既出，驷马难追。然而，杀水蛇崽不易，见那狗婆娘更难。吴长水是红军战士，红军有铁的纪律，岂能为报私仇擅自离队，吴长水化了装已走到红白交界处被营长派人追上，不由分说，当反水的叛徒拿下了，五花大绑推到赖全福脚下，赖全福掏出了驳壳枪，命令他站起来，目标河滩开步走。吴长水立即明白这意味着什么，大喊两声“冤枉”。但是，营长的脸色是冷酷的，营长不肯听任何解释。这个营守卫苏区北大门，面临着虎视眈眈的白军重兵，任何擅离岗位的行为都是可耻的脱逃！

吴长水神情恍惚地在一片银色的沙滩上挪动，如痴如醉地叨念着观音妹的名字。沙滩渐渐湿了，渐渐洇出水来，水渐渐没到膝盖，渐渐齐腰，枪仍然没有响。

吴长水诧异地回头张望。营长已消失在岸边的树林里，只有几个战士正在向他挥手，那手势再清楚不过了：你走吧，你不配当红军。

对吴长水，这是比枪毙更严厉的惩罚！他离不开这支队伍，他的父老乡亲、他的观音妹正是因为他是红军才给了他人间最大的光荣最圣洁的爱啊。吴长水掉转身子，朝岸上狂奔，扑向营长朦朦胧胧的背影，他

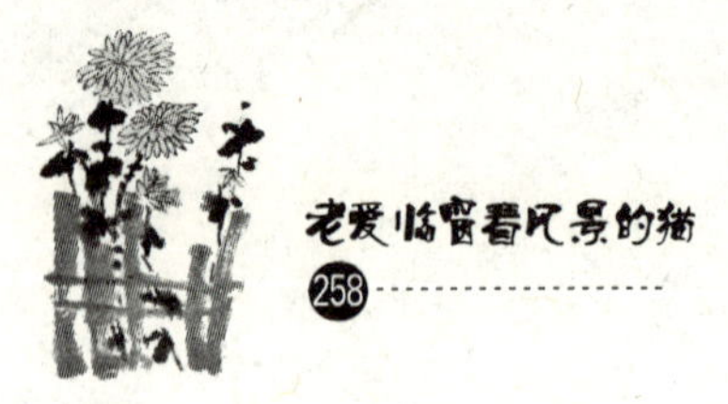

拖住营长的双腿，泪流满面。

营长相信了男子汉的眼泪。

足足有一年，吴长水不敢去见观音妹。他熬不住了，生出这个主意来，用那肮脏的银元买了一对银耳环，谎称已为她报了仇。观音妹毫不怀疑，捧着那对银耳环向母亲的坟走去，祭献在碑前。

他的心虚弱得发憷。但是他看见另一颗心灵苏醒了，观音妹在坟前直起腰身不顾一切地抱住他，她的双拳发疯地叩打着他的背脊，把热烈蠕动着的双唇衔接在他的下巴颏上。他感到她整个身子像蛰伏了一个漫长的冬天的蛇，以积蓄了许久的青春活力紧紧地缠绕着自己。她嘴里发出甜蜜的嗞嗞吟唱，麻酥酥的声音久久在吴长水耳边萦纡。

窿子里的风不停地摩挲着他的胸脯，他无法抵御这种诱惑，他像一匹困兽烦躁地寻找着希望。

他的视线被摇曳的灯光吸引住了。他猛然将脑袋捅向竹筒的开口，只听到一声嗞嗞的声音，他的头发顿时烤糊了一块。他闻到焦臭味，高兴起来，双手捧起灯，把个偌大的脑袋放在灯筒的方孔上，像烤红薯一样翻动着。然后，再用手一搓，焦黄的发末纷纷落下。

那道耻辱的标志消失了！但是，吴长水仍不放心，摸摸毛茸茸的发茬，又将这个大得可以的红薯烤了一遍。他感到自己的脑袋已经烤熟了，他欣慰地揣着这颗热腾腾的才从灶膛里扒出来的红薯，流出了口涎。

他要昂首挺胸地从这条窿子走出去。

他走向风。风越来越大，吹灭了灯。他索性把灯筒扔掉，在一片漆黑中磕磕碰碰地前进。锤声渐渐清晰，他看见了一团光亮，看见了晃动的人影，他鬼鬼祟祟地闪过这个岔口，向着另一团更明亮的光走去。那儿就是窿口，那窿口衔着一轮血红血红的夕阳。

他扑向窿口，一帮打锤佬的寮棚就搭在这个窿口边，寮棚边另外还搭了一座有顶没有壁的棚子，当中砌着一口灶。灶前有个女人的背影。吴长水一发现有人慌忙缩进去，侧着的身体紧贴洞壁偷偷地看。

这个女人站起来，月白色的小褂紧裹着丰满而秀美的身体，她把辫子往后一甩，吴长水惊呆了。

这不是观音妹吗？天哪，她怎么上山来啦？

明明白白的桃红水色的脸庞呈现在眼前，那两道柳眉正向着绚丽斑斓的西天飞扬，那一对笑涡仿佛为山谷间画眉鸟婉转的啁啾而绽开。顿时，吴长水周身的血都在咆哮着奔涌，他感到自己粗壮敦实的身体在膨胀，尤其这颗脑袋几乎已经爆裂。

朝思暮想的观音妹啊！

不，不能见她！她爱的是一个红军战士，一个真正的人，而不是赤身秃头、模样丑陋的山怪野鬼！

观音妹正在祭野鬼呢。他望着观音妹揭开锅盖，盛了一碗饭，又拿起一只空碗走出寮棚。她把饭碗放在下山的路上，双手合十默默地祈祷，许久许久，仿佛她的心头有倾诉不尽的祝愿。那是为他，只有为他！观音妹没有亲人了，唯有他！吴长水热泪盈眶。

观音妹把空碗扣在饭碗上。那碗饭就留在路上让夜里出来游荡的野鬼吃。野鬼吃饱了，就不会去遭害好人。好人啊，你好好地活在这个世上，你的亲人用整个身心全部的爱在保佑着你！

男子汉的呜咽被风送进窿子深处，渗进生成千上万年的坚硬的砂岩和花岗岩里……

瞭望台上有他最忠实最亲密的伴侣。在他将退休的那几年里，他几乎每夜都厮守着一台老式的手摇电话机。电话机搁在枕边，他抱着听筒蜷在被窝里，听林场的有线广播。播音结束，便能听到细微的对话。这是他最大的精神享受。

他太孤独了，太空虚了。

他子孙满堂，该回去安享天年。他总是把望远镜调到最大倍数，他死后，人们说他准是想家。儿子们摇头，家太远了，用望远镜绝对看不到。儿子们爬上高高的瞭望台试了试，他们看见的是一线银亮，那是从村前流过的牛吼河。但村子却被一座斑驳、苍老的山遮挡得严严实实，

望远镜仿佛正是对着这架山调的焦距，正对着山坡上每一座寮棚的痕迹，每一个黑黝黝的窿口都清清楚楚。

儿子们隐隐约约记起一些事来，记起他们幼时爹过年后带走了钢钎、手锤，记起有一次爹还买了几斤棕毛带走。儿子们疑惑了。

长子再三追问林场场长，爹为什么咳嗽，是不是受寒，是不是一贯咳嗽。

场长答不上来。人们对他太陌生了，吴长水好像生活在另一个世界。

六个犯人构成了这个小小的世界。这个世界也有两个阵营，四个来自红军的犯人和两个土豪，原本属于两个对立的阶级。在这里，黑暗和耻辱决不能将他们之间的敌意抹去，那两个土豪显然根据头发把赖全福算作他们的人，便自以为势均力敌了，特别是那个叫曾东华的更是猖狂。他居然用肥胖的手抚弄起吴长水的脑袋来。

“小兄弟，你真有办法，谁为你剃度的？”

吴长水怒不可遏，顺手用钢錾朝他手臂砸去，曾东华嚎叫起来：“你们看看，他打人！你瞎了眼，老子也不是好惹的，老子砸了你！”他操起手锤，目光却落在赖全福脸上，仿佛期待着他的支持，或者默契。

赖全福不吭声，挤到他俩中间，夺下曾东华的手锤，朝吴长水努努嘴。

吴长水仇恨地盯住姓曾的，不肯动弹。因为烧去了头发，他受到严厉的训斥。他不承认逃跑的企图，他说烧光头发完全是因为窿子里太闷热。他在队长面前回答得理直气壮，然而，在赖全福的注视下，却心虚得冒汗，这双属于鹰隼的眼睛好像在他向队长解释打堆子为什么像生个崽那样难的时候，就窥破了他心底的秘密，含着一种刻薄的讥嘲。

此刻，他的暴怒就是为了掩饰自己的心虚。

狡诈的曾东华居然向赖全福靠过去。他相信了同样的阴阳头，故意煽动水火不相容的敌意，或许他还以为赖全福是个披着灰色军装的奸细呢。

他的判断完全错了。红军营长的脸色在他嚣张的叫喊声中急遽地变幻，瞬间的寂静里，窿子里响着令人心悸的切齿声，好像一只凶猛的豹虎，快乐地碾碎了小兽的脆骨。

接着，是一记响亮的耳光。毫不暧昧的厚实的巴掌，在曾东华脸上印了五道血痕。曾东华猝不及防，一个趔趄栽到在吴长水脚下。

吴长水愕然。这记巴掌仿佛也落在他脸上，是对他心里的鄙视的狠狠一击，是警告他不要忘记赖全福作为他的营长的权威！

“吴长水，给我掌钎！”

吴长水瞟了他一眼，与曾东华对峙的那种气概荡然无存，他顺从地将钢钎凿在岩壁上，双手紧紧地握住。

“当！当！”

大锤上倾注的是他指挥一个营的力量，这股力量一次次摧毁了白狗子的痴心妄想，此刻却通过吴长水的手艰难地掏着一个小小的炮眼。锤声产生了不可名状的震动，震得吴长水的虎口发麻，两臂的肌肉发酸，一股股震动传向大脑，搅碎了他脑海中漂浮的记忆，只有严酷的沉甸甸的现实积淀在心底。

这时，特务队长带着一个农民装束的中年人来到采矿场。这个中年人是有经验的打锤佬，他举起油灯，指着窿顶上一线白色很自信地笑了。这就是矿脉，这就是嵌在大山躯体里的毛细血管。他们必须沿着这条矿脉啃噬，用原始的工具原始的方法，凿眼放炮，开掘下去。多少个日子连同啃下来的砂岩和花岗岩一道，被倾倒在窿外，倾倒在废弃的窿子里，吴长水已记不得了，他毫不关心是不是能见到砂子，他的任务只是穿凿那一千个日子，坚硬厚实的三年过去，他就可以见到太阳了。

直到现在，吴长水还不知道营长犯的什么罪，他曾经小心翼翼地试探过，得到的回答却是如雷的鼾声。

赖全福太累了，他每天都像发疯一样抡锤，那股凶狠劲头几乎要将整个身子都砸在钢钎上，仿佛他渴求的是死，而不是可耻可怜的自杀。

特务队长他们走后，吴长水立即又看到了那种可怕的疯狂。

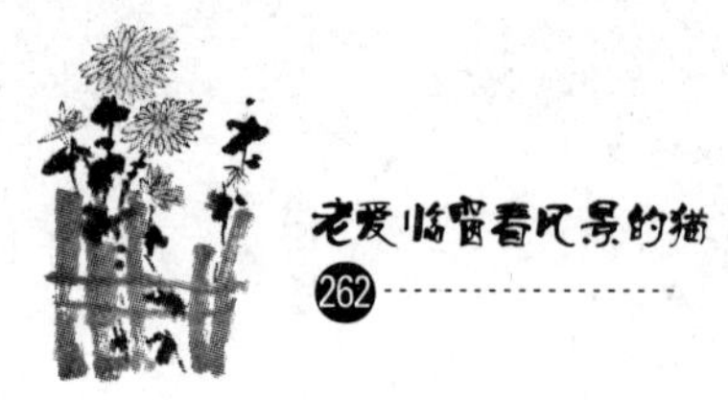

手锤飞舞着，赖全福像一头疯牛，脸上、臂膀上的肌肉绷得紧紧地，每一声锤响都像那一块块肌肉碰撞出来的金属的声音。

“当！当！当……”

“营长，换换，我来打锤！”吴长水撕扯着喉咙叫了一声，他的喊声反而激起更加狂暴更加急骤的宣泄。

“掌钎！你给我掌钎！”赖全福一把抓住了他赤裸的胸脯，抓住了鼓起来的胸肌，五个指头深深地抠进胸肌间。

这时李双凤放下扁担，默默地抓起钢钎，也像吴长水那样跪下来，她的眼里含着淡淡的笑意，从容而自信地寻找着新的点。

完全失去理智的赖全福朝巴掌上唾了两口，便砸下去。只听得“当”的一声，钢钎撞在窿壁上弹了起来。“哎哟！”随着一声令人揪心的惨叫，李双凤捂住眼。

钢钎反弹在她右眼上！这一只美丽的眼睛沉浸在血泊中，睫毛看不见了，瞳仁失去了光彩。

“凤妹子，你看得见吗？看见我了吗？你试试看，你看呀！”

吴长水迅速摘下了油灯，重重地拍了赖全福一下：“快，送她去卫生队！”

李双凤死活不依，喃喃道：“我不去，我眼不会瞎，马上就会好的。”

“不行，走！”赖全福大吼一声，竟把李双凤驮起来。

“全福，莫逼我去，你好傻，你不想想，万一我眼睛真那样，还会让我在这里吗？”

为他们提灯的吴长水恍然大悟。哦，他们在这里相会了，真是苍天有眼啊！

赖全福不吭声。窿子顶端的三个犯人毫不关心这里发生了什么，各自倚壁打盹。

“吴长水，他想死呢，你们营长想死呢。昨天放炮的时候，他故意挑一根最短的导火线，他发疯啦！”

难怪每次轮到赖全福放炮，李双凤总是固执地跟着他，阻断了通向地狱的道路。

吴长水明白她为什么对自己说这些，她要唤醒这个营长的尊严。

“别说了，凤妹子。”赖全福的口气软了下来。

“我们好久没见面，打仗！打仗！打仗！打得好好的，把老子抓到这里来挖砂。好哇，现在照顾我啦！我们天天在一起。”

吴长水望望他，欲言又止，不敢贸然发问。

“你想问我犯了什么罪，我没有罪！哪个狗日的诬我是AB团，混蛋！他怎么不看看我这一身的伤疤，这是敌人的回答！”

李双凤紧紧地抱住了他：“你没有罪就不该……都是我害了你，我的眼该瞎！我不该放走我哥哥，我只想到爹娘老了要他抚养，嫂子瘫痪在床要他侍弄，自己三年没回家该尽一点孝心，我忘了他是我的俘虏、敌人、白匪的连长，我真糊涂呀。全福，我坑了你，你恨我吧，撕碎我吧。”

赖全福结结实实捂住了她的嘴：“凤妹子，记住，我的事和你没关系。你莫乱想，当时AB团抓的不止我一个，晓得啵？”

她挣开他的手说：“我有罪，我甘愿服刑。可是全福，你没有罪，总有一天上级会明白，为了这一天你要等着，好好地活着……”

她凄然笑了，仰起明媚的脸来。

“凤妹子，还痛吗？”

“不痛了，没有伤着眼珠，我看见灯了，真的，好亮！”李双凤紧闭左眼，竭力睁开酸痛的伤眼。她从吴长水手里接过油灯，走向窿子顶端。

唯一的出路就是挖下去。

李双凤看见了含在矿脉中的黑色瞳仁，她激动得大叫起来。

“全福，你看，你看这是什么！”

是钨砂。是许多晶亮的黑色颗粒凝成的钨砂，赖全福像刚才为凤妹子检查眼睛一样查看了许久，才放下灯来。“手锤，把手锤给我。”他的声音竟有些发抖，“凤妹子，你眼睛好光！”

犯人们都盯住了头顶上这块炫目光亮，不知过了多久，人们才从矿

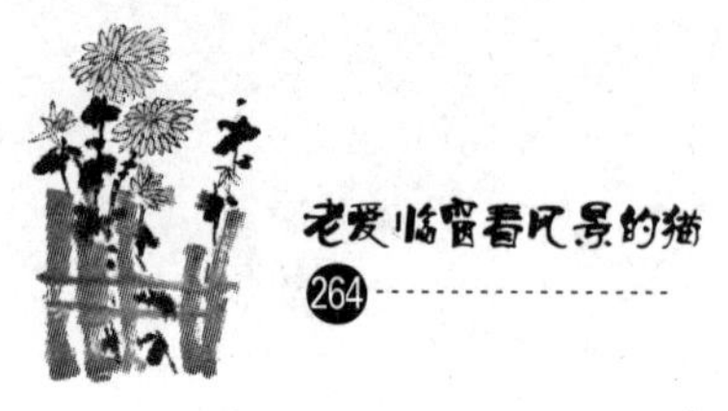

脉边斜着凿了一个炮眼。

“我去拿炸药。”吴长水迫不及待。但在他转身之间，赖全福拽住了他。

赖全福背着这里唯一的女性，揭开短裤，将手伸了进去。

吴长水瞠目结舌。难怪他觉得赖全福那儿有点奇怪，原来藏着炸药筒。

哦，他把一筒炸药吊在卵子上，他要在这头魔怪的腑脏里引爆自己。是凤妹子的笑，是这奇迹般的发现拯救了他！

吴长水从他手里接过炸药，仿佛闻到了汗臊味和死亡的气味，心里对赖全福的怨恨和戒意都被这混杂的气味冲淡了，而腾起一股怜悯，他动情地喊了一声：“营长……”

赖全福并不理睬，他夺回炸药，拿住雷管将导火索塞进去，再用牙咬住导火索把雷管插到炸药筒里，迅速把炸药筒塞入炮眼，用碎石填实封死炮眼。

赖全福大喝一声：“走开，你们还发什么呆！快走！”

“营长，我来点火。”吴长水不由分说地推了赖全福一把。他是为了李双凤才挺身站出来的，这个妹子在笑，她的笑感召着战士和男人的灵魂，就像观音妹的那碗米饭一样！

赖全福看见了她的凄然的笑，离开这个炮眼，簇拥着她撤离。

吴长水点燃了导火索。

这条窿子终于出砂子了。在夕阳下，在窿口红军战士警惕的监视下，从矿山肚子钻出来的犯人都攥着沉甸甸的黑石头，都在笑。

吴长水不理解。

为什么赖全福这样高兴，自己这样高兴，连那个曾东华也在笑……

爹留在瞭望台上的遗物，使儿子窥见了这个怪癖老人的神秘踪迹。

他们首先在床下找到了手锤、钢钎和錾子，还有几个沤烂的手电筒，一些金虎牌电池。长子围着这石砌的平顶屋转了一遭，居然拾了一堆丢弃的废电池，尸白色的锌皮破了，散发出刺鼻的恶臭。他在夜里干了些什么啊！多么漫长的黑夜才能消耗这许多光明！唯有矿山的窿子里才有穿不破的黑暗。

长子恍然大悟。

矿山制造出来的神话在激励着吴长水的儿子们。他们有个至亲的叔叔，在拆祖上传下的老宅时，居然发现那屋的地基竟填着让人欲醉欲死的黑石头；村上有个后生不知听什么人发邪，着了魔似的像个地老鼠在矿山上寻了一年，苍天不负苦心人，终于在年三十那天拾到几担钨砂。都说是红军弃下的，都认为红军绝不止留下这些，全村男女老少倾巢出动，那支浩浩荡荡的队伍里，有吴长水的儿子、孙子，有他的儿媳和儿媳们勾来的娘家人。

儿子们认定爹的全部秘密都在一口白茬的杉木箱里，他们疯狂地寻找钥匙，把这座石屋的每一条墙缝都抠了一遍，只好把箱子砸开。

衣裳里掩埋一只霉点斑斑的铝饭盒。

饭盒里珍藏着箱锁的钥匙。

是表白，还是嘲讽？这个认认真真地活了一辈子的吴长水，大概用了一辈子的光阴才创造出这一点幽默吧？

这是一条富矿脉。钨砂从这条窿子里源源不断地流出来，流向牛吼河，走水路下广东，以每担五十二块光洋的价格秘密地卖给广东军阀陈济棠，换回红军急需的盐、布匹、医药。红军太需要钨砂了，因为见着砂子，六个犯人被分成两个作业组，昼夜轮班，牢牢地咬着这条少见的大矿脉掘进。

吴长水有机会看见太阳了。炽白的太阳把一片苍翠洒在绵延起伏的群山上，而这座满目疮痍的矿山却是雾蒙蒙的，到处反射着金属的光泽，到处升腾起滞重的灰尘，许多窿口不时传出沉闷的爆破声，硝烟便悠悠地飘出来。

他望了一会儿，又把头埋进齐胸高的木桶，双臂机械地来回摆动，

像浸禾种一样，让桶里的水掠去秕谷般的杂质。身边的李双凤倚着桶沿停止淘洗，吴长水隐隐约约意识到什么，把脑袋垂得更低。这颗脑袋报复似的拱出浓密的头发，呼唤着理发推子。已经锈死的推子又啃出这道标志，把头发分作前后两块。

他怕见太阳。他知道在光天化日之下的山坡，迟早会被观音妹发现的。现在这痛苦难堪的时刻来临了。

李双凤碰了碰他，轻声地告诉："你看，往上看，那里有个妹子站了好久了，像是看你呢。"

他不理会，心却乱了，动作失去了节奏。

李双凤从他的神态猜出他的心思。她抱着浮船，移到吴长水的另一侧，用自己的身体挡住了向这里投来的充满疑惑的视线。

但是，观音妹仍从二百米远的高坡上滑下来。她站住了，不断地变幻着角度，努力辨认刚才看到的熟悉的轮廓。现在她看到的却是一个没有头的侧影，一个撅起来的屁股。

她喂饱了世上所有的死鬼呀！

哨兵坚决地用枪挡住了她："莫过去，这是劳改队，回去。"

"不……"淘净的钨砂忽然游动起来，离开浮船，沉入桶底，他的手仍在晃，"不！"

李双凤直起身子，将她淘净的砂倒在脚边的小铁桶里，掠一掠鬓发，忽然机智地拍打着吴长水的腰喊一声："赖全福，你淘得不干净！"

观音妹听到李双凤的喊声，缓缓地往后退，退到坡边，便踩着矿渣往上攀，攀几步回头望一望，仿佛整面山坡都被这颗沉重的心感动了，流动的矿渣又将她推下来。她仰八叉地滑落在坡脚。

李双凤紧紧地挨着吴长水，晃动的胳臂不停地擦着他的胳臂，生出灼人的热。有一瞬间，吴长水几乎忘记了注意着自己的观音妹，而把全部的神力都集中在那灼烫的感受上。她最了解女人，她就是女人啊，她以女人特有的细致和机敏，制造出一片温柔的迷幻，在安慰另一个女人。是的，观音妹经不住这样的打击，她是个孤苦伶仃的妹子，吴长水就是她唯一的精神支柱，如果她发现这柱子是被白蚁蛀空的，是沤烂的，她会发疯啊！

吴长水从沉迷中醒过来，他再也憋不住了，昂起头，朝观音妹缓缓走过去。瞒得了今天躲不过明天，只要她心里滋生了一丝疑惑，她就会每天在他头顶上俯瞰，他的日子在她眼皮底下慢慢流淌。他宁愿钻进两头不见天日的窿子，但这不可能了。

他所能做到的，就是这样充满愧疚却又坦然地迎上去，就像当初走上法庭一样，去接受另一次审判。

观音妹呆立在山坡上，她好像在出神地聆听山坳的深蓁里响起的画眉的歌声。这样悠扬宛转清灵的歌声，一定是献给爱情的。她被深深感染了，她的睫毛上挂满了泪珠。然而，在远处葱茏的山林里，那杜鹃、那失恋的女子幻化成的鸟儿，无限嫉妒地唠唠叨叨地倾诉开了，晦气的诅咒响亮地飘过来，满山满谷回荡着它凄厉啼血的挽歌。

吴长水的手一刻也不停歇，不住地扯扯衣襟，熨熨皱巴巴的袖筒，他想无言地告诉她，自己还是红军，还是红军的人！

观音妹合上眼皮。他听见她压抑着的呜咽了，那声音就像引线在嗞嗞地燃烧，只要几秒钟十几秒钟，她日日夜夜苦熬出来的希望和祝福就会爆炸。吴长水嘶喊一声“观音妹”，不顾一切地冲上前。

哨兵撕扯住他。

观音妹消失了。任他发出啼血的呼喊，这沉默的矿山也无动于衷。他脑子里一片空白。

在旁边的曾东华凑上前来：“喂，是你的情妹？”

“……”

曾东华忽然嘿嘿地笑起来：“她好漂亮呀，十七十八一朵花。兄弟，看得出来，你有好多话对她说，是啵？”曾东华亲热而关切地轻轻问道，一对神秘不可测的眼睛闪烁着诡谲的光芒。

“嗯？”

“这不难，这不难呀！她就在你头顶上，要是我，我就变一只老鼠，

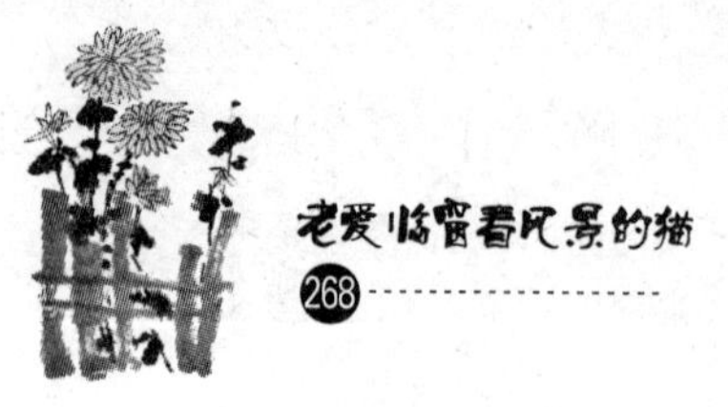

变一只蝙蝠……”

“什么意思?”

在吴长水咄咄逼人的目光下，曾东华不敢放肆，只是瞅着他的头意味深长地笑。吴长水猛然意识到什么，心灵可怕地战栗起来。曾东华这副窥见人隐私的自得神情，分明在骄傲地宣告他发现了那个秘密的窿子，也许他发现的更早，所以对吴长水烧净的头发才敢那么大胆地戏弄。他拿着吴长水企图逃跑的把柄呀!

吴长水不知怎样对付曾东华。他失神地呆站着，直到红军战士吆喝他们三人进寮棚睡觉，换赖全福那一组犯人。

可是，刚进去，赖全福挑着一担矿石出窿，他没有挑往矿场，却径直闯进棚子里，把担子狠狠摔在床头边。

赖全福一屁股坐在竹片搭成的床上，只顾擦汗，一言不发。

吴长水弯腰提起担箕，使劲晃了晃，他吃惊地叫道:“哇，这全是砂子，省得选，挑出窿就可以拿去卖。”

“是哟，是哟，要是落在哪个民窿，他屋里就发大财啦!”曾东华附和着。

李双凤闻声从隔壁过来，看见这担砂子也啧啧赞叹，然而她为赖全福的神态感到疑惑，便问:“全福，出了什么事?”

“他娘的，你猜这担砂子怎么来的?哪个狗日的把它藏在盲窿里，藏得好深呀，他在里面屙了泡屎，不，打堆子，要不，别人哪里发现得了。他昏了头，不晓得臭气会传过来。这是你们组的谁干的，那堆子好新鲜，里面还有秋茄子籽，哪个黑了心的，有种站出来!”

赖全福大概仔细挑开那堆屎研究过，话说到这里，不由自主地把手送到鼻子下嗅嗅，恶心地皱紧眉头，抓起一块破布不停地擦手。

吴长水怯怯地看了一眼暴怒的赖全福，脑子里掠过曾东华的笑脸。是他，一定是他!发现矿脉时，他作为一个犯人一个反革命犯，凭什么那样高兴?

同是犯人，何苦呢。吴长水欲言又止。在这紧要关头，天晓得吴长水怎么会产生这股强烈的自卑，使他失去了检举别人的勇气。他最了解那条窿子了，那条窿子不知被什么人堵死，他扒开一个仅能爬过去的口子，钻过去不远就能感到自由的风在召唤在引诱。曾东华肯定发现了这个秘密，才生出邪念，这个土豪在做着一场乌金梦啊。

心怀鬼胎的曾东华紧张了一阵，这时却毫不留情地盯住了吴长水。

赖全福冷笑一声，说："狗改不了吃屎，脱掉裤子，老子要看！"

没想到，赖全福竟怀疑他，自己的战士。吴长水哟，你那罪过今生今世无论如何赎不回了，耻辱怎样才能洗净？吴长水跳起来，站在床上，与赖全福对视了一刻，猛然转过身去，褪下短裤，把个白森森的屁股撅起来送到赖全福面前，由他验证。

吴长水以为这样就能证实自己的坦荡清白，他错了，他忘记了自己三天没有洗澡。他听见了曾东华的声音："你看，哼，真是他，他在窿子里打过堆子，用石头揩不干净的……"

"曾东华你胡说，老子割了你的舌头！"

曾东华反唇相讥："哼，我胡说？有凤妹子作证，刚才来了个什么人？你把婆娘都勾到山上来了，你们合谋偷砂！你的主意真绝呀，要不是老赖闻到屎臭，鬼晓得！做这样的囚犯真要得，出去就是个大富豪！"

"你！我敢肯定是你藏的！"面对贼喊捉贼的曾东华，吴长水只能声嘶力竭地叫喊，而拿不出确凿的把柄，自己身上却有着难以辩白的疑点。最使他绝望的是，在场的两个自己人，自己的上级、自己的同志，毫不理会他的叫喊，那么轻率地相信了红军的敌人，都把鄙夷的目光投在他的身上。

吴长水疯狂地一头撞倒曾东华，死死地压住他，腾出一只手扒下了他的裤子，嘴里不停地骂："姓赖的，你没瞎眼就过来看看他，你冤枉了老子不得好死！"

曾东华在拼死挣扎，狠狠地在吴长水的肩头上咬了一口。吴长水像一头受伤的野猪死竭地嚎着，掐住他的脖子。要不是赖全福和李双凤上来掰开吴长水的手指，吴长水准会活活地掐死他。

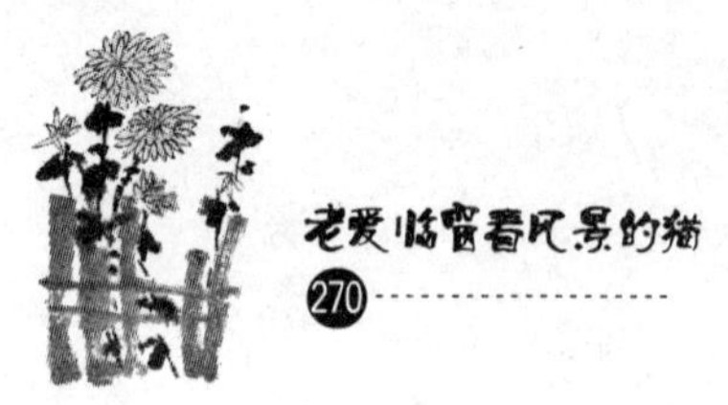

“吴长水，你莫狂！告诉你，我第一个怀疑的就是你！现在，看来就是你了，我看见他的屁股，干净呢，你还有什么好说！你上次就烧了头发想逃，你还勾结了上面民窿的人。”

“你血口喷人！你把老子坑成这样还不够，老子前世和你是冤家？你现在是反革命犯，老子还拿你当营长敬重，我瞎了眼！现在我晓得了，你和这个姓曾的是一路货，你们串通一气想借刀杀人！难怪你们一个个见到砂子眉开眼笑，嘿嘿，对不起，这担砂子是你送给我的罪证，我要报告了！看红军是相信犯了错的红军，还是相信敌人！”

吴长水开始还是绝望地狂呼乱吼，嚷着叫着，竟从他俩的头发间得到启示，顿时语调变了，变得得意洋洋。他找到了最有利的武器，凭着它，他可以反败为胜，可以轻易地击溃对手。

赖全福的目光蔫了下去。

他并不理会吴长水的叫嚷，好像被窿子里传出来的沉闷炮响吸引住了，也不追究这担砂子了，那样专注地望着窿口喷突出来的硝烟。滚滚硝烟裹挟着矽尘源源不断，赖全福等不得了，急着进窿，李双凤挡了一下，他掰开她的手，猛然扑向窿口，迎着硝烟闯进去。

吴长水听见他的咳嗽声，一阵阵剧烈的咳嗽声经过洞壁的渲染夸张，显得更加揪人。

李双凤冲了进去。吴长水不安地跟过去，朝里探望。

不一会，李双凤勾着头、捧着衣襟出来，对着光一看，大惊失色地把衣角攥成团，紧紧握住，又猛然转身疯了似的冲进黑暗。

吴长水看见了攸然一亮的那团红光。那是赖全福咳出来的血。他心里顿时涌起一种极复杂的感情，有歉疚，也有崇敬。他不该伤害自己的营长，他应该坚信自己的营长是真正的红军，他的营长用自己的生命在和这座矿山作决死的厮拼。

吴长水的儿子们再也不敢幻想父亲留下怎样一笔财产，尽管那堆废电池是那样叫人耿耿于怀。他们无暇猜测这个百思不得其解的谜，他们不甘落后地卷入了上山挖砂的狂潮。

数以千计的农民由四乡麇集于这座矿山，沿山坡搭起了上百座寮棚，不分昼夜地向这千疮百孔的山索取财富，而山坡上无数黑黝黝的窿口则每天把他们吞进去又吐出来，有时候吐出来的竟是残缺不全的尸首，有时候干脆把活生生的壮汉消化了，连骨头渣子也不留。

人们无所畏惧，矿山也给了他们狂欢。

吴长水的儿子们钻进一条废弃许多年的窿子。其实就是当年观音妹呆过的窿子，当然他们并不知道观音妹，更不知道在他们脚下埋葬着父亲的那段耻辱历史。

长子花高价请来一位老师傅看过矿苗。那位老师傅在任何一条窿子里装模作样地放个响屁都让打锤佬感恩不尽。他们轻信了他的预言，足足在这条窿子里打了两个月，仍未找到矿脉。

长子沮丧极了，带着自己的妻儿撤出了这条窿子。然而，半个月后对这条窿子忠贞不二的弟弟们居然得到了报答，他们见到了梦寐以求的乌金。长子闻讯杀了个回马枪，但是他被弟弟们堵在窿口，弟弟们身后是他们的婆娘，婆娘身后是一群更富实力的有生力量。

搬出天理良心，长子才好不容易驳倒弟弟。他也打了两个月，看在骨肉的情分上，如何也该让他分享眼前的利益，但是弟媳们不依，她们撒泼赖地不起，又哭又嚎，寻死觅活。

长子生出个主意，提出夜里让自己进来放一炮便作罢，崩下来的砂子是多是少全在天意。弟弟默契了。

于是，他贼一般躲过弟媳，将炸药填进弟弟为他留好的炮眼里，祈望这一炮将整条矿脉都崩下来。抖抖索索地点燃导火索后，他竟没有掉头跑开，那时一定有什么邪祟在摆布着他。

结果炮响了，他丢了一条胳臂。

一条胳臂换回来的是什么啊！是绝望，是彻底的绝望！那一炮竟炸出另一个洞天。吴长水的儿子们吃惊地扒开采掘面的一丝微弱光亮，顿时一双双眼睛像死鱼一样翻白了。另一条窿子斜刺着插过来截住了他们

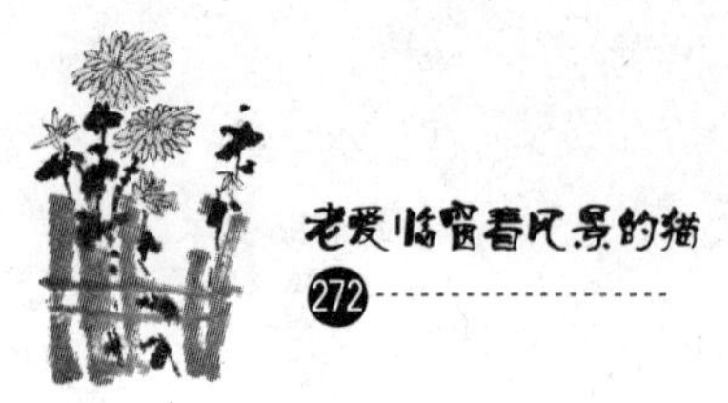

的这条矿脉，毫不留情地循着这条矿脉向前掘进。

吴长水的儿孙媳妇抱头痛哭。

这个黄昏出奇的宁静。以往这时候各个窿子都该放炮了，烟尘从山坡上的岩石边草窠里升腾起来，弥散开去。

整个窿口都悄无声息，只有几缕炊烟绕着山峦凝然不动，像少女盘在脑勺后的大辫子，空气明净得可见这条辫子上飘逸的发丝。

秋阳已经沉入远处的林梢。刚吃完饭的犯人们都蹲在寮棚边，纳闷地望着矿场上来回走动的哨兵。吴长水心里有一种不祥的预感，正是砂子最旺的时候，为什么突然停工呢？连民窿也停下来了。这几天，他特别注意观音妹的那个窿子，在矿场上只要抬起头就能看见，但他没有发现女人的身影，上面只有男人们神色慌张地进进出出，那情形就像打点铺盖要走。

赖全福的脸色阴得很沉。他手里不停地劳作，卷了一根又一根烟。显然，他把眼前反常的宁静同战场联系起来了，作为红军的指挥员，他的敏感或许是有缘由有道理的，几个红军犯人不约而同地凑过去，向赖全福讨生烟丝，一起默默地吸烟。

吴长水仍忌恨他的营长。他站起身来，望着对面人头攒动的高坡。

一只手落在如痴如呆的吴长水的肩头上。赖全福默默地递给他一根纸烟，待他接过吧嗒吧嗒吸了两口扔掉烟屁股，才喃喃地说："看来，我们也要走啦。"

"走？到哪里去？"

"不知道。肯定很远很远。你看，对面的山坳里，漆黑漆黑的，可是狗吠了蛮久。"

对面山坳里有个选矿厂，那个厂子果真没有一丝光亮，通常选厂总是昼夜轮班。吴长水仔细听了一会，才听到狗吠声，是一条小狗孤独而哀怜的号叫。他懂了，随着夜色的降临，矿山开始了重大的行动。就在吴长水顿悟之间，一排枪声击碎了这可怕的寂静，接着，远远近近的山坡陆续响起震撼群山的爆炸。

显然，红军准备放弃这座矿山这片土地了！爆炸声很响，可能炸药就安置在窿口。可是，枪声又是怎么回事呢，难道是那里的犯人有逃跑的？

吴长水轻轻问了一句。没想到，这一问，眼前这位身经百战的营长居然用颤抖的手抓住了他的胳臂："吴长水，如果我那样，看在同乡的分上，你莫忘了提醒凤妹子，三年后为我拣筋，她是外乡人，她不懂这个风俗……"

吴长水摇摇头，有些激动地安慰道："不，营长，那边准是有人逃跑。"

"我明白，我比你更明白。我是重刑犯，我活到今天已经是格外优待了。"

此刻，吴长水心里充满了怜悯，他真想告诉赖全福那条盲窿里的秘密。显然，赖全福发现藏在口子边的钨砂，并没有发现可以通向自由的竖井，要不，他早报告了。在那口竖井里，吴长水做过成功的尝试。但话到嘴边，又被他吞了下去。

特务队长带着几个战士上来，集合起犯人点点数，接着宣布了令人难以置信的命令。在这夜幕的遮掩下，犯人必须把他们挖出来的砂子挑回窿里去。天哪，这意味着什么？这钨砂就是军饷就是给养就是红军的枪炮炸药！突如其来的变故证实了赖全福的判断，红军要走了，走得这样匆促慌张，甚至连将钨砂兑换成银元和物资的时间也没有。

赖全福不舍地抚摸着采场的岩壁，待吴长水进来放下担子，严厉地问道："吴长水，真不是你干的？"

他指的是前几天藏砂的事。

"今天你要说明白，懂吗？"赖全福的目光，似乎要掏出他的心来验看一番。

吴长水没有发作，他发出一声辛酸的冷笑。脑海里突然闪出一个念头：与那该死的窿子同归于尽吧，用死来表白自己吧，唯有震天撼地的

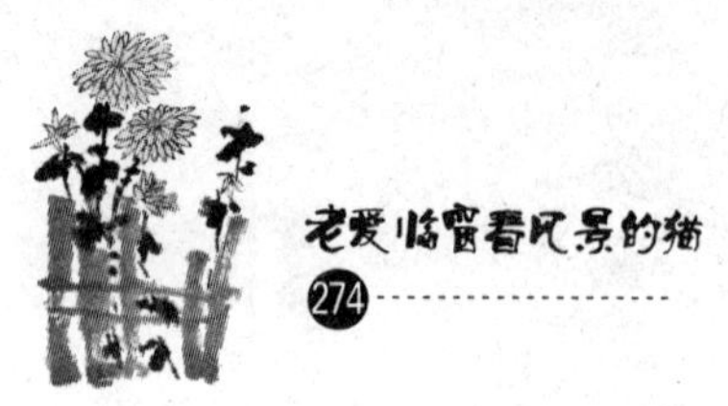

爆炸才是对营长最响亮的回答！

吴长水气昂昂扭头便走。

赖全福大喝一声冲上来，眼睛里好像也燃烧着什么。难道也是爆炸的念头么？

特务队正在准备更大的爆炸。

犯人们的铺盖已经被战士们从寮棚中抛出来。几个战士忙着拆除寮棚，在这里制造一种打锤佬失望而弃窿的假象。这里掩埋着红军的秘密呀。但是犯人们掌握着这个秘密，犯人中有个心怀鬼胎的曾东华。吴长水拿定主意要和曾东华同归于尽，而且他将要实现的壮举，必须让他的营长恰恰看到。

挑砂的犯人进进出出，吴长水始终没有等到恰巧只有他们三人在窿里的机会。这时，他发现赖全福似乎也打着同样的算盘，每一趟总要等到他挑起担子才跟上来。而李双凤却紧紧地咬住赖全福，好像窥破了赖全福的心思，在警惕地提防他。

这就是把自己看扁了的营长！吴长水心里发急了，他必须赶紧动作，矿场上的砂子不多了，此刻怕已五更。他不禁打了个寒战。

这是最后一趟了，吴长水仍然无法实施自己的计划，别的犯人都在里面呢。他不能伤害无辜！

可是，只能在这一趟采取行动了。他按捺住紧张的心跳，坦然地随着李双凤进了窿子。前面的几个人倒掉矿石便在里面歇息。吴长水放下担子，猛然大叫一声：“出去，你们赶快出去！”

犯人们大惑不解正要问，吴长水一把揪住了曾东华，曾东华以为他要同自己打架，骂骂咧咧摆开了架势。吴长水冷笑着堵在他面前，哗啦一声撕开了衣襟，亮出了腰间的导火索。那导火索有如一条细长而恶毒的蛇。

“姓曾的，你现在该说实话了吧？砂子是不是你藏的？”

曾东华见他凶神恶煞一般，顿时泄了气，耷落下肥硕的脑袋，嘟哝着承认了。

吴长水转过脸去："凤妹子，你们都听到了，你们去把他的话告诉姓赖的，出去，快点出去！"

"你疯啦，你想干什么！吴长水！"李双凤迎上来，另两个犯人也操起扁担，试图阻止吴长水。

吴长水再次警告道："你们快跑，我要点火！"

曾东华乘其不备，饿虎扑食一蹿，搂住了吴长水。李双凤他们连忙上来七手八脚死死按住了吴长水，将他身上的炸药卸了。

几乎在李双凤从曾东华手里接过炸药筒的同时，天塌地陷般的一声巨响，把他们全炸懵了。一股强劲的气浪和硝烟，扑灭了油灯，骤然一片漆黑，窿子里像墓坑一般。剧烈的爆炸震得窿顶碎石粉屑纷纷落下，轰隆隆的炮声久久在人们耳边回响。

吴长水感到一只颤抖的手抓住自己的胳臂，这才意识到自己活着，他从地上爬起来，大喊一声"李双凤！"

"我、我在呢。"

随着吴长水的喊声，那几个犯人也醒过神来，都伸长胳臂在黑暗中胡乱地摸索。

那么，是窿口的炸药箱爆炸了！

他们被封在矿山的肠道里了！

蓦地，响起一阵绝望的号啕。

吴长水好不容易才摸到油灯，点着了。曾东华苍白的脸上满是鼻涕眼泪，抢过油灯，踉踉跄跄朝外跑。犯人们也仓皇地跟着这团光亮争先恐后地抢着道。

可是，来到盲窿的岔口，人们都停住了脚步。一星昏昏朦朦的光正摇曳迎上来。这团亮光越来越大，渐渐映出举灯人的脸庞。啊，是赖全福！

在距他们几步远的地方，赖全福坦然地停下，笑了笑，平静地告诉："是我放的炮，我把窿口的炸药点着了，我们不能出去了！为了这些钨砂的安全，我想，这是最好的办法！"

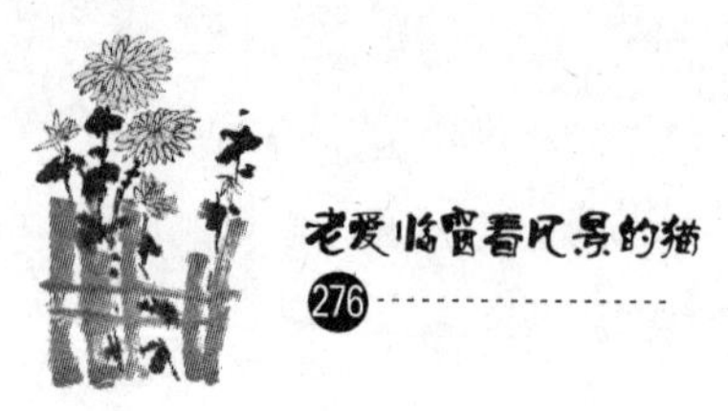

是的，这是最好的办法。这里藏下了几十担钨砂，还有一条矿脉，红军迟早总是要回来取走它的，谁能保证这些犯人能守口如瓶地保守这个重大的秘密，谁又能保证他们之中的每个人不为这笔巨大的财富所动心呢？

吴长水心里明白，赖全福的行动也包含着对自己的不信任，或许正因为此，才萌生出这个可怕的念头。营长，你这样做未免太残酷了，六条生命将在这个庞大的墓坑里窒息、腐烂，其中有你的凤妹子，也有你自己！待愕然中的人们从噩梦中惊醒，他们会撕你咬你掐死你！

果然，另外那个来自红军的犯人首先扑上去当胸揪住赖全福，咬牙切齿地说："姓赖的你是AB团分子，是重刑犯，你横竖是死！你自己死去吧，凭什么拿我们垫棺材！你还想当英雄？你想表白自己忠于革命！"

赖全福撇撇嘴角："表白？我向谁表白？谁知道窿口的炸药是怎么爆炸的？告诉你，没有人看见我点燃导火线往里跑！如果你还拿自己当红军，你就应该为红军着想！"

对方的身子瘫软下去，松开手蹲下，抱着脑袋抽泣起来。

曾东华摸起一块矿石，凶狠地鼓动着："弟兄们，砸死他，砸死他！他坑了我们，我们没命了！"

这时，李双凤猛然抱住赖全福，忘情地把自己的脸贴在他的胸怀里，她的身子紧紧地缠绕着他，两颗心仿佛已经融合在一起再也分不开了。她的行动无非是向这四双眼睛宣告，不要谴责他吧，他献出了两条生命！

曾东华出奇地平静下来，他望望盲窿，又怯怯地盯住死神般的赖全福和吴长水，也许在酝酿一场厮杀，也许在谋划不必流血便可逃生的阴谋。

曾东华和吴长水都知道还有一线生机。然而，吴长水好像忘记了那个竖井，他也静静地坐下了，等待着死神悄悄走来，将自己悄无声息地掳掠而去。

红军长征时藏下的钨砂在矿山的心腹里沉睡了半个世纪，终于隆重地出土了。根据一个农民的报告，县钨砂公司开来一辆解放牌卡车，在这座矿山雇了一些打锤佬。把窿口的砂子直接往车上装，正巧县长来矿山处理一起重大的民事纠纷，听说有这么个思想境界高的农民，极有兴趣，亲临现场视察。

更多的打锤佬围着卡车啧啧惊叹。吴长水的长子也夹杂其中，那只空袖筒被人挤得拂来拂去，他恼怒地把它塞进衣袋里，转过脸去对着窿口发愣，眼圈儿顾自红了。

他丢胳臂的窿子就在这里呀，离这笔财富距离这么近！

县长当众表扬发现钨砂的农民，猛然记起一些事情来。他说，前几年有个老人来县政府，支支吾吾告诉哪座山上有红军过去藏下的钨砂，可是待他追问老人的姓名住址等详情时，古怪的老人脸红了声音哆嗦起来，丢下一句“信不信随你的便”就拂袖而去。后来在一个深夜里，县长又接到一个古怪的电话，一个苍老的声音激动得只顾重复自己的毒誓：“相信我老人家吧，哄你雷打天收！”接着，话筒送来一阵咳嗽，剧烈的咳嗽。

吴长水的长子竖着耳朵听县长说话，猛然间，他意识到什么，分开众人冲进曾被炸毁如今清理出来的窿子。他看见那堆钨砂了！然而，在电石灯下，有一团鲜艳的色彩牢牢地吸引住他的视线。

是一节电池！是那种金虎牌电池！这就是父亲的踪迹！

长子摘下灯继续寻找。后来他找到一截肱骨，还有一团头发。于是，他联想到瞭望台边那座无碑的坟墓。

父亲啊，原来这就是你后半辈子生活的主要内容！你为谁拣筋啊？遗漏下的这根骨殖，该不是特意为独臂的儿子留下的嘲讽吧？

没有日月星辰，没有黎明黄昏，只有漫长的黑夜。夜尽了便是死亡。死亡原来并不可怕，原来和这黑夜一样，静悄悄走来，用一双柔软的手捂住人们的眼睛，而那时，人们已没有力量掰开它的手，只能昏昏地带走由黑夜和灯光构成的最后印象。

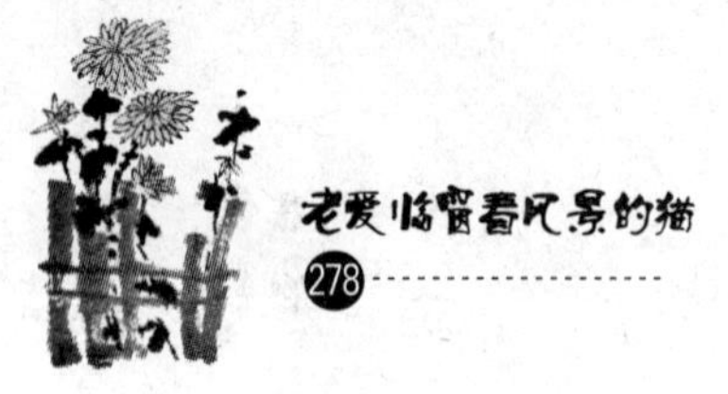

人们等待着。

吴长水在等待着。吴长水愿意这样死去，他祈望死神首先领走自己，这样，赖全福就可以从他安详坦然的死看到一颗已被忏悔的泪水和赎罪的汗水淘洗干净的心灵了。现在，他已不需要以轰轰烈烈的爆炸来表白，现在最好的表白方式是从容地迎接生命的最后时刻。

赖全福猛然又咳嗽起来，身子痛苦地抽搐着。他身边的李双凤慌忙蹲起来为他捶背。

这就是那个猎户出身的营长啊，他脸上用野兽的肉堆砌起来的肉棱已经消失殆尽，一口血“哇”地从口里喷出来。殷红殷红的血滴落在李双凤的手上，又从她指间落下来。

“凤妹子，为我拣筋……嗯?”

李双凤凄然一笑。赖全福这才意识到这是个可笑的要求，这窿子谁也出不去，等待他们的是一样的命运。

他歉疚地抓住她的手：“凤妹子，怨我吗?”

“不，要是你不放炮，别人也……也会的!”她扬起皎洁的脸盘，认真地说。

赖全福一愣，问：“别人，谁?”

李双凤撩起衣襟抹抹潮湿的手，然后掏出一只洋火盒。赖全福惊讶地接过一看，洋火盒的磷片被擦得破破烂烂，几乎失去了作用，而盒里只剩下一根洋火。

“你!”

“刚才趁你、你们在里面，我想点。可我好害怕，手发抖，总不听使唤，火点不着……只剩最后一根了，我就再也没有力量划掉它了……全福，我是女人啊……”

赖全福热泪盈眶。他听到的不啻是自己亲人的心声，而且是一个战士的决心，这使一边在等待死亡、一边在审判自己的红军营长感到莫大的欣慰。

这欣慰还有来自吴长水地默默赞许。

这欣慰还来自另外三个犯人的安静。

——多么奇怪的无动于衷！他们都靠着窿壁安静地蜷缩着，好像已不抱什么希望，服从了命运的安排，不时睁开慵懒的眼睛，漠然地投来毫无生气的一瞥。要不是这样，赖全福真以为他们已经停止了呼吸，这世界只剩下自己和自己的亲人、自己的部下了。

吴长水总在琢磨赖全福的那个可怜的心愿。拣筋，谁为他拣筋啊？他几次身负重伤，生命垂危，从没有提出这样的要求，参加革命谁不把脑袋提在手里，随时准备丢在血火之中？现在他却念念不忘这充满迷信色彩的乡俗，其中有几多哀怨和不甘啊！

吴长水的心轻轻地战栗。他怜爱地望着同赖全福依偎在一起的凤妹子。她是不应该死的，她是女人，女人要为男人生儿育女传宗接代，要为没有倒在战场上却选择了这个巨大墓坑的人们拣筋啊！吴长水有心要为这个妹子指一条生路，他有足够的时间来构想自己的设计。

他想首先喊醒曾东华他们带走他们，都没有反应。他们都在竭力避免任何消耗，保存着体力，他们都不愿最早死去。吴长水猛然意识到这一点，无可奈何而又愤愤地吹灭了灯。

淹没了一切的黑暗，给了吴长水莫大的慰藉。接下去，他就要将这个妹子送往盲窿，以天经地义的理由，以男人的名义。如果有人妒忌，胆敢抱生的奢望，那么，他可以炸毁盲窿。盲窿口不是置放着一担炸药吗？

黑暗中颤动着生命的喘息……吴长水听着听着，不由得警觉起来，似有人战战兢兢地摸索着走来。“哧啦”一声，他划着了洋火点亮了油灯。

不是错觉，不是梦幻，当真有人的脚步声！

犯人们都“刷”地站起来，迎接这位该死的不速之客。难道是一个被堵在窿子里的哨兵？

是一个女人，是一个拖着大辫子的女人，长长的辫子垂在胸前，扶着窿壁艰难地挪动。她并不在乎前面有没有光亮，只顾埋着头往前闯。

啊，观音妹，这是观音妹呀！

吴长水发疯似的冲过去，把她疲惫不堪的身子紧紧地搂进怀里。他急切地呼唤着："观音妹，你怎么啦，你怎么进来的？"她笑了，那笑容苍白却真真切切。

还用问吗？她来自竖井来自盲窿。满是污渍的脸上记录着她所经历的凶险，她背上的衣裳被划得破破烂烂，袒露出带着伤痕和血痂的肌肤，腿上流出的血沾住了裤腿，黑糊糊硬邦邦的一大片。

"那天我从竖井往下爬，不小心，摔下来。长水，我以为再也见不到你了。还好刚爬过来就听到放炮，那堵墙震塌了，差一点就把我埋掉了。"观音妹激动地叙说着。

吴长水仰天长啸："观音妹，你不该来，你来寻死呀！"

她惊讶地睁大了眼睛，明澈的眸子映出她心里真诚的期冀："长水，我们要回村去了，不打砂了，我来就是要告诉你，我在家里等你，你要回来呀！"

他的心有如蜂螫一般火辣辣地痛。她怕自己无颜去见她，才冒死送来殷殷嘱咐。可是，她不知道眼下的处境，他不能苟且偷生，也不能让任何一个男人带走窿子里的秘密，只有女人除外。妹子啊，为了男人，你们应该走出去活下去！

观音妹的出现，给人们带来的东西截然不同。赖全福感到深深的悲哀，他炸了窿口，没想到这墓坑里有一条秘密通道，竟从这通道冷不丁冒出个活生生的人来，一旦人们走上这条逃生之路，那么他就成了集体逃跑的策划者。他操起大锤，凶狠地扫视众人。他准备着进行一场厮拼。

看到希望的三双眼睛顿时黯淡了。黯淡中不无狡黠的打探。曾东华是最老实的一个，居然一屁股坐下去，又养起神来。

吴长水松开观音妹，充满戒意地扼守住窿子。赖全福丢去一个会意、谅解的眼色，分明是告诉他：自己会坚定地站在他一边，为了红军的利益红军的尊严。当他清醒地意识到这两个女人分别属于自己和营长时，他再也没有勇气喊出直在自己胸腔里冲撞的祈望。在这节骨眼上，要女人出去会引起一场骚动。

“观音妹，窿口炸塌了，我们出不去了！”

“啊。”她呆呆地打量着周围，沉默了一会儿，说，“也许从盲窿还可以出去，那堵墙可以扒开来，你们好手好脚可以往竖井上面扒，我这腿不行了爬不动了，我就在下面等你找绳子来……”

“我是说我们不能出去！窿口的炮是我们点的！”

吴长水有些辛酸。

“观音妹，这里藏着钨砂……”

她懂了，完全懂了。她含泪点点头，倚靠窿壁的身子却软软地瘫倒了。吴长水跪下去，把头埋进她的怀里，观音妹呻吟着抽出手，摸摸那条伤腿，然后顽强地一笑，把自己的长辫子缠在他的脖颈上：“我们死在一起，长水……我们今生后世都在一起了……”

窿子里没有时间。灯盏里的油行将耗尽，如豆的火焰越来越小。终于熄火了，只剩一股油烟在人们鼻尖上萦绕。

漫长的等待……死神姗姗来迟。观音妹已经奄奄一息，她比他们早两天进窿，又流了许多血，死神将首先夺去她的生命。

待她停止了呼吸，吴长水已经没有泪水。烧灼般的饥饿感愈来愈强烈，眼前无数金星飞迸。这时，李双凤的呼喊为他注射了一针强心剂，他从一阵晕眩中醒过来，知道是赖全福不行了。他早就没有听到赖全福咳嗽声。他挣扎着把脸贴在观音妹冰凉的脸上，许久许久，才放下她来。

吴长水爬向赖全福，撕心裂肺地喊了一声：“营长！”那许多的怨恨在这一刹那间冰释了消融了，失去战友的悲凉沁入骨髓，他垂下头，口里不停地叨念“营长，营长”，仿佛要补偿过去对赖全福的不敬。

吴长水划着一根洋火，他看到，营长头上那道罪恶、耻辱的标记已经被两边的头发覆盖了，那粗硬如针的头发是营长用咯出来的鲜血糊在那道宽阔的剃痕上的。

有如春韭般的黑发该在这样肥沃的土地上生根了吧？

现在，死是莫大的幸福，是的，最先死去的可以得到亲人的哀思，

而暂时活着的人却得忍受感情的折磨。尽管如此，他仍反复叮嘱自己坚持住，要坚持到最后死去，要眼看着这两个土豪一命呜呼，他才可以放心去追赶他的观音妹。观音妹突然出现以后，他们仍然那么老实服帖，说明他们在保存精力和体力，拖到最后，跨过横陈在窿子里的死尸，去寻找生的可能，而这种可能性就是发财的祥兆！

这是一场静默的搏斗，这种对抗不知要持续多久，不知谁将赢得胜利。吴长水整个身子横在窿子里，不时搐动双腿弄出点声响，意在警告里面的人不要轻举妄动。他听到里面有微弱的呻吟和呓语，猜想他们也和自己一样，所剩的时间不多了。

他舔着石壁的水珠，不过，太不过瘾了。

不知道这是第几天，他惊异于自己旺盛的生命力。在一阵昏厥过后，吴长水又醒来，现在真正没有一点儿声音了。他朝李双凤挪过去，将手放在她鼻子前，感到一股微弱的鼻息。再屏声敛息倾耳谛听窿子顶端，死一般寂静。

都完结了吗？

他鼓足全身气力站起来，靠着窿壁划着洋火，只见那堆钨砂边只有两个人沉睡般躺着。吴长水心里一惊，歪歪倒倒地扑过去。再细看，这两个人已经断气了，而另一个失踪了，曾东华失踪了。

毫无疑问，就在自己昏迷不醒的时候，曾东华逃走了。贪欲和逃生的渴求给了他惊人的忍耐力，战胜了凭藉意志而顽强活到现在的自己啊！

不，这不是结局！

吴长水扶着石壁，像观音妹进来时那样艰难地往外移动。果然不出所料，曾东华还没有爬出去，他花了很多时间才钻过震塌的石壁。吴长水钻过曾东华掏出的洞，循着一股清凉的风找到了竖井。他听到头顶上有呼哧呼哧的喘息，急得大吼一声："啊！"

随着这突如其来的恶魔般的嚎叫，一团黑影从竖井上面笨重地坠落下来，溅起死竭般的悸叫。

顿时，吴长水闻到一股浓烈的血腥味。以后他听到了濒死者的呻吟和胡话，其中也夹杂着清醒的乞求："姓吴的，我们命大……福大……我们平分……平分……"

竟也奇怪，这个渴望死的后生在目睹了平静的和惨烈的死以后，在饱受饥饿和死亡的折磨以后，活下来的侥幸迅速占据了他的心灵，他留恋起这清新的风来，再也没有勇气回到他的观音妹身边。

原来他祈望的死只是一种表白，现在没有必要了！

矿山的心腹里那不死的灵魂在呼唤着吴长水的名字。

他要为他们拣筋！

爬出窿子以后，吴长水就萌生了这个念头，作为对自己逃生行为的一种借口，对负疚心理的一种安慰。可是，红军走了，白匪一个师进驻矿区，大肆搜掠钨砂，残酷迫害为红军挖砂的苏区群众。吴长水隐姓埋名，远走他乡，一晃二十年才归。一踏上这块浸透鲜血的红土地，那些血与火的日子一齐涌现在眼前。瞭望台上的望远镜无情地把历史一页页揭开来。他看见跪在四十八座新坟前的年轻的自己，看见向着西天祈祷的观音妹，看见用血和着黑发掩饰住剃痕躺在李双凤怀里的营长了……

好不容易才找到当年挖砂的遗迹。窿口被坍塌的岩石封死了，石缝中生长着一蓬蓬茅草，迎着秋风瑟瑟地吟唱，那些荆藤和野葛胡乱地牵扯成一副门帘。他站在当年洗砂的地方眯缝着老眼，仰望着那面高坡，想象出观音妹站在山坡上的神态，这才敢确认这个窿子。

于是，每天日落以后，这里就出现了一星神秘的光亮。

撬棍、手锤和钢錾一点一点地啃噬着这冷峻的大山，如豆的灯光顽强地向山的心腹里渗进去。不散的粉尘和硝烟，死亡的气息和死者的呼唤，经过无数个夜晚的积淀，凝结成两块肺叶状的石头！

棕箱盛不下的肺叶被吴长水的儿子们带回家，用蓑衣裹好藏在柴草屋里，直到他们真正了解了自己的父亲，才记起它取出它来。

瞭望台边吴长水亲手垒起的那座坟依然没有墓碑。但是，吴长水的

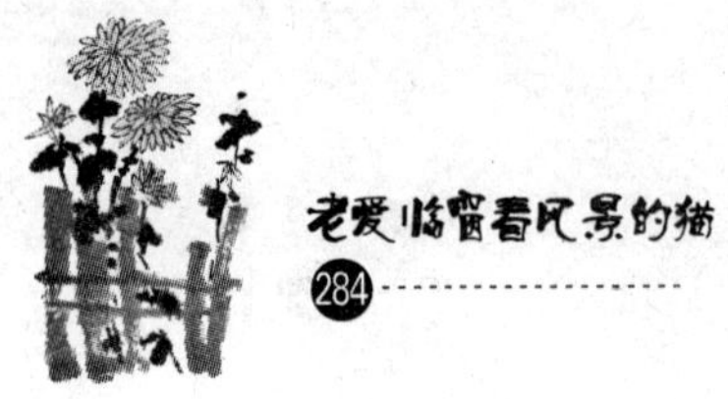

儿子们把父亲一对石头般的肺叶埋在坟前了。

独臂的长子默默地沉思。

父亲啊，当年你活下来，也许就是为了用血肉之躯铸造这样的墓碑吧？

谣　言

造谣者可耻!

信谣者可怜!

传谣者可悲!

能够在剧烈颠簸的吉普车上一口气喊出这三句口号的人，其对谣言的憎恨之情、暴怒之状大约无须言表。的确，谣言摊在谁身上，都难保持君子风度，何况，眼下正流传于C县的谣言简直是在指控一伙共同参与谋杀的罪犯！而且，在人们眼里，许多多就是主谋、就是元凶！

怒吼之后，许多多掏出一盒“阿诗玛”，分发给我和司机，便恶狠狠地划火柴，眨眼之间，半盒火柴挥霍殆尽，香烟仍未点着。“打火机!”他冲我伸出巴掌。

不知为什么，我竟怔怔地望着他浪费火柴而忘了自己身上的打火机。

“你在想什么?”许多多用阴鸷的目光盯住我。在此之前，也就是在他三声连呼的时候，我已经领教过这样冷酷、这样深刻的目光。我心里明白，他的怒吼其实是警告我万不可信谣传谣，然而，在惨痛的事实面前，他的雄辩是那么苍白无力，而所谓谣言却又是那么顺乎逻辑。

我深深吸了一口烟，眼前，烟雾迷蒙、泪水迷蒙。除了几天前发生的巨大不幸，我还能想什么呢？这两天，我的心浸泡在悲恸之中，那个每逢节日加餐必举着茶缸到处挑战痛饮的同窗好友再也不能用抠完脚丫的手和我们划拳了，那个春风得意的副县长再也不能荣耀我们的同学通讯录了，他的墓地倒是让一个偏僻冷清的山坳风光起来，几十只花圈粉饰着一个人的悲剧。我几乎不敢相信，尽管他死得很不壮烈，甚至很叫人沮丧，仍有那么多人为他挥泪，为他送葬。刚才在墓地，我注意到许

多多的眼睛逐次光顾了每一只花圈，当他窃声而透彻地指出谣言制造者就在赠送花圈的人们中间，我才恍然，许多多记住了花圈上的每个名字。

我听到的谣言对他和另外几个人极为不利，大有毁灭许多多们之恶毒。现在，令我寻思的是，身上有着太多嫌隙的许多多仍自由自在地生活在谣言中，而大名鼎鼎的江副县长江为舟却倒在人们想象的阴谋之中！

"多多，我打算再呆几天，找几个人聊聊，洪雪飞没走吧？"

许多多默默地摘下挂在上衣纽扣上的小白花，接着，极有耐心地用烟头去亲吻那洁白的花瓣。我听到纸花滴血的声音。不，没有声音，它也将悄悄地死去，也将在火烫的情怀中惨烈而无声地死去！像它所纪念的死者一样！我的心一阵灼痛。

直到把手上的白花折磨够了悻悻地扔出窗外，许多多才开口："我料到啦，你不只是为参加葬礼而来，你肯定对这件事感兴趣。你在纪委工作，又是《党风》杂志的编辑、记者，仅仅挥霍公款请客这一违纪行为就可以写一篇文章，何况，酒桌上充满阴谋和爱情……"

他嘴角泛起一缕自嘲的冷笑，这种冷笑激起了我内心对他的强烈不满。作为同学，我们之间从来坦诚相见，此刻，我更无法压抑自己内心的愠怒："多多，这两天我发现你相当冷酷。不管怎么样，江为舟死了，这是事实！在这个可怕的事实面前，你不应该反省、不应该自责吗？你忌讳提到责任，好，就算你清白，凭着四年同窗之谊，你至少该……"

"洒几滴眼泪对吗？哼，林中路，我洒个痛快让你瞧瞧，老子憋到现在也算是对死者亡灵的尊重啦！"吼着，他竟猛然打开车门，蜷曲着腰身半倚半立，一只手紧抓住司机座位上的扶手，一只手英勇地掏向裤裆。早晨喝的稀饭汤刚才在墓地灌的百事可乐以及几天前倾入腹中的冒牌茅台化作一条银亮的水线尽情扫射着路边的蜂箱，根本没招谁惹谁的蜜蜂顿时怒不可遏，群起逐之，我们的吉普车仓皇地加快了速度。然而，通过反光镜我看到的水线依然潇洒，依然雄壮。

我闭上眼睛。反光镜昭示的东西太丑陋了，那是仇恨啊！

许多多这泡声势浩荡的尿足足撒了两公里，末了，他一屁股瘫倒在座位上，仰天长啸：“江为舟，你生前是我的对头，死后还是我的冤家啊！”

“对头？你指的是情场上吧？”我知道，他俩毕业后一道分回C县，都留在县委办公室当秘书。当时的县委书记除了需要一位得力的笔杆子外，还需要一位有文凭有前途的女婿。在两位候选人中，他择定了江为舟，同时，毫不犹豫地将他不喜欢、而能让女儿春心荡漾的另一位打发到一个偏远的乡里去。

许多多没做声，顾自抽起烟来。

“不就是为了一个女人吗？何况，你恨江为舟也没有道理……”

许多多猛地转过脸来，用咄咄逼人的目光审视了我一阵，然后咆哮道：“一个？哼，两个！他总是抢在我前头，总是捷足先登。即使我爱的其实是他不喜欢的，他也要抢先占有，为的就是让我永远绑在失败的耻辱柱上！”

我淡然一笑：“恐怕是你多心了，你说两个，难道你在学校时也追求洪雪飞？”

“她吻了我一口，这儿，”许多多指的地方是左眼窝，“吻过以后她说，如果你早半个小时，情况就不同啦。”

“即使洪雪飞当时的感情是真实的，你也没有道理据此怨恨江为舟呀。”

“告诉你，洪雪飞一共给他写了十五封信，他都不予理会。直到发现我爱洪雪飞，他才匆匆去表态的。可是，放了一把火后，他马上把她甩掉。我们一道回到县里，他又来拦截我追求的另一个。他的目的竟然达到了，他不惜去搂住一个并不相爱的人往上爬，同时，把自己的竞争对手打得落花流水！”

“多多，你被无端的猜忌害啦！”

“你这话是什么意思，嗯？”许多多一把攥住我的肩头，涨红的方脸上肌肉抽搐，额头上青筋鼓暴，“姓林的，你干脆直说，谣言全是事实！是我杀了声名赫赫的江副县长！是谋杀！是桃色新闻！”

我轻轻掰着他的手，我努力微笑，努力缓和他的情绪，因为我担心他会用我的身体撞开车门，然后把我推下百丈悬崖。司机也有此担心，所以吉普索性在高坡上停下来。于是，我没有了顾虑，我们可以讨论切入要害的话题了。

我打开车门，抖擞精神，就势用力一拉，我们一同滚下车来。

“谣言不是事实吗？那么，请你解释，你为什么设下鸿门宴？”

“我请的是洪雪飞，她现在是华茂公司的副总经理，她此行是准备同县食品厂合营，打算投资几百万。可是，她的意向很微妙，他们的合作能否成功，取决于江为舟对她的态度。我们乡也有一家几乎瘫痪的食品厂，条件不比县食品厂逊色，假如能争取到华茂公司的资金，增添一二条方便面或饼干生产线，招聘一些技术人员，这个乡办企业就起死回生，我这个乡长也不算平庸了。请洪雪飞，那就不能不请江为舟。”

“为什么？”

“尊重领导嘛。再说，洪雪飞正为江为舟冷漠她的感情而恼怒，我们三人在一起，一气之下，也许她更有可能让我渔利。”

这就是说，洪雪飞对江为舟仍怀有痴情。不过远在距县城三十公里的枫山乡，许多多怎么会对他俩现在的隐情了如指掌呢？我之所以这样想，是因为江为舟的妻子也坐在许多多设下的宴席上，由此，我怀疑那位冷美人同许多多始终保持着某种联系。

“多多，钟琳是你邀江为舟时一同邀来的吗？”

他一怔，脸兀地红了：“其余的人都是江为舟拉来的。县食品厂的张厂长、县政府的秘书小吴，你尽管去找他们聊好啦，而且，要快，赶在我们订攻守同盟之前。”

“有一种传说认为你们是合谋，如果是，岂不早就订好了攻守同盟？告诉你，我关心的是，江为舟为什么、又怎么能够把这些爱他的、恨他的人集中到一张餐桌上来？”

“这……你就得去询问他的英灵了。也许，这是一种领导艺术、一种领袖气度。”许多多乜斜着眼瞟瞟我，用揶揄的口吻说道，“有一件事很能证明他的慷慨大度。去年冬天，我坐拖拉机出了车祸，因为骨折在县医院住了一段日子，江为舟让钟琳服侍我。怎么样，高尚得可以吧？然而，请注意这个‘然而’，就在他同夫人携着人参蜂王浆水果麦乳精来看我，并嘱咐钟琳每天来料理关照我的那天晚上，他俩分床了，直到现在！”

我困惑了。夫妻间的隐私只能是钟琳透露给他的，这只能说明许多多在那个女人心头的位置，许多多怎能怪罪江为舟呢？

大约通过我的表情他窥见了我的思想，许多多暴躁地扒去身上的毛衣，呼地撕开里面的衬衫，袒露出宽阔而壮实的胸脯：“林中路，你看看，这上面印满了她的吻！你看啊！老书记在世的时候，我得不到。在他死后的两年里，我一下子得到这么多……”他的声音哽塞了，眼里莫名其妙地有了一些水分，他长长地吐一口气，才接着说，“一下子得到老书记女儿的这么多吻。机会是江为舟提供的，他希望我和钟琳闹出一点什么事，这样，他就可以达到离婚的目的啦！很体面，一点也不妨碍他的前程，甚至还可以得到许多同情，而他却抛弃了一块在他看来是冷冰冰的、失去作用的、将来在老书记的影响消失之后很可能会成为绊脚石的敲门砖！”

我瞠目结舌。我怎么也无法把他描绘的形象同我所熟识的江为舟联系起来，同那上百条毛毯被面几十只花圈和那许多人的眼泪联系起来。为舟，你该活下去，该发挥你的一切才干澄清这一切！

“许多多，你的洞察力太惊人啦！”

“你认为我是以小人之心度君子之腹？嘿嘿，”冷笑，这一笑竟不可收拾，由冷笑而大笑而狂笑，他的笑声充满了恐怖气氛，我不寒而栗。“你去找洪雪飞打听打听，那娘们痛快，那娘们会把她的风流韵事全抖落出来的，哈哈哈哈……”

我爬上车，砰地一声关上车门，把他的狂笑锁在外面。许多多笑得没趣了，也只好上车赶路。现在，他坐在前面，不时回头瞅瞅我，又不时咬咬司机的耳朵。我们都沉默着，在我未见到其他人以前，我不想再

同他谈论江为舟之死。

到达县城已是中午十二点半，因为修路的缘故，车无法开进县政府招待所。我们在东门下车，将穿过狭长的东街徒步而去。

正是县广播站的第二次播音时间，在弥漫全城的雄壮的吹奏乐声中，一种不明飞行物不偏不倚坠毁在许多多的头顶上。许多多惊叫一声，朝头上一抓，抓下一把鸡蛋壳。蛋清蛋黄顺着发丝，在他头上缠缠绵绵地往下滴。

我仰脸张望，街道两旁的房屋尽是二三层的小楼，底下是店面，上面住家。那些阳光明媚的窗口晾着许多笑脸。我恍然大悟，这枚鸡蛋不是路过天空的麻雀下的，是从某双敌意的眼睛里发射出来的！

许多多用脱下的衣裳一个劲地擦头，在人们的欢呼和戳骂声中，连连喊倒霉。尽管他没有追究鸡蛋，我想他心里一定是老鼠过街的感受，因为我发现他加快了步伐。

接下去，许多多成了各种投掷物的靶子，扫帚疙瘩、宝特瓶、菜皮菜根纷纷向他袭来，最具有威慑力的是爆竹，声声爆炸把我们封锁在街中央了，这是我有生以来经历的最为恐怖的场面。我简直不敢想象，这儿的老百姓会用这样野蛮的方式来表达他们的爱憎。

当然，其中夹杂着许多喜欢以恶作剧来取乐的家伙。但是，许多多一出现在大街上就引起人们注意，这本身就说明江为舟在此地是颇得人心的，说明关于江为舟死于被害的谣言已经家喻户晓，并得到人们感情上的认同，从而激起了民愤。

"冲过去！"

我有意贴紧许多多，然而，无情的爆竹毫不顾忌我的存在而继续狂轰滥炸。我们浑身撒满爆竹屑，我们成了节日的动物园中最招人爱的猴子。

许多多甩掉我攥住他胳臂的手，嚷道："你走，我倒要在这里让他们发泄个够！"说着，他扒去上衣，赤裸着胸脯，斗士一般昂然屹立，那气势似乎要以自己的血肉之躯去迎击人们的仇恨，去接受火和硝的洗礼，哪怕被炸得皮开肉绽！

也不知是见到他肉身，人们到底动了恻隐之心，还是爆竹使完了，或者是觉得放炮听响远不及用别的什么直接击打他的身体过瘾，放了一阵爆竹后，人们还是改用鸡蛋等物投掷。不一会儿，蛋糊将他整个人包裹起来，像一块硕大的即将下油锅的猪排。

我眼前的许多多花里胡哨。当我再次拖他走的时候，他怒吼一声："你滚开!"使劲一推，我摔了个仰八叉。他扑通一声跪倒在地，双手紧紧捂住脸，我看见扑簌簌的热泪冲开蛋糊从他指间、下巴上纷纷滴落。

"许多多，你们到底在酒桌上为了什么目的要了什么计谋置人于死地？否则，你怎么解释这些呼啸着的复仇的鸡蛋!"

雄壮的吹奏乐在人们胜利的欢呼声中结束了。接着，高音喇叭里转播的是省电台的《听众点歌》节目，女播音员正不厌其烦地报着点歌听众的姓名。

"……中国华茂公司的洪雪飞为同窗好友江为舟……点播一首爱情歌曲，这首歌的名字叫《送你一个微笑》……"

音乐骤起。我惊愕得一时说不出话来。在江为舟死后，居然有人为他点播爱情歌曲，这意味着什么呢？大约因为曾经发生过别人冒江为舟之名为他征婚的事，使当时与老书记的女儿不冷不热地谈起来的江为舟蒙受不白之冤，很受了一番挫折。现在明明播报的是洪雪飞的名字，我的直觉却认为在那个名字背后有一张险恶的嘴脸。

我真想当街揪住蛋腥袭人的许多多质问一番，但是，且慢，当年谁在《青年报》上为江为舟刊出征婚启事至今仍是一个悬案。那时公开征婚还是新生事物，无须审查资格来函照登。C县虽小，启事中的夸耀仍吸引了不少妙龄女郎，一时间来人来函好不热闹。钟琳一家勃然大怒，若不是江为舟鼻子下有嘴，对他的惩罚是少不了的。跑到报社翻出底稿一看笔迹，只能证明不是江为舟自己干的。但究竟出自何人之手却始终未能水落石出。许多多自然是最主要的嫌疑犯，然而，被无数次盘问追查逼急了的许多多终于喊出他在落魄年岁的最强音，他说："无聊的小噱

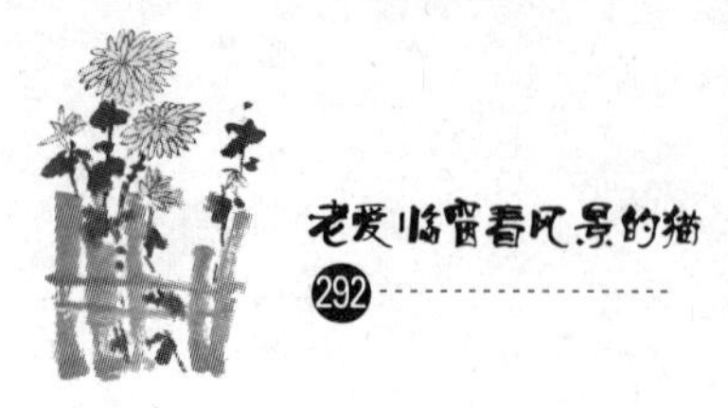

头能使我夺回爱？不，只能使我身败名裂！要知道，钟琳是爱我的，与其破坏别人，不如死死地固守我的阵地，不如在她身上插遍我的旗帜，不如把生米做成熟饭！”他的话道出了某种实在，然而，无论是以前的征婚还是现在的点歌，都不能排除许多多出于阴暗心理以泄私愤的可能性。

一个女人在嘶声歌唱：

“你迎面走来，我擦肩而去

茫茫人海中走着我和你……”

这歌声分明是射向江为舟的毒箭，像那一杯杯美酒或冒牌的美酒一样！

就在全城男女仰望着高音喇叭发愣，接着如梦初醒用石块用骂声击打一只只可恶的喇叭的时候，在县政府招待所最豪华的客房里，洪雪飞冷笑着关上窗子。她的冷笑一直保持到我来到她面前。

发现江为舟的尸体硬邦邦地躺在他家中书房地铺上的，不是他的妻子钟琳，正是洪雪飞，那已是由枫山乡兴尽而归的第二天傍晚。极度惊骇和巨大悲恸使这位让许多男人倾倒的女人忽然变得惨不忍睹。一个月前我在省城见到她，那时我觉得她还是个大学时代的校花，现在我简直不敢相信她眼角额头的皱纹是真实的，脸黄了唇白了只有眼皮是红肿的。她用黯然无神的眼睛瞥了我一下，辅以残存的冷笑，代替了同学相逢的寒暄。

我默默地坐在沙发上，我已注意到会客室和卧室都置有电话机，而且是粉红色的。许多多曾咬着耳朵告诉我，出事的头天晚上，江为舟肯定在这里混了一个通宵。许多多是通过电话发现这个秘密的，因为他忙了一夜，电话就是拨不进来。

“林中路，我好后悔呀，”突然，步向窗前的洪雪飞转过身来，用痛切的声音叫道，“我不该来！是我葬送了他！是我用爱的毒鸩杀了他！”

我眼里顿时充溢着遏止不住的泪水，是的，假如洪雪飞不到C县来，假如她来了却不肯接受许多多的宴请，假如她把宴席当做友谊的花圃而不是可以信马由缰的处女地，那么，也许悲剧就不会发生。然而，生活是冷峻的，一切假如都可能是某种必然！一切假如都是人们在反刍痛苦时的玄想。

“你冷静点，事情已经无可挽回，我们只好接受这个事实……”

她在我旁边坐下来，嘴里喃喃道：“我不该再向他敬酒。最后一杯，不，一碗，是我敬的！我其实发现他早已醉了，我不该呀！本来我们已经起身，要收场，江为舟却捉住钟琳要同她干一杯。为幸福干杯，为美好的新开始干杯。对他，我心灰意冷。谁知钟琳却冷笑着瞅瞅我，倒掉残剩在杯中的红酒，从她的提包里摸出一只造型新奇的瓶子，她说是黑糯米酿的酒。也是黑色的，给江为舟和她自己各斟了一杯，我闻到一股中药味……”

我警惕地支棱起耳朵：“哦，她带去的？是酒吗？”

洪雪飞摇摇头，旋即，大概她觉得这样摇头很不地道，很有点检举揭发别人的意味，连忙补充说：“应该是酒，是金贵的琼浆玉液，只能由他俩享用。她倒了两杯就塞回了提包。她举杯挑战似的，讽刺似的，冲我说现在颜色一样了。我既绝望又不甘，我倒了一碗茅台，肯定是假茅台。我说，你们喝的颜色一样，可在酒桌上只有纯净无色的烈酒才能显示真诚本色，让今天有个精彩的压台节目吧。我之所以这样说，是因为我发现江为舟已呈醉态，即使倒杯墨汁他也会稀里糊涂喝下去。我举起碗，许多多惊呆了，支撑着桌子摇摇晃晃的江为舟端着碗直问我以什么名义，他说我们已经为同窗之谊、为合作成功、为事业发达以及当时所能想到的一切名义干过杯了。他很固执，非要我拿出什么名义来。我咬牙切齿地回答，为你生活得更幸福一点儿！听着，我说的是一点儿！当时他非常激动，一饮而尽，那股豪爽劲不亚于我。离开酒桌我们直接上了车，到这里后，县食品厂张厂长提出第二天晚上请我。我谢绝了，因为我觉得同他合营已经失去意义。可是，酩酊大醉的江为舟却替我答应了，当时他就在招待所门口指着我的鼻尖吼起来：‘去！不去是混蛋！你们以为我不行了？倒了？嘿嘿，酒桌上我杀遍天下无对手！姓张的，我

知道你十分本事今天只拿出七分，明天我们再一决雌雄！’第二天下午，张厂长到处找他不见，我跑到县广播站问钟琳，我是硬着头皮去的，我只想从她的冷嘲热讽中得到关于他去向的消息，谁知，她却交给我一串钥匙……她说，他前夜太累，还在继续做他的好梦呢……”

江为舟大约在半夜里死去，十六七个小时后才被别人发现。由此，我们不难窥见他们夫妻关系的状况。不过，就此一味谴责妻子的冷酷或麻痹大意是不公正的，如果江为舟与洪雪飞共同度过一个夜晚，那么，钟琳的愤怒、冷漠倒是可以谅解的。但是，她的所谓黑糯米酒要是掺进了仇恨掺进了杀机那就太过分了。

“钟琳说他前夜太累，是指……你们在一起？”

洪雪飞起身走到窗前，招呼我过去。她痴痴地望着远处那嵌在一片金黄之中的一汪银亮。“你看那座湖，多美。要是落在大城市，它该是多少男女的温柔之乡。看见船了吗，泊靠在岸边的小船？可惜，在这儿，它决没有成为眠床的浪漫，它存在的目的永远是那么世俗，或者说，那么现实，为了撒网，为了把人渡送到对岸去……”

几分怜爱几分怨艾几分凄迷。由她的神态和语气，我完全可以想象在那天晚上发生了什么事情。根据她在做知青时与一个憨厚的农村青年谈恋爱的故事，我相信，她就在我们此刻远眺的湖上重演故伎。

“那天晚上你们在湖上过了整整一夜，”我肯定地说，“江为舟表现得很理智，你的失望无非源于此……”

“你？你听谁说的？许多多，还是钟琳？他们在盯梢？”

“我自己这样想的。”

她盯着我的眼睛审视了一会儿，突然，她爆发似的叫起来：“是的，凭着我的过去你可以想象我的现在。可是，我要告诉你，那天晚上我的热烈不是以前可以比拟的。在你听到的风流故事里，我傻怔怔地坐等了一整天，听任小船顺水漂流了几十里。但那天，我不！因为闯荡了这么多年，我更懂得了男人，男人勇敢而懦弱，男人富有激情也富有迂腐，男人对一切充满欲望又冷漠一切，男人生活在自身的深刻矛盾中，男人是一种矛盾的结合体。我非常珍惜那个晚上，一上船我就想我必须驾驭它，再也不能听任它随风飘荡……”

江为舟是著名的大秤砣。他应该知道那是一叶载着诱惑也载着危险的扁舟。毕业时，他同洪雪飞分手了，那是因为系领导在找他谈话时严正指出：洪雪飞同那个农村青年有着非同一般的恋爱关系，她的男朋友闯到学校里来了，满校园张贴大字报，你这个角色很不光彩啊！于是，江为舟毅然斩断情丝。那时他考虑的是前程，那么，在踌躇满志的现在，他怎么可能同洪雪飞重温旧梦呢？我想，他之所以依顺洪雪飞徜徉在夜色笼罩的郊野里，乃至登上充满爱的恐怖的小船，准是为了那片厂子、那几百万元的资金。

我坦率地把我的判断告诉洪雪飞，我说：“事后你肯定很懊悔，懊悔自己一开始就犯了错误。你只注意到他对你的感情，很美丽，但它只是一种野花，决不可能移栽到盆里去。我是说，你忽略了人的生存环境，而他自己却是非常注意的，不然，他就不可能同钟琳生活到今天……”

洪雪飞轻轻叹口气：“当我发现他只是希望我为友谊投资，而不是为爱，我感到悲哀，我甚至冒出一个可怕的念头，我愿意同他一道毁灭！这些年来，我一直在同男人斡旋，我挥霍着女人的妩媚和风姿，但我从来不肯糟蹋我的感情，我始终思恋着他。我渴望事业成功，渴望用我得到的权力去换取他的爱，所以我来了。然而……假如知道他注定要在那两天死去，我一定会在湖上作出抉择，那个湖宁静清澈，那里才是最好的归宿。”

可以想象，洪雪飞在船上是怎样的疯狂。她摇着双桨，载着她的痴情执拗地划向湖心。然后，她把积蓄这些年的心声释放出来，她的声音是刚刚出狱的囚徒，欢呼着扑向自由，扑向迷人的只属于两个人的春夜。但是，她的呼唤没有得到响应，或者说，她的挑战迎来的是高悬于城防之上的免战牌。她愤怒了，她摘下双桨投向湖水。于是，江为舟没有退路，只有两种困窘的选择，或者把那条小船当做罗曼蒂克的睡床，或者当做永远的孤岛。

“你是说．那天夜里有发生殉情悲剧的可能?”

“殉情?”洪雪飞猛然伸手扳转我的身体，出神地望着我的脸庞，我们两双眼睛对峙着，我感到了她的鼻息，感到了渐渐泛起的微笑中有一股凛冽寒意。她掠掠我额前的头发，见我十分紧张，索性在我脸上拍了两下，她咯咯地笑起来。

“林中路，你的想象太富有诗意啦。如果江为舟情愿那样，我感到幸福。真的！你不知道在他拒绝我的要求之后，在我发现他宁可牺牲爱牺牲即将到手的几百万也要固守他的某种观念之后，我的心灵世界多么空虚！当时我想，即使不能完好地得到，我也要粉碎它揽在怀里，哪怕只是那么一小瓣儿碎片！事实上，当我扔掉双桨的时候，当我扔掉我身上所有衣裳的时候，就是这个念头在怂恿着我！我说，那好吧，就让太阳来照耀我们这条搏斗了一夜的小船，照耀我这被英雄战胜的身体吧！我是这么说的，我想我是疯了!”她热泪盈眶．那是执拗而疯狂的泪水。

她非常激动，她用颤抖的声音问我身上有没有香烟，我掏出一包廉价的劣质烟，她接过去嗅了嗅，不屑地还给我后马上又劈手夺过去，抽出一支贪婪地吸起来。

“我在船尾，他在船头。我知道，我不能接近他。我相信他的警告不是儿戏，他急了，真的会跳下湖去。我不知道自己是否有能力从宽阔的湖面上救起一个壮汉。他懊悔不迭，懊悔自己不该随我登船，不该做这样冒险的努力，他拼命用最恶毒的语言来讥刺我，试图击溃我的勇气，他说他现在可以想象我是怎么当上副总经理的，怎么使我们公司在短短几年里发达起来的。林中路，他是无法想象的，在他面前我是真实的水果真实的五谷真实的三牲，只要他愿意我的一切都属于他。然而，在这些年我遇见的其他任何男人面前，我必须是祭坛上的供物，既真实地呈送到贪婪的眼睛里，又必须借助某个神灵的力量和威势，保留自己。这才是我！我知道，他其实是了解这一点的，所以，他即使辱骂我，我也不在乎。他暴躁得吼起来：‘洪雪飞你明天给我离开此地，让你的合营见鬼去吧！’”

“他的决绝打消了你的念头，你们这才离开了那个湖?”

“不，他的话提醒了我，他勒令我离开C县，无非是怕我在他的生活中掀起大波大澜。那么，好，我就偏不走，我就滞留在此地耐心等候，仅仅等候就够了。我相信，许多多、钟琳以及更多的人会站在他们各自的角度上帮助我达到我的目的。”

是的，假如没有发生以后的悲剧，假加洪雪飞真的滞留下来，钟琳还能保持那种冷冰冰的却也是平平静静的生活吗？许多多对江为舟一直怀有宿怨，也很难说不会利用江为舟与洪雪飞的关系造些舆论。有洪雪飞这样一个女人在这里觊觎着江为舟，即使对无怨无恨的人，他们也会由此衍生出许多猜疑。但是，这一切未必能够把江为舟推入洪雪飞的怀抱，也许恰恰相反，连埋藏在他心底的那份爱也会被他所爱的人亲手葬送掉。

我毫无顾忌地把我的想法说出来，洪雪飞摇摇头，她狠狠地吸了一口烟，然后，一边慢慢地吐出烟雾，一边果决地摁灭手里的半截香烟，不知为什么，这个动作在我看来总有一点残忍的意味。

“你有你的道理。不过，我认定，在某种前提下，他是有可能需要我的爱作为精神依托的。”

“怎样的前提呢?”

“当他失去精神依托的时候!”揿灭的烟头从四层楼上抛下去，我看见它落在邻近房屋的瓦片上时，迸出了细微的火星。

我震惊。她压根儿没注意我的表情，她又补充了一句：“当他们夫妻矛盾终于激化的时候，当他们的婚姻终于解体由此带来一连串的危机的时候，我想，他一定会恍然大悟，爱情能够重筑一个江为舟!”

“这就是说，你愿意看到他的失败，甚至毁灭?”我不由得倒吸了一口冷气，冲动地拽住她的胳臂，质问似的叫起来，“这叫爱？这叫仇恨！这叫歇斯底里！刚才你谈到水果供品什么的，我真有点同情你的生活境况，理解你的爱情追求，我挺感动。没料到，支配着你的到底是自私，是占有欲，你敢说不是吗？你敢说吗?”

“这是我当时的真实想法……”她蜡黄的脸颊上浮起淡淡的红晕，她抬眼看我时眼神显得有点惊慌。

我冷笑道：“太真实啦！超自然主义的真实！血淋淋的真实！难怪你自己也承认，是你用爱的毒鸩害了他。你的这种真实想法浸泡在劣质的烈酒中，我现在可以想象你在酒桌上是怎样的疯狂了，可以想象你为什么公然去电台为他点播爱情歌曲了！”

“不，我没有点播！刚才我也听到了，报的是我的名字，真歹毒！”她委屈地尖着嗓门叫道，“事实上我并没有那么恶毒，要知道我是爱他的，这些年我一直默默地为他祝福。我怎么可能用美酒用情歌用那些美好的东西做武器置他于死地呢？假如他仍活着，我想这支歌也能摧毁他！”

从点歌到播出，需要一段时间。这就是说，在洪雪飞准备来C县洽谈合营之事前，就有人冒名向电台点歌，那个人必定知道江县长与这个女人的隐情，这样看来许多多又是主要的嫌疑分子，不过，如同征婚一样，如此下作在许多多眼里也是拙劣的游戏，也可能为他所不齿，况且，世上没有不透风的墙，“包打听”之类的角色大有人在，别的什么人藏在暗处放冷箭也未可知。

洪雪飞继续说：“我告诉你的只是绝望时的一个念头。念头，懂吗？后来，我被他感动了，我发现我的念头很可耻。他吼完后，便趴在船舷上用手划水，拼命地划。整整一小时他没有片刻的懈怠，他的手像一只螺旋桨紧张地工作着，岸仍然很远。我坐在船头上冷眼看了一个小时。那哗哗的水响撞击我的心。我再也不能无动于衷了，我小心翼翼地爬向他。我始终担心他会实践誓言在我接近时跳下湖去。我终于靠近他，从背后抱住他。他不理会，继续划。我说，我来啦你跳呀！他仍不理会，手的运动频率更高。我感到我们的船被他感动，微风被他感动，岸也被他感动了。我知道，他要好好地回去，活着回去，决不带一肚子湖水回去，决不湿一根纱地回去。我不知道自己怎么会挨着他趴下去，也以手代桨地划起来。我说，你歇一会儿吧。他带着哭腔嗯了一声。他脱下他的衣裳把我包裹起来，在此以前，他一直冷酷地瞅着我打哆嗦。后来，我们一左一右地划，有一柄桨奇迹般地漂到船边来，我俯身捞起，高举着它欢呼。他激动得热泪横流，他说这桨在鼓励我们战胜自己……”

听着洪雪飞动情的叙述，我很后悔刚才的冲动。不管以后在酒桌上面钟琳对她如何醋意翻腾、妒火中烧，那个晚上她毕竟最终战胜了自己。可是，故事的结局除了我别人能相信吗？那个夜晚必将在钟琳心上投下浓重的阴影，这阴影实际上已经投映在酒中，被江为舟一饮而尽。我敢说，他们夫妻俩同饮的所谓黑糯米酒就是被这恨的阴影浸染成死亡的颜色！

“关于合营的事，你最后是怎么决定的？”

“我没有拿定主意。经历了那么一夜，江为舟估计我会选择许多多的那个厂，江为舟主管工业，他当然希望我同县食品厂合营，然而他让我失望了自然也不会对此抱有希望。可是，我在赴宴以前，想到的仍是县食品厂。到了酒桌上，我犹豫起来，因为我发现，县食品厂的厂长与江为舟似有宿怨，似有挺深的矛盾，而且这个人关心的不是企业的发展，总在刺探着别人的个人生活、领导之间的关系情况，似有野心。江为舟拉他来，可能出于某种策略的考虑……”

我长长地叹了一口气。在这个人敬酒的杯中又撒了些什么呢？为舟，你怎能不醉哟！爱也醉人，恨也醉人，杯盏觥觚间，爱朦胧，恨也朦胧，都是浓烈的酒香啊！

有人敲响半掩着的门。洪雪飞认识门外的小伙子，她把他带到我面前作了介绍。原来他就是县政府秘书小吴。我已听说，在酒桌上他是一员干将，常常侍卫于江为舟左右为之挡驾，遗憾的是那天英雄无用武之地，那天非同一般应酬，江为舟必须亲自出马披挂上阵。

小吴通知我，下午四点钟县里有领导来看我。其实我并没有张扬，也不知是许多多报告的呢，还是招待所发现我的身份，敏感地同江为舟之死联系起来同谣言联系起来而大惊小怪。说明来意后，小吴怯怯地问：“林记者，有些事情我想汇报一下，不知你是否有时间？”

我求之不得。我正考虑以什么名义去找那几个陌生的当事人呢。我本不想惊扰县里，因为我的确是来送葬的，而不是公干。

小吴要带我去一个地方。小吴显得十分神秘。在走廊上，他悄声对我说："林记者，从现在起，你同我保持二三十米的距离，跟在我后面。不要太近，也不要太远，二三十米左右。太远了，会把你丢掉的，今天逢墟人很多。"

老百姓是不是也会向小吴扔爆竹呢？我很认真地点点头。可是，小吴仍不放心，他想了想，拉开夹克衫脱掉。"好，这样显眼，你只要注意我这件衬衣就行。"他看看表，喃喃道，"现在两点，来得及，走过去只有一刻钟。"

他的衬衣印有色彩鲜艳的粗条子，是竖的。我不记得它像哪国的国旗，但我确信在它的引领下，我会穿越神秘走进一个人或者几个人的心灵天地。

离开招待所横穿杂货市场我跟踪着小吴走进一座小院，望着院子里满地大出殡的爆竹屑我明白了，江为舟住在这里。小吴从二单元三楼楼梯拐弯处的窗口探出半个脑袋算是指路，那鬼鬼祟祟的神情有如撬门贼一般，我不知道他究竟想干什么、说什么。

小吴半敞着房门迎接我，我一进屋他就迅速关上、插死。

"钟琳呢？江为舟的爱人呢？"我为小吴掌管着他家的钥匙而诧异。

"钟老师怕。钟老师去娘家住，让我来替她看家，办公室也要我整理江县长的遗物。"小吴说着，急不可耐地领我进了江为舟的书房。

书房不小，大约有十五六个平方，引人注目的不是颇有气派的三只大书橱，不是堆满什物的阔大的经理桌，也不是张挂于墙上、出自我们同学古龙飞之手的墨宝《难得糊涂》，而是草草地堆放在一个角落里的破棉絮。小吴总不至于向我控拆一位妻子的残忍吧？

小吴突然在我身边跪下来，指着他面前那块地方失声痛哭。他的哭声很真实，真实得叫人怀疑死者是否真的已经火化已经入土，是否真的离开了这间屋子。

“他躺在这儿死的，那床棉絮就铺在这儿。他没脱袜子……他裤脚上还沾着很厚的黄泥巴……那泥巴一看就知道是县食品厂后面山上的泥巴……”

我垂首默立片刻后，把小吴拉起来。小吴激动地抓住我的手，说：“林记者，江县长的死我也有一份责任，我不但没有尽职尽责，替他接受敬酒，我反而向他敬了三杯！我真混账！我恨透了自己！”

“哦，你向他敬酒有什么特别的意义吗？”我总觉得，江为舟带着这位能喝的秘书去赴宴，秘书的职责便是护驾。在那爱与恨交相碰撞的酒桌上，小吴应该看出些眉目，他怎么反而去将江为舟的军呢？

小吴抽泣着，拽着衣袖擦擦眼睛，回答道：“去的半路上，江县长谎称解手下车特意交待我，要我这次别当敢死队当第二梯队，他要让大家尽兴，让同学朋友老婆喝个痛快聊个痛快，借着酒想骂也骂个痛快。他说只要他们不搞统一战线不组织多国部队，他能顶住……”

我打断小吴的叙述。我觉得小吴介绍的情况很重要。江为舟的交待，表明他希望通过这次聚会达到大团结的目的。是的，任何宴会都是为了融洽感情，即使丧宴。然而，江为舟显然试图通过激烈的从思想到感情的交锋来摆脱困扰着他的人际纠葛。这样，酒桌上的每声祝福每句醉话都是不可忽略的了。

“你能回忆当时每个人都以怎样一些名义向他敬酒吗？你们都说了些什么？”

“林记者，我有一个要求，”见我点头，他才鼓起勇气提出，“我求你不要报道这件事，虽然动用公款请客，而且花了几百，但请的是洪经理，属于正常的经济交往，不要因为死了人就拿这件事做典型。江县长是当时在座的最高领导，求你照顾死者的声誉放过这个典型。”

“你认为我是来调查公款宴请这件事？”

“嗯。外面有各种各样的猜疑。有说某人在酒里掺了毒药的，有说当时在座的每个人各自心怀鬼胎为了一个共同目的把人灌死的，也有说枫

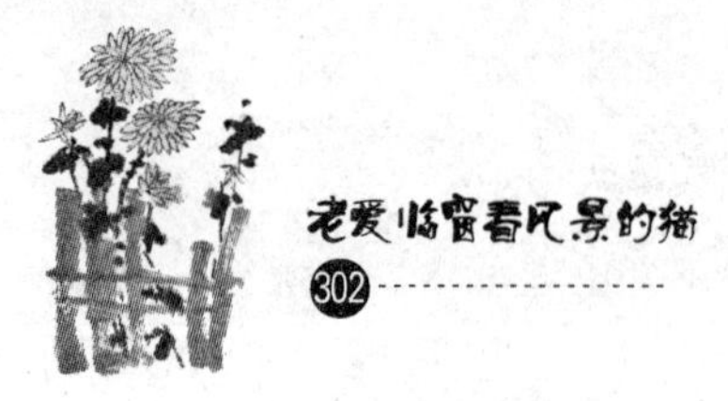

山乡老百姓在酿制谷烧时总要倒些乐果敌敌畏的，还有人说是假茅台的缘故。茅台虽假，酒却还可以呢。关于谷烧的谣言更是无稽之谈，枫山谷烧是出了名的酒香纯正回味悠长……”

我惊愕地听着作为当事人之一的他把那些间接的、被动的可能一一排除，剩下的就是可怕的答案了，也是谣言的核心与精华！然而，小吴话锋一转。

“让拥戴他的人们脑子中有些假想的凶手，那样更好些，他们的感情才能接受这个无情的事实。英雄倒在阴谋中仍不失为英雄，好汉溺死在酒里那就有点……有点可悲啦！”没想到，这个二十才出头的小秘书竟能洞察人们的心理道出某种真谛，而且是那么豁达那么富有人情味。

“就是说，你认为他的确溺死在酒里？”

“不，溺死在人世间的恩恩怨怨中！”此刻，他神色严峻。“我为什么带你到这儿来呢？我要让你看一张床，一张新床，在这书房里只铺了一夜，就被江县长撂到阳台上去了。”小吴领我从书房的窗口张望阳台，因为带阳台的那间屋和钟琳的卧室都锁着。

“看到吗？那床席梦思床垫弹簧头一根根杀出来，那叫针毡，睡上去是受酷刑啊！怎么来的呢？钟书记，也就是钟老师的父亲一死，县食品广的张厂长叫了一拨大汉开着大卡车高唱着革命歌曲咋咋唬唬招摇过市给县长送床来，只差没敲锣打鼓！他晓得人家夫妻不和，特意给江县长送新床来啦！这不是拍马屁，是挑战是挖他墙脚。老书记一死，他就要和人家女儿分床，影响多坏。而且，张厂长当众说是江县长叫他代买的。我简直不敢相信，江县长竟高高兴兴收下，付了三百五十元，市价三百七，他贪这小便宜！”

“他俩的矛盾又是因为什么呢？”我问。

小吴打开折叠椅，我们坐下了。“还不是当年谁上谁不上的问题，两个副县长候选人。张厂长也是一个。他认为最后择定江为舟是老书记的影响在起作用，对此耿耿于怀呗，嫉妒加不满。其实江县长对他挺看重，给他解决了老婆孩子的农转非问题，他女儿读大学也是江县长帮的忙。

就说收下席梦思吧，江县长也是为了不让他难堪，当时江县长亲热地拍着他的肩头说，老张你办事就是拖拉，我结婚前托你买的席梦思今天才运到！好好，有它抱胖小子就有保障。食品厂那帮人一出门，他马上用红纸写了个拍卖启事，贴在我们刚才路过的杂货市场街头，说本人有多余棕绷床一块亟需处理，虽旧犹新富有弹性，价格也具弹性欢迎面商，末了赫赫然写上住址姓名。”

我颇感新鲜，我认为这家伙的机智妙不可言，所以我好奇地追问：“有人去买吗？卖掉了没有？”

“买的人倒是有，也上门了，但让钟老师轰下楼了。买的人其实也不一定没床睡觉，有的想花二三十块钱买张门票看看县太爷的家。那天是星期天，他们两口子大闹了一场。别人不知道，我看出来了，那两天他情绪很坏，老说顾此失彼。原来，他为了消除张厂长送床上门可能造成的影响决定卖棕绷床，却忘了那棕绷床是钟老师娘家陪嫁的，这又得罪了他妻子。同时，别人也可以由此开掘出一些意义来。”

由张厂长的品行，我自然而然想到漫空飞扬的《送你一个微笑》。这时，我对小吴已有一种信任感，所以我无所顾忌地提出了张厂长冒名点歌的可能性，谁知小吴在沉思之后，回避了我的话题，他说：“我之所以悄悄同你接触，是因为你一到就引起人们的注意，纪委的嘛。我不想给人造成我在活动在开脱责任的错觉，也不想让那天在场的人误以为我在检举揭发谁。如果他们纷纷起来告状、申诉，会闹得更加沸沸扬扬。我觉得这件事的影响应该尽量缩小，这样无论对江县长还是对别人都好。”

他在委婉地提醒我不要深究下去。可是，我怎能就此罢休。我所感受到的对江为舟的那些怨恨是很可能酿成杀机的，而且在死人之后播出一首爱情歌曲使整个事件浸润在桃色之中，看起来就像一个险恶的阴谋。

“小吴，假如你是局外人，让你假想，你会认为谁最可疑？”

小吴淡然一笑：“林记者，还是说说我为什么敬他三杯酒吧。当时，张厂长敬酒最勤。轮番进攻。他喜欢单打，一对一，逐次排着队来，中间不休歇不眨眼。你别认为他海量，这家伙鬼，爱耍花招，而且直肠子。

不是往衣领里倒往袖子里灌，就是去撒尿，出去不下七八次，排泄干净以利再战。一副置人于死地的狠毒劲。事后想起来，江县长拉他赴宴是个错误，江县长可能出于三种考虑：第一，假如洪经理决定同枫山乡合营，各方都在，当面锣对面鼓，张厂长日后也难挑事生非；第二，表示对他的亲近，对他送床之事的豁达大度，不，江县长确实希望他们之间能互相理解和支持。据我所知，就在张厂长送床来的第三天，江县长为妻子的病去求过张厂长，他认识一个土郎中。江县长去把家庭的隐情告诉最爱刺探领导隐私的人，足以证明他的真诚。而且，他在这件事上的真诚也感化了张厂长，因为至今没人知道钟老师不会生育……第三嘛，有个开诚布公互相交流的机会……”

小吴突然打住，彬彬有礼地向我道歉后冲进卫生间。不一会儿，精神抖擞地出来继续说：“张厂长为老婆农转非、为女儿读大学，并代表食品厂的工人干部为生产福利基建等许多问题得到解决——向江县长敬酒之后，又以祝贺我县获计划生育先进县光荣称号的名目向江县长敬酒。他这个名义很不地道，他眼睛老瞟钟老师，江县长弄的那些草药，钟老师根本没服用，熬好的汤被她泼出窗外，正好浇到我头上，所以，张厂长这杯酒很有点讽刺挖苦和唯恐他家不乱的意味。江县长很恼火，他悻悻地说这功劳怎么也拨拉不到我头上这杯酒我不干，老张你使劲想好辞只要名正言顺我舍命陪君子，俗话说酒逢知己千杯少嘛，俗话又说醉翁之意不在酒嘛，俗话还说酒后吐真言嘛。张厂长马上又举杯说，江县长你虽主管工交，但你的业绩涉及方方面面，农贸市场是在你的呼吁下全县厂家赞助搞起来的，县中礼堂、公园游乐场也是，另外，你接近群众，有很好的群众基础，加上自身的优越条件，我相信你会大有作为，让我为你步步高升敬一杯！

酒桌上，一切溢美之辞、一切攻讦都很自然，但这次除外。张厂长那番话我怎么想怎么不舒服，似赞颂又似讽刺。是的，对事物本身的看法，因角度不同也会大相径庭。张厂长不会把他的业绩看做实现步步高升的手段和筹码吧？

“江县长当时竟站起来，许乡长在一旁冷笑。我替他攥把汗，我觉得他有点飘飘然，不是吗，人家话里有话他都没听出来！人家攻击他手伸得长！想继续往上爬！我在桌下踢了他一脚，他倒用筷子敲了我一下，训道小吴你今天受委屈了根本没喝你却醉了真是酒不醉人人自醉呀！接着，他举起杯，说，老张，既是喝酒，我们就喝个痛快，把肚里的东西倒出来，容量就大了，像你出去拉尿一样。我知道你对我促成那几件事是有看法的，今天你认为那还算好事，并诚心诚意地祝贺，我很高兴，这杯酒我喝定啦！另外，你骂我三句，拣你最不能容忍的三点骂，你骂一句我喝一杯。张厂长愣住了，好半天，才支吾着说友情为重五讲四美什么的。江县长说，你不骂这杯酒我也不喝。张厂长一咬牙，表示以后另找机会再以骂声相敬。江县长豪爽地叫了声好同他撞响了酒杯。”

我问小吴后来张厂长请洪雪飞，是否有创造“相骂”机会的动机。小吴点点头。这就是说，在下一次赴汤蹈火的酒宴上，江为舟或许能迎来花好月圆的结局，或许像已经发生的悲剧那样，长睡不醒。

这时的小吴很激动，因为小吴终于要向江县长敬他的第一杯酒了！小吴说：“我就是因为对张厂长的祝辞不满才挺身而出的。我祝江县长为民多干实事。我认为我的祝愿和张厂长是针锋相对的。林记者，请注意，我说的是祝愿，而不是赞颂，不是现在完成时。尽管我钦佩他，但我觉得赞颂为时过早，就说他的死吧，这么多群众为之悲痛，看起来他在群众心目中形象高大。其实在相当程度上群众在他身上寄托着对老书记的感情，这种感情是他的依靠。换个角度看，这是嫉妒、怨恨他的人的口实。老书记的影响在许多方面包括家庭生活方面牵制着他，所以只要有不满于他或老书记的人，他想干番事业，就得付出更多努力。”

小吴的话使我理解了掷向许多多的鸡蛋，理解了那条挣扎在夜色里英勇地扑向岸的小船，也理解了江为舟手里那只斟满爱与恨的豪爽的酒杯。我感激地握住小吴的手。

小吴意犹未尽。看看时间，他连忙省略了准备细致陈述的同江为舟干杯的细节。“我敬第二杯酒是因为许乡长骂娘了。”

“哦?”

“许乡长拍案而起，许乡长吼道我骂一句你喝一杯不喝你不是人，老子骂你三天三夜外加一早晨!”

“他真骂开啦?”我对此尤其关心。

“在洪经理数落枫山乡食品厂几处不如她意的地方后，许乡长恼了，他骂江县长卑鄙。江县长当时正在大吃红烧肉，他爱吃肥肉，满嘴满脸都是油。江县长笑着要他举例说明，否则这杯酒喝下去就是冤案。许乡长干笑几声，说事例嘛你我心中有数不必说了。江县长不依，于是许乡长眼珠一转，指着餐桌叫道，‘好，我举！肥的都叫你占了，从肥肉到鸡屁股!’”

又是嫉妒，这个许多多什么时候才能爬出醋罐呢?

“江县长抓起酒杯闷头灌进口中，喝完才说算你骂得对接着再骂吧，其实我觉得挺冤屈但我还是来点大丈夫风度喝了它以资鼓励！我不晓得许乡长话里的确切含义，可是，我为江县长打抱不平，我就是带着为他鸣冤叫屈的心情再次敬酒的。我说江县长这些肥肉和鸡屁股都是我们不吃才给你的，我为你的胃口和胸怀干一杯。干杯时，我发现他眼里饱含泪水，那杯酒他喝得最不爽快，滴滴答答洒下许多，因为咳嗽，喝时停顿了几次，但毕竟喝干了……”

小吴的声音哽塞了。我猜测，他的第三杯酒一定和钟琳有关。可是，小吴很不愿意介绍钟琳在酒桌上的表现，经我再三追问，他才敷衍了几句。

“钟老师一直默默地陪酒，我心里一动，便要代表她向江县长敬酒。江县长已有几分醉意，他说我不是小舅子根本没有资格作代表，说我只能代表自己，不由分说地同我碰了杯。接着，他们夫妻俩同饮。”

“喝的是一种黑糯米酒，而且是钟琳带去的。”我补充道。

小吴惊愕地瞪住我：“谁告诉你的？洪经理？这个女人真是祸根，她还想干什么？她应该赶快离开，否则她会被人们的唾沫淹死的！林记者，关于黑糯米酒，你不要认真。江县长喝了，钟老师不也喝了吗？这个节外生枝的细节传出去，谣言就要升级啦。”

经他这么一说，那黑糯米酒更成了我急于解释的悬念。

下楼时，我们被一个人堵了回来。依然保持距离在前引领的小吴下了楼又匆匆跑上来，神色紧张地对我说：“糟啦，钟老师回家来啦，怎么解释呢?”

我理解他的尴尬。谣言蜂起的时候，他瞒着钟琳领人而且是纪委的人到一个不和睦的家里来，这个家偏偏又是她丈夫悄悄死去的现场，这是相当招嫌惹恨的。

“说我是江为舟的同学，来慰问她。”

小吴马上从衣袋里掏出一朵揉皱的小白花，胡乱理了理，扎在我贴心口的那个纽扣上。而且小吴还故意在门上敲了两响，给正在爬楼的钟琳听。直到钟琳看见我们，他才掏出钥匙。

上午她握过我的手，但那时她握了太多人的手，不记得我了。听罢介绍，她从搀扶她的两个姑娘腋下挣出手来，接受我的慰问。

悲痛在她脸上留下的痕迹远远不及洪雪飞那么显著，但从她眼里我看到深深的忧伤和悔恨。这只是我的感觉。我觉得那阴郁的眼神应该是忧伤的悔恨。是不是呢，那就得去窥望她的心灵。

“请坐。”她说，这时她瞥见书房的门敞开着，惊惧而严厉地瞪了小吴一眼，小吴急忙过去锁上门，便告退了，我相信他会替我想出理由回答马上要去看我的县领导。“你是他大学同学，还是中学?”

这一句问话也使我感到悲哀。我俩是最要好的同学。作为同学之妻，她连我的姓名都陌生，看来这三室一厅的住房里是个无声的世界或是一个喧闹得除了噪音不允许任何声音存在的世界。

我们都默默然。可是，她不鸣则已，一鸣惊人。她终于在把我的四十三码的大脚认真审查了许久后，以咄咄逼人的口气问道：“从现场你发现了什么线索吗？有没有他杀的可能?”

我震惊。

这时，我面前那对深藏着美丽的忧郁的眼睛不见了，我看见的是熠熠耀耀的敌意，我领略到了冷美人那冷酷凌厉的风采。她眼角眉梢都挂着藐视，她嘴边荡漾着似笑非笑的讥嘲。

“你不是已经侦察了现场吗，总该有个判断吧？凭着你的推理能力，”她停顿了一下，然后，悻悻地补充道，“或者想象力！”

我又吃了一惊。我直感到脸上一阵灼烫，我想我此刻的感觉一定和善良的盗贼被当众拿获时的感受一样深刻。我支支吾吾地耷落下目光，终于发现地上有不少肯定属于我的浅浅的鞋印。赔礼道歉说明解释之后，我索性采取攻心战术，解除她的思想武装。

“嫂夫人……钟琳，作为同学，我关注江为舟的死因，这是很自然的。我并不是被谣言牵着鼻子来的。人们对你的议论主要是说为舟死了那么久才被别人发现。现在，我理解你那两天的表现，理解你当时的心情……”

“得了吧，”她不屑地从黑袖箍上拽下一截线头，岔开我的话题，“告诉你，你一出招待所往我家方向来，就有人打电话告诉我！”

我始觉震惊，心里推测着是洪雪飞吓唬她，还是许多多和她串通一气，或者是藏在某个角落的其他人所为。断而一想，既然C县对我的到来如此敏感，所有人都可能这样做，也就不足为怪了，而且，毫无意义。我固执地说下去：“我之所以能够理解你，是因为我知道有一个夜晚为舟没有回来，这伤害了你的自尊心和……感情。假如一个妻子对此毫无反应，那叫麻木；假如要求这个妻子如何去感召这样的丈夫，那叫……”

我意识到以下的用词很关键。它将证明我的所谓理解是否真诚，它决定着我们的谈话是否能够进行下去。

“那叫残忍！”我说。我的话并不违心，尽管我将追问黑糯米酒。在钟琳只知道丈大在外过夜、并不知道那条船终于战胜爱的风暴、她又在酒宴上受到那么放肆的挑战的情况下，我们很难期望她不给人们留下这样揪心的遗憾。

钟琳仰靠在沙发上，闭上眼睛。晶莹的泪珠渐渐地沁出来，在她端庄的脸庞上缓缓地流，一颗颗显得很珍贵。

她喃喃着，像是自语："这些天，我简直要崩溃。我总撕扯着心口问自己，你是凶手吗？你很清醒地趁他醉了下毒手？或者，你也醉了摸进书房……或者，你得了夜游症……或者疯了……我总在问自己。我时时感到自己是凶手。我知道人们在心里谴责我的冷漠无情，谴责我的失职玩忽职守。这还是给了我极大的照顾！换了别的妻子，外面的传说就不会给她这样的待遇了……谢谢你的这句话……"

钟琳刷地起身冲往她的卧室，打开门进去翻寻一阵，翻出带着毛线针织了不足一尺长的毛线衣和一张两指宽的纸条，把它们交到我手里。"你看，这就是那天晚上织的，给他织的！我的处女作！"

我简直不敢相信她的话是事实，要知道，那时候她肯定浸泡在屈辱的泪水里。然而，毛衣是真实的，疙疙瘩瘩的，说明她的确还处在作文的水平；买毛线的发票是真实的，标注的正是去枫山乡赴宴那天的日期。

"一晚上打了这么多，你怕一夜没合眼吧？"

"我怎么睡得着呢？头天晚上他在洪雪飞那里，我就有种预感，我感到自己很快就会失去他。也许，说失去很不恰当，"她辛酸地淡淡一笑，"本来我就没有得到的充实。但那天失去的预感纠缠在我心里，怎么也不能排遣。人们都说失去的东西更觉其可贵，我倒不是幡然醒悟意识到什么可贵价值，而是想，既然这一切属于我，我为什么听任其失去呢？而且是输给别人！所以我马上去买了一斤毛线。去枫山乡前，我熬了药，他弄来的药，喝了大半，留了一点，盛在瓶子里带到酒宴上……"

我陡然来了精神："是你说的黑糯米酒吗？"

"我只能说是酒。其实是药汁，以前他熬给我喝，被我泼掉了。那天我是要当着洪雪飞的面，暗示他我愿意把苦药当做美酒来喝，与他共同分享……"

那样的场合、以那样的方式来回击洪雪飞的挑战、来卫护自己的尊严并向丈夫传递心灵的信息，大概是再巧妙不过了。因为我本来就不敢相信那杯酒会是毒酒，所以现在我一点也不怀疑钟琳的话。我心里从大

吃一惊到一阵轻松。

钟琳继续说："回来后，我关上卧室的门插上插销扳下暗锁的扣子使的是双保险，我坐在床上织。我边织边想象着头天晚上可能发生的事情。我用毛线团抹泪。你肯定不相信那时我会有为他织毛衣的情绪。我有！我发誓要完成它！许多怪诞的念头在怂恿我，让他抱着毛衣在我脚下忏悔的念头！让他穿着毛衣时时感到针扎蜂螫的念头！甚至，我还想象自己绝望地拿起剪刀，很坦然地把我织的第一件毛线衣绞碎，一把一把撒在他身上……"

我不能说我手里捧着的是她刚刚开始编织、远未完成的爱，但我认为这是一位妻子领悟了生活后重筑的希望。当江为舟在另一间屋子里悄悄死去的时候，她却通宵达旦地织着希望，织进了她的种种矛盾情感。她的炽热居然也是那么冷峻！

"你这么相信自己的预感，其实那天晚上……"

"你不要说，"她用痛苦的声音制止我，"不要告诉我那天晚上的事情。听说他死了，后来又听人告诉说他的确是醉死的，我就明白那天晚上是怎么回事。他是被洪雪飞那碗酒灌倒的，还有许多多、张厂长，还包括我！他想在酒桌上解决虬缠他的恩恩怨怨，却被那些恩恩怨怨灌醉了！"

这正是悲剧的可悲之所在。我这样在心里感叹着。

"想知道我们之间到底有什么恩怨吗？"

我点点头。她从我手里把毛衣拿过去，毫不犹豫地抽去毛线针，拆了起来。

"他走进我的生活就是一个错误。因为，他是拿着我父亲给的电影票对号入座悄悄挨着我坐下的，他是在我父亲的督促下邀我逛公园的，他是以父亲的名义以父亲主持常委会的口吻以及手势宣布我们的婚期的。那时候，他举着看望我父亲的旗帜顺带来看我，却打着看我的幌子行看望我父亲之实。许多多和他截然不同，许多多拎着水果到我家来常常是旁若无人地长驱直入把东西塞进我的床头柜，并可以毫不顾忌地高喊小琳这是送给你的，假如父亲没有那顶乌纱帽，我也许会认为江为舟尊老爱幼，而许多多礼崩乐坏。然而，父亲有，我对江为舟那样就有一种本能的警惕和反感……”

“警惕总不至于延续到现在吧？你们共同生活这么多年，你应该对他有比较全面的了解。”我说。

“警惕当然不至于，也不必。因为我们到底结婚了他到底上去了！但反感却在，他娶的就是反感，而且他甘心情愿！新婚之夜，我指着娘家陪嫁的棕绷床说：‘我们最好各睡一边的床框，我担心这些细绳子会断掉！’他说那我们钻到床底下去棕绷断了也是掉在那里，既然注定要摔到床底下不如主动选择那里睡个踏实觉。他的话道出了我同他结婚时的心境。那种心境全是睡在床底下的感觉，不，掉在床底下的感觉。我怎能睡得踏实呢？我渴望有一张牢固的婚床。我抱怨父亲……为什么不送一副铺板呢……”

用真爱制作的铺板！从她无奈的泪水里从她哀婉的言辞里，我已发现，在她心目中，她和许多多当初的相爱是那么可歌可泣。因此，江为舟当时未激流勇退是个错误，奋勇冲刺、在一片呐喊声中无情地淘汰对手更是一个错误。

我小心翼翼地探问：“你不会认为为舟同你结婚的目的仅仅是为了……”

“向上爬？”她苦笑了一下，沉思片刻，“这怎么说得清楚呢？我只能说他是个好人，一个有事业心或者说有野心的好人！一个不惜牺牲什么又不肯放弃什么的好人！因此，他努力爱我，努——力——地……”

通过她的强调，我体验到努力去爱的艰难曲折。

“我也努力保持平静心情以冷眼欣赏他的爱。我只能如此，要命的是，这种努力也是很不容易的。比如……你看过我们这儿那座雕塑吗，街心花园里的雕塑？”

和许多多一道狼狈蹿向招待所时，我们曾打那儿经过，我并没有留意耸立在那儿的灰不溜秋的庞然大物是顽石还是所谓雕塑，但我急于听她的故事，还是点了头。

“那座雕塑无论从艺术构思还是从雕塑材料、工艺质量来看，都是低劣的。现在你也看到了，颜色褪去，而且一块块剥落，斑斑驳驳的，那位抱着孩子的母亲还幸福吗？她像携子逃荒的，或者说，像被丈夫遗弃的，流落在街头……这样一座雕塑，他坚决不肯拆毁。他情愿不厌其烦地修复。因为它是在我父亲手上竖起来的！因为它表现的是只生一个好的主题，这记录着我父亲的一部分业绩。还因为那个女人的脸形就是以我的肖像为模特，江为舟当时具体负责这件事，他因此赢得我父亲的赞赏。连这样一座雕塑他都这样努力避免任何一件小事都可能导发的非议和谣言！”

她的毛线衣只拆了几圈就停下了。她稍停片刻接着说：“我不喜欢这座雕塑，自从听到所有认识我的人都说那女人像我以后，我就不喜欢它。当我发现自己的病后，我忌恨它，忌恨那个女人怀抱的孩子。我觉得它是对我的辛辣嘲讽，我每天都看到这种无声而无情的嘲讽。有时，我几乎在哀求他：拆毁吧你绞尽脑汁磨破嘴皮以最堂皇的理由以最巧妙的手段你拆除它重建新的！他却为我找来名医名药，都是从外面找来的，他知道我极怕别人晓得我不会生……”

我禁不住要替江为舟辩解，我说：“他的考虑是对的，当时，如果依你，会造成很大影响，你父亲去世了嘛。那种影响足以摧毁他的雄心。”

“是的，所以他宁肯置我的要求于不顾！我忍无可忍，提出了离婚要求。这时，许多多出了车祸。江为舟回答我，他要认真地考虑一段时间，并要我经常去照料照料他的那位同学。他不吩咐我也会去的。后来，我才恍然大悟，他把足够的时间给我，为的是让我领受一个严酷的事实：那就是任我用爱、用悔恨、用真诚的或者说死心塌地、毫无保留的奉献也撬不开许多多的心灵了，他心里充满嫉妒充满猜疑充满报复的欲望！”

哦，印遍许多多胸脯的那些火烫而悲凉的吻！

“……那时，许多多用阴森森的目光同我的疯狂冲动对峙着。他说：‘你冷静一点，你想想连一座雕塑都不敢动的人怎么敢同一个大活人离婚，他的希望寄托在我们身上！你和我！懂吗？他巴望我们在冲动之下为他创造一个堂而皇之颇可以交待过去的理由，既干了自己想干又不敢干的事，又从一个风流故事中得到许多的同情。你听，树丛里有声音。等着瞧，会有人冲出来的！’其实，树丛里只有什么野物……”

停顿片刻，她又说：“我真不敢相信，他会那样厌恶地从我身上移开目光，那样对待我的感情。他抓起一把把松针和青草，拼命地擦拭他的胸脯，狠狠地擦，擦红了皮肤擦出了血痕，草汁和松树的气味涂满他的身体……我疯了似的去掰他的手，去揪他手里的草和树叶，我说你究竟要我怎样私奔吗离婚吗永远同江为舟分床吗？他哈哈地狂笑：‘离婚？然后和我结婚？不！坦率地说，我的感情不允许，我的自尊也不允许。既然他得到了你，那就让他永远占有吧。我情愿用一生来赌这口气，看看他当初追求你争夺你的动机到底是什么！眨眼间这些年了，但这还不足以证明什么，再眨几下就是一生，很快，很快就可以看到结果了！但愿从今以后你能真正地得到幸福，但愿江为舟用事实宣告我的最终失败！’”

然而，许多多绝对看不到他那一赌注的结果了，那堪称天下最慷慨的赌注。如果能看到，结果该是怎样的呢？

钟琳已是泪水涟涟，毛线衣在她手里揉来搓去。“许多多的话是兜头泼来的冷水，我透心凉。我心里结了冰，冰封期很长。直到喝酒那天。虽然那天我心里添了屈辱和怨恨，却也添入了一些别的什么。看到大家用赞美用祝愿用嘲讽用骂声纷纷向他敬酒，看着他解开衣领放松裤带踏着椅子擂着胸脯把宿怨喝下去把嫉妒喝下去把猜忌喝下去把火一样的狂热和血一样的冷酷喝下去，我脑子里第一次闪过这样的念头：至少以后我不能再为他斟苦酒了！遗憾的是，仅仅是念头……”

我宽慰道：“不，不只是念头，你开始为他打毛衣啦。”

她一个劲地摇头。摇飞了泪珠，摇乱了秀发，摇掉了扎在秀发上的黑纱。接着，她忘记了我的存在，很专注很细致地把一根根毛线针穿回到毛衣上去，然后，痴痴地织起来。

为舟，你的墓碑将不会着凉！

江为舟的确因大醉而身亡。

关于死因的种种传说，充溢着人们对死者的惋惜、爱戴之情，而人际矛盾纠葛正是那些谣言的基础。既然面对悲剧，人们的感情世界必须有假想的凶手，那么许多多们只好长久地背着凶手的嫌疑了。对于当事人，除了忏悔，没有别的办法。

感谢秘书小吴的提醒，我决定立即离开此地。是的，这件事的影响应当尽量缩小，为了死者为了愿意好好活着的人。本来我就不是因为信谣而来，也不是为了辟谣而来。况且，我注定当不了大侦探，即使当上了，总有一天要被撤职。比如，究竟是谁点的歌，仍是一个谜。县里领导表示一定要查个水落石出，我自己不才，却也不相信他们的能力。因为当年谁为江为舟登报征婚不仍是个悬案吗？

许多多在送走洪雪飞后，却不肯不明不白地就这样放我回去，他仍然要向我介绍当时的情况，倾诉他的冤屈。枫山乡的吉普车不由分说地把我拉到乡政府门前。我不理会他的唠叨，径直奔向乡政府食堂，走进屏风遮挡的角落。

这就是那天的餐桌，这就是江为舟的座位，这就是那天喝空的酒瓶啃净的骨头呕吐的秽物！

我坐在江为舟那天坐的红色折叠椅上，闭上眼睛想象着当时那壮观的景象。不知为什么，我总感到这场悲剧不是偶然事故，总感到即便不在枫山乡发生也会在第二天的县食品厂发生，或者，在以后的日子里在别的什么地方。

许多多说茅台是找县食品公司经理批条子买的，说那天在座的还有乡食品厂厂长还有司机，说枫山乡的蔬菜自古不打农药禽畜从来不喂化肥。我暴躁地吼道：“闭上你的嘴让我安静安静好不好！”他耷落脑袋伫立了许久，忽然跑进厨房拎来一篮鸡蛋，他挥舞双臂咆哮起来：“林中路，你砸我吧！砸呀！”

我只想感受这不会弥散的酒香，用想象去补充这一悲剧的细节，并作为一个人的墓志铭，深藏在心里。

我看见众多手臂激昂地耸起，众多酒杯撞响了人世间的恩恩怨怨……

红　　颜

打　　胎

荷石寨的水养人。荷石寨的女人光喝水也鲜活。新媳妇过得门来养上三月，黑的白净了，白的桃红色。原本好模好样嫁过来的，怕数甜藕为佼佼者了。

这甜藕，真似一节白生生的嫩藕。俊俏白皙的脸盘儿映着荷花红，一对大眼睛恍若花瓣上的水珠，滴溜溜转，不知是躲藏是顾盼。挺合身的军上装，显然不是正宗货，不是草绿是荷叶绿，胸前奶子鼓鼓的，一步一颤悠，甚是摄人魂魄。

迎亲的鞭炮半死不活，有气无力，老半天一声响，总算炸完了。挤挤挨挨排在坪地上的几十张八仙桌早已被全村男女老少占满，不等目光从这女子身上收回，斟满谷酒的海碗便撞得咣咣作响。

喝的是土豹子的喜酒，吐的却不是人话："土豹子，一朵鲜花插在牛屎上，艳福哟!"

土豹子何等样人？又瘦又小，活脱脱一只瘦棱棱灰溜溜的秧鸡，站在牛牯后面只怕牛尾巴也能将他拍死。七分的劳动力，真正与半边天同酬，这还算是照顾的。土豹子相貌不算太丑，只是脸色寡黄，小眼无神，整日一副病恹恹的倦容。这时候，倒是有了些生气，他咧嘴一阵傻笑。

笑态虽傻，人却不痴不疯。此刻正是为自己的婚事而乐。他知道，村坊话里有话，把自己比作牛屎是真，把新娘比作鲜花是假。的确也是，四乡闻名的公社文宣队演员，若没有个缺欠，如何肯委屈自己这副花容月貌？

都说甜藕在文宣队闹出事来，遮盖不住了，才匆匆嫁人，图的是遮掩。

都说甜藕腰身硬了，扭得笨了，看着累呢。

都说甜藕这名字，这熟透的身子，溢出来的风骚劲儿就像多情种，少不了惹蜂招蝶。

起初，那些闲言碎语叫土豹子很难受了几日。坐在比村前傩神庙还破的屋里，守着瞎眼老娘，再认真一想，心里竟豁达了。过年他就三十岁了，好好的姑娘谁肯跟着他受罪？这甜藕不瞎不聋不缺胳膊少腿，看身体能做活养儿，论长相比得过全村婆娘，不就是肚子里那点脏水吗？也是被光棍日子熬伤了，他迫不及待地把新娘迎进了门。

这时节乡间的习俗早已当“四旧”给破了，婚礼却是简单，新娘子一头扎进里屋嘤嘤地抽泣，新郎只管在外边频频地敬酒。来宾图的是一顿饱饭，抢食的山雀一般，不一会儿功夫将土豹子从队上借来的五百斤谷打发得干干净净，呼啦啦兴尽散去。

已是掌灯时分，土豹子端着酒碗入了洞房，站在床前痴痴地盯着甜藕的后脑勺。

坐在床沿上抹泪的甜藕只是不肯把脸转过来。她感到有一只手怯怯地从胳肢窝下往胸脯伸，这才受惊似的叫一声，狠狠盯住她的男人。

土豹子满脸涎笑：“喝，喝酒吧？红酒，不会醉的。”

甜藕是能喝酒的，到四村去演出，哪儿也少不了酒。现在她倒希望来一大碗烈酒，喝个不省人事，任由这男人摆布。

她毫不犹豫地接过大碗，不由得一怔。这碗竟有些温热，嗅嗅，竟有一股药味。

“喝呀！”土豹子依然堆着笑脸，那笑却有些残忍和狡黠。

甜藕心里一哆嗦，她看见门边立着一根使唤牛用的竹梢，情知这汤不喝是不行的，她只当是这瘦弱的男人怕自己不依他而要的手脚，放下碗，也不说话，顾自解开衣扣。脖颈袒露出一大块令人欲醉欲死的

洁白。

哪知，土豹子只盯住她的小肚子：“喝掉它……甜藕，不急不急……”

甜藕脸色骤然一阵血红，慌忙掩了怀。过了一会儿，才愤愤地抬起脸来：“你说，这是什么?”

“是药是药，是打药!”

天哪，新婚之夜喝打胎的药！甜藕哇地一声痛哭起来。这般羞辱这般难堪谁受得了啊！然而，不知是这女子性烈，还是真有不洁，甜藕猛然捧起大碗，咕嘟咕嘟连着涌泉一般的热泪一饮而尽。

喝完，甜藕一头倒在床上蒙面嚎啕。土豹子甚是得意，将备下的竹鞭折成几截扔出窗外，忍住心中奇痒，倒在床的另一头，一夜辗转反侧硬是熬到天亮，只是拿麻秆般的细腿在她身上擦了几回。

那药味苦无比，而且伤人。方子是费尽周折从邻乡一个游医那儿讨来的，需连服七日。若果真坐胎必然奏效，服药期间发热呕吐昏厥，均属正常，然人各不同，或有不宜，难免凶险。第二天土豹子起床后，见甜藕仍昏睡不醒，知道是药性见功，便想起老游医嘱咐，守在床头不敢挪动。

直到正午，甜藕才醒来，浑身疲软地下了床。土豹子拎来尿桶就愣愣地立在屋中央，甜藕只是不依，执意要去茅厕。

土豹子急了，扑过去手脚麻利地把女人按坐下。少顷，不待她起身站定，便慌忙俯身去验看桶里的秽物。才服一剂药，自然看不到什么，只是污黑。

于是连忙再熬第二剂。这时甜藕即使不肯服用也无能为力了，她发着烧说着胡话，任凭男人撬开她的嘴灌黑汤。

七剂药服完，尿桶里仍是污黑，粪便是黑的，呕吐物也是黑的。就是说，她肚子里并没有别人的精血。土豹子好不快活，美滋滋地拎着桶走出长长的村巷，站在一溜儿蹲在池塘边洗衣洗菜的妇女身后，来了郑重声明：“你们看清楚啦，打下来的净是屎渣子，从今往后，哪个再牙黄口臭污人清白，莫怪我土豹子手毒!”

说着就将脏污泼啦啦倒进塘里，一时间污了半边水面，水面上浮满了喁喁而动的鱼嘴。众人目瞪口呆，面面相觑。

至此，土豹子没有一丝遗憾了，他的女人原本是干干净净的。他乐颠颠地回到屋里，恨不得撬开她的嘴，一气填下一砵煮鸡蛋。可是，甜藕已是气息奄奄。

幸亏及时送医院，土豹子才没有断送自己的桃花运。人救过来了，队里的账上却添了一笔不小的欠款。

竟也奇怪，经此番折腾，这女人越发艳丽，身子也苗条灵活了，走起来款款地扭，脸尖了些更是耐看，眉眼总含着露水，一闪一晃地迷惑着村里的后生。

土豹子渐渐发现一点什么。那夜，喝了人家的满月酒回来已是半夜，猛地骑在熟睡的女人身上，用麻绳将她手脚缚住，又往她嘴里塞棉絮。甜藕这才知道不妙，喊不出声也挣不脱。竹鞭一下狠似一下，抽在她身上。

土豹子也不言语只顾猛抽。累了，躺倒歇一会儿，接着再抽。如此几个回合后，居然累得再也爬不起来了。

可怜甜藕玉琢的身子尽是血痕。这身子豁豁然横陈在另一个男人面前。

偷 情

福根也是文宣队的演员。荷石寨一带被誉为傩舞之乡，荷石寨的傩舞更是有名，往年每到岁末择个吉日请下傩神，邀拢傩班弟子，正月里热热闹闹在村中跳傩舞，然后走村过堡收些香火钱敬傩神修缮傩庙。傩班只有八个成员，称为八伯，福根刚刚拜过大伯做了最末的八伯，就遇上破“四旧”，班子解散了，傩庙做了农具仓库。后来文宣队看中他的演技，在那里厮混了不多时日，这后生就馋馋地盯牢了正走红的甜藕。

哪知，公社吴主任及时察觉，当即托辞将福根撵了回来，决无半点

暧昧。

福根更是想不到，害得自己丢魂失魄的俏女子竟如此荒唐地嫁给本村的病壳子。这些天，他就像疯了一样总在土豹子屋前转悠，想找个机会同她说话，问问她究竟是怎么回事。好几次，她终于鼓足勇气凑近福根，却让土豹子撞见，一声厉喝推她进屋，咣当关紧木门。土豹子戒意甚重。

现在土豹子病倒了，病得不轻，也就管不住婆娘了。没来由遭此毒打，甜藕又怎能不向人诉说这满腹怨恨呢？

正是夏收时节，傩庙里里外外都堆着队上的稻谷，这几夜正轮到福根值夜看守。他在庙门前睡到半夜觉得降了露水，便搬到庙里去睡，不等放下竹榻，后殿猛然闪出一个人，袅袅娜娜地飘过来。也是心有灵犀，福根不惊不慌，倒好似有约在先一般痴痴地迎着她。

“福根，莫怕，是我。”甜藕急切切走近他，停住脚步招呼道。

“我晓得是你。刚才在谷坪上你喊我，我没睡着，听到了……”

“那你怎么不回答？”其实她心里很明白，在这夜深人静的时候，她撇下病重的丈夫偷偷溜出来，谁都知道这举动意味着什么。

福根沉默着。甜藕轻轻叹口气，走向门边，吱呀一声关上半边门，寂静的夜里这声响十分刺耳。

“你？你要干什么！”福根有些慌乱，因为她的态度大大超出了他的猜测和期望，在宣传队他对甜藕只能是可望而不可即，直到现在他得到的也是凄苦的一瞥，而此刻她的大胆叫人太难理解了。

回答他的是又一声“吱呀”。皎洁的月光从门缝透进来，从高高的小窗透进来。

这个后生竟害怕了，冲到门边，抠住门闩要拉开门夺路而逃，哪知，甜藕使出浑身气力死死顶住门，腾出一只手插紧门闩。门闩挤住了他抠进闩眼里的手指，疼得他咬紧牙关却不敢叫嚷。

忍了一会儿，门闩仍不肯松动，福根轻声乞求道：“甜藕，我好痛，你放手。”

“你走不走?”

“不……可是我……”

“我晓得你喜欢我，我也喜欢你。当真。在宣传队的时候我就……可是我不敢搭理你，那会给你带来灾祸，你不知道……”说着，甜藕松开身体，但她紧紧攥住福根挤痛了的手，把它送往嘴边。

灼热的气息吹在指头上，却在他心里掀起一阵阵狂浪。“灾祸?”他疑惑了。

黑暗中，她肯定地点点头，泪水浸湿的眸子黑得发亮：“你不晓得，我的亲事是吴主任张罗的。他好有心计哟，他愿意看到我找了一个没有血性的男人，日后好摆布我，我一进宣传队他就假惺惺为我说媒，缠得我没有办法，我就谎说已经有了对象，他刨根问底逼我说出是谁，我胡乱说出农中的一个同学，我想他是贫农出身捉不到什么辫子，哪晓得公社派人去调查他祖宗八代，说他家是逃亡地主把他揪出来斗得受不了他就喝乐果……福根，你我两家都是客籍，权在他手上，不依不行啊，他心狠手毒呢。”

吴主任也是荷石寨人，吴姓为荷石寨主姓。其实，他的本家对他也是恨之入骨的，这家伙专横凶暴，又爱在女人身上讨些便宜，只是因其凶悍叫老实巴交的贫下中农更为顺从，而得到县上一些主任的垂青。村坊敢怒而不敢言。

福根抽回手，问：“那你们怎么不请大媒人喝酒？他该坐上席呢。”

“他？酒对他算什么?”甜藕凄然一笑，“人家说我匆匆嫁人图个遮掩，这话倒是说对了一半。我无奈同意这门亲事后，他就得志了，那些天像狼一样缠着我，我真想一头撞死，可再想想几个兄弟……我怕他去糟害他们呀，只好哀求许愿，说等过了门就……那时经他这么一逼，我倒心甘情愿快快嫁掉，我宁愿把姑娘的身子给小鬼，也不给阎王!”

她的不幸深深打动了福根，这个血气方刚的后生把牙咬得咯咯响：“甜藕，你去告他，这是共产党的天下!”

“就怕告不动。上上下下都有帮他说话的人呢。记得那个在公社守总

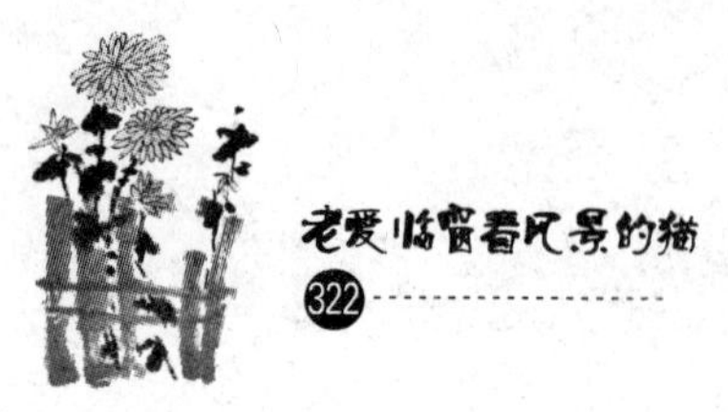

机的下放青年吗？现在她反而成了女流氓。”

福根不做声了，他的目光里藏着一种可怕的东西，这东西似乎只要沾上一点火星就能燃烧起来。

她牢牢盯住这双眼睛。为了这双常常不解而关切地注视着自己的眼睛，这双充满同情和义愤的眼睛，她愿意把自己的心自己的一切奉献在他面前，只要他喜欢。

她坐在谷堆上，焦渴地仰望着。“福根，你也坐下呀。”

他顺从了。但是，当她柔软火热的身子猛然栽入他怀中时，福根心里一阵颤抖，惶惶地推开她。

“福根，你莫嫌我。我身子是干净的。当真干干净净。那阎王没有得逞，他只是强拽蛮拉把我的腰拧伤了，害得人家指指戳戳以为是有了身孕。这瘦鬼更好笑，逼我喝打药，这一折腾倒保全了我，等我从医院回来他想沾我身也不行啦，他又气又急，怨我呢，你看我这一身……”

说着，甜藕手脚麻利地褪去上衣，一方明晃晃的月光里，一道道血印是那么鲜明刺眼。

他脸上发烫，闭上眼睛。

“福根，你看呀。”

“我看见啦。昨天我就看见啦。半夜时我回家去取件衣裳，经过你屋檐下，见里面有灯光，我本是，是想看看你们在干什么……”

福根的声音哽住了。他再也按捺不住自己狂跳的心，一下子把这个女人拢在怀里，轻轻地抚摸着那一道道鞭痕。

“甜藕，我家里有紫药水，我去拿来。天热会发炎的。”

见她点头，福根便蹑手蹑脚地出了傩庙，不一会儿便折返了。

就着月光，在破烂衰败的古庙里，她静静地躺着。任凭他在自己身体上涂画。而福根神情专注几乎忘记这是一个活生生的人，就像塑像师傅正虔诚地为傩神菩萨开光一般。直到甜藕的双臂花蛇一般拢住他的脖颈……

第二天大清早，福根看到谷堆上一对明晰可辨的人形，红着脸把它抹去了。

有了第一次，便思想第二次。不料，其间隔了许久才得以再度幽会。因为，那天甜藕悄悄溜回屋里只见土豹子倒在床下，急急唤人送去医院，不几日便一命呜呼。

重孝在身，即使情火中烧也不敢放纵，那些日子见到福根，她只敢偷偷抛个眼风。

就是这个甜藕，有一天做出件轰轰烈烈的事来，成了活生生一座贞洁坊。

烈 女

虽说婚事是差强人意，对瞎眼婆婆来说，甜藕却是个好媳妇。现在丈夫没了，里里外外全靠甜藕张罗，出工回来还得服侍老人。暗自流了多少泪，在婆婆面前却是恭顺体贴，甜藕原本心地善良，不过，她也是有打算的。

福根隔三差五地来一趟，每次都是甜藕留的门。婆婆眼瞎，耳朵甚灵，能听不到？只是碍着媳妇那般孝敬装糊涂罢了，天不知地不知，便没有耻辱。况且，撕碎面子，一个孤老如何过日子？怕只怕村坊撞见，于是，每次半夜听到门响，蜷在另一间屋里的老人必忍住咳嗽忍住翻身，不发出一点声响，而到鸡叫时分则哼哼呀呀地唱一阵，意在撵走那男人。

这天夜里甜藕照旧为福根留了门，吹灭灯，眼睁睁地躺在床上。村里正在放电影，连映两场，她以为福根不待看完就可能来，哪知福根恋着京剧，叫吴主任抢了先。

却说这吴主任，对甜藕早已垂涎三尺，威胁利诱迫使她嫁给这半条命的男人，图的正是日后方便。他要让她死心，死了心的女人就是他手上的陶泥，想怎么捏就怎么捏。土豹子送进医院那天，他就来找过甜藕，进门后极干脆地问："怎么样，现在可以了吧？你莫哄我。"一对小眼寒

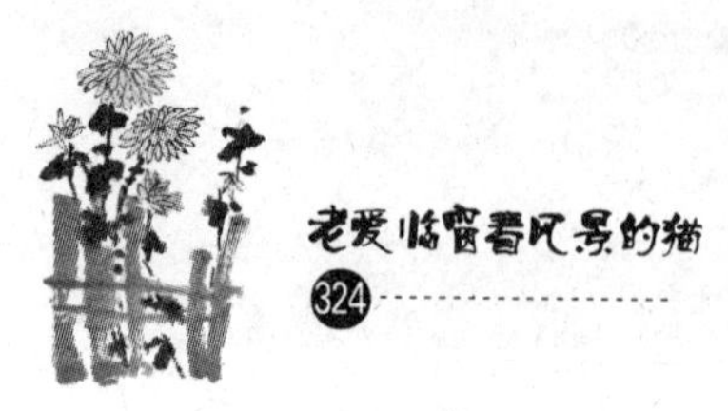

光逼人。甜藕瑟瑟抖了一阵，解开了衣襟，倒是斑斑驳驳的伤痕和药水渍把吴主任吓退了，他皱紧眉头说了声，“好，你真有心我就高兴。今天看你这身上，我就不啦，改日来看你，有什么困难你找我。”临走，在她脸上狠狠捏了一把。

现在她的男人没了，他更可以为所欲为了。要不是这个月去山西参观取经，怕是早就登门了。

吴主任在谷坪上的观众中扫视了几回，不见甜藕，便乐癫癫地来到她屋前。轻轻一拍门，门居然敞开了，一时间仿佛灌了一碗上好的谷酒，周身血流得极其畅快，心里醉了一般舒坦。

他摸着黑，一直摸到横卧着的女人身上。

甜藕却以为是福根来了，扬起双臂搂住他的身子，微微抬起头将脸贴在他胸前不停地蹭着。

“又是样板戏，你还没看厌？叫人家等了这么久！”她撒娇似的抱怨。

吴主任受宠若惊，忙把胡子拉碴的嘴送过去。针扎般的戳痛和浓烈的烟臭味吓得甜藕惊叫失声，撒了手跳下床来。

吴主任从衣袋里掏出火柴，随着油灯渐亮，一张狞笑的丑脸呈现在甜藕眼前。

“甜藕，这是怎么啦？你伤还没好。被我碰痛啦？”

甜藕脸色苍白，浑身发冷似的抖颤。她双臂交叉紧紧抱在胸前，也克服不了侵入骨髓的寒意。怎么回答他呢？她只能点点头。

“借了队上不少钱吧？唉，真没想到。明天我给你写个条子，你到公社林场去推一车谷回来，借支等年终分红我再想想办法……过来吧，难得你这么守信用……”

“不……”

“什么？你难道不是等我？”

甜藕惊慌失措，这时候万万不能牵连福根，为了遮掩，她只好点头：“是……是呢。”

吴主任嘿嘿冷笑着过来，强蛮地把甜藕拖到床边，狠狠将她推倒。

甜藕闭上眼睛，几乎要顺从了。这两年她总忘不了那个服毒自杀的同学，他的遭遇就是这个主任手中权力的证明。可是，就在这时候，她听到外边轰然一声，像被捣了巢的蜂群炸开来，接着是一片喧哗。电影散场了，福根要来了。

甜藕又惊又喜："你听你听！"

兽性发作的男人哪管这些，甚至连灯也不吹就要撕她的衣服。

甜藕又绝望了。然而，彻底绝望的人却有一种决死的勇气。想到福根马上就会站在她面前，就会看到这丑恶的一幕，美丽而懦弱的女人顿时变成一头可怕的疯牛。

她凶狠地咆哮着挣扎起来，猛然一头撞向吴主任赤裸的胸膛，他猝不及防，仰面从床上倒落在地，抱着后脑勺直叫唤。

不容他爬起，甜藕一跨裆骑在他身上，一对拳头鼓槌一般砸得他龇牙咧嘴，似仍不解恨，又没头没脸地撕着拧着。

福根听到屋里动静冲了进来，正看到甜藕骑在吴主任身上。便回头朝外面狂呼乱喊，正嫌电影里光唱戏没有真刀实枪的全村老少呼啦啦涌来，都看到女英雄打虎的镜头，都大饱了眼福。

可是，人们只管看热闹，却不敢贸然上前。唯有福根少年气盛，扶起甜藕，雷吼一声把吴主任拎了起来。

吴主任只穿着裤衩，脸色一阵红一阵白。他狠狠地扫视唯唯后退的村坊，撸起自己的衣服就要走人。福根岂肯轻易放过，劈手夺下衣服，推推搡搡地要揪他去公社。

吴主任咬牙切齿地警告："福根，你莫起哄，当心！她诬陷我，诬陷我们革命干部，你们擦亮眼睛来！"

这时甜藕才发现自己敞着怀，竟也不遮掩，冲着众人挺直身子："大家都在这里，你们都看到啦，你们要为我做主啊！"

一双双眼睛燃起了怒火。几个后生跟在福根后面，张张狂狂地扭送吴主任。

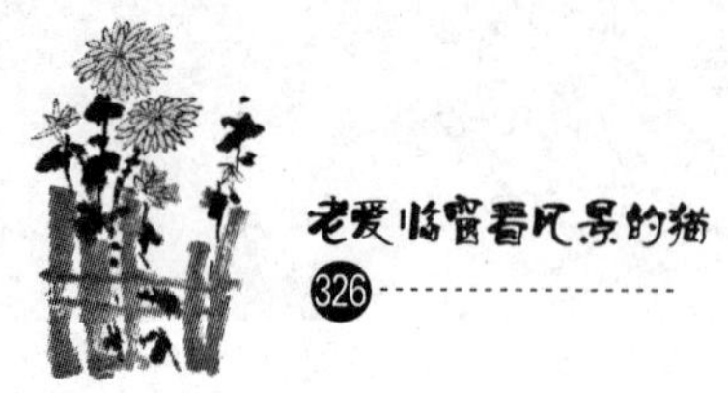

这个夜晚，荷石寨沸腾了，直到鸡叫头遍还有激动得毫无睡意的人们凑在一起热烈地谈论此事。

人们既扬眉吐气，又隐隐不安。眼见得堂堂不可一世的主任在一个女人身上倒了架子，心里何等痛快，然而，即使把他赤条条交给公社，谁又敢断定公社能够严肃处理？

不管怎样，甜藕硬是成了令荷石寨人刮目相看的烈女贞妇。骑在吴主任身上那形象那气势，真可以同吴氏族谱上记载的明清两代几位烈女孝妇媲美，真可以在破“四旧”时捣毁的烈女坊的旧址上，为她立一座新的牌坊。

人们忽略了一个细节，吴主任是怎么进屋的？

甜藕为什么或是为谁留的门？

却说将吴主任押往公社的福根一干人等，好比飞蛾扑灯，当夜竟没有回来。一连几日，仍不见人影。村坊情知不妙，大队书记永禄大伯素来对吴主任不满，经村坊怂恿，愤然去公社讨人，却垂头丧气地回来。

原来，公社武装部长让民兵把福根他们全扣下了，送去电站工地监督劳动，那儿集中了全公社的黑五类分子。

甜藕闻此不幸，神情麻木。第二天也不声张，蒸了一甑饭留给瞎眼婆婆，便去县里告状。

县革委会办公楼的每一间办公室她都闯过，甚至打字间、传达室也未放过，逢人便陈述吴主任的丑行。

人们听着倒是极有兴致。罢了，却是冷冷挥手斥退。

终于有一个人要为她伸张正义。那人显然官比吴主任大，他说在上班时间他很忙，最好下班后再来详细申诉。

甜藕救福根心切，不知是计，黄昏时进了他的办公室。

那人眼直勾勾地盯住她听完申诉，起身插上门，然后开始摇电话。摇了几下又停住，贪婪地瞅着甜藕的脸。

甜藕懂得了他的意思。她心里如蜂螫似的一阵灼痛。天知道她脑子里想的是什么，居然淡淡一笑，笑得凄楚、绝望。

于是那人像饿狼扑上来撕咬他的猎物。忙乱完了，才气喘吁吁地抓起话筒咋唬起来。他宣布吴主任隔离审查，并命令公社放掉福根。

从革委会出来，甜藕两眼发直，脚步踉跄，像醉汉又像疯子，朝县城边的盱江走去。在江边，她理理鬓发，默念着福根的名字，正欲纵身投水，却被荷石寨的两个后生抱住了。

他们急急赶到县城找了她一天。原来，那瞎眼婆婆几日未见儿媳，以为她抛下自己走了，一急之下，喝农药身亡。

甜藕神情恍惚不知是怎么被人弄回村的，也不知是怎么办完丧事的。几日后，福根果然回来，她才清醒些，逢人便说："我把吴主任告倒啦！他当真倒啦！"

人们并不知她付出了怎样的代价。

在荷石寨人眼里，甜藕愈加叫人肃然起敬了。

过 堡

见到福根，甜藕断了寻死的念头。腹中有他的精血呢。

然而，福根再也不敢贸然到她屋里来。因为她屋里总不脱人，人们关心她，关心那死鬼的遗腹子，眼见她的身子一日粗似一日，甜藕更成了荷石寨不可或缺的人物。

正是年终分红，社员都涌进小队会计屋里听算盘响，珠子拨得流水一般清脆悦耳，可结果却叫人沮丧，一个工三角二分，还兑不了现。有人提出让借支户还债，各家好分些油盐钱过年。这么一提，了得，烟屎口水纷纷甩向那人。甜藕是最大的借支户，喜事丧事接踵而至，拖着一屁股债叫她拿什么来还？族中长老更是不忍。古时烈女立坊入谱，如今甜藕这般忠孝刚烈，无论如何也该旌表，岂有难为之理！

大队书记永禄伯生出个极大胆的主意：正月间拉起傩班来，过堡！傩庙连同跳傩活动早当"四旧"破了，许多面具道具也不知藏于谁家，

如果这事让公社发觉，那还了得！永禄伯很固执，村人陈说利害仍拗不过他，想想天塌下来有长子顶着何必多虑，便嘱咐八伯加紧准备。

傩班八伯均由客姓人担任。福根被叫来演练才知此事，心里一阵茫然。他知道，此番过堡跳傩是为了收些红包，红包本是敬傩神的香火钱，而村人要拿它来资助甜藕呢，表彰她的贞节呢，其中有几厚重的人情哟，玷污她的贞节便是玷污村坊的愿望，伤害村人的心啊。

福根无可奈何，他更不敢近甜藕的身子，遇见她忙不迭地躲。

起傩那日并不敢举行仪式。好容易将四散的面具服装收拢凑齐，看着那财神、开山、钟馗，那傩公傩婆，一张张脸谱煞是陌生可怕。乡间忽然出现这样神神怪怪的一群，叫公社知道怕是会命令武装基干民兵扛机枪来呢。傩班只带着锣鼓上路，一行人默默翻山越岭，走村过寨。

每到一处便随意演几个节目，赤手空拳，平常衣着，动作却不含糊，那大锣那牛皮鼓悠悠地敲起来，让百姓忽然忘却了世间许多忧愁烦恼，十分惊奇。看过表演，才记起以往的规矩，互相讨要红纸，匆匆忙忙递红包，以示对傩神的虔敬。

天渐黑后傩班回村，居然收了满满一谷箩红包。永禄伯便令福根扛着送到甜藕家，身后跟着一溜村坊。

待大伙在屋里站定，永禄伯向甜藕说明了来意，顿时，甜藕涕泪双流，当堂给众人跪下了。

福根站在谷箩边，阴沉着脸。而甜藕目光每每接近他时，他便赶紧怯怯地避开。

“伯伯叔叔们，这红包我不能收！你们的心意我领啦。”这是甜藕的真心话。她觉得自己是有愧的，而且她并不愿意成为他们心目中的贞妇，她是那样焦渴地期待着福根给她带来欢乐和爱！

族中老者哪里肯依。红包当众一只只拆开来，每拆一只，甜藕的心就哆嗦一下。红包里竟没有一分钱，包的都是报纸呀硬壳壳呀磷肥袋的片片呀，从前的规矩就是这样，富人家包钱，穷人家包心意。都穷呢，都是心意。这情这义却有了。

众人望着满地红纸白纸黄纸，面面相觑，甚为尴尬。闹了半天，冒此风险，弄来一箩废纸。

这许多的红包只有傩神菩萨乐意收受，当然，也只有它才能赢得。人们把她敬为菩萨了。

拆完最后一只红包，福根的脸色难看极了。他瞪着感激涕零的甜藕，猛然抓起空箩狠狠扔出门去。

永禄伯呵斥福根一顿后，安慰甜藕道："甜藕，我们穷，全公社都穷呢。不过，你放心，好好爱惜身子，明天叫他们去石堡跳傩，石堡是个好去处，全县今年数那里分值最高。"

"大伯，莫去啦，公社发现会打击的，这是封建迷信……"甜藕苦苦哀求。

"不，要去！你是我们吴家的媳妇，你怀着吴家人的崽，对，那个流氓也是吴家人，但他是败类、叛徒，没做一件好事，就冲你把他拉下马，我们也要帮助你解决生活困难。"

永禄伯口口声声说吴家人吴姓人，福根和甜藕听着都感到脊背发凉。一旦荷石寨主姓吴姓人发现他养下的儿女是别人的种，其后果不堪设想，暴怒的人们至少要撵走福根，撵出荷石寨。现在他们把甜藕当做本族的骄傲。

看来不能这样等下去了，肚子渐渐大起来，万一孩子像福根，怎对得起这满满一箩红包哟！它一文不值却重若千金。送出村坊时，甜藕叫住了永禄伯。

"大伯，我家欠队上六百多块，靠我这半个劳动力下辈子也还不清，拖累了全队社员，叫我心不安呀……"

"妇道人家坐得端行得正，大家接济也是乐意的。"

永禄伯显然明白她的意思，立即封住她的嘴："唉，也是命苦，现在别的事你莫想，好好养下儿女，带大他……明天你看吧，保险不会像今天！"

甜藕忽然明白了，再嫁是件丑事，吴姓人的媳妇再嫁给客姓人，更

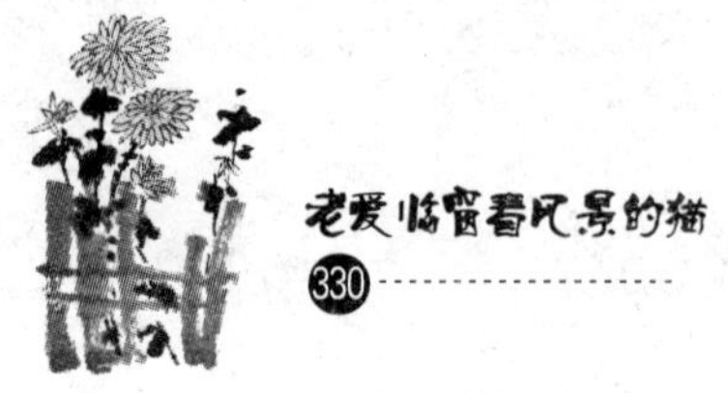

是荷石寨主所不能容忍的。天呀，这满箩的纸片岂不是祭奠爱情的纸钱?

永禄伯走后，甜藕扫拢纸片，点着火，纸片化成灰烬。上床后，她难以成眠，总是觉得窗外有轻轻的喘息声。

她强忍着不去理会。

果然是福根。他急得开始喊她了，声音极细微又迫切。

甜藕屏声敛息装作睡死，好一会儿，才听得窗下福根低沉地骂了一句“假正经”后，愤愤而去。

哪知，第二天吃过早饭，傩班将面具藏在箩里，一切准备就绪正要出发去石堡，公社武装部长带着十几个民兵进了村，围住傩班八伯，搜出面具锣鼓来，当着全村人的面把它们砸了个稀巴烂。然后，带走了傩班的大伯、二伯。并让永禄一同去公社说话。

全村老少拥到村口，目送永禄伯远去后，有人呼天抢地号啕起来。这一哭，了得，妇女们纷纷破口大骂：“是哪个绝户头报告的呀？害人会不得好死，要是永禄伯有个好歹，你们男人去拆他的屋，杀他的猪!”

更有要泼的，竟握刀剁地诅咒告密者。肯定有人告密，因为武装部长开口就说：“好哇，你们在本公社闹得乌烟瘴气还不够，还想闹到别处去!”

女人骂得凶，男人听着也火了，也加入骂阵，粗嗓浊声不甘示弱，一时间，荷石寨一片喧嚣，惊得鸡飞狗跳，猪奔牛吼，恍若塌了天一般热闹。

场面惊心动魄。福根站在人群中默不作声，耳根子烧得烫手，再也听不下去了，便溜回家中，蜷在床上瑟瑟发抖。

是他去报告的。昨日半夜见甜藕不答理自己，心想那红包是软刀子要逼她守节呢，幸好都是包的纸片，若得了钱甜藕不是更得由村人摆布了？一怒之下便去了公社。

他以为公社出面制止跳傩便了事，哪晓得竟要抓人，村坊又如此放肆狂诅，若知道是自己打小报告，准能拿他生吃掉。

他心惊肉跳地等到傍晚永禄伯回来，见村坊并不来找他算账，知道公社守信用没有透露告密者，这才从怀里掏出磨得锃亮的杀猪刀。

不过，夜深人静时，杀猪刀又被福根掖进怀中。他径直奔向甜藕家正门，果决地用刀尖拨开了门闩。

捉 奸

“谁？”甜藕惊坐起来，她并没有睡着。这两天发生的事情折磨得她耿耿难眠。

不用回答，听着厅堂里的脚步声喘息声，她就猜准是福根，黑暗中，她的声音抖颤得厉害：“你来干什么？快走吧，出去吧。”

“你怕啦？你也要名声啦？”福根的声音带着嘲讽，“快开门，让我进去。”

“不……”

“那我就自己开啦！进得大门还进不了这道门？”说着，又用刀尖捅进门缝，拨弄着。

甜藕下了床护住门闩。

外边，福根冒火了：“你再不开，我就踢，我就砸！”

果然他在摸长凳。甜藕无奈，只得打开门来，又气又怕地堵在他面前。

“福根，为我想想吧。我要对得起乡亲们，他们是为了我……你看今天，永禄伯丢了书记，被撤职啦，吴主任还要开除他的党籍，吴主任放出来照样当主任。天哪，他肯定要来报复我的……大伯、二伯被送去监督劳动，都是因为我呀！”

福根几乎叫起来：“不，是为了他们吴姓人的体面，为了给他们的老婆媳妇女儿树个样板，烈女，你没想到这一层？”

“不管你怎么说，反正我不能伤他们的心，他们的情意我是还不清的，虽然没得一分钱……”

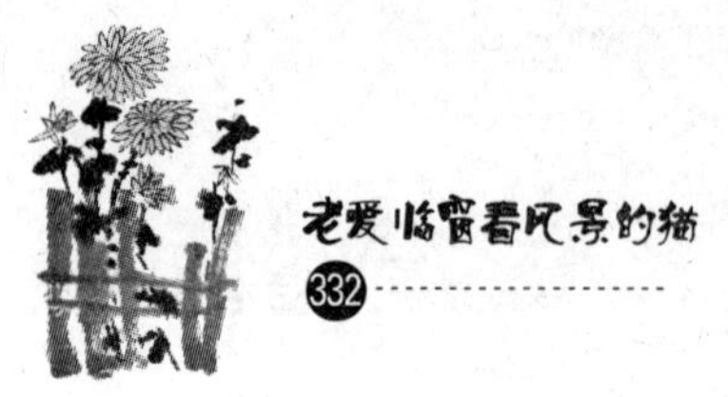

福根一把捉住她的手，眸子闪闪发亮：“你不喜欢我啦？甜藕，我一辈子都会爱你。为了你，我会发疯。你不知道，昨天半晚我去报告公社，就是怕你再得红包后，完全死了心！”

她“啊”了一声，惊呆了。好一会儿，才抹着扑簌簌流淌的热泪慢慢说：“你好傻呀！你听到村坊的骂声没有，好凶好毒，诅咒呢，就像开批判会。都是为了我好呢，那场面比得到金银财宝还叫我感动……你真不该去坑害村坊呀！”

“不，我是为了你！”

甜藕不吭声了，转身坐在床上。

“福根，来吧，这是最后一次，以后你再也不要来找我，听着，我再也不会理你……”

可是福根并没有动作。他期望的不是结束，而是开始，开始一种全新的生活。

“甜藕，你肚子里的孩子是我的，你是我的。我来不是要你的身子，是要你的心。我要带你走，远远地走，我们到省里去做小工，我有个朋友在建筑公司，我们可以去找他……永远不回来……”

甜藕坚决地摇头：“我家欠队上这么多款子，还有人情债……你莫打我的主意啦，我死也不肯依你的。”

福根强蛮道：“今天我抢也要抢你走！”

甜藕猛然伸手把他揽入自己怀中，火烫的嘴唇忙不迭地寻找着目标，在他额上脸上迅速移动，显得焦急、紧张，她要尽快地把福根打发走，了却这偷偷摸摸的恩爱。

可是，福根狠狠地推开她，抄起搭在床头的衣服，又一把将甜藕揪起来，恶声恶气喝道：“走！”

甜藕一阵挣扎碰落了他怀里的杀猪刀，这鲁莽的火暴后生弯腰拾起刀，竟对准了甜藕的后背。

刀尖触着皮肉的一刹那间，甜藕失口惊叫了一声，这声悸叫首先惊动的是她自己，她连忙捂住嘴巴。

福根也慌了，却舍不得抛下她而去，仍然一手握刀一手推着甜藕。

“福根，你快藏起来，有人来啦。”甜藕急得不行。

然而，福根是昏了头，驮起甜藕就往屋外跑，任甜藕撕扯啃咬自己的肩头，也忍痛不撒手。

几个后生闻声赶到，怒不可遏地堵在福根面前。不一会儿，喧嚷声惊醒了半边村子。人们陆陆续续涌来。

那几个剽悍的后生把福根放倒在地，他握刀的手却怎么也掰不开。他肩头上留着几排牙印，雄辩地证明着甜藕的态度。

只穿着薄薄内衣裤衩的甜藕冻得浑身发抖，牙齿打战，听着众人斥骂福根，心里更是战栗得厉害。

“莫打他……莫……他不是……只是我不肯跟他走……”甜藕语无伦次，哪里解释得清楚。

众人找来一根麻绳将福根五花大绑地捆了。福根是条硬汉，既不挣扎也不分辩，昂昂然挺胸阔步，在众人的簇拥之下去了大队部。

甜藕拾起扔在门边的衣服，边往身上套边追往大队部。

在大队部里，由民兵连长主持审讯。

“福根，你持刀行凶，强奸未遂，是要判罪的，你必须老实交代经过！”

福根哼了一声侧转脸，这时他看到甜藕挤过人墙，惊恐不安地欲言又止。

连长被他的沉默激怒了，大吼道：“不说，给我吊起来！”

几个民兵冲上来，动作麻利地把一根粗绳抛过大梁，使劲一拽，福根的身子便悬了空，他咬着牙不哼一声。

甜藕鼓足勇气站了出来：“他不是，不是要耍流氓。他想，想叫我嫁给他，我不肯，他才急了。经过就是这样，求求你们放下他来，本不是大不了的事，都是村坊……”

连长不以为然：“甜藕，他要往你脸上抹黑，不能轻饶他。半夜持刀闯民宅，无法无天！福根，你再不开口，就送你去公社！”

福根这才有些害怕。甜藕不是说吴主任已经复职了？落在他手里，非入班房不可！

“说！”

“我早就……”当他吐出这几个字里，他抬起眼皮瞥见甜藕脸色刷地变得苍白，这时候他多么希望甜藕自己告诉他们！肚子里的孩子是他的，他早就和她有往来。那样今晚的事就是两厢情愿，人们只能指戳唾骂。

可是，她内心的恐惧明明白白地展示在脸上。

她变了。她再也不是傩庙里柴堆上那个大胆的女子了。她的目光直直地盯住他的眼睛，严厉而冷酷，似警告似制止。

他不知道这是残忍还是太善良。那一谷箩碎纸片居然使她甘愿牺牲自己的爱。

她害怕暴露他俩的秘密呀。福根不至于那么绝情绝义，他把已到口边的话改了。

“我早就喜欢她，我带刀是撬门闩用的，我想逼她私奔……她不从……”

这时永禄伯赶到了。永禄伯对福根还算可以，特别是那次同吴主任斗，他的表现更得永禄伯赞许。刚被撤职的书记对众人说了几句话，又把福根教训一番，便提议放人。

于是乎，甜藕的形象愈加高大。人们不断评说福根肩上的牙印，不断夸张甜藕反抗的程度，说她咬下一块肉来，能见到白森森的骨头。

奇　死

荷石寨闹得沸沸扬扬，自然传到了吴主任耳朵里，不知是经过这么长时间的审查修成了好德行，还是别有用心，他差人把甜藕请到公社，见面和颜悦色，毫无恶意。

甜藕以为他要调查福根的事，才硬着头皮来的。她唯恐福根被他捉到把柄，准备为福根辩解清楚。

吴主任却绝口不提福根。

“甜藕，是我为你和土豹子做的媒，唉，真是不幸。不过，我还是要关心你的，要为你负责到底。孤身女人，难啊！今天请你来是想告诉你，老婆同我离婚了。从前我提出离婚，她死活不肯，我被审查，她就以为我真的成了坏人，主任要丢。这也好，我可以堂堂正正地帮助你，再也不必避嫌啦……”

言下之意，是向她求婚呢。甜藕心里一阵紧张，咬着嘴唇不做声。

吴主任涎笑着，却是直爽：“甜藕，你乐不乐意同我结婚？以后，你可到公社来守总机，再也不用日晒雨淋……”

“不！”甜藕斩钉截铁地回答。

“你再好好想想。”

“不用想啦，你死了这个心吧。如果那样，我宁肯……”

“话不要说绝！”吴主任脸上勃然变色，“我对你，对你们，算是宽宏大量啦。听说荷石寨过堡跳傩，是为你也是冲着我来的。鼓励大家拆我的台嘛。本来要开除永禄的党籍，我想都是喝一口井水长大的。宽大了他。还有福根，持刀夜闯民宅，听你说作为受害人又为他说情，好嘛，我也听你的，不予追究。不过，你不要以为自己很贞洁，苍蝇不叮无缝的蛋……”

甜藕脸涨得通红，转身欲走，被吴主任拦住了。他打量着她隆起的腹部，狡黠地挤挤小眼，冷笑道：“说，这是谁的？”

“这……”

“你想说是土豹子的，对不？能哄别人却瞒不过我！告诉你吧，土豹子没那么大的胆。结婚前我警告他，只许他看不许他动你，要他把你给我留着，我说你迟早要成为我的人，现在时机不是成熟了吗？”

难怪土豹子表现得那么紧张，那么畏畏缩缩顾虑重重，那么痛苦又无能！面对这张厚颜无耻的嘴脸，她真想扬起巴掌狠狠扇过去，但她是脆弱的，看到自己付出惨痛代价仍未能告倒他，那天夜里的勇气绝对拿

不出来了，那时候也是因为福根要来而一时性起。

“甜藕，上次的事怪我太冲动，我知道你本来是准备依从的。后来你告我，我不在意。现在我对你的一切都不在意。我想，那天晚上你一定给谁留了门，还有你在县革委会的事我也晓得，那是个副主任，现在他倒台了，把那件事也坦白出来了……算啦，你的事只有我知道，我也希望你带着好名声同我结婚……”

这是威胁。分明心狠手毒，却装出一副悲天悯人的面孔。天哪，她该怎么办？这时，甜藕感到可怕。她想到了五花大绑的福根，荷石寨男女那震天撼地的诅咒，还有满屋的纸片……她恐惧地垂下头。

不知吴主任又絮絮叨叨地说了些什么。她只记住了临出门的那句话：

“你回去好好想想。不要拖，这东西出来你还瞒得过谁，那时候，荷石寨人的唾沫能把你淹死。你让他们太失望太伤心嘛。我也是为你着想呢。”

啊，摧残自己的这将见天日的小东西！她夜夜祈祷这孩子要像自己，千万不要像福根，然而，未来是一个可怕的梦。经吴主任这么一威胁，噩梦似乎就在眼前，狰狞地朝她张开了血盆大口。

荷石寨的村坊翘盼着她回来。她痴痴地搜寻人群，一双双眼睛闪烁着探询、关切的目光，唯独不见福根。

“福根呢？”她问。

“这么说，公社真的要抓他？”永禄伯挤过来告诉，“福根跑了，他给队上留了张纸条，说卖他的屋给你冲账，就是说，他再也不回来啦……”

甜藕急忙夺过纸条，老半天没说一句话。神情恍惚地回到屋里后，才放声痛哭起来。

他怕公社来抓他，逃跑了。再也不会回来，天哪，是自己害了他！

永禄伯送来了晚饭。这时甜藕带着哭腔央求道：“永禄伯，你派人去找他回来吧，公社不会抓他，真的，叫我去是为别的事，吴主任要我，再、再嫁……”

“再？”永禄伯吃了一惊，便破口大骂，“那个混账东西从来不做好事，头顶生疮，脚板流脓！要你嫁谁？”

“他……永禄伯，你快叫人去寻福根回来，告诉他我要嫁给他，这样吴主任就是想坑害他也捉不住把柄……”

一路上，甜藕终于下定决心，她甚至准备拉着福根向全村人宣布：孩子是他的。让人戳骂诅咒去吧，只要摆脱吴主任的纠缠，她顾不得别的啦！可是，没想到福根竟跑了，她挺着肚子怎么去找？

永禄伯脸色不太好看了，冷冷地说：“甜藕，人逃跑啦，公安局发通缉令都逮不到呢。”

“上次他说省城建筑公司有朋友，想去那儿做工，求你叫人去那儿找吧。”

永禄伯沉沉地叹了口气：“甜藕，找人回来可以，可再嫁的事要族中长老商议，你是吴姓的媳妇！再说，从古至今，荷石寨主姓客姓历来分明。只有吴家客姓的女儿嫁主姓，没有嫁女给客姓的，更不要说像你这样的……村坊待你不坏啊，甜藕……”

“可是吴主任逼我，你们有什么办法？”

永禄伯默默地走了。

以后几天，甜藕见了永禄伯就问，派人去找福根没有，回答说去了，可再追问去的是谁，永禄伯就不耐烦地挥手，道一声：找他的人还没有回来。

甜藕心生疑惑。日日清晨便站在村口大樟树下，傻痴痴地清点去出工的社员。男的女的，老的少的，一个不少。

永禄伯在糊弄她呢，根本就没有派人去找福根。人们不希望看到她再嫁！

甜藕绝望了，当她提着只军用挎包准备自己去找、被几个妇女截回时，她彻底失望了。

“我去公社回吴主任的话行吗？真的，我去公社，要不，你们陪我去，嫂子们，你们陪我去。”

甜藕改变了主意，当真拉着那几个妇女去了公社。一路上，说说笑

笑，好久都没有这么开心，嫁到荷石寨她第一次这么开心。

“甜藕，你还是那么好看，保准生女！”

女像爹。她晴朗朗的脸上顿时阴云密布。

“嫂子，你们说福根还会回来吗？”

都摇头，都说他卖屋就是誓不回还。

“他好傻，他大概还以为我心狠……”甜藕嘟嘟哝哝，叫那几个妇女好生奇怪。

到了公社，甜藕叫她们在球场边的树荫下等着，自己进了办公楼，去办公室叫上吴主任，然后再随着他上三楼他的宿舍。

待吴主任笑嘻嘻进屋，甜藕连忙扣上门，边解衣扣边说：“吴主任，结婚以前我答应过你，现在我来啦……”

吴主任感到惊愕。他真不敢相信，然而眼前这赤露的裸体却是不容置疑的。

他经不住这强烈的诱惑。他的喉结在贪婪地涌动，一对小眼睛射出野兽觊觎猎物时才有的凶光，当真褪下衣服扑过去。

甜藕笑了，咯咯地笑。她抓起自己和他的衣服，躲过他，从门边绕到窗边。

“吴主任，我不相信告不倒你！我不相信！”叫着，竟将衣服揉成团，愤愤抛出窗外，像几张传单在空中飘飘而坠。

直盯住她身子的吴主任这才警醒，疯狂地扑过来，但是晚了。甜藕一头扎向窗外，只听得一声惨烈的悸叫。

一个赤裸裸的孕妇倒在血泊中……

所有的公社干部都看到了这个女人，都被这惨状激怒了。

这回吴主任真的被她以两条生命的代价告倒了。开始，县里还有人为他开脱，结果荷石寨百姓悉数去县上静坐请愿。被吴主任糟害过的女知青也加紧上访告状，吴主任终于锒铛入狱。

荷石寨人只当甜藕以身殉节，厚葬之下仍嫌不够。有人窃窃私议重建烈女坊。议是议了，真动手重建却不敢。那是什么时候！

如今，傩舞可以跳了，傩庙整修一新，重建烈女坊的事终于又被提出。只是福根作梗，死活不允。他在外面混了十年，财大气粗地杀回荷石寨当了村长。

呼救的鸽

I

这架山神奇而冷酷。

它每天都制造着奇迹和悲剧。它的奇迹诱惑着人们，上万农民如同铺天盖地的大群山雀，在一个早晨飞临这儿抢食，把这座矿山啄得千疮百孔；而山坡上无数个黑黝黝的窿口则每天把他们吞进去又吐出来，有时候吐出来的就是残缺不全的尸首。有时候，干脆把活生生的壮汉给消化了，连骨头渣子也不留。

这是壮汉的世界！她猛然望见从窿子、从寮棚里钻出来的赤身裸体的男人，心里不由得惶悚起来。

一双双眼睛放肆地打量着她。无论含笑的，还是阴鸷的，无不透露出一种焦渴。

这时，她才意识到，自己犯了一个极大的错误，不该任性地闯上山来，尤其在没有人陪同的情况下。

然而，她没有退路了。她费尽口舌才使得总编辑批准了她的采访计划，而且作为一个爱咋唬的报告文学作者，她已把这个题材许诺给一家文学刊物，人家正催得紧呢。

一个后生笑脸相迎："你来啦？一看就是城里妹子。"

"你是……"

山坡上响起一阵狂野的哄笑。她面前的后生竟挤弄着小眼讥嘲道："我知道你迟早会来的！这里有钱，有男人的地方就有钱！哈哈，你是第一个，你要中头彩啦!”

陡然间，她的脸涨得血红。很明白，他们把这位年轻漂亮的不速之客当做那种野女人了。她岂能容忍这般侮辱，一时间竟忘了国营矿护矿总指挥的告诫，羞恼地掏出红色封皮的记者证，高举着喊道：“我是记者，省报记者!”

这个小本本是她的护身符和通行证。在公众场合，她常常不无炫耀地把它亮在众目睽睽之下，在赢得便利的同时也攒得了人们的歆羡。可是此刻，一双双眼睛望见它立刻充满了敌意。

记者的出现对他们疯狂的发财梦无疑是个威胁！他们决不会等闲视之的！正是考虑到这种危险性，护矿总指挥一再告诫她不要暴露自己的身份。

她面前的后生恶声恶气地问：“你来干什么?”

“找人，找一个叫文星的。”

他的眉峰微微一颤，直视她的眼睛，从牙缝里挤出低沉的声音：“他死啦!”

她惊叫起来：“这不可能！前天我还收到他的信!”

“他是昨天死的!”

“真的？那……请你带我到他的寮棚去。”

文星是矿山附近一个乡的通讯员，他同她书面联系已有两年，但未曾谋面。今年以来他屡次向她反映农民上山挖矿的情况，矿山的严重问题引起了她的忧虑和关注。无冕之王的责任感驱遣着她赶到文星所在的乡里，才知道他也上山来挖钨砂了，谁知，他本人竟扩充了他统计的月死亡人数!

“我说记者，这里很不安全，你还是下山的好!”他的腔调阴阳怪气，很难判断是好心还是恶意。

“请告诉我他是怎么死的?”

“哈哈，死个把人好比用掉一筒炸药，谁关心那么多。我们打锤佬只问钨砂是怎么打出来的!”

这恰恰是她采访的主题。她熟悉这块土地和眼前的人们。她曾在这个县的一个僻远山村插队六年，连绵起伏的红土地上埋葬着她的青春梦幻和初恋，为此，她更要以自己充满深情的笔唤醒狂热的人们。

“既然文星不在了，你又不肯带我去他的棚子，那么我就在你的寮棚住下，行吗?”她的大胆要求，惊得那些汉子面面相觑。

“不!”

“我出住宿费。”

几张邪笑的脸凑到她面前，喷着令人作呕的牙臭：“妹子，他不收留，有我们呢。我们不要你的住宿费，还管吃管喝，敢跟我们走吗?”

她太相信自己的记者证，居然忘记自己是个女人，毫不犹豫地回答：“多谢啦。走!”

那后生却喝住他们：“没有乌老板的同意，谁敢收留女人！还不把她赶下山去!”

显然，他提到的乌老板是个很有威慑力量的人物，几个大汉立马收敛了，缩回人群中去。另外几个人在那后生的唆使下，蛮横地向她动手，推搡拉扯，很是无礼。

大概是被她的尖声抗议所惊动，有一个高大壮实的男人叼着烟卷从路下的寮棚里钻出来，随着他的呵斥声，她扭脸望去，愣住了。

这是一张熟悉的脸庞。尽管岁月已在他额头、眼角无情地刻下深深的皱纹，但他方正的脸廓、自然鬈曲的头发和那浓眉大眼却是那样忠实于她的记忆。仿佛，命运为了安排这次邂逅，才不让他改变自己的形象。

她又惊又喜：“洪土生!”

“叶梅花!”

他微微一笑：“我改了姓，姓乌，他们叫我乌老板!”

“你就是……”叶子不由得倒抽一口冷气，怔怔地望着他竟语塞了。

乌老板挥手斥退围观的人们，示意她进寮棚去，边走边说：“你大学毕业时来信说分在报社，转眼七八年没有你的消息，今天怎么突然跑来看我?”

“我不知道你在这里，我来采访……”

乌老板猛然止步，夹烟的手竟有些微微发抖，嘴里喃喃道：“我晓得这儿不会长久，乡下人弄几个钱不容易，有了财路自己又不争气，老子真想填它个满山满谷的炸药，把这座山炸得只剩埋人的坑！”

看来，他对矿山现状极为不满，那么，他就是最好的采访对象了。一进他的寮棚，叶子就迫不及待地问：“听说，这里每个月因事故死掉十多个人，不会错吧？”

谁知，他将正要递上的茶碗朝充当桌子的树墩上一摔，神经质地吼道：“胡说！造谣！”

“昨天就死了一个。”

“瞎扯！”

她毫不示弱：“一个叫文星的。他向我反映了情况，我才来的。谁知，在我到达以前，他竟死了。”

“你怎么知道他死了？”

“刚才你们的人告诉的……”

乌老板穷追不舍：“谁？”

叶子不满地瞥他一眼，冷笑道：“我怎么知道他的名字，就是刚才站在我左边的那个长得比较秀气的后生……”

他没好气地哼了一声，站在门边抽完手里的香烟，沉思片刻，便钻出去，站在一块岩石上嘶喊起来：“钟林！”

想必是那后生的姓名。乌老板要他出来同她对质，或者威逼他改口抵赖。她想。

哪知，回答乌老板的是一声震耳欲聋的轰响。叶子惊慌地跑出去，只见离这儿不远的山坡上腾起一股烟尘，山坡哗哗地坍塌了一大片，乱石跳跃着滚向谷底。

“怎么啦？”

乌老板脸色乌青，脸上肌肉似乎在搐动，厚厚的嘴唇微张着，显得惊愕而紧张。凭此神情，叶子至少可以断定，这不是日常的放炮，而是

一场意外的事故！

就是说，在插队岁月里曾给她依托和爱情的男人再不是那个忠厚善良的回乡知青了，而是一手遮天的老板，他要对她掩盖矿山的秘密。

一阵号啕揪紧了叶子的心。

她战战兢兢举目望见一群赤膊的男人扑向硝烟起处，不顾飞沙走石，疯子般地扒着坍塌的窿口……

她的视线模糊了。

透过泪光，她看见乌老板的两颊上竟有滚动的晶亮的液体。

毫无疑问，有人埋葬其中，有人用生命接受了她的采访。

如果不是打锤佬赶来报告说，埋葬在其中的仅仅是、偏偏是钟林，叶子肯定会为乌老板的泪水所感动。

可有人来报告乌老板。恰恰是钟林惨遭不幸。

叶子愤怒地抓住乌老板的双臂，摇晃着："这是怎么回事？这该怎么解释？太突然！太奇怪啦！洪土生！"

他狠狠甩脱她的手："我姓乌！就是你犯了忌讳！这里忌讳红字血字！我姓乌！我们崇拜乌！"

哦，钨砂是黑色的金子。万民崇拜的黑颜色，该不会酿制罪恶吧？

2

断黑时分，整面山坡布满了星星点点的灯火，到处是浓烈的酒香，到处是粗犷的吆喝，男人们或狂笑或痛哭，对着茫茫黑色肆无忌惮地宣泄他们的哀乐。

文星死了，意外遇见的洪土生因这一意外事故让人生疑，叶子只有走向那些打锤佬，向他们了解这架山和被它诱惑得几近疯狂的他们。她知道，这很困难。也许，首先给她制造障碍的正是她的大学同学陆千里。

陆千里两年前当选为这个县的副县长，他的最大功绩恰恰在于让数以万计的仍未达到温饱水平的农民上了山，使他们有了一条颇为诱人的财路，同时也使这个财政拮据的穷县手头活络了，光是办开采证的手续费就是一笔可观的收入。听罢叶子坦诚告知来意，陆千里甚是不快，先是动之以情地劝她放弃计划，继而哀求、刁难兼而并举。叶子并不认为自己采访后写出的东西会影响陆千里飞黄腾达，所以，她在领受了县长大人的冷落、讽刺之后，只身徒步四十华里来到矿区。

县火葬场位于矿区，经过那里叶子顺便进去调查核实文星反映的月死亡人数。不料，场长极不友好地把记者证掷还给她，只说了声："作废了，这是假的。"便唤来两个正准备抬死人的小伙子送瘟神般把她撵出了门。

这使叶子大为震惊。的确，这种红皮的记者证由于某种原因突然被报社宣布作废，但这山沟里根本不可能看到头两天报纸上的启事，也没有本报同事先她到此，那位场长怎么就认定这是作废的记者证呢？叶子前些日子在外地参加记协召开的一个会，所以未及时更换。她感到自己此行并不孤独，有一团黑影在跟踪自己。

默对喝闷酒的乌老板，叶子边揉着酸疼的腿肚子，边回忆着一天的经历，心中竟生出与鼓励她上山的责任感所不同的新奇感和探险般的渴望。

她站起来，绕过乌老板身后，挪向门口。

"梅花……"声音含混，却能感觉到其中的酸楚。

"我叫叶子！"

只听砰地一声，一只酒瓶爆炸了，寮棚里充斥着更加浓郁的酒香。是那甘醇得叫人押上性命和未来也要偷饮一口的土烧的香味啊！这酒香充斥在初恋的岁月里，为了初恋，她也曾押上一切——不过那时的一切只是回城的希望。后来，他把她押出的东西还给了她……

他攥着一截酒瓶嘴，凶神恶煞地堵在她面前："好，就叫你叶子！当年你不是要同陆千里结婚吗？为什么不结？"

她审视着他的神情，只是机械地摇摇头。心里却一阵隐痛，恢复高

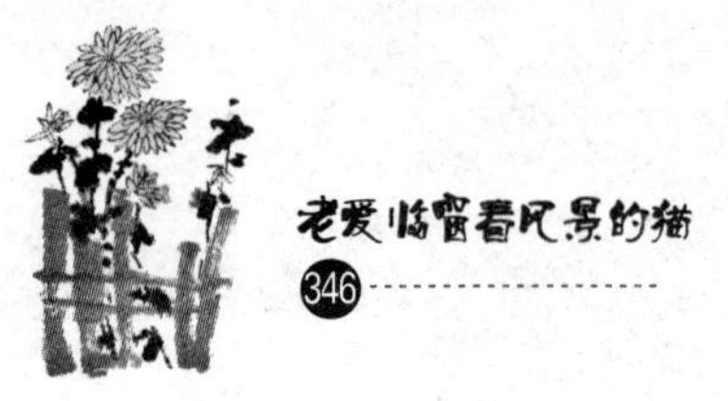

考那年，他几乎动用武力才把叶子押送上了考场。在等待录取通知的日子里，他突然同一个寡妇结了婚。叶子当时就很清楚，他是为了她好。在大学里，陆千里迷恋她的才貌穷追不舍，缅怀逝去的初恋而只能泪洒枕巾的叶子便应允了陆千里。毕业之际，叶子得知洪土生同那个女人离婚，郁郁几日后，突然挑出陆千里的一大堆不是，同他告吹。至今她仍是孑然一身。其中的恩恩怨怨由于心灵间的距离只能深藏于怀中了。

“你说！”他咆哮起来。

叶子毫不畏惧地反击道：“你问这干吗？我提的问题你还没有回答呢。你占山为王称老板，你有责任接受我的采访。为什么向我反映情况的文星突然死去？为什么你们都不承认文星统计的月死亡人数？我知道，滥采乱挖决不仅仅是一些农民赔上了生命，它还严重破坏了国家的矿产资源，影响了国营矿的正常生产，这里出现盗窃、赌博、械斗等丑恶现象……如果你还有当年逼我去考大学的那份情意，你就应该帮助我！”

他把手里的瓶嘴狠狠捏碎了，摊开巴掌，只见一片殷红。

血淋淋的双手冷不防伸向叶子，不待叶子回过神来，整个人已经被乌老板扛上肩头。

叶子惊叫怒骂，竭力挣扎。

“我送你下山！山下有村子。你不能住在这里，女人不能住在山上，这是我订的规矩！”

叶子急得乱拧乱掐，竟捏住了他的喉结。“放下我！今晚我就住在山上！你不放下我我就不撒手！”

他的喉结艰难地涌动，并不停地伸伸脖子透透气，但是，他仍然驮着她迈开脚步。当年他就是这样送她去赶考的。

叶子不由得缩回手，她的心在哭泣……

突然，一道雪亮的手电光柱射在乌老板脸上，他一惊松了手，叶子趁势从他肩头滑落。

“哈哈，乌老板，你这是走乌运了吧？”

“送她下山……”乌老板显得窘迫。

光柱无礼地移到叶子脸，叶子用手挡住，愤愤地问乌老板：“这是什么人？”

来人威风凛凛地自报家门，道：“我是民窿管理站长肖宝雄。姑娘，想必你冲犯了山规。我们乌老板可是顶天立地的汉子，到这儿找食你可就枉费了心机！”

这个出言不逊的家伙居然也把她当做那种无耻的女人了！叶子气得牙齿打战，颤抖着掏出记者证：“我是省报记者，我来采访！”

他不屑一顾，照旧朝她脸上晃电筒。“如今记者满天飞，谁知是真是假！”

又是一个拿她当假记者的人！这是偶然的巧合吗？

此刻，叫她愤慨的还有乌老板的无动于衷，他应该证明她的身份，可他却听凭叶子蒙受这般侮辱。

她跨前一步，将记者证送到肖宝雄眼前，她想试探一番。“肖站长，你凭什么说它是假的？”

“省报记者证是蓝封皮！”

叶子冷笑起来：“谁告诉你的？”

“我见过……”

多么笨拙的谎言！现在她眼前明朗了，登有更换记者证启事的报纸今天上午才能送到这个偏远的县城，显然只有她的同学陆千里才有可能利用其作梗，陆千里已看到叶子手执红色记者证，他有能力阻止叶子的行动。

她何不拉大旗作虎皮呢？

“肖站长，我和你们陆副县长是同学，还谈过恋爱，他打电话叫你们关照我的吧？”

肖宝雄却放声狂笑起来，伸手在她脸蛋上拧了一把：“县长有时也要喊我作爷，乌老板你说对不对？好个不知利害的女骗子！”

叶子怎能忍受这般污辱，她扬起巴掌，扇空了，一个趔趄栽倒在乌老板身上。

乌老板推开她，顿时，像一头凶猛的狮子扑向肖宝雄，死死地揪紧他的领口。

她感到一阵惊喜，她多么希望这个曾给她保护的男人狠狠地教训这混蛋一顿。

“乌老板，我数三下你不放手，就吊销你们全乡民工的开采证!”

原来一个小小站长竟有这般权力，难怪他如此趾高气扬。

他数开了：“一……”

她看见那只揪着他衣领的大手绞得更紧了，以致使他喊出的第二声喑哑沉闷。

“二!”

乌老板略略一怔，大吼一声：“操你肖宝雄祖宗八代!”用力一推，放开了他。

肖宝雄将电筒捅在他鼻尖上，厉声威胁道：“乌老板，直到如今我们民窿区干干净净，没让一个滥贱货上山。不把这妖精撵走，怕你们不得长久!”

说罢，肖宝雄扬长而去。

乌老板呆呆地伫立着。他内心正在作痛苦的选择，撵她下山就等于视她为不洁女子，而留她住下又是很危险的，她的出现威胁着许多民工的生计，至少她威胁着某些人，而他们可以不费吹灰之力唤起所有民工对她的仇视……

“叶子，走!”忽然，他果决地命令道。

顿时，抑止不住的热泪扑簌簌地流下来，她委屈地仰起脸：“土生，姓肖的满嘴喷粪，你倒忍得住！你变啦，变得冷酷无情，刁滑古怪！现在我的任务不光是采访了，我还要弄清楚你在这里到底是个什么角色，你在这里干了些什么！你不是问我为什么没和陆千里结婚吗？告诉你，当时我听到你离婚的消息！这是主要原因！尽管我们之间距离越来越远，我记忆里总有你的影子……没想到，你也拿我当……”

他的声音竟带着哭腔：“你一定要留下？”

“……”

“那你必须答应我，不准随便走动！”

她把这警告视作对自己的限制、防范，不客气地回答：“做不到！我要进窿去看看，还要逐个调查死者的情况，还有你！”

“进窿？只怕你进去出不来。”

黑暗中，他的眼睛贼亮贼亮……

3

叶子从杉皮铺成的床上爬起来，摸到一个电筒，蹑手蹑脚地跨过横陈在门外的乌老板，壮起胆子走向不远处有人劳作的窿口。

这条窿子在钟林葬身处的上方。

钟林的死只得到人们十分钟的哀思。充其量只有十分钟，悲痛的人们就各自散去。他们没有时间向大山索取死尸。

难道，文星也是这样？

难道，死去的都是这样？那么，这架大山就是一座巨大的坟冢了！叶子不寒而栗。她默默祈祷：被贫穷折磨苦的乡亲呀，珍惜你们的今天和未来吧！

待她爬上坡接近了窿口，刚才见到的几条人影不见了。只听得窿子里传来一阵阵打锤声。

她揌亮电筒钻了进去。窿壁上参差不齐的石棱恍如恶魔的利齿，不断滴落的水珠恍如口涎，每落一滴到她身上，她的心就一阵悸跳。叶子硬着头皮朝里闯，锤声在诱惑着她。

突然，她身后响起放荡的笑声。几乎同时，前后左右一下子亮起四盏电石灯，那些喷突的火舌仿佛是一条条嗞嗞作响的蛇信。

她吓得毛骨悚然，老半天说不出一句话来，她的手又本能地去掏记者证。

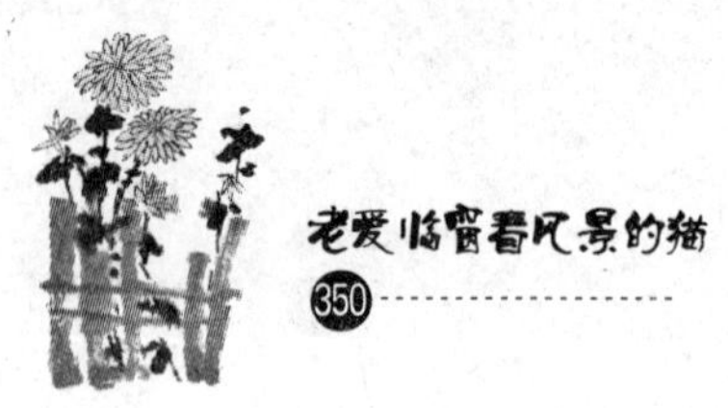

一个干瘦老头扼住了她的手腕，邪笑着问："女探子，你是哪家派来的？嗯？告诉你，我们见砂子啦，你们想来偷来抢？"

叶子分辩道："我是记者，是乌老板的朋友。"

她以为抬出乌老板能镇住这几位，民工不是很敬畏洪土生吗？这干瘦老头狡黠地眨眨眼，带着夸张的惊喜叫道："哎呀，你就是当年插队的叶妹子吧？稀客，稀客。"

"你是……"

"姓肖，在公社里干过，现在他们喊我肖老板，我是有十多条窿子的窿主。"

叶子又是一阵惊惶。她记起来，这位公社干部因为奸污女知青曾被判十年徒刑。夜半三更冒失地钻入他的窿子，太危险了。

她竭力使自己镇定下来，莞尔一笑："啊，肖……肖老板，看来你发财啦！"

"谈不上，比不得你的乌老板，他刚刚挖到一条大矿脉……"他突然打住，不怀好意紧盯住叶子，少顷，换了话题，"你来同他重温旧梦吧？虽然他是农民，可如今他有钱，钱是最有分量的砝码……"

叶子悻悻然："我来采访。"

"欢迎，我领你到采场去看看吧，那里有你喜欢看的东西。民窿同国营矿的坑道挖通了。平常掩饰好，待他们放了炮下班后就钻过去，大大的砂子由你捡。你要的不就是这类情况吗？"

叶子本想赶紧出去，一听这情况极有兴趣，竟在肖老板的引领下步入了这架大山的心腹。

她惊异于他的坦率："你也这么干？"

"有时。背时的时候。那时候人会发疯，几条窿子一年到头不见一块钨砂，养着几十条汉子，他们还要养家小，无论谁都得发疯！你的乌老板也一样！"

她点点头。她这是感激他的坦诚。

不料，肖老板脸色陡变，挥手唤来身后两个年轻人，猝不及防地把叶子放倒在潮湿的地上。

叶子尖叫起来："你们想干什么？放开我！"

"对不起，现在是我背时的时候！"肖老板狞笑道，脚一蹬，蹬开一块厚厚的木板，地上出现一个黑咕隆咚的豁口。

叶子嘶声狂呼，又踢又咬，然而怎能敌过两个虎背熊腰的后生？

"别怕！我们不会伤害你的！你到下面住几天，我们管吃管喝，一天一个鸡蛋保证你出来时还是鲜嫩水灵。"

叶子瘫软如泥，听任摆布。她只感到有一条粗大的绳索拴在自己腰间，然后整个身体磕碰着鼓突的石棱缓缓地往下沉，沉入无底深渊，沉入黑暗地狱。

上方一块光亮越来越微弱。当她身体终于落到实处，那根长绳抛了下来，那块木板遮住了那方光亮。一片死寂，一股浓烈的腐臭的死亡气息。她脑子里一片空白……

躺了许久许久，竖井忽然投下一道电光柱，叶子跳起来仰头大吼："你们是犯罪！放我出去！放我出去！"

一个布包落在她脚边。井口又被罩上了。

果然，他们送来了饭，当真还有一个鸡蛋。这个肖老板究竟想干什么？阻止自己采访吗？她猛然想起洪土生那恶狠狠的警告，难道这是他支使肖老板干的？

她失望地抱住脑袋，感到周身的血往脑门涌，脑袋在迅速膨胀，似乎马上就要爆裂。

她无法接受自己的推测。即使洪土生可以忘记那上千个甜蜜的日子，他也不能忘记发生在禾草堆里欲醉欲死的故事啊！

那么，会不会是陆千里授意这帮人加害于自己呢？是的，陆千里实际上已经在用计对付她的采访，也许他会采用更卑劣更狡猾的手段，但是，作为一个雄心勃勃的副县长出此下策未免太愚蠢。一旦败露，他非但升官不成，反而得下大狱。

困惑中，她反省着自己性格上的弱点。她太爱激动了。按照文星的

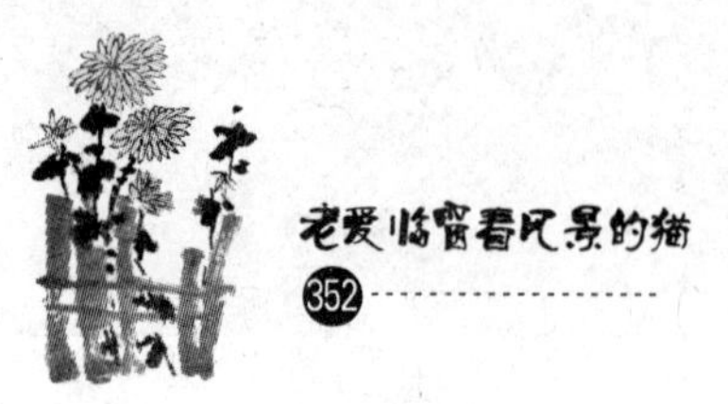

信她赶到县城，在陆千里面前锋芒毕露毫不隐瞒自己的意图，这无疑是向他下战表。假如她稳重些也许麻烦少得多。

她太自信太骄傲了。这些年的工作实践中，这只红皮记者证除了为她赢得领导的器重和社会的褒扬外，也培养起一种大于职业荣耀感的傲气。这种傲气在这里根本行不通，却使她丧失了必要的警惕而陷身囹圄。

叶子和泪吞下那包米饭后，站起来，举起双臂试探着，看能不能沿着这口竖井参差错落的井壁攀上去。

她死死抓住鼓突的岩石撑起身子，叉开双脚踩着两壁，艰难地往上攀爬。只上去一人高，她的双臂就累得哆嗦不止，手一松摔下来。

竖井高十余丈，显然不可能逃出去。她的尝试失败后，寻找出路的欲望更强烈了。

矿山已被挖得像一只巨大的蜂巢，山的心腹里窿子有如网络一般纵横密布。她伸手摸索四周，有一面没有石壁，她知道这是一条窿子。她离开原址，向窿子迈出了生死攸关的一步。

叶子不知道这条窿子是死神的血盆大口，没有一星光亮，没有一丝微风，她扶着窿壁一步步走向不存在的希望。

黑暗，前面仍是一片黑暗……

闷热，前面更加闷热……

她大汗淋淋，衣裳全湿透了，紧紧贴在身上。不知转了多久，直到她感觉饥饿，她才发现自己又犯了一个极大的错误，短暂一生中的最后的错误！

她再也找不到那口竖井了！再也得不到肖老板投下的食物了！

死的恐惧紧紧地攫住了她的心，她放声痛哭。哭干了眼泪，哭尽了气力……

这个世界没有一丝声音，也没有一星光亮，她根本看不见自己腕上的电子表，不知道这是第几天了。

也许，他们照样餐餐投下食物。可饥肠辘辘的叶子已饿昏过多少次。再次醒来，她爬了一段，发现身边有个水坑，便连泥带水掬起来灌下肚。

她背靠窿壁坐起来，把手表和记者证塞向肩头处的石缝。这时她感到一丝凉风，这就是一线生机！叶子立刻振奋起来，把手塞进石缝，抠着扒着。

随着岩石的松动，风愈来愈大。她要活着出去，要控诉窿子里的罪恶，要披露民窿区的问题！

空虚绝望的脑子里顷刻又充实起来。她亢奋地扒着，不多时就抠出了一个窟窿。她钻进去，原来那边是另一条被废弃的窿子，不知什么人砌了道墙把它堵死的。

叶子循着风的流动摸索向前。这里依然伸手不见五指。

黑暗的前方，传来一声恐怖的牛喘般的呻吟。叶子吓得头皮发爹，毛骨悚然。她一下子又瘫软倒地了。

是人吗？是活着的人吗？

真真切切，是人的呻吟！

但是，她再也不敢贸然爬过去，她的冒失几乎葬送了自己。她屏声敛息，死死盯住前面，前面只是一片漆黑。

“哎哟哟……”又一阵呻吟过后，传来的竟是响亮的咀嚼声！

刺耳而诱人的咀嚼声！

她不知自己怎么会不顾一切地竭尽全力喊出声来：“谁？”

立时，前面作出了反应：“记者？你是叶子？”

不像洪土生的声音。那会是谁呢？谁会来这里找她求她呢？

“你是谁？”

“钟林！文星！”

两个突然死去的人！叶子瞠目结舌。她简直不敢相信这是活人的声音，该不是鬼魂的叫唤吧？

“我是钟林，文星是我的笔名！”随着他的声音，一根火柴点亮了他身边的电石灯，灯火映照出一张苍白的脸。

“记者，你过来，我的腿砸坏啦！”

“不……你怎么马上就能断定出是我？”

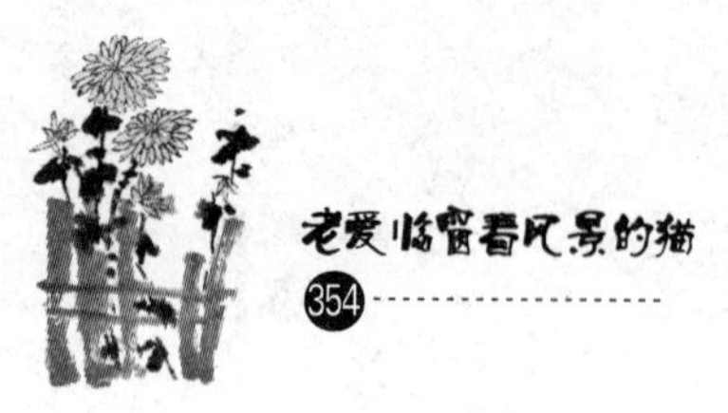

“我把自己埋在这儿，就为了等你，我知道你免不了会被他们弄下竖井，我怕你急得乱钻，那就糟啦。可是，我放的那一炮倒害得我伤了腿……”

真是不可思议。她糊涂了，但是她没有要求他详细解释，她只希望他能证实自己就是文星。

“我真是文星！我一共给你去过十八封信，其中有五篇稿子，你转交报社用出来三篇报道，对不对?”

叶子爬起来，踉踉跄跄地扑向灯光。来到坐着的文星身边，她猛然冲动地紧紧搂住他。在她的怀里，他仿佛不是一个有血有肉、正窘得手足无措的男子汉，而是一截漂木，一截给遭受灭顶之灾的落水者带来希望的漂木……

久久地，不肯撒手……

她热泪盈眶……

4

原来，文星向叶子发出最后这封信后，突然出现一桩怪事。被统计进本月死亡人数中的三个人先后复活了。就像叶子正经历着的凶险一样，被意外事故困在窿子里，幸运地发现一条逃生通道，这完全可能，本不足为奇。令文星生疑的是，每个逃生者都把自己出砂正旺的窿子让给民窿管理站站长肖宝雄的父亲，即加害于叶子的肖老板。

文星便暗中打探起来。可恨的是，那三个生还者守口如瓶，问到为何把窿子给肖老板，各个脸上才现出一些愠色，然而回答却是：“我失脚落入竖井，肖老板救了我，我应该报答救命之恩。”或称，“我那条窿子不见矿脉，我不要啦。”

在这儿，老实巴交的农民谁不对肖家父子让三分？稍有得罪，二百块钱买来的开采证就会被吊销，而自打决心上山，他们就把全部的积蓄连同血汗、生命一齐押在矿山上了！文星认定那三人脸上的愠色必有蹊跷，便从侧面去了解。

他发现这三个人“失踪”或“死”前都进过肖老板的窿子，有被肖老板当师傅请去看矿脉的，有听说他找到大矿脉禁不住眼馋自己进去的。于是，文星请国营矿的退休工程师画了一张构造草图。他恍然大悟，肖老板的这条窿子不可能有矿脉，倒是有一口当年国营矿打下的竖井——一口被他用来敲诈勒索、谋财害命的陷阱！

肖老板对文星的行迹有所察觉。令手下人不许文星接近他的窿子。文星根据那张图判断肖老板脚下三十米的这条窿子很可能与竖井相连，找了几天，终于发现堵死窿子的墙，只要扒开它便可窥见罪恶。

就在叶子抵达矿山前一个小时，文星又一次钻进这无人光顾的废弃窿子。忽然，他看见窿口的豁亮被两条人影挡住，并听见他俩的一番对话。

“爹，你这干吗?”

“有个叫钟林的小毛猴常往这里钻，他妈的，老子炸掉它!”

“爹，你倒是要当心一个叫文星的。他勾来一个女记者，马上要到了，连县长也怕她捅呢。他叫我们提防假记者，嘿嘿，他妈的意思还不是叫我们撵走她。”

“那是你的事。”

“她是冲死人来的！她知道民窿每天死佬有多少，说要一个个弄清楚。”

“啊!”这一惊叫失声后，足足过了几分钟，藏在深处的文星才听到那为爹的咬牙切齿送出一句狠毒的话：“撵不走，她就算我的啦！落在我手里的东西都有用！女人也一样。哈哈，打锤佬谁尝过城里女子的滋味!”

文星猜出这是肖家父子，他听得心惊肉跳。不多时，他闻到硝烟味，点燃导火索的肖家父子立即跑了出去。

文星急忙扑向窿口，找到安置在窿壁上的一筒炸药，将长长的导火

索拔脱，制止了这场爆炸。扬长而去的肖家父子只当是哑炮，没有折返。大概手上也没有炸药了。

过了一会儿，叶子果然上了山。为她的安全着想，文星故意出面阻挠她上山。可是，叶子坚决要进行她的采访，焦急中，他有心大声咋唬惊动乌老板。乌老板本不过是带着十多个民工的窿主，由于他的豪爽仗义受到所有打锤佬的敬重，无形中被尊为民窿区的头面人物，每有纠纷必请其主持公道。年前，由乌老板出头邀集一些窿主订了几条山规，其中一条是女人不许在山上留宿。他把壮汉的世界出现女性视为最大的危害。可是，文星没料到她竟认识乌老板，他俩惊喜的眼神猛然使文星记起乌老板的风流韵事，无疑，叶子就是他爱过的那个女知青那个女大学生。

这时，他瞥见肖老板那双含笑的奸险的眼睛。

那双眼睛就像打锤佬发现大矿脉一样陡然间瞪得浑圆流露出大喜过望的癫狂和迫不及待的贪婪。

肖老板同乌老板是一个乡的，他显然认出了叶子。那双眼睛向文星证实了叶子和乌老板的关系，也向文星预兆着凶险。于是，文星连忙回到自己的寮棚，顺手带了些剩饭、导火索，提着电石灯潜进那条废弃窿子。他怕叶子落入肖老板手中后，不知道窿子里的情况乱摸乱钻，以至于困死在其中。果然不出文星所料，肖老板没有忘记刚才的哑炮，文星前脚进窿，他随后赶到点燃了炸药……

文星感慨地告诉叶子："再晚一步，我就进不来啦。"

"你凭什么断定我将落入他的圈套？其实，我自己闯进他的窿子，完全偶然……"

"我想，自肖老板认出你是乌老板过去的恋人那一刻起，你就注定要成为他的人质。人质！懂吗？乌老板有条窿子打出了罕见少有的大矿脉，那钨砂简直可以直接装麻袋！"

是的，肖老板也充满妒意地跟她提到了乌老板，所以，他把她投下竖井并投下食物。他要利用她向乌老板敲竹杠。

她后悔莫及："难怪乌……土生守了我大半夜，我不出去就好了……"

"不过是早晚的问题。你既然来了，就会采访。就是把你撵下山住，你白天还是会来的。既要采访，你少不了进他的窿子，因为偷盗国营矿的情况只有他那里可以看到，这是公开的事实。一些打不到砂的农民急疯了就通过他的窿子去偷盗，肖老板提取四成……"

那是一条穷凶极恶的地头蛇啊！

"可是，他告诉我民窿的人常去偷砂，连乌老板也干过。"

文星点点头："那是过去。我来矿山以前，这儿很乱。乱得叫人担心会葬送这条财路，乌老板便站出来管管事。他自己反正挣了蛮多钱，本可回家享福，他是为乡亲们好。可是，对这姓肖的他无可奈何，肖家父子拿着他的命脉，他们知道他最怕什么。"

"怕什么？"

"把他村里乡里的民工开采证吊销了，驱逐下山！"

忽然间，她心头一阵轻松。仿佛解开了一个足以叫她心碎而不敢猜测的谜。她担心洪土生和这肖老板是一丘之貉，与之共同构筑着罪恶的陷阱。现在她可以放心了。假如早知如此，面临死神她绝不会那般号啕……

吃过文星匀给的米饭，她感觉腹中好受了些。此刻面临的问题是怎样出去。

文星胸有成竹："别怕，我有办法。我带了一扎导火索进来，只要点着它，乌老板会看见的。"

太神奇了。叶子将信将疑，按照文星的吩咐，提着灯朝他爬来的那头走了几十米，才找到导火索。

"我就在扔掉导火索的地方被震落的岩石砸伤了腿，痛得我昏了过去。要不然我早在竖井底下等你了，你就不会乱钻。好险呀，幸亏你爬过来，我想我恐怕爬不到那头。"

"怎么让乌老板看见它？"

"点着导火线，乌老板会看见滚滚硝烟。这条窿子有个气眼，气眼口

就在乌老板门前的草丛里，废窿子的气眼怎么会冒烟呢？一定有人！那么就是失踪的你了，就是他正在寻找的你了！他只要从气眼里抛下一根绳子，我们就得救啦。”

文星越说越兴奋，失血的面容竟泛起两团红润。

叶子欣喜地望着他，心头一阵抑止不住的激动，这种激动很容易叫一个感情丰富的人忘记年龄、身份等等现实差距。她似乎步入忘我的境界。她迷失在热情而善良的目光里。她的嘴唇难以自制地嚅动着。

“叶老师，快去！”

她一惊，幡然醒来。脸上一片红潮。

“慢，几点钟？”

她看看手表，告诉是十二点整。

“中午还是晚上？”

谁知道呢？没有黄昏黎明，没有日月星辰。已经历的是漫长得没有时间概念的噩梦，梦醒了眼前只有一团灯光，不知这将要升腾起来的青烟能不能成为报警的狼烟……

“晚上如果顺风，硝烟也会把乌老板呛醒，可这个季节南风少。这样吧，把导火线作两次用，下个十二点再点燃一截。”

顺着文星的指向，叶子岔入一条盲窿。一直走到顶端，举灯仰视，果然如文星所说，只见一条垂直而上的通道，由于气眼口很窄而茂密的野草又严严实实遮盖了它，在下面也无法看到天色。

她带着浓烈的硝烟回到文星身边，再看看手表，顿时，她惊呆了！表是停的！不知什么时候停了！这是一块廉价的坏了便扔的电子表。

而曾经毫无用处的时间从现在起变得多么重要！

而人体生物钟在黑暗的折磨、死神的威胁之下停摆得更早！

连文星也有些紧张了。如果硝烟都是用来涂抹外面的夜色，那就意味着这里是他俩共同的归宿。

他的牙关打战，却挤出坚定的声音：“我们数数计时吧，各数各的，算到一个对时就行。”

数吧，每分钟六十下，每小时三千六百下，忘记饥饿、伤痛，忘记仇恨、誓愿，忘记你身边是正直善良的朋友，不要说不要想不要祈祷……

5

乌老板没有看见寮棚门前的草丛里喷突出一股青烟。尽管这是空气明净的早晨。

他不在寮棚里。

他在肖老板的窿口焦急地等待着，地上扔满了烟头。从昨晚他作出痛苦的决定到此刻，他已等了八个小时。但肖老板还没有交出叶子。

叶子失踪整整三天。他能去的地方都去找过，这才不得已地向肖老板提出要求，希望放自己进肖老板的窿子找人。

肖老板故作惊愕，假惺惺地埋怨道："哎呀，我说乌老弟你怎么不早说，这可是人命关天呀！那天夜里是好像有个女人闪进我的窿子，半夜三更的，我们以为是吊颈鬼，是山怪，也不敢看……莫非，掉进了竖井？"

一听此言，急红眼的乌老板心里有了着落，他对这恶棍的行径早有察觉，情知不会白白答应自己的要求，转身回去拿了两千块钱，甩在肖老板面前。

肖老板不屑一顾。津津有味地顾自吸了一支烟后，才恶狠狠地摊牌："乌老板，我们背时，几条窿子都不见砂，打锤佬都要发疯啦，你要他们替你冒死下竖井救人，你也应该救救他们！"

乌老板心头一震。明明知道他垂涎于自己的窿子，还是不由自主地问："什么意思？"

"把你那正出砂的窿子让给我的弟兄们混口饭吃。"

足足打了半年才见砂子的窿子是全村乡亲的希望啊！起初他坚决不

允，提出几个折中的办法，肖老板只是咬定要那窿子。

肖老板不只是觊觎着那条罕见的大矿脉，还要狠狠杀杀乌老板的威望，在他和他的乡亲中间制造矛盾，在这里矛盾很容易激化成决死的断拼！

都是些怀揣炸药身缠导火索的人啊！

乌老板犹豫着。知道了这恶棍的意图，他断定肖老板不会把叶子置于死地，所以他久久地犹豫着。直到他脑海突然闪过一个可怕的假想：叶子急了会不会到处乱钻？他才像电击一般惊跳起来……

他心如刀绞地在契约上签了字画了押。可是，一个漫长的夜晚熬过去了，他们还没有交出人来，这是个凶兆。

他像一头吼狮要往窿里冲，几个牛牯般的壮实后生挡住他，七手八脚地抱住他，如狼似虎地撕扯着把他放倒在地。

这时，肖老板钻出来，如释重负地换了口气说："找到啦。"接着，他脸上挂着邪笑冲乌老板摇摇头，"嘿嘿，原来这个骚女人躲到这里偷情来啦，我们找到她的时候，她正抱着一个比他年轻得多的后生亲嘴呢。早知如此，不该这么急，岂不是坏了人家的好事？"

乌老板大吼一声，挣脱那几个后生，扑向窿口。

他首先看到的是抬着的已经昏迷的钟林，他大惊失色。

叶子扶着窿壁踉踉跄跄挪向他，未等他反应过来，她双腿一软倒下了。乌老板冲过去，抱起她来。

"乌老板，我交给你的是一对，这可没想到。让你占便宜啦！"

他仇恨地盯着得意的肖老板，牙关咬得格格作响……

钟林被送往国营钨矿医院。叶子被乌老板抱回了自己的寮棚。他喂她些吃的，半天后才有说话的气力。

望着她憔悴的面容、蓬乱的头发和肮脏破烂的衣裳，他禁不住掩面而泣。

这时，棚外一片喧嚷，似乎闯来一帮气汹汹的恶徒正在骂阵。他听到吆喝自己的名字，脸上的肌肉一阵痉挛，痛苦得将脑袋埋进了裤裆里。

愤怒的壮汉吼得更凶了，并有人朝寮棚投掷石块。

“土生，怎么啦?”叶子惊慌地问。

“是我们村里的人。”

“干吗?”

“我用我们的窿子换回了你!”他抹净泪水，潮湿的眼睛里放射出一种可怕的光芒，“他们不该这样！是我把这些只知道在田里扒食的男人带出来的，才使他们有钱做屋娶媳妇，这两年我是为他们留在矿山上，他们不该这样!”

然而，他们为突然失去一笔更大的财富沮丧得失去了理智。他们暴怒地冲进了寮棚。

他们不只是失去那条大矿脉的十几个人，他们中还有这十几个人的亲戚、亲戚的亲戚，组成了一支声势浩大的示威队伍。

这是乌老板始料未及的。他认为那条窿子是他选的窿址，是他出资养着这些乡亲，分红时他只提一成。所以，窿子等于是他的。让肖老板占了去，他乌土生也照样给乡亲们开工钱，他们应该理解他成全他。可是，他们把他们本可得到的九成幻想成一个无限大的数目、一个金碧辉煌的梦!

在这个制造奇迹的地方，人们充满梦想；梦想再生出疯狂，疯狂导致悲剧!

哗哗哗，十多个为首的壮汉步调一致地撕开各自的衣裳，袒露出胸膛，袒露出写在腰间的绝望!

每个人的腰间都密密匝匝地插着一筒筒炸药，导火线一圈圈由腰间直缠到腋下!

乌老板勃然跃起，怒目圆睁，厉声呵斥：“混账！你们想干什么！出去。滚!”

“你为了这个女人出卖我们。我们不答应！我们不活啦!”

他极力按捺住心头的气愤，说：“我已经说过，我不会亏待你们。我开给你们的工钱决不会少于出砂的红利。我以后还会再选一个窿址，领

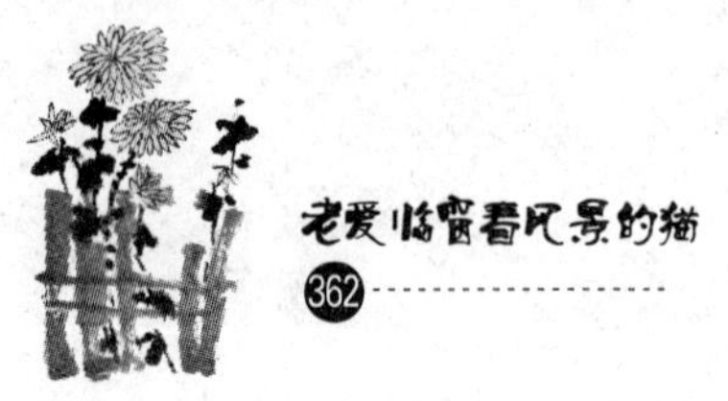

着你们干。难道不相信我乌土生的为人?”

有人嗤之以鼻:“那是一条大矿脉!你卖屋卖屁股也拿不出那么多钱!废话少说,把那女人交出来,我们要拿她去找肖老板退掉你的交易。他不肯,就拼个鱼死网破!”

乌老板退后一步,护在床前。他活像个输红了眼的赌徒孤注一掷了:“你们要多少随便吧,我一时拿不出就算我欠你们的。这辈子我做牛做马也要还清!”

“土生,都是乡亲,我们也不昧着良心坑你。我们只要自己的。为了一个女子,你犯得着吗?就算你们过去相好,如今你也是癞蛤蟆莫想吃天鹅肉。城里人都是这德性!凭什么要我们为她丢掉一条窿子?把她还给姓肖的,肖老板又敢拿她怎样?你不忍心,你就闪开,我们来做这件事!”

立刻有人冲上前来。乌老板飞起一脚,把他踢翻了。

呼啦啦,众人一拥而上,气氛紧张极了。叶子惊惧地蜷作一团瑟瑟发抖。

被踢的汉子爬起来,恼羞至极,竟掏出火柴擦着了。

“洪土生,老子跟你拼啦!”

这如豆的火焰顷刻间就能制造出骇人听闻的爆炸。一念之差,一阵冲动之下,就是一场灾祸!

叶子下地了,掠掠头发,冲那些汉子凄然一笑。

可是,乌老板一把揪住她,狠狠地把她推回床上。

乌老板捻着打火机,逼向那攥着火柴的汉子。他也疯了!两人都疯了!仇恨的眼睛对峙着,各不相让,寸寸进逼。

这时候,充溢在她心里的不是得到保护的感激之情,而是一种她从未体验过的巨大悲哀……

“滚!再不滚我就点火!”

“不点是我儿子!”

乌老板伸手扯出那汉子身上导火索的线头,当真伸向打火机…… 所有的脸庞都刷地变得惨白惨白，但没有人奔逃。像是都吓懵了。

叶子惊叫一声，直觉得天旋地转，昏死过去。

乌老板死死扼住那汉子的手腕，像怕他逃走，而他甚至没有挣扎。寮棚里像点燃了焰火，导火索畅快地呻吟着，硝烟潇洒地升腾起来，接着，浪漫地弥散出去。

世界对他们已不复存在。仿佛一片童心在期待冲天炮冲天而起……

6

直到最后几秒钟，才有人发出死竭的号啕。大难临头的哀嚎惊醒了发懵的人们，棚里的夺门奔逃，棚外的跳崖滚坡四散而去。

没有爆炸。

许久，迷迷糊糊的乌老板才大梦初醒。他们身上的炸药是因潮湿而失效的，他们本打算以同归于尽去要挟肖老板。然而，在他当真点燃导火索的时候，他们的确吓懵了，万一其中一筒炸药仍然有效呢？

真是万幸。庆幸使他激动，他不住声地呼唤吓昏的叶子。他以柔情的抚摸向她证实生命的存在。

“谢谢你救我……可是，你怎么敢点火？”叶子声音发颤，心有余悸。

“我气糊涂啦！不过以后我决不会让乡亲吃亏的……”

为了自己，他付出了惨重的代价。叶子不安地注视着他。他憨厚地笑笑像是宽慰她。他还是过去的土生，刚上山时他的无情完全是为了她的安全。叶子一阵冲动栽进他怀里，脸紧贴在那面厚实的胸脯上。

她听到初恋时光那爱的呢喃，听到这些年来埋藏在他心里的祝福。这些年她也一样祝福着他啊！

乌老板情不自禁地搂紧叶子，忽然记起什么，猛地推开她，脸色阴郁了：“钟林……钟林是怎么回事？”

叶子稍稍一怔，恍然：“噢，他呀，他就是文星，我要找的文星。在

窿子里他告诉我许多情况，包括你的。要不，我还以为是你操纵人来害我。我们点了两截导火索还不见你来相救，准备去赴死了，他帮我理头发，我帮他擦净脸……”

他复又伸臂抱紧她。听罢她细细的叙述，他喃喃地说：“其实钟林对肖老板的了解不及我多，他开赌场，弄来一些不三不四的女人都是为了榨打锤佬的腰包。他儿子手里有权，别人奈何不得。我也不能明里同他斗，因为我不能眼看我们乡的民工被撵下山呀。只能暗里来，比如不许女人上山，我就宣传迷信说有女人就有‘红’有‘血’，犯忌讳。唉，我早就担心，有这个恶棍兴风作浪，打锤佬把自己的生计毁了！”

“县里管不管?”

“管，不是成立了民窿管理站吗？可站长是什么人？你要了解死人的情况，今天就先说死人。你去火葬场是要不到死亡人数的，这里的死人不进火葬场！县里感到民窿区事故多得不能不管了，就叫管理站拿措施。他们的办法是哪条窿子死人就吊销全体民工的开采证，这么一来，有矿脉的窿子就姓肖了！结果，出了人命都不敢声张……事故的原因多种多样，可有的人死得真冤。管理站也捣弄炸药卖给民工，经常弄些受潮的炸药来，点着火却不响。经历几回哑炮人就麻痹了，再见炮一时未炸，就骂‘民窿站缺德’冲上去，结果轰地一声小命玩完……”

叶子陷入了沉思。看来她的同学陆千里作为主管副县长至少是领导不力用错了人，把矿山的情况披露出去对他也是有好处的呀。她想，在回省城以前她还应该郑重地提醒陆千里，不能让金钱和一部分农民富裕起来的事实蒙住眼睛，而姑息民窿区的丑恶现象。

“叶子，以后你必须跟着我，无论想找谁采访都要跟着我。晚上我带你去调查最近死的几个人……”

等到夜幕降临，乌老板还没有出去的意思。又挨了两个钟头，除了沿上山路两旁的寮棚仍然笑语喧哗，满坡的棚子似乎都安静下来，乌老板才带着叶子朝下山的路走去。

穿行在民窿区的“闹市”，突然，他止住脚步，扭头盯住一间棚子，在那伙猜拳行令的男人身边，竟有忸怩作态的女人！

往前再走几步，另一间棚子又传出女人的媚笑。同时，里面的灯灭了。

这使他大为震惊，他喝住叶子：“你看，这几天我没心思管，那些贱货就上来啦，来得好突然呀，可恶！”

“土生，你的山规你的忌讳是没有力量的。这里需要的是法律！”

他愤愤然，将叶子带到一个路口，搀着她攀上一块巨石。昭示在手电光柱下的是十多个盛满米饭的大碗。

“有多少碗，这个月就死了多少人。这叫祭野鬼。他们的亲人不敢承认他们死了，又不能不寄托哀思，就拿他们当失踪的人丢魂的人，夜夜送饭来喂野鬼，这样野鬼就不糟害那些死鬼。”

这是野鬼的餐桌！失去的人没有归宿，失去亲人的人们还得忍住悲恸。

——为了继续他们的乌金梦！

叶子捧起一只碗，望着堆得像坟尖的白花花的米饭，潸然泪下……

折回的路上她一言不发，尽管乌老板不停地骂着那些突然冒出来的女人。

他绝不会料到，那几个肮脏女人的到来是一个陷害叶子的阴谋。

当他们回到寮棚；当土烧的浓香把她的思绪从现实引向往昔；当他卷起铺盖吹了灯横陈在棚门边，她发出轻盈而执拗的呼唤；当黑暗中漾起幸福的呻吟和雄壮的喘息，那个阴谋部分实现了！

几束强光划破了他们的酣梦。几杆上了刺刀的步枪对准了他们的睡眼。

乌老板迅疾地拉毯子蒙住叶子的头，坐起来喝问：“你们是什么人?”

全副武装的民兵身后闪出民窿站肖站长。他傲慢地回答：“治安小分队！我们来扫黄！卖淫的带走！嫖客罚款！”

此刻，乌老板恍然大悟，原来那几个野女人的出现是为了安排这所谓“扫黄”。

“姓肖的，问问你老子就知道我同她是什么关系。出去！给我出去！”

肖宝雄冷笑一声：“什么关系看看毯子下就清楚啦。”说着，上前就要动手掀毯子。

乌老板血性勃然，全身力气都聚集在巴掌上，狠狠扇去，打得肖宝雄捂住脸好久说不出一句话来。

民兵把刺刀尖顶在他赤裸的胸膛上。

又羞又气的叶子裹着毯子坐起来，她又想到了自己的武器，无力的武器。

“我是记者！他是我的未婚夫，十多年前我们就相爱了！”

她知道，肖站长此举正是要陷害她这个记者，来个恶人先告状，置她于难以见人的困境，这一手毒于其父。在这恶棍面前任何申诉都是多余的，但她仍然愤怒地陈述着抗议着。

“记者？冒充记者！我早就看出你是假记者，警告过你！你从城里蹿到矿区来挣大钱，还勾来四五个同类，她们全被我们铐上啦！给你三分钟穿衣服！”

“姓肖的我操你祖宗万代！你父子两条狗作恶多端，政府知道了会请你吃枪子！”

肖宝雄恼羞成怒，冲着民兵喝道：“上！把这个嫖客铐起来！”

四个人扑过去，把乌老板拖下地，上了手铐。

“关掉电筒，让这婊子穿衣。”

黑暗中，叶子照旧紧裹毯子一动不动，眸子里闪射着灼灼火焰。

“好了没有？”

没有回答声。

“快穿！”

她仍无动于衷。

“再不穿，我们就这样带走你！”

她感到了一双被束缚的大手笨拙地将衣裳套上自己的胳臂。这双手颤抖不已，灼烫如火，就像一束喷突的火苗，把她整个身体点燃了。这时，她真愿意成为一筒炸药，炸毁这难以忍受的屈辱……

7

民窿管理站设在山下的镇上。当夜，叶子连同那五个脏女人被带到这儿，关在一间充满硫磺气味、显然做过炸药仓库的黑屋子里。

整整两天，她看到的只是毫无廉耻的淫荡笑脸，充斥耳边的除了一个下身流血不止的女人的呻吟，就是其余女人的脏话。这些令叶子恶心作呕。然而，在她们眼里，叶子同她们中的任何一个没有什么区别，只不过经历浅些第一回就被逮住而吓怕罢了。

竟有人安慰她："姑娘，别憋闷坏了自己，大不了关几天过过审，送去劳教一两年，兼带着给治治病。"

"我不是……他们抓错啦，不，他们陷害我！"

她的表白竟遭到一片怀疑的讥嘲。从她们的对话里，她得知这几个女人以前就在这座矿山上，被撵后就在山下这个小镇上胡混，前几天听说民窿区来了城里的野鸡，这才忙不迭地上山去抢生意。

显然，是肖家父子支使人在她们面前放风，待她们上山后再撒开大网，把叶子攥在他们罪恶的黑手里。

如果说叶子起初还被肖老板当做讹诈乌老板的筹码，那么在他决定将女记者投下竖井的那一刻，他就把她视为眼中钉了。因为他很明白那是什么行为，何况她在窿子遇到了知情的文星！

他们是不会放过自己的！焦急中，她想到陆千里。陆千里可以百般刁难她的采访，总不至于默契并纵容肖宝雄的无耻行径吧？作为同学，作为大学时代的朋友，如果得知她遭此诬陷、污辱而无动于衷，情理不容！

现在乌老板下落下明，她的希望只能寄托在副县长身上。可是，肖宝雄能告诉他吗？她又怎样向他呼救呢？

半夜，一个机会来了。那个呻吟的女人突然呼吸急促，叶子只见她下身血流如注，几个人狂呼乱喊，唤来两个看守值夜的民兵。

在他们抬起她时，叶子连忙要求道：“我也去，需要女人照顾的！”他们同意了。

把病人送进镇医院的急救室，叶子猛然冲入值班医生办公室，反锁上门，连忙抓起电话疾呼查号台。

门外的民兵吼叫着威胁着。她要到了陆千里家中的电话号码。很快听筒就传来了他的声音：“喂……”

“我是叶子，陆千里你赶快到民窿站来找我，快，马上来……”

她听见对方吃惊地“啊”了一声，接着，那头传来冷酷的“咔嚓”。

陆千里把话筒扔掉了。她以为他在生自己的气，继续拨号。一遍，又一遍，门被人砸得咚咚响。陆千里只是不接，她疯了一般瞅着号码盘，恨不能钻进电话机沿着线路闯到陆千里面前。

终于，执拗得发狂的铃声逼迫他再次抓起话筒。他暴躁地吼道：“叶子，你想干什么？你想说什么我都不听！走开，叫民窿站的人听电话。我请他们把你带回去！”

叶子大吃一惊：“带回去？你是知道我被他们非法关押了喽。看来你是主谋！”

“胡说！你当场被抓住还有什么可说的。我为你难过！我再也不愿见到你！如果你想求我出面，那就错啦！即使是我的亲爹亲娘犯法，我也不干预。”

“法？你鼻子底下这块土地有法吗？你知道我在谁那里被他们诬陷的？洪土生！”

他恨这个名字，起码是这土里土气的名字竟使他狂热的追求化为一场春梦。现在他对叶子的忌恨又融入一种更为复杂的报复欲望。

“不管在谁那里都一样，我得到的反映是，你们精赤条条被当场拿获。”

叶子气得浑身发抖，冷笑起来：“假如我答应做哑巴，你们就会放人吧?”

“不，我不想同你做交易，我用不着！告诉你吧，明天你们就会被送走，劳教。作为同学我也许该去试试让他们从轻发落……”

稍稍停顿一下，他提高嗓门：“叶子，你听着，你的轻浮坑了你自己！走开，叫肖站长听电话。”

原来，陆千里一直以为她身边有民窿站的人。叶子突然笑起来：“陆千里，你错啦，我把自己反锁在屋里，他们进不来！你听，他们在砸门。不要以为我再没有说话的机会了，不要企望肖宝雄夺走这只电话机！我马上就可以给公安局挂电话，给全中国挂!”

她把听筒举起，让砸门声通过它去震荡他的耳膜。他的气势顿时萎靡了：“叶子，不要放电话，我还有话……”

“辩解吗？用不着！我不想指控你是这个阴谋的策划者，不然，我不会向你求救。你一路打招呼警惕假记者想阻挠我采访，我失踪后你根本不过问，也许幸灾乐祸！现在你作出一种假惺惺的不徇私情的高姿态，其实你心里感激肖宝雄……”

“叶子，我马上来……”

“一些农民找到生财之路，县财政搞活了，这被视作你的功绩，成为你向上爬的资本。所以，对矿山存在的严重问题，你有所察觉而不愿正视，千方百计捂盖!”

“叶子别再打电话，我来救你!”他当真扔下了话筒。就是说，陆千里将驱车赶来，哀求她或者以别的方式让她闭嘴……

她毫不犹豫地拨查号台。

门外喧嚷得更凶了，不止两个人，好像整个小镇被惊动，都涌进了医院。

敲门的敲门，敲窗的敲窗。她毫不理会，紧抱住电话机。她简单地向县公安局的值班人员陈述了情况，那头的回答叫她激动不已。原来局长早已带人奔矿山来了!

她举目投向窗口。窗玻璃上贴着一张熟悉的方脸。是乌老板！是洪

土生！她冲到窗前拔起插销，洪土生纵身一跃，跳进屋，把她揽进怀里。

“我被姓肖的五花大绑再加上手铐关在一个棚子里，同时吊销我们村民工的开采证，把理由算到我头上，以为乡亲们会撕碎我吃掉我。他们没有！为了救我，乡亲们同肖宝雄的人差点动武，幸亏县公安局局长亲自带人赶到了，是文星在医院里报的案，他动手术后一醒过来就报了案……”

饱含在她眼里的热泪为这些正直善良的人而流淌……

“开门吧，你听这粗嗓门就是局长的声音。”她揉揉眼，嘴角边泛起了微笑……

几天后，叶子离开矿山，突然告诉乌老板：“土生，在这窿子里我吻了文星……”

他愣怔片刻后，冷不丁地拦腰一抱，把她扛上肩头。

下山的路再也不滑了。

幺零幺颠覆列车案

幺零幺颠覆列车案发生在蛟龙铁路一百单一公里处，故名。

此案在蛟潭铁路分局公安分处绝对找不到任何案情材料。当时，在“砸烂公检法”的喧嚣声中，公安分处大部分干警被遣散下放，取而代之的是工人武装指挥部。

他们以惊人的推理方式，奇特的侦破手段，终于创作出这个匠心独运的探案小说。

今天看来，这是荒谬绝伦的年代里由荒唐可笑的导演编导的荒诞剧了。

一、军列撂闸　司炉葬身炉膛

二十二点四十五分从蛟潭发车的军列风驰电掣般通过长溪站，行驶在鹰面山区的崇山峻岭间，机车刚刚拐过一百公里的弯道，担任瞭望的副司机眨眨困顿的眼睛，猛见一团黑影坠下路基，他警觉地朝前望去，不由得惊呼起来：“撂闸！”

在令人心悸的刹车声中，列车像一匹受惊的野马在挣扎咆哮，巨大的惯力把正在加煤准备爬坡的司炉狠狠地推进了烈焰熊熊的炉膛，而列车中部有几节车厢拱了起来。

车停下了。机车的排障器恰巧撞到道心里的巨石，尽管是紧急制动后的滑行，这匹钢铁猛兽还是把巨石撞得裂作几瓣。

军车在喘息……

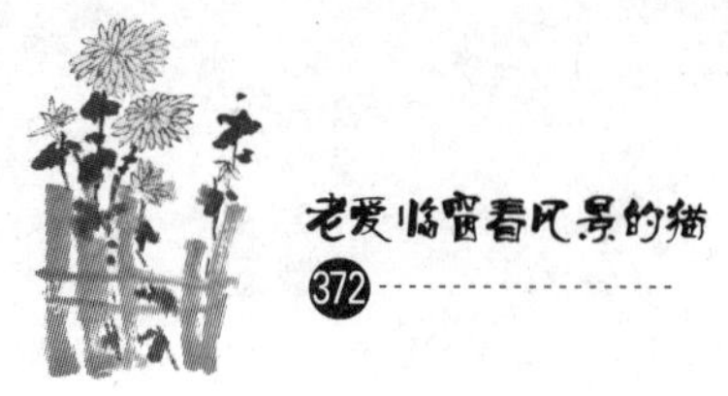

工武部接到报告，立即组成以齐青云为首的侦破指挥部，火速赶往现场。轨道车凄厉地尖叫着，沿途小站昏黄的灯火和黑黢黢的山影从窗前飞快地掠过。

对这条线路，齐青云非常熟悉。他从解放军某部侦察连退伍分配在线路大修队工作，蛟龙铁路的西段正是由他所在的分队管辖。这个被红色狂潮推进工武部又走上这个特殊岗位的普通工人，深知肩头责任重大，不仅要揪出颠覆列车的反革命分子，而且要通过漂亮的行动、辉煌的战果，雄辩地证明工人阶级的力量。

“小齐，知道为什么挑你来指挥这场战斗吗？”工武部总指挥狠狠地吸了口烟问。政委也严肃盯着他。政委是驻分局军运处的代表，姓吴。

齐青云欲言又止。因为他发现总指挥和政委这时不约而同地把目光投向他的战友，这儿独一无二的真正的公安员宋鸣。而宋鸣不安地朝他们笑了笑，眼里既有得到什么的满足又有失落什么的惆怅。宋鸣依然穿着蓝色警服，但领章帽徽却早被扒去了。不过，比起那些下放的公安干警，他留在工武部算是幸运的。

齐青云不愿用豪言壮语刺伤宋鸣的自尊心。他心里很明白，让自己负责是因为出身好，阶级立场坚定，当过侦察兵而且现在是工人。

可是，毕竟是破案呀，谁知道等待他的是怎样扑朔迷离的案子。当年他的看家本事是抓舌头，现在恐怕抓舌头都觉得手脚不灵便了。

吴政委看出他有些心虚，过来拍拍他的肩头：“小齐，相信你一定能完成任务！这个案件的性质很清楚嘛，企图颠覆军列，破坏战备，不是敌特分子就是对社会主义制度不满的现行反革命分子，所以，我们决不能心慈手软！”

吴政委话音刚落，宋鸣忍不住冒出半句话：“吴政委，据我所知，那地方地形……”

齐青云知道他想说什么，也明白他为什么突然打住。那地方地形复杂，铁路两侧是夹峙的山包，前年春季在一百零九公里发生重大塌方，导致线路瘫痪十三小时之久。在未曾勘察现场的情况下，断然定性未免太主观。然而，又怎能不绷紧阶级斗争这根弦呢？

齐青云朝宋鸣使了个眼色，意在制止他的唐突。这时轨道车已减速，在接近军列守车的地方停了下来。

一行人匆匆跳下，边听押车战士的汇报，边奔向车头。

司机沉浸在悲痛之中，报丧般的汽笛长鸣着，似为顷刻化作灰烬的司炉致哀。齐青云仔细查看了机车前面被撞成五大瓣的岩石后，不由得心里一惊，他估计这岩石不下四百斤。作案者真是个大力士。

宋鸣打着电筒从前轮边探进头去，只见两根枕木之间的石碴被砸了个坑，枕木也有明显的砸痕，尤其面前的这根枕木像被什么钝器砍得一塌糊涂，翻出了麻一样的白色木丝。这就是说，作案者不是很勉强地把石头翻到道心里来的，而是将它高高举起狠狠砸下，列车撞上后朝前擦去，然后破裂开来。

那么，会不会是从山包上推下石头呢？

这里两侧的护坡都很牢固，是就地取材用青石和水泥砌起来的，护坡、道沟与路基上并没有巨石滚过的蛛丝马迹。

齐青云心里发怵了。他一看到道心里的石块，心里就有一种不祥的预感。那块巨石是黑色的，而这一带山上多为青石。如果作案者要在道心里放一块岩石，干吗不到山包上撬一块下来，而煞费苦心地挑这块岩石呢？根据他派出搜索的战士报告，两侧的山包上根本没有搬走石头的痕迹。开始他考虑是不是坏人破坏，现在他简直怀疑是不是人干的。

然而，那是一条危险的思路。

“吴政委，看来作案分子对党对社会主义有着刻骨仇恨……”他不知自己为什么这样说。

吴政委听完他们对案情的初步分析后，很赞赏齐青云的判断，点点头说：“是呀，他们心狠手毒，而且狡猾。看来这块石头的来历很不一般，你们要以此为突破口。从现场来看，石头很可能是从火车上推下来的，这才在石碴上砸出坑来，敌人这样做的目的无非是避免在现场留下罪证，但是他们错啦，这恰恰为我们提供了一条线索，这就叫搬起石头

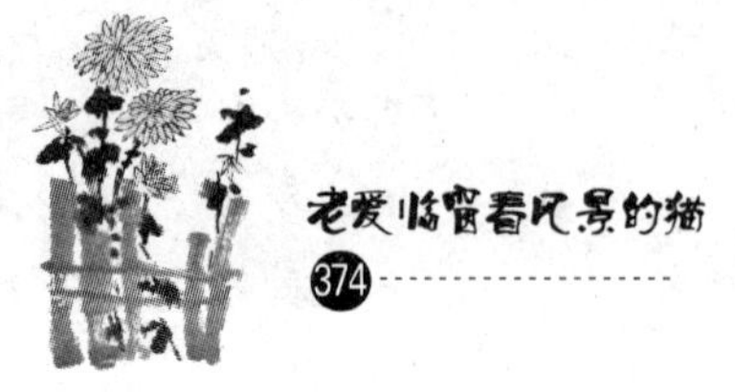

砸自己的脚!”

黑影里，宋鸣不以为然地撇嘴冷笑，却未反驳。对这位军代表的设想他不敢苟同，如果从车上抛下石头，势必是军列前面那趟列车的守车，这样才能使岩石落在道心，而追查它易如反掌。此刻，这块岩石令他暗暗震惊，但是在未取得排除所有可能性的证据以前，他不能贸然发表任何见解，尤其他现在所处的地位更需要谨慎。

宋鸣的冷笑被齐青云看在眼里。齐青云刚刚对吴政委的指示点头称是，一见到宋鸣的冷笑，心里不由得一阵寒战醒过神来。天哪，如果没有临时放行的机头、别的轨道车或专列，在军列面前通过幺零幺的正是他乘坐的轨道车！他回大修队在麻石岭的基地一天，连夜赶回蛟潭，一下车就接受了这个紧急任务。

他慌忙把自己一整天的活动特别是那辆轨道车的情况向总指挥、吴政委作了汇报。

他的顶头上司没有深究，总指挥看看手表后对齐青云说：“救援列车快到了，我们赶回长溪，查查是否有别的车通过。你们留下继续搜索，搜索范围要扩大。有情况随时报告!”

话音未落，只听得宏亮的一声：“报告!”一个解放军战士从列车尾部跑来，“后面弯道路基边发现一具死尸!”

一旁的副司机这才猛然记起自己恍惚中看见的黑影，立即上前告诉。他一直以为是眼花产生的错觉，此刻方知黑影就是那具死尸。

那人是跳车后摔死的。头部满是血污、脑浆，面目不清，躺卧在一百公里的路碑边。根据被他跳下车弄乱的道碴看，此人跳车技术娴熟，落地轻巧稳健，但车速太快，他未注意路基上扔着几块鱼尾板，被绊倒了，踉踉跄跄继续往前猛冲，一头撞在路碑上。

困惑中的人们看到死尸好比看到了希望，每个人的大脑都在紧张地运转，努力把死者与石头与军列尽可能合情合理地联系起来。

齐青云更甚。他简直为之振奋……

二、罪当鞭尸　却是风流冤鬼

黎明时分，工武部调来十几条警犬，由宋鸣带领一彪人马继续搜索，齐青云则奔波于麻石岭和蛟潭之间，调查死者的情况。

调查过程非常顺利，不出二十四小时，齐青云脑子里已形成了初步印象。

死者常柏林，现年三十五岁，家庭出身富裕中农，有个舅舅解放前夕逃往台湾。常原为蛟潭车站调车员，两个月前调到麻石岭车站当扳道员。此人工作表现一般，但自恃调车技术较强，好出风头，其妻金萍在麻石岭站当售票员，分居期间常柏林经常扒车往来，好几次从通过麻石岭的快车跃下，被麻石岭站站长看见，站长通报蛟潭，常柏林因此屡受批评却不思悔改，反而对领导怀恨在心，扬言“要做铁道游击队的接班人，总有一天会露一手干个漂亮的”。

前天晚上，齐青云搭乘的轨道车拉着一节满载水泥的平板车于二十二点整开出大修队基地，在麻石岭站的三道停了十分钟才放行。据站上值班员反映，在轨道车启动的一刹那间，看见拖车上有个黑影一闪，是跳车了还是趴在车上很难说。常柏林的妻子交待说，他当晚九点钟离开家说是去弄点木料打个菜橱，出门前心神不定，她还劝他别去糟害别人。

综合一天所掌握的情况，案子有了个大概的眉目。轨道车下午就装好水泥蒙上篷布，天黑以后，或者九点钟以后，常柏林把石头搬上去，同样用篷布遮盖好。轨道车处远离宿舍，他甚至可以从容不迫地用吊葫芦把石头弄上车。然后，他从站上悄悄扒上轨道车，在途中将石头推下。轨道车通过长溪站时，军列已在二道等候，常柏林飞身跳下。也许是为了尽快赶回麻石岭（军列以后两小时内再没有下列车，他半途跳车只要一小时便可抄小道回到家），或者是出于与列车同归于尽的歇斯底里，他迅速扒上牵引军列的机车，站在排障器上，以后便落得个死有余辜的下场。

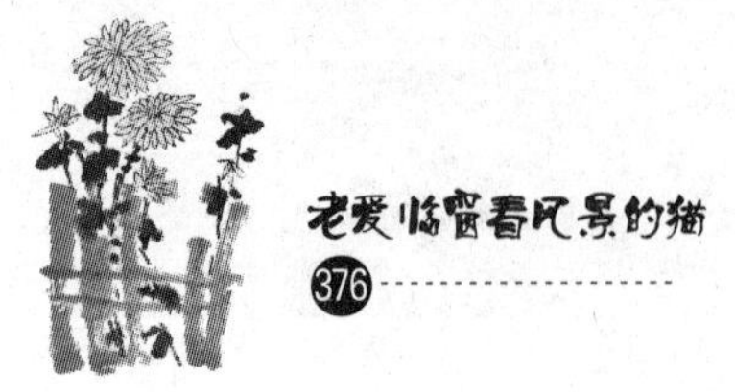

齐青云在长溪站通过电话向总指挥和吴政委作了汇报。他的顶头上司对他侦破工作进度表示满意，基本赞同他的分析，但一针见血地指出了两点牵强之处：

一，石头是怎样弄上去的，必须彻底查清。如果是动用了器械，必须取得证物，就是说，要弄清是否有同谋。

二，究竟是为何扒军列折返又跳车，不得模棱两可，必须拿出让人信服的答案。

仿佛被人戳到痛处，抱着听筒的齐青云听完总指挥的两点指示，额角沁出点点汗珠，慌忙扯起嗓子大叫。

“喂喂，总指挥，我刚才没说清楚，我不是说他吊葫芦，是形容那儿没有人，对，鬼都没有，他是通过跳板把石头撬到车上来，轨道车停在采石场的专用线上，道旁垒着装车的平台。对，很容易。岩石？山上各种颜色的都有。还有，他扒军列我想是为了半途跳车尽快溜回家。他回家的小路要经过一个林场正好顺手牵羊驮两根杉木回去，这样对妻子说的谎话就编圆了，对，他自作聪明，对，魔高一尺，道高一丈……”

齐青山鹦鹉学舌一般一个劲地重复总指挥那洋洋得意的声音，不觉间自己也抖擞起精神来，高高地跷起了二郎腿。

“宋鸣他们搜索的情况怎样？”

“长溪至麻石岭区间来回搜索两趟，一切正常。对，可以排除。只能是常柏林。什么？监视他老婆？调查和他有关系的人？唔唔，是是，扩大战果……”

这时，宋鸣推开站长办公室的门，见听筒还扔在桌上，冷冷地问：“向他们汇报啦？”

“嗯。”

宋鸣眼里似乎含有一种奇怪的笑意：“你大概是想邀功讨赏吧？”

齐青云与宋鸣在部队就关系密切，退伍后齐青云为他介绍了对象，是蛟潭铁路电话所的电话员，两人一见钟情，不到半年就结了婚。可是，当电话所因为战备的需要迁到长溪附近的山里，宋鸣夫妇关系出现裂痕，齐青云每次调解都遭到宋鸣狗血淋头般的痛骂，这样两人逐渐疏远，现在宋鸣已离婚，但与齐青云的隔阂是无法消除的，他痛恨齐青云不负责任地把一个作风不正派的女人介绍给他。

直觉告诉齐青云，宋鸣时刻在寻衅找岔，这不光因为两人私交不愉快，更多的是他对自己从属于齐青云不满，他要表现自己，真正想邀功讨赏的是他。但是他错了，齐青云是代表工人阶级来夺权的，留用他算他走运，如果他得意忘形，恐怕不会有好果子吃。

齐青云板起两天来忽然爬满黑蚁的脸孔，低沉而有力地说："宋鸣，你经验丰富，我可以尊重你的意见，但是，你最好不要用这种口气同我说话！"

"好吧，指挥。"宋鸣收起嘴角边令人捉摸不透的微笑，"请问，刚才你的汇报是侦破指挥部的分析还是你个人猜测？为什么不开会研究案情？"

齐青云眉峰一颤。这时，他简直有点惧怕咄咄逼人的宋鸣，那两道寒光闪烁的视线似乎要挖出他内心最隐秘的东西。

齐青云色厉内荏地吼起来，藉以掩饰自己的窘态。"住嘴！宋鸣，我是指挥！你不要意气用事。你在门外偷听我打电话，是什么意思？嗯！想抓我的小辫？"

齐青云是有小辫子可揪的。那就是他恰恰坐在轨道车里。

"哪里话！我来找你汇报嘛。"宋鸣坐下以后，点着烟，盯住齐青云说，"伙计，你错啦，大错特错。常柏林根本没有扒上你坐的轨道车……"

"啊！什么意思？"

宋鸣诡谲地撇撇嘴角："你应该这样问——有何证据？"

齐青云恼怒地打着哼哼。

宋鸣继续说："常柏林在晚上八点半离开家，而不是九点，他家的闹钟慢了半小时你大概不会注意到。出门后他径直去了采石场搭自动翻斗汽车到长溪，车上除了与他很熟的司机还有分局邵局长，邵现在靠边站，

下放在采石场劳动，翻斗车是送邵回蛟潭的，他爱人心脏病突发。常柏林去长溪的目的是为了和一个淫妇鬼混，那个女人我们都认识……”

齐青云愕然。他眼前掠过一张漂亮撩人的脸。“你说是邓云云?”

宋鸣苦笑着点点头。邓云云就是他过去的妻子，发现她的不洁，他自然难以忍受那奇耻大辱，断然同她离婚。可是，他并不知道与她勾搭成奸的男人是谁，他只是在突然回到她身边时，发现她的宿舍里，床上，乃至身上，沾满了男人的气味。现在清楚了。

“常柏林正是为了同邓云云鬼混更方便，才闹调动的。当晚，他在那里呆了近两个小时，匆匆离开，从电话所到车站只需二十五分钟，这样赶上了军列……”

“你能拿出什么证据?”齐青云怀疑他不是去侦破，而是去捉奸。

“我从翻斗车下来朝路东走，就是说，去电话所。在那儿一问，她的脸色骤变，我干脆说明白，我路上发现一具无名男尸，此人很可能与颠覆列车案有关。她抱头哭了一阵，把我带到她房里，说他决不可能作案，并取出了证据。喏，就是这。”

宋鸣极其憎恶地从裤袋里用两个指头夹出一个纸团。

齐青云揭开一看，一阵恶心作呕。是一只用过的避孕套。是她猛然记起从床底下找出来的。只要同死者身上的污迹一起作技术鉴定，就可以排除常柏林作案的可能性了。

“如果常柏林真的没有扒上轨道车，那么，值班员看见的黑影会是什么人呢?”齐青云喃喃着，像是自言自语。

“黑影就是黑影，也许值班员看花了!”宋鸣自信地回答。

“眼花?”齐青云突然放声大笑起来，手却牢牢地攥住了宋鸣的胳臂，“你小子是不是想说轨道车上除了司机就剩我啦?”

“我对他妈的黑影、轨道车统统不感兴趣！老兄，别紧张。”

说着，宋鸣扬长而去。齐青云望着他傲慢的背影真想狠狠唾他几口。这小子阴阳怪气，葫芦里不知卖什么药，经他这么一搅，齐青云不知该消耗多少欢腾牌香烟。

三、嫁祸疯人　力士受宠若惊

幺零幺颠覆列车案震动了被称为“前线的后方，后方的前线”的蛟潭铁路地区，沿线各站都对职工作了大打一场人民战争的动员，一时间揭发信诬告信雪片似的飞入到处悬挂的检举箱。蛟潭铁路中学的学生和长溪车站的青年工人，分别组织了两支侦察小分队，狂热地投入此案的侦破工作。

常柏林的妻子金萍被群众监管起来。

与常柏林有勾搭的邓云云和熟悉常的司机、邵局长也处在群专小队的监视之下。

形势促使齐青云不敢懈怠。翻看一大堆检举信，他不寒而栗。大部分检举人都言之凿凿，让你非得去抓人不可。在麻石岭与蛟潭之间往来的人很多，跑通勤的职工，上学的学生，进城买东西的家属，扒车去沿线钓鱼捞虾的……麻石岭虽是小站，却有好几个单位驻扎那里。如若听信他们，后果不堪设想。幸亏其中两封给齐青云以安慰。

一封提供的情况近乎荒唐。而齐青云现在侦查的这条线索或许就是通往胜利之路。

嫌疑犯带到了。此人身高一米七，长得肥头大耳，胸宽臂圆，相貌丑陋，表情凶蛮，胳膊与腿粗得并不扰，双双呈“八”字状，肥大的裤腿袖筒都绷紧了，里面像填满了石头，看上去疙疙瘩瘩。

“沈金虎!”

“到!”

“我们党的政策历来是坦白从宽抗拒从严。现在你必须老实交待。懂吗？八号那天你到过什么地方，都干了些什么。说!”齐青云威严地喝令。

沈金虎恶心恶气回答：“去吊孝了！给她吊孝!”

"给谁？在哪里？"

"在列车段后面的山上，她死了，我去烧纸，她负我我不能负她，死了嘛。活人不和死人计较，好男不和女斗，说不定，来世还是夫妻。"

一派疯话。沈金虎原是省体工队的举重运动员，体工队解散后安排来蛟潭铁中当体育老师。又因家庭出身不好，被女友抛弃，精神受到刺激得了精神病。他的女友是列车员，他经常疯疯癫癫追着她的列车叫骂，并在山上垒了一座坟咒她。恰恰是这个疯子最叫人怀疑。接到检举信后的调查证实，沈金虎当日活动的时间地点正与以前齐青云的假想吻合，他就是值班员看到的黑影。

"我问你晚上在哪里！"

"晚上？烧纸呀！她说够用啦，我说你跑趟车要三天才回呢，多带点钱上路……"

齐青云拍案大怒："胡说！"门边两个彪形大汉扑上来，欲将他扳倒跪下，沈金虎恍若一尊石狮，哪里奈何得了。沈金虎哈哈大笑，吓得做记录的小白脸紧张地注视着他的一举一动，随时准备夺门而去。

齐青云转而盯住沈金虎，单刀直入："好个烧纸！那天上午五一九次列车从蛟潭发车后，你就跟在后面跑，一直追到麻石岭。下午四点多钟你到了采石场，遇见在那里监督劳动的铁路中学校长，帮他挑了几担石碴。有两个工人见你力气大，同你打赌……"

沈金虎痴呆地听到这里，陡然振奋起来，手舞足蹈地比划着说："不是打赌，是比赛，我得冠军！看，我的金牌。"

沈金虎从衣袋里掏出来的是校长的金边眼镜。他举起一块大石头后，在啧啧的赞叹声中抢下了校长的眼镜，一折为二，另一块镜片作为银牌颁给了校长。

齐青云过去夺下"金牌"后，忍俊不禁。沈金虎傻乎乎地一把揪住他："你不信？"

他威风凛凛出了门，环视周围，见草坪边有条石凳，雷吼一声，将做凳面的条石麻利干脆地举过头顶。

齐青云与工武部战士面面相觑。

齐青云待他扔下石凳便招手呼唤他进屋。这疯子见别人都拥在门外，独请自己进屋，顿时受宠若惊地凑到齐青云面前，喷出一股难闻的口臭。

“噢，我知道了。你请我帮忙。你的女朋友是列车员，你要用石头挡住她的车。相信我，我行。我叫她走不了！”

齐青云逼视他：“你干过！”

他骄傲地挺起胸脯：“干过！火车被我挡回去啦，她不回来啦，永远不回来啦，我永远不要见到她，反正她不缺钱花，我会给她汇款，很多很多……”

“你打赌后抢了校长的半边眼镜向山上逃去，天黑后又潜回采石场，扛了一块很大很大的石头放上轨道车上。晚上十点钟以后，你从车站上了轨道车，途中将石头推下，你仍然留在车上，躲在篷布里直到蛟潭才偷偷下车回学校。”

“咦，你怎么知道？”沈金虎咧开大嘴，一副傻相。

至此，似乎可以偃旗息鼓了。齐青云轻轻地长吁一口气。他的分析有足够的证据。物证列于案头，人证招之即来。当晚，宋鸣回到指挥部驻扎的长溪站，同齐青云交换了情况，也无话可说了。

谁知，第二天早晨齐青云起来邀宋鸣一道回蛟潭汇报，宋鸣这小子竟擅自在半夜乘车又去了麻石岭。

他仅仅是不服从领导要表现自己吗？尽管他声明对黑影和轨道车不感兴趣，而他的所作所为不都是冲着自己来的吗？齐青云非常愤怒，当即决定赶往麻石岭，看看居心叵测的宋鸣究竟搞什么鬼。

果然不出所料，宋鸣回麻石岭就是为了核实齐青云向他介绍的情况，准确地说，他要推倒齐青云的分析。

宋鸣从大修队的轨道车里钻出来，笑脸相迎。这里有两股道，是采石的专用线，而大修队的仓库也在这里。

“老兄，你又错啦！”

面对这张忠奸难辨的笑脸，齐青云毕竟心虚。这种心虚自看到道心

里的岩石就产生，然而他一直在竭力使自己胆壮起来，尽量以理直气壮的气势去压倒宋鸣不可一世的气焰，他反唇相讥：

“这么说，头功该归你喽！”

“也许，但愿如此吧。昨天你抛出的疯子叫我一时哑口无言，可是，我还是无端地怀疑它的可靠性。嗯，无端地，凭感觉，我相信可以找到漏洞，果然，我找到了。有人在天刚黑时看到沈金虎抱着一块大石头慢慢往坡下挪，这不错。而且石头确实弄上了轨道车，但是轨道车是这一辆，不是你乘的那辆，当时两辆车停在一条线上。这两辆车载着沈金虎和石头在七点三十分开到车站，然后下行。沈金虎发觉方向不对，车一启动就滚下来，在附近游荡到十点钟才扒上你乘的轨道车……”

齐青云不以为然地摇摇头：“但是沈金虎承认在途中推下石头！”

“他是疯子！你如果拿疯子的胡言乱语当口供那就太可悲啦！今天这辆轨道车刚回来，这位师傅可以告诉你他是怎么骂骂咧咧把那块青石扔在一百公里远的邵庄车站的。”宋鸣指着轨道车司机说。

“沈金虎在麻石岭逗留的时间那么长，他完全可以折回采石场再弄一块……”

宋鸣点点头：“时间足够，可是他没有，他饿了，跑到北边村庄后面偷地里的红薯给逮住了，注意，他是吃饱了睡着后给缚住手脚的，幸亏老百姓七手八脚把他弄醒没让他误了你的轨道车，要不然，就没有那条黑影，文章就更难作了。”

“我提醒你，沈金虎有作案的动机，事实上已付诸行动，我看抓他不冤！”

“你不否认他是疯子吧？”

齐青云缄默了。怎么说呢？他是疯子。齐青云庆幸他是疯子。可是现在齐青云的辛劳又成了竹篮打水，全让宋鸣搅了，轻而易举地使他的推理化成谎言。作为多少有点涉嫌此案的一个角色，齐青云这时感到害怕。

或许，宋鸣正在秘密地调查自己？

或许，让自己当指挥是工武部欲擒故纵的把戏？

齐青云转身离开他，不料宋鸣更为辛辣地嘲笑道："老兄，我真奇怪。你的眼睛不是盯住死人，就是疯子。下一个该是什么人？别是野人吧？这里闹过野人呢。"

齐青云一惊，猛然想起身上另一封揭发信，那信是养路工区一个女学生写的，说这一带山林里曾发现野人，不知是否有此可能，提供情况仅供参考。齐青云转脸朝他，问道："你的意思是……"

"是不是到你家喝两杯，吃顿饭？"

齐青云神经质地拒绝了："对不起，我不回家，马上去蛟潭。"

四、螳螂捕蝉　岂料黄雀在后

齐青云有个癖好，那就是钓鱼捞虾。这个业余爱好也是单调的生活逼出来的。在这深山小站的附近，能垂钓的去处不多，除了农民的养鱼塘、水库，就是白露河。每到秋季，白露河上游水坝放水，下面的河道便干瘦得成了一汪汪水潭，这时便是用炸药、农药弄鱼吃的好时机。

齐青云在麻石岭车站等车回蛟潭，从值班员口里听说白露河水坝今天放水，不由得怦然心动。回蛟潭干吗呢？好不容易揪出个疯疯癫癫的沈金虎，却让宋鸣给戳破了，回去请罪讨罚还不如清醒清醒头脑理理眼前的乱麻团。他决定回家取了家什去白露河。

他是扒上一趟货车的守车后，从另一侧跳下出站的。为的是避开滞留在站上的宋鸣，他怀疑宋鸣居心不良。

回家匆匆吃过午饭后，他到柴屋去取雷管炸药。八号那天他从蛟潭回来去采石场要了五根雷管和一些炸药，都藏在这间小屋里。可是，他从劈柴堆里翻出盛放雷管炸药的旧饼干筒，打开一看，少了两根雷管和两筒炸药。齐青云连忙把还在上班的妻子叫回家询问。

妻子也感到奇怪，她知道柴屋里有这些东西，特意上了锁，怎么会

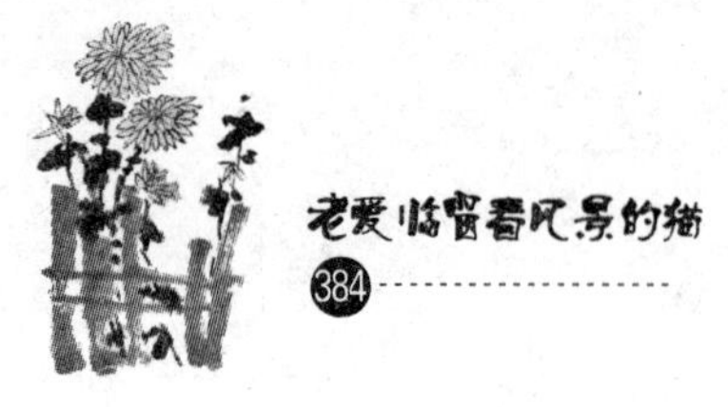

失窃呢？

“这几天有谁来过吗？”齐青云问。

妻子瞪了他一眼：“能有谁？只有他们夫妻。从你去工武部后谁敢上门，躲你还躲不赢呢。”

“谁？你说清楚！”

“你的战友和同学呀。昨天中午宋鸣跑来说讨口饭吃，我紧忙活了一阵把他打发走了。正准备去上班，邓云云又来了……”

“邓云云？她来干什么？”齐青云非常诧异，他的这个女同学现在正处在工武部的监视之下，他们怎么让她跑出来呢？

妻子不无敌意地嘲讽道：“看你呗。送了两包点心来孝敬你，感谢你给她做的大媒……”

“她说了些什么，呆了多久？”

“拉了几句家常话就没词了，两人干坐着，大眼瞪小眼。我要上班，她才恋恋不舍地走，看样子有一肚子话要找你说……”

齐青云恼怒地呵斥道：“你别胡扯好不好！宋鸣是不是进了柴屋？他来得急，你烧柴灶做饭，去拿劈柴时打开门，后来就去食堂打菜，你不在家的时候他进过柴屋……”

妻子点点头。齐青云的判断是根据菜橱里的那碗锅巴和大修队食堂的菜盘做出的。但是，妻子不可能理解宋鸣的行为，即使宋鸣要，她也会把雷管炸药送给他的。

齐青云对妻子的疑惑不予解释，只是脸色阴郁地沉思着，现在宋鸣的面目越来越清晰。看来，他负有秘密使命，他在调查自己。自己在那一天的活动，齐青云简直不敢回忆，把它们串连起来分析，任何人都可能作出置齐青云于死地的答案。

齐青云沉不住气，命令妻子：“去，你到车站去把宋鸣叫来，用一切手段把他给我拖来，看我怎么治他，老子要剥了他的皮！”

妻子见他凶神恶煞一般，只是不依：“就是他偷了两筒炸药又有什么了不起，犯得着吗？再说，不见得是他，那个狐狸精也进过柴屋……”

“她?”

“她要解手，说公用厕所脏得不能下脚，我就把马桶拎过去了。”

啊，这个女人究竟想干什么？齐青云不能排除妻子对邓云云本能的戒意和轻蔑，他也无法解开她突然出现在这儿的谜。

他把炸药填进三只酒瓶，带上雷管和鱼篓，沿铁路去白露河。

他的青少年时代每一个假期都是在这条铁路线上度过的。那时蒋介石叫嚣反攻大陆，美蒋特务屡次在东南沿海登陆，蛟潭地区的战略位置要求把提高革命警惕性的宣传深入人心。作为初中生的齐青云、邓云云便组织了一支共青团护路队，着魔似的往返于这个区间，他们巴望建立功勋，可是他们运气不好，从没有逮住一个坏人，反而影响了学习。尽管如此，这支护路队仍受到分局领导的表彰，成为当时在全分局家喻户晓的模范。

就是在那时，他和邓云云建立了超乎一般同学关系的友谊。想到邓云云做出的不名誉的事情，想到她现在的处境，齐青云只会怜悯她，而不会怀疑她，弄走雷管炸药作为物证的只能是宋鸣，或许宋鸣在八号那天就跟踪他了，发现他到过采石场，找过邵局长，讨了雷管炸药后在池塘里试爆了，那声爆炸和当夜的颠覆列车案不就成了一个罪恶的阴谋?

齐青云走到白露河桥边下了路基。他相信自己大模大样地经过车站准会勾来宋鸣，他要让那个跟踪者看看，自己确确实实是去炸鱼。

在远离铁路两里多路的上游，齐青云看准河道弯处的一个深潭，回头一望，果然见山脚的灌木丛中闪过一条鬼鬼祟祟的人影。他冷笑着将雷管塞进炸药瓶中，点燃后扔入水潭。

“轰，轰!”沉闷的两响。第三只炸药瓶没有爆炸。他绝不会想到这未爆的炸药立即招致一场惨祸。

约摸半小时后，炸昏的鱼儿浮头，在水面上翻动，他随便捞起一些就转身来到铁路桥下。因为枯水，他很容易扒上了桥墩，坐在荫凉的墩台上抽烟，他等着宋鸣露面。

可是那小子不肯出来。看看表，一九八次列车要通过了，齐青云扔

掉第二支烟头爬上路基。

齐青云走出五六百十米远，风驰电掣的列车迎面而来，一时间汽笛尖啸，飞沙走石，他面对岩壁立住，并不知身后发生了什么。

桥头，一个女人从路基边跃入道心，挥舞着一方火红的手帕，疯狂地叫喊着奔向列车。

司机发现情况，紧急刹车。可是，那奔跑的女人毫无惧色地狂呼“停车”，三百米，二百米，一百米，直到呼啸着的庞然大物即将吞没她时，她才如梦初醒往外滚。但是，晚了，她倒下了。倒在红色巨轮之下。

齐青云听到尖厉可怖的刹车声，愕然回首，看见那方红帕飘飘然坠入道沟。

天啦，多么熟悉的红手帕!

倒在血泊中的正是邓云云！跟踪齐青云的竟是邓云云！齐青云呆若木鸡，面如死灰。眼前发生的事情真像一场噩梦。

跳下车的乘务员立刻到前面搜索，只捡回一团油棉纱。棉纱上冒着烟。人们还要继续搜索，齐青云出示工武队的袖章制止了。现在救人要紧，她的一条腿被轧断了。

他把烟头扔在棉纱上，而邓云云看见桥墩上的烟缕，把它当做最后那筒炸药了。这误会酷似堂吉诃德与风车厮斗，让人难以置信，然而，它包含着可怕的必然性，悲剧或迟或早总要发生，他不正是作为一个角色在表演吗?

令齐青云感到悲哀的是，这个人是他的同学，如果不是因为她出身资本家家庭，他当时所在的部队不允许，那么，他俩准会成为恋人成为夫妻。

他真想责问她，这是为什么。可是她昏死过去，苍白的脸上没有一丝血色。这曾是一张美丽撩人的脸啊。

齐青云一直把她送进蛟潭铁路中心医院的抢救室。他捏着那团油棉纱在门外惶惶不安地徘徊。

有人从背后捉住他肩头：“喂，伙计，跟我走吧。”

是宋鸣。到了齐青云该坦白交代的时候了。

宋鸣把齐青云推上吉普车，亲自驾车朝郊外疾驰。这使齐青云感到奇怪。对他的疑问，宋鸣不予解答，绷紧的脸随着车的颠簸而抖颤。

吉普车开到东郊的调车场停下来，朦胧的暮色中，宋鸣指着已挂好车头即将出发的上行货车诡谲地对齐青云说："老朋友，现在你有口难辩，三十六计走为上策。别犹豫啦，钻进闷罐子远远地跑吧。"

"你这是什么意思？"

"好意。只是万一不测，别供出我。"宋鸣的笑声中似乎藏有不可告人的奸险。

"呸！你让我演一出畏罪潜逃？你小子没安好心，看我撕碎你。"说着，齐青云扑上前揪住他，一阵乱拳没头没脑地砸去，宋鸣喃喃道："你听我说，听我说……"哪知想说的话没有出口，头重脚轻地栽倒了。火头上的齐青云把他砸晕了。

五、英雄一场　焉知是福是祸

堂堂侦破指挥转眼之间成了重大嫌疑犯，整整一周，齐青云未敢出工武部大楼一步，随时听候讯问。

工武部实在找不出齐青云作案的动机。如若他家庭历史稍稍有一二疵点，那么幺零幺颠覆列车案就可以结案了。

朴素而深厚的阶级感情，使得齐青云逢凶化吉，遇难呈祥。

第十天，一直高烧昏迷的邓云云苏睡了。接到医院的报告，工武部总指挥、吴政委一行匆匆赶去。听罢这个女人断断续续的介绍，他们非但没有信任她，反而狐疑顿生。

第一，八号那天她同齐青云在火车上相遇，听他同另一个男人咬耳朵说到炸药，她感到奇怪便跟踪齐青云；而晚上发生的案件因为跳车身亡的常柏林把她牵连进来。她这一天的活动不是太富有戏剧性了吗？她

的跟踪会不会是配合晚上行动的一个步骤，或者说，晚上的事件是不是经过精心设计以图达到一箭双雕的阴谋？

第二，她看见齐青云试爆炸药瓶，又看到他炸鱼，对炸药瓶的爆破力应有所了解，怎么看见桥墩上冒起一股烟就神经质冲上轨道拦车？是大惊小怪？还是别有用心的借题发挥？

第三，也是最重要的一点，铁路电话所作为要害部门正在清理职工队伍，邓云云出身不好属于清理对象，这时候她的一系列活动不都是耐人寻味的吗？

丢掉一条腿的女英雄满以为等待她的是荣誉是颂歌，是络绎不绝的充满敬意的来访者，但是她错啦，她每天看到的只是医院护士冷冰冰的面孔和病房里雪白的四壁。

她不会想到，在隔壁的护士办公室里有两位值勤的工武部人员。她实际上被隔离审查了。她更不会料到，她认定的妄图炸毁白露桥的敌特分子又受命来审查她了。

邓云云看见从门缝挤进这张熟悉的方脸，无力地惊叫一声，瞪圆了眼睛。齐青云的出现对她是个凶兆，这意味着他安然无恙，他来清算自己，来鞭挞自己的良心了。

齐青云极力克制着自己复杂的感情，特别是心头的怨愤万万不能宣泄，她很虚弱啊。

“你来干什么?”她的声音细微得听不清，只见两片嘴唇抖颤。

“来看看你，感觉怎样？唉……”

一声长叹拨动了她心头最敏感的那根神经，邓云云哇地一声痛哭起来，抑止不住的泪水哗哗沿着眼角细细的纹沟流在枕头上。

好一会儿，她才抽抽泣泣地说：“你没有事吧？那天他们来，从他们的问话里我就感到不会拿你当坏人，你出身好，又是他们的战友，他们认为你确实去炸鱼……”

“我的确是去炸鱼。”

“可是，你在铁路桥下点燃导火索。我记得你还有一筒炸药!”

齐青云惊愕地打量着这张泪脸，他为她至今还以为自己救了列车和大桥而痛心，他简直不忍告诉她桥下冒烟的是油棉纱。“他们没告诉你大桥的情况？”

“我醒来，看见他们坐在这儿，我想问，可是浑身没劲，连舌头也不听使唤，他们说感谢我。说要号召大家学习我，还说大桥和列车都好好的，没有爆炸……”

“没有爆炸？不会爆炸！你看见的是冒烟的油棉纱！”齐青云按捺不住地叫起来，眼里含着辛辣的嘲讽。

她的眼睛像死鱼一般圆睁着，木然不动。这消息无情地摧毁了她赖以自慰的精神支柱。她突然一下子松弛下来。

“邓云云，我真没想到你会盯我的梢！’

“你大概不知道，我们早就怀疑你啦！”不知是出于对齐青云来看望自己的感激，还是痛恨自己的悔过心理，她咬着嘴唇决心向他作彻底的忏悔。

“‘我们’指哪些人？”

“我和常柏林。常柏林其实在六五年全地区武装基干民兵集训时就注意上你啦。你刚退伍，当民兵连长。有一次，他在调车场后面的山上看见你拍照，车站是不许拍照的，他就跟踪你两天。如果要怀疑一个人，那么他的一举一动都是可疑的，比如，你总爱借火吸烟，在夜晚那模样就很叫人警觉；你还爱磕鞋，每次都是三下，你特别注意蛟龙线的军列，这点最可疑……”

齐青云既吃惊又好笑。她的叙述好似天方夜谭，他倒是极乐意听下去，不过，其间忍不住申辩了一句：“我原来的部队在南边，战友来往都打我眼皮下过嘛！”

“常柏林社会关系有问题，当基干民兵都不行。所以，他一心想立个功。本来他早要报告，让我劝住了，青云你应该知道，就凭在车站拍照这一条，就会打你个敌特分子、反革命分子。当然，当时我考虑的主要是没有真凭实据。后来你进了工武部，我想常柏林该放弃他的幻想了吧？

可是，他照旧盯你的梢，像个疯子在线路上来来来回回地跑。上个月有天深更半夜他来告诉我，说你到采石场的炸药库里偷了炸药，并且鬼鬼祟祟交给一个蒙住脸面的大个子。我吓得心里直哆嗦，我想，你我来往多，我和宋鸣也是你介绍的，如果你出事我不就成了你的同伙吗？群众肯定会这样判断。宋鸣也不会视而不见，他肯定也要大做文章。常柏林就叫我去注意你，再发现可疑，就赶紧报告，这样我们也就可以坦坦然然了。事情就这么巧，那天白天跟踪你，晚上军列就出了事。我断定与你有关系，因为宋鸣来打听常柏林时特意问我，最近你来过没有。宋鸣注意着我，电话所在监视我，还准备把我清理出电话所去当货运员，我只好出卖你来表现自己保全自己了……天哪，我们简直像一群疯子，在忙乎什么呀！”

“宋鸣就问了那么一句？”

“嗯。青云，我想知道你是不是真的偷过炸药？”

齐青云脸上略带羞红：“偷过。那个蒙面大个子就是我老婆。那时管仓库的邵局长对我怀有敌意，死活不肯给。我只好如此。你知道，我小儿子缺钙，严重缺钙。”

“后来你经常帮他捎东西，还把弄到的鱼匀给他一点……”

齐青云痛苦地闭上眼睛，摇摇头，沉默一会儿，俯下身去替她掖好被子，轻声说：“你放心，我决不会因此怪罪你，相反，我要感激你，你从另一个方面教训了我……”

她眨眨浮肿的眼皮：“你说我是反面教员？”

这是一颗多么敏感多么惊警的心啊！齐青云直感到鼻头发酸，有一股灼烫的潮水在眼里在心中呜咽着奔涌。

为她可悲可怜的牺牲，他真想大哭一场。

他故意用审讯式的问话暗示她，她的牺牲只是悲剧的开头，让她有所准备。

齐青云准备离开病房，邓云云唤住他：“青云，你饶恕我……”

他攥住她露在被子外的手，轻轻抚摸了一阵。

“如果他们取笑我，怀疑我，你告诉他们，他们和我一样也是捕风捉影，也是一群狂人……”

“胡说!”齐青云怒吼一声，把个在门外探头探脑的宋鸣唬得缩了回去。

六、痴人说梦　居然天衣无缝

从医院出来，齐青云心情更加颓丧。他懒洋洋地翻过江堤，垂头耷脑朝大片沙滩走去。深秋的江风凉飕飕地袭来，与远处调车场传来的尖厉的刹车声、汽笛声搅在一起，似冷酷地嘲笑他指责他。

邓云云的话强烈地震撼了他。他也是狂人中的一个，只是他们各自扮演的角色不同！又一个八号就要到了，幺零幺案至今近一个月，眼下局面如何收拾呢?

如果一开始就能按照他的策略，迅速圆满地交账，那么现在恐怕不至于弄得草木皆兵人人自危。他知道，他所领导的侦破指挥部不过是人民战争中的一支小游击队，仅工武部内部就因此案另外成立了独立于侦破指挥部之外的两个组，很有互相监督的意味。而各站段的群专小队、保卫组，更是活跃，他们个个手上都掌握着一批幺零幺案件涉嫌分子名单。

他痛恨宋鸣。想到揍宋鸣的情景，心头还有不解恨的遗憾。

他没有觉察，宋鸣已借着悄悄降临的夜幕幽灵似的跟着他在这片沙滩上徜徉。等到齐青云躺倒，他才猫着腰闪电般地蹿过来，饿虎扑食似的扑在齐青云身上，猝不及防的齐青云徒劳挣扎了几下，只好闭上眼睛等待复仇的拳头。

宋鸣没有抡拳。他气咻咻地喘着粗气，紧张地按住齐青云的腕子。论格斗，他不是齐青云的对手。这时他的突然袭击，是防止齐青云二话不说用拳头剥夺他的发言权。

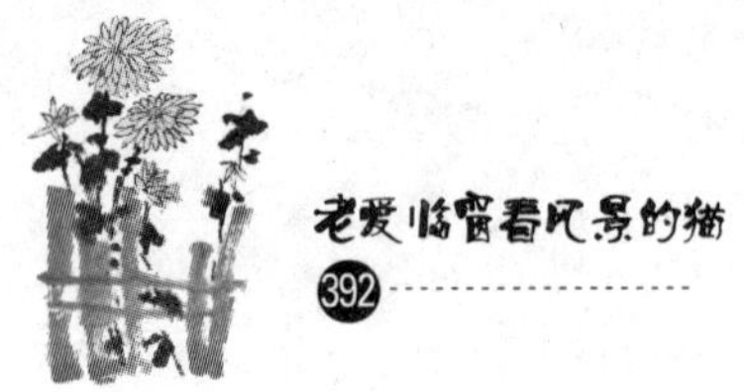

“齐青云，你能不能冷静听我分析现在掌握的线索?”

“不，我得提防着呢。你得保证不动手。”

“撒手。说吧。”

“今天你冷静不了。这样吧，我把你铐起来。”宋鸣感到他似乎默许了，才腾出一只手掏出手铐，把半挣半就的齐青云给铐了。

齐青云估计他的分析可能有关邓云云，因此才依顺他。这样可以让他把话说透。

宋鸣站在离齐青云两步远的地方，不时警惕地瞥瞥他，慢慢说道：“邓云云奋不顾身救列车，看似一场偶然的误会，其实不然，这是一出苦肉计，它和幺零幺颠覆列车案有着直接联系，就是说，它是整个有组织有计划的阴谋的一部分……”

齐青云瞠目结舌。这样的猜疑他听说过，可现在宋鸣的口气这样肯定，真如公审大会上的庄严审判。

“话还得从幺零幺案件说起。上月八号那天，沈金虎、邓云云去了麻石岭。而常柏林与那个老邵头，就是邵局长，却离开了麻石岭。他们的活动都不是孤立的，邓云云跟踪你，是为了找到最合适的下手机会，大约在三点钟的时候，轨道车司机告诉你晚上他的车去蛟潭，邓云云立即赶回长溪，挂出三个电话，一个是给老邵头的，开始采石场不给找人，她就谎称是工武部的人，据反映，老邵头接电话时说了这么一句：‘八字头谁敢不信？老子跟他们算账！安排好！不能有一点差错。’你知道，八字头是军列的车次。邓云云的第二个电话是给常柏林的，大约傍晚六点差几分。六点钟下班后常柏林没有马上回家，利用业余时间为扳道房挑了几担煤，似乎是做好事，其实他在等沈金虎。沈金虎七点半乘轨道车到车站又去偷红薯，这不过是玩了个花招。常柏林告诉他去蛟潭的大致时间，他就赶在晚上十点以前又弄了一块石头，搬上你乘的轨道车。幸亏我们工武战士心明眼亮呀，要不你就成了他们的挡箭牌。设计得如此周密，真是绞尽脑汁呀。”

宋鸣感叹了一通。他的感叹含有嘲讽的意味。

齐青云注意力高度集中地听着，一心想寻出什么破绽，可是他的分析有理有据，甚至模棱两可的副词都很少用，叫人无可挑剔。他感到滑稽，此刻，他兴致勃勃地期待下文："那么，第三个电话呢？"

"晚上八点半，也就是常柏林离家准备坐翻斗车来长溪的时候。邓云云又给蛟潭调度所的李文山挂了电话。电话内容李文山不肯交待，但是你乘的那辆轨道车是他安排放行的，他供认不讳。值得注意的是，她和他也有秘密来往……"

"这么说邓云云倒是个指挥官喽！而且能耐不小。"

宋鸣表情冷漠，继续说："不，她是马前卒。而常柏林、沈金虎之流不过是傀儡是替死鬼而已。主帅是八点半乘采石场翻斗车回蛟潭以避开我们注意力的那个，也就是为你提供雷管炸药的那个人，他要在你身上作文章，所以才让你坐的车把石头带到幺零幺公里，然后再让邓云云取得你的罪证，伺机来个恶人先告状好把水搅浑。对了，还是回到幺零幺案件上来。为什么说常、沈是替死鬼呢？邓云云令常柏林赶紧乘军列回去，常柏林不知是计，满以为他人在车上自然不会怀疑他放石头，便扒在机车前面，因为后面车厢有押车的解放军。他准备看见道心里的岩石就跳车，可是车速超过了规定，竟以每小时八十公里的高速往前冲，结果他一命呜呼。沈金虎这个替死鬼则是秃头上的虱子明摆着。这趟军列的超速行驶，又使我们发现了更为狡猾的诡计……"

齐青云"哦"了一声，心里却在暗暗喊天，他被铐住的双手攥成一个拳，插入潮湿的沙子里。

"你回忆一下，那块岩石被滑行的火车轻轻碰一下就撞成几瓣，显然，对行驶中的列车未必会构成重大威胁。而事实上，倒是军列的紧急刹车使得两节车皮大破，军用物资严重损坏，如果运的是军火或别的什么易燃品、爆炸品，后果不堪设想。"

这就是说，最危险最狡猾的罪犯是超速行驶和紧急刹车的司机。沿着这可怕的逻辑推理下去，不知有多少人会牵连进来。齐青云不寒而栗。

"邓云云救列车是怎么回事呢？它不是偶然的，我们工武部秘密派出

一拨人去机务段调查拉军列的那个机车包乘组，他们这才发觉不妙，让邓云云去你家取得证据好诬告嫁祸于你。他们非常熟悉你的情况，包括你的性格爱好、活动规律。那天水坝放水，是麻石岭站值班员花了一条烟通融的结果。这样他们就成功地牵住了你的鼻子。你去白露河时，邓云云就盯牢了你。即使桥下没有那团棉纱，即使你不在桥下逗留，邓云云也会去拦车的，因为你毕竟要走铁路桥头下路基，她从你家弄到手的另两筒炸药就藏在路基下的棘丛里，凭此也足以证明你怀有罪恶企图。当然，他们主要是为了保住自己。可是，邓云云打错了算盘……"

宋鸣所提到的值班员就是看见轨道车上黑影的那位，如此说来，他提供线索也是这个有组织有计划的反革命阴谋中的一个环节了。齐青云哈哈大笑一阵，笑得流出了眼泪。

"怎么样，该说完了吧?"

宋鸣见他撑起身子，戒备地往后挪了几步："没有。再让我们看看那天晚上老邵头回蛟潭干了些什么……"

齐青云挥动双臂吼道："够了，给我打开！你这混蛋!"

"等等。我想先听听你这位指挥的高见。是不是有什么不明确、不实在的地方……需要说明的是，上述情况介绍是有旁证材料的，要不，我的分析就站不住脚啦。"

"无可挑剔。宋鸣，你小子真长出息啦，我佩服得五体投地。这些天你神神鬼鬼，原来干了一手漂亮的。我以为要捣我的鬼呢。误会误会！好啦，把这玩意打开吧。"说着，齐青云把双手送到他面前。

"老齐，你好像言不由衷吧?"

齐青云眼里射出两道凶光，即使在浓黑的夜里也灼灼可见。

宋鸣为他打开手铐，没想到他揉揉收腕，猛然夺过手铐便朝宋鸣狠狠砸去，宋鸣连忙偏偏脑袋躲过，就势飞腿横扫过去。齐青云腿上如挨了一铁棒，踉跄了几步却未栽倒，待他再飞起一脚，齐青云眼疾手快，顺手牵羊抄起他的腿就跑，宋鸣无计可施，仰面躺下任凭齐青云拖着。

他感到自己被拖出那片沙滩，身子下有些潮湿，再过了一会儿，手摸着了水。齐青云仍不撒手。他听到水响，感到背上衣服都湿透了，这是把他往江里扔呀！

齐青云死死抓住他的脚，宋鸣拼命挣扎也蹦不起来，脚踝好像脱臼似的使不上力。他只能声嘶力竭地大叫："齐青云，你他妈的要往死里整我呀！"

"拿你喂鱼。少一些人遭害！"江水已经没到宋鸣的脚脖子，齐青云毫无收敛的意思，他要拼个鱼死网破了。水里的功夫，宋鸣更不如他，他完全可以让宋鸣灌得饱饱的并在这个世界销声匿迹。

"老齐，你误会啦。我是把总指挥和吴政委的分析学给你听。真的。你站住！"

"那也一样。"

"不！"宋鸣高声嚷着，"我所做的是否定你们掌握的所有线索！你放下我听我慢慢说好不好？要怎样，等我说清楚再动手好不好？反正我斗不过你，你要是不放心，像刚才那样铐我……呸呸，阿嚏！"

江水已经漫到他脸上，他呛了一口水，急得声音带着哭腔。

七、天降灾星　毕竟仗义有人

第二天，从吃早饭起，齐青云一直没有见到宋鸣。头天半夜在沙滩他同宋鸣约好，今天上午再去幺零幺附近的村庄了解上月八号晚上的情况。可是等到下午四点仍无踪影，齐青云纳闷了。一种不祥的预感牢牢地攫住了他的心。

齐青云闯进总指挥办公室，劈头便问："你们没派宋鸣出去吧？"

总指挥和吴政委凑作一堆像是密商，神情诡秘地相视后，说："我们正要找他呢。据反映，他昨夜没回来。有人在江边看到你们，难道你真的把他扔到水里去啦？"

齐青云暗暗吃惊。难怪宋鸣昨夜急切找自己通报情况，原来他已在

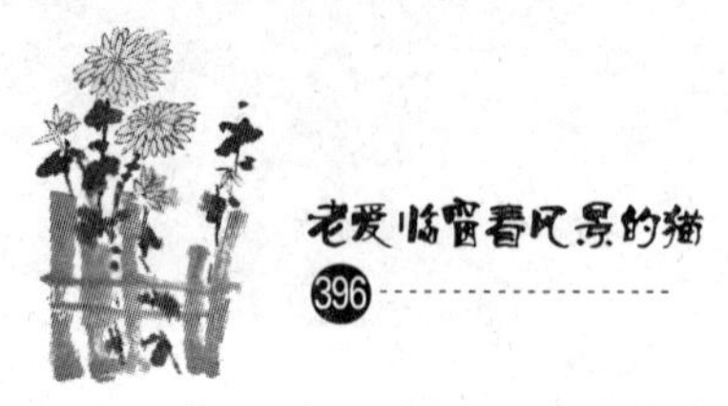

工武部的监视之下，或许，他已经被抓。要不然，怎么会失踪呢？

齐青云眼珠一转，编了句谎话："不错，昨晚我差点拿他去喂鱼，因为他怀疑我，铐住我。后来我觉得不妥就放了他……"

总指挥哈哈大笑，笑得叫人摸不着头脑。少顷，踱过来用严厉的目光审视齐青云。

"他怀疑你？那是贼喊捉贼！告诉你吧，宋鸣和幺零幺案件有关。现在可以说，他是那个反革命集团的狗头军师。我们已经掌握八号那天在麻石岭一带活动的证据。整整一天，他都同老邵头的外甥女，就是与装疯的沈金虎曾有恋爱关系的列车员在一起，他们藏在鹰面山主峰的山洞里居高临下地指挥山下的破坏活动，丢在洞里的两条颜色鲜艳的短裤显然是他们的令旗，这已经实地勘查证实。可怕的是，他竟混入我们的侦破队伍，不断施放烟雾弹，破坏侦破工作……"

齐青云极力保持镇静，用漫不经心的口气试探着："哦，我懂啦，我们已经对他采取措施。本来我准备带他走一趟的……"

"他很狡猾。我们晚了一步，他逃跑啦。我们已经发出通缉令。小齐，本来不准备把追捕任务交给你的。看来你是来请战喽，好吧，由你具体指挥，立即行动，一定要捉拿归案！"吴政委命令道。

齐青云这才相信宋鸣此刻的确不在他们手里。

大卡车吉普车自行车像一股狂潮涌出工武部大院，分别扑向码头汽车站火车站，又像没头苍蝇似的蹿入闹市区居民住宅区，与其说是搜捕某个人，不知说是要制造如临大敌的气氛。

接到无数个毫无所获的报告后，终于得到了一点有价值的反映。

铁路医院看门人昨晚十二点起床放宋鸣出门后，隐约听见一声惊呼。就是说，宋鸣是在看望邓云云之后失踪的，而且，不一定是逃跑。是遭逮捕呢，还是被暗害？是工武部的人干的，还是群专队干的？

开始齐青云指挥搜捕只是应付任务，心想宋鸣失踪这么久，真是逃跑肯定逮不着。现在他倒要真正去追查宋鸣的下落。

他知道，宋鸣遭此不测是因为说了真话，是因为在听到那些荒谬的痴人说梦式的推理后，良心命令他为了越来越多的无辜者站出来，指出幺零幺颠覆列车案的真正罪犯，不可思议而不容置疑的罪犯。

这个罪犯名叫苍天。落在道心里的是一块陨石。中学时代齐青云是个天文爱好者，在老师那儿曾看过一块陨石。道心里的石头有约一毫米厚薄的黑色薄壳，表面有清晰的像手指印一般的气印，重量也比一般岩石重些。这正是陨石的特征。可是。它落得太不是地点太不是时候，偏偏遇上一趟军列。在大抓阶级斗争的紧锣密鼓中，作为侦破人员只要稍稍离开敌情观念，就是大逆不道。齐青云不敢道出真情，还因为他也算涉嫌分子。为尽量减少无辜者，使良心得到安慰，所以他把侦破的重心放在有嫌疑的死鬼和疯子身上。

宋鸣也认出那是块陨石。他准备在否定了一切臆造的可能性，戳穿所有扑朔迷离的表象以后，无可辩驳地道出这未免有些玄乎的事实。他的确成功地推倒了齐青云对常柏林、沈金虎作案的推理，然而，工武部里更为高明的大侦探则索性把他俩在分析线索时涉及到的人统统搜罗进巨网般的推理之中。宋鸣再也不能等待了，他说出真情，却遭到工武部领导的嘲笑、呵斥。果然不出所料，接着而来的就是怀疑和打击。

昨晚他俩从水中爬上来，两颗互相猜疑的心终于豁亮了。尽管他们各自的策略不同，目的却是一个。齐青云忘不了宋鸣噙着热泪说的那些肺腑之言："青云，你以为嫁祸于死者或疯子，他们就会鸣金收兵，就不会让别的无辜者蒙冤受屈？你错啦！看吧，邓云云牵连进来啦。这个狂人付出如此代价尚不能幸免！即使死人、疯子，我们也不能污人清白呀，他们有家属有亲人！告诉你，常柏林的妻子金萍险些服毒身亡！我们的良心呢？良心！"

从江边回到宿舍，这一夜齐青云辗转反侧。他在拷问自己的良心。同时，思忖着邓云云拦火车那天傍晚宋鸣怂恿自己逃跑的真正意图。

假如他依从宋鸣演一出畏罪潜逃的闹剧，那么邓云云就不会受到怀疑，痴人说梦的推理就不复存在。幺零幺案件和白露桥事件的线头都奇巧而不幸地系在他身上，他的心在发抖在哭泣。

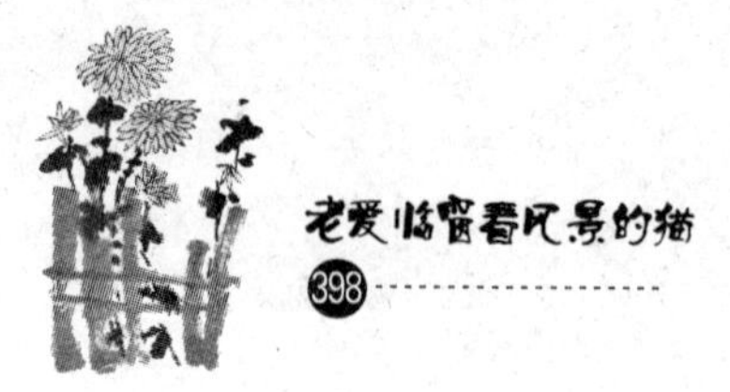

当宋鸣站在沙滩上玩弄着手铐告诉说，他已经豁出去了，齐青云动情地扑上去抱住他水淋淋的身子："我应该怎么办？嗯？你说。我是不是站出来担当，说石头是我放的，我还想炸毁桥梁？"

宋鸣摇摇头："不，我不是已经对他们说那是陨石了吗？"

"可是，他们不相信！绝不相信！"

"本来我想叫你逃跑，逃得远远的，我们来通缉，拖延一段时间。因为工武部长不了，现在很多地方的工武部已经解散。你不问青红皂白把我打昏了。不过，我当时的想法太天真。工武部可以随时解散，但是，那根弦是不会松的……"

齐青云当时感到他说完这些话后的沉默对视中，包含着恳切而痛苦的期望。

作为战友，作为经过怨恨、猜疑又成为知己的战友，那期待难以启齿。

眼看着宋鸣落难，齐青云渐渐发现那期望是什么了。他犹豫不决。此刻，最要紧的是弄清宋鸣的下落。

齐青云向总指挥汇报了医院看门人提供的情况，言毕，表情揶揄，很有怀疑工武部秘密加害于宋鸣的意思，总指挥大发雷霆，严加训斥了一通，指出这个人是要犯，限三天之内缉拿归案。

各个单位的群专队都回答这几天晚上没人去医院附近活动。医院附近的江边、塘边和僻角也未发现什么可疑的痕迹。

于是，工武部领导断定内部有人走漏消息，让宋鸣溜之大吉。这事齐青云压根儿不知道，自然也就怀疑不到他头上。

限期的最后半天，齐青云满脸愁云第五次来到邓云云的病房，那神态表情好像在为宋鸣默哀，通宵达旦、夜以继日的折腾弄得他脸色灰白，眼皮浮肿，而疯长的胡子与长长的鬓发相连组成一道黑框，真如一幅烈士遗像。

"你以为宋鸣死了？"邓云云问。

"……"

“你放心吧。”她嚅动一下嘴唇。前几次齐青云来问情况，她只说宋鸣那晚只在病床前默默呆了五分钟，现在看来，邓云云是知道他的下落的。

齐青云留意观察门外的动静，弯下腰凑近她。邓云云犹豫了一会，拗不过他那急切的眼神，道出了原委。

原来，那天傍晚她听到隔壁护士办公室突然来了一帮人咋咋唬唬，向值勤的工武部人员询问宋鸣来过没有，并交代护士若见宋鸣立即扣下。她情知不妙，再向值勤人员一套问，更是惶惶。他们在夜里十点医院关大门后就不再看守邓云云，邓云云立即托护士打电话约来常柏林过去的一个同事，要他再找个人帮忙把宋鸣弄走。她熟知宋鸣的脾性，便想出劫持的办法。为朋友两肋插刀的一对好汉，把宋鸣击昏后扛上气罐子车，送往山区的一个林场。

邓云云为自己救了宋鸣而欣慰。这个轻浮的女人现在有足够时间反省自己的行为，她救宋鸣就是忏悔的表现。

齐青云依然沉着脸。

她错了。她又把两个无辜者推进了凶险的漩涡！

天哪，他还能瞻前顾后吗？他脸上浮出恶毒的冷笑。这笑，叫邓云云惊骇万分：“青云，你……你不会出卖我们吧？”

八、孝妇献身　更教男儿血旺

工武部领导又宽限了三天。以后的三天里无论如何也要逮住宋鸣。齐青云爽快地答应了。三天的时间，对他来说是富足的，他可以做好一切准备。

他给妻子买了一块衣料给孩子买了文具，回家一趟，从麻石岭供销社为自己买了一瓶乐果。那家店里有熟人，不带单位证明也可买到农药。

一回蛟潭，他就发现有个年轻人不时来单身宿舍转一圈，特别注意

瞅他的房间。从装束看，那人像调车员。他断定是邓云云使唤来的，她怕他带人沿着她提供的线索去抓宋鸣。齐青云索性敞开房门，让那人放心，去铁路食堂吃晚饭时，齐青云也只是带拢门，未上锁。

他担心闹出误会破坏了他的计划。他决心孤注一掷。面对自己软弱无能的抉择，他无声地啜泣着，扑簌簌的泪水打湿了案头用尽心血写成的遗书。

他选择死。自杀。

他以细致的有说服力的推理证明自己是颠覆军列的罪犯。罪犯只有他齐青云一人!

他希望人们相信他是畏罪自杀。

有什么办法呢？人们不相信那是陨石！宋鸣的遭遇已经证明他当初的预料。前前后后发生的事情纠结在他身上，只要人们相信他是畏罪自杀，那么正在发挥下去的荒唐推断就不攻自破了。

自杀应该是最具说服力的罪证。因为自杀本身就是叛党叛国的行为。他要以一死来结束这出悲剧，把自己从沉重的负罪感中解脱出来。现在蒙冤遭难的无辜者，有不少是他的推理把他们送进工武部大网里的啊。

夜已深，齐青云最后将遗书斟酌了一遍，便打开农药瓶，对着瓶口嗅了嗅。

死亡的气味竟是芳香甜蜜的。

他拉熄电灯，狠狠心，一仰脖，灌下一大口。不料，床板被什么碰了一下，发出很重的响声。齐青云一惊，放下乐果瓶，双腿却被床下钻出的人抱住了。

“别，别开灯。”一个女人哀求道。

“你是谁?”

“我，我……我等你好久啦……求你别开灯，我怕……”

陌生的声音。奇怪的女人。齐青云怎能听她的？只听“啪”的一声，电灯亮了。跪在地上的妇人仰起惊愕而羞怯的圆脸。啊，是常柏林的妻子金萍。这个服毒未遂的少妇来干什么？

在这张苍白的脸上，嵌着一对怨愤而无奈的大眼睛，不安的眼神分明在乞求。

齐青云冷冷地指着房门，轻声而坚决地喝道："出去！你给我快滚出去！"

"齐指挥，我愿意……你要怎样我都愿意，是我自己来的……"

他看到她短辫梢头缠着雪白的布条，她还在服丧呢。齐青云的心如蜂螫一般，火辣辣地灼痛。

"你想说什么？说吧。"

"齐指挥，常柏林冤啊，我们冤啊！他决不会搞破坏。他的心是红的，红的！为了取得组织和革命群众的信任，他默默为革命做了多少工作啊，你看，昨天我好不容易找到这本日记本，这可以证明他是好人！"

齐青云忍住腹中刀绞火燎的疼痛，接过常柏林的日记本一看，天哪，革命的豪言壮语中夹杂着监视某某的记录，怀疑某某的呓语。

几十个人的名字，陌生的名字和熟悉的名字，一一从他眼前掠过。他们在铁路桥下钓鱼，朝线路扔块小石头，都被那个妄想狂视作阶级斗争新动向，指望有朝一日破获一个反革命集团，一举成为对敌斗争英雄呢。

齐青云憎恶地收起本子，再次命令金萍走开。金萍并不动弹，继续悲伤地央告："齐指挥，你要为我们母子做主啊。说我是反革命家属，我哪有脸活下去？孩子在学校也常被同学欺侮。这罪我们受不了啊！求求你，我愿意报答你……"说着，泣不成声了。

齐青云一阵恶心、头晕，胃中烧灼般的疼痛加剧了。他捂着肚子说不出话来，只能摆头示意她离开。

金萍却关上灯，靠近他。这时，她才发现不对，她嗅到了自己品尝过的农药味。于是，惊慌失措地把他扶上床，打开灯一看，他果然是喝了乐果。

金萍连忙把角落里一脸盆脏水端过来，扶起齐青云，按住他的头逼他喝。痛苦不堪的齐青云情知自己喝下的农药不至于丧命，这样死不成

活受罪就没有必要了，便咕嘟咕嘟端起脸盆倾倒入口。下边也就哗哗地流出来，如此循环往复，尿骚味熏得他呕吐了一场，心里腹中便好受一些了。

“齐指挥，你怎么啦……”

“没什么。我喝错了药。你走……你放心。他们很快就会没事。本子给我留下……”齐青云为她感到可悲可怜。

金萍充满惶惑地望着桌上的撕去商标的农药瓶，突然，双膝一软，扑通又跪下了。

“齐指挥，我是空手来的，见门未锁就进来藏在床下，我没有到桌边去，我也不知道农药的事……真的，我决不会害你的，我来就是求你，就是报答你。要是我有害人的意思，天打五雷轰！”金萍越说越恐怖。这个神经过敏的女人在他膝下筛糠似的瑟瑟发抖。

齐青云酸楚地笑了笑：“我知道。这事与你无关，与任何人无关。”

金萍捂住脸：“天哪，怎么这么巧？我碰上这事，跳到黄河里也洗不清呀！”

齐青云恼了，一把揪起金萍，气咻咻地说：“你也疯啦？不要胡思乱想好不好！是我自己干的。我活够啦，活得不耐烦啦！现在我可以喝给你看！你看着！”

金萍死死拽住他伸向乐果瓶的手。“齐指挥，你不能这样，不管你因为什么事想不开，都不能寻短见呀。这时候，你万一有个好歹，准会追查到我们头上。不管出了什么坏事，首先想到的是我们！”

是的，作为幺零幺案件的侦破指挥，在结案的时候突然死去，工武部能相信他的遗书而否定他们已经取得的辉煌成果吗？

金萍的话令齐青云幡然顿悟。

齐青云抓起农药瓶朝漆黑的窗外掷去，接着，狠狠地把这个准备以身相许的少妇推出门去，他使出一股狠劲，以至于把她推过走廊撞响了对面宿舍的房门。

他擦着火柴，点燃常柏林的日记本。他想起总指挥在电话里说的那句话：聪明倒被聪明误，反丢了卿卿性命。他想，悲剧的真正可悲处正在于这样的冤鬼在生前竟是叫人意想不到的鹰犬。

金萍走后不久，工武部的吉普车疯了一般开到单身宿舍大门前，拼命揿喇叭。齐青云慌忙踩碎纸灰应召出去。

吉普车好不容易才挤下齐青云，车上没人吭声，黑咕隆咚的连有几个人也看不清，气氛紧张严峻。

车朝长溪、麻石岭方向疾驰。直到长溪站，总指挥点下两员大将，他们才明白是怎么回事。总指挥命令他们立即组织人员沿线布岗，要害部门、行车部门要换上可靠的革命职工当班，长溪至麻石岭区间更须严加防范，每两百米设一哨，直到解除戒严令。看样子是有一趟专列经过。

齐青云被分派到麻石岭，总指挥亲自坐镇此地。

不到一小时，各单位的党员和对敌斗争骨干召齐了，立刻奔赴各自的岗位。深秋时节的山区夜晚寒意侵人，沿线林立的哨兵百倍警惕地护卫着专列的安全。

可是，两小时过去，天即将放亮，东方已露出鱼肚白，仍未见专列的影子。

陪着总指挥查岗的齐青云忍不住问："专列什么时候经过？"

"我也不知道。电话通知我们立即戒严，没有命令不许撤岗。"

是的，这种事总是很神秘的。齐青云心里一动，何不趁专列经过之机，表现表现自己呢？他忽然振奋起来，并为自己的念头激动不已。

他焦急地眺望线路两头，不知专列从哪里来。来往列车过去了好几趟，仍未见专列的踪影，也没有撤岗的命令。

九、弄假成真　终是人间闹剧

不觉间，天已大亮。若这样显山露水地守下去，岂不闹个家喻户晓，岂不是通报坏人？他们能不蠢蠢欲动，磨刀霍霍？而现在声势既已造成，

更得加强保卫。总指挥下令立刻将明岗换成暗哨，不许闲人在线路上活动，可疑者扣留审查。

谁知，九点钟光景，宋鸣出现在总指挥和齐青云的视线里。他大摇大摆从对面的陡坡跳下朝幺零幺走去。

总指挥冷笑一声："嘿嘿，到处搜不出他，现在蛇出洞啦。"

言毕，总指挥从灌木丛中站起来，嘟嘟吹响口哨。两个暗哨冲上路基，擒住宋鸣。

宋鸣面对总指挥哈哈大笑："你们何必如此费神呢？我不会逃远的，只是想让你们演习演习。我要是真跑了不是承认自己是罪犯吗？所以，我回来啦。"

齐青云知道他如此这般，是免得那两个劫走他的调车员受牵连。

但是，宋鸣的出现使总指挥大受启发。他命令押解宋鸣的两个人回去后通知全线，反革命分子已经闻风而动，万万不可松懈麻痹，趁此机会放长线张大网，将阶级敌人一网打尽。

现在，由总指挥和齐青云亲自把守这多事的路段。望着宋鸣和那两人的背影逝去，齐青云忽然得意地笑起来。

"总指挥，你们上当啦！哈哈，万万没想到吧？幺零幺的案子是我干的，本来是明摆着的线索，却被你们忽略啦。"

总指挥诧异地瞪着他。

"怎么，你不相信？那好，今天我让你瞧个明白。"说着，齐青云从怀里掏出一根绳子，狞笑着逼近总指挥。

总指挥仍然将信将疑，直到齐青云用力拧住他的胳臂，他才如梦初醒地叫道："齐青云，你疯啦！"

"我没疯，疯的是你们！老邵头接到爱人得病的电话提到八字头，你们以为是指军列，他和爱人干过八路，他是卖老资格！更可笑的是调度值班员司机都成了你们的猎物，常柏林和邓云云早就怀疑、跟踪我，我倒要感谢你的信任啊！"

总指挥猛然挣脱他的手，连忙掏口哨，齐青云飞起一脚，再猛扑上去，凭着浑身气力和不可遏止的义愤很轻巧地把总指挥放倒了。他动作麻利地将总指挥反绑在一棵粗大的马尾松树上。

齐青云掏出香烟，得意洋洋地将烟雾喷到他脸上，继续嘲笑道："噢，这里可以看到鹰面山的主峰，宋鸣在山上拿短裤头发旗语呢。这个发现真伟大……"

总指挥大义凛然，很有视死如归的慷慨，高昂头颅，怒目圆睁，将一口浓痰狠狠地唾到齐青云脸上。

"齐青云，我瞎了眼！你想干什么？我劝你悬崖勒马！"

"我问你，专列到底什么时候来？"

总指挥将头扭向一侧，以示坚贞不屈。他的确也不知具体情况，他已经同尚未暴露真面目的齐青云说过。但现在面对凶恶的敌人总得拿出点精神。

"看来你是不肯开口的，那好，我耐心地等着！"齐青云扔掉烟头，脱去两件上衣。绑着的总指挥顿叫惊呼了一声"啊"。齐青云腰间吊着两筒炸药，导火索围着胸脯绕了一圈，点火的一端通过胳肢窝钻入袖子中。

这个亡命之徒要袭击专列，要与专列同归于尽！

总指挥脸色不断变幻，一阵苍白一阵涨红，此刻他束手无策，只能攻心。他嘶着喉咙叫道："齐青云，你必须悬崖勒马！你想想你的家庭，你的妻子孩子！"

齐青云的心剧烈地抖颤。他何尝没有想到自己的家庭，一看到那块陨石，他首先想到的就是保全自己！尽管那时即使他指明陨石，人们也不会相信，但是一个正直的人怎能缄默不语，甚至助纣为虐？现在悲剧愈演愈烈，连死的选择都会给别人带来危害，他只能这样轰轰烈烈地表演一场了。

"齐青云，如果你放弃罪恶的企图，我们可以宽大处理……"

齐青云不予理睬。每听到汽笛声，他就攀到高处去瞭望，看看是不是只拖着几节车厢的专列。夕阳西斜，专列迟迟不肯露面。由于岗哨们忠于职守，线路上整日不见行人。

暮色中，齐青云终于盼来了只挂着三节车厢的列车。他戏谑地将堵住总指挥嘴的手帕扯下，冷笑着说："现在你可以叫了。用你的喊声同我的爆炸声较较劲吧。"

说着，他走向悬崖，待列车驶近，点燃了导火索，闪闪的火光钻进他的袖筒里。三百米，两百米，一百米……列车驶到他脚下，他跳下去，接着，应该是爆炸。

但是，没有爆炸。

齐青云飘落在煤车里。它并非专列。

……

总指挥向他的上级报告了又一起重大案件后，才得到撤岗的命令。并没有什么专列，只是为了加强阶级斗争观念和战备观念布置的一场演习。工武部领导虽然也被蒙在鼓里，但此时决无怨言，只有庆幸。庆幸这是演习，庆幸齐青云的自我暴露。

总指挥在分析案情时认为，齐青云迫不及待地点燃炸药，是因为傍晚视线不好，他把那拉着三节煤车的列车误作专列了。

解脱了嫌疑的宋鸣冒天下之大不韪在会上慷慨陈词，指出炸药是失效的，齐青云视力极好决不可能弄错。就是说，他用意不在袭击专列。

那么，他的目的是什么？幺零幺案件该作何解释？白露桥事件该作何解释？

一道道利剑般的目光凉飕飕地直逼宋鸣。再提出陨石之说，那么齐青云做出的牺牲就是白白的了。他痛苦地闭上眼睛。

至此，幺零幺颠覆列车案该结束了。